DEFNE SUMAN wurde in Istanbul geboren und wuchs auf der Insel Prinkipo auf. Sie studierte Soziologie an der Bosporus-Universität und arbeitete anschließend als Lehrerin in Thailand und Laos. Später setzte sie ihre Studien in Oregon, USA, fort und lebt heute mit ihrem Mann in Athen.

GERHARD MEIER, geboren 1957, lebt in Lyon und übersetzt literarische Werke aus dem Türkischen und Französischen, unter anderem von Orhan Pamuk, Henri Troyat und Sait Faik. 2014 erhielt er für sein Gesamtwerk den Paul-Celan-Preis.

Defne Suman

Tochter einer leuchtenden Stadt

Roman

Aus dem Türkischen von Gerhard Meier

Ullstein

Besuchen Sie uns im Internet:
www.ullstein.de

Ungekürzte Ausgabe im Ullstein Taschenbuch
1. Auflage Juli 2024
© für die deutsche Ausgabe Ullstein Buchverlage GmbH,
Berlin 2023/List Verlag
© 2016 by Defne Suman
Titel der türkischen Originalausgabe: *Emanet Zaman*
bei Doğan Kitap, Istanbul, 2016
Wir behalten uns die Nutzung unserer Inhalte für Text und
Data Mining im Sinne von § 44b UrhG ausdrücklich vor.
Umschlaggestaltung: zero-media.net, München,
nach einer Vorlage von Claudia Niere, München
Titelabbildung: © Alice Rudolf
Satz: Dörlemann Satz, Lemförde
Gesetzt aus der Aldus Nova Pro
Druck und Bindearbeiten: ScandBook, Litauen
ISBN 978-3-548-06931-9

Für alle, die aus ihrer Heimat vertrieben wurden …

Ob's dunkelt
oder tagt,
Jasmin
bleibt weiß

Y. Seferis
Deutsch von Andrea Schellinger

Es lassen sich viele Geschichten erzählen, die mit
Freitags Sprache zu tun haben, doch die eigentliche
Geschichte kennt nur der stumme Freitag.

J. M. Coetzee
Mr. Cruso, Mrs. Barton und Mr. Foe

Vorwort

Anfang des 20. Jahrhunderts galt Smyrna, das heutige Izmir, als osmanische »Stadt der Städte«. Griechen, Türken, Armenier, Juden und Europäer lebten Seite an Seite in der kosmopolitischen Hafenstadt an der Ägäis. Nach dem Zerfall des Osmanischen Reichs sind 1919 die Griechen einmarschiert, um von dort aus den Traum eines »Großen Griechenlands« wahrzumachen und nach Anatolien vorzustoßen. 1922 wird die Stadt von den türkischen Truppen Mustafa Kemals zurückerobert. Am 9. September bricht ein gewaltiges Feuer aus und zerstört die griechischen und armenischen Stadtviertel bis auf die Grundmauern. Der Brand besiegelte den Sieg der Türken im Türkisch-Griechischen Krieg und bedeutet das Ende der einzigartigen Metropole. Alle Nicht-Muslime werden für immer aus ihrer Heimat vertrieben.

I

Die Tore zum Paradies

Als ich der Asche der verlorenen Stadt entstieg,
Nannten sie mich Scheherazade.
Seit meiner Geburt
mag ein Jahrhundert verflossen sein,
doch mein Leben,
das mich zu ewigem Schweigen verdammt,
ist noch nicht zu Ende.
Mag meine Zunge auch gehemmt sein,
so werde ich doch alles erzählen.
Auf dass im Turm dieser baufälligen Villa
der Tod mich finde …

Der erste September

Meine Geburt fiel auf den warmen, orangeglühenden Abend, an dem Avinash Pillai in Izmir ankam.

Nach dem gregorianischen Kalender schrieb man das Jahr 1905.

Es war September.

Als das Passagierschiff Afrodit mit dem indischen Spion an Bord sich dem Hafen näherte, war ich noch nicht geboren, doch in die dunkle Höhle, in der ich seit Monaten saß, drang ein zarter Lichtschein. Meine Mutter konnte nicht aufstehen, was aber nicht meiner Last geschuldet war, sondern dem Opium, das sie aus einer zwischen Mittel- und Ringfinger gehaltenen Pfeife einsog. Sie blickte zum Fenster, zu den in den Armen des Windes wie trunken tanzenden Gardinen.

Das Jahr zuvor – oder war es schon zwei Jahre her? – hatte sie auf dem Sommerball eines Clubs in Bornova – wie die Türken Bournabat nannten – mit einem englischen Eisenbahningenieur getanzt, der sie übers Parkett gewirbelt hatte wie jene Gardinen. Wie hieß der Mann noch mal? An seine hervorstehenden Wangenknochen konnte sie sich erinnern, an seine gekonnten, doch seelenlosen Tanzschritte, und auch daran, dass er in einem Haus nördlich des Quais wohnte, doch sein Name war ihr entfallen. Mister wie noch mal? Mister Irgendwie. Irgendein seltsamer Name. Sie hob den Kopf und zog wieder an der Pfeife. Vor ihren schwarzen Augen schwammen violette Ringe, und Mister Irgendwie schwebte übers Parkett davon.

Während die elegante Afrodit am Hafeneingang wartete, stand Avinash Pillai auf dem Deck zweiter Klasse. Er wusste weder von meiner Mutter noch von mir und war ganz damit beschäftigt, mit geschlossenen Augen und zum Himmel gerichteter Nase wie ein Wildtier die Luft einzusaugen. Bei Sonnenuntergang stieß die Erde den Atem aus, den sie den ganzen Tag über angehalten hatte, und es lag nicht mehr der Geruch nach Kohle und kaltem Eisen in der Luft, dessen der Inder während der tagelangen Überfahrt überdrüssig geworden war, sondern das würzige Aroma von Blumen und Kräutern. Rose, Zitrone, Magnolie, Jasmin, und aus der Tiefe heraus auch ein wenig Bernstein ...

Mit der langen, feinen Nase, die seinem dunklen Teint das Gepräge eines osmanischen Sultans verlieh, vermochte Avinash Pillai die Nuance jedes Duftes zu identifizieren, jede einzelne seiner Schichten, geradeso, als führte er beim Fastenbrechen seinem Mund einen lang entbehrten Leckerbissen zu. Besonders gut gelang ihm das bei Rosen. Mit geschlossenen Augen konnte er eine rote Rose von einer weißen unterscheiden. Irgendwo in der Stadt, an deren Ufer es rot und rosafarben funkelte, wohnte Yakumi Bey. Den Inder interessierten weder die Stadt an sich, in der Milch und Honig flossen, noch ihre legendären Frauenschönheiten, er dachte einzig und allein an jenen halbdunklen Raum, von dem Yakumi Bey in seinen Briefen berichtet hatte ... In der Werkstatt hinter seiner Apotheke extrahierte der alte Chemiker aus den seltensten Rosen, die ihm aus dem gesamten Reich geschickt wurden, exquisites Öl.

»Worauf wartet der Kapitän noch?«

»Er muss wohl erst den Frachter dort vorbeilassen.«

Auf dem elektrisch beleuchteten Oberdeck standen, teure Zigarren schmauchend, Herren in Frack und Zylinder und murrten, dabei hatten sie die lange Fahrt von Alexandria nach Rhodos und von dort über Leros und Chios bis nach Izmir geduldig über sich ergehen lassen.

»Nein, der Frachter läuft gar nicht aus, sehen Sie nicht, an den fährt erst ein Lastkahn heran, da ist Kohle drin. Der wird erst beladen.«

»Den meine ich doch gar nicht, sondern den anderen, zu dem sie die Tabakballen hochhieven. Der steht schon seit zwanzig Minuten da.«

»Meine Herren, diese Schiffe fahren in den Hafen gar nicht hinein, dort ist das Wasser nicht tief genug. Ein unerfahrener Kapitän fährt da leicht auf Grund. Es hilft nichts, wir müssen auf Ruderboote warten.«

Durch die vom Quai herüberdringenden Klänge, das Klingeln der Trambahn, das Rattern von Rädern und das Klappern von Pferdehufen wurden die Herren an Vergnügungen erinnert, die sie auf See fast vergessen hatten. Manche hätten gar schwören können, aus den Nachtclubs am Quai Frauenlachen zu hören. Während im fayenceblauen Wasser Lotsenboote, gesprenkelte Segelschiffe, Frachter und Passagierschiffe an ihnen vorbeizogen, sahen die Männer minütlich auf ihre Taschenuhren.

»Jetzt sind wir so nah am Festland und können es doch nicht betreten, das ist ja unerträglich. Wo bleiben nur die Boote?«

Avinash ging aufs Hinterdeck, vergewisserte sich, dass niemand ihn sah, und faltete die Hände vor der Brust. Da er nunmehr für das Vereinigte Königreich tätig war, musste er zwar so europäisch wirken wie möglich, doch andererseits war er der Enkel eines heiligen Mannes, der in einem Kloster am Fuße des Himalajas darauf wartete, in Gottes ewige Gnade einzugehen. Es war nun Zeit, dem Allmächtigen dafür zu danken, dass er Avinash auf seinem Weg von Colombo nach Port Said, auf der Fahrt in einem dunklen Zug nach Alexandria und während der Schiffspassage auf der Afrodit sicher durch mühselige Tage und stürmische Nächte geleitet hatte.

Der Inder wandte das Gesicht der Sonne zu, die wie eine rote Eiskugel ins Meer hineinschmolz, und schloss die Augen.

»*Om Namah Shivaya*. Mächtiger Shiva, Dir sei Dank dafür, dass Du uns vor Unfällen und vor Missgeschick, vor Katastrophen und Krankheiten bewahrt und uns heil an die Gestade dieser herrlichen Stadt geführt hast …«

Plötzlich kam auf dem Deck ein heftiger Wind auf. Jener war bekannt dafür, dass er in der Dämmerung einsetzte und selbst an heißesten Tagen für Abkühlung sorgte. Manchmal war er sich seiner Kraft nicht recht bewusst und blies wie ein gutmütiger Riese alles über den Haufen, sodass er unwillkürlich Fischerboote zum Kentern brachte und sich einen Sack Flüche zuzog. An jenem Abend war er von harmloser Natur. Erst streichelte er das Eisengestänge, von dem die grüne Farbe abblätterte, dann wehte er dem jungen Mann die Melone vom Kopf und fegte sie zwischen die leeren Liegen an der Treppe. Avinash reagierte nicht sogleich. Sein Großvater hatte ihm beigebracht, selbst in Momenten größter Aufregung – und sogar gerade dann – ein Gebet nicht zu unterbrechen, sondern es gebührend zu Ende zu bringen. Sich irdischen Dingen zuzuwenden, ohne sich von den Göttern zu verabschieden, bringe Unglück. Rasch führte er die gefalteten Hände zwischen die Augenbrauen, an die Lippen und zuletzt an die Brust.

»Allmächtiger, Du bist groß und bewirkst Wunder. Wir liegen in Deiner Hand. *Om Namah Shivaya*.«

Dann erst eilte er seiner Melone hinterher. Er fühlte sich schuldig, weil er sein Gebet nicht ganz zu Ende gesprochen hatte.

Als wollte der Wind ihn daran erinnern, dass das Leben zu kurz und zu schön war, um es mit Schuldgefühlen zu vergeuden, blies er den Hut noch einen Schritt weiter und fuhr dem Mann zwischen die rabenschwarzen Locken. Die aber waren so dicht und üppig wie bei den armenischen Mädchen, die beim Wäscheaufhängen immer Lieder sangen. Boote magst du zum Kentern bringen, aber solche Haare verwirrst du nicht! Pfeifend glitt der Wind den Hals hinunter in das seidene Hemd des Mannes. Avinashs Haut mochte so samtbraun sein wie die der orientalischen Sklaven, doch den Europäern, denen es an der Uferpromenade den Hut vom Kopf wehte, war er mit seinem Auftreten überlegen. Nun, ein Maharadscha war er nicht, schließlich reiste er zweiter Klasse, doch in seinen spitzen Schuhen trat er selbstbewusster auf als die Herren auf dem Oberdeck. Im rechten Ohr trug er, wie die Levantiner, einen smaragdenen Ring, und in der Westentasche ein grünes Taschentuch aus derselben Seide wie seine Krawatte.

Der Wind fuhr noch einmal um Avinash herum, brauste ihm in den Ohren, dann trug er seinen würzigen Atem zum anderen Ende der Bucht, zur Terrasse der Villa, in der meine Mutter und ich die letzten Stunden unseres innigen Zusammenlebens verbringen sollten. Meine Mutter blinzelte argwöhnisch zu den tanzenden Gardinen. War da jemand? Doch die gläserne Welt im obersten Geschoss der Villa war an jenem Abend fern von der Afrodit und außerhalb des Blickfelds des jungen Inders.

Über einen Zufall zwinkert Gott uns manchmal zu, und so sollte ich – Jahre später – die Umstände meiner Geburt ausgerechnet von dem indischen Spion erfahren, der damals in der Stadt ankam. Und als er durch ein altes Foto auf mein Geheimnis kam, blickte er wiederum – wie am Abend meiner Geburt – von einem Schiffsdeck auf die Stadt.

Auch damals war es September.

Jedoch ein ganz anderer September …

Anders insofern, als die Stadt, die zum Zeitpunkt meiner Geburt mit ihren Kuppeln, ihren Minaretten, ihren kleinen Häusern mit den Ziegeldächern golden glänzte, siebzehn Jahre später Feuer speien wird wie ein wütendes Ungeheuer. Und der Wind, der dem jungen Spion schelmisch den Hut vom Kopf wehte, wird an jenem anderen Abend beißende Gerüche auf das Schiffsdeck treiben. Es wird nach Petroleum riechen, nach verglühenden Reifen, nach allem, was ein Raub der Flammen wird: jahrhundertealte Platanen, Feigenbäume, die ihre milchigen Früchte abwerfen, einstürzende Kirchen, Klaviere, mit Goldschnitt verzierte Bücher.

Der Wind, der heute Avinash lehren möchte, sein kurzes Leben nicht mit Schamgefühlen zu vergeuden, wird in jener Nacht ungeheuer anschwellen, und die Tausenden von Armseligen, die sich am Quai entlangdrängen, werden bezeugen können, dass nicht nur Wasser den Menschen ersticken kann, sondern auch Luft.

Aber bis dahin ist es noch lang …

Verbleiben wir vorerst an dem sanften orangefarbenen Abend, an dem ich geboren bin. Während ich damit beschäftigt bin, den Gebärmutterhals meiner Mutter zu dehnen, geht Avinash wie ein Schüler, der gleich aufgerufen wird, die Dörfer und Stadtviertel durch, die er bisher nur aus Büchern gelernt hatte. Das da vorne ist Kokaryalı, dahinter kommen Göztepe, Karantina, Salhane, Karataş, Bahribaba. Von der Afrodit aus noch nicht zu sehen ist das hufeisenförmige neue Gebäude jenseits des Zolls: die Hümayun-Kaserne, im Volksmund Gelbe Kaserne genannt. Avinash wusste, dass dort sechstausend modern ausgebildete Soldaten stationiert waren.

Das war von Bedeutung.

Zu seinen Aufgaben gehörte es, das Vertrauen solcher Soldaten zu gewinnen. Der Secret Service überwachte in allen osmanischen Städten von Saloniki bis Smyrna die dort kasernierten Truppen. Avinash sollte sich im Türkenviertel niederlassen und sich in Kaffeehäusern und auf Märkten unter Soldaten mischen. Wo sich Europäer trafen, musste er sich zu ihnen gesellen, um den Machenschaften der Franzosen und Italiener auf die Spur zu kommen. Ihm schnürte es den Magen zu.

Und wenn er seiner Aufgabe nicht gerecht wurde?

Und wenn er mit den mühsam erlernten Fremdsprachen doch nicht zurechtkam?

»Du bist befähigt, du bist tatkräftig, und du bist jung. Keine zwei Monate, und du redest besser als die Einheimischen.«

So hatte sein Lehrer in Oxford ihn motiviert.

»Nicht umsonst haben wir uns für dich entschieden. Vertrau uns. Du bist für diese spezielle Aufgabe wie geschaffen.«

Fürs Erste lag ihm die Aufgabe schwer im Magen.

Unter den Achseln seines Seidenhemds hatten sich zwei dunkle Schweißflecke gebildet. Er warf einen Blick aufs leere Deck, dann roch er an sich und verzog das Gesicht.

Als Erstes musste er irgendwo unterkommen und sich waschen. Er spähte über die Reling. Man hatte schon damit begonnen, das Gepäck der Reisenden in die Ruderboote hinabzulassen, die das Schiff umzingelt hatten wie Piratengefährte. Sobald er an Land war, musste er einen Hamam aufsuchen.

»Damit du am Zoll keine Unannehmlichkeiten hast, wird dich am Pasaport-Pier einer unserer Leute in Empfang nehmen. Danach aber bist du auf dich allein gestellt, das ist zweckmäßiger so. Sobald du aus dem Hafen bist, gehst du in Richtung Basmane-Bahnhof und fragst in der Kuyumcular-Straße nach der Herberge Yemişçizade. Dort wartest du auf Nachricht von uns.«

Während Avinash das neue Leben, das er in der Stadt beginnen sollte, auf den Magen drückte, wand meine in Smyrna geborene und aufgewachsene Mutter sich vor Wehenschmerzen und wimmerte verzweifelt. Das Opium hatte seine Wirkung eingebüßt. Das Baby in ihrem Bauch hatte sich in ein wildes Tier verwandelt, das ihr mit spitzen Krallen den Bauch aufkratzte. Meine Mutter stand mühsam auf und wälzte sich wie ein trunkenes Fass zur Tür des verglasten Raums, in dem sie seit exakt drei Monaten, einer Woche und fünf Tagen eingesperrt war. Von der Terrasse hallte ihr Wehklagen hinunter ins Gästezimmer, in dem die armenische Hebamme Meline mit einem Beutel voller Goldstücke in der Hand gesenkten Hauptes bereit saß.

Der Hebamme gegenüber thronte in einem Samtsessel meine Großmutter. Ohne ihre Kaffeetasse abzustellen, zeigte sie mit ihrem spitzen Kinn an die Decke.

Es war so weit.

Und mein geheimnisvolles Leben, das sich über ein ganzes Jahrhundert erstrecken sollte, begann.

Der Gott der flüchtigen Zeit

Die Menschen, die mir den Namen Scheherazade verliehen, fanden mich eines frühen Morgens in ihrem jasminduftenden Garten ohnmächtig unter einem Maulbeerbaum, die Haare in seinen mächtigen Wurzeln verfangen. Meine Beine standen unter dem angesengten Rock hervor wie eine einzige nässende Wunde, und dennoch spielte um meine Lippen unverkennbar ein leises Lächeln. Die Menschen dachten sich, hinter meinen geschlossenen Augen müsse ich etwas Schönes träumen. Wie ich durch das verriegelte Gartentor hatte hereinkommen können, war ihnen allerdings ein Rätsel.

Ich kann mich an all das erinnern. Auch damals war September. Die Akazien blühten, die Schulen öffneten wieder. Ich war siebzehn Jahre alt. Seit meinem Geburtstag war noch keine Woche vergangen. Im Maulbeerbaum steckte ein Drachen fest – auch er rot, wie alles in jener Nacht –, er regte sich im Wind, der von den Bergen zum Meer herabwehte. Der Boden unter mir war einladend, weich und feucht. Über meine Wange fuhren Engelsfinger. Irgendwo schlug eine Tür zu. Ich hörte, wie der Lauf einer Doppelflinte abgekippt wurde und wieder einrastete. Die Doppelflinte würde mir bestimmt das Gehirn zerschießen. Sollte sie nur. In jener Nacht schoss jeder auf jeden. Das Meer war voller Leichen. Alle aufgedunsen wie Luftballons.

In jenen Tagen waren wir mit dem Tod so vertraut, dass wir ihn nicht mehr fürchteten.

Verwunderlich war eher das Leben an sich. Mir fielen die Kinder ein, die zwischen den Leichen im Wasser zappelten, die kleinen Körper hinabgezogen von den vollgesogenen roten und grünen Kleidern. Die Jungen, die mit letztem Hauch den Kapitän eines europäischen Schiffes anflehten, an dessen Ankerkette sie hingen, die Mädchen mit Algen in den Haaren … Wie sehr sie sich ans Leben klammerten! Ich dagegen hatte keine Kraft mehr.

Die Doppelflinte war auf mich angelegt.

Ich schloss die Augen.

In der Ferne weinte ein Kind.

Hinter meinen zusammengekniffenen Augen sah ich eine Frau auf dem schmalen, langen Deck eines Schiffes stehen. Ihr Haar war in zwei dicken Zöpfen um den Kopf geflochten, ihre gerunzelten Brauen von Schmachtlocken bedeckt. Dicht hinter ihr stand Avinash Pillai, die dunklen Arme um die schlanke Taille der Frau geschlungen, die er fest an sich zog. Auf den Wellen hüpfte der goldgelbe Widerschein der Flammen. Weinend lehnte die Frau ihr unbedecktes Haupt an die Schulter des Inders.

Sie hieß Edith Sofia Lamarck und war meine Mutter.

Das wusste ich damals allerdings noch nicht.

Edith war als jüngstes Kind Charles Lamarcks in Bornova aufgewachsen, in einem steinernen Herrenhaus inmitten eines riesigen Anwesens. Der an einem Hang angelegte Garten mit seinen Kamelien, Bougainvilleas und unzähligen Rosensorten reichte bis zu einem Zypressenhain. Als Kind wähnte Edith sich dort im Paradies. Bornova war von Bergen umgeben, deren Gipfel mit dem Himmelsblau verschmolzen. Die Kirsch- und die Granatapfelbäume im Garten schienen den Passanten zuzuwinken.

Ihrem Großvater lagen besonders die blauen, violetten und rosafarbenen Hortensien am Herzen, die er eigenhändig gepflanzt hatte. »Das sind meine Enkel«, pflegte er über die Blumen zu sagen, zwischen denen die kleine Edith gerne lag und zu den Wolken emporschaute. Eine der Wolken trug auf ihrem Rücken Kairos , den Gott der flüchtigen Zeit. Jener war in die Amazone Smyrna verliebt, die Gründerin der Stadt Smyrna. Jeden Tag schwebte er auf einer Wolke über den blauen Stadthimmel und grüßte zu den Urenkeln der schönen Amazone hinab. Smyrna war nicht nur schön, sondern auch stark und gerecht. Im Bogenschießen war sie unübertrefflich. Um beim Spannen des Bogens nicht behindert zu werden, hatte sie sich wie die anderen Amazonen die rechte Brust abgeschnitten. Edith stellte sich vor, wie Smyrna über einen goldfarbenen Strand ritt und ihr die langen schwarzen Haare im Wind flatterten. Sollte sie einmal ein Mädchen gebären, würde sie es Smyrna nennen.

Manchmal lief sie bis zum Küchengarten am Waldrand, wo die Wäscherin Sıdıka Rosmarin und Bergthymian ausgesät hatte, und sog den Blütenstaub der Heilkräuter ein, bis sie niesen musste. Der Garten stand voller Obstbäume, und am Gestänge der Weinlaube war eine Schaukel angebracht, die ihr Vater zusammen mit dem Gutsverwalter Mustafa in der Schreinerei gebastelt hatte. Ihre Seile waren geflochten wie die Taue auf den Schiffen im Smyrnaer Hafen. Wenn Edith hoch hinaufschaukelte, pflückte sie immer wieder eine sonnenwarme, vom eigenen Zucker trunkene Traube aus dem mannigfaltigen Weinstock ihres Großvaters und steckte sie trotz des Verbots der Mutter ungewaschen in den Mund. Nachdem ihr Großvater Louis Lamarck die Geschäfte an seinen Sohn übergeben hatte, hatte er sich leidenschaftlich mit der Züchtung von Weintrauben beschäftigt.

Direkt vor Ediths Zimmer stand ein Maulbeerbaum und ließ seine Früchte auf ihren Balkon hängen. Neben ihrem Bett hatte sie aus Blättern des Baumes ein kleines Nest für Seidenraupen gebaut. Ihr Kindermädchen aus Bursa hatte ihr ein griechisches Schlaflied für die Raupen beigebracht, denn etwas anderes als Griechisch verstünden die Tiere nicht. Abend für Abend sang Edith den Raupen das Lied vor, und am Morgen hob sie die Blätter an und spähte neugierig darunter. Im Hochsommer spannten die griechischen Dienstmädchen unter dem riesigen Baum ein Tuch, und Edith sollte vom Balkon aus die Äste schütteln. Sie beugte sich vor, zog mit ihren dünnen Ärmchen an den

Zweigen, und schon knatterten die süßen weißen Maulbeeren auf das Tuch. Es hörte sich an wie ein sommerlicher Platzregen.

Als sie einmal eine unreife Feige vom Baum pflückte, spritzte ihr eine weiße Flüssigkeit auf die Hand, so weiß wie die Milch aus den Zitzen der Katze Grischa, die im Garten geworfen hatte. Sıdıka sagte ihr, das sei das Blut der Feige, das jene brauche, um anzuschwellen wie eine Brust. Sıdıka war eine schmale, hochgewachsene Kreterin, mit blauen Augen und blondem, fast weißem Haar. Mit ihrem Mann, dem Gutsverwalter Mustafa, sprach sie ein Griechisch, das sonst niemand verstand, nicht einmal ihre Söhne. Wenn Edith sich mit den Gästen ihrer Mutter langweilte, lief sie zu Sıdıkas Unterkunft am Ende des Gartens und ließ sich von ihr mit Zimtkringeln und Kräuterpasteten verwöhnen.

Wegen des großen Altersunterschieds zu ihren größeren Geschwistern wuchs Edith nicht mit ihnen zusammen auf und wusste sich daher allein zu beschäftigen. Ihre Schwester Anna und ihre Brüder Charles Jr. und Jean-Pierre verbrachten acht Monate des Jahres in einem Internat in Frankreich. In dieser Zeit war Edith das einzige Kind im Haus. Freunde hatte sie dennoch, Bornova war damals ein Kinderparadies. Wenn es abends bei Sonnenuntergang nach Mandarinen duftete, fuhren die Kinder auf der Straße mit dem Fahrrad um die Wette, spielten Murmeln, Verstecken, Fangen, und mehr als nach ihren Vätern, die mit dem Abendzug eintrafen, hielten sie nach dem Helva-Verkäufer Kosta Ausschau, der aus seinem kleinen Dorf in der Nähe jeden Abend vorbeikam, den Kindern Leinsamen-Helva reichte und den beim Kaffee sitzenden Damen Tüten mit Nüssen, Lokum und Bonbons feilbot.

Ediths bester Freund war der Nachbarsjunge Edward

Thomas-Cook. Gemeinsam kletterten sie auf das schmiedeeiserne Gartentor, jagten in den weitschweifigen Herrenhäusern nach Gespenstern und spielten an unendlich langen Sommerabenden im Schatten Szenen aus ihren Lieblingsromanen nach. Edward entstammte einer vielköpfigen Familie und wurde zwischen seinen beiden größeren Brüdern und der kränklichen kleinen Schwester oft übersehen. Sein Haus war stets voller Verwandter und Gästen, die er mit Onkel und Tante anredete. Er war anders als die anderen Jungen. Anstatt Fußball zu spielen, saß er lieber neben Edith und las. Neben der *Schatzinsel* und *Tom Saywers Abenteuer* hatte er auch Ediths Lieblingsbuch gelesen, *Little Women*, und sich von Edith sogar breitschlagen lassen, ihr die beiden langen Zöpfe abzuschneiden, damit sie aussah wie die Buchheldin Jo.

Außer Edward hatte Edith noch einen engen Freund, ihren Vater Charles Lamarck. Monsieur Lamarck hätte vom Alter her ihr Großvater sein können, vielleicht war ihre Beziehung deshalb von so viel Liebe und Verständnis geprägt. Dass Edith von ihrem Vater so verwöhnt wurde, gab ihrer Mutter Juliette immer wieder Anlass zur Klage. Wenn die Stunde des Abendzugs herannahte, setzte Edith sich auf den Rand des steinernen Zierbeckens, tauchte die Hand bis zum Ellbogen ins Wasser zu den Seerosen und Goldfischen und schielte zum Gartentor, das auf die Straße hinausging. Juliette machte sich oft schon zu einem Abendtee in einem benachbarten Herrenhaus auf und rief ihrer Tochter im Vorbeitrippeln zu: »Edith, Schatz, wasch dich bitte und lass dir die Haare kämmen, bis ich zurück bin. Ich habe dem Kindermädchen gesagt, es soll dein Kleid mit den blauen Kordeln bereitlegen. Zum Abendessen haben wir Gäste, da möchte ich, dass alle mit froher Miene bei Tisch sitzen.«

Die Worte entfleuchten ihrem Mund, als hätten sie es eilig. Um Atem zu holen, ließ sie ihre wassergrünen Augen eine Sekunde lang Bestätigung heischend auf Ediths Gesicht ruhen, wandte aber den Blick sogleich wieder ab, als hätte sie etwas Beschämendes gesehen. Die schwarzen Augen des Mädchens mussten in Juliettes Seele eine dunkle Ahnung auslösen, denn sobald sie Edith anblickte, erschien zwischen ihren Brauen eine tiefe Falte. Als Edith noch keine zwölf war, trat die gleiche Falte auch bei ihr auf, was die Mutter mehr betrübte als die Tochter. Gegenüber den Damen, die bei ihr Tee tranken, klagte sie oft: »Sehen Sie bloß, Madame Levon, wie faltig ihr Gesicht in dem Alter schon ist. Ich predige ihr, sie solle sich abends mit Rosenwasser und Myrrhensalbe einreiben, aber sie hört ja nicht auf mich.« Als würde durch die ständige Wiederholung ihres Lamentos die ärgerliche Falte schließlich verschwinden.

Wenn Monsieur Lamarck abends sein träumerisch veranlagtes Töchterchen am Brunnenrand warten sah, nahm er es in den Arm, streichelte es und sagte: »Mein Winzling!« Sie war ja wirklich ein winziges Geschöpf, die Züge wie mit einem feinen Messer perfekt konturiert, das Gesicht wie ein Wassertropfen. Bis zur Pubertät war sie in ihrer Klasse stets die Kleinste. Ihre Zähne waren aufgereiht wie Granatapfelkerne, nur zwischen den beiden Schneidezähnen tat sich eine kleine Lücke auf, durch die sie vollends reizend wurde. Sıdıka zufolge war jene Lücke ein gutes Omen und bewahrte sie vor dem bösen Blick. Wenn Monsieur Lamarck nach einem langen Tag in der Reederei überdrüssig nach Hause kam, genügte ein Blick in die kohlenschwarzen, dicht bewimperten Augen seiner Tochter, um ihn aufzuheitern. Arm in Arm gingen Vater und Tochter durch den weiten Garten, betrachteten die

Spinnen, die zwischen den verstaubten Weintrauben des Großvaters ihre Netze woben, und sprachen über die hinter dem Berg Nif aufsteigenden Sterne und über den Mond, der die Veilchen silbern färbte.

Monsieur Lamarck schlug seiner Tochter keinen Wunsch aus und beschenkte sie mit fein gearbeiteten Spieldosen, diamantenbesetzten Kämmen und aus Paris importierten Puppen mit echten Haaren. Zum zehnten Geburtstag bekam sie ein weißes Pony aus London, und zum dreizehnten Geburtstag ein reinrassiges Araberpferd, dessen schwarzes Fell glänzte wie ein Spiegel. Gemeinsam ritten Vater und Tochter in Ausflugsorte in der Nähe von Bornova, nach Narlıköy und Kokluca, oder zu einer der Vergnügungsgaststätten an der Kervan-Brücke. Einmal ließ ihr Vater ein Lamm rösten und das Fleisch an dort zeltende Nomaden und an Ausflügler verteilen.

So war es kein Wunder, dass Monsieur Lamarcks plötzlicher Tod am meisten Edith erschütterte. An einem so entsetzlich heißen Sommertag, dass sogar die Zeit langsamer verrann, hatte Charles Lamarck im Restaurant des Hotels Kraemer alleine zu Mittag gegessen, als sein Herz ihm mit einem Mal den Dienst versagte. Sein Kopf sackte auf den Teller mit dem zarten, blutigen Filet, und die Joghurtsauce ergoss sich über die aufgeschlagen auf dem Tisch liegende *Kartause von Parma*, die er stets in der Westentasche mit sich führte.

Das liebevolle Verhältnis zwischen Vater und Tochter, das Juliette Lamarck zu Lebzeiten ihres Gatten nicht sonderlich goutiert hatte, kam ihr im folgenden Jahr zugute. Edith, die eigentlich in die Abschlussklasse hätte eintreten sollen, verließ die Schule und wurde den ganzen Sommer über nicht mehr gesehen. Nunmehr war sie nur noch Haut und Knochen, lief mit bleichem Gesicht und schwarz geränderten Augen herum, tat aber keinen Schritt aus dem Herrenhaus. In geschickter Wortverdreherei gab Juliette dies als Folge der Krise aus, in die das Mädchen nach dem Tod des geliebten Vaters geraten war.

»Wo Edith ist? Ach, *ma chérie*, wenn Sie wüssten, wie sehr Charles' Tod ihr zugesetzt hat … Sie war so geschwächt, dass sie die Schule verlassen musste. Der Arzt war der Ansicht, die Sommerhitze hier würde ihr nicht guttun, da blieb mir nichts übrig, als sie auf Kur nach Baden-Baden zu schicken. Dort hat sie den ganzen Sommer verbracht, jetzt ruht sie sich hier aus. Deshalb zeigt sie sich nicht in Gesellschaft. Selbstverständlich waren wir alle von dem entsetzlichen Ereignis erschüttert, aber man muss doch zurück ins Leben, *n'est-ce pas?* Die Jungen haben sich zum Glück sofort um die Geschäfte gekümmert. Und unsere Anna ist wieder guter Hoffnung … Ja, genau! Diesmal sind es sogar Zwillinge! *Mon Dieu!* Sie sind in ein kleines Palais in Buca gezogen, hatte ich das schon erzählt? Mein Schwiegersohn ist ein sehr vornehmer Mensch, ein englischer Adeliger. Ach, du kennst ihn ja … Tja, und Edith … Sie ist eben sehr sensibel. Noch dazu hing sie ungeheuer an ihrem Vater. Was soll man machen? Ich habe mit einem berühmten Nervenarzt gesprochen, der im Hotel Huck logiert. Er meint, wir sollen sie einfach in Ruhe lassen. Wir haben ihn neulich bei einem Empfang der Thomas-Cooks kennengelernt. Und wissen Sie, was er da gesagt hat? …«

Irgendwann glaubte sie sogar, was sie erzählte, denn mehr als ihre Freunde wollte sie sich selbst überzeugen. Um eine Geschichte zu erfinden, brauchte sie nur einen Funken Wahrheit. Fest stand, dass Charles gerade zur rechten Zeit gestorben war. Selbst wenn Juliette sich bemüht hätte, hätte sie keinen so günstigen Zeitpunkt wählen können. Wäre ihr Mann noch am Leben gewesen, hätte er mit seinem weichen Herzen die durch Edith verursachte Schande nicht gelassen zu bewältigen vermocht, sondern die Familie mit Sicherheit ins Unglück gestürzt. Juliette dagegen hatte es geschafft, nicht nur die Ehre ihrer Tochter zu retten, sondern die der ganzen Familie. Demnächst würde Edith ihre Krise überwinden und eine vorteilhafte Ehe eingehen. Sobald der Nachbarssohn Edward sein Studium in New York beendete, mussten die beiden ohne Umschweife miteinander verlobt werden.

So mochte gesonnen und geplant werden, doch an einem Wintermorgen, an dem Juliette das Schicksal zu beherrschen wähnte, kroch jenes in seiner Hinterhältigkeit aus der ledernen Aktenmappe eines Athener Anwalts hervor und holte zu einem Schlag aus, durch den das empfindliche Gleichgewicht zwischen Mutter und Tochter erschüttert werden sollte.

Vor der Ledermappe

Edith las Zeitung, als Juliette mit wehendem Morgenmantel das Esszimmer betrat.

Es war einer der seltenen Tage, an denen die Sonne Bornova im Stich ließ. Aus dem verhangenen Himmel grollte es, als könne er jeden Augenblick zerreißen. An den blattlosen Zweigen des Aprikosen- und des Kirschbaums vor dem Fenster ließ der Wind seine Wut aus.

Ungeachtet des Sturmes duftete es im Esszimmer der Lamarcks gemütlich nach Feuerholz und geröstetem Brot. Der Gutsverwalter hatte nach dem Morgengebet den gelben Kachelofen angemacht, und ein Dienstmädchen hatte auf dem Grammofon eine Platte aufgelegt, eine Sonate für

Violine und Klavier von Mendelssohn. Seit dem Tod ihres Mannes ertrug Juliette keine Stille mehr und wollte unbedingt gleich beim Aufwachen Musik zu hören bekommen. In allen Zimmern im Erdgeschoss hatte sie ein Grammofon aufstellen lassen, und auch in ihrem Schlafzimmer stand eines.

Edith sah von der Zeitung auf und ließ den Blick über die Mutter hinweg zum Ölporträt ihres Vaters an der Wand schweifen. Ihr Vater pflegte zu sagen, scheue Menschen fänden am ehesten im Winter zu sich. So wie nach dem Abfallen von Blüten, Blättern und Früchten die wahre Form eines Baumes zutage trete, finde in der winterlichen Stille auch der Mensch zu den tiefsten Schichten seiner Seele. Doch der Winter dauerte leider nur sehr kurz in jener Stadt, wo die Bewohner fast immer vor ihren Haustüren oder bei offenen Fenstern das Leben genossen. Wehmütig dachte Edith an die langen Winterabende in der Klosterschule in Paris, an denen die Mädchen gemeinsam vor dem riesigen Kamin in der Bibliothek saßen und lasen. Die Schule war nur mehr eine Erinnerung. Die ehemaligen Klassenkameradinnen hatten im Frühjahr ihren Abschluss gemacht. Ohne Edith.

Seufzend wandte sie sich wieder der Zeitung zu.

Es war darin die Rede, in Smyrna werde die *Comédie-Française* gastieren. Jules Claretie, der Direktor des größten, ältesten Theaters der Welt, habe dem französischen Konsul zugesichert, im folgenden Jahr werde es zu einer Aufführung im Sporting Club kommen. Die Nachricht war der Zeitung *La Réforme* eine Schlagzeile auf dem Titelblatt wert, denn sie kündete davon, welchen Status die französische Kultur unter der Elite der Stadt einnahm.

»*Bonjour, ma chérie.*«

Juliette küsste ihre Tochter auf die Wange, warf über

ihre Schulter einen kurzen Blick in die Zeitung und flötete: »Hast du gut geschlafen?«

Edith nickte, ohne aufzublicken. Auf Jamaika hatte es ein Erdbeben gegeben. In den Straßen von Kingston sahen Menschen mit vor Entsetzen aufgerissenen Augen auf die Verwüstungen. Edith beugte sich vor, um das Schwarz-Weiß-Foto besser zu studieren.

»Schau dir dieses Wetter an!«, rief Juliette. »Ob es heute noch mal hell wird? Als ob eine finstere Armee auf uns zumarschierte. Da wird einem ganz anders gleich am Morgen!«

Sie setzte sich an ihren Platz. Auf ihr Gesicht, das ungeschminkt wie nackt wirkte, produzierte sie ein Lächeln.

»Hast du deine Brüder gesehen? Oder sind sie etwa schon aus dem Haus? Und wo sind Gertrude und Marie? Schlafen sie noch?«

Edith blickte auf die leeren Stühle und zuckte die Schultern. Erst jetzt fiel ihr auf, dass die Schwägerinnen nicht zum Frühstück erschienen waren. Juliette sprach weiter, ohne eine Antwort abzuwarten.

»Bien sûr, natürlich, jetzt fällt's mir wieder ein, die wollten ja heute in die Stadt, weil Gertrudes Cousine aus Amsterdam gekommen ist. Sie treffen sich im Café de Paris, da könntest du doch auch hin, Edith? Gertrude und Marie sind jetzt praktisch Schwestern von dir. Das Wetter ist allerdings scheußlich. Krima! Schade. Weißt du was, nach dem Frühstück könnten wir uns doch um das Baby kümmern, was meinst du? Es hat angefangen zu lächeln, wusstest du das schon? Unter uns gesagt, gleicht Daphne ihrem Vater aufs Haar, aber kein Wort davon zu Marie, sonst ist sie beleidigt. Ein bisschen was hat die Kleine sogar von mir, aber dein Bruder sieht mir ja auch ziemlich ähnlich.«

Edith murmelte nur etwas vor sich hin, und Juliette

drückte auf die Tischklingel neben der silbernen Gabel. Augenblicklich eilte aus der Küche ein Dienstmädchen mit einer Thermosflasche herbei. Ihr Häubchen war ihr etwas verrutscht, und als sie den kritischen Blick ihrer Herrin bemerkte, rückte sie es eiligst zurecht. Nach dem Tod ihres Gatten hatte Juliette darauf bestanden, sämtliche Hausangestellten in Uniformen zu stecken. In Paradiso, wo sich neuerdings viele Amerikaner niederließen, hatte sie ein Exemplar der Zeitschrift *Good Housekeeping* erstanden und die darin angepriesene Dienstkleidung in Smyrna nachschneidern lassen. Die weißen Häubchen und Schürzen mussten täglich gewaschen werden, die blauen Uniformen zwei Mal in der Woche.

Zoi mit der Thermoskanne in der Hand hoffte inständig, der Tintenfleck auf ihrer weißen Rüschenschürze würde unentdeckt bleiben. Als sie am Morgen in der Bibliothek Monsieur Lamarcks die Kerzen des Kronleuchters angezündet hatte, war ihr eingefallen, ein paar Zeilen an ihren Schatz auf der Insel Chios zu schreiben, doch kaum saß sie am Schreibtisch, hatte sie aus der Eingangshalle ein Lachen vernommen. Gertrude und Marie bereiteten sich darauf vor, mit dem Acht-Uhr-Zug nach Smyrna zu fahren. Als Zoi hochschreckte, hatte sich über ihre Schürze Tinte ergossen.

Juliette stand allerdings nicht der Sinn danach, sich mit Tintenflecken herumzuärgern. Wenn die Schwiegertöchter nicht mit bei Tisch saßen, trat unweigerlich zutage, was zwischen Edith und ihr für eine Spannung herrschte. Juliette fühlte sich wie ein wildes Tier, das in die Falle gegangen war. Und dann war da auch noch diese Falte zwischen Ediths Augenbrauen! Sie griff zu ihrer Kaffeetasse, als wäre sie ein Rettungsring.

»*Merci*, Zoi, du kannst mir mein Frühstück bringen. Hast du schon was gegessen, Edith?«

»Nein, habe ich nicht und werde ich auch nicht.«

Endlich sah Edith einmal auf.

»Zoï, schenkst du mir bitte Kaffee nach? Und geh bitte in den Garten und sag Sıdıka, sie soll mir zwei Zigaretten drehen. Dünne, bitte.«

»Selbstverständlich, Mademoiselle Lamarck.«

In der Hoffnung, ihr schwindendes Lächeln wieder zu beleben, stupste Juliette den hölzernen Drehteller in der Mitte des Tisches an. Die Konfitüren – Kirsche, Rose, Erdbeere – sowie der Honig und die Butter kamen an ihr vorbei, doch sie hatte auf nichts Lust.

»Warum das denn, *ma chérie*? Kaffee auf nüchternen Magen ist ungesund. Iss doch wenigstens ein Croissant. Und was soll das mit den Zigaretten? Was meinst du würde dein Vater dazu sagen, dass du bei Tisch rauchst wie ein gewöhnliches Weib?«

Sie deutete mit dem silbernen Löffel auf das Ölporträt über dem Grammofon. In seinem goldenen Rahmen war Monsieur Lamarck nicht Edith zugewandt, sondern der Ecke mit dem Kachelofen, sodass im Profil sein gewaltiger Bauch hervortrat, der fast die Jackenknöpfe sprengte.

»Er sieht mich aber doch nicht, oder? Also kann ich tun, was ich will.«

Über ihre Porzellantasse hinweg musterte Juliette ihre Tochter. Obwohl Edith dieses Nervöse an sich hatte, auf nüchternen Magen Kaffee trank und rauchte, und trotz jener verfluchten Falte, strahlte sie den jugendlichen Glanz ihrer neunzehn Jahre aus. In Juliette regte sich eine Mischung aus Eifersucht und Stolz. Edith bräuchte nur ein wenig zuzunehmen, sich aufrechter zu halten, ein bisschen Rouge aufzulegen und unter die Leute zu gehen, dann wäre im Nu eine passende Partie für sie gefunden. Vielleicht war es gar nicht nötig, auf Edwards Rückkehr aus New York zu warten, Juliette konnte sich mit ihrer Nachbarin Helene Thomas-Cook verständigen und die beiden Kinder einander versprechen. Ohnehin waren sie damit schon spät dran. Oder wusste Edward über Ediths Fauxpas Bescheid und zierte sich deshalb? Schließlich hatte die Schande gewissermaßen vor seiner Nase stattgefunden.

Zoi kam durch die zum Garten führende Tür herein, legte geradezu verstohlen die Zigaretten neben Ediths Teller und zog sich augenblicklich zurück. Sıdıka hatte ihr auch einen Teller mit Orangenmakronen mitgegeben. Edith holte aus der Tasche ihres schwarzen Kleides ein Mundstück aus Elfenbein und steckte eine Zigarette hinein. Sie trug seit zwei Jahren schwarz, und das, obwohl ihre Mutter gleich nach Ablauf der vierzigtägigen Trauerzeit wieder alle Vorhänge und Fenster aufgemacht und das Haus mit Gästen gefüllt hatte.

»Rauch doch wenigstens mal eine amerikanische Zigarette. Muss es unbedingt dieses Kraut sein?«, murrte die Mutter. »Fahren wir nächste Woche nach Paradiso und kaufen dir anständige Zigaretten, wenn du schon unbedingt rauchen willst. Außerdem warst du noch nie dort. Du wirst staunen, was die Amerikaner da hingebaut haben.«

»Und was glauben Sie, *Maman*, woher die Amerikaner ihren Tabak haben?«

Juliette kniff die Augen zusammen und klopfte mit dem Löffelchen auf ihr weiches Ei. Sie konnte es anfangen, wie sie wollte, nie schaffte sie es, mit ihrer aufsässigen Tochter ins Gespräch zu kommen. Sie hatte es satt. Seit Ediths Kindheit bemühte sie sich, das Kind zu mögen, doch war es ihr nie gelungen, sie zufriedenzustellen. Edith hatte Kleider aus Paris bekommen, diamantenbesetzte Haarspangen und Kämme, sie war zum Kuchenessen im *Café Kosti* und zu Kutschenfahrten an der Uferpromenade mitgenommen worden, und in den teuersten Spielwarengeschäften durfte sie sich aussuchen, was sie wollte. Ihre Schwester Anna, die in Frankreich zur Schule ging, war einmal in den Ferien nach Hause gekommen und hatte in Ediths Zimmer in einer Ecke Seidenschals und rotbackige Puppen herumliegen sehen, wie sie selbst sie nie bekommen hatte.

»Das ist so ungerecht!«, hatte sie sich empört. »Ich hatte ganze zwei Puppen, und als ich eine dritte wollte, musste ich bis Weihnachten warten. Ins Haar habe ich nicht diamantenbesetzte Kämme bekommen, sondern höchstens rosafarbene Bänder. Das ist unglaublich, *Maman*. Nur weil ich nicht so schön bin wie Edith? Sie haben keinen Funken Gerechtigkeit im Herzen!«

Sie hatte recht. Es wäre Juliette nicht in den Sinn gekommen, Anna herauszuputzen und sie zum Kuchenessen auszuführen. Anna war ein grobschlächtiges, breitknochiges Mädchen. Ihre Haare fühlten sich an wie ein Rattenfell. Als man Juliette das Kind nach der Entbindung in die Arme gelegt hatte, musste sie losheulen. Ihr Baby war rotgesichtig wie eine bretonische Bäuerin und hatte eine Kartoffelnase. Die Hebamme Meline, damals noch eine blutjunge Frau, fand es rührend, dass der frischgebackenen Mutter beim Anblick ihres Babys die Tränen kamen, und sie ließ die beiden allein. Dabei weinte Juliette, weil sie sich auf eine Ehe mit einem viel älteren und noch dazu hässlichen Mann eingelassen und ihm ein Kind geboren hatte, das genauso aussah wie er.

Damals war sie noch sehr jung. Im Abstand von jeweils einem Jahr kamen ihre beiden Söhne zur Welt, danach war sie ausgelaugt. Erst sieben Jahre nach ihrem jüngeren Sohn Jean-Pierre wurde Edith geboren, und nicht nur war die Kleine ein ausgesprochen hübsches Kind, sondern

Juliette hatte alle Zeit der Welt, um mit ihr zu spielen wie mit einer Puppe. Trotz alledem konnte sie sich nicht erinnern, ihr Kind je einmal nach Herzenslust geküsst zu haben. Edith war ein hübsches Ding, doch keineswegs anschmiegsam. »Kinder wollen nicht nur geliebt werden, sondern auch Mitgefühl spüren«, sagte Charles zu ihr. »Wenn das nicht der Fall ist, werden sie widerspenstig.« Juliette begriff nicht, was das bedeuten sollte. Sie gab ihrer Tochter, was sie wollte, nahm sie überallhin mit, was sollte sie denn noch tun?

Stumm saßen die beiden da. Auch die Sonate auf dem Grammofon war ausgeklungen. Das Ticken der Wanduhr war nervenzerreibend. Juliette legte ihr Messer beiseite, stand auf und ging zum Porträt ihres Mannes. Sie spürte die Blicke ihrer Tochter auf sich ruhen, während sie Mendelssohn vom Plattenteller nahm und stattdessen »Nobody« auflegte, eine Platte, die sie die Woche zuvor in Paradiso gekauft hatte. Mit der Kurbel zog sie das Federwerk auf, und nach kurzem Knistern ertönte aus dem tulpenförmigen Trichter das einem Flehen gleichende Lied von Bert Williams.

»*Voilà!* Passt doch genau zum heutigen Tag. *When life seems full of clouds and rain* … Stimmt's etwa nicht?«

Edith sah dem Rauch ihrer Zigarette nach, der sich zur Deckenlampe emporkräuselte. Eines Tages würde sie am Hafen von Smyrna eines der nach Marseille ablegenden Schiffe besteigen und sich von hier davonmachen. Dann ab nach New York … in die Neue Welt. Nur mit einem Koffer in der Hand, ohne Rückfahrkarte, allein. Ohne jemandem Bescheid zu sagen, würde sie sich eines Morgens aus der Villa davonschleichen. Und sich genau wie im Lied unter eine fremde Menge mischen und zu einem Niemand werden. *Nobody*. Weder eine Lamarck noch eine Levantinerin oder eine Französin. Splitternackt. Sobald man ein Niemand war, konnte alles geschehen.

Juliette säuselte: »Weißt du, wer heute Abend zum Tee kommt?«

Da Edith nicht reagierte, gab Juliette sich eifrig selbst die Antwort, als ob jedes ihrer Worte Fröhlichkeit versprühte.

»Avinash Pillai!«

Scheinbar gleichgültig blies Edith den Rauch ihrer Zigarette aus. Juliette spürte, wie ihr Kinn unwillkürlich zuckte. Wenn Edith als Kind so abweisend dreinblickte, hätte Juliette ihr am liebsten eine schallende Ohrfeige versetzt. Und wie es sie juckte! Meistens beherrschte sie sich jedoch, verschränkte die Hände hinter dem Rücken und begnügte sich damit, ihre Tochter anzuschreien.

»Jetzt komm mal zu dir, kleines Fräulein! Du lebst hier im Überfluss, da hast du kein Recht, so zu schmollen. Geh doch mal raus und schau dir an, wie die Menschen leben. Schau dir die Babys in den Armenvierteln an, die nicht mal eine Windel am Hintern haben, und dann komm her und schmoll weiter!«

Bis auf ein einziges Mal vermochte sie ihre Wut stets zu bezwingen. Das eine Mal jedoch … nun, da hatte Edith die Ohrfeige wirklich verdient. Und sogar noch mehr! Was hatte Monsieur Lamarck das Mädchen aber auch verzogen! Sie machten so viel mit ihr mit! *Mon Dieu*!

»Ganz richtig, ich habe Avinash Pillai zum Essen eingeladen. Da bist du hoffentlich dabei. Du weißt doch, wer das ist?«

»Ja, der Juwelenhändler.«

Seit Edith rauchte, klang ihre ohnehin tiefe Stimme noch rauer.

»Tja, das meinst du!«, stieß Juliette aus, froh darüber,

dass Edith sich endlich auf ein Gespräch einließ. »Deine Tante Rose hat mir verraten, was wirklich dahintersteckt. Und weißt du, was?«

Sie hoffte, Ediths Interesse geweckt zu haben, doch als deren Schweigen ebenso hartnäckig in der Luft hing wie ihr blauer Zigarettendunst, hielt sie es nicht aus und sprach weiter.

»Das mit den Juwelen ist nur ein Vorwand. Er hat zwar tatsächlich einen Diener, der zwischen Smyrna, Alexandria und Bombay hin und her fährt und jeweils kistenweise Edelsteine mitbringt, die herrlichsten Saphire, Smaragde und Rubine! Sogar heilende Steine sollen darunter sein. Wenn er zum Hafen hinuntergeht, um auf eines seiner Schiffe zu warten, ist er daher stets von Hexenmeistern umgeben. Bevor noch die Boote ihre Taue an Land werfen, fangen die schon zu feilschen an, und oft genug geraten sie in Streit. Selbst Muslime kaufen bei ihm ein, und sogar den Leuten des Sultans ist er ein Begriff. Ich habe ihn gebeten, uns ein paar Steine mitzubringen. Wenn dir etwas davon gefällt, kaufen wir es. Er war neulich bei der Teeparty von Tante Rose, dort haben wir uns unterhalten. Ein interessanter Mensch. Stell dir vor, er wohnt in einer Herberge im muslimischen Viertel. Seit einem Jahr soll er schon da sein, und wir erfahren erst jetzt davon. Das hat allerdings seinen Grund. Rate mal, womit der Juwelenhändler sich eigentlich beschäftigt!«

Edith schloss die Augen. Ob es wohl irgendwo auf Erden möglich war, einen Vormittag zu verbringen, ohne reden zu müssen? Vielleicht sollte sie sich in ein Kloster zurückziehen. Haha! Erst aus einem katholischen Gymnasium rausgeworfen werden und dann ins Kloster gehen! Das wäre noch das Allerschönste!

»Edith *mu*, meine Edith, hör gut zu, der Mann ist Geheimagent! Ein richtiggehender Spion! Begreifst du? Und weißt du auch, für wen er spioniert? Für die Briten! Ich wollte es erst auch nicht glauben, aber anscheinend lassen die Briten Inder für sich arbeiten, und zwar vor allem in muslimischen Ländern, weil sie dort weniger auffallen. Er hat übrigens in Oxford studiert. Ich wusste gar nicht, dass sie dort Inder aufnehmen, aber seit einiger Zeit scheint das so zu sein. Das hat er mir übrigens persönlich erzählt, den Rest weiß Tante Rose aus sicherer Quelle.«

Edith seufzte. Juliette war in Fahrt. Ihre glänzenden Wangen – gleich nach dem Aufwachen rieb sie sich mit Rosenöl ein – waren rot, die blaugrünen Augen von der Wollust des Klatsches geweitet.

»Na, was sagst du? Ist das nicht hochinteressant? Möchtest du den Herrn heute Abend kennenlernen?«

»Nein.«

Ernüchtert blickte Juliette auf die Zigarette, die Edith im Aschenbecher ausgedrückt hatte. Der Appetit war ihr vergangen. Sie wollte nicht mal mehr die Pastete, die Zoi ihr serviert hatte.

»Warum nicht, Edith? Was willst du sonst machen? Wieder droben wie ein Gespenst von Zimmer zu Zimmer wandern? Weil du nie an die Sonne kommst, hat deine Haut schon einen Violettstich, wie bei den Engländerinnen, merkst du das überhaupt? Wenn Leute nach dir fragen, weiß ich gar nicht mehr, was ich sagen soll. Es ist jetzt über ein Jahr her …«

Edith hörte endlich auf, die Lampe anzustarren, und wandte sich zornig ihrer Mutter zu. Ihre mandelförmigen schwarzen Augen funkelten.

»Versuch's doch mal mit der Wahrheit!«

Mit ihrer spitzen Stupsnase, den hohen Wangenknochen und den von langen Wimpern beschatteten Augen hatte sie üblicherweise etwas Verletzliches an sich, das aber urplötzlich in entschlossene Härte umschlagen konnte, und ihre Stimme klang dann so kehlig, wie man es von den lieblichen Gesichtszügen nie erwartet hätte.

Schnaubend knallte Juliette ihre Tasse auf den Teller. Sie schlug den Ton an, den sie im Umgang mit dem Personal am Leibe hatte, und ihr spitzes Kinn reckte sich noch weiter vor.

»Jetzt pass mal auf, meine Geduld hat ein Ende. Ich bemühe mich, verständnisvoll zu sein, auf dich einzugehen, aber von dir kommt nichts zurück. Was soll dieser Trotz? Ja, wir haben schwere Zeiten durchgemacht, aber …«

Die Augen ihrer Tochter glühten.

»Man stirbt nun mal nicht mit. Und in Gottes Wirken dürfen wir uns nicht einmischen. Es ist höchste Zeit, dass du dich aufraffst und wieder am Leben teilnimmst. Du bist kein Kind mehr. Es ist nur zu deinem Vorteil, wenn du dich in Gesellschaft zeigst. Du hast doch gehört, dass sogar Lucy Gillard sich verlobt hat. In deinem Alter kann es passieren, dass auf einmal keine passenden Männer mehr vorhanden sind. Wir sind schon spät dran. Pass bloß auf, dass du nicht auf einmal alleine dastehst. Komm jetzt, lach ein bisschen!«

Sie rückte den Stuhl nach hinten, wischte sich mit der Leinenserviette den Mund ab und ging mit ausgestreckten Armen auf Edith zu. Die aber sprang auf wie eine Katze. Sie wusste, was kommen würde, ihre Mutter würde sie in die Wangen kneifen, um sie zum Lachen zu bringen, wie damals, wenn sie als Kind schmollte. Edith schnappte sich die zweite Zigarette, das Mundstück und das goldene Feuerzeug, und bevor ihre Mutter um den Tisch herum war, entwischte sie in die Eingangshalle. Die Makronen blieben unangetastet auf dem Tisch zurück.

Als Edith auf der Treppe war, klingelte es an der Tür. Edith blieb stehen und spitzte die Ohren. Eine fremde Stimme sagte: »Könnte ich bitte zu Mademoiselle Edith Sofia Lamarck? Ich habe etwas Wichtiges mit ihr zu besprechen.«

Katinas Traum

Der Krämer Akis tat einen letzten Schluck aus der Kaffeetasse. Seine Wasserpfeife war ausgegangen. Sogleich stand der Lehrling mit der Zange bereit, um Kohlen nachzulegen.

»Nicht nötig, ich muss los.«

Sobald er aufstand, wurde im Kaffeehaus Protest laut.

»Komm, eine Runde noch, *vre* Akis! Dein Laden läuft dir nicht davon. Aller guten Dinge sind drei. Vielleicht wendet sich das Blatt.«

Akis blickte auf das Tavla-Spiel neben seiner Tasse mit dem schwarzen Kaffeesatz darin. Zwei Mal hatte er schon verloren. Er strich sich über den schwarzen Bart, tat einen Schritt aus dem Kaffeehaus und blickte in Richtung Englisches Krankenhaus. Außer einem Helva-Verkäufer, der mit seinem Tablett vorbeiging, war niemand zu sehen. Er ging wieder hinein, ließ sich vom Stimmengewirr einlullen. Es roch nach verbranntem Kaffee, Apfelschalen und Füßen.

»*Endaksi*, in Ordnung, aber nur noch eine Runde, dann habe ich zu tun.«

»*Malista, Akis mu*, natürlich, mein Lieber. Wir haben alle zu tun. Die eine Runde noch, dann brechen wir auf.«

Hristo, der neben Akis saß, rief den Lehrling herbei.

»Los, Pavli, bring Akis einen Kaffee und kümmere dich um seine Wasserpfeife, aber rasch!«

Akis küsste die Hand, in der er die Würfel hielt.

»*Ade!* Los! Auf gut Glück.«

Als eine halbe Stunde später Katina mit dem Baby auf dem Rücken auf dem Platz erschien, hatte Akis die dritte Runde gewonnen und ging die vierte an. Seine Frau stand schließlich unter der Laube und klopfte an die angelaufene Scheibe, doch Akis hörte sie nicht. Katinas Kopftuch war in den Nacken gerutscht, die regennassen Haare klebten ihr an der Stirn, Wangen und Nase waren vor Kälte ganz rot. Die Männer hinter der Scheibe schwangen ihre Würfel, als hätten sie die Welt draußen vergessen. Da nahm Katina ihren Ring vom Finger und schlug damit an die Scheibe, auf die Gefahr hin, das Baby zu wecken. Pavli ließ den Kaffee auf der Holzkohle und trat unter die Laube hinaus.

»*Kalimera, Kirya* Katina. Guten Morgen! Wie geht es Ihnen?«

Katina gab keine Antwort. Pavli eilte hinein.

»*Kirye* Akis, draußen ist Katina.«

Diesmal beschwerte sich niemand, als Akis aufstand. Es war halb elf. Der Regen würde nicht so bald aufhören. Zusammen mit Akis verließen drei Bauarbeiter das Kaffeehaus, die in der Menekşe-Straße Kopfsteinpflaster verlegten. Vorneweg marschierte Akis, daneben die zierliche Katina, die zusammen mit dem Baby in seine Westentasche gepasst hätte, dahinter die Saisonarbeiter von der Insel Chios mit ihren geschulterten Schaufeln. Sie überquerten den kleinen Platz des Viertels, wo es dank einer Bäckerei an der Ecke immer nach frischem Brot duftete, sodass er einfach der Bäckerplatz genannt wurde. Sobald es einigermaßen warm war, stellten die Anwohner Stühle und Bänke hinaus und machten es sich bequem. Unter einer jungen Platane stand ein Brunnen, daneben war eine Polizeiwache, und umgeben war der Platz von einer niedrigen Mauer, vor der die Mädchen Seil sprangen und Sonnenblumenkerne kauten.

Wegen des Regens war der Platz an dem Morgen leer. Die in der Woche zuvor verlegten Pflastersteine glänzten unter den Füßen wie Spiegel. Die Rinnen, die man am Gehsteig entlang gegraben hatte, liefen längst über, und die Nebenstraßen wurden zu einem Meer aus Schlamm. Um von der Straße ins Haus zu gelangen, mussten sie über einen Wassergraben springen. Das Baby auf Katinas Rücken gab keinen Ton von sich.

Akis' Krämerladen lag in der vom Platz abgehenden Menekşe-Straße, im Erdgeschoss eines schmalen, zweistöckigen Steinhauses. Ihre Wohnung war im Obergeschoss, hinter dem Haus hatten sie ein Warenlager, eine Wasserpumpe und einen kleinen Hof, in dem Katina ihre Wäsche zum Trocknen aufhängte.

Akis kramte in seinem Gürtel nach dem Schlüssel.

»Hast du die Jungs in die Schule gebracht?«, fragte er.

»Ja, schon lang.«

»Was hast du dann bis jetzt gemacht?«

»Was soll ich schon gemacht haben? Ich bin nach Fasula gegangen, auf den Markt, und habe für heute Abend Fleisch gekauft. Ich habe mir gedacht, ich mache ein Ragout. Mir ist der Safran ausgegangen, leg also welchen beiseite, ich lasse nachher den Korb hinunter. Dann bin ich zu *Kirye* Yakumi und habe Lavendelöl von ihm bekommen, damit soll ich unserer Tochter die Sohlen einreiben, damit sie besser schläft. Für die Jungs hat er mir Weihrauchperlen mitgegeben, für die Konzentration. Von dort bin ich zum Bäcker Berberyan gegangen, anders hätte ich das Kind nicht zum Schlafen gebracht. Sie schläft nur ein, wenn ich mit ihr herumgehe. Wie die Frauen auf dem Dorf muss ich mit einem Baby auf dem Rücken herumlaufen.«

Akis sah auf das Baby, das, den weiß bemützten Kopf auf den Rücken der Mutter geschmiegt, mit roten Wangen, roter Nase und offenem Mund tief und fest schlief. Er freute sich schon auf den Abend, wenn er das Kind in den Armen halten würde.

»Geh schnell rauf in die Wohnung, damit sich die Kleine nicht erkältet. Was bist du auch bei dem Wetter auf die Straße?«

»Was sollte ich denn machen? Hätte ich sie im Kaffeehaus lassen sollen? Zu Hause hat sie gebrüllt wie am Spieß, aber kaum waren wir am Französischen Krankenhaus, schlief sie schon. Übrigens hat Frau Hayguhi dir Pasteten schicken lassen, die bring ich dir zum Kaffee runter. Oder willst du warten, bis der *Sübye*-Verkäufer kommt?«

»Bei dem Regen geht der nicht aus dem Haus. Bring mir den Kaffee.«

Akis kurbelte den Rollladen seines Geschäfts hoch, und Katina trat durch die blaue Holztür daneben ins Haus. Damit die Stufen nicht knarzten, ging sie auf Zehenspitzen in die Wohnung hinauf. Auf dem Treppenabsatz zog sie die Schuhe aus und schob sie an die Wand. Der Ofen mitten im Zimmer war ausgegangen, doch es war noch warm in der Wohnung, und es duftete nach der frischen Wäsche, die sie am Morgen gebügelt hatte. Sie löste ihr Kopftuch und sah im Spiegel hinter der Ikone auf ihr Baby. Es schlief immer noch. Hoffentlich blieb das so, bis sie das Mittagessen gekocht hatte.

Sie legte das Baby in die Wiege vor dem Erkerfenster, dabei öffnete die Kleine kurz ihr rotes Mündchen. Katina durchfuhr ein ehrfürchtiger Schauer. Jedes Mal, wenn sie ihr Baby ansah, glaubte sie ein Wunder vor sich zu haben. Sie deckte das Kind zu und tippte dabei jedes einzelne der kleinen weißen Fingerchen an, die winzigen, halbmondförmigen Fingernägelchen. Bevor sie in die Küche ging, bekreuzigte sie sich dreimal.

»Lieber Jesus, liebe Mutter Gottes, bitte beschützt meine Panayota vor dem bösen Blick und vor allem Unheil. Amen.«

Akis hatte sie es nicht sagen wollen, aber nachdem sie die Jungs in die Schule gebracht hatte, war sie in die Katharinenkirche gegangen. Sie konnte immer noch nicht glauben, dass ihre Tochter heil auf die Welt gekommen war, und so suchte sie seit einem Jahr jeden Morgen die Kirche auf und betete zur heiligen Katharina, der Schutzpatronin der jungen Mädchen, und natürlich zur Jungfrau Maria, damit sie ihre schützenden Hände über Panayota hielten. Für eine Weihgabe hatte sie goldene Armreife aus ihrer Aussteuer verkauft. Akis wiederum glaubte nicht, dass Panayotas Geburt ein Wunder und eine Gnade der Heiligen Jungfrau sei. Mit der Weihgabe hatte er sich murrend abgefunden, doch hätte er erfahren, dass Katina jeden Morgen etwas in den Opferstock der Katharinenkirche warf, wäre er aus der Haut gefahren. So hielt Katina ihre Kirchenbesuche vor ihrem ungläubigen Ehemann lieber geheim.

Während der Entbindung glaubte Katina schon, sowohl Panayota als auch sie würden sterben. Was heißt glauben, sie hatte nicht den mindesten Zweifel. Zwischen ihren Beinen ergoss sich das Blut wie ein roter Fluss, und sie selbst schwebte federleicht zum Himmel empor. Unten, rund ums Bett, hielten Frauen sie an den Beinen fest, und wie ein Gebet, an das sie selbst nicht glaubten, riefen sie im Chor: »Press, Katina, streng dich an! *Ela*, los, Katina *mu*. Gleich ist es so weit!« Das Baby drückte mit ganzer Kraft, Katina presste, die Frauen zogen an ihren Beinen, doch der Kopf des Kindes erschien nicht.

Inmitten des roten Flusses kniete die junge Hebamme Marika mit vor Angst und Verzweiflung verzerrtem Gesicht. Sie war seit achtundvierzig Stunden zugegen. Beim Prüfen des Muttermundes murmelte sie: »Das verfluchte Ding ist so versiegelt wie der Schatz des Sultans.« Sie hätten von vornherein ins Krankenhaus gehen sollen. Die Oberhebamme Meline hätte gewusst, was zu tun war, doch fatalerweise war sie zu einer Hausgeburt bei einer reichen Frau außerhalb der Stadt gefahren und noch nicht zurückgekehrt. Ein Mädchen war ins Türkenviertel geeilt, um die alte Aybatan zu holen. Ungeachtet der nächtlichen Stunde war die Frau sofort aus dem Bett gestiegen, hatte ihr Bündel vorbereitet, ihren Umhang umgeworfen und sich in die Menekşe-Straße aufgemacht. Die nächsten vierundzwanzig Stunden hatte Katina dann auch nur überstanden, weil Aybatan ihr immer wieder einen Sud aus in Alkohol eingelegten Heilkräutern einträufelte.

Als sie nach achtundvierzig Stunden abgelöst von ihrem blutbesudelten Körper über den Dingen schwebte, sah sie, wie Aybatan der Hebamme etwas ins Ohr flüsterte. Sie vernahm die Worte nicht, wusste aber, was sie zu bedeuten hatten: »Das Baby können wir nicht retten, aber wenigstens die Mutter.« Das Baby war tot. Sie wollte etwas sagen, doch wie in einem Albtraum entrang sich ihrem geöffneten Mund kein Laut. Sie hätte sonst gebeten, man solle sie sterben lassen. Sie wollte sich dem süßen Todesschlaf ergeben wie eine Erfrierende. Vor ihr tat sich ein Tunnel aus weißem Licht auf, der wie ein Regenbogen zum Himmel aufstieg. Vom anderen Ende her winkte ihre kleine Tochter ihr zu. Sie glich ihrer Mutter aufs Haar, was Katina sehr freute. Ihre Söhne waren nach der Familie von Akis geraten, es waren dunkelhaarige, kräftige Jungen mit breiten Knochen. Das kleine Mädchen dagegen war

44

zierlich und hatte rote Haare und Sommersprossen wie sie selbst. Sie tat einen Schritt in den Lichttunnel, auf das Mädchen zu.

Unten, um ihren verlassenen Körper herum, tat sich etwas. Aus weiter Ferne klang an ihr Ohr, dass Marika sagte: »Halt aus, *Kirya* Katina, wir bringen dich ins Krankenhaus.« Ach, wenn sie das nur bleiben ließen! Ohne Körper war man herrlich frei! Alles schien nur noch Licht zu sein. Als Katina beim Durchschreiten des Tunnels die Wände berührte, wurden auch sie zu Licht und tropften ihr wie Meeresleuchten von den Fingern. Wie alles andere bestand ihr neuer Körper nur aus Licht. Ihre Hände, ihre Arme, ihr ganzer Leib wurden eins mit allem, was sie berührte. Katina war Licht, der Tunnel selbst und ihre am Ende wartende Tochter waren Licht, und alles ging ineinander über. Während sie weiterging, beobachtete sie verzaubert, wie alles an ihr sich weiter in Licht verwandelte.

Zweifellos war sie auf dem Weg ins Paradies.

Ihr Leben lang hatte sie sich bemüht, eine gute Christin zu sein, war an allen Sonn- und Feiertagen in die Kirche gegangen, und wenn ihre Gebete erhört wurden, hatte sie stets die versprochenen Opfergaben dargebracht. Des Weiteren hatte sie vor Weihnachten, vor Ostern und vor Mariä Himmelfahrt je eine vierzigtägige Fastenzeit eingehalten und nicht einen Tag vergessen zu beten. Sie war sicher, dass am Ende des Tunnels die heilige Maria auf sie und ihre Tochter warten würde.

»Bringt mich nicht ins Krankenhaus«, wollte sie sagen, doch fehlte ihr dazu der Atem.

Vom Himmel sah sie auf die Erde hinab. Der zwischen ihren Beinen hervorquellende rote Fluss hatte inzwischen die Welt überschwemmt. Ihr verkrampfte sich das Herz.

War das wirklich ihr Blut? Sie durchschritt den Lichttunnel, unten schrien Menschen, Dachgebälk ächzte, in das Wehklagen mischte sich das Kreischen von Vögeln, deren Flügel Feuer gefangen hatten. Es war ein Albtraum. Die Flammen verzehrten das Leben, wo immer sie seiner habhaft wurden. Das musste die Hölle sein. Dabei ging es sogar schlimmer zu, als es in den heiligen Schriften stand. »Heilige Maria, *Panayia mu*, halt meine Söhne von den Machenschaften des Teufels fern, verzeih ihnen ihre Schuld und ihre Sünden, errette sie von dem Albtraum dort unten. Weise meinen Söhnen den Weg ins Paradies.« Während dieses Gebets verlor sie das Bewusstsein.

In dem Raum, in dem sie nach langer Zeit die Augen öffnete, schillerte an den Wänden ein gelbes, blaues und grünes göttliches Licht. Auch der Staub, der über ihrem Bett tanzte, war von den gleichen Farben. Durch die Fenster des weiß getünchten Zimmers mit der hohen Decke wehte eine frische, salzige Brise Magnolienduft herein. So also ging es im Paradies zu. Als Katina durch ein halb geöffnetes Fenster zu einem rauschenden Feigenbaum hinausblickte, fiel ihr ein, was ihre Mutter einst über Magnolien gesagt hatte. »Wenn du Magnolienblüten in eine Vase steckst, musst du sie mit einem Faden ersticken, *kori mu*, meine Tochter. Tust du das nicht, erstickst du selbst an ihrem Geruch.«

Beim Gedanken an ihre Mutter kam ihr ihre sommersprossige Tochter in den Sinn, die sie am Ende des Tunnels gelassen hatte. Unwillkürlich fasste sie sich an den Bauch. Sie war in ihre leibliche Hülle zurückgekehrt. An ihr Ohr drang das Gemurmel anderer Patienten hinter einem Vorhang. Sie war nicht im Paradies, sondern noch immer auf Erden. Wie der Sud der alten Aybatan sickerte ihr Kummer von der Kehle in den Bauch hinab. Ihr Bauch war zusammengeschrumpft. In der Gebärmutter verspürte sie ein Ziehen. Ohne das Wesen, das sie neun Monate lang in sich genährt hatte, fühlte sie sich entsetzlich einsam.

Sie drehte sich zum Fenster und schloss die Augen. Ihr Schmerz floss aus den Augen auf das Kopfkissen. Die Leere in ihrem Bauch traf sie wie ein Faustschlag. Wieder erschien ihr das sommersprossige Mädchen am Ende des Tunnels. Es winkte seiner Mutter zu und lächelte sie an, als wollte es sie mit seinem Verschwinden in weißer Unendlichkeit daran erinnern, dass alles nur aus Licht bestand.

»*Panayia mu*, steck mich zurück in den Tunnel. Heilige Maria, nimm diesen Leib von mir. Bring mich zu meiner Tochter.«

Doch Gott und seine Engel hatten anscheinend andere Pläne für Katina, denn sie gaben keine Antwort. Stattdessen wurde der Vorhang aufgeschoben, und an Katinas Bett stand eine europäische Krankenschwester in einer rosafarbenen Uniform. Auf dem Arm hielt sie in eine gelbe Decke gewickelt ein Baby. Es war eine hochgewachsene, freundlich lächelnde Frau. Die blonden Haare hatte sie zu einem festen Dutt gebunden, ihr rundes, helles Gesicht leuchtete wie ein Vollmond im August. Mit charmantem Akzent sagte sie auf Griechisch: »Guten Morgen, *Kirya* Katina. Ich bin Schwester Liz. Möchten Sie mit Ihrer Tochter Bekanntschaft schließen?«

Verdutzt blickte Katina erst auf die Krankenschwester, dann auf das Baby, das sie ihr entgegenhielt. Es war mit Haaren auf die Welt gekommen. Sein Gesicht war hochrot, die Augen fest zugekniffen. Doch als die Schwester es in Katinas Arme legte, ging das kleine rote Mündchen auf, und das Baby fing herzzerreißend zu schreien an.

»Ihre Tochter ist sehr hungrig«, sagte die Krankenschwester lächelnd. »Während Ihrer Ohnmacht hat sie bei der Amme des Krankenhauses getrunken. Als ich gemerkt habe, dass Sie wach sind, habe ich das Baby sofort geholt.«

Katina starrte wie verzaubert auf das rotgesichtige Wesen, das sie in den Armen hielt. Im Krankensaal war ansonsten kein Laut zu hören.

»Sie haben eine schwere Nacht durchgemacht. Als Marika Sie herbrachte, waren Sie ohnmächtig. Gott sei Dank ist unsere Oberhebamme Meline uns zu Hilfe geeilt. Sie müssen einen Schutzengel haben, denn ich weiß nicht, wie Meline in finsterster Nacht von Ihrer Geburt erfahren hat. Sie war bei einer Entbindung außerhalb der Stadt, und als sie hier eintraf, hat sie sich gleich mit Ihnen in den Kreißsaal eingeschlossen und niemanden zu sich gelassen. Sie hat Ihr Baby allein auf die Welt gebracht und sogar gebadet und gewickelt, während wir oben waren. Sie ist eine wunderbare Hebamme. Sogar tote Babys hat sie wieder zum Leben erweckt!«

Katina nickte erschöpft. Das Baby hatte unterdessen die Brustwarze ihrer Mutter gefunden und zu saugen begonnen. Mit noch strahlenderem Lächeln rief die Krankenschwester aus: »Sehen Sie nur die Kleine an! Sie hat wohl im Mutterleib gelernt, wie sie an der Brust saugen muss! Wie gut sie das kann!«

Als Schwester Liz sich anderen Patienten zuwandte, berührte Katina sanft die Lippen des Babys, die schwarzen Haare, die zarten Ohren, die zwischen ihren Fingern fast dahinschmolzen. Es war nicht zu glauben! Ihre Tochter lag mit Augen und Ohren, mit Haut und Haaren in ihren Armen. Ein Wunder war geschehen! Deshalb also hatten der Herrgott, die Heilige Jungfrau und die Engel davon abgesehen, Katinas Leben zu nehmen. Ein Wunder! Die Jungfrau Maria hatte mit ihrer heiligen Hand das Baby berührt. Mit Tränen in den Augen bekreuzigte sich Katina und flüsterte dem Baby ins Ohr: »*Na ziseis moro mu*, mögest du lange leben, meine Kleine!«

Während Katina mit dem Baby an der Brust halb lachend und halb weinend wieder und wieder der Jungfrau Maria dankte, verschwand aus ihrem Gedächtnis allmählich das Bild des kleinen Mädchens, das ihr am Ende eines weißen Tunnels zum Abschied zuwinkte.

Die lederne Aktenmappe

»Könnte ich bitte zu Mademoiselle Edith Sofia Lamarck? Ich habe etwas Wichtiges mit ihr zu besprechen.«

Der Fremde, der mit dem Hut in der Hand vor der Villa der Lamarcks stand, wirkte eher wie ein biederer Provinzler als wie ein Rechtsanwalt. So hielt der Gutsverwalter Mustafa, der ihm die Tür öffnete, ihn denn zunächst auch für einen Seifenhändler aus Aydın. Trotz Kälte und Regen trug der Mann lediglich einen cremefarbenen, zu weit geschnittenen Überrock. Sein kastanienroter Schnurrbart war kurz gestutzt, die vor Brillantine glänzenden Haare sorgfältig zurückgekämmt, und dennoch ging auf den ersten Blick etwas Vernachlässigtes von ihm aus. Vielleicht, weil er, auf einen silbernen Gehstock gestützt, etwas schief dastand. Oder aber, weil er – vielleicht, um etwas größer zu wirken – die Hosenbeine extra lang trug, sodass sie bis zu den Absätzen seiner spitzen Schuhe fielen.

Edith stieg die Treppe wieder hinab. Dem Gutsverwalter entging nicht, dass der ungebetene Besucher bei ihrem Anblick zusammenzuckte. Er fasste sich aber gleich wieder, verbeugte sich tief und sagte auf Französisch mit starkem Akzent: »Mademoiselle, gestatten Sie, dass ich mich vorstelle. Mein Name ist Dimitrios Mitakakis. Habe ich die Ehre mit Fräulein Edith Lamarck?«

»Ja, bitte?«

Der Mann blickte auf Ediths flache Brust, den schmächtigen Körper, das blasse Gesicht und zwirbelte seinen roten Schnurrbart. Edith hatte ihre widerspenstigen Haare nicht hochgebunden, sondern so gelassen, wie sie ihr beim Aufstehen auf den Rücken fielen. Dass sie bereits erwachsen war, verriet einzig ihre tiefe, selbstsichere Stimme. Aber wie konnte ein Mensch nur so sehr einem anderen gleichen?

»*Enchanté*, Mademoiselle, sehr erfreut. Ich bin aus Athen gekommen, um mit Ihnen etwas zu besprechen. Ich bin Rechtsanwalt.«

Edith hielt ihm die Hand zum Kuss hin. Als sie den Besucher gerade in den Salon bitten wollte, ging die zweiflügelige Tür des Esszimmers auf und Juliette kam in ihrem seidenen Morgenmantel herausgestürmt. Als sie in der Eingangshalle einen Fremden erblickte, machte sie in gekünstelter Hast den Morgenmantel zu und zog den Gürtel fest.

»Sie wünschen?«

Mitakakis löste die Knöpfe seines Überziehers und wiederholte seinen Namen und seinen Beruf.

»Ach, Sie möchten bestimmt zu meinen Söhnen. Die sind mit dem Acht-Uhr-Zug in die Stadt gefahren. Sie haben sich umsonst nach Bornova bemüht. Wissen Sie, wo unser Büro in Smyrna ist? Es liegt direkt am Quai.«

»Nicht nötig, Madame. Ich möchte zu Mademoiselle Lamarck.«

Juliette knüpfte den Gürtel ihres Morgenmantels auf und wieder zu. Unwillkürlich fasste sie sich an die Kehle, ihre wassergrünen Augen weiteten sich.

»Was haben Sie mit uns zu tun? Nach dem plötzlichen

Tod meines Mannes haben unsere Söhne die Firma übernommen. Sie haben ja wohl erfahren, dass Monsieur Lamarck vor zwei Jahren durch einen Herzinfarkt von uns gegangen ist.«

»Selbstverständlich, bitte entschuldigen Sie, dass ich Ihnen erst so spät mein Beileid ausspreche.«

Dass niemand mehr etwas sagte, quittierte Juliette mit einem tiefen Seufzer. Der Anwalt schien sich vor dem Gutsverwalter zu genieren.

»Nun gut«, sagte Juliette, »gehen wir in die Bibliothek. Dort können wir uns in Ruhe unterhalten. Falls ich Ihnen behilflich sein kann, werde ich mein Möglichstes tun. Mustafa, sag bitte in der Küche Bescheid, *se parakalo*. Sie sollen uns Kaffee zubereiten. Monsieur Mitakakis, möchten Sie lieber türkischen Mokka oder das, was man hier ›europäischen Kaffee‹ nennt?«

Ihr nervöses Lachen hallte von der hohen Decke wider. Edith zog ein trotziges Gesicht. Der Anwalt stand auf seinen Stock gestützt da und starrte auf seine Schuhspitzen und auf das schwarz-weiße Sternenmuster auf dem Fliesenboden. Ohne aufzublicken, murmelte er schließlich: »Ich müsste mich mit Mademoiselle Lamarck alleine besprechen.«

»Und worüber?«

Juliettes Stimme überschlug sich nun. Der Anwalt hob den Blick und sah den beiden Frauen ins Gesicht. Sie erinnerten ihn an Masken aus dem antiken griechischen Theater. Das Gesicht der Mutter war zu einer komischen Maske verzerrt, während die Züge der Tochter eher auf eine tragische Maske verwiesen. Aber kam ihm nicht auch dieses Schmollende irgendwie bekannt vor?

»Leider darf ich aus rechtlichen Gründen nicht mit Ihnen darüber sprechen, Madame Lamarck.«

»Aber …«

Edith wusste, wie ihre Mutter sich gleich aufregen würde, und trat einen Schritt vor.

»Bitte schön, Monsieur Mitakakis, gehen wir doch in die Bibliothek hinüber. Hier lang.«

Der Anwalt übergab Mustafa Hut und Jacke und folgte Edith auf seinen Stock gestützt in die rechterhand liegende Bibliothek. Juliette wäre ihnen liebend gerne nachgegangen, um an der Tür zu horchen, doch spürte sie die Blicke des Gutsverwalters auf sich ruhen und suchte daher ihr Zimmer auf, um sich anzuziehen. Was konnte ein Anwalt, und noch dazu einer aus Athen, mit Edith zu schaffen haben? Hatte das Mädchen sich etwa auf etwas eingelassen, wovon sie als Mutter nichts wusste? Hatte sie wieder Ärger am Hals? Würde Juliette sich auch noch darum kümmern müssen?

In ihrem Schlafzimmer nahm sie vom Toilettentisch mit den vielen Kölnisch-Wasser-Fläschchen die Handglocke und schüttelte sie energisch. Dann setzte sie sich auf den Hocker mit dem samtenen Kissen und wartete auf ihre Zofe. Das Zimmer war kalt. Sie wandte dem Toilettentisch den Rücken zu, denn früh am Morgen wollte sie nicht mit ihrem Spiegelbild konfrontiert werden, als würde der silberne Widerschein ihr das zeigen, wovor sie sich am meisten fürchtete.

Sie legte eine Platte auf und drehte versonnen die Kurbel. Im Grunde genommen wusste sie, was Edith mit Athen zu tun haben konnte, doch schob sie diesen Gedanken weit von sich. Es war eine leidige Angelegenheit, von der sie ihre Tochter sorgfältig ferngehalten hatte, damit sie unbekümmert aufwachsen konnte. Wer konnte jetzt, nach all den Jahren, daherkommen und die alte Geschichte wieder aufrühren?

Als ihr Blick auf das ungemachte Bett fiel, zuckte sie zusammen. Der Abdruck ihres Kopfes auf dem Federkissen sah aus wie ein ausgebrochener Vulkan. Abrupt griff sie wieder zur Glocke und schüttelte sie diesmal noch lauter und heftiger. Es tat ihr gut, sich aufzuregen, das kaschierte die in ihr aufkommende Furcht. Sie berührte den blaugrünen Kachelofen in der Mitte des Zimmers. Er war allerhöchstens lauwarm. Herrgott! Sie rauschte aus dem Zimmer und ließ auf der Treppe so lange die grelle Glocke ertönen, bis aus dem Erdgeschoss zwei Paar eilende Füße zu hören waren. Zoi und die Zofe İrini langten gleichzeitig an der untersten Treppenstufe an, sodass sie fast zusammenstießen.

»Wie oft habe ich euch verboten, im Haus zu rennen?«

Die beiden Frauen neigten die Köpfe mit den Spitzenhäubchen darauf.

»Was ist los mit dir, İrini? Seit einer Stunde rufe ich dich. Wo steckst du bloß?

»*Signomi*, gnädige Frau, Entschuldigung. Ich war in der Hütte bei Sıdıka, die frische Wäsche holen.«

»Warum ist mein Bett noch nicht gemacht, Zoi? Der Ofen ist auch ausgegangen. Was soll der ganze Ärger heute? Hast du die Schürze gewechselt?«

Es besänftigte Juliette ein wenig, wie gehorsam die beiden Mädchen mit gesenktem Kopf die Treppe emporstiegen, doch als sie zurück in ihrem Schlafzimmer war, drängte sich die Frage, warum der dahergelaufene Anwalt mit Edith sprechen wollte, mit voller Wucht wieder auf, gleich einem rasenden Zahnschmerz, den man mit Nelkenöl nur kurz hatte bändigen können.

»Wechselt gefälligst auch die Bettwäsche!«, fuhr sie Zoi an.

»Die haben wir vorgestern gewechselt, Madame Lamarck.«

»Willst du mir widersprechen, Zoi? Wenn ich sage, ihr sollt die Bettwäsche wechseln, dann tut ihr das auch. Sie riecht nicht mehr frisch. Und sag Sıdıka, sie soll nicht bügeln, ohne sich vorher die Raucherhände zu waschen. Und sie soll mehr Lavendel ins Waschwasser geben. Ich ertrage sie ohnehin nur, weil sie Mustafas Frau ist. Man versteht ja nicht mal, was sie sagt.«

»Wird gemacht, gnädige Frau.«

Sie rieb sich die Wange und ging zum Fenster. Vor dem Gartenhaus stand Mustafa und unterhielt sich mit dem Gärtner. Misstrauisch fragte sie sich, was die beiden sich wohl erzählten. Der Regen peitschte auf die nackten Äste der Kirschbäume ein. Nein, sie sorgte sich wohl umsonst. Sie musste an etwas anderes denken. An die Teeparty am Abend zum Beispiel … Wer würde sich wohl die Ehre geben? War bei den letzten Tees und Essen, die sie gegeben hatte, die Zahl der Gäste nicht zurückgegangen? Ach was, das war bestimmt ein Zufall. Dass es ausgerechnet heute regnen musste! Hoffentlich hielt der indische Spion Wort und kam tatsächlich. Sie musste ihn überreden, auch zum Essen zu bleiben. Die Damen würden sich gewiss für ihn erwärmen. Wie unzugänglich Edith beim Frühstück wieder gewesen war! Nicht mal am Spion hatte sie das mindeste Interesse gezeigt. Dabei hatte sie als Kind noch getönt, wenn sie groß sei, wolle sie Spionin werden.

Ach, Edith als Kind …

Sie wandte sich an Zoi, die die Bettwäsche wechselte.

»Und mach den Ofen an. Ich hole mir noch den Tod. Habt ihr etwa Haschisch geraucht? Ihr seid beide nicht recht bei euch.«

Unten in der Bibliothek, der noch immer Monsieur Lamarcks Tabakduft anhaftete, hielt Dimitrios Mitakakis

die mit rotem Flaum bedeckten feisten Hände vors Kamin-
feuer und blickte auf die von blauen und gelben Flammen
umzüngelten Scheite. In dem Raum herrschte eine so
warme, vertrauenerweckende Atmosphäre, dass man beim
Prasseln des Feuers sogar die Böen vergessen konnte, die
gegen die Fenster anwüteten. Der Schreibtisch in der
hinteren Ecke mit den Papieren und den Tintenfässern
darauf wirkte, als würde daran noch gearbeitet. Eine gesamte Wand entlang reihten sich hinter Glas schwarz und
weinrot eingebundene Werke französischer, englischer
und amerikanischer Literatur. Bei manchen war die gelbe
Schrift auf den Buchrücken abgeblättert, bei anderen
glänzten die goldenen Intarsien so sehr, dass man sie von
Weitem lesen konnte.

Edith zog an der Glocke, mit der man das Personal
aus der Küche herbeirufen konnte, und ließ sich in einen
der braunen Ledersessel vor dem Kamin fallen, ohne abzuwarten, dass auch ihr Gast Platz nahm. Nervös kaute
sie an ihrer zerfaserten Unterlippe. Dimitrios Mitakakis
stellte die lederne Aktenmappe auf ein Tischchen zwischen den beiden Sesseln und öffnete sie. Es lugte eine mit
griechischen Buchstaben beschriftete Akte hervor, und
Edith versuchte sich vorzustellen, was darin so Wichtiges
über sie stehen mochte. Ihr war sehr nach einer Zigarette,
doch die zweite, die Sıdıka ihr gedreht hatte, konnte sie in
ihrer Tasche nicht finden.

Dimitrios Mitakakis nahm auf dem anderen Sessel
Platz, doch bis das Dienstmädchen, das ihnen auf einem
Silbertablett den Kaffee servierte, den Raum wieder ver-
lassen hatte, sprach er kein Wort. Mit für seinen fülligen
Körper unerwarteter Anmut wandte er sich schließlich
Edith zu.

»Mademoiselle Lamarck, ich werde mich kurzfassen.

Was ich Ihnen zu sagen habe, wird Sie vermutlich einigermaßen verwundern.«

Er stellte sich die Aktenmappe auf den Schoß und entnahm ihr eine grüne Akte. Edith saß mit leicht geneigtem Kopf da und wartete ruhig, doch sehr interessiert darauf, dass er weitersprechen würde. Aus ihrem blassen Gesicht stachen dunkle Augen hervor. Statt jenes bleichen, kindlichen Wesens hatte sich Dimitrios Mitakakis auf seiner Reise von Athen nach Izmir eine arrogante, verwöhnte reiche Göre vorgestellt. Vielleicht würde das Gespräch ja doch problemloser ablaufen als gedacht. Es war schon mal gut, dass die Mutter nicht dabei war. Das Mädchen sah zwar mürrisch drein, doch hatte ihr Schweigen auch etwas Beruhigendes. Sie redete nicht, nur um irgendetwas zu sagen. Er trank einen Schluck Kaffee und räusperte sich.

»Ich möchte Sie von einem Erbe informieren.«

Edith runzelte die dichten Brauen.

»Für den Fall, dass Sie das Testament meines verstorbenen Mandanten akzeptieren, kommt Ihnen neben einer stattlichen Summe Geld auch ein Haus in der Vasili-Straße 7 zu.«

Der Anwalt hielt inne, um Ediths Reaktion abzuwarten. Zwischen ihren Brauen bildete sich eine tiefe Falte. Als sie keine Antwort gab, sah er sich genötigt, noch etwas hinzuzufügen.

»Sie können das Erbe natürlich auch ablehnen.«

Edith setzte die Kaffeetasse ab und beugte sich zu dem Anwalt vor.

»Wo ist die Vasili-Straße?«

Sie sagte das auf Griechisch, was den Anwalt beruhigte. Er verfiel in einen Flüsterton, als verriete er ihr ein Geheimnis.

»In Smyrna. In der Nähe des Bahnhofs von Punta, wo

die Bahnlinie nach Aydın beginnt. Im Volksmund nennt man die Gegend die Englischen Häuser. Sie kennen doch den Aliotti-Boulevard? Ganz gewiss, *vevea*, von dem geht die Straße ab. Dort wohnen vor allem Engländer, Franzosen, Italiener und reiche Griechen.«

Als er am Vortag in Smyrna angekommen war, hatte er als Erstes erkundet, wo das Haus lag und in welchem Zustand es war. Es grenzte fast direkt an die Bahnstrecke, und in unmittelbarer Umgebung schienen eher ledige englische Ingenieure als Familien zu wohnen. Das seit Jahren unbewohnte Haus machte einen ebenso verwahrlosten Eindruck wie der Garten, doch war es nicht der Moment, dies zu erwähnen.

»Ich begreife nicht. Nach dem Tod meines Vaters ist doch sämtlicher Besitz aufgeteilt worden. Von so einem Haus hat mir niemand etwas gesagt. Kann es sich nicht um ein Versehen handeln? Ich habe eine Schwester, Anna Margaret, deren Mann in Smyrna, Bournabat und Buca Immobilien besitzt. Er heißt Philippe Canterbury. Ist es möglich, dass Sie ihn suchen?«

Dimitrios Mitakakis holte aus seiner Westentasche ein silbernes Etui und entnahm ihm eine Zigarette. Obwohl sein Mandant in seinen letzten Lebenstagen mit einer schweren Lungenentzündung rang, hatte er sich noch bemüht, den Anwalt auf jene Begegnung vorzubereiten, doch er hatte abgewehrt, denn er wollte den Kranken nicht weiter anstrengen und zum anderen unter Beweis stellen, dass er der Situation auch so gewachsen war. Nun, in der nach Tabak duftenden Bibliothek der Lamarcks, wusste er allerdings nicht, wie er der misstrauisch dreinblickenden Edith die Wahrheit beibringen sollte.

»Kann ich bitte auch eine Zigarette haben?«

»Oh, natürlich. Bitte entschuldigen Sie, ich hätte Ihnen

gleich eine anbieten sollen. Wie unachtsam von mir. Bitte schön. Sie sehen aber auch so jung aus ...«

In Smyrna rauchten also Frauen in Gegenwart ihnen unbekannter Männer.

Edith winkte ab. Sie steckte die Zigarette auf ihr Elfenbeinmundstück und zündete sie mit dem Feuerzeug ihres Vaters an, ohne auf eine Geste des Anwalts zu warten. Mit geschlossenen Augen sog sie gierig den Rauch ein.

»Mademoiselle Lamarck, wir haben es mit einem etwas heiklen Thema zu tun. Im Grunde wäre es mir lieber, Sie würden die Nachrichten, die ich Ihnen überbringe, von jemand anderem erfahren, etwa von Ihrer Mutter.«

»Soll ich sie herbeirufen?« Die Falte zwischen den Augenbrauen schien immer tiefer zu werden.

»Nein, nein, das ist nicht nötig.«

Der Anwalt reichte Edith eine grüne Aktenmappe, dann stand er auf, ging unsicheren Schrittes zum Fenster und sah zum Gartenhaus, vor dem sich der Gärtner und der türkische Verwalter unterhielten.

»Dieses Dokument ...«

Dimitrios Mitakakis drehte sich um, warf seine Zigarette in den Kamin und stellte sich vor Edith hin, die Hände gefaltet, der Kopf gesenkt.

»Es verhält sich so, Mademoiselle Lamarck, mein verstorbener Mandant Nikolas Dimos, der ihnen diese Immobilie hinterlässt, hatte, wie soll ich sagen, eine Vermutung. Er ist erst kürzlich von uns gegangen, möge er in Frieden ruhen. Nun, also, das Wort Vermutung trifft es nicht ganz, es war vielmehr eine feste Überzeugung. Und nachdem ich Sie gesehen habe, muss ich ihm recht geben.«

Edith krallte ihre abgenagten Fingernägel ins Sesselleder. Mit geweiteten Augen sah sie den Anwalt an, der erst jetzt den Kopf hob.

»Mademoiselle Lamarck, ich bin gekommen, um Ihnen mitzuteilen, dass es sich bei meinem Mandanten Nikolas Dimos um Ihren leiblichen Vater handelte.«

Tage in Tilkilik

Im Morgengrauen wachte Avinash auf. Aus der Mumyakmaz-Moschee gleich neben seiner Herberge erschallte der Gebetsruf. Mit geschlossenen Augen lag er auf der dünnen Bastmatte und horchte auf die innige Stimme des Muezzins, die in der Stille des Morgens widerhallte.

Als der Gebetsruf zu Ende ging, stand er auf. Er rollte seine Bastmatte zusammen und stellte sie in eine Ecke. Danach war das Zimmer wieder so nackt und bloß, wie er es am ersten Tag vorgefunden hatte. Seit er dort wie ein Mönch lebte, war ein Jahr vergangen.

Die Herberge hatte für ihn am Abend seiner Ankunft der Junge Selim gefunden, den sein Gewährsmann Ravi angeheuert hatte, um Besorgungen aller Art für ihn zu erledigen. Selim war ein geschicktes Kerlchen, an dem Avinash sofort Gefallen fand. Er war der Sohn eines Kreters und sprach günstigerweise sowohl Türkisch als auch Griechisch. Er behauptete, er sei achtzehn Jahre alt, werde bald seinen Militärdienst ableisten und sich danach mit der jungen Zeyno verloben, die bei der Hatuniye-Moschee wohne, doch hegte Avinash den Verdacht, der Junge sei noch keine fünfzehn.

Während Ravi sich um die Reisetruhen kümmerte, die mithilfe eines bestochenen Mitarbeiters des britischen Konsulats problemlos abgefertigt wurden, erläuterte der Junge Avinash in kurzen Worten, wie es am Hafen zuging. An der breiten Uferstraße reihten sich Büros, Agenturen und Lagerhallen aneinander. Dahinter kamen Läden und Hotels europäischer Prägung, und der Junge dachte sich, ein Herr wie Avinash werde bestimmt in einem solchen Hotel logieren wollen.

Avinash ließ indes seine Blicke über die Straßenhändler schweifen, die mit Handwagen, Gestellen und Tragekörben umherzogen, über die Kamele, die zwischen auf dem Weg lagernden Säcken, Lederbündeln, Fässern, Kisten, Wollballen, Holz- und Eisenstapeln geduldig ausharrten, über die Lastenträger mit ihren bunten Westen, ihren kurzen Pluderhosen und ihrem Turban auf dem Kopf. Der Hafen von Smyrna war ein riesiger Organismus, in dem Lebewesen und Waren jeglicher Art und Herkunft gemeinsam atmeten. Dampfersirenen tröteten, Hunde bellten, Eisen schepperte, und ins Geschrei der Bootsleute mischten sich die Flüche der Lastenträger. Und durch diesen Wirrwarr wollte auch noch eine Pferdetrambahn hindurch! Der Wagenführer zog an der Glocke über sich, um sich freie Bahn zu verschaffen, und die Pferde trotteten kopfruckend drauflos, als ob sie sich um die Packen und Ballen, die ihnen im Weg lagen, nicht kümmerten.

Nachdem die Truhen mit einem einspännigen Pferdewagen in die Karawanserei Yemişçizade geschafft und dort sicher verwahrt worden waren, folgte Avinash Selim zu einer Herberge, deren quadratischer Innenhof mit seinen Feigen- und Zitronenbäumen ein Hort der Reinlichkeit und Stille war. Der Junge hatte ihn nur widerwillig dorthin gebracht und zunächst versucht, ihm eins der europäischen Hotels an der Uferpromenade oder eine der zu Hotels umfunktionierten Karawansereien am Kemeraltı-Markt schmackhaft zu machen, von denen er vermutlich eine Provision kassierte. Als Avinash darauf bestand, zu einer traditionellen Herberge geleitet zu werden, hatte Selim ihn schließlich mit hängenden Schultern zur Menzilhane am Anfang der Keçeciler-Straße geführt.

Dies war ein Ort, ganz wie Avinash ihn sich vorgestellt hatte. Das Durcheinander in den engen Gassen, durch die sie gekommen waren, fand in jenem Viertel ein jähes Ende, im Herbergshof herrschte ein solcher Friede, dass man das Leben draußen auf der Stelle vergaß, und außer Taubengurren und dem Plätschern des Brunnens war nichts zu hören. Im Gegensatz zu den Karawansereien am Hafen war die Herberge nicht auf Handelszwecke, sondern auf die reine Unterbringung von Gästen eingerichtet, und lediglich in der zur Straße hinausgehenden Vorderfront waren ein paar Läden angesiedelt. Die rund um den Hof angeordneten Zimmer waren leer, aber blitzsauber.

Jetzt trat er in den Hof hinaus, wusch sich mit dem eiskalten Brunnenwasser das Gesicht, erfrischte sich unter den Achseln und putzte sich die Zähne mit Natron. Die Frösche in den trüben Teichen der Nachbarsgärten waren längst erwacht und quakten. Schwere graue Wolken zogen vom Meer her auf die Berge zu und tauchten die Stadt in ein bleiernes Licht, wie die Bewohner Smyrnas es nicht gewohnt waren.

Obwohl Avinash bereits den zweiten Winter in Smyrna verbrachte, bekam er es zum ersten Mal mit so kühler Witterung zu tun. Ihn erfreute diese Abwechslung. An dunklen Tagen hielt er sich gerne im Innern auf.

Er ging in sein Zimmer zurück und ließ seine Stiefel vor der Tür. Von Konak her war das Geschrei der Möwen zu hören, die im Sturzflug auf Fischerboote herabsausten. Ein Schiff ließ seine Sirene ertönen, als pochte es auf sein Recht. In einem der Nebenzimmer fluchte ein Faulpelz, der weiterschlafen wollte. Avinash zog die Vorhänge zu, atmete tief ein und begann mit seinen morgendlichen

Übungen. Schon bald ließ er sich von Geräuschen und Gedanken nicht mehr ablenken, und seine Seele füllte sich mit Atem und Zufriedenheit.

Als er eine halbe Stunde später die Herberge verließ, war sein Atem ruhig, sein Verstand klar und die morgendliche Zerstreutheit wie weggeblasen. Seine fünf Sinnesorgane sogen die Welt auf wie ein Schwamm, er nahm jedes Gefühl wahr, das ihm durchs Herz zog, und lebte jeden Augenblick, als kaute er an einem Leckerbissen. Der Wind war heftiger geworden. Er beschloss, nach dem Morgenkaffee erst zum Quai zu gehen und den Wellen zuzusehen, wie sie ans Ufer schlugen, bevor er sein Tagesgeschäft begann.

Seine Hauptaufgabe bestand damals darin, im muslimischen Viertel Informationen zu sammeln. So verbrachte er seinen Tag damit, sich in vom Secret Service ausgesuchten Karawansereien, Hamams und Märkten herumzutreiben und verdächtige Personen zu überwachen. Meist verlangte sein Vorgesetzter von ihm, sich über Menschen zu informieren, die mit den in Saloniki und Paris organisierten Jungtürken in Verbindung standen, doch sollte er auch auf die Franzosen ein Auge haben, die mit allerlei Machenschaften versuchten, die Privilegien britischer Handelshäuser an sich zu reißen, und Gesandte und Boten nach Istanbul schickten, die mit ihrem angeberischen Akzent den Sultan um den Finger wickeln sollten. Daher suchte Avinash abends auch Umgang mit den Smyrnaer Levantinern.

Am Eingang zum Yemişçizade-Basar stand immer ein albanischer Salep-Verkäufer namens Kerim, bei dem trank Avinash im Stehen eine Tasse zimtgewürzten Salep, darauf wurde ihm warm. Wenn Kerim die Tasse gefüllt hatte, kauerte er sich neben der Kanne nieder und drehte sich eine Zigarette. Es war ein verschwiegener Mann mit harten, spitzen Zügen und mürrischen Lippen, als ginge ihm andauernd etwas Unangenehmes durch den Kopf. Morgens war ihm kein Sterbenswörtchen zu entlocken. Obwohl Avinash jeden Morgen bei ihm eine Tasse Salep trank, wusste er kaum mehr von dem Mann, als dass er Albaner war. Um Politik schien er sich nicht zu kümmern, aber gerade auf so scheinbar gleichgültige Menschen musste man ganz besonders aufpassen. Er konnte gut und gerne ein Spion von Sultan Abdülhamit sein, ein Jung-türke, oder ein griechischer Freiheitskämpfer …

Neben der Kanne stand ein Korb mit Damaszener-Kringeln. Als Avinash die Tasse zurückgab, nahm er sich einen davon. Seit er zum ersten Mal von den handgroßen Teigkringeln gekostet hatte, war er ihnen verfallen. Wenn der Salep-Verkäufer im Sommer von der Bildfläche ver-schwand, trauerte Avinash vor allem jenen Kringeln nach. Er betrat die lange, dunkle Basar-Passage, die auf einen geräumigen Hof hinausging. Aus dem Gebetsraum des Basars kamen zwei Arbeiter mit bis zu den Knien hoch-gezogenen Stiefeln in den Hof. Sie besprachen leise etwas miteinander, doch beim Anblick von Avinash verstumm-ten sie. Vor dem armenischen Schmuckladen fegte ver-schlafen ein Lehrling.

Unter der Laube eines Kaffeehauses saßen ein paar Männer schon zu so früher Stunde auf Hockern und lie-ßen ihre Wasserpfeifen blubbern. Avinash grüßte sie im Vorbeigehen und legte sich dabei ehrerbietig die Hand auf die Brust. Die Männer mit Fes oder Turban begnügten sich mit einem knappen Nicken. Avinash war sich bewusst, wie misstrauisch er im Viertel beäugt wurde. In den Kaffee-häusern von Smyrna war man an orientalische Gewürz-händler, Akrobaten, Magier und Kräuterkundige gewöhnt, doch einen elegant gekleideten Herrn wie Avinash vermochten die Leute nicht einzuordnen, und das verursachte ihnen Unbehagen.

Drinnen roch es nach Nelke, Pflaume, Apfel und frisch geröstetem Kaffee. Es war nicht viel los. Ein blonder Junge kehrte den Boden und murmelte dabei in einer Sprache, die Avinash nicht kannte, innig ein Lied. Als der Kaffeehausbesitzer Hasan den Gast erblickte, bellte er los.

»Mensch, Hızır, was treibst du denn? Beeil dich gefälligst und bereite für Avinash Efendi eine Wasserpfeife vor!«

Avinash setzte sich auf eine Bank neben Pamuk, die Katze des Kaffeehauses. Die ließ sich nicht stören und versuchte weiter vergeblich, die bunten Lichtreflexe aus ihrem Fell wegzulecken. Hasan trat mit einem Kaffeegefäß heran, gefolgt von dem blonden Jungen, der auf einem Tablett eine Tasse mit Untertasse herbeitrug und auf einem Tischchen abstellte. Die grauen Augen fest auf das Gefäß gewendet, schenkte Hasan gemächlich den Kaffee ein, der einen harzigen Duft verströmte.

Hasan setzte sich zur anderen Seite der Katze auf die Bank, und mit kaum wahrzunehmender Mimik, die nur der Junge verstand, deutete er diesem an, er solle sich trollen. Avinash holte aus seinem Gürtel ein elfenbeinernes Mundstück und steckte es auf den Schlauch. Die Katze schmiegte den Kopf in Hasans Hand.

»Schau dir das kleine Biest an, wie gut es dich kennt!«

»Und ob. Die ist hier im Hof zur Welt gekommen. Du weißt ja, wenn man sich um Katzen kümmert, wird einem das als gute Tat angerechnet. Einmal kam hier ein Reisender vorbei, der sagte, unsere Pamuk sei eine Angorakatze. Ihre Mutter hat sich aus dem Staub gemacht, kaum waren die Kleinen geboren. Es heißt ja immer, Katzen seien undankbare, eigennützige Viecher, aber ich mag sie trotzdem.«

Gleich am ersten Morgen nach seiner Ankunft hatte Avinash jenes Kaffeehaus aufgetan und an dem schon ziemlich alten Wirt mit dem grauen Bart und den sanften grauen Augen Gefallen gefunden. Hasan war geschwätzig, zugleich aber auch, in all seiner Unscheinbarkeit, ein weiser Mann. Meisterhaft verstand er sich darauf, jungen Stammgästen durch geschickte Fragen dabei behilflich zu sein, auf den rechten Weg zu finden. Er war ein imposanter Mann mit einem breiten Schnurrbart, und bevor er Wirt wurde, hatte er zwei Jahre lang in İki Çeşmelik als Wächter gearbeitet. Beim Plaudern im Kaffeehaus sprach er durchweg leise, doch wenn es hart auf hart kam, legte er mit so dröhnender Stimme los, dass selbst noch im entlegenen Flohmarkt alles erstarrte.

Mit gewandten Bewegungen stopfte er Tabak in den Pfeifenkopf und zündete die Kohle an. Avinashs Augen waren darauf trainiert, selbst noch das Unsichtbare zu sehen, und so entging ihnen nicht, dass Hasan dem Tabak ein wenig Paste beifügte. Als Avinash den Rauch einsog, führten die Pflaumen und Kirschen im Pfeifenwasser einen wilden Tanz auf, dem er versonnen zusah.

»Dir schwirrt wohl schon der Kopf von meinem Gerede.«

Avinash richtete sich auf.

»Ich bitte dich, Hasan, die Unterhaltung mit dir ist noch vorzüglicher als dein Kaffee. Ich habe aber heute noch in der Stadt zu tun, und danach muss ich zu meinem Lager. Selim ist wohl schon dort. Morgen früh komme ich aber wieder, dann sprechen wir weiter.«

»Wie das? Beehrst du uns etwa heute Abend nicht?«

Avinash hatte es sich zur Gewohnheit gemacht, abends

das Kaffeehaus aufzusuchen und wie die anderen Gäste draußen unter der Laube Tavla oder Karten zu spielen oder aber alleine in einer Ecke seine Wasserpfeife zu rauchen und den Gesprächen um ihn herum zu lauschen.

»Nein, heute Abend habe ich in Bournabat zu tun.«

»Hoffentlich Erquickliches.«

»Durchaus, Hasan, durchaus. Levantinische Damen haben von meinen Edelsteinen gehört und mich zum Tee geladen. Ich werde ihnen einige Stücke zeigen.«

Hasan schmunzelte.

»Gut so. Wenn sich unter den Damen dort herumspricht, was für magische Steine du führst, wirst du rasch zu Wohlstand kommen. Du wirst in der Madama-Straße einen Laden eröffnen und uns bald vergessen haben.«

»Wie sollte ich Hasans Wasserpfeifen je vergessen können?«

Da lachte der riesige Mann wie ein Kind, sodass seine Augen nur noch zwei Schlitze waren, dann aber wurde er plötzlich ganz ernst. Flüsternd sagte er: »Angeblich soll der Sultan gestürzt werden, hast du davon etwas gehört?«

Avinash stand auf, hob bedauernd die Arme, als sei er überfragt, dann wandte er sich der Tür zu, die zur Passage der Goldschmiede führte. Er war es gewöhnt, dass Hasan ihn zwischen Tür und Angel noch aufzuhalten suchte. Im Grunde erwartete der Wirt keine Antwort, es war dies nur seine Art, Avinash wieder mal seine politische Haltung zu erläutern. Schließlich traten sie gemeinsam auf die Straße hinaus. Es donnerte. Mit gerunzelter Stirn blickte Hasan auf die Wolken, die vom Meer her auf die Dächer herunterdrückten.

»Mit ihrem Gerede von Freiheit bringen sie nur die Völkerschaften gegeneinander auf. Mir ist zu Ohren gekommen, dass jetzt auch die Bulgaren auf Unabhängigkeit pochen. Früher oder später reißen auch sie sich vom Reich los. Schau dir nur die Kreter an … Die wollen sich unbedingt mit den Griechen zusammentun. Die Engländer haben sie dazu auf ihre Seite gezogen. Meinst du, als sie noch Untertanen des Sultans waren, hätten sie sich so etwas getraut? Ganz bestimmt nicht. Wenn diese abenteuerlustige Jugend an die Macht kommt – Gott bewahre –, wird sie nichts als Chaos anrichten. Und viele werden unter diesem Chaos leiden, sehr viele. Mächtig wird man durch ein Miteinander, und nicht dadurch, dass man sich aufspaltet. Wenn jeder darauf besteht, er sei Türke oder Grieche oder Bulgare, werden am Ende blutige Tränen fließen. Diese jungen Kerle hetzen die Leute gegeneinander auf. Was ging uns denn ab, als wir alle noch einfach Osmanen waren? Es lebte sich doch nicht schlecht.«

»Hoffen wir aufs Beste, Hasan Efendi. Nicht nur hier geht es drunter und drüber, auf der ganzen Welt. Allerorten werden Sultane und Könige gestürzt. Die Jugend ist überall unruhig. Aber du weißt ja, ohne Veränderung kann das Rad sich nicht drehen. Zerbrich dir nicht zu sehr den Kopf. Es wird alles so kommen, wie es muss. Also, bis bald.«

»Bis bald.«

Es regnete mittlerweile so heftig, dass die Rinnen am Straßenrand zu kleinen Sturzbächen wurden. Avinash griff in die Tasche und drückte Hasan ein paar Münzen in die Hand, dann verschwand er zwischen den Ständen des neuen Flohmarkts, die sich zwischen Höfen und Herbergen schlängelten.

Das Geständnis

Im Obergeschoss hörten Juliette, İrini und Zoi, wie die Bibliothekstür zugeschlagen wurde und auf der Holztreppe wütende Schritte erklangen. Nicht nur rannte Edith verbotenerweise im Haus, sondern sie stürmte auch ins Zimmer, ohne vorher anzuklopfen. Ihre schwarzen Locken hingen ihr wie ein reißender Bach ins Gesicht, auf die Schultern, auf den Rücken, die Augen glänzten wie die eines wilden Tiers. İrini, die damit beschäftigt war, ihrer Herrin das Kleid zuzuknöpfen, hielt auf Höhe der Schulterblätter ruckartig inne. Zoi fiel das Daunenkissen aus der Hand, das sie zum soundsovielten Male aufgeschüttelt hatte. Juliette wollte zu einer Schimpfkanonade ansetzten, doch erstarrte auch sie.

In zwei Schritten stand Edith zwischen dem hohen Spiegel und ihrer Mutter und schrie so laut, dass sie bis in den Keller der Villa zu hören war.

»Ich will wissen, was da los ist! Und zwar augenblicklich! Wer ist dieser Nikolas Dimos? Was haben Sie mit dem Kerl zu schaffen, dass er behauptet, er sei mein Vater?«

Sie hätte ihre Mutter auf der Stelle erwürgen können. Während sie zitternd dastand und nachdachte, kam es ihr auf einmal. Natürlich! Jetzt passte alles zusammen! Ihre schwarzen Haare, das Getuschel der Nachbarn und der Dienstmädchen, als sie noch ein Kind war, und die Art, wie ihre Mutter manchmal den Blick von ihr abwandte, als sähe sie etwas Schandhaftes … und wie ihre Geschwister am Esstisch spotteten: »Dich haben die *Zigeuner* zu uns gebracht, darum hast du so dicke Augenbrauen.«

Natürlich!

Ihre Wut durchströmte sie wie Lava, ihr brannten Ohren, Augen, Hals. Die merkwürdig kühlen, distanzierten Blicke ihrer Mutter rührten von deren eigener Schuld her und nicht etwa von einem Verfehlen Ediths. Jahrelang hatte sich Juliettes Scham in der Beziehung zu ihrer Tochter niedergeschlagen. Bei jedem Blick auf Edith war sie mit dem Gespenst ihrer illegitimen Beziehung konfrontiert worden und zurückgeschreckt. Daher jene Kälte, die Edith ihre ganze Kindheit über empfunden hatte. Sie hatte geglaubt, selbst schuld daran zu sein, und sich daher stets um eine herzlichere Beziehung zu ihrer Mutter bemüht. Die wiederum hatte nie die Verantwortung für das übernommen, was im Herzen ihrer Tochter tobte, sondern jene sogar noch mehr belastet. »Ach, Edith, *ma chérie*, tu mir doch den Gefallen und ärgere deine Mutter nicht, *d'accord?* Jetzt schau doch mal, wie deine Haare aussehen von all dem Herumlaufen, sag mal, tust du mir das mit Absicht an?«

Nein, sie tat ihrer Mutter nie etwas mit Absicht an, doch im Lichte dessen, was nunmehr zutage trat, begriff sie, dass ihre Mutter sich immer über sie aufregen würde, ganz gleich, was Edith tat oder nicht. Die schiere Präsenz ihrer Tochter war für Juliette Grund genug, nervös zu sein. Edith hatte also ganz umsonst an jener Last getragen. Ihre Mutter hätte sich schämen müssen, nicht sie selbst. Sie war unschuldig. Und ihr Vater? Hatte der gewusst, dass seine Frau sich mit einem anderen Mann eingelassen hatte?

»Das ist alles nur Lüge und Verleumdung«, beteuerte Juliette. Sie scheuchte İrini und Zoi aus dem Zimmer und sackte auf das frisch gemachte Bett. »Dein Vater hat dich über alles geliebt, das weißt du.«

Es versetzte Edith einen Stich. Nicht wegen ihrer Mutter, die in ihrem halb zugeknöpften beigen Kleid auf einmal wie verloren wirkte, sondern wegen ihres Vaters, der sie für sein eigenes Kind gehalten hatte. Einen solchen Verrat hatte Monsieur Lamarck nicht verdient. Er hatte seine Tochter innig geliebt und in ihr seine einzige Freundin gesehen. Oder hatte er von dem Fehltritt seiner Frau etwa erfahren und die verbotene Frucht jener Sünde nur beschützen wollen? Großherzig, wie er war? Alles, was sie bisher als wahr angesehen hatte, zerrann ihr zwischen den Fingern. Sie fühlte sich betrogen, und eine Welle der Wut stieg in ihr hoch.

»Sie erzählen mir jetzt alles von Anfang an. Und bitte mit allen Einzelheiten!«

»Es gibt nichts zu erzählen. Es ist alles reine Verleumdung. Dieser Nikos Dimos, dieser Händler, war unsterblich in mich verliebt. Er kam immer wieder aus Athen nach Smyrna, weil er mit den Trauben deines Großvaters Wein kelterte, und übernachtete bei uns. Als ich nicht auf ihn einging, wurde er immer aufdringlicher, aber ich wies ihn ab. Schließlich packte ihn die Wut, er wurde regelrecht ausfallend, danach ließ er sich nicht mehr blicken. Aber kurz vor seinem Tod wollte er sich anscheinend an mir rächen und hat einen Plan ausgeheckt und diesen windigen Anwalt zu dir geschickt. Was bin ich doch für eine unglückliche Frau! Wenn sogar meine eigene Tochter auf solche Lügen hereinfällt ...«

Edith ging mit verschränkten Armen zwischen Tür und Fenster auf und ab. Ihr ganzer Körper war von einem Stromstoß durchzuckt, sodass ihre Haare, deren Geheimnis nunmehr gelüftet war, sich einzeln sträubten und ihr wie ein Heiligenschein vom Kopf abstanden.

»Ich will die Wahrheit erfahren, *Maman*. Ihre Freundinnen können Sie mit so dramatischen Geschichtchen hinters Licht führen, aber mich nicht. Warum, bitte schön, sollte ein wildfremder Mann mir sein gesamtes Vermögen hinterlassen, um sich an Ihnen zu rächen? Was meinen Sie, warum dieser Anwalt gekommen ist? Ein Haus ist auch dabei! Sie wissen doch bestimmt, welches damit gemeint ist! Sagt Ihnen die Vasili-Straße etwas?«

Unwillkürlich schlug Juliette die Hand vor den Mund. Das hatte sie nicht erwartet. Sie war in einer Sackgasse. Sie streckte sich zur Kommode am Bettende, holte aus dem Versteck in der Schublade eine Zigarette und steckte sie auf ihr Mundstück. Nach einer Weile kam ihr, dass niemand ihr die Zigarette anzünden würde, so beugte sie sich zu dem hölzernen Feuerzeug auf dem Toilettentisch vor. Als sie weitersprach, klang ihre Stimme so tief und überdrüssig wie die ihrer Tochter.

»Ich war jung, Edith, und mit einem viel älteren Mann verheiratet, gegen meinen Willen. Dein Vater war damals kaum zu Hause. Auf der Straße hätte er seine eigenen Kinder nicht erkannt. Du willst also die Wahrheit wissen? Bitte, hier ist sie. Ich hatte beim Abendessen viel öfter Gäste sitzen als deinen Vater, und sie schmeichelten meiner jungen Seele mit Worten, die in seinem Vokabular gar nicht vorkamen. Wenn er nicht auf Geschäftsreisen war, saß er entweder im Cercle Européen, im Neuen Club oder sonst irgendwo mit seinen Freunden zusammen. Oder aber er zog sich in die Bibliothek zurück und schrieb an seinem vermaledeiten, nie enden wollenden Buch. Wenn du ihn schon in der Opferrolle sehen willst, dann vergiss bitte nicht sein eigenes Sündenregister!«

Edith stand nägelkauend am Fenster. Das also war die Geschichte, die sich an langen, heißen Nachmittagen die Nachbarinnen in ihren Liegestühlen auf der Veranda zuflüsterten. In kindlicher Empfindsamkeit hatte sie schon damals geahnt, dass es bei dem Getuschel hinter Fächern oft genug um sie ging. Wenn sie mit ihren Freundinnen in

Bornova von einem prächtigen Garten zum anderen unterwegs war, kauerte sie manchmal in der Nähe der Frauen nieder und tat so, als müsste sie sich die Schnürsenkel zubinden, dabei klaubte sie die Worte, die an ihr Ohr drangen, wie wertvolle Steine auf, die man am Strand findet und in die Tasche steckt.

»Und du glaubst es nicht, aber Monsieur Lamarck hat diesen Athener am Schlafittchen gepackt und …«

»*Mon Dieu*, was du nicht sagst!«

»Das muss aber auch ein Einfaltspinsel gewesen sein!«

»*Oh, oui*. Kauft der doch mir nichts, dir nichts ein Haus und lässt vom Hafen her ein Klavier herbeischleppen, damit Madame Ihr-wisst-schon-wer drauf spielen kann …«

»Ach, *ti romantiko!* Da hat Monsieur Lamarck ihn aber in die Mangel genommen, was? Und dann?«

»Frag nicht! Der rausgeputzte junge Herr Kaufmann hat sich gerade noch auf die Straße retten können.«

»Sag bloß!«

»Und ist mit dem erstbesten Schiff in die Heimat abgedampft.«

Wenn die Frauen merkten, dass Edith auffällig lange mit ihren Schnürsenkeln beschäftigt war, verstummten sie, oder aber sie fragten mit einem Kopfnicken, das Edith nicht mitbekommen sollte: »Und das Kind?«

Edith erinnerte sich, wie die darauf einsetzende Stille in ihrem Herzen ein banges Warten auslöste. Nun hingegen erfasste sie eine erstaunliche Ruhe. Die vom Anwalt überbrachte Nachricht wurde ihr zum Balsam für eine Wunde, von der sie nicht einmal gewusst hatte. Ja, es regten sich sogar Gefühle in ihr, die sie lang nicht mehr empfunden hatte. Zufriedenheit, Freude, Aufregung … gar Triumph?

Sie sah ihre Mutter an. Die saß rauchend da, die blaugrünen Augen starr auf die Tür gerichtet, doch ihr Gesicht hatte auf einmal nichts mehr von der Maskenhaftigkeit, um die sie sich vor dem Spiegel sonst immer bemühte. Edith wurde klar, dass sie ihre Mutter zum ersten Mal aufrichtig sah, so nackt und bloß. Nach der ersten Panik darüber, dass ihr jahrelang gehütetes Geheimnis aufgeflogen war, hatte sie sich beruhigt, hatte sich durch ihr Geständnis erleichtert und war dadurch auf einmal zu der Mutter geworden, nach der Edith sich ihre ganze Kindheit über gesehnt hatte. War die Mauer zwischen ihnen etwa durch diese kurze Offenbarung schon eingestürzt? So schnell sollte das nicht gehen! Jetzt, wo Edith zum ersten Mal legitimen Hass auf ihre Mutter empfinden durfte, wollte sie nicht sofort weich werden. Mit eiskalter Stimme fragte sie: »Und was ist mit dem Haus in der Vasili-Straße?«

»Er wollte erst, dass ich deinen Vater verlasse und mit ihm nach Athen fliehe. Ungeheuerlich! Als ob das infrage gekommen wäre! Natürlich habe ich ihn zurückgewiesen. Er ließ aber nicht locker, und schließlich kaufte er dieses Haus. Um mir nahe zu sein. Er hatte vor, sich in Smyrna niederzulassen! Bis zu dem Tag, an dem dein Vater ihn mal so richtig durchschüttelte, hat er das Haus denn auch eingerichtet. Als würde ich mal dort einziehen. Dieser Traumtänzer!«

Edith tat ein paar Schritte, und auf einmal blieb sie stehen. Ihr fiel etwas ein. Wie ein längst vergessener Traum tauchten die Fetzen einer fernen Erinnerung in ihr auf.

Da war doch damals, im Besuchszimmer der Pariser Klosterschule, einmal dieser seltsame Fremde gewesen …

Mit einem Spitzbart, einem irgendwie ziegenartigen Gesicht und traurigen Augen … »*Salut*, Edith. Ich habe dir Lokum mit Rosenwasser mitgebracht, hoffentlich magst du sie. Ich habe mir gedacht, sie fehlen dir hier bestimmt.«

Ein eleganter kaffeebrauner Frack, aus der Westentasche hängt eine Goldkette. Der Kragen des sorgfältig gestärkten weißen Hemds wie ein Schwalbenflügel. Olivschwarze, tief liegende, dunkel umrandete Augen.

Von draußen her Gekicher. Die anderen Mädchen. Die sich über das levantinische Französisch der kleinen Edith lustig machen und das schmächtige Mädchen herumschubsen … Der Spitzbart des seltsamen Fremden, die Haare, die auf seinem Kopf sitzen wie ein Vogelnest. Ihre eigenen Locken, die aus dem Zopf ausbrechen und ihr ins Gesicht hängen. Im Gesicht des Besuchers jener sonderbare Ausdruck, ist es eher Schmerz oder Freude? »Ich habe gehört, dass du aus Smyrna bist, dort habe ich vor Jahren auch mal gewohnt. Wenn du mich fragst, ist es die schönste Stadt der Welt. Die Perle des Orients, heißt es immer …«

Betretenes Schweigen. Der Mann schielt auf ihre Hände. Sie wiederum würde ihn unheimlich gern berühren … Schließlich das befreiende Klingeln der Schulglocke … »*Kali tihi kori mu, omorfiya.*« Die vollen, fast violetten Lippen des Mannes öffnen sich, als wollte er noch etwas sagen, dann schließen sie sich gleich wieder. Sie sieht ihm nach, bis die Melone auf seinem Kopf am Ende des langen Schulkorridors verschwindet. »Viel Glück, schönes junges Mädchen.«

Ihr schwindelte auf einmal. Taumelnd ließ sie sich auf den Hocker vor dem Toilettentisch sinken, gegenüber ihrer Mutter. Das Hin und Her der Gefühle wurde ihr zu viel. Die Wut wurde von Trauer abgelöst, und zugleich hüpfte in ihrem Herzen eine komische Freude wie ein Gummiball.

Vielleicht hatte sich Nikolas Dimos seine Tochter jenseits des Wassers so oft vorgestellt, dass zwischen ihrem und seinem Bewusstsein eine dünne Brücke entstanden war, feiner als ein Spinnennetz. Edith hatte dieses Band von jeher gespürt, hatte immer gewusst, dass etwas sie mit der Ferne verknüpfte. Die Liebe ihres leiblichen Vaters war wie eine Botschaft gewesen, die ein Leuchtturm mitten im Meer zu ihr ausgesandt hatte. Geduldig, beharrlich hatte sie jahrelang aufgeleuchtet, auf dass Edith sie bemerke.

Nun erst konnte sie die Gefühle von Nikolas Dimos nachempfinden. Der Seelenschmerz etwa, der sie von Kindesbeinen an umfangen hatte, rührte von ihrem oliväugigen Vater her. Die brennende Leere, die sie stets im Herzen verspürt hatte, war nichts anderes als ein fernes Echo der unglücklichen Liebe jenes Romantikers, der Juliette verehrt hatte, jedoch trotz der Zurückweisung und seines jungen Alters keine andere Ehe eingegangen war, sondern über Jahre hinweg seiner in Bornova aufwachsenden schwarzhaarigen, schwarzäugigen Tochter auf der Spur geblieben war und ihr im Todeskampf mit der Lungenentzündung nicht nur sein gesamtes Vermögen hinterlassen hatte, sondern auch das seinerzeit in wer weiß welchen Hoffnungen gekaufte Haus.

Der Kummer, der ihr wie die Schande ihrer Mutter auf der Seele gelastet und sie den anderen Menschen entfremdet hatte, war nicht ihr eigener gewesen, sondern der von Nikolas Dimos.

Konnte einem das Herz von den unerfüllten Träumen der Eltern, von den Erschütterungen, Enttäuschungen und Verlusten der Vorfahren derart beschwert werden? Falls dem so war, so konnte sie doch nun die Gefühle, die gar nicht sie selbst angingen, aus ihrem Herzen aussortieren und das Leben mit frischem Atem angehen.

Noch dazu besaß sie jetzt ein Haus, in dem sie bis Mittag würde in Ruhe sitzen können, ohne mit jemandem sprechen zu müssen!

Als die Freude in ihrem Herzen wieder losbrach, gab sich Edith ihr voll und ganz hin.

Die Liebe

An jenem Abend zeigte Edith sich zum ersten Mal seit Jahren wieder in Gesellschaft. Im Lichte der neuen Erkenntnisse fühlte sie sich federleicht, und ob des unverhofften neuen Lebens, das ihr am Horizont winkte, leuchtete sie geradezu. Mit der Grazie einer Gazelle schwebte sie in den Empfangssalon. Sie war derart schön und elegant, dass Avinash Pillai, eigentlich damit beschäftigt, Juliettes Freundinnen Smaragde und Saphire zu präsentieren, bei ihrem Anblick auf der Stelle begriff, dass er sie bis ans Lebensende lieben würde, ohne ihrer je überdrüssig zu werden!

Als er damit begann, Empfänge in den Villen von Levantinern aufzusuchen, waren diverse Gerüchte darüber im Umlauf, warum die jüngste Tochter von Monsieur Lamarck sich schon so lange nicht mehr in der Öffentlichkeit blicken ließ. Während einige mit Juliette gut bekannte Frauen hinter vorgehaltener Hand äußerten, das Mädchen sei krank und halte sich nach wie vor in einem Sanatorium in Deutschland auf, waren sich die meisten darin einig, sie habe die Schule abgeschlossen und sich in Paris niedergelassen. Von den Damen, die sich an Zierbrunnen in ihren Liegestühlen fläzten, bis hin zu den Geschäftsmännern, die auf Terrassen an ihrem Gin nippten und Zigarre rauchten, hatten jedenfalls alle eine Meinung zu Ediths Verschwinden und schienen sich in den Kopf gesetzt zu haben, Avinashs Unwissenheit in jener Hinsicht ein Ende zu bereiten.

»Edith hat sich leider Gottes eine schlimme Krankheit zugezogen. Ihre ganze Lunge scheint betroffen zu sein. Juliette hat sie in ein Heilbad in Deutschland gebracht, dort ist die Arme noch immer.«

»Stimmt, das habe ich auch gehört. Nur ist sie in einem Sanatorium in der Schweiz.«

»Soweit ich weiß, soll sie in Baden-Baden sein.«

»Unsinn! Sie will eine Weile in Paris leben und sich mit den literarischen Kreisen dort vertraut machen. Das habe ich von ihr persönlich gehört.«

»Das soll jetzt unter uns bleiben, Monsieur Pillai, aber sie ist angeblich die Geliebte eines Dichters und lebt in einer Dachwohnung in Montparnasse.«

»Das stimmt ja nun überhaupt nicht, meine Werteste. Sie hat sich in Paris einer Gruppe von Schriftstellerinnen angeschlossen. Da soll es um Frauenrechte oder so was gehen …«

»Es heißt, dass sie nicht mit Männern schläft, sondern mit Frauen.«

»Mit Frauen? Die kleine Edith? Das kann ich nicht glauben!«

»Brauchst du auch nicht. Es stimmt nämlich vielmehr, dass sie die Geliebte des Dichters ist. Und um Geld zu verdienen, arbeitet sie für einen Maler als Nacktmodell.«

»Aber *mon cher*, Edith braucht doch kein Geld zu verdienen! Oder ist sie etwa …«

»Frag nicht! Kurz vor Charles' Tod war die Firma heruntergewirtschaftet, und gerettet wurde sie von seinem Schwiegersohn Philippe Canterbury. Seine Söhne wären sonst ruiniert gewesen, aber das haben Sie jetzt nicht von mir, ja? Philippe hat die Firma schlichtweg aufgekauft, geben Sie also nichts auf das Gerede von einer Partnerschaft. Lamarck und Söhne ist voll und ganz in Händen der Canterburys.«

Im Stimmengewirr der Gäste begriff Avinash nicht gleich, dass es sich bei der jungen Frau mit den glänzenden Augen und dem weinroten Kleid, die durch die Flügeltür den Salon betrat, um die Tochter der charmanten Madame Lamarck handelte, die ständig vor sich hin zwitscherte und jedermann mit einem Wangenkuss bedachte. Wie hätte er auch darauf kommen sollen? Im Gegensatz zu Ediths bescheidenem Auftreten war Juliette kurz zuvor, während die Gäste am soeben auf Silbertabletts servierten Likör nippten und sich leise unterhielten, mit ausgebreiteten Armen in den Salon gerauscht, als wollte sie alle gemeinsam umarmen, und hatte ausgerufen: »Willkommen, liebe Freunde! Entschuldigen Sie meine Verspätung. *Excusez-moi, s'il vous plaît.* Ich musste in der Küche noch mal nach dem Rechten sehen. Sie kennen mich ja, ich kann nicht anders, als noch mal zu prüfen, ob Käse, Kaviar und Hering auf den Tabletts auch richtig präsentiert sind, und siehe da, wie vermutet, musste ich noch einmal kurz meine Zauberhand wirken lassen. Das sei mir hoffentlich verziehen!«

Sie trug ein grünes Seidenkleid, das viel von ihrer pfirsichfarbenen Haut sehen ließ. Die brennenden Scheite im großen Kamin tauchten ihr Haar in so goldgelbes Licht, dass man es am liebsten berührt hätte. Juliette Lamarck war eine schöne Frau. Für Avinashs Geschmack ein wenig zu spitzgesichtig, doch zweifelsohne schön. Und sie hatte Flair. Die etwas dumpfe Atmosphäre, die vor ihrem spektakulären Auftritt noch vorgeherrscht hatte, war wie weggeblasen. Wie ein Schmetterling flatterte sie von Gast zu Gast und brachte die Menschen miteinander ins Gespräch.

»Guten Abend, Peter, *mon cher*. Wie schön, dass du gekommen bist! Eigentlich sind wir ja Nachbarn, aber wir sehen uns so selten. Wie geht es deiner Mutter? Schade, dass sie nicht auch gekommen ist. Ich gehe sie bald mal besuchen. Wann kehrt eigentlich dein netter Bruder Edward aus New York zurück? Hoffentlich diesen Sommer? *Très bien.* Doktor Arnott hast du noch nicht kennengelernt, oder? Er ist letztes Jahr aus Amerika eingetroffen und arbeitet in Paradiso, aber den Sommer soll er hier bei uns verbringen, nicht wahr, Doktor? Ich möchte Sie mit Peter bekannt machen, dem ältesten Sohn meiner lieben Nachbarin Helene Thomas-Cook. Er ist hier geboren und aufgewachsen, also ein echter Bournabat-Prinz.«

»Lady Dulcinea! Wie gut Ihnen dieses Kleid steht! Eine andere könnte das nicht so tragen wie Sie. Ihnen mit Ihrer Eleganz steht sowieso alles, aber das da ist hinreißend. Das haben Sie doch bei Dimitrula machen lassen? Und ob ich weiß, dass selbst die Pariser Schneider Dimitrula nicht das Wasser reichen können. Meine Schwiegertochter Marie hat sich neulich ein lavendelblaues Kleid von ihr machen lassen, das sollten Sie mal sehen, ein wahres Wunderwerk. Ach, da kommt sie ja, wie gerufen. Marie, *darling*, gerade haben Lady Dulcinea und ich über dich gesprochen. Gesell dich doch zu uns.«

»Der Käse ist exquisit, was meinen Sie, Monsieur Dumont? Ich habe den Verwalter extra nach Fasula geschickt, damit er diesen Camembert besorgt. Nehmen Sie sich doch einen Cracker. Ihr Glas ist ja leer? Sotiraki, kommst du mal, *se parakalo*? Bring Monsieur noch einen Gin, bitte. *Grigora!* Oder hätten Sie lieber ein Glas Rotwein?«

Avinash erkannte auf den ersten Blick, dass Juliette trotz ihres schallenden Lachens ihre angebliche Fröhlichkeit wie eine Maske vor sich hertrug. Besah man sich ihre Augen getrennt vom fortwährend lachenden Mund, so hatte man auf einmal eine eher nervöse, ja furchtsame Frau vor sich. In den seltenen Momenten, in denen sie nicht selbst sprach, weil sie etwa aus Höflichkeit einem Gast zuhörte, zogen sich ihre hennagefärbten Augenbrauen unwillkürlich zusammen. Aus berufsbedingter Gewohnheit nahm der indische Spion alle Anzeichen dafür wahr, dass an der Frau etwas nagte, und behielt diese Merkmale für alle Fälle im Gedächtnis.

»Ah, Monsieur Pillai, wie schön, Sie hier zu sehen! Und was für eine Ehre! Vielen Dank, dass Sie meine Einladung nicht ausgeschlagen haben. Hoffentlich haben Sie ein paar von Ihren herrlichen Steinen mitgebracht. Ah, *très bien*, Sie haben schon welche vorgezeigt. Die Damen in unserem bescheidenen Bournabat haben es ja kaum noch erwarten können, und zu Recht, nicht wahr? Prächtige Exemplare sind das! Sie bleiben doch zum Abendessen, *n'est-ce pas?* Moment mal, ich stelle Ihnen Madame Dumont vor, sie hat eine exquisite Edelsteinsamm…«

Die Gastgeberin wurde gewahr, wo Avinash hinblickte, und verstummte abrupt, was sogleich im ganzen Raum ein allgemeines Schweigen auslöste. Alle sahen nunmehr zur Tür. Als Edith merkte, wie sie in schneidender Stille angestarrt wurde, lächelte sie, die Hand noch am Türknopf, dann nahm sie von einem Tablett, das an ihr vorbeitragen wurde, ein Glas, hob es hoch und sagte mit klarer Stimme: »Guten Abend.«

In den Blicken der Gäste herrschten Neugier und Bewunderung vor. Avinash spürte, wie seine Ohren heiß wurden. Wie konnte es nur sein, dass einem solchen Schwanenhals eine so tiefe Stimme entströmte? Er musste schlucken. Die Augen des Mädchens, die sich einen Moment lang mit den seinen trafen, waren heiß wie Glut, die seidigen Lippen so dunkel wie die Rosenblätter, aus denen Yakumi sein Öl extrahierte. Gebannt verfolgte er, wie die geheimnisvolle Tochter der Lamarcks, deren Namen er schon zigmal vernommen hatte, bis in die Mitte des Salons ging.

Aus der Art, wie Edith sprach, wie sie ging, wie sie dastand, ersah Avinash auf der Stelle, dass es sich bei ihr nicht um ein naives Töchterchen reicher Eltern handelte, sondern um eine reife Frau. Sie hatte nicht dieses Flirtende an sich wie ihre Mutter, doch die aufflammende Glut ihrer Augen verriet, dass sie die geheimen Sinnesfreuden schon kennengelernt hatte und sich ihnen hingab, ohne Scham zu empfinden.

Eins war Avinash nun klar: Die Leere, die er in seinem Herzen verspürte, würde einzig und allein vergehen, wenn er dereinst die Rosenlippen berühren durfte, von denen er die Augen nicht abwenden konnte. Und die Sehnsucht, die ihn quälte, seit er denken konnte, würde erst in ihren Armen gestillt. Schon an jenem ersten Abend aber geriet er in eifersüchtige Verzweiflung darüber, dass Edith so ganz und gar sich selbst zu genügen schien. Da kamen auch schon alte Freunde auf sie zu, setzten ihre Lippen auf Ediths nach Lavendel duftende zarte Hand, verliehen lautstark ihrer Verzückung Ausdruck, sie endlich wieder bei einem Empfang zu sehen, und zogen sie mit sich fort auf ein samtbezogenes Kanapee am anderen Ende des Salons.

»Wo hast du nur gesteckt, Schätzchen? Zwei Jahre lang hat dich niemand zu Gesicht bekommen. Das hat uns schon ein wenig gekränkt.«

»Komm, wir haben dir so viel zu erzählen! Du wirst deinen Ohren nicht trauen!«

Als die Teeparty im Verlauf der folgenden Stunden allmählich in ein üppiges Festmahl überging, bemühte sich

Avinash, näher an Edith heranzukommen, doch vergebens, denn sie wurde vom neben ihr sitzenden französischen Attaché mit Beschlag belegt. Als Edith ihm von schräg gegenüber wie entschuldigend zulächelte, bemerkte Avinash die Lücke zwischen ihren Schneidezähnen und war wie elektrisiert. Einmal gelang ihm ein direkter Blick in ihre glühenden schwarzen Augen, die von krausen Wimpern beschattet wurden. Da erkannten beide, dass zwischen ihnen ein Geheimnis bestand. Zumindest kam es Avinash in seiner ersten Liebestrunkenheit so vor. Der französische Attaché sagte lispelnd zu Juliette, die am Tischende saß: »Verehrte Madame, wäre Ihre Tochter als Mann geboren, würde ich diesen sofort zum Spion ausbilden lassen. Ein so perfekter Istanbuler Akzent ist selbst bei türkischen Mädchen kaum je anzutreffen. Ich zolle der jungen Dame meinen vollen Respekt!«

Offensichtlich hatte der Mann allzu sehr dem bei Tisch freigebig servierten Wein zugesprochen. Juliette nickte nur in der kühlen Art, die sie im Umgang mit dem Personal pflegte. Einige am Tisch warfen Avinash verstohlene Blicke zu.

»Eigentlich kann ich gar nicht so viel Türkisch«, entgegnete Edith. »Als Kind habe ich ein paar Wörter vom Verwalter Mustafa und seiner Frau Sıdıka aufgeschnappt. In der Schule in Paris war dann meine engste Freundin die Tochter einer wohlhabenden Istanbuler Familie. Wenn wir vor den anderen Mädchen etwas geheim halten wollten, verlegten wir uns aufs Türkische. So kommt es, dass ich das bisschen, was ich weiß, mit Istanbuler Akzent ausspreche.«

Juliette verzog das Gesicht. Es missfiel ihr, dass ihre Tochter überhaupt Türkisch sprach. Wieder ein Detail, das Avinash sich einprägte.

»Die Suppe schmeckt hervorragend!«, sagte die pummelige Frau neben Avinash. »Die Fischstücke schmelzen geradezu im Mund. Ein Gedicht!« Sie war eine der Freundinnen, die zuvor mit Edith auf dem Kanapee gesessen hatte. Mit ihren rosafarbenen Wangen schien sie vor Gesundheit zu strotzen. Offensichtlich war sie in einem Haus aufgewachsen, in dem es bei Tisch an Filets und an Trüffeln nie gemangelt hatte. Ihren Satz hatte sie auf Französisch angefangen und auf Griechisch beendet, was keinen der Umsitzenden zu befremden schien. Alle nickten beipflichtend.

Das Essen war tatsächlich hervorragend, doch Avinash war wie stets darum bemüht, sich an seine vegetarische Diät zu halten, ohne die Frau des Hauses kränken zu wollen.

»Möchten Sie vielleicht ein Stück Quiche, Monsieur Pillai? Unser Koch schafft aus Zucchini, Käse und Sahne wahre Wunderwerke. Probieren Sie doch ein Stück.«

Ediths quer über den Tisch gesagte Worte hatten nichts Besonderes an sich, doch Avinash nahm jedes einzelne davon ebenso auf wie das Schürzen ihrer Lippen und jede Bewegung ihres zarten Handgelenks mit dem Saphirarmband daran, als wären es lauter kodierte Botschaften, wie er sie beim Secret Service gelernt hatte. Ihre Blicke über die Porzellanteller und das Silberbesteck hinweg waren mit Gefühlen aufgeladen und voller Verständnis. Edith hatte erkannt, was ihm Sorgen bereitete, und sie hatte seiner Wahl Respekt entgegengebracht. Und hatte eben nicht, wie eine andere Frau bei Tisch, beim Anblick der Fischstücke, die in seinem Schüsselchen herumschwammen, mit gespielter Anteilnahme lostrompetet: »Lieber Avinash, schmeckt Ihnen die Suppe etwa nicht?« Edith hatte leise gesprochen, als wollte sie seine Seele streicheln, und in den kohlenschwarzen Augen über dem Quiche-Teller schien ein Versprechen zu liegen, eine Hoffnung und – ja, warum nicht? – vielleicht sogar Liebe.

»Ich sage Ihnen das eine, der Sultan wird noch vor Ablauf eines Jahres gestürzt«, tönte jemand. Es war wieder der französische Attaché neben Edith. »Ich weiß es, denn ich habe Freunde in Paris. Sie denken vermutlich, die Revolution werde von Paris aus gesteuert, nicht wahr? Oder von Saloniki? Dass ich nicht lache, werter Doktor! Da sieht man, dass Sie erst seit Kurzem in Europa sind! Nein, Sie täuschen sich da ganz und gar. Die Revolution wird von Deutschland aus geleitet. Passen Sie auf, wenn nicht binnen eines Jahres eintritt, was ich Ihnen vorhergesagt habe, dann werde ich ...« Er kippte sein Glas hinunter und dachte eine Weile nach, was er dann tatsächlich tun würde, aber weiter kam er nicht, denn als er das leere Glas abstellte, wandte sich alle Aufmerksamkeit dem Tischende zu, wo Juliette Lamarck aufstand und mit dem Messer an ihr Kristallglas klopfte.

»Liebe Freunde, heute Abend hat sich zu uns ein neuer, erlesener Gast gesellt. Er lebt schon seit einem Jahr in Smyrna, doch ist uns erst heute die Ehre zuteilgeworden, ihn kennenzulernen. Er stammt aus einer angesehenen Familie in Bombay und hat als erster Inder ein Diplom der Universität Oxford erworben. So möchte ich denn mein Glas auf unseren neuen Freund Avinash Pillai erheben!«

Wen hatte Avinash an jenem Abend noch kennengelernt und worüber hatte er mit den Menschen gesprochen? Er wusste es nicht mehr zu sagen. Als er am Morgen auf seiner Bastmatte in der Menzilhane lag, eifrig bemüht, die Ereignisse des Vorabends einzuordnen, fiel ihm lediglich ein, wie Juliette, als ihre Tochter an der Tür erschienen war, ein paar Sekunden besorgt dreingeblickt hatte und was in

ihm selbst beim Anblick Ediths für ein Sturm losgebro-
chen war. Als das Mädchen die saphirberingten Finger
an die Lippen geführt hatte, war in seinem Bauch etwas
gehüpft. Während die seidige Stimme des Muezzins Nuri
das Herbergszimmer erfüllte, ließ er vor seinem inneren
Auge immer wieder dieselbe Szene abspielen. Und jedes
Mal, wenn er an die Stelle kam, wo die schlanken weißen
Finger die Lippen berührten, flatterte es in seinem Bauch,
und sein Herz schlug ihm, als wollte es bersten.

Avinash Pillai war zum ersten Mal im Leben verliebt.

Die Geheimnisse der Romni Yasemin

»Ihr könnt euch ja vorstellen, wie es in dem Haus in der
Vasili-Straße zuging, unter dem Rauch des Haschischs
aus der Wasserpfeife … Kapriolen und Raffinessen sonder
Zahl … Fragt mich nicht nach den Details!«

Als ich jene Geschichte vernahm, gab es in der Stadt
keine Edith und keinen Avinash mehr, und nicht einmal
mehr die Vasili-Straße, wo die beiden sich immer nach-
mittags in jenem Haus getroffen und miteinander geschlafen hatten, aber noch immer zog die Romni Yasemin von
Tür zu Tür und verzauberte uns Frauen mit Geschichten
über das Liebesleben der reichen Europäer.

Seit dem Morgen, an dem ich im Garten des Hauses an
der Bülbül-Straße ohnmächtig aufgefunden und gerettet
wurde, war viel Zeit ins Land gegangen. Ein Jahr vielleicht,
womöglich sogar zwei. Die Zeit war für mich bedeutungslos geworden. Ich konnte nicht mehr hinaus in die Straßen
meiner zerstörten Stadt, doch trotz aller Verluste war ich
noch jung und klammerte mich mit der unbändigen Kraft
meiner Jugend an das neue Leben bei der türkischen Fa-

milie, die mich ohne Wenn und Aber unter einem neuen Namen bei sich aufgenommen hatte.

Ich war zu einer stummen Scheherazade ohne Vergangenheit, ohne Angehörige und ohne Sprache geworden.

Seit ich gefunden worden war, hatte meine Zunge sich noch immer nicht gelöst. Und es sah auch nicht so aus, als ob sie es jemals würde. In gewisser Weise hatte das etwas für sich, denn wer in meiner Sprache redete, wurde aus seinem Haus gejagt, aus seinem tausendjährigen Dorf, und ans andere Ufer hinübergeschickt. Ich aber wollte von der zimtduftenden Sümbül und ihrer Familie nicht mehr weg.

Wenn Yasemin auf dem Tisch mit den gusseisernen Beinen, der von den Europäern übrig geblieben war, den Inhalt ihres Bündels ausbreitete und sich daranmachte, von der zwanzig Jahre zuvor zwischen Edith und Avinash auflodernden Liebe zu erzählen, versammelten wir uns alle in der Küche und lauschten ihr mit offenem Mund. Sümbül, ihre verwitwete Schwägerin Müjgân, Makbule, das äthiopische Kindermädchen Dilber und ich selbst, alias Scheherazade. In der Küche roch es nach Bergamotten und nach den Zwiebeln, die die aus Lesbos geflohene Gülfidan unentwegt schnitt. Daneben der brodelnde Teekessel, der auf der Glut zubereitete Mokka ... Dilber füllte den riesigen Ofen, ein weiteres Überbleibsel der Europäer, mit Holz und briet Meerbarben in Olivenöl. Ich bereitete einen Salat zu, mit gekochten Senfsprossen aus dem Garten, mit Endivien und mit den Klatschmohnblüten und den Zürgelkirschen, die Yasemin aus den Bergen mitgebracht hatte.

Wir waren allesamt in die Villa mit dem Turm umgezogen, die Sümbüls Ehemann, Oberst Hilmi Rahmi, für seine Verdienste im Krieg bekommen hatte. Das alte Haus in der Bülbül-Straße, auf den Hügeln des Muslimenviertels, bewohnte nun ganz allein Hilmi Rahmis Vater, der ewig grame Mustafa Efendi.

»Avinash hatte mit dem schönen Geschlecht zwar noch keine sonderliche Erfahrung, doch er war ein guter Schüler und brachte es in Ediths Armen rasch zu großer Meisterschaft. Woher ich das weiß? Nun, woher schon, von den Katzen in der Vasili-Straße!«

Neben mir saß mit aufgestützten Armen Sümbül – damals noch bei klarem Verstand –, sog die fleischigen Wangen ein wie ein Kind und horchte zum wer weiß wie vielten Male ein und derselben Geschichte aus dem Mund der Hausiererin. Ihre grünen Augen waren weit aufgerissen, den Fächer aus Straußenfedern, den sie kaum je aus der Hand nahm, hatte sie achtlos auf das Tongefäß mit dem Weizen sinken lassen. Sie war begierig auf die Abenteuer der Europäer, und insbesondere, seit jene Menschen, die der Stadt Farbe, Stimme und überhaupt ihr Gepräge verliehen hatten, gleichsam über Nacht verschwunden waren, hing sie an Yasemins Geschichten aus den alten Zeiten wie an einem Rettungsanker.

»Der Boden hat schließlich Ohren. Und wenn die beiden am Nachmittag unter das Moskitonetz krochen, taten natürlich auch die Dienstmädchen kein Auge zu! Denen las ich manchmal aus dem Kaffeesatz, und sie erzählten mir aus ihren Erinnerungen … Apropos Kaffeesatz, serviert doch der schweigsamen Scheherazade mal ein Tässchen Mokka, damit ich herausbekomme, was auf ihr lastet, was ihr die Zunge abschnürt. Vielleicht können wir sie ja von ihrem Leiden erlösen.«

Yasemin ging seit unvordenklichen Zeiten in den Häusern Izmirs ein und aus. Wie alt sie war, wusste niemand. Sümbül beschwor, schon als sie damals aus Plowdiw nach

Smyrna geflohen war, habe Yasemin exakt so alt ausgesehen wie nun. Die Falten in ihrem Gesicht hätten sich kein bisschen verändert. Alte Frauen in İki Çeşmelik behaupteten, schon in ihrer Jugendzeit hätten sie die Hausiererin gekannt. Einem Gerücht zufolge hatte sie in ihrem Leben in Indien vor unserer Zeitrechnung das Geheimnis der Unsterblichkeit entdeckt und ihr damaliges Alter seither beibehalten. Um damit nicht aufzufallen, habe sie im Verlauf der Jahrhunderte immer wieder den Ort gewechselt, doch als sie in Smyrna eingetroffen sei, habe sie sich in die Perle des Orients derart verliebt, dass sie sich trotz des Klatsches, der aufkommen mochte, hier niedergelassen habe.

Ob unsterblich oder nicht, Yasemin hatte im Laufe der Zeit zwischen den Frauen der Stadt ein feines, unsichtbares Netz gewoben, das dem einer Spinne ähnelte. Das war nicht nur in den ärmeren Vierteln der Fall, sondern auch in Vista, in Punta und sogar in Bornova und Buca hatte sie sich in europäischen Villen einen Ruf verschafft. Wenn sie auf ihren Holzpantinen mit den hohen Absätzen durch die Stadt zog, dabei den mächtigen Bauch vor sich herschob, der sich über ihre mit klimpernden Münzen benähte Pluderhose wölbte, und mit kristallener Stimme rief, »Macht auf die Tür, ihr Weiber, die Hausiererin ist da, seht euch meine Schätze an!«, gingen die Türen, bis zu denen ihr weitverzweigtes Netz reichte, einen Spalt weit auf, und die hünenhafte Frau schlüpfte hinein.

Während sie arme Leute mit dem Liebesleben einer Edith Lamarck ergötzte, brachte sie den Wohlhabenden Zaubertränke aus der Hand muslimischer Kräuterfrauen wie Aybatan oder Heilöle von Pillendrehern wie Yakumi. Des Weiteren betrieb sie Bleigießen, fertigte Enthaarungsmittel an, las aus Kaffeesatz und besorgte Haschisch oder

Opium. Es hieß, zwischen jungen Liebenden überbringe sie Botschaften. Zwar schwor sie auf alle drei heiligen Bücher, dass sie weder das griechische noch das arabische oder lateinische Alphabet beherrsche, doch wussten die Frauen Bescheid, dass der nie versiegende Quell ihrer Klatschgeschichten sich aus den Briefen speiste, die sie zwischen ihren riesigen Brüsten trug.

»Also, diese Edith, die war süchtig ... richtig abhängig. Nach Haschisch. Woher ich das weiß? Ach, fragt mich nicht. Jedenfalls kannte sie sich aus mit dem Zeug und verlangte immer nach dem besten, feinsten, den Rest könnt ihr euch vorstellen. Was dachtet ihr denn? Ohne sich einzurauchen, wäre sie mit dem Inder doch nie ins Bett gestiegen ... Dann aber ging es mit ihr durch. Von den Tönen, die sie von sich gab, wurden sogar die Katzen in der Vasili-Straße heiß. Hahaha! Ich schwör's euch, so war es und nicht anders!«

Als Yasemin sich mit den Fingern über die fleckigen Wangen strich, als dächte sie sehnsüchtig an eigene Liebeshändel zurück, senkte Sümbül beschämt den Kopf. Ihre Schwägerin Müjgân saß gelassener da. Sie hatte ihre halbwüchsigen Töchter wohlweislich in den Garten geschickt, wo sie auf Sümbüls Söhne aufpassen sollten. Ohne sich darum zu kümmern, dass Sümbül hochrote Ohren bekam – Ach komm, die Tante ist doch so gut wie taub! –, drängte sie die Hausiererin, immer mehr intime Details zu erzählen.

Da ich mir nicht vorstellen konnte, was diese reichen Leute, deren Leben ich mir wie Märchen anhörte, mit mir zu tun haben sollten, schweiften meine Gedanken zu anderem ab, zu meinen eigenen Geheimnissen. Als Yasemin davon geredet hatte, mir aus dem Kaffeesatz zu lesen, hatte sie ausgerechnet meinen Ring angestarrt, den meine

Mutter mir bei unserer letzten Umarmung an den Finger gesteckt hatte. Das machte mir Angst. Kannte sie mich etwa aus meinem vorherigen Leben? Wusste sie, was aus meinen Eltern geworden war?

Die Antwort auf diese Fragen sollte ich erst Jahre später erfahren, als Yasemin einen alten Mann mit wirrem Bart und Haar zu mir brachte, Avinash Pillai, von dessen früherem Charisma nichts übrig geblieben war. Er irrte im nunmehr einfarbigen, einsprachigen Izmir umher, dessen Vergangenheit ebenso ausgelöscht war wie die alten Straßennamen, und wo es nicht mehr nach Jasmin roch, sondern nach faulen Eiern. Yasemin traf ihn zufällig in einer dunklen Passage in Tilkilik an. Das war ein halbes Jahrhundert später, doch der alte, halb verrückte Mann war über Edith noch immer nicht hinweg. Für mich sollte sich erst da aus den Fetzen, die Yasemin über das Schicksal der Levantiner erzählt hatte, ein stimmiges Bild ergeben, das mich begreifen ließ, wie das alles auch mit mir zusammenhing.

Als Avinash mir diese Geschichte erzählte, war ein halbes Jahrhundert vergangen, seit wir eines Morgens Sümbüls nach Zimt riechenden weißen Leib an der Decke hatten hängen sehen. An der Stelle der schönen Villen standen Hochhäuser, und der Wind wehte nicht Jasminduft durchs Fenster, sondern Kohlengeruch. So spät sogar war es schon, dass selbst die dunklen Nächte vorbei waren, in denen ich unter das Moskitonetz des vergoldeten Betts am Ende des Korridors geschlüpft war. Die stumme Odaliske Scheherazade war in der Villa mit dem Turm hundertjähriger Einsamkeit überlassen worden.

Dies alles werde ich erzählen,
Auf dass im Turm dieser baufälligen Villa
Der Tod mich finde …

II
Froschregen

Psomalani, 1919

»Sie kommen! Sie kommen! Das britische Konsulat hat es verkündet. An der Uferpromenade machen sie schon die Läden zu! Fischer vor Lesbos haben die Schiffe gesehen. Manche verschanzen sich schon mit Säcken und Ballen. Morgen laufen sie in die Bucht ein, noch vor Sonnenaufgang! Diesmal stimmt es wirklich!«

Als Stavros mit den anderen Jungen aus dem Viertel atemlos auf dem Platz ankam, sah er Panayota vor dem Mäuerchen mit ihren Freundinnen seilspringen. Die Jungen waren vom Quai her offensichtlich gelaufen, jetzt japsten sie mit hochroten Wangen und fast irrem Blick. Mit dem Seil in der Hand schielte Panayota zu Stavros hinüber, dem der Schweiß von den Schläfen troff. Mit seiner seit Kurzem brüchigen Stimme rief er: »Habt ihr gehört? Sie kommen!«, und die anderen Jungen taten es ihm papageienartig nach.

»Sie kommen! Sie kommen! Habt ihr's gehört? Und wie sie kommen!« Der letzte Satz war auf Türkisch. Dann sagten sie wie einen Abzählvers die Namen der griechischen Panzerkreuzer auf, die sie schon als Kinder auswendig gelernt hatten:

»*Patris, Temistoklis, Atromitos, Siria* ... Sie sind schon vor Lesbos!«

Sie gingen bis zur Mitte des Platzes. Die Sonne hatte sich zurückgezogen und fiel nur noch auf das ferne Grün an den Gleisen. Die Männer, die im Kaffeehaus die Würfel kullern ließen, bekamen von den schrillen Rufen der Jungen draußen gar nichts mit. Auch die von Fenster zu

Fenster miteinander plaudernden Mütter ließen sich nicht weiter stören. Nur die alten Frauen, die vor dem Haus saßen und Linsen verlasen, schmatzten mit den zahnlosen Mündern und nickten. Allenthalben war es staubig, doch die Zitronenbäume blühten und erfüllten mit ihrem grünen frischen Duft das ganze Viertel. Als Nikos Mutter das Gekröse der geputzten Fische vor die Tür stellte, regten sich die Dächer ringsum. Die Katzen, die sich den lieben langen Tag auf den Ziegeln leckten, strömten allesamt herunter in die Menekşe-Straße.

So weit Panayota auch von Stavros weg stehen mochte, nahm sie doch die intensive Mischung aus Salz und Schweiß wahr, die von seiner Haut ausging. Ihr war, als würde in ihrem Bauch ein Kätzchen Purzelbäume schlagen. Die Arme, die aus seinem hellblauen Hemd herausstanden, waren schon jetzt im Mai ganz braun, die Haare wiederum vom Salzwasser von der Wurzel bis hin zu den Spitzen weiß. Vermutlich hatten sie sich wieder am Strand herumgetrieben und waren geschwommen wie die Fische. In ihr wurde eine Sehnsucht nach solchen Erfahrungen wach, die sie nicht kannte und wohl auch nie kennenlernen würde, denn sie war ja als Frau zur Welt gekommen. Wie herrlich es sein musste, einfach auf eine Trambahn aufzuspringen, nach Lust und Laune irgendwohin zu fahren und an einem beliebigen Strand ins Wasser zu hüpfen und mühelos auf den Horizont zuzuschwimmen …

Die Mädchen durften nur ins Wasser, wenn in der Gegend des Diana-Bads ein Picknick veranstaltet wurde, aber das war kein Ort, an dem man vor aller Augen seine Schwimmkünste hätte unter Beweis stellen können. Sie standen lediglich im seichten Wasser und spritzten sich gegenseitig an.

Jene Picknicks waren seit jeher Panayotas liebstes Sommervergnügen, doch zusätzlichen Reiz hatten sie gewonnen, seit *Kirya* Eftalya im Vorjahr in der Franzosen-Straße einen tragbaren Spirituskocher der Marke Primus erstanden hatte. Nun schleppten die Frauen zum Picknick neben den Sonnenschirmen und den Decken auch einen Eimer mit Kaffee, Zucker, Löffeln, Tassen und einem Stielgefäß mit.

Dass am Strand nunmehr Kaffee gekocht wurde, kam am meisten den Mädchen zugute. Während die Mütter sich um den kleinen Kocher scharten und mit den Utensilien hantierten, schubsten die Mädchen sich auf einmal, und schon waren sie mitsamt den Kleidern im Wasser. Hatten die Mütter anfangs noch darauf geachtet, dass niemand nass werden sollte, kümmerte sie das nun, wo es zu spät war, nicht weiter, und schließlich stiegen sie selbst nach Herzenslust in die Wellen. Im Jahr davor hatte Panayotas Mutter noch gesagt: »Das ist jetzt aber das letzte Mal mit diesem Herumgeplansche, nächstes Jahr bleibt ihr brav neben uns sitzen«, doch die Tochter hatte nur die Augen verdreht. Die Jungen sprangen einstweilen in einer kleinen Bucht gleich nebenan von Felsen ins Meer.

Der vergangene Sommer erschien Panayota unendlich fern. Den Herbst und Winter über hatte sich sowohl auf der Welt als auch in ihrer Seele ungeheuer viel getan! Der Weltkrieg war zu Ende gegangen, das Osmanische Reich besiegt. Während manche Männer im Viertel auf diese Nachricht hin ganz aufgeregt gewesen waren, hatte Panayotas Vater, der Krämer Akis, nur seinen Schnurrbart gezwirbelt.

Für die Familie hatte die Niederlage weit früher begonnen, an Weihnachten 1915, als beide Brüder Panayotas beim Einsatz in einem Arbeitsbataillon umgekommen waren. Das war ein so herber Verlust gewesen, dass für die Familie keinerlei Bedeutung mehr hatte, wer den Krieg letztendlich gewonnen und wer ihn verloren hatte. Während in Smyrna die Europäer und die einheimischen Christen den Einmarsch britischer Soldaten in die Stadt gefeiert hatten, waren Akis und Katina nach einem einfachen Mahl im Schein der Petroleumlampe frühzeitig zu Bett gegangen. Smyrna mochte regieren, wer wollte. Es gab keine Nachricht mehr auf der Welt, die den beiden Eltern noch ein Lächeln hätte entlocken können. Seit der Schreckensmeldung vor vier Jahren hatte Katina ihre schwarze Trauerkleidung nicht wieder abgelegt, und sie würde es auch weiterhin nicht tun. Die Spiegel im Haus waren schwarz verhüllt. Das Schicksal Smyrnas war Katina und Akis gleichgültig.

Während die beiden ihre Tage unter jener schweren Seelenlast hinbrachten, steuerte Panayota in vollem Galopp auf die Pubertät zu, als säße sie auf dem Rücken eines wilden Pferdes, dessen Zügel ihre Hormone hielten. Im vergangenen Sommer war eine deutsche Familie an den Strand gekommen, deren weibliche Mitglieder vor den Augen der Männerwelt baden gingen. Das Schauspiel der Frauen, die ins Wasser sprangen und dabei ihre langen weißen Beine zeigten, als wären sie am Privatstrand ihres Hauses, wurde von den Kindern bestaunt, von den im Meer herumbalgenden Mädchen, von den Jungen hinter den Felsen und sogar von den Müttern. An dem Tag aber bemerkte Panayota, dass Stavros vom anderen Ende des Strandes her gar nicht die halb nackten Frauen betrachtete, sondern vielmehr sie selbst. Von einem hohen Felsen aus blickte er auf die braunen Schultern Panayotas, auf die schwarzen Locken, die ihrem Zopf entwischt waren. Wie die Fischer hatte er sein Hemd ausgezogen und saß mit nacktem Oberkörper da. Er mochte auch einfach nur ins Leere gestarrt haben, doch wenn dem so war, warum wandte er dann den Kopf ab, sobald ihre Blicke sich trafen? Wenn er das tat, hatte Panayota das Gefühl, sie hätte etwas gesehen, das sie nicht hätte sehen sollen.

Von da an tobten in ihrem Herzen Gefühle, die sie nie zuvor verspürt hatte, und jedes Mal, wenn sie Stavros traf, meinte sie, dass er sie beobachtete. Doch auch sie selbst hielt andauernd nach ihm Ausschau, sei es vor dem Schulhof, auf dem Platz, am Sonntagmorgen in der Kirche, beim Bäcker oder im Eisladen am Quai. Nach der Schule ging sie extra einen Umweg über Kerasohori, wo Stavros' Vater seine Metzgerei hatte. Manchmal, wenn auch recht selten, half der Junge dort aus, oder er fuhr mit dem Rad Lieferungen zu Stammkunden.

Trotz all ihrer Bemühungen und Umwege war es aber so, dass sie jedes Mal, wenn sie Stavros tatsächlich traf, den Kopf abwandte und so tat, als hätte sie ihn nicht gesehen. Ihren Freundinnen Elpiniki und Adriana fiel das natürlich auf. Wenn junge Leute, die im selben Viertel aufgewachsen waren, nicht miteinander redeten, waren sie sich entweder böse oder sie waren ineinander verliebt … Oder beides gleichzeitig. Da Panayota ständig in Schaufenstern ihr Spiegelbild überprüfte, musste es bei ihr wohl Liebe sein. Elpiniki hatte seit geraumer Zeit ein Auge auf den Fischerssohn Niko geworfen. Hinter Adriana wiederum war ein gewisser Minas her. Wenn nun die scheue Panayota in den abgebrühten Stavros verknallt war, hatte sich ein schönes Grüppchen gefunden.

»Die Flotte ist gestern in Kavala ausgelaufen, die Nacht über ankert sie vor Lesbos, und morgen früh kommt sie noch vor Sonnenaufgang in Smyrna an. Sie werden uns retten! Uns die Freiheit bringen! Lasst euch das gesagt sein!«

Panayota drehte weiter das Seil, als ging sie das nichts an. Ihr pochten wieder die Schläfen, als stünde sie im Mittelpunkt der Welt, als wären aller Augen nur auf sie gerichtet. Verlegen reckte sie das Kinn vor. Wer sie nun sah, konnte sich nur wundern, wie sehr sie hochgeschossen war. Als hätte jemand sie an den Ohren hochgezogen, war sie während des Winters ihren Altersgenossen über den Kopf gewachsen. Ihre Beine waren länger, ihre Arme, sogar die Finger. Bisher hatte sie ihre Arme und Hände nicht mal richtig wahrgenommen, nun wusste sie nicht mehr, wohin damit. Durch jenes Wachstum an sich war sie schon verunsichert genug, doch wenn alte Frauen wie Tante Rozi bei ihrem Anblick drei Mal in die Luft spuckten, um den bösen Blick von ihr abzuwenden, wenn ihre Mutter ihr Broschen der Jungfrau Maria und Amulette in die Wäsche nähte, und natürlich, wenn Stavros sie so ganz besonders ansah, merkte sie, dass sich nicht nur ihre Körpergröße verändert hatte, sondern auch etwas anderes.

»Ach was, von wegen!«, rief einer der runzeligen Männer vor dem Kaffeehaus. »Seit Monaten heißt es schon, dass die uns retten kommen, aber gesehen hat sie noch keiner.«

»Was heißt da Monate, *vre*? Seit bald einem Jahrhundert hören wir das, und wir warten noch immer. Hahaha!«

»Ich schwör's euch, sie kommen wirklich, wir haben es von den Engländern gehört. Am Quai reden sie über nichts anderes. Fischer haben die Schiffe gesehen, nicht wahr, *pedya*?«

Die Jungen standen mitten auf dem Platz und blickten sich irritiert an. Sie hatten gemeint, das ganze Viertel würde in Jubel ausbrechen. Wieso umarmten die Leute sich nicht, wieso vergossen sie keine Freudentränen?

»Stavraki *mu*!«, rief da die Mutter von Stavros. Mit der

Gießkanne in der Hand stand sie im winzigen Gärtchen vor ihrem Haus und kümmerte sich um die roten Rosen. Die Erde war tagsüber so ausgetrocknet, dass das Wasser augenblicklich verdunstete, danach roch es nach Rosmarin, als hätte es soeben geregnet. An den weißen Kalkmauern der einstöckigen Häuser rund um den Platz rankten dunkelviolette Bougainvilleen empor.

»*Ela*, komm, ich gebe dir ein frisches Hemd! Du bist ja ganz durchgeschwitzt!«

Stavros warf seiner Mutter einen zornigen Blick zu. Musste das mit dem Hemd ausgerechnet jetzt sein? Panayota biss sich auf die Unterlippe, um nicht loszuprusten. In der schmerzlichen Einsicht, nicht die erhoffte Aufmerksamkeit zu bekommen, trat Minas, zur seilspringenden Adriana hinschielend, einen Schritt vor und begann mit seiner dünnen Stimme einen kreischenden Singsang, zu dem er sich mit einer Rassel begleitete.

Fustanella bald in Smyrna,
Gleich danach Hagia Sophia,
Dem Türken nur der Rote Apfel,
Zito zito zito o Venizelos!

Die anderen Jungen stimmten in den Marsch ein. Zahnlose alte Frauen nickten im Rhythmus mit, als lauschten sie einfach einem fröhlichen Lied, während die seilspringenden Mädchen sich kichernd anstießen.

»Du bist raus!«, rief Tasula vom Mäuerchen her. »Du bist raus, und zwar ganz und gar!« Sie war Adrianas kleine Schwester. Nun fing auch sie ein Lied an, und Elpinikis kleine Schwester Afrula sang sogleich mit.

Ach, wie ich für dich brenne,
ach, wie sehr ich dich liebe,
Çifte telli yalelli.

»Haltet gefälligst den Schnabel, sonst könnt ihr was erleben!«, fuhr Elpiniki die Mädchen an.

»*Kita, kita*, schau mal, dein pummeliges Kerlchen läuft ganz hinten. Ach, Niko *mu*, ich brenne für dich!«

Da warf Elpiniki das Seil zu Boden, stapfte auf das Mäuerchen zu und zwickte ihre Schwester fest in die Wade.

»Schon gut, ich sag ja nichts mehr. Schau dir mal den blauen Fleck hier an! Wie erklärst du den heute Abend Mama?«

In dieser neuen Lebensphase, in der Panayota von ihren Gefühlen überwältigt wurde, kam sie sich einsam und verletzlich vor. Mädchen konnten manchmal noch unbarmherziger sein als Jungen. Was war bloß los mit ihr? Eines Morgens war sie aufgewacht und hatte gemerkt, dass die schmalzigen Lieder mit dem vielen »ach, ach«, über die sie früher nur gelacht hatte, sie auf einmal berührten. Manchmal empfand sie etwas und hätte nicht mal zu sagen gewusst, ob es Freude oder Trauer war. Morgens hatte sie manchmal den dringenden Wunsch, vor der Schule zum Quai zu gehen und lange auf das Meeresblau zu starren.

Das Seil drehte sich wieder. Die Jungen stellten sich hintereinander auf und marschierten im Gleichschritt den ganzen Platz ab, dass es nur so staubte. Sie kamen am Kaffeehaus vorbei, wo man sie teils gleichgültig, teils schmunzelnd beobachtete, an der Bäckerei, aus der es nach frischem Baguette duftete, am Helva-Verkäufer, der am anderen Ende des Platzes vor dem Brunnen vor sich hin döste. Der Lehrling des Kaffeehauswirts schüttete vor der

Laube einen Eimer Wasser aus. Stavros ging nicht ganz vorne weg, zählte aber zu denen, die den Marsch sangen. Als sie gerade in die Menekşe-Straße einbiegen wollten, in der Panayota wohnte, wurde ein Brüllen laut.

»Was soll dieses Affentheater?!«

Die brüchigen Stimmen der Jungen verstummten augenblicklich. Nur der Fischerssohn Niko hängte noch ein *zito zito zito* dran, weil er als Letzter nicht gleich mitbekam, was los war, dann ebbte auch sein Plärren ab. Panayota ließ das Springseil so abrupt los, dass Elpiniki fast darüber gestolpert wäre und einen Fluch ausstieß.

Davon bekam Panayota nichts mit.

Sie sah nur, wie ihr Vater mit seinen langen Beinen auf die Jungen zustürmte, die buschigen schwarzen Augenbrauen zusammengezogen, die feisten Wangen aufgeblasen, die Lippe unter dem Schnurrbart vorgeschoben wie bei einem schmollenden Kind. Er erwischte die zurückweichenden Jungen beim Brunnen, packte Minas, der zuvorderst stand, an den Schultern und brüllte los: »Hört auf mit dem Getöse! Ihr solltet euch schämen!«

Vor Scham wusste vielmehr Panayota nicht, wohin sie sich verkriechen sollte. Sie strebte weg vom Springseil und von ihren Freundinnen, und möglichst weit weg vor allem von ihrem Vater, hin zu den schwarz gekleideten alten Frauen, die neben dem Kaffeehaus auf Stühlen oder auf den Stufen ihrer Häuser saßen. Eine von ihnen, Tante Rozi, sagte, als sie Panayota betreten herbeischleichen sah: »*Ela, ela, koritsi mu.* Komm, setz dich zu mir. Willst du eine Mandarine?«

Da schob Stavros die anderen Jungen beiseite und baute sich vor dem Krämer Akis auf. Er war ebenso groß wie dieser und stach mit seinen gebräunten, muskulösen Armen und Beinen aus den anderen hervor, doch in der Breite konnte er mit Akis nicht mithalten, denn jener war nicht nur hochgewachsen, er war ein Hüne und hatte in seiner Jugend Ringkämpfe bestritten. Einer seiner Arme war in etwa so dick wie die beiden Arme Stavros' zusammen. Obwohl er an die fünfzig war, hatte er noch kein einziges graues Haar. Die Augenbrauen, die Haare, der dichte, über die Lippen hinausstehende Schnurrbart, alles war so schwarz und glänzend wie das Fell afghanischer Pferde.

»*Kirye* Akis, die griechischen Soldaten kommen wirklich. Wir wissen es diesmal aus sicherer Quelle, nämlich von Engländern, die vor dem Sporting Club stehen, und die haben es von ihrem Konsul.«

Es kam ein heftiger Wind auf. In den Geruch nach frischem Brot mischte sich der für Bornova typische Jasminduft. Die alten Frauen schlossen die Augen, als beteten sie. Panayota drückte der Magen wie früher, wenn sie zu viel von dem rohen Teig aß, den ihre Mutter für Böreks ausrollte. Sie senkte den Kopf und sah auf die rosafarbenen Satinschuhe hinab, die sie erst am Monatsanfang bei Xenopoulo in der Franzosen-Straße gekauft hatten, weil ihre Füße so gewachsen waren. Sie waren blitzsauber und hatten schwarze Kordeln und winzige Absätze, doch was hatte sie nun davon? Ihr war jämmerlich zumute. Laut seufzte sie. Tante Rozie schälte noch eine Mandarine, eine der letzten der Saison, und hielt sie ihr ihn. Wortlos nahm sie die Frucht an, befreite sie mit ihren langen, dünnen Fingern von ein paar weißen Häutchen und aß sie langsam.

Auf dem Platz warteten alle mit angehaltenem Atem darauf, was Akis sagen würde. So als ob die griechischen Schiffe tatsächlich kommen würden, wenn nur der Krämer daran glaubte. Die Tavla-Spieler im Kaffeehaus behielten die Würfel in der Hand und sahen zu der Gruppe hinüber, Afrula und Tasula kauten keine Sonnenblumenkerne mehr, und weder hörte man Gebetsketten klappern noch die Wasserpfeifen blubbern. Selbst die Straßenverkäufer stellten ihre Tabletts und Krüge auf dem Brunnenrand ab und horchten auf das Gespräch zwischen Akis und den Jungen.

»Wenn sie kommen, dann sollen sie kommen. Was schert euch das? Was soll dieser Radau? Glaubt ihr etwa, die kommen, um für euch ihr Leben zu lassen?«

Da wurde es auf dem Platz auf einmal lebhaft. Da Akis ihr Kommen nicht leugnete, kamen sie also wirklich! Minas schob sich wieder an Stavros vorbei. Er war ein mickriger Junge, der es aber faustdick hinter den Ohren hatte. *Pire* Minas nannten sie ihn, den Floh. Mit seiner Flinkheit und Wendigkeit brillierte er bei den Fußballspielen zwischen den Stadtvierteln. Ihm war es zu verdanken, dass sie im letzten Monat die Mannschaft des armenischen Gymnasiums besiegt hatten. In der nächsten Woche sollte es gegen die Jungen der englischen Schule in Bornova gehen. Aus seinem Ruhm war Minas so viel Selbstvertrauen erwachsen, dass er um die schöne Adriana warb, die wie seine große Schwester wirkte.

»Nicht für uns lassen sie ihr Leben, sondern für Großgriechenland!«

Selbst im rosigen Abendlicht und vom anderen Ende des Platzes her sah Panayota, dass ihrem Vater das Blut ins Gehirn schoss und seine Wangen sich wutrot färbten. Wenn er außer sich geriet, dampfte um seinen dunklen Kopf ein dünner grüner Rauch auf, den nur Panayota und Katina wahrzunehmen wussten. Im Erker ihres Hauses im ersten Stock hatte denn Panayotas Mutter auch die Tischdecke ausgeschüttelt und aufs Fensterbrett ein Kissen gelegt, auf das gestützt sie nun wie alle anderen den Streit beobachtete. Ihr ansonsten meist abwesender Blick hatte etwas Verschmitztes. In Panayota wallte zunächst etwas auf, dann aber wandte sie sich wie Hilfe suchend der alten Frau neben sich zu. Tante Rozi hielt ihr lächelnd noch eine Mandarine hin. Die Anspannung auf dem Platz schien sie nicht zu kümmern.

»Ihr seid Dummköpfe!«, röhrte Akis. »Nichts weiter als Dummköpfe! Von wegen Großgriechenland! Von wegen Freiheit! Was bildet ihr euch eigentlich ein? Wenn die kommen, dann nur, um uns Scherereien zu bringen!«

»*Kirye* Akis, sagen Sie doch nicht so etwas«, protestierte Stavros. »Wir sind vom gleichen Blut.«

»Höchstens entfernte Verwandte!«, rief jemand aus dem Kaffeehaus. »Von der Sorte, mit der man sich nicht gerne trifft!«

Alles lachte. Stavros' Gesicht wurde vom Abend beschattet, Panayota krampfte sich der Magen zusammen. Die Tavla-Spieler waren auf den Fortgang des Gespräches neugierig und kamen, ohne die Würfel aus der Hand zu legen, auf den Platz. Um die Jungen und Akis bildete sich ein immer dichterer Kreis.

Akis sah jedem der Jungen nacheinander ins Gesicht.

»Jungs, seid vernünftig«, sagte er leise. »Fallt auf diese Geschichte mit Großgriechenland nicht herein, das kostet euch bloß den Kopf. Die Großen spielen ihre Spielchen, aber als Kanonenfutter benützen sie immer junge Kerle wie euch. Ihr lebt hier in der schönsten Stadt der Welt, und zwar wie die Maden im Speck, was kümmert euch, von wem wir regiert werden? Meint ihr etwa, so gut würde es uns gehen, wenn wir unter der Fuchtel Griechenlands lebten? Fahrt doch mal nach Athen, wenn ihr mir nicht glaubt. Schaut euch um, ob dort irgendwas mit unserem herrlichen Smyrna mithalten kann. Und kommt dann wieder heim und seid dankbar für alles, was wir hier haben.«

Die Schatten ließen Stavros' knochiges Gesicht härter wirken. Die mandelförmigen grünen Augen blitzten in der Dämmerung auf wie Katzenaugen. Panayota spürte in ihrem Bauch einen Motor losbrummen. Obwohl in Stavros das Blut hochkochte, gelang es ihm, einen respektvollen, sanften Ton anzuschlagen.

»*Kirye* Akis, wie können Sie das sagen? Haben Sie vergessen, was 1914 passiert ist? Was Menschen von unserem Blut alles erlitten haben? Dürfen wir vor solcher Pein die Augen verschließen, nur damit wir weiter in Wohlstand leben? Wenn wir jetzt nichts unternehmen, wird es uns eines Tages selbst übel ergehen, das wissen Sie doch auch. Ihre eigenen Söhne …«

Als er sah, wie Akis' Gesicht sich schmerzlich verzog, hielt er inne. Panayota hielt sich erschrocken die Hand vor den Mund und sah zum Erker ihres Hauses hinauf. Ihre Mutter jedoch blickte mit einem leisen Lächeln zum Mond empor, der hinter der Kadife-Festung aufging wie ein kupfernes Tablett. Stavros' letzte Worte hatte sie zum Glück nicht gehört.

Der Junge wechselte das Thema.

»Die Zeiten haben sich geändert, *Kirye* Akis. Das Osmanische Reich ist so gut wie tot, das wissen Sie doch auch. Die Partei hat sich selbst aufgelöst, und der Sultan ist eine Marionette der Engländer. Das Land wird ganz bestimmt aufgeteilt, aber wollen Sie etwa, dass Smyrna an die Italiener geht? Die Freiheit, nach der wir uns seit Jahrhunderten sehnen, steht praktisch vor der Tür. Jedes Volk wird über sein eigenes Land bestimmen, das hat der amerikanische Präsident gesagt. Da ist es ganz natürlich, wenn unser Smyrna zu einer Provinz des unabhängigen Griechenlands wird. Etwas Vernünftigeres gibt es doch gar nicht?«

Akis lächelte bitter. Dass der Sultan eine Marionette der Engländer war, hatten die Jungs also gemerkt, doch wer bei Venizelos die Fäden zog, das sahen sie nicht. Mit einem Mal war er völlig erschöpft. Die Erinnerung an seine beim Arbeitsbataillon umgekommenen Söhne erfüllte ihn nicht mit Wut, sondern mit einem Schuldgefühl. Hätte er sie doch bloß auf dem Dachboden versteckt, wie manche Familien das getan hatten, oder sie irgendwie nach Griechenland geschleust … Hätte er gewusst, dass der verdammte Krieg vier Jahre lang dauern würde, hätte er sie eben vier Jahre lang verborgen, andere Familien hatten das auch geschafft. Stavros' älterer Bruder etwa hatte vier Jahre lang wie eine Ratte auf dem Dachboden vegetiert, aber er hatte überlebt. Und nun spazierte er auf der Straße herum und lief zum Quai, um die Soldaten Venizelos' zu begrüßen. Akis' Söhne dagegen hatten irgendwo in der anatolischen Steppe in einer verdreckten Zelle ihr Leben gelassen … In seiner Seele war es schwarz wie Kaffeesatz.

Am anderen Ende des Platzes aß Panayota aufatmend ein letztes Stück Mandarine. Der grüne Wutrauch, der das Haupt ihres Vaters umgab wie ein Heiligenschein, war verdampft. Es mochte ihren Vater besänftigt haben, dass Stavros zu ihm höflich geblieben war und dass die Jungen, die er alle hatte aufwachsen sehen, eben idealistische Schwärmer waren. Er selbst wollte ja auch nicht, dass in Smyrna die Italiener das Sagen hatten. Und nach kurzem Aufbrausen beruhigte er sich meist.

Bevor er ins Kaffeehaus zurückkehrte, klopfte er mit seiner riesigen Pranke Stavros auf die Schulter.

»Passt auf, Jungs. Passt mir bloß auf. Glaubt nicht alles, was die Europäer von sich geben. Fallt auf ihr übles Spiel nicht herein. Die benützen euch nur, und dann geht es euch an den Kragen, und uns auch …«

Die Jungen zogen ab in Richtung Englisches Krankenhaus und kickten dabei verdrossen Kiesel aus dem Weg.
Aus den Häusern roch es nach Gegrilltem. Eine dünne
Frauenstimme war zu hören. Sie sang das Lied, dass Afrula
und Tasula zuvor angestimmt hatten.

> Ach, wie ich für dich brenne,
> ach, wie sehr ich dich liebe.

Eine Dampfersirene ertönte. Ein Mann kam mit einer
Stange auf den Platz und zündete die Straßenlaternen an.
Hinter den Bergen donnerte es. Panayota stand auf. Sie
hatte ihrer Mutter versprochen, ihr beim Zubereiten der
Makrelen zu helfen, die der Fischer am Morgen gebracht
hatte. Und Brot musste sie auch noch besorgen. Sie gab
Tante Rozi einen Kuss und wartete ab, bis die Frau über
ihrem Kopf drei Mal das Kreuzzeichen geschlagen hatte.
Dazu musste Panayota sich weit vorbeugen, so groß war
sie mittlerweile schon.

Stavros stapfte noch immer, die Hände in den Taschen
vergraben, mürrisch vor sich hin. Panayota verlangsamte
ihre Schritte. Vielleicht konnte sie auf dem Weg zur Bäckerei ein paar Worte mit ihm wechseln. Minas und ein paar
andere pfiffen ihr hinterher. Stavros tat das nicht, doch als
Panayota, bevor sie in die Menekşe-Straße abbog, noch
mal hinübersah, begegnete sie den grünen Augen des Jungen, und durch ihren Bauch ging eine warme Welle, wie
von einem Wüstenwind.

Mit der Baguette unter dem Arm, von der sie schon ein
Stück abgebissen hatte, ging sie durch die blaue Tür neben
dem Laden ihres Vaters und hüpfte die Holztreppe hinauf,
voller Gefühle im Herzen, die sie nicht zu deuten wusste.

Als sie die Küche betrat, in der Katina die Makrelen in

Mehl wendete, war sie von dem Sturm, der in ihr tobte, ganz benommen. Obwohl sie wusste, dass ihre Mutter schimpfen würde, fing sie an zu pfeifen. Wenn doch nur schon morgen wäre und sie Stavros wiedersehen könnte! Falls aber … falls aber am nächsten Tag tatsächlich die griechische Flotte in den Hafen einlaufen und ihr Vater ihr deswegen verbieten sollte, auf die Straße zu gehen, würde sie Stavros einen ganzen Tag lang nicht sehen. Als ihr das einfiel, stöhnte sie unwillkürlich auf.

»Was ist denn los, *kori mu*? Geht es dir gut?«

»Die griechische Armee soll kommen, hast du gehört?«

»Hoffen wir das Beste, *yavri mu*.«

»Unsere Lehrerin hat gesagt, wenn der große Tag kommt, wird die ganze Klasse die Soldaten begrüßen. Also kleide ich mich morgen ganz weiß, und du musst mir noch heute Abend eine Krone aus Lorbeerblättern flechten. Und aus der Truhe holen wir die Fahne, die wir gestickt haben.«

Katina wischte sich an ihrer Schürze die Mehlhände ab und wandte sich ihrer Tochter zu. Wenn sie die ohnehin kleinen Augen zusammenkniff, sah sie aus wie eine Chinesin. Eine rothaarige, sommersprossige kleine Chinesin.

»Papa will nicht, dass du morgen in die Schule gehst.«

Darauf war Panayota schon gefasst, und doch musste sie sich wundern, dass er schon Zeit gefunden hatte, mit ihrer Mutter darüber zu sprechen.

»*Mana mu*! Ist das dein Ernst? Die ganze Klasse geht hin, und ich soll zu Hause bleiben? Also wirklich, das darf doch nicht wahr sein!«

»Das könnte gefährlich werden, Schätzchen. Es sind unruhige Zeiten. Die Türken sollen sich schon organisiert haben. Angeblich lassen sie Verbrecher aus dem Gefängnis frei. Wie sollen wir dich da alleine auf die Straße schicken?«

An die ständige Unrast ihrer Mutter war Panayota gewöhnt. Seit dem Tod ihrer beiden Söhne fürchtete sie erst recht um ihre Tochter. Der nichtigste Grund veranlasste sie zu Argwohn. Panayota verdrehte die Augen.

»Wer sagt denn, dass ich da alleine bin? Die ganze Schule geht runter zum Quai. Die Mädchen von Kentrikon kommen auch. Und die von Agia Dimitiri ... Elpiniki und Adriana ... Sogar die Kleinen sind dabei. Die Jungs von Evangeliki. Einfach alle. Wir ziehen zur Uferpromenade hinunter wie antike griechische Göttinnen und werfen unseren Soldaten Rosen zu. Mama, ich flehe dich an, darauf bereiten wir uns seit Monaten vor. Red bitte mit Papa, dass er mir's erlaubt. *Se parakalo manula mu*! Bitte!«

Katina drückte ihrer Tochter den Teller mit den eingemehlten Makrelen in die Hand und fachte das Feuer im Herd an.

»*Ela*, du brätst jetzt die Makrelen, und ich decke den Tisch. Ich habe uns Artischocken gekocht, schneid uns ein bisschen Dill und streu ihn drüber. Wahrscheinlich regnet es bald, essen wir lieber drinnen.«

Sie war schon an der Tür, da drehte sie sich noch mal um.

»Panayota *mu*, wenn dein Vater kommt, setz bitte ein Lächeln auf, ja? Du weißt doch, wir können es nicht mitansehen, wenn du traurig bist. Also, Schätzchen, tu deinen Eltern das bitte nicht an. Wir haben schon genug durchgemacht.«

Allein in der Küche stampfte Panayota wütend mit ihren Holzpantinen auf. In ganz Smyrna hielt anscheinend allein ihr Vater es mit dem griechischen König, alle anderen waren begeisterte Anhänger des charismatischen Ministerpräsidenten Venizelos. Allen voran Stavros. Ach, Stavros! Bis zum nächsten Abend würde sie ihn nicht sehen. Das verschlug ihr fast den Atem.

Sie packte eine Makrele am Schwanz und hielt sie kurz in die Pfanne. Das Öl zischte. Abgesehen von den Momenten, in denen sie dieselbe Luft einatmete wie Stavros, hatte alles seine Bedeutung verloren. Während sie einen Fisch nach dem anderen in die Pfanne legte, dachte sie: Hoffentlich kommen sie nicht, und wir können in Ruhe so weitermachen wie bisher. Obwohl sie wusste, wie sehr das Stavros treffen würde.

Auf seinen Traum von Großgriechenland war sie allmählich eifersüchtig.

Allein zu Hause

Während Akis am frühen Morgen des 15. März hinter seiner weinenden Tochter und seiner entnervten Frau die Tür zusperrte und ins Kaffeehaus ging, schlug Edith unter ihrem Moskitonetz aus weißem Tüll furchtsam die Augen auf. Sie hatte einen Albtraum gehabt, in dem sie jemanden getötet hatte und daher für den Rest ihres Lebens auf der Flucht sein musste. An einem Bahnhof versuchte sie, einen Zug zu besteigen, der sie in ein fernes Land bringen sollte, doch waren osmanische Gendarmen hinter ihr her, die alle einen aubergineroten Fes mit Goldlitzen trugen.

Von Zügen träumt Edith oft, denn das von ihrem Vater Nikolas Dimos geerbte Haus stand direkt an der Bahnlinie nach Aydın. Morgens erwachte sie durch den Pfiff der Lokomotive, die in den kleinen Bahnhof von Buca einfuhr. Der Lokomotivführer, der Lange Kozmas, dem das Gefährt als sein Privatfahrzeug galt, ließ das gellende Pfeifsignal schon frühzeitig ertönen und hörte erst damit auf, wenn er im Bahnhof von der Lokomotive absprang. In manchen Nächten fand Edith keinen Schlaf, wenn aus

Anatolien eintreffende Güterzüge über die tagsüber von der Pferdetrambahn benützten Gleise ratterten und in der Vasili-Straße Nummer 7 die Fenster klirrten wie bei einem Erdbeben.

An jenem Morgen aber war sie weder vom Lokomotivführer Kozmas noch von bebenden Fenstern wach geworden. Sie kuschelte sich ins lavendelduftende Laken und versuchte, sich an ihren Traum zu erinnern. Ihr war kalt. Wen hatte sie wohl umgebracht? Von Verfolgungsjagden träumte sie in letzter Zeit immer öfter. Da der Zug aus Buca noch nicht eingefahren war, musste es vor acht sein. Vielleicht sollte sie noch ein bisschen schlafen. Wieso war es so kalt? War der Ofen noch nicht an? Wo war Zoi? Um diese Zeit war sie sonst längst im Haus und hatte sowohl den Ofen als auch das Bad angeheizt.

Zoi, ein junges Mädchen noch, als sie bei Juliette Lamarck gearbeitet hatte, war inzwischen verheiratet und lebte mit ihrem Mann, einem Einwanderer aus Chios, und ihrer kleinen Tochter in Kerasohori. Jeden Morgen kam sie früh ins Haus, kümmerte sich ums Feuermachen und bereitete Edith das Frühstück. In den zehn Jahren, die sie bei ihr angestellt war, hatte Edith nicht erlebt, dass Zoi einmal zu spät gekommen wäre. Was war nur los an diesem Morgen?

Sie wollte schon nach der Glocke neben ihrem Bett greifen, da tat es einen gewaltigen Schlag. Eine Explosion. Eine Bombe? Was war das nur? Hellwach setzte sie sich auf und rieb sich die Arme. Da, noch ein Schlag. Und noch einer. Das kam von der Bucht her. Jemand schrie. Unten am Quai?

Bestimmt wurde die Stadt mit Kanonen beschossen!

Sie hielt sich die Hand vor den Mund, um einen Schrei zu unterdrücken. Wer konnte das sein? Die Engländer?

Nein, die bestimmt nicht. Die Deutschen? Auch nicht, deren Panzerkreuzer waren längst ausgelaufen. Wer dann? Die Italiener? Sie sprang aus dem Bett und schlüpfte in den Morgenmantel. Das Knallen hörte nun gar nicht mehr auf, die Fenster zitterten, als würden sie zerspringen. Waren es die Türken? Die Griechen?

Da kündigte der Zug aus Buca mit einem lang gezogenen Pfiff seine Einfahrt in den Bahnhof an. Edith hüllte sich fest in ihren Morgenmantel und trat barfuß in den Korridor. Verdutzt sah sie um sich, als wäre sie in einem fremden Haus. Trotz der klirrenden Fenster und des Kanonendonners herrschte eine befremdende Stille. Es fehlten das Klappern, das Geflüster, das unterdrückte Lachen, es fehlte alles, was sie morgens zu hören gewohnt war.

Auch wenn ihre Bediensteten bemüht waren, die Frau des Hauses am Morgen nicht zu stören, veranstalten sie doch einigen Lärm, wie sie jetzt erst bemerkte, weil es so still war. Seit zehn Jahren lauschte sie, wenn sie morgens mit geschlossenen Augen unter dem Moskitonetz lag, auf das emsige Treiben im Haus. Da gingen Türen auf und zu, die Schritte des Verwalters Hristo hallten auf der Terrasse, die Mädchen kehrten kichernd die Bibliothek, Zoi schimpfte leise, der Koch Mehmet aus Bolu riss in der Küche seine Witze, die Gehilfen prusteten darüber, die Stufen der Holztreppe knarzten … An jenem Morgen aber kein Ton davon, stattdessen donnerten die Kanonen.

Als das Getöse innehielt, erklangen Schiffssirenen, gefolgt von Schreien am Quai. Bald darauf gesellten sich zu dem Lärm aus der Stadt Kirchenglocken hinzu. Von Avinash hatte Edith gehört, durch anhaltendes Läuten der Kirchenglocken versuche man, die Aufmerksamkeit der in der Bucht vor Anker liegenden ausländischen Panzerkreuzer zu erregen. Zwischen der christlichen Bevölkerung der

Stadt und den Alliierten gelte das Läuten als Zeichen für Gefahr, als Losung. Es musste etwas Fürchterliches passiert sein.

Auf Zehenspitzen ging sie über das dunkelbraune Parkett und öffnete Tür um Tür. Bibliothek, Gästezimmer, noch ein Gästezimmer. Ihr Haus war voller Zimmer, die sie nie benützte, doch an jenem Morgen erschien ihr jedes leerer und verlassener denn je. Abgesehen von den Staubkörnchen, die im Morgenlicht tanzten, bewegte sich nichts. Sie ging ins Bad am Ende des Korridors und machte die Tür hinter sich zu. Das Wasser im Marmorbecken war eiskalt. Sie wusch sich das Gesicht, dann setzte sie sich auf das kalte Porzellan der Toilette.

Sie atmete heftig, und trotz der Kühle im Haus schwitzte sie unter den Achseln. Ihre Haut verströmte einen seltsamen Geruch.

Den Geruch der Angst.

Obwohl sie es gewagt hatte, in Smyrna als Frau allein zu wohnen, hatte sie in ihrem dreißigjährigen Leben noch nie die Augen in einem leeren Haus geöffnet, und überhaupt war sie noch nie in einem Haus allein gewesen. In der Villa ihres Vaters hatten drei Generationen zusammengelebt, umgeben von einem Heer von Bediensteten. In der Klosterschule in Frankreich hatte sie mit zwanzig Mädchen in einem Schlafsaal geschlafen. Und seit sie in dem von Nikolas Dimos geerbten Haus wohnte, war im Dienstbotenzimmer im Erdgeschoss stets jemand gewesen, und Hristo und Zoi, nunmehr ihre Zofe, kamen jeden Morgen ins Haus, bevor sie erwachte.

Zum ersten Mal war sie allein an einem Ort ohne Laut und ohne Atemzug.

Das erschreckte sie zwar mehr als der Kanonendonner draußen, doch da sie der Ansicht war, etwas wie Furcht passe nicht zu ihr, ignorierte sie diese, so gut es ging, wenn auch ihr Körper bereits danach roch. So wie Juliette Lamarck Kummer und Verzweiflung mit Wutausbrüchen zu bewältigen suchte, begegnete Edith der Furcht mit Scherzen und beißendem Spott und begrub sie tief unten im Grunde ihres Herzens, auf dass sie dort vergessen werde.

Sie kam wieder aus dem Bad und beäugte argwöhnisch die leeren Zimmer, die einer anderen Zeit anzugehören schienen. Das Parkett unter ihren Füßen war eiskalt. Sie schlang die Arme um sich. Vielleicht hatte sie im Schlaf eine Zeitreise getan und war an einem anderen Punkt der Weltgeschichte erwacht. Oder aber sie war auf einer Reise um die Welt, wie bei Jules Verne, den sie Seit an Seit mit Edward gelesen hatte. Ihr Haus war noch dasselbe Haus, und Edith derselbe Mensch, doch alles andere war verschwunden. Wenn sie aus dem Fenster blickte, würde sie vielleicht vor sich haben, wie es in hundert Jahren aussehen würde. Sie kniff die Augen zu und reckte den Kopf zur Decke.

Yasemin hatte in ihren Geschichten nichts erfunden und übertrieb auch nicht. Edith war tatsächlich haschischsüchtig. Genauso, wie sie nicht lieben konnte, ohne sich vorher einzurauchen, konnte sie ohne ihre Pfeife auch nicht einschlafen, und sie ertrug es nicht einmal, in Gesellschaft zu gehen, ohne zunächst ein paar Züge zu tun. Gegenüber Avinash rechtfertigte sie sich mit dem Argument, die Menschen seien so dumm, dass ihr langweiliges Geschwätz anders nicht auszuhalten sei. Meist war sie leicht benebelt, und während sie nun wie eine verunsicherte Fremde in den leeren Räumen ihres Hauses umherwandelte, war ihr nicht ganz klar, ob das mit der Zeitreise tatsächlich geschehen oder nur eingebildet war. Was immer

Yasemin den Kräutern in ihrem Bündel auch beimischen mochte, es bewirkte jedenfalls, dass Ediths Kopf selbst in nüchternem Zustand hinter einem Dunstvorhang von Tagträumen agierte.

Statt an die zitternden Fenster zu treten, stieg sie die Treppe hinab, sehr bemüht, sie nicht knarren zu lassen. Geschützdonner war keiner mehr zu hören, aber ihr war, als vernehme sie ein anderes Geräusch. Spielte da irgendwo Musik? Waren es Schreie? Es klang nicht wie Angstschreie, aber was war es dann? … Da sah sie auf einmal etwas, das ihr das Herz höherschlagen ließ. Unten vor der Haustür stand jemand. Eine Gestalt war vor dem bunten Fenster. Ein Mann! Mit einem Hut auf dem Kopf. Der die Tür aufzubringen versuchte. Fast hätte sie das Gleichgewicht verloren und wäre die Treppe hinuntergestürzt. Gerade noch konnte sie sich am Geländer festhalten. Ein Bild, das sie im Unterbewusstsein verschwommen vor sich sah, seit sie aufgewacht war, gewann nun an Deutlichkeit.

Ja, natürlich! Die Griechen waren gelandet! Sie atmete auf. Die Welt war noch an ihrem Platz. Weder die Wirklichkeit noch die Zeit hatten sich verrückt.

Am Vorabend war Avinash vor dem Essen bei ihr vorbeigekommen und hatte gesagt, es sei nunmehr offiziell, dass die griechische Flotte in Smyrna einlaufen werde. Die britischen Generäle hätten Gouverneur İzzet Pascha informiert, die osmanische Verwaltung solle sich mit ihren Soldaten am Konak bereithalten, dort werde die Übergabe stattfinden.

Die Dienstmädchen hatten an der Tür gehorcht, und als sie die Nachrichten vernahmen, stießen sie Freudenschreie aus und vergaßen darüber ganz, dass sie dadurch ertappt wurden. Als Edith in den Korridor hinausging, um sie auszuschimpfen, sah sie, wie die Mädchen sich weinend umarmten.

Und dennoch … Dennoch hatte sie die Griechen nicht so früh erwartet, nicht schon am nächsten Tag. Deswegen hatte sie Avinashs Aufregung nicht so ganz ernst genommen. Schließlich ging das Gerücht von einer griechischen Landung schon seit Ende des Krieges um. Avinash aber wollte nicht mal zum Essen bleiben, er müsse ins Konsulat und dort die ganze Nacht durcharbeiten. Eilig hatte er Edith zum Abschied geküsst.

»Mach alle Türen, Fenster und Läden zu«, schärfte er ihr ein, »und schick den Verwalter heute Nacht nicht nach Hause, er soll bei euch bleiben. Mehmet und Zoi dagegen sollen gleich heimgehen und auch morgen nicht kommen. Und geh ja nicht aus dem Haus, bis ich wiederkomme.«

Da Edith sich nicht gerne vorschreiben ließ, was sie tun sollte, hatte sie als Erstes den Verwalter Hristo nach Hause geschickt und dann am riesigen Esstisch alleine das Abendessen verzehrt, das ihr die in der Küche herumzwitschernden Dienstmädchen serviert hatten. Mehmet und Zoi waren wie jeden Abend gleich nach Sonnenuntergang in ihr Haus in der Stadt zurückgekehrt. Es hatte angefangen zu regnen, doch die Fensterläden hatte sie trotzdem nicht zugemacht.

Da ertönte dumpf die Türglocke und hallte von der hohen Decke wider. Edith durchfuhr ein glühender Stromstoß. Vor ihrem inneren Auge spielte sich eine Szene ab, von der sie bisher nicht gewusst hatte, wie sehr sie sich davor fürchtete: In der Stadt herrschte Chaos, und Plünderer nutzten das Machtvakuum aus und machten sich über die Häuser der Reichen her.

Wie alle levantinischen Kinder war sie mit entsetzlichen Geschichten über Räuber aufgewachsen, die aus den

Bergen kamen und Villen plünderten, und über Piraten von der Insel Chios, die Babys entführten, um Lösegeld zu kassieren. Ihr eigener Bruder Jean-Pierre war als Kind vom Verwalter Mustafa aus einem Wagen gerettet worden, in den Männer ihn gestoßen hatten. Und erst vor einem Monat hatte der Bandit Çerkez Ethem den Sohn des früheren Gouverneurs entführt, und der Junge war erst freigekommen, als wohlhabende britische Nachbarn 53 000 Goldstücke Lösegeld für ihn zusammengelegt hatten.

Und nun hatte sie Plünderer vor dem Haus stehen, als wollten sie damit ihrer Mutter und Avinash recht geben, die seit Jahren darauf drangen, sie solle doch einen bewaffneten Wächter anstellen.

Mon Dieu!

Sie lief die Treppe hinunter und schnappte sich aus dem Schrank neben der Tür atemlos das Jagdgewehr von Nikolas Dimos. Ob es geladen war, wusste sie nicht, doch wie man ein Gewehr bediente, hatte sie auf Jagdpartien mit ihrem Vater und Nachbarn in Bornova gelernt. Bevor es noch einmal läuten konnte, riss sie die Tür auf und hielt den Gewehrlauf zwischen die Augenbrauen des Plünderers.

Als Avinash Pillai seine Überraschung überwunden hatte, lachte er los. Seine Geliebte stand barfuß in einem weißen Seidenmorgenmantel vor ihm, die Haare ungebändigt nach allen Seiten strebend, und hielt ein Jagdgewehr in Händen, das in ihren zarten Armen wirkte wie eine Maschinenpistole. Edith senkte die Doppelflinte, tat ein paar Schritte zurück, hob mühsam den Kopf und sah Avinash an. Ihre von den Brauen beschatteten schwarzen Augen waren weit aufgerissen, die rosigen Lippen stachen aus dem bleichen Gesicht heraus.

Avinash dachte, Edith würde gleich erkennen, wie lächerlich die Situation war, und in sein Lachen einstimmen, doch stattdessen fiel sie ihm zitternd in die Arme, was er nun überhaupt nicht erwartet hatte.

»Ach, Avinash, du bist es! Gott sei Dank! Gott sei Dank! Was um Himmels willen ist los?«

Avinash packte das zu Boden fallende Gewehr. Seit elf Jahren war Edith seine Geliebte, und zum ersten Mal erlebte er, dass sie Angst hatte. Als die Engländer sich im Weltkrieg anschickten, Smyrna zu bombardieren, hatten alle Nachbarn die Stadt verlassen, doch Edith war in der verödeten Vasili-Straße geblieben. Zusammen mit den Dienstmädchen schlief sie Nacht für Nacht allein in dem riesigen Haus. Nur äußerst selten ließ sie sich darauf ein, dass er bei ihr übernachtete, eigentlich nur, wenn sie nach einer sommerlichen Tour beschwipst dort ankamen. Sie gehörte zu den Frauen, die sich nicht von einem Mann beschützen lassen wollten. Avinash hatte das zu Beginn ihrer Beziehung als reizvoll empfunden, doch mit der Zeit hatte ihm etwas gefehlt. So richtig begriff er das erst jetzt, als Edith sich ihm auf eine Art in die Arme warf, die ihn an die hysterischen Anfälle ihrer Mutter erinnerte.

In der Bucht wurde wieder eine Kanone abgefeuert. Edith schmiegte sich an Avinash. Aus dem Obergeschoss war ein Scheppern zu hören. Ohne Edith loszulassen, schob Avinash die Tür zu und lehnte das Gewehr an die Wand. Edith zitterte in seinen Armen am ganzen Leib. Damit sie nicht zu Boden sank, stützte er sie mit dem Rücken an die Tür und blickte sich nach jemandem um, den er um ein Glas Wasser bitten konnte.

Er sah aber weder eines der jungen Dienstmädchen, die ihn bei jedem seiner Besuche schmunzelnd empfingen, noch den Verwalter Hristo. Waren sie etwa allein im Haus? Er nahm Ediths Hände in die seinen.

»Die griechische Flotte ist da. Die Soldaten gehen an Land.«

Edith vergrub ihren Kopf in seiner Schulter. Ihr Zittern hatte aufgehört.

»Und wen greifen sie an?«, fragte sie mit dumpfer Stimme. »Warum wird die Stadt beschossen? Etwa von den Italienern? Oder gehen die Türken zum Gegenangriff über?«

»Aber nein. Niemand greift irgendjemanden an. Die einlaufenden Panzerkreuzer geben Salutschüsse ab. Ach so, deshalb hast du …«

Avinash schlang die braunen Arme um Ediths zarten Körper, als umarmte er ein Kind. Zugleich aber schoss ihm durch den Kopf, dass sie nun an Orten miteinander schlafen konnten, wo sie das noch nie getan hatten, in der Küche, im Keller, oder gleich hier in der Eingangshalle, über die ansonsten Hristo wachte.

»Es herrscht also Ruhe und Ordnung?«

»Ja, so sieht es aus. Die Soldaten strömen in verschiedene Gegenden aus. Wenn du willst, können wir gemeinsam zum Quai hinunter, dort haben sich viele Christen versammelt. Sie sind ganz außer sich vor Freude, es geht zu wie bei einem Fest.«

»Dann darf ich also raus auf die Straße, mein Gebieter?«

Avinash begriff, dass sie ihn wegen seines autoritären Auftretens am Vorabend triezte. Dann hatte sie also Hristo augenblicklich weggeschickt. Er versuchte ihr in die Augen zu sehen, ohne seine Arme von ihr zu lösen, doch sie ließ den Kopf an seiner Schulter.

»Stell dir vor, manche der griechischen Soldaten wussten nicht mal, wohin es ging. Man hatte ihnen gesagt, sie sollten vor einem ukrainischen Hafen ein Manöver absolvieren. Erst als sie an der Bucht eintrafen, begriffen sie, dass sie in Smyrna waren.«

»Jedes Kind hat doch von der Besetzung gehört, und ausgerechnet die Soldaten nicht?«

Avinash wunderte sich über die Wortwahl, kommentierte sie aber nicht. Obwohl Edith spöttisch klang wie eh und je, schmiegt sie sich weiter so sehr an Avinash, dass sie sich selbst nur wundern konnte. Avinashs Hände glitten wie von allein unter ihren Morgenmantel und fanden zwischen der Seide hindurch zu ihren kleinen Brüsten. Sie gab einen Ton von sich, ob nun vor Behagen oder aus Protest.

»Wo ist Hristo? Und die Dienstmädchen? Und Zoi?«

»Weiß ich nicht. Als ich aufgewacht bin, war niemand da.«

»Wahrscheinlich sind sie auch am Quai«, murmelte Avinash, ohne darüber nachzudenken, was das Aufwachen in einem leeren Haus für die Frau bedeuten mochte, die er seit so vielen Jahren liebte, deren Launen er sich unterwarf, deren Geheimnisse er – angeblich – nicht mehr zu ergründen suchte und die er außergewöhnlich gut zu kennen glaubte.

Elf Jahre dauerte ihre Beziehung nunmehr an. Wenn im Winter früh der Abend hereinbrach und die Flamme der gedrosselten Petroleumlampe zitterte, oder wenn sie sich im Frühjahr auf Ediths Bett ausstreckten, ein paar Züge aus der Wasserpfeife taten und auf der verschwitzten Haut den nach Muscheln riechenden Wind spürten, der die Tüllgardinen blähte, dann kam es immer noch vor, dass sie miteinander schliefen, doch sie begehrten sich nicht mehr wie früher. Nun, da ihre Körper sich wieder anzogen wie in den ersten Jahren, hätten sie die Gunst der Stunde gerne genützt, doch fürchteten sie, jeden Augenblick könne der Verwalter oder eines der Mädchen kommen, und so sprachen sie, vor der Tür aneinandergepresst, weiter über die Welt dort draußen.

»Und was machen die Muslime? Wie sieht es aus, da wo du wohnst?«

»Die sind entgeistert. Du weißt ja, dem Gouverneur wurde erst gestern mitgeteilt, dass die Soldaten landen sollten. Trotz des Regens hat sich am Abend eine große Gruppe versammelt. Beim jüdischen Friedhof, der auf den Hafen hinausgeht, haben sie aus Protest ein großes Feuer angezündet. Mit Kind und Kegel waren sie da, ob reich oder arm, Tausende von Menschen. Sogar getrommelt wurde, doch was hilft es ihnen? Heute Morgen haben sie sich doch zu Hause verkrochen und alles verrammelt, was sollen sie sonst machen?«

»Meinst du, es passiert etwas?« Ediths Stimme löste sich kurz aus ihrer erotischen Brüchigkeit und fand zu ihrer üblichen Tiefe zurück.

»Die Soldaten gehen geordnet an Land, aber mir erscheint, als wüssten sie nicht recht, was sie hier sollen. Es ist alles sehr aufgeladen, und wenn es zur Machtübergabe kommt, kann die allgemeine Sicherheit darunter leiden. Es wird bestimmt etwas passieren. Hoffentlich kommt dabei niemand zu Schaden.«

Seine Hände glitten nun unter das Nachthemd, und mit den erfahrenen Fingern, die sämtliche Kurven und Lustzonen ihres Körpers kannten, fuhr er zwischen Ediths Beine. Edith überließ sich Avinashs gekonntem Streicheln, vergaß aber darüber nicht, mit einer Hand die Tür zu verriegeln. Ihr Geliebter, der immer so sehr auf sein Äußeres bedacht war und sich seine Anzüge von den besten Schneidern der Stadt aus englischen Stoffen und nach der neuesten Mode nähen ließ, war ihr an jenem Morgen nach der im Konsulat verbrachten Nacht mit einer zerknitterten Hose und jenen würzigen Schweißflecken in der Achselhöhle entgegengetreten, für die er sich sonst immer so genierte. Dass er in der Vasili-Straße aufkreuzte, ohne zuvor das Bad aufgesucht zu haben, hatte die Welt noch nicht gesehen.

In der seltsamen Gefühlstrunkenheit, die sich ihrer bemächtigt hatte, begriff Edith, dass Avinash an dem Tag noch viel vorhatte und zu ihr nur gekommen war, um nach dem Rechten zu sehen, und nicht, um mir ihr zu schlafen. Die Landung der Griechen durfte als Sieg der Briten gelten, und in den folgenden Tagen würde ihr Geliebter gewiss sehr beschäftigt sein. Um ihn noch ein bisschen für sich zu behalten und selbst an einem so kritischen Tag nicht gegenüber der Politik, dem Geheimdienst und all diesen männlichen Geschäften hintanzustehen, machte sie sich daran, mit der Hand, die zuvor die Tür verriegelt hatte, die Hosenknöpfe des Mannes zu lösen.

Avinash legte sachte den Hut zu Boden, den er abgenommen hatte, als Edith zwischen seine Augenbrauen zielte, dann drückte er die Frau an die mit bunten Bleifenstern geschmückte Tür, und genau da, wo zweiunddreißig Jahre zuvor Monsieur Lamarck Nikolas Dimos am Kragen gepackt und geschüttelt hatte, drang er gierig in Edith ein.

Der Froschregen

»Mama, Mama, komm schnell, es regnet Frösche! Wirklich, glaub mir, es regnet Frösche vom Himmel! *Panayia mu*! Mein Gott! Schnell!«

Katina stand in der Küche und schnitt Zwiebeln. Mit dem Handrücken wischte sie sich den Schweiß von der Stirn, dann eilte sie in das Zimmer, das zur Straße hinausging. In ihrem bodenlangen weißen Kleid kniete Panayota auf der Erkerbank, die Hände und die Nase an die Scheibe gedrückt.

»*Kori mu*, habe ich dir nicht gesagt, du sollst heute nicht ans Fenster gehen? Was hast du im Erker zu suchen?«

»*Kita, mama.* Schau doch mal auf die Straße raus!«

Katina zupfte ihr Kopftuch zurecht und trat ans Fenster. Ihr standen schon wieder Schweißperlen auf der Stirn.

»Dein Vater hat immer gesagt, dass es Steine auf uns regnen wird. Siehst du, es ist noch kein Tag vergangen, seit die Evzonen den ersten Kanonenschuss abgefeuert haben, und schon geht der Ärger los. Wo sollen da draußen Frösche sein? Heuschrecken sind es wahrscheinlich.«

»Schau doch, schau auf den Boden! Der ist voller Frösche. Hast du so was schon mal gesehen?«

Katina murmelte ein Stoßgebet und bekreuzigte sich. Tatsächlich regnete es vom Himmel Frösche herab. Sie knallten auf die Pflastersteine vor dem Krämerladen, und während die einen auf der Stelle tot waren, rappelten andere sich hoch und hüpften auf den Platz zu. Von den Zerplatzten blieb rasch nur noch ein zweidimensionaler, gespenstischer Schatten zurück.

»*Manula mu*, gibst du mir einen Eimer, dann sammle ich schnell welche auf, ja? Die fallen in den Eimer direkt hinein. *Se parakalo!*«, bat Panayota ihre Mutter.

»Was du für Ideen hast. Siehst du irgendjemanden auf der Straße? Was hast du da draußen zu suchen? Seit heute Morgen knallt es. Was bist du unvernünftig, *vre yavri mu*! Ist das vielleicht der richtige Moment, um Frösche aufzusammeln?«

»Was ist schon dabei? Alle sind heute raus auf die Straße. Das ganze Viertel ist mit Blumen und Fahnen zum Quai hinuntergelaufen. Nur wir waren zu Hause eingesperrt.«

Als Panayota sich zu ihrer Mutter umwandte, hatte sie Tränen in den Augen. Ihr Groll pochte in ihr wie eine Entzündung, die immer weiter anschwoll, solange der Eiter nicht abfließen konnte.

»Alle waren dort, alle, alle, alle. Und, ist ihnen was passiert? Sie sind allesamt heil wieder zu Hause. Da, hör mal. Das sind Elpiniki und Afrula, die singen. Sie haben alle die Evzonen gesehen. Nur ich nicht. Auf dem Platz heute Abend werden sie sich über mich lustig machen.«

»Heute geht niemand auf den Platz.«

»Was?!«

Panayota wurde immer lauter. Aus ihren Zöpfen standen schwarze Locken hervor, ihre Augen und ihre Wangen waren feuerrot. Seit dem Morgengrauen war sie auf. Obwohl sie genau wusste, dass ihr Vater sie nicht zum Hafen lassen würde, hatte sie am Morgen ein weißes Kleid angezogen, wie die Lehrerin es angeordnet hatte, und eine Krone aus Lorbeerblättern aufgesetzt. Wenn sie schon nicht zum Quai hinunterdurfte, würde sie die Ankunft der Soldaten eben ganz alleine in dieser Kluft feiern.

Dagegen konnte ihr Vater ja wohl nichts haben!

Als Akis die Kanonenschüsse der einlaufenden Schiffe vernommen hatte, war er murrend aufgestanden, hatte den Frauen verboten, sich aus dem Haus zu rühren, und war ins Kaffeehaus gegangen. Sollten also Plünderer ins Haus dringen, würde er nichts davon mitbekommen. In ihrer kompromissbereiten Art versuchte Katina Panayota zu trösten. »Aber hör mal, *yavri mu*, Papa ist doch nicht weit weg, wenn du aus dem Fenster um Hilfe rufst, läuft er doch sofort herbei.« Als vom Ufer her Schüsse knallten, war Akis denn auch nach Hause gekommen und bei den Frauen geblieben, bis die Lage sich beruhigt hatte.

Seither saß Panayota in ihrem weißen Kleid und mit der

Lorbeerkrone auf dem Kopf missmutig im Erker. Das Einzige, was sie von ihrem Grimm ablenken konnte, war der plötzliche Froschregen.

»Ich habe mich blamiert. Die ganze Schule ist hingegangen, bloß ich nicht. Was habe ich denn verbrochen? Ich bin ja nicht für den König, für den ist im ganzen Viertel niemand außer euch. Das sage ich heute Abend auch zu Papa. Ich werde *zito zito* rufen, ihr werdet es sehen! *Zito o Venizelos! Zito zito zito!*«

Da tat Katina einen Schritt auf den Erker zu und verpasste ihrer wuttrunkenen Tochter eine Ohrfeige.

»Halt gefälligst den Mund, kleines Fräulein! Solange du unter dem Dach deines Vaters lebst, schreist du nicht so herum! Reiß dich zusammen!«

Mit zusammengebissenen Zähnen blickten die beiden einander herausfordernd an. Der Sturm draußen tobte mit ganzer Kraft weiter. Der Zitronenbaum vor dem Fenster wusste nicht, wie ihm geschah, und wie ein vielarmiges, schmächtiges Kind peitschte er mit seinen Zweigen ans Erkerfenster.

Als noch ein paar Frösche aufs Dach klatschten, mussten Mutter und Tochter auf einmal loslachen. Katina tat es leid, dass sie ihre Tochter geohrfeigt hatte, und Panayota, dass sie »*Zito zito*« geschrien hatte, obwohl sie genau wusste, dass sie ihre Mutter damit zur Weißglut brachte.

Katina nutzte den Moment der Entspannung aus und setzte sich neben Panayota auf die Erkerbank. Sie schlang die Arme um den schmalen Körper ihrer Tochter.

»Ach, Schätzelchen! Wie könnte ich dich denn zu dieser Menge hinausschicken? Sie haben Papa sogar gewarnt, er soll seinen Laden nicht aufmachen. Du hast es ja selbst gehört, als Onkel Hristo gestern bei uns war. Er hat es von diesem indischen Juwelenhändler. Alle Läden sollen am

15. Mai geschlossen bleiben, damit ihren Besitzern und der Ware nichts passiert. Und da soll ich unser einziges Kind auf die Straße lassen? Sag doch mal selbst, Panayota *mu*?«

Wie früher als Kind barg Panayota ihren Kopf an der Brust ihrer Mutter und zerquetschte dabei die Lorbeerkrone. Mir ihren vierzehn Jahren überragte sie die Mutter um einen Kopf, doch in solchen Momenten kam sie sich vor wie ein kleines Kind. Wie von selbst fand ihr Ohr den Herzschlag der Mutter. Sie schloss die Augen und horchte darauf, wie noch ein paar Frösche auf die Pflastersteine knallten. Die Haut, auf der ihr Kopf ruhte, war weich und warm. Bleischwer sackte ihr ein Schuldgefühl ins Herz.

Es war doch immer das Gleiche! Erst provozierte sie die Mutter und forderte die Ohrfeige geradezu heraus, und gleich danach packte sie die Reue, Katina betrübt zu haben. Doch was sollte sie tun? Sie hielt das ganze Melodrama nicht mehr aus. Ja, klar, ihre Brüder waren tot, aber das Leben ging weiter. Panayota lebte noch. Und Katina auch. Ihr Vater hatte sich während der symbolischen Trauerfeier in der Kirche zu Hause an die Tür gestellt, damit die Seelen der Brüder nicht hereinkonnten, doch es half nichts. Seit dreieinhalb Jahren trieben Kosta und Manoli im Haus ihr Unwesen wie Gespenster. Für ein Kind in Panayotas Alter war ein Jahr noch so lang wie ein Jahrhundert, und der Tod ungeheuer fern. Die Erinnerung an ihre Brüder schwand immer mehr, und wenn sie an die beiden dachte, empfand sie dabei keinen Schmerz, der über einen Trauerflor an der Seele hinausging.

In ihrem Haus dagegen waren die Brüder stets gegenwärtig, in den schwarz verhängten Spiegeln, dem Schweigen beim Abendessen, dem endlosen Beten der Mutter vor der Ikone, dem Totengericht *koliva*, das die Mutter immer wieder zubereitete und vom Priester segnen ließ, im Seufzen ihres Vaters, in der Trauerkleidung und den nicht versiegenden Tränen der Mutter. Katina mochte ihre Tochter noch so sehr lieben, doch sobald Panayota einmal aus vollem Herzen lachte, erntete sie von der Mutter einen gekränkten Blick, und dass sie einmal gemeinsam gelacht hätten, kam so gut wie nie vor. Panayota fühlte sich oft bedeutungslos und klein. Dann sehnte sie sich nach Adriana und Elpiniki und kam sich wieder schuldig vor.

Als nach dem Kriegseintritt des Osmanischen Reichs an der Seite der Deutschen die christlichen jungen Männer in Arbeitsbataillons verpflichtet wurden, hatte Akis versucht, seine Söhne davon loszukaufen. Was er dem ersten Gendarmen gezahlt hatte, war nicht genug gewesen, und so erschien nach der nächsten Auslosung erst wieder ein Gendarm und danach ein Unteroffizier.

Jener wiederum war ein abgefeimter Kerl. Akis händigte ihm neben Bargeld so viel Zucker und Mehl aus, dass er damit sein ganzes Dorf monatelang hätte satt bekommen können, und besorgte für den Transport nach Bergama sogar einen Wagen. Doch die Gier des Unteroffiziers kannte keine Grenzen. Vielleicht wusste er über den Jähzorn des Krämers Bescheid und wartete ab, bis diesem der Kragen platzte. Und als der Unteroffizier eines Tages wieder vor dem Laden stand und sein unverschämtes Grinsen aufsetzte, war es denn auch so weit, dass Akis die Nerven verlor und auf den Lumpenkerl losging, der das Schicksal seiner Söhne in Händen hielt. Der Unteroffizier hätte ihn dafür gewiss zur Rechenschaft gezogen, doch noch am selben Abend erklärten Kosta und Manoli, sie würden sich von selbst melden. Sie wollten ihrem Vater nicht noch mehr Schwierigkeiten bereiten.

Als die Zwillinge in Basmane den Zug bestiegen, sagten sie fröhlich lächelnd: »Was ist schon dabei, *mana*? Wir werden irgendwo Straßen bauen und Tunnel graben. Wie lang kann so ein Krieg schon dauern? Und für Panayotas Aussteuer bleibt so mehr Geld übrig. Sie soll aufs Omirion-Gymnasium gehen.« Katina sollte den Anblick der beiden nicht vergessen.

Erst hatte sie sich gefreut, dass ihre Söhne nicht an der Front kämpfen würden. Akis' Schulfreund İsmail aus Çeşme, ein gestandener Mann jenseits der vierzig, hatte angeblich einen Monat zu wenig Wehrdienst abgeleistet und wurde daher gleich zu Beginn des Krieges ins Allahuekber-Gebirge geschickt, wo die Soldaten zu Tausenden erfroren. Seine Frau Saadet und seine Kinder blieben in der Zeit nur am Leben, weil Akis sie mit Mehl und Öl versorgte. Wie durch ein Wunder konnte İsmail jenem aberwitzigen Abenteuer des Kriegsherrn Enver Pascha mit heiler Haut entrinnen. Katinas Zwillinge würden wenigstens nicht in Kämpfe verwickelt und irgendwo in verschneiten Bergen von Läusen zerfressen werden.

Obwohl der Sultan sich auf die Seite der Deutschen geschlagen hatte und es im Grunde ein Kampf von Ungläubigen gegen Ungläubige war, hatte er zum Heiligen Krieg aufgerufen. Da in einem Heiligen Krieg Nichtmuslime nichts zu suchen hatten, sollten sie eben in Arbeitsbataillons für den Bau von Infrastrukturen sorgen.

Doch die Söhne waren nie wieder nach Hause gekommen.

Katina steckte die Nase durch die Lorbeerkrone hindurch in die Haare ihrer Tochter und schloss die Augen. Panayotas Hals wurde mit Tränen benetzt.

Erst waren die Briefe ausgeblieben, im Frühjahr dann überbrachte der Nachbarssohn Yanni die Hiobsbotschaft. Die Arbeitsbataillone waren im Grunde Gefangenenlager, in denen die jungen Männer ausgehungert in Steinbrüchen schuften mussten, bis sie schwer krank im eigenen Dreck dem Tod überlassen wurden. Als Yanni mit Typhus bereits im Sterben lag, hatte ein barmherziger Arzt ihm das Leben gerettet und ihn noch dazu für vier Wochen nach Hause geschickt. Dort hatte der ausgezehrte Junge im Schlaf deliriert, wodurch Katina und Akis erfuhren, dass im Lager die Lebenden zusammen mit Toten in einem fensterlosen Drecksloch übereinanderlagen und tagtäglich in den Steinbruch geschickt wurden, obwohl sie tage- und wochenlang nichts zu essen bekamen.

Der Tod ihrer Söhne hatte Katinas Seele so irreparabel lädiert, dass sie nicht mehr wusste, wie sie mit den verbliebenen Kräften ihrer Tochter noch eine anständige Mutter sein sollte Die letzten dreieinhalb Jahre über hatte sie mechanisch ihre Tagesarbeit verrichtet. Zwar reicherte sie weiter Panayotas Aussteuer an, brachte ihrer Tochter, wenn sie ihrer habhaft werden konnte, das Sticken bei, das sorgfältige Wickeln von Weinblättern, das Einlegen von Lammfleisch in Milch, und sie nahm an den kaffeeduftenden Picknicks im Diana-Bad teil, plauderte in der Abenddämmerung mit den Nachbarinnen vor der Haustür oder konnte auch mal, wenn sie die Gedichte las, die Panayota schrieb, ihren Kummer vergessen und lachen, doch hinter ihren Pupillen verblieb etwas Starres, Leeres, weil sich aus ihrer Seele etwas davongeschlichen hatte.

Sie war immer mehr auf Panayota fixiert. Je mehr diese zu einem auffallend hübschen Mädchen heranwuchs, umso unruhiger wurde Katina, bis schließlich die Sorge um die Tochter ihr alles beherrschender Gedanke war. Es kam vor, dass sie vor der Ikone der heiligen Katharina, ihrer Namenspatronin, der Beschützerin der jungen Mädchen, einen ganzen Vormittag lang betete.

Nunmehr befürchtete sie, wegen der Landung der Griechen, die den jungen Leuten das Gehirn vernebelte, könne ihr die Kontrolle über das Mädchen entgleiten. Nicht zu wissen, wie sie Panayota beschirmen sollte, brachte sie um den Schlaf.

Als sie in der Ferne einen dumpfen Knall vernahm, zuckte sie hoch.

»Steh auf, Yota *mu*, steh auf! Ich weiß nicht, was los ist, aber dieses Schießen und Krachen … das verheißt nichts Gutes. Gehen wir lieber weg vom Fenster. Dein Vater hat es bestimmt auch gehört und kommt gleich.

Panayota starrte unverwandt auf die Straße hinunter.

»Yota *mu*, los! Dein Vater soll dich nicht am Fenster sehen.«

»Mama, schau doch mal! *Ela ela'do*!«

Das Mädchen kniete auf der Bank und zeigte auf das Vordach des Hauses gegenüber. Noch immer troff alles, und aus kaputten Stellen des Abwasserkanals schossen Sturzbäche heraus, in denen nicht nur Frösche zum Platz hinuntergeschwemmt wurden, sondern auch Geranientöpfe, tote Vögel, Zeitungsfetzen, Taschentücher und Spielsachen. Katina trat wieder ans Fenster.

»Man kann ja kaum was erkennen, was willst du mir denn zeigen?«

»Schau doch, da, an der Tür von Yorgo!«

Katina blinzelte hinüber, und da sah sie, dass sich an der Haustür der Nachbarn etwas rührte, während die Zweige des Zitronenbaums noch immer an die Scheibe schlugen.

»Wer ist das? Etwa Niko? Oder Muhtar?«

Muhtar war der stummelschwänzige gelbe Straßenhund des Viertels.

»Ja, Muhtar ist auch drüben, aber schau doch mal genauer hin. Da steht eine Frau, siehst du?«

Erst als Katina sich auch auf die Bank kniete, bemerkte sie die Europäerin unter dem Vordach. Sie trug ein korallenrotes Kleid mit weißem Spitzkragen unter ihrem beigen Mantel und eines der modischen schief aufgesetzten Hütchen, dessen Schleier ihr übers Gesicht fiel. Sie stand an die Tür gelehnt da, den beigen Regenschirm aufs Pflaster gestützt.

Nicht von ungefähr war Panayota so aufgeregt. Auf so eine elegant gekleidete europäische Dame stieß man in dem bescheidenen Viertel nicht alle Tage.

»Du, Mama, ich glaube, die weint. Schau mal, wie ihre Schultern zucken. Und ganz durchnässt ist sie auch.«

Die beiden drückten die Nasen an die Scheibe und beobachteten die Frau, die dastand, als hätte sie sich völlig verausgabt und könnte jeden Augenblick umfallen.

Katina musste schmunzeln.

»Schau dir nur diesen Muhtar an! Der ist selber pudelnass, wedelt aber noch eifrig mit dem Schwanz. Als beschützte er die Frau. Und als wollte er sagen: Das vergeht schon wieder. Gerade so, als würde er ein Geheimnis kennen, von dem wir Menschen nichts wissen. Ist er nicht göttlich, unser Muhtar?«

Panayota freute sich, dass ihre Mutter vergnügt war.

»*Manula mu*, sollen wir die Frau nicht zu uns hereinholen?«, fragte sie daraufhin gleich. »Schau doch, wie sie weint. Vielleicht ist jemand gestorben, den sie kannte. Sie könnte doch bei uns Tee trinken und sich aufwärmen? Von den *kuluraki* gestern sind noch welche da, die können wir aufbacken. Na, was meinst du? Dann rede ich Französisch mit ihr, und du siehst mal, wie gut ich das inzwischen kann!«

Bei der Vorstellung, eine Europäerin bei sich im Haus zu haben, leuchteten ihre schwarzen Augen.

»Sonst noch was! Die hat sich hier nur untergestellt, und sobald es nicht mehr regnet, steigt sie in ihr Auto und fährt davon. Ausgerechnet wir sollen der Dame die Tränen trocknen! Du suchst doch nur nach einem Vorwand, um rauszukommen. Ist etwa sonst irgendjemand auf der Straße?«

»Na diese Frau eben!«

Da holte die Frau aus ihrem seidenen Handtäschchen ein Taschentuch heraus und tupfte sich Nase, Wangen und Stirn ab. Im nächsten Moment spannte sie ihren eleganten Schirm auf, trippelte mit Walzerschritten die Menekşe-Straße zum Platz hinunter und verschwand um die Ecke.

Panayota sah ihr mit sehnsüchtigen Augen hinterher.

»Was für eine schöne Frau!«, murmelte sie.

Katina stand murrend auf.

»Du bist reichlich naiv, mein Töchterchen. Was soll an der so besonders schön sein? Mal ganz abgesehen vom Regen, aber durch den Schleier hat man ja nicht mal ihr Gesicht gesehen. Woher willst du wissen, ob sie darunter nicht hässlich ist? Du jedenfalls bist zigmal schöner. So, und jetzt weg vom Fenster, du bist ja schon die reinste Topfpflanze.«

Bevor Panayota mit ihrer Lorbeerkrone und dem weißen Kleid aufstand, beugte sie sich noch einmal vor und sah ein letztes Mal zu der Ecke, hinter der die Europäerin verschwunden war.

Zito o Venizelos

Als Edith auf den Platz gelangte, wischte sie sich noch einmal das Gesicht ab. Was war nur mit ihren Nerven los, dass sie mitten auf der Straße in Tränen ausbrach? Schließlich war sie in einer Familie aufgewachsen, in der man es sich nicht gestattete, Kummer öffentlich zu zeigen. Sich so gehen zu lassen, war etwas, was sie gar nicht an sich kannte, und was sie daher besorgte.

Den Kopf unter dem Schirm hochgereckt, überquerte sie den Platz. Sie war zum Verwalter Mustafa unterwegs. Jener sollte einen Wagen besorgen, mit dem sie ihre Mutter zum Bahnhof bringen konnte. In Hacı Frangu, oberhalb des Französischen Krankenhauses, war sie vom Regen überrascht worden. Der Aufruhr in der Stadt musste ihr sehr nahegegangen sein, denn wie wäre sie sonst darauf gekommen, ausgerechnet jetzt an alte Dinge zu rühren und auf offener Straße zu weinen?

Nach dem Liebesspiel zwischen Tür und Angel hatte Avinash sich zum britischen Konsulat aufgemacht, während Edith, die das Bad nicht zu heizen verstand, sich alleine ungewaschen anzog. Im Französischen Krankenhaus wollte sie ihre Großmutter besuchen und hatte sich dazu mit ihrer Mutter verabredet, doch da sie in Abwesenheit des Verwalters keine Nachrichten austauschen konnte, wusste sie nicht, ob die Vereinbarung noch galt. Hatte man in Bornova schon vernommen, dass die griechische Flotte in Smyrna eingetroffen war? Die Soldaten wurden seit Anfang Mai erwartet, doch bis zum letzten Moment war der Tag ihrer Ankunft geheim gehalten worden. Ediths Mutter hatte vermutlich am Morgen den Acht-Uhr-Zug bestiegen und von den Geschehnissen in der Stadt noch nichts mitbekommen, sodass sie zur abgesprochenen Zeit zum Krankenhaus kommen würde. Edith beschloss, sich erst am Quai umzusehen und sich dann ebenfalls zum Krankenhaus aufzumachen.

Da nach dem Regen sogleich die Sonne herausgekommen war, stieg aus den gepflegten Gärten in der Vasili-Straße ein Duft nach frischen Blumen und Kräutern auf, der sich mit dem Salz- und Algengeruch der Meeresbrise vermischte. Als sie aus dem Garten trat, hallte in der leeren Straße das Glöckchen am schmiedeeisernen Tor wider. Die Pflastersteine glänzten wie frisch lackiert, und zwischen Wolken blitzten Strahlenbündel hindurch. Um ihre Sommerschuhe zu schonen, bemühte sie sich, auf keine gelockerten Pflastersteine zu treten. Ohne ihre Zofe hatte sie ihr Korsett nicht anlegen können, sodass sie noch immer die zärtlichen Berührungen ihres Geliebten auf der Haut spürte und sich in ihrem korallenroten Kleid wie nackt vorkam.

Beim Blick auf die menschenleere Straße vor sich wurde sie wieder von jener unsinnigen Furcht erfasst wie am Morgen. In den Morgenstunden ging es in dem Viertel stets ruhig zu, doch nun schien es wie ausgestorben. Die Nachbarn hatten, wie Avinash ihr das am Vorabend eingebläut hatte, Türen und Fensterläden verschlossen und sich anscheinend davongemacht. Warum hatte sie das Haus nicht mit Avinash verlassen? Das Krankenhaus lag auf dem Weg zum britischen Konsulat, also hätten sie dort gemeinsam hingehen können. Manchmal war es schon sehr mühsam, unbedingt allein leben zu wollen.

Am Aliotti-Boulevard stutzte sie. Die elegante Straße war von einem weißen, rosafarbenen und roten Teppich bedeckt, von Rosenblättern nämlich, die vom Wind aufgewirbelt wurden und wieder herabsegelten. Straßenhändlerinnen mussten ihre Körbe am Straßenrand liegen gelassen haben und zum Quai gelaufen sein. Vielleicht hatten sie von der Ankunft der griechischen Soldaten gehört und waren geflüchtet. Edith schloss die Augen und sog den Duft ein.

Als sie in den Mesudiye-Boulevard einbog, kamen ihr Schulkinder entgegen, die lachend und singend zum Quai hinuntergingen. Vom Meer her wehte die Musik einer Kapelle herüber. Das also hatte sie bei sich zu Hause vernommen! Und hatte gemeint, Smyrna werde beschossen! Was man sich alles einreden konnte! Auf dem Boulevard ging es immer lebhafter zu. Ganz anders als in ihrem ruhigen Viertel hatten die Menschen sich hier festlich angezogen, sich die Haare eingeölt und waren mit einem Fähnchen in der Hand auf die Straße gestürzt. Anstatt weiter ins europäische Viertel zu gehen, setzte sie ihren Weg über Bella Vista fort und wurde dort von den Menschenmassen regelrecht mitgerissen. Zwischen jungen Mädchen in weißen Kleidern und mit Kamillensträußen in der Hand und alten Frauen, die Rosenwasser feilboten, schwemmte es sie hinab zur Uferpromenade mit ihren noblen Hotels, ihren schicken Cafés und Theatern.

Unten standen die Menschen dicht gedrängt, schwenkten ihre weiß-blauen Fähnchen zu den in der Bucht vor Anker liegenden Schiffen und riefen immer wieder *Zito o Venizelos*. Es trafen immer noch neue Schiffe ein und antworteten auf die Anfeuerungsrufe mit ihren Sirenen. In das Getöse mischte sich das Läuten sämtlicher Kirchenglocken. Vor dem Sporting Club traf Edith ein paar Bekannte an, dann erblickte sie am Pantheon-Kino Zoi, die ihr eifrig zuwinkte. Mit ihrer kleinen Tochter an der Hand kämpfte ihre Zofe sich zu Edith vor. Zwischen den vielen Hüten stach ihr brauner Lockenkopf immer wieder heraus wie ein Kormoran, und als sie bei Edith ankam, schrie sie wie ein Kind: »Mademoiselle Lamarck, sie sind da! Sehen Sie, die sind wirklich da!«

Sie stand mit geröteten Wangen und freudestrahlenden Augen am Quai, als wohnte sie einem Wunder bei. Ihre

Tochter plapperte alles nach, was die Mutter sagte. Edith kannte Zoi von Kindesbeinen an und hatte sie noch nie so glücklich gesehen. Wie jemand, der nach langem Hungern wieder etwas zu essen bekommt, verschluckte sie beim Reden die Hälfte der Wörter.

»Ganz früh sind sie heute in die Bucht gekommen. Mein Mann hat mir im Morgengrauen die frohe Botschaft überbracht. Steh auf, Zoi, schnell, *grigora, ela*. Ich dachte, das ist bestimmt wieder so ein Fiasko wie letztes Weihnachten, da wollten die Leute auch die Soldaten begrüßen, und die Anlegestelle in Kordelio ist unter ihrem Gewicht zusammengebrochen. Zwölf Menschen sind ertrunken, und Soldaten sind überhaupt keine gekommen. Aber mein Mann wusste schon vorher Bescheid und hat mir nur nichts davon gesagt. Mitten in der Nacht sollen Leute am Quai schon ein Lager errichtet und auf Ballen und Packen übernachtet haben. Und diesmal sind sie wirklich gekommen!«

Edith erinnerte sich noch gut daran, was an Weihnachten vorgefallen war. Als das Gerücht aufkam, der Panzerkreuzer *Leon* sei nach Smyrna unterwegs, hatten die Griechen von der Kirche Agia Fotini schon eine riesige griechische Fahne herabhängen lassen. Außer Rand und Band hatten die Menschen in den Tavernen griechische Märsche gesungen, doch dann hatte sich nichts mehr getan.

Avinash hatte ihr berichtet, die damals anvisierte Landung habe abgebrochen werden müssen, da der britische Premierminister Lloyd George von den anderen europäischen Staaten nicht genügend unterstützt worden sei. Nun aber, nachdem die Italiener, ohne die Genehmigung der Alliierten einzuholen, die Insel Kuşadası besetzt hätten und auch in Antalya gelandet seien, hätten die Alliierten Venizelos grünes Licht gegeben, und dieser habe augenblicklich Panzerkreuzer entsandt. Von jenen Machtspielchen wusste Zoi nichts, und hätte sie davon erfahren, hätte sie wohl nichts davon geglaubt, und so zwitscherte sie weiter vor sich hin.

»Aber diesmal ist es ganz anders! Diesmal sind sie da, und sie gehen auch nicht mehr weg. Wir sind jetzt frei, Mademoiselle Edith, endlich frei! Schauen Sie sich nur unsere Evzonen an! Unsere tapferen Helden! Und wie gut ihnen ihre Fustanella steht!«

Die Soldaten in ihrem khakifarbenen Faltenrock und den Schnabelschuhen mit der Quaste hatten ihre Säbel umgegürtet und führten um die vor dem Jagdclub aufgehäufte Munition herum Volkstänze auf. Zois Tochter winkte einem blauäugigen, schnauzbärtigen Unteroffizier zu, der ihren Gruß mit einem Schmunzeln erwiderte.

Es herrschte Volksfeststimmung. Straßenhändler trugen Tabletts mit Süßigkeiten, Trockenfrüchten und Helva auf dem Kopf, die sie zum Verschnaufen abstellten, sobald sie irgendwo ein freies Fleckchen fanden. Edith beobachtete, wie sich Gemüsehändler mit vollbepackten Eseln einen Weg durch die feiernde Menge bahnten. Vor dem Café de Paris erblickte sie ihre beiden Dienstmädchen, die Fähnchen schwenkten und sich kichernd anstießen, sobald ein Soldat sie direkt ansah. Die Kirchenglocken läuteten unablässig, und Frauen jeden Alters ließen über die vorbeiziehenden Soldaten einen Blumenregen herniedergehen. Zoi musste gegen die Klänge einer Musikkapelle anschreien, um sich verständlich zu machen.

»Ach, *Kirya* Edith *mu*! Wären Sie nur schon früher angekommen, dann hätten Sie mitansehen können, wie der Metropolit Chrysostomos niedergekniet hat, um die griechische Fahne zu küssen. Wir waren alle zu Tränen gerührt, sogar die Männer. Dann hat er sich an die Spitze der Soldaten gestellt und ist mit ihnen die Uferpromenade entlangdefiliert. Es hat Blumen und Rosenwasser auf sie geregnet! Ein Traum!«

Edith fühlte sich mitten in der Menge auf einmal ganz einsam und erschöpft. Warum konnte sie sich nirgends zugehörig fühlen und an all der Freude und Ausgelassenheit nicht einfach teilhaben? Sie wünschte sich nichts sehnlicher, als sich von der Masse zu entfernen und mit dem Unbehagen, das in ihr anwuchs, allein zu sein.

Der idyllische Garten des Französischen Krankenhauses mit seinen stolz hochragenden Zypressen wäre ein Zufluchtsort weit ab von all dem Trubel gewesen, doch dahin würde sie es zu Fuß kaum schaffen. Sie musste einen Wagen finden. Während des Gesprächs mit Zoi waren die beiden weiter in Richtung Hafen gedrängt worden. Zwischen plärrenden Jugendlichen, Straßenhändlern und armenischen Frauen, die ihre schwarz bezopften Töchter fest an der Hand hielten, bahnte Edith sich einen Weg nach Paralelli und von dort in die Rue Franque, wo die Rollläden sämtlicher Geschäfte heruntergelassen waren. Eine Straße weiter unten befand sich das britische Konsulat. Sollte sie etwa dort Avinash um Hilfe bitten?

Vom Hafen her wurde es auf einmal ganz besonders laut, dann tat es einen Knall. Vermutlich wieder der Salutschuss eines Panzerkreuzers. Da gewahrte Edith, dass die Begeisterungsrufe schlagartig verstummt waren. Stattdessen wurde ein eigenartiges Rumoren laut. Eine Frau neben Edith packte ihren kleinen Sohn und rannte los. »Die schießen auf die Soldaten! Die schießen auf unsere Evzonen!«, rief sie.

Inmitten der panisch fliehenden Menge pflanzten die Soldaten ihre Bajonette auf. Als jemand das Wort »Maschinengewehr« schrie, strömten die Menschen wie eine anschwellende Meereswelle vom Quai weg und flüchteten in die Richtung, wo Edith stand. Schulkinder, die zuvor noch paarweise marschiert waren, weinten nun verzweifelt, die alten Frauen mit ihren Rosenwasserflaschen erflehten von den Vorbeieilenden Hilfe, Priester in ihren schwarzen Gewändern hoben beschwichtigend die Arme, um die Menge zu beruhigen, doch von Müttern, die ihre Kinder auf den Arm gerafft hatten, wurden sie fast umgerannt.

Edith kämpfte sich bis zum Fasula-Platz durch, wo sie nach vielem Feilschen einen Kutscher dazu bringen konnte, sie zum Französischen Krankenhaus zu fahren. Während sie in der geschlossenen Kutsche über das Pflaster ratterte, sah sie Mütter, die ihre antik gewandeten Kinder ins Haus zerrten, während die Väter rasch Fenster- und Rollläden schlossen. Vor dem Dame-de-Sion-Gymnasium hielt ein osmanischer Polizist einen weinenden, auf Italienisch stammelnden Jungen bei der Hand und fragte ihn auf Französisch, wo er seinen Großvater zuletzt gesehen habe. Edith spürte, wie die Falte zwischen ihren Brauen sich so tief eingrub, dass es beinahe schmerzte. Sie war immer noch nicht richtig bei Atem, und ihre Wangen brannten, als wären sie mit Eis berührt worden. Als der Wagen vor dem Krankenhaus abbremste, sprang sie ab, bevor er noch richtig zum Stehen kam, und zwängte sich an den verdutzten Krankenschwestern in ihren langen schwarzen Gewändern vorbei, die eigentlich die Eingangstür bewachen sollten.

Im Innenhof war das Lärmen vom Hafen her nur mehr als fernes, surreales Rauschen zu vernehmen. Die Patienten, die im Schatten der riesigen Bäume auf Bänken miteinander plauderten, schienen von der Welt draußen kaum etwas mitzubekommen. Schließlich war das Krankenhaus, auf dessen Dach die französische Flagge wehte, ein geschützter Ort. Eine Oase inmitten des Chaos …

Edith eilte die Marmortreppe hinauf und blieb kurz an der Tür stehen, bis sich ihr Atem beruhigt hatte. Das Zimmer ihrer Großmutter war im zweiten Stock. Drinnen sah Edith, wie ihre Mutter Juliette am Fenster stand, das auf den Garten hinausging, und mit mürrischer Miene – soweit dies im Profil zu beurteilen war – auf einem Blatt Papier etwas zu entziffern suchte, während Josephine, das Gesicht mit den grauen Stoppeln am Kinn ebenfalls zu einer griesgrämigen Miene verzogen, ihre Tochter anblickte. Drei Monate zuvor hatte die alte Frau einen Schlaganfall erlitten, und da ihr Gehirn dabei Schaden genommen hatte, war sie nicht mehr zum Sprechen in der Lage, sondern teilte mit einem Stift, den sie kaum zu halten vermochte, ihre Wünsche schriftlich mit.

»*Maman*, haben Sie erfahren, was geschehen ist?«

Ediths Stimme klang höher als sonst. Die Großmutter blickte gleich noch verdrießlicher drein. Juliette hielt Edith angewidert das Blatt Papier hin.

»Ich weiß wirklich nicht mehr, was sie will. Ihre Schrift wird jeden Tag unleserlicher. Versuch du es doch mal. Wenn du was herausbekommst, dann sag Schwester Liz Bescheid, die soll bringen, was deine Großmutter will. Den ganzen Vormittag liegt sie schon so missmutig da.«

Einen Augenblick lang vergaß Edith die Ereignisse draußen und besah sich den Zettel. Wie bei allen Frauen der Familie schienen auch bei Josephine die Buchstaben eher aus dem arabischen Alphabet zu stammen. Sie konnte sich auf das Geschreibsel keinen Reim machen.

»Vielleicht will sie Wasser.«

»Haben wir ihr schon gebracht, und vieles andere mehr.

Das Wasser hat sie verweigert. Liz hat ihr sogar von dem Zuckerwasser geholt, das man auf der Entbindungsstation bekommt, das wollte sie auch nicht. Ich weiß mir nicht mehr zu helfen. Dein Bruder war vorhin auch hier, wir sind zusammen mit dem Acht-Uhr-Zug gekommen. Er hat vorgeschlagen, dass wir deine Großmutter nach Hause holen und dort von einer Krankenschwester pflegen lassen. Sonst noch was! Das Krankenhaus hier ist bestens ausgerüstet, wie sollen wir dagegen bei uns mit einer einzigen Krankenschwester zurechtkommen?«

Leiser fügte sie hinzu: »Wenn du mich fragst, sagt dein Bruder das nur aus Geiz. Darf das wahr sein! Er selbst lebt in Bournabat wie ein Fürst, aber wenn es um die Krankenhauskosten seiner Großmutter geht, hält er auf einmal den Geldbeutel zu. Und das alles nur, um sich bei seinem Schwager Philippe in ein gutes Licht zu stellen. Der ist ja auch …«

»*Maman*, haben Sie gehört, was passiert ist?«

Edith zerknüllte den Zettel und sah Juliette ins Gesicht.

»Was soll passiert sein? Hat etwa Madame Lüpen ihre hässliche Tochter verlobt?«

Juliette brach in eines ihrer Gelächter los, die an essigsauren Wein erinnerten. Da merkte sie, dass Ediths Gesicht sich erst recht verfinsterte.

»Ja, ja, ich habe schon davon gehört. Liz hat es vorhin berichtet. Venizelos hat Soldaten nach Smyrna geschickt. Lloyd George hat also bekommen, was er wollte. Unsere Leute treffen sich gerade im Sporting Club, ich fahre auch hin, sobald ich hier raus bin. Dann sehen wir uns das Getümmel mal an. Na, was meinst du, ob wohl Venizelos selbst gekommen ist?«

Edith sah ihre Mutter entgeistert an. Im Gang waren Schritte zu hören. Juliette zuckte mit den Schultern.

»Ah, da kommt dein Bruder. Er war bei Kraemer zum Essen.«

Als sie aber sah, wie ihr Sohn mit schreckgeweiteten Augen und erhitzten Wangen ins Zimmer stürzte, war es mit ihrer Abgebrühtheit vorbei. Ohne sich um seine gelähmte Großmutter und die Flüsteratmosphäre des Krankenhauses zu kümmern, platzte Jean-Pierre mit seiner hohen Stimme sofort heraus.

»Die haben sie vor unseren Augen niedergeschossen! Vor unseren Augen! Da sitzen wir bei Kraemer beim Essen, in einem der gediegensten Hotels der Stadt, und lauter bedeutende Geschäftsleute sind da, Whitall, Giraud und was weiß ich wer noch, und die schießen einfach los! Unter den Toten sind auch Zivilisten. Denen haben sie den Fes vom Kopf gerissen und zerfetzt. Kannst du dir das vorstellen, *maman*? Und Rauf Bey wollten sie als Geisel nehmen. Unseren Nachbarn Rauf Bey! Den von der Bank! Den haben sie geschlagen und wollten ihn fortzerren, da sind wir sofort rausgestürzt, zum Glück hat er gute Freunde unter den Amerikanern, die haben die griechischen Soldaten weggestoßen und den Mann gerettet. Wir wollten ihn gerade ins Hotel reinbringen, damit er sich von dem Schrecken erholt, da schießt auf einmal einer aus einem Obergeschoss auf die griechischen Soldaten. Wir sind alle nichts wie rein, Rauf Bey stand immer noch unter Schock. Als die Schießereien losgingen, kam er gerade an der Kaserne vorbei und wollte sich drinnen in Sicherheit bringen, aber die Türken mussten aufgeben und durch ein zerschossenes Fenster die weiße Fahne hissen, da wurden dann alle, die drinnen waren, als Kriegsgefangene mitgenommen. Eine Katastrophe, *maman*, eine Katastrophe! Eine solche Barbarei habe ich noch nie erlebt!«

Juliette trat erschrocken vom Fenster zurück.

»Schießereien? Was für Schießereien denn? Was erzählst du da, Jean-Pierre? Wer hat auf wen geschossen?«

»Zuerst jemand auf die griechischen Soldaten. Leute haben behauptet, der Schuss sei vom Meer her gekommen, aber die Griechen sind zur Kaserne geeilt und haben sie mit Maschinengewehrfeuer überzogen, und die Türken haben zurückgeschossen. Die hatten einiges an Munition, aber irgendwann ist sie ihnen ausgegangen, und sie mussten sich ergeben. Und jeder, der auf der Straße einen Fes aufhatte, wurde rücksichtslos davongeschleppt.«

Auf einmal eilte er ans Fenster.

»Wo ist Mustafa? *Maman*, wo ist Mustafa? Wir müssen ihn finden, und zwar sofort! Hoffentlich ist ihm nichts passiert. Jemand muss unbedingt Mustafa suchen gehen, los!«

»Jetzt beruhige dich doch mal«, schaltete sich Edith ein. »Du machst Großmutter Angst. Setz dich ein bisschen hin. Liz, könnten Sie uns bitte ein Glas Wasser bringen? Ich gehe raus und suche Mustafa.«

Juliette tat einen Schrei.

»Edith, du bleibst gefälligst hier! Jean-Pierre, sag doch etwas, um Himmels willen! Seid ihr alle verrückt geworden? Du wirst doch an so einem Tag deine Schwester nicht allein auf die Straße lassen?«

Edith überging dies und setzte ihren Bruder an den Tisch neben dem Fenster. Vor lauter Aufregung zuckte ihm ein Muskel an der Schläfe. Das gereichte Wasser verschüttete er auf dem Tisch. Juliette ging, eine Hand an der Stirn, zwischen Tür und Fenster auf und ab und redete in einem fort.

»Was sollen wir bloß tun? Sind wir hier sicher? Am besten, wir fahren mit dem ersten Zug nach Bournabat zurück. *Mon Dieu*! Der Bahnhof ist ganz nah am Türkenviertel. Oder sollen wir zu eurer Schwester nach Buca? Edith, wann geht ein Zug? Nein, das ist unmöglich. Was machen wir nur? Ein Auto! Wir brauchen ein Auto. Jean-Pierre, kannst du uns bitte sofort eines besorgen? Los, sitz hier nicht herum! Sag Mustafa, er soll zu deinem Schwager. Philippe soll uns den Firmenwagen schicken. Oder sollen wir lieber in den Sporting Club? Dort ist es sicher. Ach, wir Frauen sind hier ganz auf uns allein angewiesen. Warum bin ich ausgerechnet heute in die Stadt!«

Edith schüttelte den Kopf.

»*Maman*, regen Sie sich nicht auf. Sie wissen, dass uns nichts geschehen wird. Erst müssen wir Mustafa finden, der soll eine Kutsche auftreiben, die Sie zum Bahnhof bringt. Ich bleibe hier bei Großmutter. Solange hier die französische Fahne weht, rührt keiner dieses Krankenhaus an. Mustafa wird von der Schießerei schon gehört haben. Vielleicht hat er sich schon um einen Wagen gekümmert.«

Juliette blieb abrupt stehen.

»Edith, was redest du da? Du willst hierbleiben? Zwischen diesen Banditen? Ganz allein? Als Frau? Das lasse ich auf keinen Fall zu! Wäre ja noch schöner! Weißt du überhaupt, was sich bei den Einheimischen über die Jahre hinweg für ein Hass angesammelt hat? Was für eine Katastrophe uns bevorsteht? Was für eine Tragödie? Ich lasse dich auf gar keinen Fall hier in Smyrna allein.«

»*Maman*, wir sind doch selbst Einheimische. Wir liegen mit niemandem im Zwist. Verallgemeinern Sie bitte nicht so.«

Verärgert über das hysterische Gebaren ihrer Mutter ging Edith zu ihrem Bruder, der mit dem Kopf auf die Hände gestützt dasaß und seufzte. Sie wusste nicht, wie sie ihre Mutter aus ihrer Krise herausholen sollte, dennoch versuchte sie es.

»*Maman*, bitte hören Sie jetzt auf mich. Uns wird in Smyrna nichts zustoßen. Wenn Sie die in der Bucht vor Anker liegenden Schiffe sehen, werden Sie beruhigt sein. Es sind britische Panzerkreuzer da, amerikanische, französische. Glauben Sie, die würden es zulassen, dass uns ein Leid geschieht?«

Jean-Pierre blickte mit blutunterlaufenen Augen zu ihr auf. Er sah seiner Mutter sehr ähnlich. Die gleichen blaugrünen wässrigen Augen, die gleiche sommersprossige, sonnengebräunte Haut, die spitzen Gesichtszüge … Mit zunehmendem Alter glichen sie einander immer mehr.

»Edith«, sagte er leise, »ich habe gesehen, wie ein türkischer Unteroffizier von hinten gemeuchelt wurde. Er ging mit seinem Jungen an der Hand einfach so auf der Straße, da stieß ihm ein Soldat sein Bajonett in den Rücken. Ihm schoss Blut aus dem Mund, und er stürzte auf der Stelle zu Boden, und sein Junge musste das mit ansehen. Dann haben sie auch den Jungen mit auf ein Schiff geschleppt, dabei war er noch keine zehn Jahre alt. Und das hat sich vor unseren Augen abgespielt, und vor den Augen der Admirale in der Bucht, von denen du soeben geredet hast. Wir haben Rauf Bey bei Kraemer mühsam und mit viel Whisky wieder beruhigen können, mussten aber die Vorhänge zuziehen, damit er von draußen nichts mehr mitbekam. Er jammerte, dass er von einer europäischen Nation solche Gräuel nie und nimmer erwartet hätte. Ach, die Türken mit ihrer Bewunderung für Europa … Sie sind schon bis aufs Blut ausgesaugt worden und können von ihrer Europasucht noch immer nicht lassen. Das einstmals so stolze Osmanische Reich!«

Mit nervöser Geste unterbrach ihn Juliette.

»Lass das jetzt, Jean-Pierre! Wir müssen so schnell

wie möglich hier raus. Wenn Mustafa nicht da ist, dann schnapp dir irgendeinen Jungen auf der Straße und schick ihn mit einer Nachricht zu Philippe, damit der uns ein Auto besorgt. Nichts wie raus aus dieser Hölle!«

Edith ging an ihrem Bruder vorbei ans Fenster. Der Garten, in dem junge Mütter im Schatten von Feigenbäumen einander ihre Neugeborenen zeigten, schien von der grausamen Welt da draußen unendlich weit entfernt zu sein. Edith musste an Zoi und ihre Tochter denken. Sie waren doch hoffentlich nicht von der Menge zertrampelt worden. Trübe sann sie darüber nach, ob die Hysterie ihrer Mutter diesmal begründet sein könnte. Womöglich stand ihnen wirklich eine Katastrophe bevor. So wie sie das ganze Land schon aufgeteilt hatten, würden sie auch in der Stadt vorgehen. Wortlos ging sie hinaus, um Mustafa zu suchen. Juliettes Flehen und Schreien hallte in den hohen Korridoren des Krankenhauses wider.

Die Straßen waren leer, der Himmel bewölkt. Mit kurzen, entschlossenen Schritten ging Edith, ohne nach links und nach rechts zu sehen, bis sie den kleinen Platz im oberen Viertel erreichte, wo der Verwalter Hristo wohnen musste. Ihr kam in den Sinn, wie still es in ihrem Haus ohne die Dienstmädchen gewesen war. Einer Gasse entströmten junge Männer, mit Messern bewaffnet, und liefen auf das Viertel Agia Katerini zu. Der Besitzer des Kaffeehauses rückte unter der Laube die Tische zusammen. Ob Mustafa wohl da drinnen saß? Ihm war doch hoffentlich nichts zugestoßen? Wo wollten die jungen Männer mit den Messern hin?

Jean-Pierre hatte berichtet, die griechischen Soldaten hätten Türken den Fes heruntergerissen und zerfetzt. Mustafa, der viel auf sein Äußeres gab, trug immer stolz einen blutroten Fes mit sorgfältig gekämmter Quaste. Edith hielt die Hände an die beschlagene Scheibe des Kaffeehauses und blickte hinein. In einer verrauchten Ecke spielten zwei Männer Tavla, sonst war niemand zu sehen. Aus der Ferne waren Schüsse zu hören. Bei der Polizeiwache an der Südseite des Platzes waren die Scheiben zerbrochen, die Tür schlug immer wieder auf und zu.

Auf einmal wurde der Wind vom Meer her noch heftiger und wirbelte auf dem kleinen Platz Laub hoch, bald auch Gestrüpp. Edith musste schließlich gegen den Wind ankämpfen, und die ersten Tropfen peitschten ihr ins Gesicht.

Mit urplötzlicher Wucht ging ein Wolkenbruch hernieder.

Ediths Schirm klappte um.

Beim Haus gegenüber ging im Obergeschoss ein Fenster auf, und eine kleine weiße Hand räumte hastig die Wäsche hinein. Edith musste sich irgendwo unterstellen. Auf der Suche nach Mustafa hatte sie sich vom Krankenhaus ziemlich weit entfernt. Es regnete so stark, dass die Gassen bereits zu Bächen wurden, ja zu Sturzbächen, die alles davonschwemmten.

Ein Milchverkäufer trieb seinen Esel an und verschwand mit ihm in einer Gasse.

Edith war völlig durchnässt. Sie ärgerte sich, am Morgen ihre Leinenschuhe angezogen zu haben.

Dann folgte sie dem Milchverkäufer in die Gasse und rettete sich dort unter ein Vordach. Sie lehnte sich an die Hauswand und stützte sich auf den Regenschirm. Die Gasse war so schmal, dass an manchen Stellen die Vordächer gegenüberliegender Häuser aneinanderstießen und den Blick auf den Himmel versperrten. Da tauchte auf einmal ein klatschnasser, verwirrter Hund auf. Als er Edith erblickte, trabte er mit dem kurzen Schwanz wedelnd auf sie zu. Seine schwarzen Lefzen stachen aus dem hellen Fell heraus, als würde er lächeln, weil er eine Freundin gefunden hatte. Erst setzte er sich aufrecht neben sie, dann schmiegte er sich an ihr Bein.

Die Frau und der Hund, nebeneinander, umgeben von Wasser.

»Du meinst wohl, ich würde dich retten, was?«, sagte Edith und fuhr mit den Fingerspitzen in den weißen Handschuhen durch das nasse Hundefell. »Wenn ich mich bloß selbst retten könnte …«

Auf einmal stieg ihr in der Kehle feurig ein Klumpen hoch bis ins Gesicht. Sie stützte ein Knie auf den Hund, schloss die Augen und wartete ab, bis an jenem einsamen Fleckchen eines fernen Viertels der Klumpen sich allmählich löste und an ihren Wangen abfloss. Gleich dem Regenwasser, das allerlei Unrat mit sich forttrieb, schwemmten ihre Tränen Erinnerungen davon, die sich in entlegenen Windungen ihres Gehirns verborgen hatten.

Ihre Gedanken hatten an eine sehr, sehr alte Wunde gerührt.

Irgendwo in ihrem Herzen bohrte noch der Schmerz einer unerfüllten Liebe. Während über die vom Regen reingewaschenen Wangen die Tränen wie Bindfäden liefen, war die Falte zwischen den Brauen, die Juliette so verärgerte, einen Augenblick lang verschwunden.

Der gelbe Hund hob die schwarz umrandeten Augen und sah zweifelnd zu den Wolken empor.

Da regnete es vom Himmel auf einmal Frösche.

Der ungebetene Gast

An dem Abend, an dem Sümbül und Edith einander zum ersten und letzten Mal begegnen sollten, herrschte in dem Haus in der Bülbül-Straße eine angespannte Stimmung.

Dies nicht nur wegen der Landung der Griechen, der Schießereien am Quai, der geplünderten Läden im Viertel und der vom Himmel regnenden Frösche, nein, im Haus von Hilmi Rahmi, das jener seit Jahren nicht betreten hatte, geschah an jenem Abend noch etwas anderes.

Als Edith in ihrem korallenroten Kleid in die Bülbül-Straße kam, befand sich im Haus noch ein weiterer ungebetener Gast. Ein junger Mann mit harten grünen Augen, einem hohen Fes und einem sauber gestutzten glänzenden Schnurrbart. Tevfik Bey. Ein echter Istanbuler Herr. Sümbül hielt jenen Tevfik zunächst für einen Freund ihres Schwagers Hüseyin aus Unionistenzeiten. So hatte der Mann sich ja auch vorgestellt, wie auch sonst? Natürlich nicht als Unionist, sondern als Freund Hüseyins. Als man nach dem gregorianischen Kalender das Jahr 1919 schrieb, fiel es niemandem mehr ein, sich als Unionist zu präsentieren, als jemand also, dem die Schuld an Krieg und Niederlage zuzuschreiben war. Als Tevfik auf Drängen der Damen zum Abendessen blieb und Müjgân ihn fragte, wo sie sich denn kennengelernt hätten, begnügte er sich denn mit der Bemerkung, er sein »ein alter Freund Ihres werten Gatten«, und lenkte die Damen ab, indem er wie ein Magier auf sein hartes Gesicht ein verschmitztes Lächeln zauberte.

Erst viel später sollte sich herausstellen, dass Tevfik keineswegs ein alter Freund war, sondern ein Anhänger von Mustafa Kemal, den Hüseyin erst bei den Protesten in Bahri Baba kennengelernt hatte. Noch Jahre später sollte

Hilmi Rahmi den gut aussehenden Tevfik Bey für den Tod seines Bruders Hüseyin verantwortlich machen und Süm-bül böse sein, weil sie »diesen dahergelaufenen Kerl« bei sich beherbergt hatte.

Wie hätte Sümbül aber ahnen sollen, dass Tevfik »da-hergelaufen« war? Der Mann hatte sich als Hüseyins Freund vorgestellt, und Hüseyin hatte ihn am großen Walnusstisch im Herrenzimmer unter dem Kronleuchter aus buntem Kristall wie einen Sultan empfangen und auf Tevfiks Bitte hin sogar eingewilligt, dass sie ihr Mahl ge-meinsam mit den Damen des Hauses einnahmen, was ei-ner Aufnahme in die Familie gleichkam. Wer hätte darauf kommen sollen, dass es sich bei dem vornehmen Herrn um einen »dahergelaufenen Kerl« handelte, den Hüseyin erst am selben Abend kennengelernt hatte?

Als am 14. Mai britische Offiziere den Gouverneur İzzet Pascha darüber informierten, dass am folgenden Tag die griechische Flotte die Verwaltung Smyrnas übernehmen werde, hatten sich abends, unter dem Mond, der wie eine orangefarbene Kugel hinter den Bergen hochstieg, auf einem Hügel in der Nähe des jüdischen Friedhofs zahl-reiche Menschen aus türkischen Vierteln versammelt, um dagegen zu protestieren, dass die Alliierten Smyrna den Griechen auslieferten. Jung und Alt, ob gebildet oder un-gebildet, ob arm oder reich, stand wie bei einem Volks-fest bei Trommelklängen um Feuer herum, während den Kindern Sesam-Helva kredenzt wurde.

Allerdings soll in jener Nacht noch mehr geschehen sein, nämlich wurde eine Organisation gegründet, die sich darauf vorbereitete, alles, was in der Stadt noch an Kanonen, Gewehren und Munition vorhanden war, nach Anatolien zu schaffen. Einem Gerücht zufolge griffen die Aufständischen im Schutz der Dunkelheit sogar das berüchtigte Gefängnis am Konak an und ließen sämtliche Häftlinge frei. Jener Tevfik nun war einer der Anführer dieser Bewegung. Sümbül wusste, dass Hüseyin vor dem Abendessen an den Protesten in Bahri Baba teilnehmen würde, nicht aber, dass er sich dort eigentlich mit Tevfik treffen sollte.

Hüseyin ließ sämtliche Lampen anzünden, sodass das Herrenzimmer festlich beleuchtet war und das Kristall des Kronleuchters in Tevfiks smaragdgrünen Augen aufblitzte. Seinen Schnurrbart, den er andauernd zwirbelte, hatte er offensichtlich mit Moschus eingerieben.

Während Sümbül bei Tisch zum Gast hinüberschielte, den von Dilber in Kupfergefäßen servierten Pilaw mit Lammfleisch kostete und auf den rauschenden Regen lauschte, schimpfte sie innerlich auf Hilmi Rahmi. Es hatte sich an dem Tag herausgestellt, dass das in der Woche zuvor erhaltene Telegramm nur ein Täuschungsmanöver gewesen war, um die Briten an der Nase herumzuführen. Sie hingegen war eine Woche lang vor Freude aus dem Häuschen gewesen. »Geliebte Frau, in Istanbul letzte Angelegenheiten mit Offizieren zu klären, dann hoffentlich sofort Smyrna«, hatte es in dem Telegramm geheißen, doch anscheinend war er nach Anatolien geschickt worden. Ihren Mann kümmerten weder Sümbül noch seine Söhne, stets ging es um Unabhängigkeit, um Freiheit. Als ob dies Dinge wären, die man durch einen Krieg gewönne. Doğan war beinahe fünf und hatte seinen Vater noch kein einziges Mal zu Gesicht bekommen. Stattdessen würde Hilmi Rahmi sich von den wirrköpfigen Generälen einspannen lassen, die sich gerade formierten, und Smyrna aus der Ferne retten. Wäre es nach Sümbül gegangen, so hätte er Smyrna den Griechen überlassen und lieber seine Familie retten sollen, doch wer fragte schon eine Tscherkessin aus Plowdiw. Obwohl es in ihr tobte, saß sie daher ihrem so vaterlandsliebenden Schwager stumm gegenüber und fraß alles in sich hinein.

Da trat der wie ein Leuchtturm glänzende Vollmond allmählich in den Schatten der Erde. Eine Mondfinsternis, Vorbotin jeglichen Unheils. Beim Friedhof am Ende der Straße wurden Trommeln geschlagen, um den Bären, der sich den Vollmond einverleibte, zu vertreiben. Die Hunde heulten mit hochgereckten Köpfen. Tevfik wiederum, von den Spannungen innerhalb der Familie nichts ahnend, behandelte Sümbül und Müjgân, als wären sie Europäerinnen, befragte sie nach ihrer Meinung zur russischen und französischen Literatur und amüsierte sie mit seinen Schilderungen von der Koketterie der feinen Istanbuler Damen. Auf einmal wandte er sich zu Hüseyin, dem das ungezügelte Gekicher seiner Frau zunehmend auf die Nerven fiel, und sagte:»Werter Hüseyin, bei Ihnen sind ja die Männer- und die Frauengemächer noch immer getrennt. Das haben wir doch lange hinter uns. Wie können gerade in einer so modernen Stadt die Frauen noch immer im Obergeschoss und die Männer im Erdgeschoss wohnen? Von Ihnen hätte ich das wirklich nicht erwartet. Öffnen Sie Ihr Haus, richten Sie unten eine Bibliothek ein, ein Wohnzimmer, und verlegen Sie die Schlafzimmer nach oben. Verbringen Sie Ihre Zeit gemeinsam.«

Anstatt eine angemessene Antwort zu geben, murmelte Hüseyin nur etwas mit gesenktem Kopf, woraus Sümbül schloss, dass es sich bei dem geheimnisvollen Fremden nicht nur um einen alten Freund, sondern auch um eine bedeutende Persönlichkeit handeln musste. Wenn alle Schlafzimmer im Obergeschoss lägen, so würde doch ein Gast im gleichen Stockwerk wie die Frauen des Hauses schlafen? Gesetzt den Fall, mitten in der Nacht müssten mehrere Personen zugleich die Toilette aufsuchen, wie sollte das dann zugehen? Wo übernachteten bei den koketten Istanbuler Damen die Gäste? Ob wohl Tevfik selbst solch eine Villa bewohnte? Als Sümbül den Kopf hob und dabei bemerkte, dass der junge Gast sie anscheinend schon seit einer Weile mit verschmitzter Miene musterte, blieb ihr ein Bissen in der Kehle stecken und löste einen minutenlangen Hustenanfall aus. Über das von Ziver gereichte Glas Wasser hinweg blickte sie den jungen Mann wieder an, der weiter seinen Schnurrbart zwirbelte.

Das Entscheidende aber tat sich erst, als der Kaffee getrunken war und die Frauen sich ins Obergeschoss zurückzogen. Kaum oben angekommen, kauerten Sümbül und Müjgân auf der letzten Stufe nieder, neben dem Speisenaufzug. Dilber stand in der Küche und knetete den Brotteig, den sie am folgenden Morgen zur Bäckerei an der Ecke schicken würde. Sie schmunzelte lediglich, als die beiden Damen des Hauses wie Schulmädchen zum Horchen die Ohren an die Wand drückten.

Wenngleich Tevfik sich bemühte, leiser zu sprechen, hallte seine Stimme im Hohlraum des Speisenaufzugs wider.

»Die Briten haben den Sultan so weit, dass er über alle, die sich dem Befreiungskampf anschließen, die Todesstrafe verhängt. Das wird dem Volk bald schon über Aushänge verkündet.«

»Als ob das Volk lesen könnte ...«, flüsterte Müjgân. Eng aneinandergedrängt kicherten die beiden Frauen.

»Hast du bemerkt, wie er immer rumgezwirbelt hat, wenn er dich ansah?«

»Sei still, bist du verrückt? Was redest du für Unsinn, du solltest dich schämen. Pst, ich will hören, was sie sagen.«

Um das Lächeln zu verbergen, das sich auf ihrem Gesicht breitmachte, drehte Sümbül sich zur Wand. Tevfik wurde noch leiser.

»Ab morgen gibt es hier für uns nichts mehr zu tun. Der Kampf findet jetzt im Landesinneren statt, in Anatolien. Osmanische Offiziere haben sich schon auf den Weg gemacht. Das Land wartet auf Sie, wartet auf uns, Hüseyin Bey. Das Volk ist arm und furchtsam. Die Banden tun, was sie wollen, wir müssen sie in eine Organisation einbinden. Unser Volk braucht starke, gut ausgebildete junge Leute wie uns. Glauben Sie mir, die griechische Besetzung wird uns letzten Endes nützen. An der Menge heute Abend haben Sie ja gesehen, dass sich in den alten Landen ein gemeinsamer Wille herausbildet. Der Überfall der Griechen ist der Funke im Pulverfass.«

Erschrocken blickten die Frauen sich an. Bei Tisch hatten die beiden Männer sich noch geduzt, nun siezten sie sich seltsamerweise. Eine Weile war es still. Vermutlich zündete sich Tevfik eine seiner sehr dünn gedrehten Zigaretten an. Die beiden Frauen rutschten auf der Treppenstufe herum, während sie sich die langen, schlanken, geschickten Finger des Mannes vorstellten. Sümbül sah vor sich, wie Tevfik seinen Zigarettenrauch wie eine blauweiße Wolke emporblies, denn so hatte er es gemacht, als Ziver ihm auf einem silbernen Tablett zum mit Harz gewürzten Kaffee eine Zigarette gereicht hatte. Mit dumpferer Stimme sprach Tevfik nun weiter.

»Sie fragen sich vermutlich, woher wir für solch eine Organisation das nötige Geld herbekommen sollen? Hüseyin Bey, eine Karawane bildet sich unterwegs erst so richtig aus. Schauen Sie doch nur, wie die Engländer es gemacht haben. Hat Lloyd George nicht sofort die Griechen auf uns gehetzt, als die Italiener auf eigene Faust

Antalya besetzt hatten? Das ging so schnell, dass manche auf den griechischen Schiffen nicht mal wissen, wohin sie unterwegs sind, das habe ich aus interner Quelle. Morgen früh werden sie erwachen und auf einmal in unserer Bucht sein. Und so werden wir es auch machen. Sobald der Anfang gemacht ist, wird uns Hilfe zuteilwerden. Wir müssen zu einer Kraft werden, die im Spiel der Großmächte nicht mehr zu vernachlässigen ist, dann werden diese uns fördern. Mit den Franzosen werden bald schon Verhandlungen beginnen.«

An der Küchentür stand auf einmal Tante Makbule und sah griesgrämiger drein denn je. Ihr schwarzes Kopftuch war ihr auf die Schulter gerutscht und ließ einen weißen Haaransatz und einen rötlich gelben Dutt zum Vorschein kommen. Mit der Gebetskette in der Hand blickte sie zum Speisenaufzug, doch zum Glück hatte sie keine guten Augen mehr. Bis sie im Dämmerlicht erkannte, dass da Sümbül und Müjgân saßen, waren die beiden schon aufgesprungen und scharwenzelten um Dilber herum, als wollten sie deren Arbeit kontrollieren. Tante Makbule hatte mitbekommen, dass die Schwiegertöchter ihr Abendessen unter den Augen eines fremden Mannes eingenommen hatten. Spröde sagte sie: »Dilber, es ist spät, bring die Jungen zu Bett. Die Mädchen sitzen noch im Garten, Müjgân. Gib acht, dass sie nicht vor dem Gast herumlaufen. Kopftücher haben sie auch keine auf. Und Ziver soll morgen das Gartentor reparieren. Es braucht einer nur mit der Schulter dranzustoßen, schon ist er drinnen. Hoffentlich geschieht uns nichts in dieser unseligen Nacht.«

Die Frauen nickten. Die Bemerkungen ihrer Schwiegermutter waren eigentlich auf sie gemünzt, denn sie hatten sich dem Gast ohne Kopftuch gezeigt, nicht die zwölfjährigen Mädchen. Der Verweis auf das Gartentor wiederum sollte bedeuten, das Haus sei zu einer Herberge verkommen. Es verdross die Tante sichtlich, dass Tevfik Bey unter ihrem Dach weilte.

»Ihr solltet auch nicht länger aufbleiben, sondern euch schlafen legen. Und löscht die Lampen. Das Haus ist ja beleuchtet wie ein Palast. Bis die Mondfinsternis vorbei ist, sollte nicht einmal eine Kerze angezündet werden, sogar das wisst ihr nicht. Das bringt Unheil. Dilber, stell ein Gefäß mit Wasser vors Fenster, das soll den Mond und den Wind aufsaugen. Vielleicht brauchen wir es mal, um einen Bann zu brechen.«

»Wird gemacht, gnädige Frau.«

»Wünsche wohl zu ruhen, Tante Makbule«, antworteten ihre Schwiegertöchter.

Diese schürzte zwar die Lippe, als schenkte sie den Worten ihrer Schwiegertochter keinen Glauben, doch verließ sie die Küche. Während ihre Schritte auf dem Weg ins Bad auf dem Marmorboden widerhallten, eilten Sümbül und Müjgân zu ihren Plätzen an der Treppe zurück. Müjgân war ganz bleich. Die Männer flüsterten weiter, nicht ahnend, dass sie belauscht wurden.

»Der Sultan ist nur noch eine Marionette. Bald bringt er den Scheich ül-Islam dazu, eine Fatwa zu verhängen, dann muss jeder getötet werden, der sich dem Befreiungskampf anschließt. Das birgt große Gefahren, Hüseyin Bey. Sind Sie sich dennoch Ihrer Sache sicher?«

Von Hüseyin war kein Laut zu vernehmen. Müjgâns Körper fühlte sich an wie mit Hochspannung geladen.

»Die Engländer machen viel Druck. Sie wissen über unsere Organisation Bescheid, und überhaupt über alles. In alle Richtungen haben sie Leute des Sultans ausgesandt, die jedes verdächtige Fahrzeug anhalten. Die Griechen werden morgen als Erstes Passierscheine einführen. Ohne eine solche Genehmigung wird man nirgends mehr hinfahren dürfen. Vielleicht können wir morgen noch die Eisenbahn benützen und versuchen, bis Afyonkarahısar zu gelangen. Ab dann möge Gott uns gnädig sein. Mit etwas Glück kommen wir mit dem Zug nach Eskişehir weiter, danach werden wir zu Fuß oder mit Ochsenkarren reisen müssen. Wir wissen aber schon, wo wir jeweils unterkommen können. Wenn Sie sagen, Sie sind bereit, dann würde ich sagen, wir gehen folgendermaßen vor ...«

Ab dann sprachen sie derart leise, dass nichts mehr zu verstehen war. Müjgân stand auf und taumelte wie im Traum zur Küchentür. Mit den hängenden Schultern und dem gebeugten Rücken wirkte sie mitleiderregend. Wortlos griff sie zu einer Öllampe und ging damit hinaus. Sümbül hörte die Pantoffeln ihrer Schwägerin über den Boden schlurfen, blieb aber am Speisenaufzug sitzen. Also würde auch Hüseyin sich davonmachen. Erst vor Kurzem war der siebzehnjährige Sohn ihrer Nachbarin aus Smyrna geflüchtet, um sich in Anatolien einer Bande anzuschließen. Seine arme Mutter hatte diesen letzten Schlag nicht verkraftet und lief seither mit jäh erbleichtem Haar und zitternden Händen herum. Als wäre es nicht genug gewesen, dass ihr Bruder Ali seit vierzehn Jahren verschollen und ihr Mann aus dem Krieg im Allahuekber-Gebirge wie ein Gespenst zurückgekehrt war, hatte sie nun ihren Augenstern, ihren Sohn Mehmet, verloren. Seit er weg war, hatte sie nichts mehr von ihm gehört. Es stand Sümbül noch vor Augen, wie die Frau in ihrer Küche zusammengebrochen war und vor Verzweiflung um sich geschlagen hatte, bis ihre Kleidung zerfetzt war.

Wenn Müjgân ihren Mann in der Nacht nur heiß genug umarmte, verzichtete er vielleicht auf sein verrücktes Abenteuer. Sie war eine reizvolle, verführerische Frau, die sich auf derlei verstand. Noch dazu hatte Hilmi Rahmi, als er in den Weltkrieg aufbrach, die Frauen des Hauses Hüseyin anvertraut. Wollte dieser etwa nun das dem Schwager gegebene Wort brechen und die Frauen und Kinder umgeben von Ungläubigen sich selbst überlassen?

Hüseyin hätte sich vielleicht in jener Nacht durch Müjgâns Tränen und ihre zärtlichen Berührungen von seinem Vorhaben abbringen lassen, doch die Ereignisse des folgenden Morgens spülten seine letzten Zweifel davon. Die griechischen Schiffe waren unter frechem Tuten in die Bucht eingelaufen und hatten mit Maschinengewehren die Kaserne beschossen. Obendrein wurde jedem Türken gewaltsam sein Fes abgenommen. Als gegen Mittag auch noch sein Vater Mustafa Efendi bewusstlos nach Hause geschafft wurde, war das Maß voll. Er würde fortgehen. Sein Entschluss war gefasst.

Im Gefolge von Ziver kehrte er wutschnaubend in die Bülbül-Straße zurück. Als Erstes holte er den im Brunnen verborgenen Sack mit den Waffen hoch und steckte eine deutsche Mauser, eine russische Nagant und eine automatische Parabellum zusammen mit reichlich Munition in einen anderen Sack. Die griechischen Soldaten waren unverzüglich in die türkischen Viertel ausgeströmt und hatten in Häusern sämtliche Waffen konfisziert, bis hin zu Küchen- und Rasiermessern. Eine Doppelflinte und eine alte griechische Mauser ließ Hüseyin im ersten Sack und seilte diesen wieder in den Brunnen ab.

Müjgân hatte ihr Leben lang noch keine Waffe in die Hand genommen, doch Sümbül als Tscherkessin verstand sich sowohl aufs Reiten als auch auf den Umgang mit einem Gewehr. Seit der Zeit, als sie mit Hilmi Rahmi auf die Jagd ging, galt die Doppelflinte als ihre Waffe. Wer sie nur nach ihrem zarten blassrosa Antlitz beurteilte, konnte nicht ahnen, was für eine ausgezeichnete Jägerin sie war. Sie schoss mindestens so gut wie Hüseyin und war beherzt genug, um Müjgân, die Kinder und sich selbst bei Gefahr zu beschützen. Sein Entschluss war unumstößlich. Auch um den Preis, die ihm vom Bruder anvertrauten Frauen alleine zu lassen, würde er nach Einbruch der Dunkelheit in Richtung Anatolien aufbrechen, um sich den Befreiungskämpfern anzuschließen.

Abenteuersucht

Mitten an dem Tag, an dem der Verwalter Mustafa bewusstlos im Haus seines Sohnes in der Bülbül-Straße lag, klopfte Edith dort an der Tür.

Nach dem Ende des Froschregens hatte sie den Verwalter in der Umgegend des Französischen Krankenhauses in sämtlichen Kaffeehäusern, Passagen und Gärten gesucht. Obwohl sie genau wusste, dass Mustafa sich an so einem kritischen Tag normalerweise nicht vom Eingang des Krankenhauses weggerührt hätte, wanderte sie von einer überschwemmten Gasse in die nächste und spähte durch die schlierigen Scheiben von Kaffeehäusern, doch das treue Faktotum ihrer Mutter war nirgends zu finden. Der Mann war wie vom Erdboden verschluckt.

Als sie besorgt ins Krankenhaus zurückkehrte, legte Schwester Liz Juliette gerade Kompressen an Stirn und Handgelenken an. Juliette lag in einem braunen Ledersessel und wimmerte mit geschlossenen Augen. Edith kümmerte sich nicht weiter um die beiden und ging zu Jean-Pierre, der am Fenster saß.

»Du, ich habe Mustafa nicht gefunden.«

Jean-Pierre hob den Kopf und sah Edith an. Er hatte glasige Augen. Juliette atmete schwer und wedelte röchelnd mit ihrem Fächer.

»Am besten du rufst Philippe an und bittest ihn um das Auto.«

»Er wird aber tausend Ausreden vorbringen ...«

»Dann sag ihm, wie es um Mama steht. Er wird uns allein schon helfen, damit er sich von Anna keine Vorwürfe anhören muss. Also geh schnell runter und ruf an. Wenn ich es tue, wird er sich viel mehr sträuben.«

Wenig später saßen sie zu dritt in dem Wagen, den Philippe Canterbury zum Krankenhaus geschickt hatte, und kehrten nach Bornova zurück. Die Großmutter Josephine vertrauten sie der französischen Flagge an. Unter dem Vorwand, sie nicht allein lassen zu wollen, hatte Edith versucht, in letzter Minute wieder aus dem Auto zu entwischen, doch selbst mitten in einem hysterischen Anfall hatte Juliette die wahre Absicht ihrer Tochter erkannt und sie am Arm zurück in den Wagen gezogen.

Hätte Edith danach nicht mit dem Auto nach Smyrna zurückfahren können? Oder den Fahrer unten warten lassen, bis der herbeigerufene Doktor Arnott Juliette eine Beruhigungsspritze gab? Wenn auch ihr Schwager sich seit Langem bemühte, ihre Teilhaberschaft an der Firma zu annullieren – seit elf Jahren behauptete er beharrlich, da sie nicht einmal eine Lamarck sei, solle ihr kein Anteil am Jahresgewinn ausgezahlt werden –, war Edith noch immer Mitinhaberin der Schifffahrtsgesellschaft Lamarck und Söhne, und als solcher stand ihr auch der Gebrauch des Autos zu. Aber nein, Edith Lamarck war eine abenteuerlustige Frau und stellte sich Problemen gern alleine. Vielleicht war sie nach Abenteuern geradezu süchtig, wie nach Haschisch. Vielleicht suchte sie auch nur nach einer Gelegenheit, wieder in das türkische Viertel zu kommen, das sie mit ihrer alten Wunde verband, und sie wusste genau, dass jener Plan nicht mit dem Auto zu verwirklichen war, das ihr Schwager ihnen nur äußerst widerstrebend zur Verfügung gestellt hatte. Sobald daher Juliette nach Verabreichung einer Beruhigungsspritze in Schlaf gesunken war, schlüpfte Edith aus dem Haus und ging zur Nachbarvilla hinüber.

Das hohe Gartentor mit dem Monogramm HTC der Familie Thomas-Cook war verschlossen. Edith musste klingeln. Irgendwo bellte ein Hund. In der Luft lag nach dem Regenguss ein Duft nach frischer Erde, Rosmarin und Zitronenblüten. Auf dem weißen Kieselweg, der zum Herrenhaus hinaufführte, stritten zwei Krähen um einen toten Frosch und ließen sich dabei auch nicht vom Verwalter Kosta stören, der mit seinem Jagdhund Çakır an ihnen vorbeikam.

Als Kosta Edith erkannte, verfiel er in einen Laufschritt. Auch er war, wie Mustafa, ein in Ehren ergrautes Faktotum. Durch das schmiedeeiserne Gitter, das nur selten verschlossen war, rief Edith ihm zu: »Sie brauchen nicht zu laufen, *Kirye* Kosta *mu! Min anisihite*. Machen Sie sich keine Sorgen. Kein Grund zur Eile, ich wollte nur Edward besuchen.«

Çakır kam als Erster an und wedelte mit dem spärlich behaarten Schwanz. Bald darauf folgte ihm atemlos der Verwalter. Mit dem langen, schmalen Schlüssel, den er umhängen hatte, öffnete er das Schloss. Schon als Kind hatte Edith beim Anblick des Mannes immer an eine Eule denken müssen, doch nun, als mit fortgeschrittenem Alter die eng zusammenstehenden Augen sich noch tiefer in die Höhlen zurückgezogen hatten, trat bei ihm das Eulenhafte vollends zutage.

»Willkommen, Madame Edith. Dass Sie an so einem Tag allein unterwegs sind, ist aber unvorsichtig, sogar sehr unvorsichtig. Kommen Sie lieber gleich herein, *sas parakalo. Kala iste?* Ist alles in Ordnung?«

Edith war an das ängstliche Gebaren des Mannes gewöhnt. Wenn Edward und sie sich als Kinder irgendwo im Garten versteckten oder im Zypressenwäldchen spielten, das als natürliche Grenze zwischen den beiden Grundstücken diente, hatten sie nach spätestens zehn Minuten Kosta vor sich, der sie mit seinen Eulenaugen ansah und sagte: »Junger Herr, es ist sehr von Nachteil, wenn Sie sich hier aufhalten, bitte spielen Sie doch vor unseren Augen.« Dann lotste er sie an eine Stelle, an der sie von ihm selbst oder von den auf der Veranda Tee trinkenden Damen beaufsichtigt werden konnten. Wie alle argwöhnisch veranlagten Menschen hatten auch bei ihm mit dem Alter die Befürchtungen noch zugenommen, außerdem war sein Blick nun getrübt. Während sie den von Maulbeerbäumen flankierten Weg hinaufstiegen, erstattete er Edith flüsternd Bericht.

»Sie haben das Türkenviertel geplündert. Unsere griechischen *palikarya* waren das. Sie haben die Scheiben sämtlicher Kaffeehäuser und Friseurläden eingeworfen. Vorhin ist ein Bote aus dem Büro in der Stadt gekommen. Er soll gesehen haben, dass in der Gegend des Konaks im Meer zwei Leichen trieben.«

Edith bekam Herzklopfen. Bestimmt war Mustafa etwas zugestoßen, doch diese Sorge behielt sie für sich, denn die beiden Verwalter waren eng miteinander befreundet. An Samstagabenden saßen sie in Yorgis Taverne bei Raki, Meze und Musik zusammen und sinnierten über ihre Herrschaften nach, die ihnen immer noch als verletzliche, schutzbedürftige Fremde galten, obwohl sie seit Generationen im Lande lebten. Edith wusste nicht, dass Mustafa, als sie das Vaterhaus verlassen hatte und mutterseelenallein in die Vasili-Straße gezogen war, Kosta sein Leid geklagt und bedauert hatte, das junge Fräulein verbaue sich seine ganze Zukunft. Als Unanständigkeit erachteten die beiden es in ihrer Welt, wenn Familiengeheimnisse nach draußen getragen wurden. So manche Schuld sei zu bewältigen, wenn nur das Wissen darum innerhalb der Familie bewahrt werde. So wusste denn Mustafa um Vollmondnächte Bescheid, die in den Armen eines gewissen Athener Händlers verbracht worden waren, ferner um das Baby, das im Terrassenzimmer der Villa just an dem milden orangefarbenen Septemberabend zur Welt gekommen war, als Avinash zum ersten Mal den Boden der Stadt betreten hatte, doch gehörte seiner Auffassung nach zu den Grundpflichten eines Verwalters die Sorge, dass derlei Geheimnisse nicht aus den Toren jener Villen hinaus in die Welt drangen.

Dagegen in das vom unehelichen Vater geerbte Haus zu ziehen und damit die von der Mutter begangene Schuld hinauszuposaunen, wie Edith das getan hatte, nein und nein, das gehörte sich nicht. Damit hatte das junge Fräulein sowohl die Familienehre beschmutzt, als auch die Chance vertan, einmal eine standesgemäße Ehe einzugehen. Kosta verstand sehr wohl, wie sehr seinen Freund dies plagte, doch wusste er auch, dass dagegen kein Kraut gewachsen war. Das Familiengeheimnis war entwischt, bevor Mustafa es hatte aufhalten können. Für einen Verwalter ein quälender Gedanke ...

Sie betraten das Herrschaftshaus der Thomas-Cooks, das mit seinen hohen Decken selbst an heißen Sommertagen eine gewisse Kühle bewahrte. Mit seinen Kronleuchtern aus böhmischem Kristall, den Seidenteppichen, den Säulen aus feinstem Marmor und den silbernen Türklopfern war es ein Besitz, neben dem die Villa, in der

Edith geboren und aufgewachsen war, wie eine bessere Hütte wirkte. Jene Kluft war Juliette seit jeher ein Dorn im Auge. Gemildert worden war dieser Umstand erst, als sie ihre älteste Tochter mit einem Engländer verheiratet hatte. Dennoch, sobald sich eine Gelegenheit dazu ergab – bei gesellschaftlichen Ereignissen, bei denen Anna und Philippe nicht zugegen waren –, fühlte sie sich bemüßigt, wieder darauf zu verweisen, was zwischen »ihrer« englischen Ungehobeltheit und »unserer« Kultiviertheit doch für ein Unterschied bestehe.

Edward war an dem großen Tisch im Gästesalon mit einer Spielzeugeisenbahn beschäftigt. Dem Ankleben von Rädern an einen Waggon widmete er solche Aufmerksamkeit, dass er vor lauter Anspannung die Schultern fast bis zu den Ohren hochgezogen hatte. Die an der Flügeltür stehende Edith bemerkte er nicht sogleich. Er hatte ziemlich zugenommen. Von den Gin-Cocktails, an die er sich in frühen Jahren gewöhnt hatte, waren seine leicht aufgedunsenen Wangen mit feinen roten Äderchen durchzogen. Edith versuchte sich zu erinnern, wann sie ihn das letzte Mal gesehen hatte. Seit sie in das Haus in der Vasili-Straße gezogen war, hatten sie nicht mehr viel Umgang miteinander. Da es während des Krieges mit gesellschaftlichen Anlässen nicht weit her war und Edith ohnehin zurückgezogen lebte, kam es sogar vor, dass sie einander nicht öfter sahen als jeweils beim Silvesterball. Plötzlich sprang Edward ein Zugrad aus den klobigen Fingern und kullerte Edith vor die Füße.

»Verdammte Sch...«

Edith lachte auf. Als Edward den Kopf hob und seine Jugendfreundin vor sich sah, ärgerte ihn im ersten Augenblick, beobachtet worden zu sein, dann musste er schmunzeln.

»*Touché*! Da hast du mich ganz schön erwischt! Sag bloß meiner Mutter nicht, dass ich geflucht habe wie ein Kutscher!«

Edith hob das Rädchen auf und legte es auf den Tisch. Edward stand auf und umarmte sie, denn für einen förmlichen Handkuss standen sie einander zu nah.

»Edith *mu*! Das ist ja eine Überraschung! Gut siehst du aus, das Rot steht dir hervorragend. Und ich dachte schon, du würdest gar nicht mehr nach Bournabat kommen, weil du uns zu provinziell findest.«

»Ach was, Edward!«

»Tja, weiß man's? Zum Sonntagsfrühstück bei den Van Dijks kommst du ja auch nicht mehr.«

Edward schob die Lippen vor wie als Kind. Es wurde gemunkelt, der jüngste Sohn von Helene Thomas-Cook lasse sich deshalb nicht auf eine Ehe ein – auch nicht mit den hübschesten und kultiviertesten Mädchen von Bornova und Buca –, weil er eigentlich in Edith verliebt sei. Als genügte nicht schon, dass die junge Frau alleine in Smyrna lebte, hatte sie auch noch ein Verhältnis mit einem dunkelhäutigen, zweitklassigen Inder, was für Edward eine ungeheure Enttäuschung bedeutete, über die er mit den Gin-Cocktails und diversen unschicklichen Angewohnheiten hinwegzukommen suchte. Andererseits hatte Edith ihren Avinash noch immer nicht geheiratet, sodass Edward die Hoffnung noch nicht aufgab.

»Ich hatte nur keine Gelegenheit, Edward *mu*. Du kommst aber auch nie nach Smyrna! Trinken wir doch mal im Café Zapyon einen Tee miteinander. Na, was hältst du davon? Wenn es erst mal wieder ruhiger zugeht …«

Erst hatten Edwards Augen freudig aufgeblitzt, nun sahen sie Edith verständnislos an. Edith ging vom Französischen zum Griechischen über.

»Ich meine die Soldaten von Venizelos. Du bist doch über die griechische Besetzung im Bilde?«

»Ach so, das? *Ne, ne, vevea.* Ja, natürlich. Aber warum sollte uns das betreffen? Ganz im Gegenteil, unter griechischer Verwaltung wird der Amüsierbetrieb erst so richtig aufblühen, du wirst es sehen. Die ganze Stadt wird sich in einen einzigen Ballsaal verwandeln. Die Griechen feiern gerne. Gehen wir bei der ersten Gelegenheit ins Zapyon. Wann passt es dir?«

Edith blickte ihn verblüfft an.

»War nur ein Scherz, Edith *mu*. Warum so ernst? Klar habe ich auch von der Landung der Flotte gehört, aber es scheint nichts Schlimmes passiert zu sein. Mein Bruder ist heute Morgen ins Büro gefahren und hat vorhin einen Boten hergeschickt, weil ein paar Dokumente zu unterschreiben waren. Anscheinend ist alles beim Alten. Unser Schiff mit der Tabakladung ist zum Beispiel nach Alexandria ausgelaufen wie vorgesehen. Komm, setz dich doch. Kosta hat bestimmt schon in der Küche Bescheid gesagt, und dein Kaffee kommt gleich. *Oriste.* Bitte schön.«

Dabei deutete er auf den Tisch, auf dem die Schienen bereits zusammengesetzt waren und die radlosen Waggons herumlagen wie nach einem Unfall. Edith nahm Platz und sah, wie braun Edwards Arme unter den aufgekrempelten Ärmeln des weißen Hemds schon waren. Seine größte Leidenschaft war es, zu jeder Jahreszeit mit seiner Jacht aufs Meer hinauszufahren.

»Edward, im türkischen Viertel haben Plünderungen stattgefunden. Sogar hier in Bournabat ist in die Häuser unserer türkischen Nachbarn eingebrochen worden, das haben gerade die Dienstmädchen berichtet, als ich meine Mutter nach Hause gebracht habe. Die Villa von Fuat Bey haben sie auf den Kopf gestellt und alle Wertsachen mitgenommen, und den Rest haben sie zerfetzt. Der arme Mann weiß noch nicht mal davon. Heute früh wäre er ums Haar auf die Patris verschleppt worden. Zum Glück saßen da gerade einflussreiche Freunde von ihm im Kraemer, die haben ihn gerettet. Jean-Pierre hat es mit eigenen Augen gesehen.«

Über Edwards Gesicht fuhr ein Schatten. Er nahm das vorhin zu Boden gefallene Metallrädchen in die Hand und drehte daran herum.

»Tatsächlich?!«

Eine Weile saßen sie schweigend da. Auf den Blättern der Bäume vor dem Haus glitzerten Regentropfen in der Sonne. Edith sprach Edward nun auf Englisch an.

»Edward, ich wollte dich um was bitten.«

Der junge Mann blickte verdutzt auf. Dass Edith jemanden um Hilfe bat, hatte er noch nicht erlebt.

»Klar, was du willst.«

Edith sah in seinem Gesicht einen Hoffnungsschimmer aufglimmen, doch einer alten Gewohnheit folgend, maß sie ihm keine weitere Bedeutung bei.

»Ich würde gern mit dem Vier-Uhr-Zug nach Smyrna zurückfahren, doch Mustafa ist nicht aufzufinden. Heute Morgen hat er noch meine Mutter und Jean-Pierre zu meiner Großmutter ins Krankenhaus gefahren, seither ist er verschwunden. Ich habe das ganze Viertel abgesucht, aber ihn nirgends gefunden. Dann ist der Aufruhr am Hafen losgegangen, vielleicht hat Mustafa sich da irgendwo versteckt oder ist zu seinem Sohn gegangen. Sie werden ihn doch nicht auch geschnappt haben! Da sei Gott vor! Vor allem heute möchte ich nicht ohne Mustafas Begleitung mit dem Zug fahren, und da dachte ich mir, ich könnte mir eventuell eins deiner Autos ausleihen, etwa den Wilson-Pilcher, wenn du es erlaubst. Nur für heute, morgen bekommst du ihn zurück.«

Sie rückte ihren Stuhl näher an den von Edward heran. Ein Dienstmädchen hatte inzwischen den Kaffee serviert. Edith nahm sich ein Stück Pistazien-Lokum und biss davon ab. Sie wusste, dass sie viel von ihm verlangte. Allein würde er sie bestimmt nicht fahren lassen. Höchstens mit Kosta. Ihr pochte das Herz.

Edward zupfte an seinem braunen Schnurrbart.

»Hm, dann steht es also schlimmer, als ich dachte? Aber sollst du unter solchen Umständen überhaupt nach Smyrna fahren und dort übernachten? Warum bleibst du heute Nacht nicht lieber hier?«

Dann aber sah er auf Ediths Gesicht jenen verbissenen Ausdruck, den er nur zu gut kannte, und musste lachen. Wenn sie sich etwas in den Kopf gesetzt hatte, war sie nicht davon abzubringen. Bevor das verrückte Mädchen sich in Gefahr brachte, war es sinnvoller, ihr zu helfen.

»Na gut. Du weißt, dass ich dir nichts abschlagen kann, Edith *mu*. Aber eine gute Idee ist es nicht, das sage ich dir gleich. Und mal ganz abgesehen von den Unruhen in der Stadt ist der Wilson-Pilcher nicht mehr der jüngste. Eins von den neuen Autos kann ich dir allerdings nicht geben, damit könntest weder du umgehen noch Kosta. Weißt du eigentlich, wie sehr die Automobiltechnik sich weiterentwickelt hat? Das sind heute nicht mehr einfach umgemodelte Kutschen. Ich habe mir einen Essex mit vier Zylindern bestellt, Mitte Juni soll ich ihn bekommen. Ein fantastisches Gefährt. Fünfzig Pferdestärken. Drei Gänge, mit Automatikgetriebe. Wenn es stimmt, was die so behaupten, wird man darin weniger durchgerüttelt als auf meiner Jacht.«

Betont abrupt stellte Edith ihre Kaffeetasse ab. Edward hatte vergessen, wie ungeduldig sie war. Er sprach auf Französisch weiter.

»Kurz gesagt, nichts für dich, *ma chérie*. Zwar könnte

ich dich mit einem anderen Auto hinbringen, aber meine Mutter und Mary kommen bald von einem Tee zurück, und alleine fürchten sie sich. Ich habe ihnen versprochen, zu Hause zu bleiben, aber wenn du ein paar Stunden warten kannst, fahren wir danach gemeinsam in die Stadt. Und essen vielleicht sogar im Zapyon. Na, *ti les*? Was meinst du?«

»*Merci*, Edward, das ist sehr nett von dir. Ich würde gern losfahren, bevor es Abend wird. Das Essen nehmen wir uns lieber für einen anderen Tag vor, wenn es ruhiger ist. Der Wilson-Pilcher tut es für heute, mach dir keine Sorgen. Übrigens … falls du Kosta heute nicht dringend brauchst, dürfte ich dich dann um noch was bitten?«

Edward seufzte, den Blick fest auf Ediths rote Lippen gerichtet, an denen etwas Kaffeesatz klebte.

»Was immer du willst …«

»Ich mache mir wirklich Sorgen um Mustafa, Edward. Wenn wir schon mit dem Auto in der Stadt unterwegs sind, könnten wir da nicht bei seinem Sohn vorbeischauen und uns nach ihm erkundigen, was meinst du?«

»Du willst ins türkische Viertel fahren? Durch diese engen, verschlungenen Gassen? Noch dazu an so einem Tag? Ist dir klar, was du da sagst?«

Unwillkürlich war er lauter geworden. Edward fuhr nur sehr selten ins türkische Viertel, eigentlich nur, wenn seine Mutter wieder mal eine Heiratskandidatin aus London kommen ließ und sie in Smyrna herumführte. Die Mädchen machten dann in einer zweispännigen Kutsche (mit seinen wertvollen Autos wagte Edward sich in das Labyrinth nicht hinein) die zugezogenen Vorhänge einen Spalt weit auf, blickten auf die Männer mit dem Turban und den Pluderhosen hinaus, die vor einem Kaffeehaus ihre Wasserpfeife rauchten, und kamen sich dabei vor wie

Prinzessinnen aus *Tausendundeiner Nacht*, was wiederum Edward ungeheures Vergnügen bereitete. Das türkische Viertel war für ihn ein exotisches Museum, und dass eine Ausländerin wie Edith sich dorthin nicht aus touristischen Gründen begeben sollte, sondern um jemanden zu besuchen, war für ihn unfassbar. Außerdem konnte er das seinem Wilson-Pilcher nicht antun, wie alt und unmodisch jener auch sein mochte.

Jedoch … wie oft hatte Edith ihn um etwas gebeten? Zuletzt, als sie das Autofahren lernen wollte und von ihm einen Wagen und einen Fahrlehrer brauchte. Wie lange war das her? Zehn Jahre? Fünfzehn? Warum nur hatte er damals den Mechaniker Ali für sie besorgt, anstatt ihr das Fahren selbst beizubringen? Jugendlicher Leichtsinn … Er rechnete damals fest damit, Edith einmal zu heiraten. Wenn er heute daran zurückdachte, konnte er gar nicht mehr begreifen, wie er es sich damals hatte entgehen lassen können, mit dem Mädchen ganze Nachmittage in freier Natur zu verbringen. Und wenn Edith nun zum ersten Mal nach fünfzehn Jahren wieder mit einer Bitte zu ihm kam, wie sollte er sie da zurückweisen? Noch dazu stand das Angebot mit dem Tee im Café Zapyon im Raum. Und eventuell sogar ein Abendessen … Vielleicht war sie ihm ja nunmehr zugeneigt. Mit dem Inder würde sie sich nicht ewig vergnügen können.

»Pass auf«, sagte er schließlich, »Kosta kann dich jetzt nach Hause bringen und das Auto im Sporting Club abstellen. Dann fährt er mit der Straßenbahn zu Mustafas Sohn und sieht dort nach dem Rechten. Na, was sagst du dazu? Dann musst du nicht ins türkische Viertel, und Kosta und Mustafa sind ja befreundet, für ihn ist es viel leichter, dort hinzugehen, als für dich. Türken lassen Frauen nicht so leicht ins Haus, das weißt du.«

Edith war ganz und gar nicht dieser Meinung, doch nickte sie nur. Sie hatte gewonnen! Sobald sie unterwegs waren, würde sie von Kosta erst das Steuer übernehmen und ihn dann überreden, mit ihr nach İki Çeşmelik zu fahren.

So holten die abenteuersüchtige Edith und der eulengesichtige Kosta den nachtblauen Wilson-Pilcher aus der Garage, der einst aus nächster Nähe Zeuge jener Wunde geworden war, die in Ediths Herz noch immer irgendwo schmerzte, und sie machten sich auf den Weg.

Der Wilson-Pilcher

In den Gassen von İki Çeşmelik, wo Sümbül und Hilmi Rahmi wohnten, verkehrten damals keine Automobile. Allerhöchstens Pferdefuhrwerke, Kutschen, Esel, Fahrräder … An manchen Stellen ging es so eng zu, dass zwei Nachbarn, die zur gleichen Zeit ihre Tür öffneten, sich die Hand geben konnten. Wenn zwei Fahrzeuge einander begegneten, kamen sie nicht aneinander vorbei, sondern eines musste rückwärts bis an den Anfang der Gasse fahren. Um nicht zerquetscht zu werden, mussten Fußgänger sich in einen Laden retten oder in eine Haustür, die glücklicherweise offen stand. Während die Leute davonstoben, stritten die Wagenlenker, wer dem anderen zu weichen hatte. Es kam sogar vor, dass durch die engen Gassen eine Kamelkarawane zog. Wenn die Lasttiere hinter einem Esel her zu den Depots am Hafen hinunterschaukelten, kam der gesamte Verkehr zum Stillstand.

Durch diese Gassen nun bewegte sich unsere Edith mit einem Automobil. Sie fuhr über die Kervan-Brücke, durch das Çorak-Tor, nach Basmane hinunter und über den İki-

Çeşmelik-Boulevard bis zu den Friedhöfen auf dem Hügel empor. Kosta saß auf dem höher gelegenen Rücksitz, doch entlang der Weinberge, Olivenhaine und Melonenfelder auf der kilometerlangen Strecke von Bornova bis zur Brücke und in den verwinkelten Straßen selbst war niemand anders als Edith am Steuer.

Die Männer im ländlichen Kaffeehaus an der Brücke sprangen beim Anblick der Frau von ihren Hockern auf, Kinder hüpften in dem kleinen Park neben den Friedhöfen von ihren an Pflaumen- und Granatapfelbäumen befestigten Schaukeln und rannten dem Auto hinterher. Nomadenfrauen, die die Wiegen ihrer Babys an Zelten und Bäumen aufgehängt hatten, ließen die Kinder im Stich, auch sie begierig darauf, einen Blick auf die Frau am Steuer zu werfen.

So sah ich die schöne Edith, von der ich noch nicht wusste, dass sie meine Mutter war, vor meinem geistigen Auge, doch Sümbül, Meisterin darin, meine Gedanken zu lesen, fuhr mich an.

»Herrje, von wegen Kinder und Kaffeehaus, Scheherazade! Wer traute sich denn damals noch auf die Straße? Wenn die Soldaten einen Mann mit Fes erblickten, spießten sie ihn auf ein Bajonett, ohne lange zu fackeln, und die *palikarya* liefen mit dem Messer in der Hand durch unser Viertel, warfen Schaufenster ein und räumten auf die Straße, was sie in den Läden nur vorfanden. Als unser früherer Nachtwächter, der Kaffeehauswirt Hasan, sich weigerte, seine Armbanduhr herauszugeben, wurde er herumgeschubst und ging daraufhin mit einem Stock auf die Kerle los, doch ein Soldat gesellte sich zu ihnen und schoss Hasan auf der Stelle tot. Wir alle hatten unsere Häuser verrammelt und saßen im Obergeschoss.«

Nun ja, man weiß, wie es damals zuging. Als Edith mit

dem nachtblauen Auto durch das Çorak-Tor in die Stadt einfuhr, liefen ihr also keine Kinder hinterher. Im Frauengemach des Hauses in der Bülbül-Straße griffen alle zu ihren Handarbeiten, um die Angst zu vertreiben. Fenster und Läden im Obergeschoss waren fest verschlossen. Unentwegt klackten die Gebetsketten. Ein Hausmädchen schenkte immer wieder Tee nach. Außer dem halbwüchsigen Ziver aus Äthiopien war kein Mann mehr im Haus. Nicht genug, dass Hüseyin vorhatte, sich in der Nacht davonzumachen, er war auch gleich im Morgengrauen zu irgendeiner Verrichtung mit Tevfik aus dem Haus. Selbst Tante Makbule büßte ihre sonstige Würde ein und blickte Sümbül an, als suchte sie bei ihr Zuflucht. Durch den Wolkenbruch waren die Plünderer vertrieben worden, doch wer konnte wissen, ob sie nicht gleich danach wieder anrücken würden?

»Sorgt euch nicht«, beschwichtigte Sümbül, ohne von ihrer Handarbeit aufzublicken. »Was sollen sie von uns schon wollen? Außerdem wohnen wir weit oben im Viertel, so hoch kommen sie gar nicht.«

Dabei sann sie darüber nach, ob in den Waffen im Brunnen wohl Munition steckte. Durch den Fensterladen hindurch hatte sie gesehen, wie die Nachbarn gegenüber aus dem Erker eine griechische Fahne gehängt hatten. Wo sie die wohl herhatten? Sie ärgerte sich, nicht rechtzeitig hinter Hüseyins Rücken so eine weiß-blaue Fahne fabriziert zu haben. Sie hätten sie aus dem Fenster hinabhängen lassen und augenblicklich Ruhe gehabt. Nicht das Vaterland wollte sie retten, sondern das Leben ihrer Kinder. Diese ständige Angst war viel schlimmer als der Tod.

Da ertönte unten drei Mal heftig der Türklopfer. Die Finger, die Häkelnadeln und Gebetsketten hielten, erstarrten, ebenso die um Teegläser geschlossenen Hände.

»Die sind durch den Garten gekommen!«, schrie Müjgân und sprang auf. Barfuß stand sie auf dem Teppich mit den Vogel- und Fischmustern. Ihre Töchter auf der Bank schmiegten sich an Sümbül.

»Was sollen wir jetzt machen? Am besten, wir verstecken die Mädchen auf dem Dachboden! Mein Gott, die werden uns alle niedermetzeln!«

Sümbül legte wortlos ihre Handarbeit beiseite, eilte in ihr Schlafzimmer und holte aus dem Versteck in der Aussteuertruhe Hilmi Rahmis altes Bajonett. Möglichst leise ging sie die Treppe hinab. Unten stand Ziver mit aufgerissenen Augen vor der Tür. Die beiden stellten sich an die Wand gegenüber der Tür. Da hörten sie von draußen eine höfliche, feine Stimme.

»Machen Sie bitte auf, Hüseyin Bey *mu*, ich bin's, Mimiko. Aus Yorgis Taverne. Wir bringen Ihren Vater Mustafa.«

Kaum vernahm Sümbül den Namen ihres Schwiegervaters, ließ sie jeglichen Zweifel beiseite und riss die Tür auf. Auf der obersten Stufe stand ein schmächtiger, bleicher Mann mit gesenktem Kopf, als würde er sich für seine Statur schämen. In seinen dünnen Armen zuckte der um seinen Fes gebrachte Kopf Mustafa Efendis wie ein Vogel mit gebrochenem Flügel. O Gott, war er etwa tot? Sümbül schreckte zurück. Mimiko trat ein und legte Mustafa so hastig auf eine Bank, als würde er ihn fallen lassen. Sümbül hüllte sich in einen Überwurf und folgte ihm.

»*Hanumi mu*, verzeihen Sie, dass ich hier so eindringe, aber Hüseyin Bey kennt mich. Ich heiße Mimiko. Ich habe Mustafa Efendi bei der Kirche der heiligen Katharina gefunden. Vor einem alten Haus ist er hingefallen, doch bei dem Regen hat ihn wohl niemand bemerkt. Vermutlich hat er einen Schlag auf den Kopf bekommen. Ich habe ein paar Kutscher gefragt, und einer hat gesagt, das ist der Vater von Hüseyin Bey. Er hat ihn sogar hierhergebracht und nichts dafür verlangt, Gott möge es ihm danken. Blut sehe ich keines, aber vielleicht sollte er doch zu einem Doktor?«

Sümbül war fassungslos, aber nicht vor lauter Aufregung, sondern vor Wut über das Männerpack, das einem Befreiungskampf hinterherrannte, aber sie an einem solchen Tag alleinließ. In ihrem Eifer riss sie Ziver den Fes vom Kopf und setzte ihm Mimikos Mütze auf, ohne groß zu überlegen, wie diese bei einem schwarzen Jungen wohl aufgefasst würde. Dann schob sie ihn hinaus auf die Straße.

»Los, beeil dich!«, rief sie ihm hinterher. Ihre Halsadern waren angeschwollen, die grünen Augen blitzten. »Du kannst hingehen, wo du willst, von mir aus nach Manisa, nach Aydın oder nach Chios, aber du kommst mir nicht ohne Hüseyin nach Hause, hast du mich verstanden? In welchem Loch sie sich auch treffen, du findest ihn und schaffst ihn hierher. Wenn du ohne ihn kommst, dann gnade dir Gott! Und Sie, Mimiko, fahren bitte zum Reşidiye-Boulevard hinauf, dort ist ein Doktor Agop, der im Armenischen Krankenhaus arbeitet. Sagen Sie ihm, die Frau von Major Hilmi Rahmi schickt Sie, er soll schnell kommen.«

Als sie mit ihrem Schwiegervater alleine war, wischte sie ihm die Stirn ab, und auf seine von der Bank hängenden Handgelenke legte sie Kompressen mit Kölnisch Wasser auf. Das Gesicht des alten Mannes war blutleer, die Lippen weiß wie Papier. Was mochte ihm nur zugestoßen sein? War er überfallen worden? Oder ganz alleine in Ohnmacht gefallen? Sagte dieser Mimiko die Wahrheit? Gott, steh uns bei! Der Zorn auf ihren Gatten, der sie so im Stich ließ, hatte bereits wie eine Glut in ihr geschwelt, nun war das Feuer vollends entfacht. Wenn sie manchmal gefragt wurde, sagte sie meist, es sei schon alles in Ordnung, schließlich habe sie gelernt, den ganzen Haushalt alleine zu meistern, auch habe sie in der Fabrik schon Feigen verpackt und Tabak gerollt, das habe sie abgehärtet, doch in Wirklichkeit empfand sie alles als unendlich ungerecht und kämpfte nun mit den Tränen, als steckte ihr ein zappelnder Vogel in der Kehle.

Bald hörte sie auf der Treppe Hüseyins Schritte. Er musste außer sich sein, so wüste Flüche stieß er aus. Zum Glück war Tevfik Bey nicht bei ihm, sonst hätte Sümbül ihm vor Scham nicht ins Gesicht sehen können. Eilig schloss sie die Tür zum Gästesalon, in dem der inzwischen eingetroffene Doktor Agop ihren Schwiegervater untersuchte.

»Die soll doch alle der Teufel holen! Zur Hölle mit den Drecksgriechen, den englischen Hurensöhnen und diesem Gesocks von *palikarya*! All die Jahre haben wir Schlangen an unserer Brust genährt. Jetzt hat sich erwiesen, was diese heimtückischen Ungläubigen für ein verkommenes Volk sind! Wo ist mein Vater?!«

Er schubste den an der Tür stehenden Mimiko beiseite.

»Hüseyin!«, rief Sümbül ihm hinterher. »Verlieren Sie bitte nicht die Fassung! Mimiko Bey hat Ihren Vater von der Katharinenkirche hierherbringen lassen, und Doktor Agop untersucht ihn gerade. Ganz ruhig, anscheinend ist ihm nichts Schlimmes passiert, er kommt langsam wieder zu sich. Ich werde Müjgân sagen, sie soll Ihnen ein Glas Tee bringen.«

Hüseyin, die Hand schon am Türknopf, fuhr herum und riss den Mund auf, wohl um seiner Schwägerin gehörig die Meinung zu sagen, da schellte es an der Gartentür. Sümbül schob ihn beiseite, eilte in den Salon, holte unter der Bank das Bajonett hervor und wollte in den Garten hinauslaufen. Da stand aber Hüseyin schon mit der Mauser in der Hand und zielte auf die Tür. So hatte er also nicht nur die Frauen allein mit Ziver zurückgelassen, sondern auch die Waffen aus dem Brunnen geholt, und gedachte sie mitzunehmen! Als Hüseyin bemerkte, wie Sümbül auf die Mauser starrte, knurrte er: »Warum läufst du zur Tür, wenn doch ich hier bin?«

»Hüseyin, wir kennen durchaus Ihre Absicht, uns Frauen hier alleinzulassen, so gestatten Sie uns wenigstens, dass wir uns verteidigen!«

Ein Wunder, wie ruhig sie das trotz ihrer Wut herausbrachte!

Wäre sie ein Mann gewesen, hätte sie sich mit Hüseyin allerdings auf der Stelle geprügelt. Sie rauchte vor Zorn. Und was war das jetzt? Hatte Hüseyin da nicht gerade gemurmelt, die Doppelflinte habe er ihnen ja dagelassen? Sag das gefälligst laut! Damit man es auch versteht!

Da hörten sie auf einmal von der Haustür her eine dumpfe Stimme, die ihnen bekannt vorkam.

»Hüseyin, wir machen uns Sorgen um Mustafa Efendi. Geht es ihm gut? Ist er vielleicht hier? Die gnädige Frau ist extra aus Bornova gekommen, um ihn zu besuchen.«

Als sie die Tür öffneten, wen sahen sie da vor sich? Einen sehr betretenen Kosta Efendi, und daneben, in einem roten Kleid und aufrecht wie ein Soldat, Edith Lamarck! Sümbül zwickte sich in den Arm, um ganz sicher zu sein, dass sie nicht träumte. Was hatte eine Dame wie Edith in ihrer armseligen Behausung zu suchen? Der Herr sei gepriesen! Im Nu ging sie alles durch. Parkett und Treppe waren beim letzten Vollmond gewischt worden, die Holzmöbel neulich mit Bienenwachs eingerieben, und erst gestern hatten sie die Teppiche geklopft. Sie konnte

Edith Lamarck also getrost in den Frauengemächern empfangen.

Als Edith den Garten betrat, versuchte sie Hüseyin zu
begrüßen, den sie seit ihrer Kindheit kannte, doch der –
die Mauser noch immer unter dem Arm – sah sie nicht
an. Fast wollte er Kosta, den alten Freund seines Vaters,
gar nicht ins Haus lassen, schließlich war er ein Ungläubiger, doch Sümbüls letzte Worte mussten bei ihm gewirkt
haben, denn als diese Ziver instruierte, er solle Kosta
Efendi zu ihrem Schwiegervater bringen und ihm Kaffee
servieren, tat Hüseyin keinen Mucks. Während Kosta mit
der Mütze in der Hand Ziver so kleinlaut ins Haus folgte,
als sei die ganze griechische Besetzung allein seine Schuld,
brachte Sümbül, ganz im Bewusstsein, Zeugin eines au-
ßerordentlichen Ereignisses zu sein, Edith Lamarck nach
oben, die Heldin von Yasemins Geschichten. Sie wusste
nicht so recht, ob sie Türkisch oder Französisch mit ihr
sprechen sollte, und stotterte fast ein wenig.

»Wie zartfühlend von Ihnen, Madame Edith. Dass Sie
an solch einem Tag an uns denken und sich in Gefahr begeben, um uns zu besuchen … Sie machen uns ganz verlegen.«

Sie sah Ediths fragende – vielleicht auch etwas nervöse? – Blicke und lieferte hastig eine Erklärung.

»Als uns mein Schwiegervater gebracht wurde, hätten
wir jemanden losschicken und Ihre werte Frau Mutter be-
nachrichtigen sollen, aber das ist uns nicht eingefallen, so
mussten Sie sich herbemühen. Wir sind Ihnen sehr dankbar dafür.«

Edith winkte ab. Das leicht Mürrische, das sie an sich
hatte, mochte ihr ganz natürlicher Zustand sein, aber da
sie so gar nicht lächelte, meinte Sümbül unwillkürlich, sie
selbst habe etwas falsch gemacht. Um nur ja kein Schwei-

gen aufkommen zu lassen, sagte sie: »Mustafa Efendi wurde uns erst vor Kurzem nach Hause gebracht, Madame Edith. Er hat leider das Bewusstsein verloren. Deshalb wissen wir überhaupt nicht, was geschehen ist. Gefunden hat ihn Mimiko, und zwar an der Katharinenkirche. Sie werden sich natürlich fragen, wie er dort hingekommen ist, aber glauben Sie mir, ich habe nicht die mindeste Ahnung. Zum Glück hat er keine Stich- oder Schusswunde, doch muss er einen Schlag auf den Kopf bekommen haben, und daher wohl die Ohnmacht. Gott sei Dank hat Mimiko aus Haynots einen Arzt geholt, der untersucht meinen Schwiegervater gerade. Bald schicken wir meinen Sohn nach unten, damit er sich erkundigt.«

Die Frauengemächer in dem Haus in der Bülbül-Straße waren überall mit weichen Teppichen ausgelegt. Sobald man oben an der Treppe anlangte, sprang einen die rote und violette Pracht an, und wenn man darauf trat, meinte man gar, unter den Füßen blühten bunte Blumen auf. In manche Teppiche waren Fische, Rehe oder galoppierende Pferde eingewoben. Edith bewunderte den herrlichen Anblick, Sümbül indes redete ohne Unterlass weiter.

»Die Plünderer schleppen ja als Erstes immer die Teppiche davon. Bis hier herauf sind sie zum Glück noch nicht gekommen, aber im unteren Teil des Viertels haben sie gewütet. Ach, wenn Sie wüssten! Seit heute Morgen leben wir in ständiger Angst. Was soll nur aus uns werden?«

Edith nickte. Sie hatte unterwegs genug gesehen. In den Schlamm getretene Fese, Scherben, verwüstete Läden, auf die Straße geworfenes Mobiliar … die Blutlache vor Hasans Kaffeehaus … Das alles hatte sie mitbekommen, doch wollte sie darüber nicht sprechen, um die Frauen nicht noch mehr zu ängstigen. Sie wollte nicht von Hamid erzählen, Avinashs Friseur, wie er einsam auf der Straße stand, mitten unter den überallhin verstreuten Dosen der nach Zitrone duftenden Haarpomade, die er zu Monatsbeginn in der Franzosen-Straße immer so sorgfältig aussuchte, nicht von dem Flüchtlingsjungen, der im Kaffeehaus weinend an der Wand kauerte, den violetten Fes seines Herrn auf dem Schoß. Sie fühlte sich ausgelaugt. Warum eigentlich hatte sie so sehr darauf bestanden, hier heraufzukommen? Wie nutzlos ihr Eigensinn doch manchmal war. Sie versteifte sich auf ein Ziel, bezog aus der Mühe, die sie darauf verwendete, eine vorübergehende Befriedigung, doch sobald sie es erreicht hatte, war die gewohnte Unruhe, die an ihrer Seele nagte, auch schon wieder da. Sie war ihrer selbst überdrüssig. Suchend sah sie sich nach Zigaretten um.

»Sümbül, sag ihr doch, sie soll was erzählen«, flehte Müjgân. Es beruhigte sie, dass unten nun Männer zugegen waren. Vor allem aber beherbergten sie eine Europäerin unter ihrem Dach, das garantierte ihnen Sicherheit, denn an ein solches Haus würden die *palikarya* sich bestimmt nicht wagen. Mimiko war da, Doktor Agop, Mustafa Efendi, wenn auch bewusstlos, und Hüseyin, der seine Mauser nicht mehr aus der Hand legte. Und hatte Hüseyin nachts in ihren Armen nicht geschworen, er würde nicht davonlaufen, sondern sie alle beschützen? Vielleicht bekamen sie sogar einen Sohn.

»Wie ist sie mit dem Auto hier heraufgekommen? Hat sie sich nicht gefürchtet? Gehört das Auto ihr?«

Halb auf Türkisch, halb auf Französisch erzählte Edith nun doch von ihrer Fahrt. Hatten die Frauen sich zuvor noch auf ihre Handarbeit konzentriert, um sich von ihrer Angst abzulenken, so galt nun ihre ganze Aufmerksamkeit den Worten des unerwarteten Gastes. Sümbül, Müjgân, deren Töchter Münevver und Neriman, der kleine Doğan und sogar Tante Makbule hatten nur noch Augen für Ediths frühzeitig ergrautes Haar, ihre im Gegensatz dazu rosenblattweiche Haut, für die in ihr Seidenkleid von oben bis unten eingenähten Perlenknöpfe und ihre weißen Hände, die wie Taubenflügel flatterten, während sie sprach. Was für eine schöne, vornehme Frau sie doch war! Selbst das Dienstmädchen, das auf einem Silbertablett Kaffee, Rosenkonfitüre und Lokum servierte, vergaß beim Anblick des anmutigen Gastes, wieder zu gehen, und setzte sich an den Rand der Bank. Sie bemerkte nicht einmal, dass Tante Makbule ihr zu verstehen gab, sie solle aus dem Samowar Tee nachschenken.

»Wir haben in Bournabat englische Nachbarn. Vielleicht kennen Sie sie ja, Kosta ist ihr Hausverwalter.«

Die Frauen nickten. Von der Familie Thomas-Cook hatten sie gehört.

»Ihr Sohn Edward ist ein Freund von mir aus Kindertagen. Unsere Gärten grenzen aneinander, und die Familien sehen sich häufig. Edward ist ein ziemlicher Autonarr.«

Sie hielt inne. Auf einmal wusste sie nicht mehr, ob sie wirklich erzählen sollte, dass Edward und sein Bruder Peter in ihrer Garage fünf Automobile hatten, jedes davon aus Amerika oder England importiert, und dass sie ständig Teile daran austauschten und sogar versuchten, in Kutschen alte Bootsmotoren einzubauen und somit eigene Autos herzustellen. Die Frauen sahen, dass über Ediths Gesicht ein Schatten fuhr, doch kannten sie den Grund dafür nicht. Sümbül sorgte sich sogleich. Hatten sie sich etwas zuschulden kommen lassen? Dem Gast zu sehr zugesetzt? Sie wies das Dienstmädchen an, noch mehr von Dilbers Konfitüren zu bringen. Und frische Löffel. Edith sollte von allem kosten. Was immer sie betrübte, sollte ihr versüßt werden, bis es verschwand. Sie gab auch Müjgân Zeichen, die schief dasaß wie vom Blitz getroffen, als würde sie der Dame gleich in den Mund fallen. Müjgân indes sagte nur unbekümmert: »Frag sie doch mal, wie sie das Autofahren gelernt hat.«

Das brauchte Sümbül nicht zu übersetzen, Edith verstand auch so. Ihr Gesicht verfinsterte sich. Tante Makbule knallte ihre Gebetskette auf ein Tischchen und blickte Müjgân böse an. Das Dienstmädchen brachte auf ein Silbertablett aufgereihte Konfitüren in den verschiedensten Farben, doch Edith wehrte mit einer Geste ab. Sümbül war geknickt. Müjgân hingegen setzte unbekümmert nach: »Jetzt frag sie doch!« Edith starrte versonnen auf den Teppich. Auf die Blumen, die Fische, die Pferde.

Tief im Herzen verbarg sich, was einst geschehen war … Da war ein nachtblaues Automobil, auf einer Landstraße, an der sich Granatapfelbäume entlangreihten. Da war sie selbst, in einem wallenden Seidenkleid, nachtblau wie der nachtblaue Wagen. Und Ali, im gestärkten weißen Hemd, schwarzer Gürtel, auberginefarbener Fes, fleischige, scheue Lippen … ihre Finger, die am Lenkrad aus Walnussholz ineinandergerieten. Edward, der niemandem etwas abschlagen konnte, erst recht nicht Edith, und ihr für die Fahrstunden den Wilson-Pilcher geliehen hatte, auf dessen schwarzen Ledersitzen die Beine einander zufällig berührten, einander heiß umschlangen, und die Arme dann, beim Lenken … »Sag Ali, er soll dir das beibringen, Edith *mu*. Fahrt raus aufs Land, nach Narlıköy, oder meinetwegen nach Kokluca. Ali hat gerade erst die Kurbelwelle repariert. Fahrt dort herum, solange du willst, lern es so richtig! Es gibt schon Flugzeugpilotinnen, warum sollst du da nicht Auto fahren?« Zypressen, Granatapfelbäume, Melonenfelder, Olivenhaine … zwei Herzen, die aus dem Brustkorb drangen, um zueinander zu gelangen. Ein Leib, der sich sanft zu ihr vorbeugte … als wäre es nicht ein

Mensch, sondern ein Rehkitz. Die geschickten Hände, an denen sie sich nicht sattsehen konnte, wenn sie an dem Auto etwas reparierten, strichen honigsüß über ihre Haut. Fast ohne sich zu bewegen, tanzten sie auf den schwarzen Ledersitzen des Wilson-Pilcher ... Der Motor brummte, auf den kahlen Ästen schwiegen die Vögel. Das gestärkte weiße Hemd wird weicher, vermischt sich mit dem wallenden blauen Kleid. Das Rehkitz läuft. Schnell und immer schneller ... als liefe es ans Ende der Welt. Alles ist warm wie ofenfrisches Brot, ist süß wie Helva. Über ihrem Kopf die Äste, der graue Himmel ... Aus jeder Zelle ihres Körpers sprudelt es schäumend. Sind es etwa ihre Schreie, die vom Kirchturm widerhallen, der aus Weinbergen und Gärten emporragt?

Edith regte sich nicht. Das Schweigen, das sich in den Frauengemächern in der Bülbül-Straße breitmachte, hing in der Luft wie eine Wolke am Himmel. Als Sümbül auf Ediths Gesicht den Anflug eines Lächelns sah, atmete sie auf. Da stürzte ihr ältester Sohn Cengiz ins Zimmer.

»Mama, Mama, Opa ist aufgewacht!«

Der Junge hatte einen großen, kahl geschorenen Kopf und Augen so rund wie Muskateller-Trauben. Es kam Bewegung in den Raum. Müjgân und ihre Töchter umarmten einander, Tante Makbule griff wieder zu ihrer Kette und murmelte ein Gebet. Edith stand auf und setzte sich sogleich wieder. Sümbül zog Cengiz zu sich und küsste ihn. Als genieße er es, in seinem jungen Alter zwischen den beiden Teilen des Hauses noch ungehindert hin und her wechseln zu dürfen, rief er stolz: »Ich komme gerade von unten. Opa ist aufgewacht!«

»Was plärrst du so, Junge?«, erwiderte Tante Makbule. »Ich bin zum Glück nicht taub. Zapple nicht herum und erzähle.«

Ohne Sümbüls Rockzipfel loszulassen, ließ Cengiz seinen Blick über die Frauen schweifen.

»Der ungläubige Doktor ist mit einer großen schwarzen Tasche gekommen, da ist alles Mögliche drin, verschiedene Messer, und sogar eine Säge. Und Sachen aus Wachs und so braune Flaschen wie die von Tante Aybatan. Der Doktor hat in eine Spritze eine Flüssigkeit gefüllt und die Spritze Opa in den Arm gesteckt. Sooo groß ist die Spritze, aber Opa hat nicht mal gezuckt.«

Mit den Fingern zeigte er, wie lang die Spritze war, worauf der kleine Doğan zu Sümbül lief und auf ihren Schoß kroch. Münevver und Neriman lachten auf den Kissen, auf die sie gerückt waren, um Edith besser sehen zu können.

»Und so eine Art Hammer hat er, damit hat er Opa auf die Knie geklopft. Dann hat er noch was rausgeholt, damit hat er sein Herz und seine Lungen abgehorcht. Und er hat ihm die Augenlider hochgeschoben und den Mund aufgemacht. Ich musste eine Lampe halten, damit er ihm in den Rachen schauen konnte. Und dann hat er noch …«

Plötzlich, als hätte er vergessen, was er sagen wollte, hielt er inne und schaute Edith an. Er hatte sie zuvor nicht richtig bemerkt.

»Cengiz, was ist?«, murrte Müjgân. »Hast du deine Zunge verschluckt? Red um Himmels willen weiter!«

»Cengiz«, sagte Sümbül, »Doktor Agop hat Opa also eine Spritze gegeben, und dann?«

»Ach, nichts«, erwiderte der Junge abwesend, doch war nicht klar, was er damit meinte. Er zupfte an Sümbüls Kleid.

»Mama?«

»Junge, starr unseren Gast nicht so an. Was soll das? Pass auf, wenn du nichts sagst, schicke ich Doğan runter, dann soll der uns berichten.«

Aufgeregt wandte der Junge sich seiner Mutter zu.

»Also, was hat Doktor Agop mit Opa gemacht?«

»Er hat … er hat Opa eine Ohrfeige gegeben.«

»Zum Henker!«

Müjgân zog einen Pantoffel vom Fuß und schwenkte ihn drohend zu Doğan.

»Ein paar Ohrfeigen waren es sogar. Da hat Opa auf einmal die Augen geöffnet, so wie eine Rosenblüte aufgeht. Wir haben es alle gesehen. Und er ist wach gewesen. Und hat was gesagt, aber das haben wir nicht richtig verstanden. Doktor Agop hat uns erklärt, dass das normal ist, wenn man gerade wieder zu Bewusstsein kommt. Bloß …«

»Bloß was?«

Es gefiel Cengiz, dass die Augen aller Frauen auf ihm ruhten. Er antwortete nicht sogleich, um seine neu entdeckte Macht auszukosten. Dabei schielte er zu Edith hinüber

»Dein Junge treibt uns noch zum Wahnsinn, Sümbül. Jetzt red endlich!«

»Der Doktor hat gesagt, dass … dass Opa sich vielleicht an manches nicht erinnern wird.«

»Wie das?«

»Gedächtnisverlust?«, warf Edith ein.

Alle wandten sich ihr zu, als sei es besorgniserregend, dass sie einen solchen Begriff auf Türkisch kannte.

»Nun ja«, murmelte sie beinahe entschuldigend, »ich habe gehört, nach Schlägen auf den Kopf kann es zu einem teilweisen Verlust des Gedächtnisses kommen.«

»Ja, genau, das hat der Doktor auch gesagt«, erwiderte Cengiz. »Mama, wer ist die europäische Frau?«

»Pst, sei still.«

Kurz darauf erschien an der Treppe der schwarze Lockenkopf von Ziver. Der Junge hatte noch immer seinen Fes nicht auf. Er meldete, Kosta warte unten auf Edith. Da

es sich für eine fremde Frau nicht schickte, die Männer-
räume zu betreten, konnte sie nicht nach Mustafa sehen,
doch an der Tür begegnete sie Doktor Agop. Er war ein
kleiner, glatzköpfiger Mann mit einer großen Nase. Er
küsste Edith die Hand.

»Dass eine Dame wie Sie an so einem Tag bis hierher
kommt! Das zeugt wahrhaftig von Mut, Mademoiselle
Lamarck. Jetzt lasse ich Sie aber nicht alleine nach Hause
fahren. Ich bringe Sie mit meiner Kutsche heim.«

Offensichtlich wusste er nichts von dem geliehenen
Auto, doch wenn er sie bis dorthin begleitete, würde sie
genauer erfahren, wie es um Mustafa bestellt war. Als sie
an Agops Arm in den Garten hinaustrat, eilte ihr Sümbül
mit Doğan auf dem Arm nach und ließ dabei den flieder-
farbenen Überwurf flattern, der ihr so gut stand.

»Dass Sie uns gerade heute hier aufgesucht haben,
ist wirklich sehr aufmerksam und feinfühlig von Ihnen.
Und natürlich mutig. Wenn mein Schwiegervater davon
erfährt, wird er das bestimmt zu schätzen wissen. Und wir
als Familie sind Ihnen sehr dankbar.«

Edith stammelte nur etwas, dann beugte sie sich zu
Kosta vor und bat ihn leise, er solle doch bei Ali eine
Straße weiter unten vorbeischauen und sich erkundigen,
ob dort alle in Sicherheit waren oder vielleicht etwas be-
nötigten. Als sie vor Jahren auf der Suche nach dem ver-
schwundenen Ali dort an der Tür geklopft hatte, war sie
von seiner Schwester Saadet bis zum Friedhof gejagt worden. »Ihr ungläubiges Pack habt meinen Bruder nur als
Spielzeug benützt und ihn dann fallen gelassen!« Stundenlang hatte Edith danach an einem moosüberwachsenen
Grabdenkmal bittere Tränen vergossen, doch war ihr auch
klar geworden, dass bei Alis Verschwinden ihre Mutter die
Hände im Spiel gehabt hatte.

Sümbül blickte Edith noch einmal innig an, in der vagen Hoffnung, die elegante Dame würde sie vielleicht einmal auf einen Tee oder einen Kaffee zu sich in die Vasili-Straße einladen, aber jene schien das gar nicht wahrzunehmen. Von ihrem Geflüster mit Kosta bekam Sümbül nur den letzten Satz mit: »Sag aber ja, dich hat Edward Bey geschickt!« Sie streichelte Doğan übers Gesicht und konnte nur noch melancholisch hinterherblicken, wie Edith an Doktor Agops Arm zu ihrem vor der Bäckerei stehenden Auto ging.

Es sollte das erste und letzte Mal sein, dass Sümbül Edith zu Gesicht bekam.

Noch bevor sie erfuhr, dass sie die leibliche Tochter der von ihr so bewunderten Europäerin, der Heldin von Yasemins Geschichten, jahrelang unter ihrem Dach beherbergt hatte, erhängte sie sich.

III
Geliehene Zeit

Hartnäckig

»Mama, schau mal, dort steigen wir ins Boot. Und das gehört nicht irgendeinem Fremden, sondern Nikos Vater. Ich schwör dir, vor Mitternacht bin ich wieder daheim. Du brauchst dir überhaupt keine Sorgen zu machen. Es sind alle Jugendlichen aus dem Viertel dabei. Frag Onkel Hristo, dessen Enkel kommen auch mit. Wir fahren gemeinsam hin und kommen gemeinsam zurück. Also? *Manula mu*, bitte, ich flehe dich an. *Se parakalo*. Bitte!«

»Wir sind da«, erwiderte Katina lediglich. Die Pferde-trambahn hielt vor dem Sporting Club. Mit ihren Körben in der Hand stiegen sie aus. Panayotas Gesicht war braun gebrannt, die Lippen rot, die langen schwarzen Zöpfe weiß von Salz.

»Komm, trinken wir hier eine *lemonada*, was meinst du?«

»Nein, will ich nicht, Mama. Sag mir erst, dass du es erlaubst.«

Seit beinahe zwei Wochen bemühte sich Panayota, ihre Mutter zu überreden, sie mit ihren Freunden zum Volks-fest in Agia Triada zu lassen. In den ersten Tagen war sie laut geworden, hatte getobt, und als sie merkte, dass das nicht verfing, versuchte sie es mit logischen Argumenten, und als auch das nichts nützte, hatte sie sich in ihr Zimmer eingeschlossen und verkündet, sie werde den ganzen Tag nichts essen. Nun war sie zum ersten Mal wieder aus dem Haus gegangen, ließ aber keineswegs locker.

»Ach, Panayota, wie kommt ihr überhaupt auf den Ge-danken, mit dem Boot nach Agia Triada zu fahren? Ihr seid doch alle noch halbe Kinder. Vom Hafen ist es bis dort gewiss eine gute Stunde. Eine Mondscheinfahrt und kein Erwachsener dabei, das ist doch ein Unding.«

Panayota verdrehte die Augen. Sie wurde bald fünfzehn, und Stavros, der auch zu dem Volksfest mitkommen sollte, war schon siebzehn. Allerdings wäre es unvorsichtig gewesen, ausgerechnet jetzt zu erwähnen, dass auch Stavros mit von der Partie war. Sie bekam feuchte Augen. Adriana und Elpiniki hatten von ihren Müttern schon die Erlaubnis bekommen. Sie waren auch nicht älter als Panayota, doch hatte es keinerlei Sinn, Katina daran zu erinnern. Die hatte ihre Antwort schon parat. Die Sorgen jener Mütter verteilten sich nämlich jeweils auf mehrere Kinder, Panayota dagegen war ein Einzelkind, war der einzige Schatz ihrer Mutter, ihr Ein und Alles. Falls ihr was zustoßen sollte, was sollte die Mutter dann machen? Und der alte Vater?

»Wenn du keine *lemonada* willst, dann nimm den Korb und geh los.«

»Was? Sollen wir etwa zu Fuß nach Hause? Bei der Hitze? Warum sind wir so früh ausgestiegen?«

»Weil wir erst in die Apotheke gehen, dein Hals und dein Gesicht sind ganz rot, Fotini soll dir eine Salbe mischen. Ach, *pedi mu*, jetzt bist du so ein großes Mädchen, *vre*, aber immer noch so leichtsinnig. Nicht mal vor der Sonne kannst du dich schützen, und da willst du im Mondschein herumgondeln.«

Unwillig schlich sie ihrer Mutter hinterdrein in die Alhambra-Straße, die von jedermann nur Limanaki genannt wurde. Die Schulferien und damit die Badesaison hatten gerade erst begonnen, doch schon jetzt setzte ihnen die Hitze zu.

»Aber ab der Apotheke nehmen wir eine Kutsche!«

»Du mit deiner Feilscherei, Panayota! Wir werden doch

nicht wegen einer Viertelstunde Fußweg eine Kutsche nehmen. Bald kommt ein Wind auf, dann lässt es sich wieder besser atmen. Ich muss bei Marko noch ein bisschen Lake kaufen. Wenn wir daheim sind, wäschst du dir das Salz vom Körper. Das mit dem Baden hat dieses Jahr überhaupt ein Ende. Wenn wir zum Strand runtergehen, setzt du dich mit einem Hut auf dem Kopf neben uns auf die Terrasse. Du bist jetzt im heiratsfähigen Alter.«

»Aha, ich bin also heiratsfähig, darf aber nicht mit meinen Freunden zu einem Volksfest.«

Katina mit ihren kurzen Beinen beschleunigte ihre Schritte und sah beim Reden auf den Boden.

»Es geht nicht um das Volksfest. Wenn du da hinwillst, bringen wir dich eben hin. Dort amüsierst du dich mit deinen Freunden, wir schnappen währenddessen frische Luft, dann fahren wir gemeinsam wieder heim. Du aber willst da unbedingt mit einem Boot hin. Unsitten sind das.«

Als sie unter der alten Platane am Fasula-Platz ankamen, fegte ein Windstoß ihren Hader davon. Im Nu war Panayotas verschwitzte Stirn trocken. Ein Metzger war über ein Holzbrett gebeugt und schnitt ein Stück Fleisch in kleine Würfel. Im Kaffeehaus unter der Platane tippte ein alter Mann grüßend an seinen Strohhut. Es war der Apotheker Yakumi in einem dunkelgrün gestreiften Anzug. Er saß allein an einem Tisch. Jacke und Stock hatte er über die Stuhllehne gehängt.

Zwischen Pferdewagen hindurch führte Katina ihre Tochter zu dem Tisch.

»*Kalispera, Kirye* Yakumi. Wie geht es Ihnen?«

»*Kalispera*, Katina. Danke, gut. Und Ihnen? Und Prodoramakis? Das Töchterchen ist aber schön herangewachsen!«

»Danke, *Kirye* Yakumi.«

Katina warf Panayota einen auffordernden Blick zu. Die sah hartnäckig zu Boden, als müsste sie den Sand auf ihren Schuhspitzen untersuchen.

»Ach, wie soll es schon gehen? Wir schlagen uns so durch. Wir wollten in Ihren Laden. Ist Fotini da?«

»Ja, selbstverständlich. Sie wird sich freuen, Sie zu sehen.«

Yakumi nahm die gefaltete Zeitung vom Tisch und fächelte sich Wind ins zerfurchte Gesicht.

»Dieses Jahr hat es früh angefangen mit der Hitze. Im Sommer werden wir braten.«

»Sieht ganz danach aus.«

Panayota trat von einen Fuß auf den anderen. Was für ein Geschwätz! Da faltete der alte Apotheker seine Zeitung auf und deutete auf eine Schlagzeile.

»Die Armee sucht schon wieder Freiwillige. Bald werden sie alle einziehen.«

In Panayota verkrampfte sich etwas. Es machte ihr immer Angst, wenn in Gegenwart ihrer Mutter von Armee, Krieg und Wehrpflicht die Rede war. Als wäre sie für die Gemütslage ihrer Mutter verantwortlich und müsste von vornherein verhindern, dass jene beeinträchtigt wurde. Katina merkte nicht, wie es in ihrer Tochter tobte, und lächelte dem Mann beruhigend zu.

»Das glaube ich nicht, *Kirye* Yakumi. Es gibt ja noch so viele Freiwillige. Allein schon, wie viele sich im Frühjahr gemeldet haben, nach der Ansprache von Metropolit Chrysostomos. Die werden doch reichen, oder?«

»Vermutlich nicht. Fotinis Sohn wird nächstes Jahr achtzehn. Wenn es so weitergeht wie bisher, was Gott verhüten möge, werden wir versuchen, ihm die italienische Staatsangehörigkeit zu verschaffen. Hoffentlich wächst sich die Sache nicht zu einem richtigen Krieg aus.«

Katina stutzte.

»Fürchten Sie etwa, osmanische Staatsangehörige würden in die griechische Armee eingezogen? Ist so was denn möglich?«

Der Mann zog ein Taschentuch aus der Westentasche und wischte sich den Schweiß von der Stirn.

»Wir leben in einer Zeit, Katina *mu*, in der alles möglich ist. Manche fordern ja schon, alle Männer zwischen achtzehn und fünfzig sollten sich abends zu Wehrübungen einfinden. Wenn dieser Eifer anhält, schicken sie auch mich noch an die Front, trotz meines Alters und meiner weißen Haare.«

Sie schwiegen, umgeben von umherhastenden Menschen. Panayota seufzte. Überall ging es um Politik, um Venizelos, die Pariser Friedensverhandlungen und die Frage, ob Smyrna an Griechenland abgetreten werden sollte. Seit die griechische Armee die Verwaltung der Stadt übernommen hatte, war über ein Jahr vergangen, und noch immer hatte ihr Leben sich nicht eingependelt. Nun wurden zum Schutz der Grenzen kleinasiatische Griechen zusammengezogen. Beim Gedanken an Stavros bekam sie einen trockenen Mund. Seit wie vielen Tagen war er schon wieder verschwunden?

»Ich will Sie nicht länger aufhalten, Katina *mu*. Das junge Fräulein langweilt sich schon.«

Mahnend blickte Katina sich zu Panayota um. Sie verabschiedeten sich von Yakumi und gingen zur Apotheke. Kurz bevor sie eintraten, wirbelte ein Windstoß Panayotas Rock hoch, sodass die Männer im Kaffeehaus, ohne den Schlauch der Wasserpfeife aus dem Mund zu nehmen, zu den entblößten Waden des Mädchens schielten. Katina zog ihre Tochter am Arm und schob sie in den Laden.

Die Schaufenstergardinen waren zum Schutz vor der

Sonne zugezogen worden. Drinnen herrschte eine vielfach duftende Kühle vor. Seit jeher löste die Atmosphäre dort in Panayota eine Mischung aus Furcht und Behagen aus. Beim Einatmen der Düfte aus den aufgereihten braunen Flaschen voller Lavendel, Zitrone, Rizinusöl und Alkohol war ihr auch diesmal wieder, als gingen die Türen zu einer geheimnisvollen Welt auf. Für einen Augenblick vergaß sie den Ärger um das Volksfest und trat neugierig an den Tresen heran. Fotini war eine überaus schöne Frau im Alter ihrer Mutter. Sie hatte eine helle Haut, honigbraune Augen und kupferfarbene Haare mit goldenem Schimmer. Als sie Mutter und Tochter erblickte, lächelte sie.

»*Yasas*, die Damen, guten Tag. Ihr habt also die Badesaison eröffnet! Wie schön! Wo wart ihr denn? In der Badeanstalt in Punta?«

»*Yasu*, Fotini. Ach woher, was sollen wir in Punta? Nach Karatasi sind wir gefahren. Sie haben dort die Terrasse neu gestaltet und mehr Liegen aufgestellt. Ist nicht schlecht geworden. Komm doch nächstes Mal auch mit.«

»Wäre schön, Katina *mu, makari*.«

»Bloß, schau dir mal an, was Panayota für einen Sonnenbrand hat! Während wir Frauen auf der Terrasse lagen, ist sie ins Meer hinausgeschwommen, und zwar so weit, dass sie von der Männerseite her zu sehen war. Die Bademeisterin Nesibe, dieses Riesenweib, hätte ihr eine Abreibung verpasst, wenn ich nicht eingeschritten wäre. Fast hätten wir Hausverbot bekommen, nur weil das junge Fräulein sich den Jungen zur Schau stellt. Und dann wird sie auch noch krebsrot an Hals, Nacken und Gesicht!«

Liebevoll besah sich Fotini mit ihren funkelnden Augen die zartrosa Haut Panayotas. Im Hinterzimmer der Apotheke, die sie mit ihrem Vater betrieb, fertigte sie den ganzen Tag Cremes, Elixiere und Öle an, die den Frauen zu mehr Schönheit verhelfen sollten. Der Traum aller Frauen, die sie aufsuchten, war es, den Glanz wiederzuerlangen, den die Haut einer Fünfzehnjährigen ausstrahlte. Es freute Fotini immer, wenn sie die wahre Quelle jenes Glanzes vor sich sah, der mit keinerlei Salbe zu erzeugen war.

»Ach, Panayota *mu*!«, rief sie in gespielter Entrüstung aus. »Was hast du denn da angestellt? Warum setzt du dich nicht unter einen Sonnenschirm? Wenn deine Haut so braun wird, will keiner dich mehr haben.«

Panayota verzog das Gesicht.

»War doch nur ein Scherz, Kindchen! Was ist denn heute? Warum das Schmollmündchen?«

Panayotas Augen füllten sich mit Tränen. Wenn andere erkannten, dass sie einen Kummer hatte, wurde ihr noch mehr bewusst, wie verständnislos ihre Mutter war.

»Nein, ich habe nichts«, erwiderte sie kaum hörbar.

Katina winkte ab. Während in einem gläsernen Mörser die Wundsalbe angerichtet wurde, tranken sie das von Fotini kredenzte eiskalte Kirsch-Scherbett.

Panayota hatte es satt, sich immer das Gleiche anhören zu müssen! Von wegen, dass sie ein Wunder sei, eine Gnade Gottes, das Wertvollste, was ihre Mutter besaß! Wäre sie doch nur wie Adriana als fünftes von acht Kindern zur Welt gekommen! Wäre doch ihr Vater Gärtner, ihre Brüder Tavernen-Musiker und ihre Mutter Wäscherin. Dann würde kein Mensch sich um sie kümmern und ihr die Last ihrer Einzigartigkeit aufbürden. Statt einer Mutter, die derart fürchtete, sie zu verlieren, hätte sie dann vielleicht eine, die die Namen ihrer Kinder durcheinanderbrachte!

Als sie wieder draußen waren, platzte es aus ihr heraus.

»Wenn ich jetzt nicht auf eine Mondscheinfahrt darf, wann dann? Wenn ich verheiratet bin und Kinder habe?

Ich habe die Nase voll von deiner Übervorsichtigkeit! Ich will schließlich auch mein Leben leben!«

Sie war mit ihrem Schwall noch gar nicht ganz fertig, als sie ihn auch schon bereute. Jetzt würde ihre Mutter wieder traurig sein und sich alles Mögliche vorstellen. Sie schielte zu ihr hinüber. Aber was war das? Auf ihrem sommersprossigen Gesicht erstrahlte ein Lächeln. O Wunder!

Schweigend kamen sie an den Läden mit den weißen Markisen in der Französischen Straße vorbei. Panayota blieb nicht einmal vor Xenopoulos Schaufenster stehen. Normalerweise hätte sie ihre Mutter in das Geschäft gezogen, um die Kleider und Taschen aus Paris und London anzuschauen.

Gebückt unter seinem Tragkorb ging am Französischen Krankenhaus ein kretischer Gemüsehändler vorbei. Wortkarg kaufte Katina ihm fünf frische Zucchini und ein paar Tomaten ab und legte sie in den Strandkorb, den Panayota trug. An anderen Tagen hätte sie vor dem Krankenhaus wieder einmal darauf hingewiesen, wie schwer die Entbindung damals gewesen war, und sie hätte auch auf das Fenster des Zimmers gezeigt, in dem sie Panayota zum ersten Mal in den Arm genommen hatte. Die Geschichte, wie ihre Mutter zuerst fest überzeugt gewesen war, das Kind sei tot geboren, und wie sie dann die europäische Krankenschwester gesehen hatte, kannte Panayota auswendig.

An jenem Tag gingen sie an der gelben Krankenhausmauer vorbei, ohne einen Ton zu sprechen.

In ihrem Viertel genossen die alten Frauen schon die Abendkühle. Vor ihren Häusern sitzend, warteten sie die Rückkehr der Jugend vom Meeresstrand ab. Die Kinder rannten auf dem Platz herum, dass es nur so staubte. Katina winkte Tante Rozi zu, Panayota sah sich nach Elpiniki und Adriana um. Sie würden sich das Salz und den

Schweiß abwaschen, sich für den Abend fein machen und vielleicht an der Uferpromenade ein Eis essen. Sie dürstete nach der Limonade, die sie nur nicht getrunken hatte, um ihre Mutter zu ärgern. Aber erst musste sie das mit dem Volksfest hinkriegen. Während sie noch überlegte, wie sie die Sache wieder ansprechen sollte, ergriff ihre Mutter das Wort.

»Jetzt sag mir doch mal, *kori mu*, wer zu diesem Volksfest noch mitkommt.«

Im Grunde wusste Katina selbst nicht, wie sie sich zu der Frage verhalten sollte, mit der ihre Tochter sie seit nunmehr zwei Wochen plagte. Gegen Eisessen am Quai hatte sie nichts, aber in der Nacht mit dem Ruderboot nach Agia Triada? Dazu brachte sie kein Ja über die Lippen. Die Jugendlichen im Viertel kannte sie zwar alle von Geburt an, doch wusste sie auch, wie gefährlich junge Kerle in dem Alter auf einmal werden konnten. Falls sich da einer an Panayota heranmachen sollte … und die sich in ihrer Mondscheintrunkenheit vergaß … Gott behüte!

Zwischen ihren Zwillingen und Panayota hatte Katina vier Fehlgeburten erlebt. Um das Leben ihrer Tochter fürchtete sie daher schon seit dem Moment ihrer Schwangerschaft, und dass sie beide die schwere Entbindung nur knapp überlebten, bestärkte sie darin nur noch. Jahrelang war sie nicht nur zu einem Priester gerannt, der einen Zauber zu brechen verstand, sondern auch zu einem muslimischen Gesundbeter in Basmane, sie hatte Gelübde getan, Kerzen gestiftet und in Vollmondnächten besprochenes Wasser vor die Tür gestellt. Selbst als Panayota zu einem rundum gesunden, gescheiten und hübschen Kind geworden war, hatte die Furcht vor einem bösen Fluch sie nicht verlassen. Was heißt nicht verlassen, sie hatte im gleichen Maße zugenommen wie ihre grauen Haare.

Noch dazu war das Mädchen in letzter Zeit zu einer solchen Schönheit herangereift, dass seit der Zitronenblüte die Jungen aus dem ganzen Viertel abends mit ihren Geigen, Zimbeln und Tamburins unter ihr Fenster kamen und Lieder sangen. Zwar mochten die Serenaden auch der hübschen blonden Elpiniki gelten, die gleich nebenan wohnte, doch jedenfalls ließen die Jungen Abend für Abend wie treue Liebende die ganze Straße widerhallen. Katina ging das Gelärme gegen den Strich, während ihr Mann Akis nur belustigt die Schultern zuckte. Selbst wenn das Singen Elpiniki galt, hätte Akis etwas unternehmen sollen. Elpinikis Vater Iraklis lag seit Monaten mit Tuberkulose im Krankenhaus, und ihr Bruder schien auf längere Sicht in Athen zu bleiben, sodass es Akis' Pflicht gegenüber seinem kranken Nachbarn gewesen wäre, jedermann deutlich zu machen, dass Elpiniki keineswegs auf sich selbst gestellt war. Und vor allen Dingen hatte er Panayota zu beschützen.

Wenn die Nachtstille wieder mal vom Instrumentenlärm und den brüchigen Stimmen der Jungen unter dem Erker zerrissen wurde, spottete Akis nur: »Na, *Katina mu*, was hattest du denn erwartet? Hast du etwa den jungen Mann vergessen, der unter deinem Fenster Gedichte vortrug?«

Katina wälzte sich im Bett herum. Ihr war schmerzlich bewusst, wie widersprüchlich ihre Gedanken waren, dennoch sprach sie sie aus.

»War ich damals vielleicht noch ein Kind, Prodramakis Bey? Ich war im heiratsfähigen Alter. Panayota siehst du noch beim Seilspringen auf dem Platz. Außerdem sind jetzt andere Zeiten. Unsere Tochter geht aufs Omirion-Gymnasium.«

Akis drehte sich zu seiner sorgenvollen Frau um und

umarmte sie. »Ich kann mich aber auch noch an die seil-springende Katina erinnern. Damals zog ich dich an den Haaren und rannte weg, und du liefst mir hinterher und hast mich schließlich in einer Ecke erwischt. Damals warst du noch keine fünfzehn, vre Katina.«

Beim Gedanken an die seligen Jugendtage in Çeşme wurde Katina etwas weicher ums Herz, doch schon plärrte wieder ein Junge sein Gedicht zum Erker hinauf.

»Akis Bey, dem muss endlich Einhalt geboten werden. Als hätten wir wie auf dem Dorf eine Flasche aufs Dach gestellt, damit alle sehen, dass wir eine Tochter zum Verheiraten haben. Es ist doch eine Schande! Wenn du schon nicht an deine Tochter denkst, dann wenigstens an unsere arme Nachbarin Rea. Der Mann mit Tuberkulose im Krankenhaus, der Sohn vor dem Arbeitsbataillon davongelaufen … Die Kerle da unten haben es auf unsere Töchter abgesehen, und das nur, weil die als Einzige im Viertel aufs Omirion-Gymnasium gehen. Wenn du nicht darauf bestanden hättest und wir Panayota stattdessen in die Klosterschule geschickt hätten, würden wir eine solche Schande gar nicht erleben. Seit unsere Töchter mit lauter eingebildeten Mädchen die Schulbank drücken, sind sie selbst ganz anders geworden.«

Wenn Akis das Gemecker seiner Frau nicht mehr ertrug, stand er auf, beugte sich zum Erker hinunter und verscheuchte die Jungen, doch die fühlten sich durch seine Gutmütigkeit nur ermuntert, am folgenden Abend wieder aufzukreuzen. Hätte er sie mal so richtig angeschrien und mit seinem Revolver ein wenig in der Luft herumgeschossen, wären sie wohl nicht mehr aufgetaucht, doch bei ihrem Anblick machte sich in seinem Gesicht unwillkürlich ein Lächeln breit. Zwar brauste er manchmal auf, doch jedermann kannte ihn, und wenn er nur zornig zu wirken versuchte, sah man ihm das auf den ersten Blick an. Wenn er sich mit seinem weißen Nachthemd und der Mütze auf dem Kopf hinausbeugte und dazu verschmitzt lächelte, fühlten die Jungen sich im Grunde verstanden und zogen fröhlich ab, um am nächsten Abend wiederzukommen.

Währenddessen stand Panayota auf Zehenspitzen am Fenster und lugte durch die Gardinen zu den Jungen hinunter, unter denen Stavros wieder mal nicht zu sehen war. Noch kein einziges Mal hatte er sich an der Serenade in der Menekşe-Straße beteiligt. Seine ganzen Freunde versammelten sich abends unter ihrem Fenster, nur er selbst blieb zu Hause. Oder hatte er sich etwa irgendein reiches Mädchen angelacht und spendierte ihr gerade am Quai ein Eis? Eins von den Mädchen etwa, die sich auftakelten, um den Offizieren zu gefallen, die den ganzen Tag die Promenade hoch und runter ritten? Allein der Gedanke tat ihr in der Seele weh.

Katina wiederholte ihre Frage.

»Also, wer kommt da mit zu dieser Bootsfahrt? Und wer sitzt dabei am Ruder? Und was ist, wenn das Boot kentert?«

Sie waren in der Mitte des Platzes angelangt. Abrupt blieb Panayota stehen und stellte den Korb ab. Die Stimme Katinas klang auf einmal anders. Panayota wandte sich um und sah ihre Mutter an, die ihr nur bis zu den Schultern reichte. Ja, die kleinen Augen waren auf einmal haselnussbraun. Es würde klappen! Panayota strahlte. In ihrem kleinen Mund blitzten die Zähne auf wie ebenmäßige Granatapfelsamen. Es berührte Katina, wie unverdorben und verletzlich ihre Tochter doch war. Panayota war ihr Augenstern, ihr kleines Wunder, eine Gnade Gottes. Sie war so schön und so rein wie ein Tropfen Wasser.

Und mit einer tiefen Stimme, die dem Bild vom Wassertropfen nicht so ganz entsprach, rief Panayota nun aus: »Ach, Mama, es kommen alle, die du dir nur denken kannst! Alle Jungs und Mädchen aus dem Viertel. Bald sind sie ja auf dem Platz, dann kannst du mit ihnen reden. Elpiniki und Adriana sind natürlich dabei, von den Jungs Minas, Pandelis, Niko …«

Nach kurzem Zögern fügte sie hinzu: »Stavros.«

Zum Glück hatte sie den gleichen Tonfall beibehalten wie bei den anderen Namen.

»Aha, Stavros kommt also auch?«

»Ich weiß nicht, ja, vermutlich.«

Katina schob die Unterlippe vor, wie immer, wenn sie etwas nicht billigte. Panayotas Wangen wurden heiß. Bestimmt war sie knallrot. In der Hoffnung, durch ihre Bräune sei ihr das nicht anzusehen, nahm sie den Korb wieder auf und ging weiter. In ihr arbeitete es. Sie musste sich schnell etwas einfallen lassen. Jetzt, wo sie so nah dran war. Eigentlich war sie gar nicht sicher, ob Stavros kommen würde. Warum bloß hatte sie ihn überhaupt erwähnt? Weil sie wie ein Dummchen darauf hoffte, er würde umso eher kommen, je öfter sie davon redete? Dass er – vielleicht – kommen würde, hatte sie von Adriana gehört. Und die wiederum von Minas. Das Rudern sollten Stavros und Pandelis übernehmen. Hatte Minas zu Adriana gesagt. Und sie beide sollten am Bug sitzen, und unter den Sternen würde dann … Ach!

»Panayota *mu*, was rennst du denn so, *vre*? Jetzt warte doch mal auf deine Mutter. Ich bin völlig außer Atem.«

Als Panayota in die Menekşe-Straße einbog, verlangsamte sie ihre Schritte. Seit dem letzten Sommer trafen Stavros und sie sich immer an der kalten Steinmauer des Englischen Krankenhauses und küssten sich, umweht vom Duft nach Gras, Tabak und gegrilltem Fisch, der aus ihrem

Viertel herüberwehte. Der Junge packte sie mit seinen riesigen Händen an den Schultern, fuhrwerkte mit seiner nach bitterem Tabak schmeckenden Zunge minutenlang in ihrem Mund herum, biss ihr die Lippen blau, als wollte er sie aussaugen, und Panayota, trunken von den Händen auf ihrem Körper, von dem Harten, das sie an der Leiste spürte, suchte das Treiben des Jungen so gut zu erwidern, wie sie eben konnte.

Sie gingen übers Küssen nicht hinaus, und auch das dauerte jeweils nicht länger als fünf Minuten, denn Panayota musste wieder zurück auf dem Platz sein, bevor ihrer Mutter etwas auffiel. In dieser kurzen Zeit hatte sie ständig das Gefühl, irgendetwas sei schlecht, sei falsch, fehle. Zum einen fragte sie sich, ob Stavros nicht ein Mädchen lieber wäre, das besser küssen könne, zum anderen machte sie sich Vorwürfe, ihren wertvollen Körper seinen Händen so freimütig zu überlassen, denn Stavros konnte doch auf der Suche nach einem Mädchen sein, das sich nicht so leicht hergab.

Jene Liebesszenen an der Krankenhausmauer – war es überhaupt Liebe? – spielten sich auch nicht jeden Abend ab, sonst wäre Panayota mit dem Sturm an Gefühlsverwirrung, die sie auslösten, gar nicht fertiggeworden.

Vor dem Haus holte Katina ihre Tochter ein. Akis hatte den Rollladen bereits halb heruntergelassen und war ins Kaffeehaus zum Tavla-Spielen gegangen.

»Soll das heißen, Stavros und du, ihr redet nicht mehr miteinander?«

Ach, Mama, dachte Panayota, von wegen reden. Wenn die anderen Jungen dabeistehen, kennt er mich nicht einmal. Dann sieht er mir kein einziges Mal ins Gesicht und spricht kein Wort mit mir. Aber wenn ihm danach ist, gibt er mir ein Zeichen, und ich, wie ein Lämmchen, ach was, wie ein Pferd, das durchgeht, renne los, um mich zwischen der Krankenhausmauer und seinem Körper zerquetschen zu lassen.

Als Panayota nicht antwortete, blieb Katina mit dem Schlüssel in der Hand vor der blauen Holztür stehen. Die Straße lag schon fast ganz im Schatten. Panayota schlang die Arme um ihren Körper.

»Was ist denn los, *yavri mu*. Hat Stavros dir das Herz gebrochen?«

»Ach was, wie sollte er das?«

Um die Tränen zu verbergen, die ihr in die Augen schossen, wandte sie den Kopf ab und sah zum Krankenhaus hinüber, wo sie sich immer küssten. Hastig fügte sie hinzu: »Es ist ja gar nichts zwischen uns.«

Es war Katina bereits aufgefallen, dass sich Stavros kaum mehr blicken ließ. Auch wartete er abends nie mit seinen Freunden unter dem Erker. Er war verschlossener, gab kaum einen Ton von sich und lief mit mürrischer Miene herum. Akis hatte gesagt, etliche Jungen aus dem Viertel hätten sich Untergrundorganisationen angeschlossen. Hatte Stavros sich auch so etwas aufgehalst? Warum hatte Panayota ausgerechnet an so einen Jungen ihr Herz verloren? Hatte sie sich in seine starren grünen Augen verliebt? Oder war ihr von Stavros irgendetwas versprochen worden? Doch nicht etwa … Aber sie erzählte ja nie etwas.

»*Kala*, wie du meinst.«

Sie betraten das kühle, dunkle Haus. Durch die bunten Glasscheiben in der Tür fiel blasses gelbgrünes Licht herein. Katina ging durch den Gang bis zum Hinterhof, wo die Wäsche im Wind flatterte.

»*Ela*, zieh an der Pumpe. Damit wir uns den Sand von den Füßen waschen, bevor wir hochgehen.«

Sogar bei der Hitze floss das Wasser eiskalt heraus. Als Kind hatte Panayota sich vor dem Wassertank gefürchtet, weil sie darin böse Geister vermutete. Mit der sich nach und nach in kleine Stücke auflösenden Seife wusch sie sich nun Füße, Hände und Gesicht. In ihrem ganzen Körper stieg eine angenehme Kühle empor.

»Du kannst auch gleich ins Bad gehen, wenn du willst, das Wasser im Becken ist warm. Sowieso bist du jetzt patschnass.«

»Du erlaubst es mir doch, Mama? Ich will da unbedingt hin. Ganz, ganz unbedingt! Bitte, *se parakalo,* mir zuliebe, *ya to hatiri mu* … Wir fahren alle gemeinsam hin und kommen alle gemeinsam zurück, das schwöre ich.«

Schon wieder bekam sie feuchte Augen. Katina seufzte.

»Jetzt wart mal ab. Ich rede heute Abend mit deinem Vater.«

Barfuß stürmte Panayota zu ihrer Mutter und schlang ihre nassen Arme um sie. Wenn nur noch ihr Vater zusagen musste, war die Sache geritzt. Sobald Stavros in dem Boot mit ansah, wie Minas und Adriana miteinander turtelten, würde auch er weich werden und sich verhalten, als wären sie wirklich zusammen. Sobald sie ankamen, würden sie eine Tüte geröstete Erdnüsse kaufen und wie ein echtes Liebespaar Arm in Arm durch die Gassen von Agia Triada wandeln. Jener Abend würde in ihrer Beziehung ein Wendepunkt sein.

Voller Vorfreude sagte sie zu ihrer Mutter: »Komm, *manula,* ziehen wir uns um und gehen wir raus. Die Sonne ist weg, da sind bestimmt schon alle auf der Straße. Heute Abend ist Vollmond, gehen wir zur Promenade hinunter.«

»Na endlich kommst du wieder zu dir! *Doksa to Theo,* Gott sei Dank! Ich sage doch seit Tagen nichts anderes. *Pa-*

nayia mu! Los, zieh dich um, du übergeschnapptes Ding. Seit Tagen machst du dich verrückt, und mich gleich mit.« Sie schubsten sich auf der engen Treppe wie Kinder.

Die Serenade

Leutnant Pavlo Paraskis nahm Panayota an jenem Abend zum ersten Mal wahr, als die Mädchen an der Mauer vor der Polizeiwache aufgereiht dastanden wie lauter Vögel. Mit ihren glühenden Augen, den heißen Wangen und den kirschroten Lippen sah sie aus wie eine Sonnengöttin.

Ihre Haare hatte sie mit Emailkämmen hinter die kleinen weißen Ohren gebunden. Hin und wieder blickte sie träumerisch zum Gebüsch hinter den Eisenbahngleisen, dann lachte sie wieder über etwas, das eine Freundin ihr gestenreich erzählte. Ihre unter dem weiten weißen Überwurf hervorstehenden Waden waren kräftig, die Knöchel dagegen schlank. In ihren bis zur Hüfte herabreichenden Haaren spielte die Abendröte.

Pavlo blieb stehen und betrachtete Panayota, die vom Abendlicht in Gold getaucht wurde. War dies lediglich ein Lichteffekt oder ein von Gott gesandtes Zeichen? Das Mädchen schien von einem Schein umgeben zu sein, den alleine er sah.

Als Adriana den Leutnant bemerkte, hielt sie inne und stieß ihre Freundinnen an. Alle wandten sich zu Pavlo um und starrten ihn an. Der junge Leutnant lüpfte zum Gruß seine Mütze, worauf die Mädchen kicherten. Panayota schenkte ihm ein verschämtes Lächeln, und Pavlos Herz erfüllte sich mit Freude, als würde nach dem Regen die Sonne aufgehen. Die Zähne des Mädchens wirkten etwas sonderbar, weckten aber den Wunsch, das Gesicht immer wieder anzusehen. Die lange, feine Nase verlieh dem Ausdruck etwas Edles. Die Wangenknochen hatten etwas Männliches an sich, doch im Schwarz der von dichten Brauen beschatteten Augen konnte man sich verlieren. Ganz gewiss wies der Herrgott ihm den Weg! Dank sei dir, Heilige *Panayia*!

Kurz zuvor noch, beim Verlassen der Militärwache, war er von seinem Heimweh nach Ioannina schier erdrückt worden. Noch dazu war die Nachtwache zu spät gekommen. Nahmen nicht einmal die unteren Dienstgrade ihn ernst? Sowieso waren es alles Kreter, die zusammenhielten und hinter seinem Rücken über ihn lästerten. Hätte er nicht wegen einer albernen Verleumdung (Angeblich hatte er an der Tür gehorcht!) seinen Posten im Büro von Hochkommissar Stergiadis eingebüßt, müsste er sich nicht in einer unbedeutenden Wache mit kretischen Gendarmen und Soldaten herumschlagen. Vor lauter Wut hatte es ihm den Magen abgeschnürt. Nun dagegen ging ihm das Herz auf wie an einem strahlenden Frühlingstag, als hätte er urplötzlich begriffen, wozu er überhaupt auf der Welt war. Seit seiner Ankunft hatte Pavlo Paraskis Mühe, sich an den Wind und das Wasser in Smyrna zu gewöhnen, an die Art der vergnügungssüchtigen Einheimischen. Zwar hatte er viele hübsche Frauen gesehen und sich mit einigen auch schon am Gartenzaun unterhalten, doch so ein herzerfrischender Anblick war ihm noch nicht zuteilgeworden. Als er vor seiner Arbeit unter Stergiadis als Adjutant von Kommandant Zafiro in Bornova diente, hatte er sich etwa in ein Dienstmädchen aus der Villa nebenan verliebt. Die Schöne, deren Namen er partout nicht hatte herausbringen können, postierte sich, kaum war es Abend, hinter dem Gittertor, zupfte aus einem Rosenstrauß die Blätter heraus und schäkerte mit den vorbeikommenden Soldaten. Wenn sie einen aus ihren schwarzen Augen heraus anblickte und fragte: »Sag doch mal, hältst du es mit Venizelos oder mit dem König?«, klang das so süß und lieblich, dass sogar Soldaten, die gar nicht auf Liebeshändel aus waren, von da an Umwege in Kauf nahmen, um sie nur ja wiederzusehen.

Pavlo indes wusste, dass die Soldaten, die ihr Herz zu erobern suchten, die richtige Antwort gar nicht geben konnten. Wenn nämlich einer der Simpel erwiderte, er sei für Venizelos, gab die kokette Schöne unweigerlich zur Antwort: »Ach, schade, mir ist der König lieber.« Und wenn einer sich für den König aussprach, bekam er zu hören: »Tut mir leid, Soldat, *zito o* Venizelos, hoch lebe Venizelos«, und schon beugte sie den Kopf mit dem weißen Häubchen darauf wieder zu ihren Rosen hinunter. Vom Nachbargarten aus sah Pavlo, wie sie sich dabei das Lachen verbeißen musste. Sie selbst wusste sich durchaus vom Leutnant beobachtet, sah aber kein einziges Mal zum Hauptquartier von Kommandant Zafiro hinüber.

Bis zu dem Abend, an dem Pavlo unter den wie Vögel auf der Telegrafenleitung aufgereihten Mädchen Panayota erblickte, hatte er das Dienstmädchen mit dem weißen Häubchen für die schönste Frau der Welt gehalten. Wäre Kommandant Zafiro nicht an die Front versetzt worden und damit Pavlos Dienst dort zu Ende gegangen, hätte er dem Mädchen einen Heiratsantrag gemacht. Er hatte schon vorgehabt, sie wieder einmal aufzusuchen, und einzig hielt ihn die Furcht zurück, sie könne ihn fragen, warum denn er selbst nicht an der Front sei. Schließlich tat er, der strahlende Leutnant, in einer armseligen Wache Dienst. Nun hätte er sagen können: »Ich muss hierbleiben, um Sie zu beschützen, kleines Fräulein«, doch so etwas Hochtrabendes hatte er sein Lebtag noch nicht vorgebracht, wie hätte ihm das nun gelingen sollen, noch dazu ihr gegenüber?

Und überhaupt, seit der Engel mit den kirschroten Lippen in seinem Herzen ein solches Durcheinander angerichtet hatte, waren die bedeutsamen Worte, die er an das Dienstmädchen in Bornova hatte richten wollen, auf einmal wie weggewischt, denn hatte sie sich mit ihren geschürzten Lippen, ihren schwarzen Augen und der Frage nach dem König und Venizelos erst in seine Träume hineingeschlichen, erschien sie ihm nun wie ein gewöhnliches Bauernweib aus Ioannina.

Unter den Mädchen brach ein Geschrei aus, und Panayota hüpfte von der Mauer. Jemand hatte beim Spiel betrogen, darum wurde nun gestritten. Niemand merkte, dass sie sich davonschlich. Außer Pavlo. Das Mädchen, das unter den langen Wimpern hervor immer wieder einen flüchtigen Blick zu ihm warf, bog vom Platz in eine Gasse ab und verschwand bald darauf in einem Krämerladen. Ihre Schuhe schienen ihr etwas zu klein zu sein, und vielleicht war sie auch ein bisschen schmächtig, doch Pavlos fürsorgliche Mutter würde sie mit ihren in Milch eingelegten Lammschenkeln, ihrem Butterreis und den Feigenkonfitüren schon aufpäppeln. Von diesem Gedanken beflügelt, kaufte er bei einem Straßenhändler eine Tüte geröstete Kichererbsen und lehnte sich damit an die Mauer gegenüber des Krämerladens. Zwar wollte er einen ernsten Eindruck vermitteln, doch das Lächeln auf seinen Lippen ließ sich nicht unterdrücken. Die Mädchen schrien noch immer gestikulierend durcheinander. Aus einem Fenster erklang ein französisches Chanson. Entweder jemand nahm dort Musikunterricht, oder er besaß ein Grammofon.

Seit Pavlo im letzten Mai den Boden von Smyrna betreten hatte, konnte er sich zum ersten Mal vorstellen, sich dort ein Leben aufzubauen. Falls die Sonnengöttin gewillt war, ihn zu heiraten – und warum sollte sie das nicht? –,

so würde er sie bei ihren schlanken weißen Armen nehmen und die Stadt als seine neue Heimat ansehen. Ihm
schwindelte bei dem Gedanken an die Nächte mit ihr. So
bald wie möglich musste er mit ihrem Vater sprechen.

Die einzige Serenade, die Akis tatsächlich in Harnisch
brachte, sollte in jener Nacht stattfinden.

Ein paar Stunden später trat Pavlo aus einer Taverne
und kehrte in seine Offiziersunterkunft hinter der Wache
zurück. Es war eine laue Vollmondnacht, die die Stadt silbrig erglänzen ließ. Der junge Leutnant war etwas ange-
trunken. Zuerst hatte er erwogen, in eines der »Häuser« in
Hiotika zu gehen, in denen gewisse Mädchen arbeiteten,
doch wie gewöhnlich brachte er nicht den Mut dazu auf. In
der Taverne hatten sie ihn schon verdrossen. Es ging ihm
gegen den Strich, wie unwillig die Smyrnaer doch waren,
sich dem griechischen Heer anzuschließen. Während er
selbst und seine Gefährten aus dem fernen Mutterland
herbeigeeilt waren, um die Einheimischen zu retten, er-
fanden diese wie quengelnde Kinder alle möglichen Ausreden, um nur ja nicht in den Krieg zu müssen.

Was war nun mit der Begeisterung, mit der sie ein Jahr
zuvor noch empfangen worden waren? Die Reichen schickten ihre Söhne nach Europa oder gar nach Amerika, um sie
vor einer Einberufung zu bewahren, während Soldaten wie
er aus dem alten Griechenland, die mit der hiesigen Gegend nichts zu schaffen hatten, sich in Steppen und Bergen
mit Räuberbanden herumschlagen mussten. Und das alles
angeblich, um das Leben der kleinasiatischen Griechen zu
beschützen und die Menschen aus einer seit fünf Jahrhunderten andauernden Tyrannei zu befreien. Glauben konnte
das, wer wollte!

In der Taverne waren sie einhellig der Meinung gewesen, die Armee solle über die Provinz Aydın nicht hinaus-

gehen. Ohnehin würden die Alliierten beim geplanten Pariser Friedensvertrag die Verwaltung Smyrnas offiziell Griechenland übertragen, und binnen weniger Jahre würde die ganze Region direkt an Griechenland angegliedert. War es unter diesen Umständen nicht etwas anmaßend, die Armee bis nach Bursa marschieren zu lassen? Pavlo gab sich große Mühe, den Leuten zu erklären, dass es für die Sicherheit von Smyrna unerlässlich sei, das gesamte Gebiet westlich der Linie Eskişehir – Afyonkarahisar unter Kontrolle zu bringen, und dass ferner der Osmanensultan den von den Alliierten vorgelegten Friedensvertrag lediglich unterzeichnen werde, wenn die Besatzungsmächte vor Ort tatsächlich siegreich waren, aber diesen betrunkenen Einheimischen war nichts begreiflich zu machen.

»Und wenn wir Eskişehir eingenommen haben, sollen wir dann etwa bis Angira ziehen und uns mit Mustafa Kemal schlagen?«, fragten sie lachend und prosteten sich zu. Je mehr sich ihnen die Zunge löste, umso mehr schimpften sie auf den griechischen Hochkommissar Stergiadis, auf General Paraskevopulos, auf Mustafa Kemal und auf Lloyd George, der Griechenland für seine eigenen Zwecke manipuliere.

Es waren auch Türken dabei, die genauso viel tranken wie die Griechen und in einem Mischmasch aus Türkisch und Griechisch ebenso zeterten. Wenn wieder ein Krieg ausbreche, werde es auf dem Markt drunter und drüber gehen. Genau darum ging es allen in erster Linie, und das setzte Pavlo noch mehr zu. Da waren sie unter Lebensgefahr aus Griechenland hierhergekommen, und die Einheimischen hatten nichts anderes im Kopf, als sich die Taschen vollzustopfen. Wo war der alte hellenische Geist?

»Wenn es zum Krieg kommt, sehen wir hier im Januar keine Karawane mehr.«

»Als ob jetzt noch welche kämen! Kosta Efendi, in was für einer Welt lebst du eigentlich? Heute wird alles mit dem Zug hergeschafft.«

»Genau, die Eisenbahn hat die Kamelführer um ihr Brot gebracht.«

»Karawane hin, Zug her, es wird uns keine Ernte mehr geliefert, das sage ich euch. Jenseits der Berge wird alles niedergebrannt. Unser schönes Aidin ist innerhalb einer Woche zu Schutt und Asche geworden. Das Räubervolk wittert Morgenluft.«

»Ja, an jeder Straße lauern einem Banditen auf. Wer soll in so einem Land noch Handel treiben?«

»Wenn die Züge nicht mehr fahren, werden auch die Europäer keine Geschäfte mehr machen.«

»Das braucht ihr euch nicht einzubilden. Die machen alles zu Geld, den Krieg genauso wie den Frieden.«

»Aber diesmal scheint es anders zu sein. Schon jetzt läuft es bei ihnen nicht mehr so richtig. Das habe ich von meinem Schwiegersohn, der ist Kellner im Panellinion, das früher Kraemer gehörte. Dort soll sich das Mitttagessen mittlerweile ziemlich hinziehen. Und noch ein Glas Wein und noch eine Runde Whisky … In ihre Büros kehren sie nicht zurück, bevor sie nicht hochrote Wangen haben. Recht schlapp sollen sie geworden sein, die Europäer.«

»Sogar die?«

»Darauf trinken wir! Şerefe, yamas!«

Fröhlich prosteten sie sich zu. Durch das offene Fenster wehte Jasminduft herein. Der Wirt Yorgi stand auf und schenkte Wein und Raki nach.

»Vor unseren Fenstern sollen Laternen aufgehängt werden«, sagte einer unvermittelt. Erst wusste niemand, wovon er überhaupt sprach. Es war ein alter Mann, der langsam und leise redete. Sein Griechisch klang so ähnlich

wie das der Muslime in Ioannina. Er hatte einen Fes auf,
den er mit sichtlichem Stolz trug. Die links herabhängende
Quaste war sorgfältig gekämmt.

»Das Komitee soll gefordert haben, dass vor den Häusern sämtlicher Türken Laternen angebracht werden. Das
habe ich so gehört …«

Alle schüttelten den Kopf. So etwas könne gar nicht
sein. Einige schienen dem Mann aber nicht direkt in die
Augen sehen zu wollen. Andere wandten sich Pavlo am
anderen Ende des langen Tisches zu und sahen ihn an, als
sei er für die Maßnahme mit den Laternen ganz allein verantwortlich.

»Das wird sich alles geben, Mustafa Efendi«, sagte ein
Mann mit eulenartigen Augen neben ihm. »Die Ordnung
ist bald wiederhergestellt. Und du wirst sehen, die Armee
bleibt, wo sie ist. Mustafa Kemal ist sowieso mit den Soldaten des Sultans beschäftigt. Er geht durchdacht vor,
Schritt für Schritt. Ein kluger Mann. Bis Smyrna kommt
er bestimmt nicht.«

»Wenn er die Bolschewiken auf seine Seite zieht, marschiert er sogar durch bis Athen. Er will sein Saloniki zu-
rückhaben.«

Auf diese Worte eines rotwangigen Griechen hin sank
die Stimmung in der Taverne. Ein dicker Mann am anderen Tischende sagte, wie um den Türken zu trösten: »In
Smyrna wird wieder alles wie früher. Denkt nur, wie wir
erst auf Stergiadis schimpften, aber der Mann hat einen
Gerechtigkeitssinn. Ob Türken, Griechen oder Armenier,
er behandelt alle gleich, und so wird das auch weiter sein,
anders geht es ja gar nicht.«

Mustafa nickte verdrossen. Seine Mittrinker hatten
nicht auf Anhieb daran gedacht, dass er im Vorjahr zusammengeschlagen worden war und man ihn halb tot im

Garten einer alten Villa aufgefunden hatte, und um sich über ihre Scham hinwegzuhelfen, blickten sie wieder Pavlo an, als sei er der Feind.

Pavlo legte wortlos zwei Drachmen neben die Raki-Karaffe, stand auf und ging zum Quai hinunter, der von den Hotels hell erleuchtet war. Zu seiner Linken schoben sich die dunklen Wellen empor wie lauter kleine spitze Zelte, weiter draußen, jenseits des Hafens, zitterten die Laternen dreier Fischerboote. Er kam an Straßenhunden vorbei, an Kindern, die auf Eseln ritten, an flüsternden Liebespaaren. Der Vollmond glänzte über der Bucht wie ein funkelnder Diamant, aus Vergnügungslokalen erklangen bald fröhliche, bald melancholische Melodien und mischten sich in das Gelächter der Betrunkenen.

Verwirrt drehte er sich eine Zigarette und zündete sie an. Vollmond und Raki wirkten zusammen, sodass sein Heimweh unerträglich wurde. Was seinem Leben Bedeutung verlieh, schien ihm nach und nach zu entgleiten. Wenn er weiter Umgang mit solchen störrischen Alten pflegte, würde ihm auch noch seine Begeisterung für die *Megali Idea* abhandenkommen. Das Heer sollte erst mal bis Akhisar ziehen, und von dort nach Bursa, in die Dardanellen, nach Thrakien oder gar bis Istanbul. Dann würde er in Yorgis Taverne gehen und jedem – auch den *Turkos* – einen Raki spendieren! Er warf den Zigarettenstummel zu Boden und drückte ihn mit dem Stiefel aus. Am Bella Vista bog er in die Gasse ab, die den Berg hinaufführte.

Das Kaffeehaus im Viertel war geschlossen, die Stühle unter der Laube auf die Tische gekippt. Außer ein paar Jugendlichen, die am Brunnen unter der Platane vor sich hin lallten, war niemand mehr zu sehen. Die Gaslaternen, die die Straßen ansonsten in grünliches Licht tauchten, waren schon lange nicht mehr angezündet worden, doch vom

Mond wurde die Stadt fast taghell erleuchtet. Pavlo sann den Frauen in Hiotika hinterher, und auf einmal stutzte er. Von irgendwoher kam Musik. Eine Mandoline, eine Trommel, Zimbeln und sogar eine Ukulele … dazu wurde gelacht und schrill gesungen.

Neugierig schlug er die Richtung ein, aus der die Klänge kamen. In einer der Gassen, die auf den Platz hinausgingen, hatte sich ein Grüppchen versammelt. Unter einem Erker bemühte sich der fünfköpfige Trupp mal mit mehr, mal mit weniger Ernst, eine Serenade darzubringen. Aus den gegenüberliegenden Häusern verfolgten Frauen und übermüdete Kinder aufs Fensterbrett gelehnt das Spektakel, als wären sie im Theater. Lediglich in dem Haus, dem die Serenade galt, rührte sich nichts. Da begriff Pavlo plötzlich, dass der Erker über dem Krämerladen lag, in dem er am selben Abend jenen Engel hatte verschwinden sehen. Dann besangen also diese Kerle das Mädchen, das er liebte! Die Flegel! Die Rabauken!

Beflügelt von seiner Stellung in der Stadt und vom Raki, fuhr er mit einem Schrei dazwischen, sodass die Jungen wie die Küken auseinanderhasteten. Als er zum Fenster des Mädchens hochblickte, vermeinte er an den im Mondschein silbrig glänzenden Gardinen ein Zittern wahrzunehmen. Da schnappte er sich zwei der verschreckt abseits stehenden Jungen und zerrte sie vor den Laden.

»Jetzt spielt ihr mal einen anständigen *amanedes*!«

Minas und Niko machten sich unverzüglich daran, eine klagende Melodie anzustimmen. Pavlo begann ein Lied zu singen, das er als Kind in Ioannina von einem Nachbarsjungen aus Tunis gelernt hatte. Die jungen Kerle kannten das Lied nicht, mussten aber wohl oder übel irgendwie mithalten. Nach einer Weile kroch auch Pandelis wieder hervor und stimmte mit seinen Zimbeln mit ein.

Pavlo steigerte sich immer mehr hinein, zog hastig die Uniformjacke aus, schwang sie auf den Rücken, knöpfte sich die Hemdbrust auf, dann ging er in die Knie und begann eine Art Zeybek zu tanzen. Er sang sein Lied mit dem immerwährenden Refrain »Aman, aman«, allerdings in einer Sprache, die die Jungen nicht verstanden, und unter der dunklen Straßenlaterne verneigte er sich wieder und wieder. Er riss sich die Mütze vom Kopf und setzte sie Minas auf, dessen Finger auf der Mandoline nur so wirbelten.

Dieser Anblick also bot sich Akis, als er sich aus dem Erker beugte, um seine allabendliche Pflicht zu erfüllen und die Jungen zu verscheuchen: Ein Offizier mit offenem Hemd kniete auf dem Boden und plärrte ein arabisches Lied, während die Jungen in mittlerweile wieder vollständiger Besetzung klatschend und musizierend dem seltsamen Tanz Vorschub leisteten.

Augenblicklich ging Akis ins Schlafzimmer, holte aus einer Kommodenschublade seinen Revolver, stürzte in Nachthemd und Pantoffeln die Treppe hinunter und zur Haustür hinaus. Als die Jungen sahen, dass er mit der Waffe in der Hand bis auf die Straße kam, stoben sie davon. Pavlo dagegen war völlig in seinen Tanz versunken, und dass die Musik erstorben und die Straße mit einem Mal leer gefegt war, bemerkte er erst, als Akis in die Luft schoss, bis die Trommel nichts mehr hergab.

Noch immer mit dem Revolver in der Hand ging Akis auf den zappelnden Leutnant zu. Der hatte, bevor er zu tanzen anfing, seine Waffe vor der Tür des gegenüberliegenden Hauses abgelegt. Er richtete sich nun auf, um sie wieder an sich zu bringen, doch Akis packte ihn am offenen Hemdkragen, und mit der Körperkraft des ehemaligen Ringers hob er ihn kurzerhand in die Luft, sodass die zuvor noch schneidig geschulterte Uniformjacke zu Boden fiel. In der an Geigen-, Ukulele- und Zimbelklänge gewöhnten Straße war es nun mucksmäuschenstill. Lediglich die Schreie der im Sturzflug auf die Bucht herabstoßenden Möwen waren zu hören. Und dann die Stimme von Akis.

»Schämst du dich nicht, als Offizier die Ehre unseres Viertels so zu verspotten?«

Im ganzen Viertel wusste man, wie Akis brüllen konnte, wenn er in Fahrt war, und so gingen noch ein paar Fensterläden quietschend auf. Einmal hatte sein Lehrling heimlich Süßigkeiten eingesteckt und einen frisch eingetroffenen Flüchtlingsjungen aus Bulgarien des Diebstahls bezichtigt. Als die Süßigkeiten beim Lehrling gefunden wurden, prügelte Akis ihn mitten auf der Straße windelweich. »Du Mistkerl, du elendiger, du nichtswürdiger Hund, habe ich dir vielleicht so was beigebracht? Mach, dass du fortkommst, du jämmerlicher *malaka*!« So laut schrie Akis dabei, dass sogar die Katzen, die vom Käsestand etwas stibitzen wollten, sich eiligst verkrochen.

»Hoffentlich verdrischt Akis den Kerl so richtig«, flüsterte Minas mit besorgter Miene. »Mir gefällt das gar nicht, wenn hier im Viertel lauter Fremde herumlaufen und unseren Mädchen hinterhersteigen.«

»Die Mädchen legen es aber auch darauf an. Panayota hat dem Kerl bestimmt schöne Augen gemacht, sonst hätte er sich das nie getraut. Sie kommen ganz schön auf die schiefe Bahn. Eine jede will so ein Soldatenliebchen werden. Elpiniki soll auch schon mit einem Offizier gesehen worden sein, noch dazu mit einem recht hochrangigen. In der Bar neben den Messageries Maritimes sollen sie gesessen haben, Anglo-American Bar heißt die. Du weißt ja wohl, was das bedeutet. Da sitzt niemand, der nicht vorher oben in einem der Hotelzimmer war.«

Minas murmelte etwas Unverständliches vor sich hin.

Als die Jungen aus ihren Verstecken heraus wieder auf die Menekşe-Straße traten, war Pavlo mit verrutschtem Kragen und gesenktem Kopf schon auf dem Weg zu seiner Unterkunft hinter der Wache. Bis er am anderen Ende des Platzes verschwand, blieb Akis mit dem Revolver in der Hand vor seinem Laden stehen, dann nahm er die Waffe in die Hand, die auf den Stufen vor dem Haus des Fischers lag, und besah sie sich. Seine Schlafmütze war ihm auf die Schultern gerutscht, und die Haare, die er jeden Morgen mit englischer Brillantine bändigte, standen ihm wie Dornen vom Kopf, doch war er mit sich zufrieden. Nach diesem Auftritt würde seine Frau ihn nicht mehr beschuldigen können, dass er die Ehre seiner Tochter zu nachlässig verteidige. Dem Lümmel von Offizier hatte er einen gehörigen Schrecken eingejagt. Seine Waffe sollte er sich am Morgen abholen, wenn er sich überhaupt noch hertraute.

Er blickte zum Erker hoch. Dort rührte sich die Gardine, doch das musste wohl der Wind sein. »Wenn nur dieser Krieg bald vorbei ist und wir endlich wieder unsere Ruhe haben«, murmelte er. Er ging ins Haus, setzte sich die Mütze wieder richtig auf den Kopf, und erfüllt vom Stolz und Seelenfrieden eines Mannes, der seiner Frau einen Gefallen getan hat, verfiel er bald in tiefen Schlaf.

Panayota blieb noch eine Weile in die Gardine gehüllt im Erker sitzen und lauschte auf den rasch tiefer werdenden Atem ihres Vaters. Der Eklat auf der Straße hatte ihr Angst eingejagt. Sollte etwa ihr Sieg in Sachen Volksfest, den sie so mühsam errungen hatte, durch jenen tölpelhaften Soldaten wieder in Gefahr geraten? In der Ferne hörte sie einen Zug pfeifen. Sie streckte den Kopf zum Fenster hinaus und blickte zum Himmel empor. Der Mond war schon über die Bucht hinaus und würde bald untergehen.

Dass er allmählich verblasste, nützten die über der Burg glitzernden Sterne aus.

Panayota füllte sich die Lungen mit der nach Salz und Algen schmeckenden Luft, die von der Bucht herüberwehte. Sie war wie trunken vom Liebesschmerz. Allein der Gedanke an den Abend in Agia Triada war so lustvoll, dass sie sich fast wünschte, jener Abend würde noch lange nicht kommen, damit sie von der Vorfreude länger zehren konnte. Sie setzte sich im Schneidersitz auf die Bank, hielt das Gesicht an die weißen Gardinen, sog den Duft nach Harz und Lavendel ein und leckte sich einen Rest Zuckerwatte von den Mundwinkeln. An der Halsschlagader spürte sie den Rhythmus ihres Herzens. Sie wollte den Augenblick festhalten, der selbst durch die Abwesenheit von Stavros noch schöner wurde. Tief atmete sie ein. Eine leichte Brise wehte den Jasminduft von Bornova herein.

Ach, konnte der Junge nicht wie Minas und Pandelis unter ihrem Fenster Geige oder Zimbel spielen? Aber würde sie ihn dann noch genauso lieben? Dieser Gedanke war ihr zuvor nicht gekommen. Konnte es sein, dass die Liebe in ihrem Herzen gerade dadurch angefacht wurde, dass Stavros nicht da war? So wie die Vorstellung von dem Volksfest ihr fast mehr wert war als das Fest selbst? Mit einer Handbewegung verscheuchte sie den Gedanken wie eine lästige Fliege. Wäre Stavros plötzlich unter ihrem Fenster aufgetaucht, hätte er nichts weiter zu tun brauchen. Weder eines Lieds hätte es bedurft noch eines Gedichts … Wenn er doch nur gekommen wäre! Wenn sie daran dachte, wozu sie imstande gewesen wäre, um seine Liebe zu gewinnen, bekam sie ganz rote Wangen, so sehr erschrak sie vor ihrer eigenen Courage.

Der gelbe Straßenhund Muhtar kam mit einem riesigen Knochen im Maul angewackelt, den er wer weiß wo aufgetrieben hatte. Die Katzen auf den Dächern hielten bei seinem Anblick inne. Muhtar nahm seinen Platz vor dem Krämerladen ein und begann an dem Knochen zu nagen. Es herrschte nun völlige Stille, sogar die Libellen waren verstummt. Panayota beugte sich zum Erker hinaus und warf einen letzten Blick auf die Menekşe-Straße, die selbst vom Mond verlassen wurde, dann ging sie in ihr Zimmer, wo sie sich im Gegensatz zu ihrem Vater bis in den Morgen hinein unruhig hin und her wälzte.

Das Gespenst

An dem Tag, an dem wir aus Sümbüls Mund zum ersten Mal die Stimme des Gespensts hörten, war schönes Wetter. Die Luft war kalt, aber rein. Ein idealer Tag zum Wäschewaschen. Die Erde im Garten der Villa schlief, die Obstbäume hatten ihre Blätter abgeworfen und streckten ihre schiefen, nackten Leiber zum Himmel empor. In die Villa mit dem Turm waren sie vor genau drei Monaten, drei Wochen und drei Tagen gezogen.

Hilmi Rahmi hatte die Villa als Belohnung für seine Verdienste im Krieg gegen die Griechen bekommen, doch Tante Makbule fand, das Haus bringe ihnen Unglück, und wenn man bedenkt, was uns später zustoßen sollte, hatte sie damit nicht unrecht. Als wir die Villa zum ersten Mal betraten, fand Sümbül darin eine Handarbeit vor, in der noch die Häkelnadel steckte, und sie brach in Tränen aus. In was für einer Panik musste jene Frau gewesen sein, dass sie ihre Arbeit so im Stich ließ und einfach davonlief?

Um uns herum war alles verwüstet. Sogar Dilber ging nicht mehr auf die Straße. In den Ruinen der zerstörten Häuser nisteten sich Herumtreiber ein und stöberten in den Habseligkeiten der Getöteten und Geflohenen herum. Alles lag voller Scherben, Nägel und messerscharfer Metallteile. Hie und da waren Klaviertasten zu sehen, verkokelte Bücher, in Säcken vertrocknete Feigen, Knochen, Zähne …

In der Stadt ist es totenstill. Sogar die Katzen tun keinen Mucks.

Dilber schleppt in aller Herrgottsfrühe den Waschtrog hinaus. Auf den von der Sonne beschienenen Stufen reiben wir die zuvor in Waschblau eingeweichten Überzüge, Laken und Tücher, wir bürsten sie, spülen sie, wringen sie aus, hängen sie auf.

»Noch vor dem Frühjahr muss hier umgegraben werden«, sagt Dilber, während sie mit ihren kräftigen schwarzen Armen auf die Wäsche eindrischt. Wir heben die Köpfe und sehen zum Garten hinüber, in dem alles von dünnem Reif überzogen ist. An windstillen Tagen bildet sich frühmorgens über dem Meer manchmal auch so eine milchweiße Schicht wie aus feinstem Tüll, und das Wasser liegt da wie ein See.

Bis zu den Ellbogen stecken meine Hände im mit Harz und Lavendel versetzten Wasser. »Das reicht!«, ruft Dilber. »Du zerreißt mir das Kissen noch. Es ist doch völlig sauber. Was für einen Fleck willst du da noch herauskriegen?«

Ich gebe es ihr, damit sie es in ihrer Waschschüssel auswringen kann. Dann gehe ich in die Waschküche und hole aus dem Kessel, in den wir die Weißwäsche gesteckt hatten, wieder etwas heraus. Ein hauchdünnes Hemd, durch das die Sonne hindurchscheint. Es ist Hilmi Rahmis Nachthemd. Als ich meine Hand auf die linke Brusttasche lege, sieht sie von der Rückseite aus wie ein Gespenst. Dilber steht an der Tür und beobachtet mich aus ihren Augen, deren Weiß im Dunkel blitzt wie ein Feuerstein. Sie hat einen Eimer in der Hand, mit dem sie in der Küche Wasser holt. Ich werfe das Nachthemd zurück in den Kessel, als hätte ich mich daran verbrannt.

»Pass auf, das sind empfindliche Sachen.«

Ich nicke. Vermutlich hat sie wieder Nierenschmerzen, denn sie stützt eine Hand in die Hüfte und hinkt ein wenig.

Die Stille, die sich unheilvoll über die Stadt gesenkt hat, wird von Sümbüls Schrei mit einem Schlag zerrissen.

Ich habe Dilbers Abwesenheit ausgenützt und Hilmi Rahmis Nachthemd wieder aus dem Kessel geholt. Als der Schrei die Waschküche erreicht, lasse ich es fallen, renne hinaus und laufe in der Kälte barfuß und mit bis zu den Knien nassen Beinen über den schlafenden Boden.

Wohin? Ich weiß es nicht.

Jedenfalls renne ich nicht, um Sümbül zu retten. Und falls Plünderer im Haus sind, laufe ich auch vor ihnen nicht davon. Ich will mich vielmehr ins Meer stürzen.

Plötzlich begreife ich, dass da noch etwas ist, das ich vollenden muss. Ich laufe weg von dem ohrenbetäubenden Schrei, hin zum stillen Königreich der Algen und der Seesterne. Jenes Königreich ist ohnehin schon voller Leichen, unter sie will ich mich mischen. Jungen werden wie an jenem Abend mit Messern ins Wasser springen, mir meine Halskette abreißen und mir den Finger abschneiden, um an den Saphirring zu gelangen, den mir meine Mutter bei unserer letzten Umarmung am Bahngleis noch angesteckt hat.

Mein Entschluss ist längst gefasst.

Es ist, als hätte ich nur auf jenen Schrei gewartet.

Ich renne zum Meer.

Auf dem weißen Kieselweg neben der Villa ringen Sümbül und ich Brust an Brust. Sie hat lediglich ihr blassblaues
Nachthemd mit den Pluderärmeln an, aus dem die fleischigen weißen Arme herausstehen, der halbe Busen …
Sie riecht nicht wie sonst nach Zimt und Geißfuß, sondern
streng wie irgendein Tier, die blonden Lockenhaare fallen
ihr wirr über die Schultern. Die Augen hat sie so weit aufgerissen, dass ihr halbes Gesicht in grünes Licht getaucht
scheint. Ich wende den Blick ab. Nicht ihre Nacktheit, doch
ihre Verletzlichkeit hat etwas Intimes an sich.

Weinend fällt sie mir in die Arme. Sie denkt, ich sei
zu ihr gelaufen. Um sie zu retten. Seit wann bin ich eine
Heldin?

»Gut, dass du an jenem Morgen da warst, Scheherazade. Bei Gott, ohne dich hätte ich den Verstand verloren«,
pflegte sie später zu sagen, ohne die Ironie in ihren Worten zu bemerken.

Zitternd liegt sie mir in den Armen. Ich nehme sie bei
den runden Schultern und führe sie zur Marmortreppe,
weit weg von der Waschküche. Dilber soll uns nicht so
umschlungen sehen. Drinnen ist hinter der Tür ihr grüner
Winterüberwurf aufgehängt, den schnappe ich mir, hülle
sie damit ein und setze mich neben sie auf die von der
Wintersonne etwas aufgewärmten Stufen. Von der Bucht
her scheint uns zartes Licht direkt in die Augen. Sümbül
schluchzt, ihrem Bauch entringt sich ein schnaufender
Ton, der sich anhört wie das Nebelhorn eines Dampfers.

Ist in die Villa etwa ein Dieb eingedrungen, ein Räuber?
Haben Plünderer sich an das Haus eines Oberst heran-
gewagt? Ich überprüfe die Gartentür, dort ist der Riegel
noch immer fest vorgeschoben. Aus der Küche höre ich
die beim Bevölkerungsaustausch aus Lesbos eingetroffene
Gülfidan ein Lied summen, bei den Blumenbeeten kauern

rauchend der Gärtner und Hilmi Rahmis Adjutant Selim. Alles geht seinen gewöhnlichen Gang. Vielleicht hat sie nur schlecht geträumt.

Als ich noch überlege, wie sie am besten zu beruhigen ist – soll ich ihr einen Kamillentee kochen oder das Bad heizen und ihr Tasse um Tasse warmes Wasser über den Kopf gießen? –, spüre ich auf einmal eine Veränderung in der Luft. Ein mit Worten nicht zu beschreibender Gefühlsstrom ist zwischen uns gefahren. Alle Geräusche und Farben sind auf einmal anders, als wären wir auf den Meeresgrund getaucht. Sümbüls Gesicht hat sich verzogen, die Wangen sind eingefallen, das Kinn schief, über die sanftmütige Miene der Frau hat sich ein unwirscher Schatten gelegt. Sie kneift die Augen zusammen und mustert mich von oben bis unten. Der Tiergeruch, der mir auffiel, als wir miteinander rangen, ist noch schärfer geworden, die Lippen sind in einer Weise vorgeschoben, wie ich sie noch nie gesehen habe.

»Ich muss dir etwas sagen.«

Entsetzt schlage ich die Hände vor den Mund. Die Stimme ist nicht Sümbüls Stimme. Die Augen nicht Sümbüls Augen. Da begreife ich, dass die Frau neben mir nicht mehr Sümbül ist. Ich würde am liebsten aufspringen, davonlaufen, mich irgendwo verstecken, doch bleibe ich auf der lauwarmen Marmorstufe sitzen wie angenagelt.

»Ich muss dir etwas sagen.«

Sie redet auf Französisch mit mir.

Ich packe sie an den Schultern und schüttle sie, damit sie wieder zu sich kommt. Was soll diese Stimme, dieser Blick? Warum auf einmal Französisch? Der Überwurf rutscht ihr von den Schultern, das blaue Nachthemd steht bis zum Nabel offen, die reifen Früchten gleichenden Brüste stehen heraus. Mich packt die Wut. Mir sind die

Brüste egal, mir wäre auch egal, wenn Sümbül umkippen, sich den Schädel auf dem Marmor aufschlagen und sterben würde. Aber ich werde es nicht ertragen, noch einmal diese Stimme zu hören. Ich schüttle die Frau, die mich unter ihre Fittiche genommen, mich ernährt und beschützt hat, wie eine mit Stroh gefüllte Puppe, als würde mein ganzes Leben davon abhängen, dass jene Stimme in alle Ewigkeit verstummt.

Wie lang das so andauert, weiß ich nicht. Endlich verlangsamt sich ihr Atem, und in ihre Augen kehrt wieder das gewohnte sanfte Licht zurück. Ich lasse sie los. Da flüstert sie mir zu, nunmehr wieder auf Türkisch: »Scheherazade, in dem Haus ist ein Gespenst.«

Sie sieht mir ins Gesicht, um zu sehen, ob ich sie auch verstanden habe. Dass sie halb nackt ist, merkt sie nicht. Ich ziehe ihr die Pluderärmel hoch und lege ihr den auf den Marmor gesackten Überwurf über die Schultern. Der Gärtner und Selim müssen uns in unserem Zustand erblickt und sich hinters Haus geflüchtet haben. Wir sind auf der Treppe allein.

»Es hat vorhin mit mir geredet. Und hat gesagt, dass es jemanden suchte und ihn nun gefunden hat.«

Flehend sieht sie mich an.

Ich heize das Bad. Ziehe sie aus, wasche sie mit schäumender Harzseife ab. Streiche ihr Eibischpaste ins Haar, reibe ihr mit Rosenblättern aromatisiertes Sesamöl auf die Haut, bis sie ganz rosa wird. Ich tue alles, was mir zu Gebote steht, damit aus ihrer Seele herausfährt, was immer sich dort eingenistet hat.

Doch es gelingt mir nicht.

Als ich mich viel später, in der endlosen Zeit, die zu leben mir vergönnt sein sollte, mit jenem Phänomen eingehender beschäftigte, bekam ich heraus, dass Tote, die auf dieser Welt etwas nicht beendet haben, sich – bevor sie endgültig ins Jenseits wandern, oder vielmehr gerade, um diesen Weg überhaupt antreten zu können – einen Menschen mit besonderer Gefühlsbegabung auswählen und diesen »heimsuchen«. In der hervorragend ausgestatteten Bibliothek der früheren Besitzer unserer Villa fanden sich – wie zu jedem Thema – auch Werke zum Thema Spiritismus. Darin hieß es, es gebe Medien, die aus freien Stücken einer zwischen dem Diesseits und dem Jenseits gefangenen Seele behilflich seien, ihre weltlichen Dinge zu Ende zu bringen, aber auch Menschen wie Sümbül, die von einem Toten zu solchem Behufe erkoren würden.

Als das Gespenst damals zum ersten Mal in Erscheinung trat, musste die Zahl der am Izmirer Himmel gefangenen Seelen um einiges höher liegen als die von uns Sterblichen auf der Erde. Bei einem Besuch Jahre später sollte Avinash mir verraten, im September 1922 seien in Smyrna etwa hunderttausend Menschen ums Leben gekommen. Hunderttausend Seelen, die über der Stadt dahinschwebten … Der Meeresgrund war ihnen zum Grab geworden. Manche merkten nicht einmal, dass sie gestorben waren, und irrten zwischen zu Asche gewordenen Trümmern herum. Bevor sie in ewige Ruhe eingehen konnten, hatten sie noch Rechnungen zu begleichen, Geheimnisse zu verbergen, sie hatten verborgene Schätze, hatten Kinder in Feindeshand. Und waren alle darauf erpicht, mithilfe feinsinniger, gefühliger Menschen wie Sümbül auf die Erde zurückzukehren und einst Angefangenes zu vollenden.

Seit Sümbül unter der Herrschaft des Gespenstes stand, sprach sie perfektes Französisch mit levantinischem Akzent, das hörte nicht nur ich, das hörten alle im Haus. Als der berühmte Nervenarzt, den Hilmi Rahmi extra aus

Wien hatte holen lassen, davon erfuhr, dass Sümbül in ihrer Heimatstadt Plowdiw bei einer Privatlehrerin Französischunterricht genossen hatte, tat er die Sache mit dem fließenden Französisch als unbedeutendes Detail ab. Zu welcher Behauptung verstieg er sich gar? Wenn bei Patienten Gehirnfunktionen verloren gingen, würden früher beherrschte Sprachen wieder aktiviert, gleich im Unterbewusstsein verschollenen Erinnerungen. So fingen etwa demente Alte an, die Sprachen der Länder zu sprechen, in denen sie aufgewachsen seien.

Ich musste mir auf die Zunge beißen, als ich das hörte. In der Bibliothek, in der dem Nervenarzt Pfefferminzlikör kredenzt worden war, ging Hilmi Rahmi, die Zigarette im Mundwinkel, weiter sorgenvoll auf und ab, hatte er doch wieder einen Beweis dafür bekommen, dass seine Frau den Verstand verloren hatte.

Ich dagegen stellte mir Fragen. Hätte ich sprechen können, so hätte ich den Nervenarzt gefragt, wie Sümbül von einer Lehrerin in Plowdiw das klangvolle levantinische Französisch habe lernen können, das weltweit einzig und allein von in Smyrna lebenden Katholiken gesprochen wurde. Das Schwerste am Stummsein ist, dass man auf die Fragen, die einem das Gehirn zermartern, keine Antwort bekommt. Als würde man die Lippen zum Kuss vorstrecken, doch der Kuss würde nicht erwidert. Ich musste allerdings um jeden Preis vermeiden, die Aufmerksamkeit des Nervenarztes zu erregen. Als wäre er nicht wegen Sümbül nach Izmir gerufen worden, sondern wegen des Rätsels meiner Person, stellte er Hilmi Rahmi andauernd Fragen über mich.

Ob das junge Fräulein von Geburt an stumm sei oder aufgrund eines Schocks nicht mehr sprechen könne? Ob sie zu hören vermöge? Ob sie auf der Zunge eine Wunde aufweise, einen Schnitt etwa? Ob sie bei gutem Verstand sei? Ob bekannt sei, was ihre Muttersprache sei? Als der Arzt merkte, dass ich das Französisch verstand, das er mit Hilmi Rahmi sprach, wurde er erst recht stutzig und wollte unbedingt wissen, in welchem Alter ich diese Sprache gelernt habe. Es sei höchst interessant, dass man eine Sprache auch erlernen könne, ohne dass man zu sprechen fähig sei.

Gerne hätte ich ihn daran erinnert, dass Säuglinge schon beginnen, eine Sprache zu verstehen, bevor sie das erste Wort darin äußern. Aber schließlich war dies eine Zeit, in der Menschen, nur weil ihr Name einer anderen Sprache angehörte, von Haus und Hof verjagt wurden, fort aus ihren Dörfern, in denen sie seit zweitausend Jahren lebten, fort von ihren Tieren, von den Gräbern ihrer Vorfahren. Stumm biss ich mir wieder auf die Zunge.

Das Gespenst erzählte immer die gleiche Geschichte. Da es mit seiner hohen, aufgeregten Stimme stets die gleichen Stellen betonte und auch immer an den gleichen Stellen innehielt, hatte ich bald das Gefühl, als würde eine Grammofonnadel auf den Plattenteller herabgelassen, sobald es den Mund öffnete.

Le jour où la fille est descendue du bateau, il y avait tant de monde au port que des mâts on ne voyait même pas le bleu de la mer.

»An dem Tag, als das Mädchen dem Schiff entstieg, war am Hafen so viel Betrieb, dass man vor lauter Masten das Meeresblau nicht sah. Die Ankömmlinge beklagten sich, dass sie vom Deck aus nur Seglermasten und die Schornsteine von Dampfschiffen erblickten. In so eine schöne Stadt einzufahren wie ein Blinder, der sich vortasten muss, *quel dommage*!«

Dilber fragte: »Jetzt sag doch mal, Scheherazade, was erzählt sie denn da? Was bringt sie so in Rage?«

Bedauernd hob ich die Arme. Woher soll ich das wissen?

Hätten wir Hilmi Rahmi rechtzeitig Bescheid gesagt, hätte er sich vielleicht nicht so sehr darüber entsetzt, dass seine ansonsten so gefügige Gattin in Gestalt einer unwirschen Levantinerin auftrat, und wäre nicht auf die perfide Idee verfallen, sie im Turm der Villa einzusperren.

Auf den Gedanken kamen wir aber nicht.

So vergingen Monate.

Kritisch wurde es, als Sümbül begann, sich mit der Stimme ihres Gespenstes vor den Gästen Hilmi Rahmis zu produzieren. Damals kamen viele Leute ins Haus. In der Bibliothek, deren Fensterläden ständig geschlossen blieben, konferierte Hilmi Rahmi stundenlang mit diversen Männern, und wer weiß, was unter vielem Flüstern und Papierrascheln dort für geheime Pläne ausgeheckt wurden.

»Das sind hochwichtige Leute«, murmelte Dilber in der Küche beim Pastetenrollen. »Es sind sogar Abgeordnete dabei, stell dir nur vor. Sie tragen nämlich allesamt Hüte. Wer weiß, was unser Herr da vorhat. Möge Gott ihn beschützen!«

Seit Kurzem war es für Abgeordnete Pflicht, einen Hut zu tragen.

Das war zu der Zeit, in der der Nervenarzt aus Wien eintraf. Sümbül war in einem lilafarbenen Seidenkleid und mit einem Glas Sherry in der Hand in die Versammlung der flüsternden Herren in der Bibliothek geplatzt und hatte ein schallendes Lachen ausgestoßen. Sie plauderte auf Französisch drauflos und hielt den verstörten Männern die Hand zum Handkuss hin.

Nach jenem Vorfall – jenem Skandal vielmehr – ließ Hilmi Rahmi in dem Turm, der der Villa ihren Namen verlieh, eine Wohnung mit modernem Bad einrichten, wie er dies in den Hotels deutscher Kurorte gesehen hatte. Vom Brunnen her ließ er Rohre bis zum Dach hinauf verlegen, aber Wasser kam keines heraus, dazu reichte der Druck nicht aus. So ließ er Soldaten aus der Kaserne antreten, die zwei große Behälter hinauftragen mussten, die wir mit Wasser füllten und mit Brettern bedeckten. Vor den Fenstern ließ er Gitter anbringen, und aus dem ganzen Haus wurden Messer, Scheren, Streichhölzer, Petroleumflaschen und überhaupt alles entfernt, was Sümbül hätte benützen können, um sich selbst oder anderen zu schaden. Der Nervenarzt hatte nämlich statuiert, im fortgeschrittenen Stadium könnten Wahnvorstellungen gefährlich werden. Die Patientin könne das Haus anzünden oder sich oder jemanden von uns töten wollen. Als er das sagte, sah er über seine Brille hinweg, die ihm fast auf der Nasenspitze saß, ausgerechnet mich an. Auch wenn er in den Turm stieg, um Sümbül zu untersuchen, musste ich immer dabei sein.

Als alle Vorbereitungen getroffen waren, nahm Hilmi Rahmi seine Frau in die Arme und trug sie so vorsichtig in den Turm hinauf, als wäre sie eine kristallene Glocke. Als er wieder herunten war, brachte er an der durch eine Tapete kaschierten Tür zur steilen Wendeltreppe ein Schloss an und übergab mir den Ersatzschlüssel dazu, den ich noch heute an einer Kette um den Hals trage. Von nun an sollte ich mich um seine Frau kümmern. Ich sollte ihr das Essen bringen, mich mit ihr unterhalten, das Zimmer sauber machen und sie einmal in der Woche herunterführen und im Bad waschen. Für den Fall, dass er Sümbül einmal im Haus oder im Garten antreffen sollte, werde er mich dafür verantwortlich machen, und ich könne mir ja wohl vorstellen, was ich dann zu gewärtigen hätte. Zum ersten Mal redete er so streng mit mir. Ich hatte Tränen in den Augen.

In jener Nacht besuchte ich ihn zum ersten Mal in seinem Bett, in dem seine Frau nun nicht mehr lag.

Im Turm eingesperrt zu sein, bekam vor allen Dingen dem Gespenst, das immer gesprächiger wurde. Wenn ich aus Eimern die Wasserbehälter füllte oder die Schallplatten vom Boden aufhob, hatte es Gelegenheit genug, seine Geschichte ohne Unterbrechung vom Stapel zu lassen. Ich tat aber so, als würde ich nicht zuhören, denn sonst würde das Gespenst sich beachtet fühlen und Sümbül ganz und gar unter seine Herrschaft bringen. Was man mit seinem Interesse bedenkt, das gedeiht ja bekanntermaßen besonders gut. Das Gespenst schien aber durch meine bloße Anwesenheit genauso angeregt zu werden wie durch den Aufenthalt im Turm, denn sobald es meine Schritte auf der Wendeltreppe vernahm, redete es gleich mit noch höherer Stimme. So vernahm ich denn auch die haarsträubende Fortsetzung der Geschichte.

»Ich versetzte ihr eine Ohrfeige. Sie hämmerte an die Tür und stieß dabei entsetzliche Schreie und Flüche aus. Nicht nur war sie eine Dirne, sondern auch ein Schandmaul. Wie der Vater, so die Tochter, das hatten die im Blut. Sollte sie doch ruhig in der Sommerhitze in dem Glaskasten schmoren!«

Mit tieferer Stimme fragte es dann, fast flehend: »Was hätte ich tun sollen? Hatte ich irgendeine Wahl? Sie zwang mich ja dazu. Sie hatte sich das alles selbst eingebrockt. Mir blieb nichts anderes übrig.«

Dann regte es sich wieder auf, und es ballte Sümbüls weiche Hände so sehr, dass es ihr die Fingernägel ins Fleisch trieb.

»Drei Monate lang habe ich sie hofiert wie eine Prinzessin. Es hat sie aufgeblasen wie ein Ballon. Ich habe ihr Limonade zu trinken gegeben und ihr mit einem Fächer aus Pfauenfedern zugewedelt wie im Sultansharem. Was hätte ich denn noch machen sollen? Hätte sie sich etwa mit ihrem Bastard draußen auf der Straße herumtreiben und vollends zur Hure werden sollen? Ich habe ihr das Leben gerettet, hörst du, das Leben habe ich ihr gerettet. Das ihre und das von der da!«

Dabei deutete sie auf mich.

Das Gespenst verstummte. Sümbül starrte minutenlang fast ohne zu atmen mit gläsernen Augen vor sich hin, dann kam sie wieder zu sich. Sie war völlig erschöpft von der Fremdherrschaft über ihren Körper und legte weinend ihr vom Schmerz immer schmaler werdendes Gesicht auf mein Knie. Auch wenn Sümbül in Abwesenheit des Gespensts wieder zu sich fand, war sie nicht mehr die alte Sümbül. Wie das schwangere Mädchen in der unseligen Geschichte hatte auch sie dunkle Augenringe und sah einen so hilflos an wie ein Löwenjunges, das in die Falle gegangen ist.

Der Nervenarzt, der jeden Tag pünktlich um neun Uhr in den Turm hinaufstieg, glaubte nicht an das, was das Gespenst erzählte. Nun gut, er glaubte an das ganze Gespenst nicht. Er leuchtete in Sümbüls Pupillen, horchte ihr Herz ab, fühlte den Puls, doch ob das schwangere Mädchen in der Geschichte gestorben war oder sein Kind zur Welt gebracht hatte, kümmerte ihn nicht im Mindesten. Die Entbindung, das Blut, die Hebamme, all das hielt er für Symbole, die mit den Traumata in Sümbüls Unterbewusstsein zu tun hatten.

Dann erfuhr er auch noch, dass die Villa, in der Sümbül als Kind gewohnt hatte, von bulgarischen Banden niedergebrannt worden war und die Familie zu Fuß von Plowdiw bis nach Konya hatte fliehen müssen, und als er etwas nachgebohrt hatte, war ihm von Hilmi Rahmi offenbart worden, Sümbüls Mutter habe unterwegs den Verstand verloren und sei in den Bergen umgekommen. Gegen Ende ihrer langen Odyssee habe die Frau ihr schlafendes Kind in einer Herberge zurückgelassen und sich allein auf den Weg gemacht. Und sei nicht wiedergekommen. Eine Familie aus Skopje, mit der sie seit Plowdiw unterwegs gewesen seien, habe das Kind zu entfernten Verwandten in Konya gebracht. Ein Jahr später sei von Gendarmen dorthin die Leiche der Mutter geschafft worden. Die Frau habe monatelang wie ein wildes Tier in den Bergen gelebt. Wer sich ihr genähert habe, sei von ihr gebissen worden. Als eine Gruppe von Männern sie habe festbinden und vergewaltigen wollen, habe sie einem von ihnen die Halsschlagader aufgebissen.

Mit verwunderter Miene, ja mit unverhohlener Freude hörte der Nervenarzt sich an, was ihm über die Vergangenheit Sümbüls erzählt wurde. Er machte sich dabei unentwegt Notizen in sein ledergebundenes Heft und murmelte hin und wieder etwas auf Deutsch: »*Aber ja, natürlich, sehr interessant …*« Für das Baby und seine Mutter, ja selbst für die in ihrem Turm eingesperrte Sümbül, die beim Reden Schaum vor dem Mund hatte wie eine Fallsüchtige, interessierte er sich überhaupt nicht.

Ich kann Sümbül nicht mehr in die Augen schauen, wenn ich ihr das Frühstück bringe oder sie im Hamam wasche. Nacht für Nacht steige ich nämlich, sobald es dunkel ist, aus dem Bett, schleiche mich wie eine eingefleischte Schlafwandlerin zum Zimmer am Ende des Korridors und schlüpfe durch das Moskitonetz in die Arme ihres kummervollen Gatten. Wenn im Schein des hereinleuchtenden Mondes sein seidenes Nachthemd meine nackte Haut berührt, lebt es auf, brennt wie Feuer. Das Band zwischen uns ist uralt. Ich schlinge die Arme um seine Hüfte wie damals in jener verhängnisvollen Nacht. Wir sitzen wieder auf einem galoppierenden Pferd. Nur er hört meine Stimme.

Bei Tageslicht geht unser Leben weiter, als hätte es die Nacht nicht gegeben.

Sümbül will von mir eine Wäscheleine.

Nicht das Gespenst, Sümbül selbst. Sie fleht mich an.

»Ich bitte dich inständig, Scheherazade, bring mir den dicken Strick aus der Waschküche.«

Ich arbeite weiter, als hätte ich nichts gehört. Da geht Sümbüls Stimme auf eine andere Frequenz, wie bei einem Radio, auf dem man den Sender wechselt. Sie fängt ihre Geschichte wieder ganz von vorne an.

»*Le jour ou la fille est descendue du bateau …*«

Kleine Zärtlichkeiten

»*Vre*, Jungs, was soll das Gewackel, ihr bringt das Boot noch zum Kentern, ist ja sowieso nur eine Nussschale«, rief Minas, der am spitz zulaufenden Bug auf einem Kelim saß, umgeben von Körben und Beuteln. Er hatte den Arm um Adriana gelegt, die sich neben ihm ausnahm wie seine ältere Schwester.

»Halt die Klappe, *malaka*! Anstatt hier das Maul aufzureißen, solltest du mal selber rudern, damit wir eine rauchen können!«

Stavros und Pandelis an den Rudern waren schon außer Atem, doch Minas rührte sich nicht vom Fleck. Er hatte seine Mandoline mitgebracht, auf der er Adrianas Gesang begleitete. Niko, der am Boden auf den Fischernetzen saß, murrte.

»Zu siebt in dem winzigen Kahn, der muss ja kentern!«

Kurz zuvor war hinter dem Berg Nif der Vollmond aufgegangen wie ein Feuerball, worauf Elpiniki, die am Bug neben Panayota thronte wie eine Prinzessin, staunend ausgerufen hatte: »Schaut doch mal, der schöne Sonnenuntergang!« Daraufhin hatten die Jungen sie so sehr verspottet, dass sie rot geworden war wie der aufgehende Mond. Und sie lachten noch immer.

»Du, sag mal, Elpiniki *mu*, die Sonne, die da hinter dem Berg aufgeht, geht die dann an derselben Stelle wieder unter? Was bringen die euch in Omirion bloß bei, *yavri mu*? Dass im Berg Nif Feen leben?«

»Schau, Elpiniki, da drüben ist noch eine Sonne, die geht auch auf der Seite unter. Hahaha!«

»Ihr seid so was von gemein. Glaubt bloß nicht, dass ich mit euch noch mal eine Mondscheinfahrt mache.«

»Welcher Mond denn? Ich sehe bloß zwei Sonnen! Hahaha!«

Panayota zwickte ihre Freundin leicht in den Arm. Da Elpiniki blond war und zudem so schön wie die legendären Feen des Berges Nif, fielen alle über sie her, sobald sie mal was Ungeschicktes sagte. Überhaupt wurde im Viertel ständig darüber gelästert, dass die beiden Mädchen als Einzige das Omirion-Gymnasium besuchten, das als Schule der Reichen galt. Die höheren Töchter aus den Villen in Bella Vista, Punta und Kordelio gingen dorthin. Die Kinder aus dem Viertel blieben in der kirchlichen Schule und machten sich bei jeder Gelegenheit über Elpiniki und Panayota lustig.

Mit vollen Segeln zog eine englische Jacht an ihnen vorbei. Im Dunkel schien sie geradezu übers Wasser zu schweben. Bewundernd sahen die Mädchen zum Kapitän hinauf, der zum Gruß an seine Mütze tippte. Ein gut aussehender Mann, etwa so alt wie ihre Väter. Elpiniki entzif

ferte den in lateinischen Buchstaben geschriebenen Boots-
namen: *Silver Light.*

»Was meinst du, Yota, war das ein Amerikaner? Hast du
gemerkt, wie er uns angeschaut hat? Wahrscheinlich ein
rechter Weiberheld. Pass auf, hast du von den Männern
gehört, die in unseren Vierteln Mädchen für die Offiziere
aus Griechenland aufstöbern? Die kriegen die feinsten
Seidenkleider genäht, und ein Zimmer im Kraemer.«

»Ach was, Elpiniki! Red nicht solchen Unsinn, *yia to
Theo.* Außerdem heißt das Hotel jetzt Splendid, und nicht
mehr Kraemer. Und du weißt das nicht mal.«

Die langen, feinen Muskeln auf Stavros' braun gebrann-
tem Rücken traten hervor und verschwanden wieder wie
die Maserungen, die eine Welle im Sandstrand hinterlässt.
Die Jungen hatten ihre Hemden ausgezogen und ruderten
mit nacktem Oberkörper wie Fischer. Neben dem blassen, schwächlichen Körper von Pandelis stachen die vom
Schwimmen geformten Schultern Stavros' ganz besonders
hervor. Der Junge sah aus wie die griechischen Statuen,
die sie im Museum der Evangeliki-Schule gesehen hatten.

Diesmal war es an Elpiniki, ihre Freundin anzustoßen.

»Pass auf, dass du in den Jungen nicht reinfällst. Du
solltest dich ein bisschen teurer verkaufen. Sonst schaut er
dich nicht mehr an.«

Als ob er das jetzt getan hätte! Wortlos starrte Panayota
ins dunkle Wasser. Als sie sich auf dem Platz getroffen
hatten, hatte Stavros ihr gerade mal kurz zugenickt. Dabei
hatten sie sich wochenlang nicht gesehen! Als sie zurückdachte, wie gleichgültig, ja gelangweilt er gewirkt hatte,
gab es ihr einen Stich, und sie vermied es, zu Minas und
Adriana zu blicken, die am Bug herumturtelten. Wie bei
Vollmond üblich, waren viele der spitzen Gondeln unterwegs, die in Smyrna *kürit* genannt wurden. Von überallher

waren Lieder, Gelächter und Mandolinenklänge zu vernehmen. Elpinik sah noch immer der Jacht hinterher.

»Ich schnappe mir auch mal so einen Europäer, du wirst es noch sehen«, sagte sie so laut, dass auch Niko es hören konnte. Der holte eine Mundharmonika aus der Tasche und stimmte in das Lied ein, das Adriana sang und Minas auf der Mandoline spielte. Die hohen Töne der Mundharmonika hallten durch das Dunkel.

Heya mola, Heya lesa, Heya mola, Heya lesa …

Elpiniki sah mürrisch drein. Panayota strich ihr zum Trost über die Hand. In letzter Zeit ging das Gerücht um, Niko habe sein Herz an ein türkisches Mädchen aus Karantina verloren. Es hieß, die Familie des Mädchens verfüge über gute Beziehungen zum Sultanspalast und der Vater sei so reich, dass er den Europäern ein Hotel an der Uferpromenade nach dem anderen abkaufe. Hatte man so etwas schon gesehen? Ein Muslim, der an der Promenade ein Hotel betreibt? Was sollte außerdem ein in einer Villa in Karantina aufgewachsenes Mädchen mit dem Sohn des Fischers Yorgo? Falls Niko eine Türkin heiraten sollte, würde sein Vater ihn außerdem verstoßen. Das war alles nur leeres Geschwätz, und Elpiniki machte sich ganz umsonst Sorgen.

Ich küsse deinen Schönheitsfleck, meine Allerliebste,
Nur weine nicht, nur weine nicht,
Aman aman.

Dieser Minas kam doch mit jedem Musikinstrument zurecht, das er in die Hand bekam. Unter seinen flinken, kleinen Fingern blühte die Mandoline so richtig auf. Und dazu Adriana mit ihrer seidenen Stimme. Daran, wie Stavros' entblößter Bauch zuckte, merkte Panayota, dass der

Junge in sich hineinlachte. Ihr wurde ganz heiß. Sie ließ ihren Arm ins Wasser hängen, von dem er zart umflossen wurde.

Als sie in Agia Triada ankamen, gingen sie in den Innenhof eines Hauses. Er war voller Menschen, und über den Tischen hing einer Wolke gleich Zigarettenrauch. Die Musikanten spielten ein Begrüßungslied, und in der Mitte tanzten ein paar Männer. Die Leute prosteten den Musikanten zu, riefen sie zu sich an den Tisch und klebten ihnen Geld an die Stirn. Adriana wäre am liebsten gleich wieder gegangen, und die anderen eigentlich auch, doch Minas sah, dass Wein serviert wurde, und bestand darauf, eine Weile zu bleiben. Sie setzten sich an einen Tisch. Elpiniki unterhielt sich mit Pandelis, sah aber fortwährend zu Niko, der auf dem Stuhlrand saß und mit einer Gebetskette aus Bernstein spielte.

Sie wurden von allen beäugt, als machte man sich darüber lustig, wie jung und unerfahren sie waren. Panayota ärgerte sich. Was hatten sie unter lauter Erwachsenen zu suchen? Mit Stavros hatte sie noch kein einziges Wort geredet. Sie hatte es satt, immer zu warten und ihn mit irgendwelchen Tricks auf sich aufmerksam machen zu müssen. Den Wein, der vor sie hingestellt wurde, trank sie in einem Zug aus.

Das Lied ging zu Ende, und die Musikantengruppe wurde durch einen Saz- und einen Hackbrettspieler sowie durch zwei Tamburinschlägerinnen ergänzt, die die Goldmünzen an ihrer Stirn klimpern ließen. Gemeinsam stimmten sie ein fröhliches Lied an, in dem der König verspottet und Venizelos in den Himmel gehoben wurde. Die Mädchen gingen mit ihren Tamburinen herum und forderten die Gäste zum Mitsingen auf. Minas fing an, im Rhythmus mit dem lustigen Lied mitzuklatschen, und die anderen folgten ihm. Sogar Stavros musste schmunzeln. Panayota wurde auf einmal ganz frohgemut. Ihr Bein rutschte wie von selbst an Stavros' Knie, und die Wärme, die zwischen ihren Körpern hin und her floss, war ihrem Herzen wie süßer Nektar. Aus dem Augenwinkel sah sie zum messerscharfen, ebenmäßigen Profil des Jungen hinüber. Bald berührten sich auf dem Tisch zitternd und furchtsam ihre Ellbogen.

Als die Musikanten nach dem Venizelos-Lied zu einer Polka übergingen, zuckte Stavros zusammen, als sei ihm eine Nadel in den Po gefahren, und Knie und Ellbogen fuhren auseinander. Minas trank sein Glas leer, drückte die Zigarette im Aschenbecher aus und zog Adriana zur Tanzfläche. Eigentlich konnten die beiden nicht Polka tanzen, aber es dauerte nicht lange und sie hatten den Paaren ein paar Bewegungen abgeschaut. Die anderen beklatschten Minas und Adriana dafür, dass sie sich das trauten. Schließlich nahm auch Stavros Panayota bei der Hand, doch zog er sie leider nicht auf die Tanzfläche, sondern zum Ausgang.

Im Gegensatz zu Adriana konnte Panayota sehr wohl Polka tanzen. Die hochnäsigen Klassenkameradinnen in Omirion hatten Elpikini und ihr in den Pausen die in der Tanzschule gelernten Schritte beigebracht, und wenn die beiden Mädchen abends heimkehrten, übten sie den neuen Tanz auf der Terrasse ihrer benachbarten Häuser. Als Panayota nun mit Stavros auf die Straße trat, war sie erst geknickt, auch brannte ihr der Wein im Magen, doch dann wurde ihr so recht bewusst, dass ihre Hand in Stavros' großer Hand lag, und die Enttäuschung wich. Sie mischten sich unter die Menge, die sich in den engen Gassen um die Kirche drängte.

Während sie im Hof gesessen hatten, waren zu jenem

ersten Jahrmarkt des Sommers vom Meer her und übers Festland noch viel mehr Menschen aus Kordelio und Bornova herbeigeströmt. Aus Droschken stiegen Offiziere in Uniform aus, elegante Damen, reiche Kaufmannsfamilien. Straßenhändler hatten an ihren Wagen Lämpchen aufgehängt, um ihre Ware besser zur Geltung zu bringen. Es gab in dem Dorf keine Straßenlaternen, sodass die Lichter der auf dem Wasser schaukelnden Boote besonders reizvoll glänzten. Kahl geschorene Dorfkinder schrien »Da geht's lang!«, wenn sie von der Achse einer Droschke absprangen. Vom Herumtoben in Hitze und Staub starrten sie vor Schmutz. Die meisten liefen barfuß. Da hörten sie auf einmal die Stimme des Ausrufers und liefen alle auf den kleinen Kirchplatz. Auch die kleinen Mädchen mit den blauen Schleifchen, die mit Droschken gekommen waren, zogen ihre Väter in dieselbe Richtung. Der Ausrufer sah die Kinderschar herbeieilen und hob zu seiner Verkündigung an.

»Hört her! Die große Schau der Wunder beginnt in wenigen Minuten, um genau neun Uhr europäischer Zeit. Keiner von euch, ob groß oder klein, soll sagen, er habe davon nicht gewusst! *Kiryi ke kiryes, elate*, kommt herbei! Seht euch an, wer unser schönes Smyrna erfreut. Es kommt der berühmteste Seiltänzer der Welt, Arap Kerim Baba. Er tanzt auf dem Seil, aber nicht so, wie ihr das kennt! Kerim Baba geht im Handstand über das Seil, er schlägt Purzelbäume und fängt sich katzengleich wieder ab. Verehrte Damen und Herren, verehrte Kinder, der Ausrufer Kozmas erzählt euch keine Lügen. *Oriste*, seht es euch mit eigenen Augen an. *Kita na dis!* Seht auch die berühmte Tänzerin Dudu Sultan und den Eunuchen Sarı-Haralambis aus Chios mit seiner Seidenstimme. Sie alle unterhalten heute Abend unser herrliches Agia Triada, meine Damen und Herren. *Yasas! Yasas!* Herzlich willkommen! Beginn der Vorstellung neun Uhr. Es sage keiner, er habe nicht davon erfahren!«

Panayota, Hand in Hand mit Stavros, das Herz flatternd wie ein kleiner Vogel, stellte sich auf Zehenspitzen, um die Bühne zu sehen, auf der die Akrobaten ihre Künste zeigen würden. Auf der Mauer um die Kirche waren Kerzen aufgestellt, deren Flackern über Panayotas Gesicht fuhr. Drinnen gingen Priester durch die Bankreihen und verbreiteten eine Rauchwolke aus Amber und Sandelholz, die sich mit dem Duft von gebrannten Mandeln, Lokum und Backwerk draußen auf der Straße vermischte.

»Komm, Schatz, holen wir uns Helva«, sagte Panayota und zog Stavros weiter. Schatz? So hatte sie ihn bisher nur in ihren Träumen genannt. Vielleicht war sie mit dem Jungen nun vertraut genug und verhielt sich natürlicher. Oder aber es lag am Wein. Jedenfalls wollte sie nun tanzen.

Stavros ließ sich wortlos von ihr führen. Aber wirkte er nicht ein bisschen missmutig? Hatte sie etwas falsch gemacht? Womöglich kam es ihm kindisch vor, wie sie auf Süßigkeiten aus war. Vielleicht wäre ihm eine reife Frau lieber gewesen. Oder eines der europäischen Mädchen aus Bella Vista, die schon mit dreizehn wussten, wie man sich in Gesellschaft zu verhalten hatte. Die Melodie aus einer Drehorgel, an der sie vorbeikamen, machte sie melancholisch. Der Helva-Verkäufer hielt ihnen zwei Tüten mit je einer Scheibe Sesam-Helva hin.

»Wie heißt du denn, meine Schöne?«

»Panayota.«

»*Poli orea. Bravo su*, Panayota. Möge euer Leben voller Licht sein wie dein Name und wie unsere Mutter Maria. Junge, du hast Glück, so eine reizende Verlobte zu haben.«

In Panayotas Rückgrat schoss ein Freudenfunke empor

wie ein Feuerwerk. Wäre da nicht die Sorge gewesen, sich etwas zu vergeben, hätte sie Stavros prompt auf die Wange geküsst, so glücklich war sie.

»*Hronya pola*, Kinder.«

»*Hronya pola, kirye!*«

»Komm, gehen wir zum Strand«, sagte Stavros.

Da blieb ihr die Freude in der Kehle stecken wie ein Kloß. Sollten sie sich etwa wieder in einer dunklen Ecke küssen? Dies war doch der Abend, an dem sie vor aller Augen wie ein echtes Pärchen auftreten sollten. Sie wollte lediglich Hand in Hand mit ihm umhergehen und ihr Helva essen. Doch sagte sie nichts, aus Furcht, der Junge werde seine Hand brüsk zurückziehen. Wortlos gingen sie zu der Stelle hinunter, wo sie das Boot von Nikos Vater an den Strand gezogen hatten. Die Töne der Drehorgel wurden leiser und leiser.

Stavros half Panayota dabei, einen Felsen hinter den Booten zu erklimmen, kam nach und setzte sich neben sie. Sie hielten sich nicht bei der Hand. Es kamen noch immer Boote voller junger Leute an. Manche Paare machten sich erst gar nicht in die Gassen auf, sondern verloren sich sogleich in der Dunkelheit des Strandes. Panayota legte die Hände ostentativ in den Schoß ihres rosafarbenen plissierten Kleids. Ihr Knie berührte wieder Stavros' Knie. Der Junge sah aufs Meer hinaus, wo die Karbidlampen der Boote tänzelten, dann sprach er mit seiner dumpfen, rauen Stimme.

»Yota *mu*, ich muss dir etwas sagen.«

Panayota schloss die Augen. Ihr schwindelte leicht. Sie tat einen tiefen Atemzug, um jenen Moment tief in sich einzusaugen: die Nacht, den Mond, die Sterne, den nach Jasmin, gebrannten Mandeln und Algen duftenden kühlen Wind, das ferne Trommeln, das Frauengelächter, die aus den Häusern tönende Musik … Stavros hatte »Yota *mu*« gesagt. Yota *mu*. Meine Panayota! Das geschah zum ersten Mal. Wenn sie an der Mauer des Englischen Krankenhauses im Dunkel poussierten, hatte er sie nie bei ihrem Namen genannt und auch keine Liebesworte geflüstert. Als sie die Augen wieder aufschlug, sah sie, wie Stavros aus der Westentasche seinen Tabak herausholte. Er würde sich eine Zigarette drehen und dann bestimmt mit seiner freien Hand die ihre ergreifen. Sie presste ihr Knie gegen seines.

Wieder näherte sich ein Boot, auf dessen Bug eine Laterne brannte. Ein schnauzbärtiger Mann mittleren Alters sprang ins seichte Wasser, zog das Boot an den Strand und half den Frauen beim Aussteigen. Wenn er sie dabei praktisch in die Arme nahm, protestierten sie im Scherz. Sie waren alle stark geschminkt und trugen aparte Hüte. Enge Kleider schmiegten sich um Wespentaillen, gewagte Dekolletés ließen ahnen, die Brüste könnten jederzeit aus dem Ausschnitt platzen. Das also waren die Frauen, die Elpiniki gemeint hatte. Es hieß, zum Amüsement der griechischen und britischen Offiziere würden sie nicht nur aus diversen Vierteln Smyrnas, sondern sogar aus Aydın und Manisa zusammengeholt. Meist sah man sie in Autos an den großen Hotels am Quai vorbeifahren, doch an jenem Abend schienen sie wie jedermann Lust auf den Jahrmarkt gehabt zu haben. Panayota konnte sich nicht vorstellen, dass diese Frauen zum Heiligen Geist beteten. Was würde wohl der Priester sagen, wenn sie die Kirche betreten wollten?

Stavros wartete ab, bis die Frauen in den Gassen verschwunden waren. Seine Zigarette war schon halb aufgeraucht, und noch immer hatte seine Hand nicht zu der von Panayota gefunden, die wartend auf dem Schoß harrte.

»Ich sage das nur zu dir und zu sonst niemandem.«

Panayotas Herz pochte. Endlich war also der Moment gekommen, den sie herbeigesehnt hatte, während sie sich schlaflos im Bett wälzte wie ein ins Netz gegangener Fisch. Stavros liebte auch sie. Wenn er am Tag, nachdem er sie an die Krankenhausmauer gedrückt und geküsst hatte, auf dem Platz immer so einsilbig wirkte, war das nur aus reiner Scham und wegen nichts anderem. Ihr Atem wurde heftig. Sie leckte sich die Lippen, rieb die Handflächen aneinander, prüfte den Sitz der rosafarbenen Schleifchen, die ihr die Mutter einzeln ins Haar geflochten hatte.

Sie verlor sich derart in ihrer Traumvorstellung, dass sie schließlich, als sie hörte, was Stavros tatsächlich sagte, fast vom Felsen gekippt wäre. Der Junge konnte sie gerade noch am Arm packen und wieder hinaufziehen, dann legte er ihr den Arm um die Hüfte. Panayota wimmerte fast, so sehr genoss sie die Berührung, und sie wollte ihm schon den Kopf auf die Schulter legen, da fielen ihr Stavros' Worte wieder ein.

»Was? Du hast was getan?«

So ruhig und entschlossen wie das Meer ihnen gegenüber wiederholte der Junge, was er gesagt hatte.

»Ich habe mich als Kriegsfreiwilliger gemeldet.«

Es wehten Drehorgelklänge herüber. Panayota zitterte. Von der Kirchenglocke her schlug es neun Uhr.

»Frierst du? Da, nimm meine Jacke, wenn du willst.«

Er zog sich die Jacke aus und legte sie auf Panayotas Rüschenschultern.

Er war verdutzt, hatte er doch gemeint, Panayota würde sich über die Nachricht freuen und stolz auf ihn sein. Er legte ihr wieder den Arm um die Hüfte und versuchte, sie an sich zu ziehen. Das Mädchen aber saß steif da, schwer wie der Fels unter ihnen, und sah mit gesenktem

Kopf auf ihre Schuhe mit den weißen Schnürsenkeln. Als sie schließlich den Mund aufbrachte, flüsterte sie: »Und wann?«

»Morgen brechen wir auf. Erst nach Manisa.«

Er fuhr sich durch die mit Moschusöl eingeriebenen Haare, zupfte an seinen Hosenträgern.

»Bald nehmen wir Istanbul ein, *makari*«, sagte er schließlich, um die Stille zu übertönen. »Danach ganz Thrakien. Wir bringen unserem Volk die Freiheit.«

Panayota schien ihm gar nicht richtig zuzuhören.

»Du bist doch noch zu jung dafür.«

Stavros lächelte stolz.

»Ich habe denen erzählt, dass ich am Ende des Sommers achtzehn werde. Außerdem nehme ich seit zwei Monaten zwei Mal am Tag an einer militärischen Ausbildung teil. Neulich ist ein Offizier gekommen, um die Vorbereitung der Freiwilligen zu kontrollieren, und er soll sehr zufrieden mit mir gewesen sein.«

Er wandte sich Panayota zu und sah ihr in die Augen. Sein Blick war nicht mehr so streng wie sonst, war sanft wie der eines Kindes. Als er sich vorbeugte, um sie auf die Wange zu küssen, entschlüpfte sie ihm wie ein Fisch und sprang auf den Strand.

»Was denn für eine Freiheit, *vre* Stravraki! Sind Smyrna und Aidin nicht genug? Wir sind doch frei. Was will Venizelos noch?«

Verwundert schüttelte Stavros den Kopf. Was war nur in Panayota gefahren, wo doch er und all seine Freunde über nichts anderes redeten als darüber, dass der Traum von Großgriechenland endlich wahr wurde? Aber klar, sie war die Tochter von Krämer Akis. Er hatte beileibe nicht vergessen, wie jener ihn und seine Freunde zusammenge-staucht hatte, als sie vor einem Jahr die Ankunft der grie-

chischen Flotte verkündet hatten. Außerdem hieß es, Akis'
Vater, also Panayotas Großvater, habe noch kein Wort
Griechisch gesprochen, als sie von Kayseri nach Çeşme gezogen seien. Sogar Akis selbst habe erst richtig Griechisch
gelernt, als er in Çeşme eingeschult worden sei. Akis und
seine Sippe waren Karamanlis, die Sorte von Griechen, die
sogar zu Hause Türkisch sprachen. Da brauchte man sich
nicht zu wundern, wie sie zur Freiheit standen.

»Wie weit soll denn dieser Befreiungskampf noch führen? Wenn es heißt, auf nach Angira, gehst du dort auch
hin?«

Er legte den Kopf schief, als müsste er darüber zum ersten Mal nachdenken.

»Für Großgriechenland würde ich alles tun.«

»Ach ja?«

Panayota stand mit in die Hüfte gestützten Händen auf
dem Strand und sah ihn an, als wollte sie ihn verspotten.
Obwohl ihm die Wut ins Gesicht stieg, gelang es ihm,
ruhig zu bleiben.

»Panayota, begreif doch, wir müssen unsere Grenzen
sichern.«

Mit seinen langen Armen und Beinen schien er auf
dem kleinen Felsen zu kleben wie ein Krake. Er ballte die
Fäuste. Was für eine Pleite! Vorgestellt hatte er sich, von
dem Mädchen einen Abschiedskuss zu bekommen, an den
er sich an der Front zärtlich erinnern konnte. Mit etwas
Glück würde auf seinen Händen die Spur von einem Stück
Haut hängen bleiben … Wenn nicht, würde er sich eben
bis zum Sieg mit dem Geschmack von Panayotas Kirsch-
mund begnügen. Doch verlief die schöne Nacht so gar
nicht wie erhofft. Weder Busen noch Lippen. Mit leeren
Händen würde er an die Front ziehen. Verärgert sah er sich
um. Es war sonst niemand mehr am Strand.

Da er nichts von sich gab, ergriff Panayota das Wort, etwas lauter diesmal.

»Was geht uns die griechische Armee an? Haben wir sie etwa gerufen? Wir haben hier ein ruhiges Leben geführt. Hat uns irgendetwas gefehlt? Von wegen sie haben uns gerettet! Wie sieht es bei uns aus seither? Keine einzige Straßenlaterne brennt mehr, und den Müll räumt auch niemand weg. Die Stadt ist eine einzige Kloake. Jetzt stellen sie für den Müll schon Frauen ein. Die Straßen sind voller Flüchtlinge und Gesindel. Ist es das, was ihr wolltet?«

Stavros spürte, wie sein Gesicht heiß wurde, die Ohren, die Muskeln. Etwas lief aus dem Ruder.

»Panayota, *se parakalo*, sei bitte still jetzt!«

Jenseits der Bucht, in Smyrna, wurden Feuerwerkskörper in die Luft geschossen, und der Himmel über Agia Triada war in ein blaues, rotes und goldenes Lichtermeer getaucht, denn über dem Wasser hingen *klobos* genannte Leuchtballons in der Luft. Mädchen in weißen Kleidern schlenderten am Arm neu eingetroffener, herausgeputzter Soldaten aus Griechenland, Kinder wetteiferten darin, die Lokums in ihren Tüten auf einen Satz hinunterzuschlucken. Niemand schien einen Gedanken daran zu verschwenden, dass bald Krieg herrschen könne.

Panayota wollte nicht alles schweigend hinnehmen. Wären die griechischen Soldaten nicht wichtigtuerisch hergekommen, um sie angeblich zu retten, so würde sie weiter in ihrem schönen Viertel leben, würde Stavros heiraten und mit ihm in ein Haus ziehen, in dessen Garten sie Geranien, Rosen und Bougainvillea pflanzen würde. So wie ihre Eltern, ihre Großeltern und all ihre Vorfahren, die seit zweitausend Jahren in dieser fruchtbaren Gegend wohnten, würde sie ein ruhiges, glückliches Leben führen und Kinder großziehen, die im türkisfarbenen Meer das Schwimmen lernten wie die Fische. Sie schluckte den Kloß hinunter, der ihr auf die Kehle drückte, und wiederholte, was sie so von ihrem Vater gehört hatte.

»Weißt du eigentlich, wie unwegsam Anatolien ist? Nicht mal einen Schluck Wasser werdet ihr dort bekommen und in der Sommerhitze zugrunde gehen.«

»Deswegen muss ich ja dorthin«, erwiderte Stavros verhalten. »Ich bin von hier, und ich halte was aus. Wenn die anderen zugrunde gehen, kann ich weiterkämpfen.«

Panayota sah vor sich hin. Ihr rosafarbener kurzer Rock und die Seidenstrümpfe, die sie ein paar Stunden zuvor noch so sorgfältig angelegt hatte, waren ihr nun zuwider. Schluckend kämpfte sie mit den Tränen.

Stavros sprang vom Felsen und stapfte durch den Sand zu ihr. Er legte ihr zwei Finger unters Kinn und drehte ihr Gesicht zum Mond. Ihre langen schwarzen Haare waren zerzaust, die Schleifchen allesamt verrutscht. Sie war eher traurig als wütend, doch das begriff der Junge nicht, denn er war ganz damit beschäftigt, sich zu rechtfertigen.

»Panayota, weißt du eigentlich, was eine Niederlage für uns bedeuten würde?«

»Natürlich weiß ich das. Das wäre das Aus für eure Träume von Großgriechenland, und wir wären wieder unter türkischer Herrschaft. Dann würden in den Hafen wenigstens wieder Schiffe einfahren. Die Männer würden an ihre Arbeit zurückkehren, anstatt in Kaffeehäusern herumzusitzen. Es wäre wieder alles wie früher. Darum möchte ich auch tausendmal lieber vom Sultan oder sogar von Mustafa Kemal regiert werden als von den Leuten dieses ungnädigen Stergiadis.«

Stavros merkte, dass etwas im Halbkreis durchs Dunkel sauste, doch erst, als es mit voller Kraft auf Panayotas

Wange niederging, wurde ihm klar, dass es seine eigene Hand war. Unter der Wucht der Ohrfeige wich Panayota zurück, stolperte über einen Stein, verlor das Gleichgewicht und sackte in den weichen Sand. Mit beiden Händen bedeckte sie ihr Gesicht.

Stavros kauerte eilig neben ihr nieder. Wie hatte das nur geschehen können? Als Panayota sich weigerte, die Hände wegzunehmen, geriet er in Panik. Eines ihrer Augen war zu. Hatte er etwa in dem unseligen Augenblick mit der Faust darauf geschlagen? O Gott! Ihr Vater würde ihn umbringen.

»Yota *mu*, es tut mir so leid! Schatz, verzeih mir bitte!«

Das Mädchen hielt sich nun eine Hand an die Wange, biss sich auf die Lippen und starrte vor sich hin. Ihre kohlenschwarzen Augen waren so weit aufgerissen, dass ihr schmales Gesicht aus nichts anderem mehr zu bestehen schien.

»Panayota, bitte verzeih mir. Ich weiß nicht, wie das über mich gekommen ist. Lass mich bitte nachschauen, bist du verletzt?«

Langsam nahm Panayota die Hand von der Wange und blickte auf. Im Dunkel war kaum etwas zu sehen. Stavros stieß den Atem aus, den er die ganze Zeit angehalten hatte, und berührte Panayotas Wange. Sie brannte wie Feuer. Er beugte sich vor und küsste die Stelle, die er geschlagen hatte. War sie ihm sehr böse? Weinte sie? Mit seiner vom Rudern schwieligen rechten Hand glitt er von der Wange zum Hals hinunter, zum Schleifchenkragen ihrer rosaweißen Bluse. Sie hatte die Augen wieder geschlossen, biss sich wieder auf die Lippe, doch zu protestieren schien sie nicht. Als er zuvor das Gefühl gehabt hatte, etwas würde aus dem Ruder laufen, hatte er nicht an so etwas gedacht. Ohnehin dachte er nicht mal im Traum daran, die Sache vor seiner Hochzeit mit jemand anderem zu machen als mit den Frauen in jenen Häusern in Hiotika, und erst recht nicht mit Panayota, die sich auf mehr als Küsse und Streicheln ganz bestimmt nicht einließ. Und dennoch lag er nun plötzlich auf dem Mädchen.

Die Laternen auf den Booten am Strand waren erloschen und alle Passagiere in den Gassen von Agia Triada verschwunden. Die große Schau der Wunder musste begonnen haben. Sie waren im Dunkel hinter dem Felsen ganz allein, und Panayota lag mit geschlossenen Augen unter Stavros wie eine mit Stroh gefüllte Puppe.

»Yota *mu*, meine Schöne ...«

Unter dem papierharten Taft waren Panayotas Beine ungeheuer weich. Nicht einmal die seidenbestrumpften Beine der Frauen in Hiotika waren so glatt und weich, und noch immer sagte das Mädchen nicht Nein. Da kam Stavros zum ersten Mal so richtig in den Sinn, dass er bald über Berge und durch Wüsten ziehen würde und dabei gut und gerne ums Leben kommen konnte. Als Soldat musste man sich mit dem Gedanken an den Tod natürlich vertraut machen, doch als konkrete Möglichkeit hatte er ihn bisher noch nicht aufgefasst. Sobald ihm das zu Bewusstsein kam, verspürte er ein ungeheures Kribbeln in den Lenden, er packte Panayota, als klammerte er sich dadurch ans Leben, und drang mit aller Kraft tief in sie ein.

Während der Mond die dunklen Wasser der Bucht beschien, schlummerte Katina im Erker, in dem sie der Rückkehr ihrer Tochter harrte. Und es war gut, dass sie schlummerte, denn sonst hätte sie mit angesehen, wie ihr Augenstern über den Platz ging und dabei die Beine spreizte wie ein frisch beschnittener kleiner Junge, und sie hätte sich große Sorgen gemacht. Hätte sie nicht geschlafen, wäre ihr aufgefallen, dass von den Dutzenden kleinen rosa Schleifchen, die sie eigenhändig ins widerspenstige Haar der Tochter geknüpft hatte, viele sich gelöst hatten, andere waren gar verloren gegangen. Von dem seltsamen Gang hätte sie wohl darauf geschlossen, dass Panayota unter ihrem Taftrock nackt war, aber nie wäre ihr in den Sinn gekommen, dass sie ihre blutige Unterwäsche in einem unbeobachteten Augenblick über Bord geworfen hatte.

Wäre sie wach gewesen, hätte sie gesehen, wie Panayota auf dem Platz Stavros ohne jeden Abschied zurückließ, sich in der Menekşe-Straße weinend an das Haus gegenüber lehnte und wie beim Anblick des herantrottenden Muhtar über ihr tränenverschmiertes Gesicht ein Lächeln huschte. Und vielleicht wäre ihr aufgefallen, wie verblüffend ähnlich ihre Tochter der europäischen Dame sah, die im vergangenen Frühjahr ebenfalls weinend an jener Mauer gelehnt hatte.

Doch die im Erker auf der Bank ausgestreckte Katina Yağcıoğlu schlief und bekam von alledem nichts mit.

Als sie am nächsten Morgen bei Tagesanbruch zur Konditorei Zakas am Hafen ging, um für ihre Tochter Pasteten zu besorgen, wusste sie auch nicht, dass der Zug nach Afyon, der da so wehmutsvoll tutete, den jungen Stavros auf Nimmerwiedersehen aus der nach Rosen duftenden Stadt davontrug. Sie blickte auf die grünen Wiesen, die im ersten Sommerlicht glänzten, und sprach lediglich ein spontanes Stoßgebet. Durch die offenen Fenster des auf die Berge zueilenden Zuges flogen goldene Stäubchen herein. In der dritten Klasse wetzten junge Männer unruhig auf den Holzbänken, von einer großen Sache beflügelt. Für Panayota hingegen, die sich mit verstopfter Nase in ihrem schmalen Bett hin und her wälzte, gab es keinen Grund mehr aufzustehen. Auf dem Jahrmarkt in Agia

Triada hatte sie nicht nur Stavros verloren, sondern auch die Liebe der kleinen Zärtlichkeiten. Sie schloss die Augen und drehte sich zur Wand.

Silvester

»Ist Mademoiselle Edith fertig? Ich gehe nicht zu ihr hinein. Sag ihr doch bitte Bescheid, dass ich da bin, Hristo.«

Mit seinem üblichen Phlegma und der undurchdringlichen Miene ließ Hristo Avinash in die hell erleuchtete Eingangshalle und verschwand hinter der Treppe. In der Hoffnung, eine Kleiderbürste zu finden, blickte Avinash sich am Spiegel, an der Garderobe und am Schirmständer um. Obwohl er von der Hatuniye-Moschee mit einer geschlossenen Kutsche gekommen war, hatte sich der Staub der Stadt schon wieder in seinen Haaren, seinen Kleidern und dem frisch aus der Schachtel entnommenen Filzhut eingenistet. Er konnte sich lediglich mit der Hand die Schultern abbürsten, dann zog er seine Taschenuhr heraus.

Fünf vor sieben. Sie würden zu spät kommen. Das verärgerte ihn.

Er hatte sich eines der Automobile des Konsulats besorgt, dennoch würden sie an solch einem Wintertag auf den schlechten Straßen gut eine Stunde nach Bornova brauchen. Die Silvestergäste der Thomas-Cooks waren um ein Eintreffen gegen acht Uhr gebeten worden. Das Essen würde um neun serviert werden.

Tat Edith das mit Absicht?

Im mit Blattgold überzogenen Spiegel prüfte er den Sitz seiner auf den Jackenbesatz abgestimmten Seidenkrawatte, rückte den Hut zurecht, wischte den Staub von den Schößen seines grünen Fracks und zwirbelte den frisch gewichsten Schnurrbart. Es war Avinash höchst zuwider, zu dem Silvesterball zu spät zu kommen, bei dem sämtliche Europäer und Levantiner Smyrnas sowie die höheren Offiziere und die einheimischen Wohlhabenden zusammentrafen. Edith hatte es nicht gelernt, auf seine Empfindsamkeit in Sachen Pünktlichkeit ein wenig Rücksicht zu nehmen.

Schließlich legte er den Hut auf der Konsole ab, ging durch die Eingangshalle und war in drei Schritten im Wohnzimmer, an dessen Tür er auf den Hausverwalter traf.

»Kannst du mir bitte sagen, was los ist, Hristo?«

Er war lauter geworden als beabsichtigt. Und also angespannter, als er gedacht hatte. Mit der Hand vor dem Mund hüstelte er. Der Hausverwalter hielt ihm die Tür auf, und als Avinash mit ungeduldigen Schritten eingetreten war, schloss er sie leise hinter ihm.

Die Deckenlampe war nicht an, und das Wandlämpchen verbreitete eine düstere Stimmung im Raum, der unaufgeräumter wirkte denn je. Jedes Mal, wenn Avinash in das Zimmer kam, sagte er sich unwillkürlich, dass Edith im Umgang mit dem Personal nicht streng genug war. Das Teetablett auf dem Tischchen am Fenster war nicht weggeräumt worden, es lagen Biskuitkrümel am Boden, und das Parkett war mit Milch befleckt. Einer der blauen Samtsessel war voller Bücher. Edith hatte sich angewöhnt, die Bücher, die sie zum Lesen aus der Bibliothek im ersten Stock holte, unten anzusammeln. Unter dem Sessel stand ein kristallener Aschenbecher voller angerauchter Zigaretten. Der daraus hochsteigende Tabakduft vermischte sich mit dem Haschischrauch, der im Zimmer waberte, und mit dem Geruch nach getrocknetem Kaffeesatz aus einer irgendwo vergessenen Tasse.

Avinash rümpfte die Nase.

Im fahlen Schein der Nachtlämpchen bemerkte er Edith zunächst gar nicht. Einen Moment lang dachte er schon, der Hausverwalter habe ihn nur in das Zimmer geführt, damit er dort auf Edith wartete. So verhielt es sich aber nicht. Leider nicht. Edith war durchaus im Zimmer. Ohne sich darum zu kümmern, dass ihre bis zu den Knöcheln reichende wassergrüne Abendtoilette dabei verknitterte, hatte sie sich auf dem Schafsfell des Diwans ausgestreckt, zog an ihrer Pfeife und betrachtete durch die halb geschlossenen Lider die im Kamin verglühenden Scheite. Einer ihrer Schuhe war unter den Diwan gerutscht, der andere gar nicht zu sehen.

Avinash war ebenso verblüfft wie wütend.

»Edith, *mon amour*, was soll das?«

Ohne zu antworten, lehnte sie sich auf das silberbestickte Kopfkissen zurück und ließ den Rauch aus ihren Lungen entweichen. Während sie in eine blaue Wolke gehüllt wurde, regte und streckte sie die seidenbestrumpften Füße.

»Edith, es ist sieben vorbei. Wir müssen los. Das Auto, das ich uns besorgt habe, wartet am Bahnhof. Edward hat uns ausdrücklich gebeten, um acht Uhr bei ihm zu sein.

»Ach, Edward!«, murmelte Edith mit geschlossenen Augen. »Edward und sein Silvesterball … Diese Engländer mit ihrer Pünktlichkeit. Sie sind sich ja nicht mal zu schade, das auf ihren Einladungen penetrant zu betonen: ›Unsere verehrten Gäste werden ausdrücklich um pünktliches Erscheinen gebeten.‹ Haha! Und du eiferst denen auch noch nach, Avinash *darling*.«

Sie streckte den von ihrem Kleid unbedeckten Arm aus und legte die Pfeife auf den Teppich, dann richtete sie sich mühsam hoch und sah Avinash ins Gesicht.

»Wie findest du meine Haare? Hat Zoi so arrangiert.«

Avinash trat näher. Ihr Kopf war von einem dicken

schwarzen Turban umwickelt, in dessen Mitte eine diamantene Brosche saß. Aus dem Turban stand ein Dutt mit noch immer pechschwarzem Haar heraus, während der frühzeitig ergrauende Haaransatz unter dem Turban verborgen blieb. Mit den schwarz geschminkten Augen und dem Turban sah sie aus wie eine indische Prinzessin. War das eine neue Mode oder machte sie sich über ihren Geliebten lustig?

»Sehr ansprechend, Edith. Stehst du jetzt bitte auf?«

Sie setzte sich gerade hin und rückte die auf ihre Toilette abgestimmten Tropfenohrringe zurecht. Die Perlenkette, die sie dreifach um den Hals trug, war auf eine Seite verrutscht.

»Dein Kleid zerknittert, Edith.«

Er warf einen Blick auf die Uhr in seiner Hand. Sieben nach sieben. Edith stützte sich auf einen Ellbogen, nahm die Pfeife vom Boden und versuchte sie wieder in Gang zu bringen. Mit einem Schritt war Avinash bei ihr und nahm ihr die Pfeife aus der Hand.

»Edith, was um Himmels willen ist los mit dir? Wie kannst du an einem derart wichtigen Abend so gleichgültig sein?«

»Was soll an diesem Abend so wichtig, sein, *Sir* Avinash? Oder soll ich eher sagen *sri* Avinash? *Sir sri* Avinash! Passt das nicht wunderbar? Ich lese gerade ein Buch, das hat jemand von euch dort geschrieben. Würde dir auch gefallen. Darin steht, dass die Reise des Menschen vom Zwang zur Liebe führt, von der Disziplin zur Freiheit, von der Moral zum Geistigen. Wie heißt der Mann noch mal? Das mit dem *sri* habe ich auch von ihm gelernt. Dass man das dem Namen wichtiger Persönlichkeiten voranstellt. Statt *Sir* eben *sri*, haha!«

Ausgiebig belachte sie ihren eigenen Scherz. Avinash

sah missmutig drein, da wechselte sie zum Griechischen über, wie beim Liebesspiel.

»*Ade vre*, Avinash *mu*? Habe ich dich verärgert? Es ist wirklich ein guter Schriftsteller. Über das Böse im Menschen schreibt er zum Beispiel … Moment, was schreibt er noch mal? Das Buch muss hier irgendwo sein.«

Avinash rieb sich verzweifelt die Hände. Schließlich setzte er sich auf den Diwan, neben Ediths kleine Füße.

Im Verlauf der letzten Jahre hatte Ediths Rauschgiftsucht überhandgenommen. Avinash verfluchte den Tag vor zwölf Jahren, an dem er ihr eine gefüllte Wasserpfeife geschenkt hatte. Jene stand noch immer in ihrem Schlafzimmer, und ohne Haschisch zu rauchen, konnte Edith nicht mehr schlafen und sich auch der Liebe nicht mehr hingeben. Es war ihr ferner unerträglich, in nüchternem Zustand an gesellschaftlichen Veranstaltungen teilzunehmen. Alle waren sich einig, wie seltsam sie geworden war. Mitten in einer Unterhaltung konnte sie in unkontrolliertes Lachen ausbrechen, oder sie ließ ihren Gesprächspartner einfach stehen und ging davon. Manchmal wiederum stand sie nur in einer Ecke und lächelte geheimnisvoll. Ihre alten Freunde wagten sich kaum zu ihr, mussten sie doch stets befürchten, Edith würde wieder unmotiviert loslachen oder mit ihrer tiefen Stimme einen unziemlichen Kommentar abgeben.

Das Schafsfell auf dem Diwan war weich und warm wie eine Baguette frisch aus dem Ofen. Edith aus ihrem warmen Opiumbett hinaus in die Winternacht zu bekommen, würde noch schwerer sein, als er gedacht hatte.

»Pass auf, ich sage Hristo, er soll dir einen Kaffee kochen.«

»Nicht nötig. Mir geht es gut. Mein Kopf ist vollkommen klar.«

Sie lehnte sich wieder aufs Kopfkissen zurück und bettete ihre Beine auf Avinashs Schoß.

»Dann steh jetzt auf und lass uns da hinfahren«, sagte Avinash. »Wenn es so weitergeht, kommen wir sogar zum Essen zu spät. Eine Schande wäre das.«

»Eine Schande wäre das, eine Schande wäre das«, äffte Edith ihn nach.

Mit geschlossenen Augen tat Avinash einen tiefen Atemzug. Am liebsten hätte er ihr eine Ohrfeige versetzt und sie am Arm ins Auto gezerrt, das hätte ihr vermutlich den Abend über den Mund gestopft.

»Weißt du, was wirklich eine Schande ist, Avinash?«, fragte Edith nunmehr ernst. Zwischen ihren Brauen grub sich wieder die tiefe Falte ein. »Die wirkliche Schande ist, dass wir hier immer noch auf Bällen Walzer und Polka tanzen.«

»Warum sagst du das? Wie viele Bälle hat es seit dem Weltkrieg denn gegeben? Seit Jahren sitzen alle nur zu Hause herum. Heute Abend kommt die Gesellschaft zum ersten Mal wieder zusammen. Und Edward hat sich viel Mühe gegeben, damit es der Ball der Bälle wird, das weißt du. Er hat sogar aus Amerika ein Jazzorchester kommen lassen.«

»Und zählt der jetzige Krieg vielleicht nicht? Nur weil er angeblich nicht unserer ist? Leben wir etwa nicht seit Jahrhunderten in diesem Land? Gut, du bist wirklich neu hier, da sage ich nichts. Aber meine Familie hat sich 1700 hier niedergelassen. Das einzig Französische an uns ist noch die Sprache, die wir sprechen, aber auch das mit einem ganz eigenen Akzent. Schau dir mal meinen Stammbaum an, da wirst du nicht einen Menschen finden, der in Frankreich geboren ist. Und die Familie Thomas-Cook mit ihrem Ball der Bälle, die dominieren seit mindestens drei

Generationen den Orienthandel. Karawanen und Schiffe waren ihnen nicht mehr genug, jetzt reißen sie auch noch das Geschäft mit der Eisenbahn an sich. Versicherungsagenturen, Bergwerke, Banken, Import-Export, alles gehört ihnen und den hochwichtigen Gästen ihres Balls. Sie haben zahllose Konzessionen und Aufträge des Sultans eingeheimst. Und wie sieht es jetzt aus? Mit ihrem Zutun metzeln die griechische Armee und türkische Banden hinter den Bergen alles nieder und bringen in den Dörfern die Leute gegeneinander auf. Mein Land blutet. Und da soll der Krieg von denen nicht auch unser Krieg sein?«

Dabei deutete sie in Richtung Küche, wo ihre türkischen und griechischen Angestellten gemeinsam arbeiteten. Avinash starrte in den Kamin, in dem die Glut nun endgültig verloschen war.

»Edith«, setzte er leise an, »irgendwo ist immer Krieg. Seit Anbeginn hat der Mensch etwas erschaffen und zugleich Krieg geführt. Was heute dir gehört, gehörte gestern einem anderen, und morgen wird es wieder ein anderer bekommen. Geburt und Zerfall ergänzen einander schon immer, und überall treten sowohl das Gute als auch das Böse in Erscheinung. Es wird nie eine Zeit geben, in der alle Kriege enden und auf Erden nur noch Frieden herrscht, aber es wird der Tag kommen, an dem deine Zeit abgelaufen ist und du gehen musst. Es ist die größte aller Sünden, wenn du das glückliche Leben, das Gott dir geschenkt hat, in Unzufriedenheit verbringst. So wie alle anderen hast auch du im Leben eine Pflicht. Steh bitte auf.«

»Mein glückliches Leben ist jetzt hier«, erwiderte sie wie ein verzogenes Kind.

Sie streckte ein Bein aus und versuchte mit dem Fuß, die ans Ende des Teppichs gerollte Pfeife zu sich heranzuziehen. Als Avinash sie davon abhalten wollte, zog sie seine Hand auf ihren Schoß und klemmte sie zwischen ihren Beinen ein.

»Oder hier.«

»Edith, ich bitte dich, lass das. Zu dem Ball kommen hohe Offiziere, Generäle und die Führungsriege des Konsulats. Wenn wir zu spät eintreffen, gerate ich in arge Verlegenheit.«

Edith knabberte schmollend an ihrer Lippe. Avinash fiel nun auf, dass die schwarze Schminke nur darüber hinwegtäuschte, wie verengt und blutunterlaufen Ediths Augen vom Haschisch schon waren. Er stand auf. Edith gähnte.

»Geh du nur, geh allein hin. Viel besser so. Ich habe keine Lust, mit diesen Snobs im gleichen Raum zu sein.«

»Mach bitte keine Witze. Selbstverständlich gehen wir beide hin. Steh auf.«

Er fasste sie am Arm und versuchte sie aus ihrem Opiumbett hochzuziehen.

»Ho ho, Moment mal, *Sir sri* Avinash. Darf ich Sie daran erinnern, dass ich nicht Ihre Gattin bin? Sie können sehr gut auch ohne mich an einer Veranstaltung teilnehmen. Sie hätten sich ja auch mit einer anderen Dame verabreden können. Bestimmt gibt es reihenweise junge Frauen, die liebend gern an Ihrem Arm diese Einladung wahrnehmen würden. In den umliegenden Häusern wimmelt es von Mädchen aus Paris und London, die hinter Offizieren her sind. Sie brauchen nicht mal auf die Straße zu gehen, sondern nur auf meinen Balkon. Ich bin sicher, diese Mädchen brennen darauf, auf den Ball der Bälle zu gehen. *Oriste*. Meinen Balkon brauche ich Ihnen ja wohl nicht zu zeigen.«

Sie machte sich von Avinashs Hand frei, stand auf und holte sich die Pfeife wieder. Einer silbernen Dose auf einem Tischchen entnahm sie eine Prise Haschisch und stopfte sie in den Pfeifenkopf. In ihren Seidenstrümpfen stand sie auf den orangen, roten und grünen Blumen des antiken Teppichs, und ohne die geschwollenen Mandelaugen von Avinash abzuwenden, steckte sie mit Monsieur Lamarcks Pfeifenfeuerzeug das Haschisch in Brand.

Selbst im Dämmerlicht war zu erkennen, dass über Avinashs Gesicht ein Schatten fuhr. In letzter Zeit betonte Edith immer wieder, dass sie nicht verheiratet waren. Die alte Wunde blutete noch immer.

Vor langer Zeit, im ersten Jahr ihrer Beziehung, hatte Avinash einen von Meister Manuel angefertigten Diamantring in die Jackentasche gesteckt, bei Edith geklingelt und um ihre Hand angehalten. Wie der Zufall es wollte, trug sie an jenem von Avinash bis ins Einzelne durchgeplanten Apriltag ein mehrlagiges, bis zum Boden reichendes Kleid, das an ihr wirkte wie ein Brautkleid, und einen Strohhut mit Kirschen von der Farbe ihrer Lippen. Es waren die Jahre, in denen man an ihren kohlenschwarzen Augen ablesen konnte, wie sehr sie das freie Leben in ihrem neuen Haus genoss. Als sie im Garten des Hauses in der Vasili-Straße nebeneinander am Rand des Zierteiches saßen (genau wie Avinash sich das vorgestellt hatte), ließ eine frische Frühlingsbrise ihre Haut erschauern, während die von den Pflaumen- und Mandelbäumen herabgewehten Blüten unter ihren Füßen einen rosa-weißen Teppich bildeten. Alles schien für den Tag bereit zu sein, an dem ihre Liebe mit einem Diamantring besiegelt werden sollte.

Als er jedoch am Ende der Rede anlangte, die er seit Wochen immer wieder umgeschrieben, sich am Quai vorgesagt und wieder verbessert hatte, kam zu seinem Unglück ein Windstoß auf und wehte ihm, wie schon damals am Tag seiner Ankunft in Izmir, keck seinen Hut davon, worauf Edith kicherte wie ein Schulmädchen. Im wichtigsten Augenblick seines Lebens unterbrochen zu werden, war schon ärgerlich genug, doch mehr noch setzte es Avinash zu, dass Edith, anstatt dem Zauber seiner Worte zu verfallen, sich über den Schabernack des Winds amüsierte.

Allerdings war jenes unschuldige Auflachen geradezu harmlos im Vergleich zu dem Anblick, der sich ihm bot, als er seinen Hut wieder aufgesetzt hatte und sich ihr zuwandte. Da saß die junge Edith, die Füße von Mandelblüten umweht, auf der Umrandung des Teiches, und was sie ihm da hinhielt, war nichts anderes als die goldverzierte kleine Schatulle, in der sie mit ihren weiß behandschuhten Fingern den wertvollen Diamantring wieder sorgsam verstaut hatte.

Avinash war in seinem Leben von Erfolg zu Erfolg geeilt, hatte nie ein Scheitern erleben müssen. Daher brauchte er eine Weile, bis er begriff, was die Schatulle, die Edith ihm in die Hand drückte, zu bedeuten hatte. Das Meer glänzte wie ein gefliester Teich, als wollte es seine Pläne damit unterstützen. So kurz vor Ostern hatte die ganze Stadt sich wie eine Braut herausgeputzt, alle Tischtücher waren gestärkt, vor den Läden hingen Luftballons, über den Tavernentüren bunte Lampions. Avinash hatte eine blitzende Viktoria-Kutsche mit Verdeck gemietet, um nach der Ringübergabe seine Verlobte am Quai spazieren zu fahren. Nun hingegen, angesichts jenes unerwarteten Hindernisses, verzog er ungläubig das Gesicht.

Edith aber lächelte ihm aus ihren schwarzen Augen verschmitzt zu. Vergeblich suchte Avinash in ihrem zarten Gesicht nach Anzeichen von Scham oder Reue. Das Einzige, was er zu sehen bekam, war das Spiel von Licht und Schatten, das die Sonne durch die Löcher des Strohhuts auf das Antlitz der jungen Frau warf. Da erst kam ihm in den Sinn, die kleine Schatulle, die ihm auf der Handfläche brannte, wieder in die Jackentasche zu stecken, und er schaffte es durch das schwarze Gittertor zum Garten hinaus. Die bestellte Kutsche, bei der die Trittbretter und die kupfernen Lampen in der Sonne glänzten, wartete an der Straßenecke auf die frisch Verlobten. Ohne den Kutscher auch nur mit einem Gruß zu bedenken, setzte Avinash sich allein auf die Hinterbank und ließ sich davonfahren.

Edith hatte ihn zurückgewiesen, weil er Inder war. Er war kein Franzose, war kein Engländer, er war gar nichts. Die weiße Frau hatte sich mit dem dunkelhäutigen Mann lediglich eine Weile amüsiert. Zum Heiraten jedoch hob sie sich bestimmt für einen anderen auf, für einen der levantinischen Gecken aus der besseren Gesellschaft, mit denen sie im Sporting Club tanzte. Wie anders hätte sich das selbstbewusste Lächeln erklären lassen, das er soeben in ihrem Gesicht gesehen hatte, frei von jeglichem Schuldgefühl?

Der von ihm seit jeher gehegte Verdacht hatte sich bewahrheitet, und auf seine Wunden war Salz gestreut worden. Er war eben nichts weiter als ein unbedeutender, wertloser Mensch zweiter, ja dritter Klasse. Auch dass er ein Diplom aus Oxford in der Tasche hatte und für die Engländer arbeitete, änderte nichts an dieser Tatsache. So war es nun mal. Seine Mutter wurde nicht müde, in ihren Briefen zu erwähnen, dass längst eine Frau für ihn vorgesehen war, die er bei seinem nächsten Besuch in Bombay heiraten solle, während er es in seinen Antworten nicht an Liebes- und Achtungsbezeigungen fehlen ließ, das leidige Thema jedoch hartnäckig umschiffte. Sobald er seiner Mutter mitteilen würde, dass er mit Edith verehelicht sei, würde die Sache mit der Braut in Bombay sich von selbst erledigen, dessen war er gewiss gewesen. Anfangs würde seine Mutter ihm zwar böse sein, doch die Aussicht auf eine »französische Schwiegertochter« würde auch ihr gefallen. Schließlich war ihr Sohn kein traditioneller Inder, sondern ein moderner Mann, der in Europa studiert hatte. Seine Eltern würden ihn schon verstehen.

Nun war es ganz anders gekommen und Avinash ein geschlagener Mann. Während die Kutsche den Quai entlangschaukelte, zog er die goldverzierte Schatulle wieder heraus. Was er sich allein damit für eine Mühe gegeben hatte! Sogar vier kleine Füßchen hatte er an dem eleganten Dingelchen anbringen lassen. Es war geradezu ein Symbol für Sorgfalt, Schönheit, Wertschätzung, also für Liebe. Wie sollte die verwöhnte Edith so etwas begreifen? Am besten war es, er fuhr bei nächster Gelegenheit in seine Heimat, steckte jenen Ring dem Mädchen an den Finger, das seine Mutter für ihn ausgesucht hatte, und nahm sie mit nach Smyrna. Edith und die blasierten Levantiner konnten sich zum Teufel scheren. Er würde sich in Kordelio eine große Villa bauen lassen wie die türkischen Paschas, mit eigener Anlegestelle, eigenem Boot und einem Privatstrand, an dem seine Kinder schwimmen konnten wie die Fische.

Avinash ließ in Hasans Kaffeehaus die mit Pflaumen und Kirschen versetzte Wasserpfeife blubbern. Was Hasan sonst noch in den Tabak mischte, tat wirklich die von ihm behauptete heilende Wirkung. Als Avinash, die Katze Pamuk neben sich, mit dem Mundstück der Wasserpfeife in der Hand auf der Kaffeehausbank saß, wurde ihm die Seele leicht und der Verstand glasklar, und die Sorgen, die er sich mit seinem »Spatzenhirn« – wie sein Großvater das nannte – noch soeben gemacht hatte, zerbröselten geradezu, sodass er kaum noch glauben mochte, wie schwer ihm beim morgendlichen Erwachen noch ums Herz gewesen war. So also fühlte man sich, wenn man sich vom ständigen Nachdenken frei machte. Unbefangen, gelassen, sorglos … Wenn jedoch die Wirkung des Haschischs nachließ, war der Stein auf seinem Herzen in all seiner Schwere wieder da.

Eines Maiabends schließlich, an dem der Mond seine ganze Fülle erreicht hatte, nach einer durchzechten Nacht mit Kaffeehausbekanntschaften, unionistischen Offizieren nämlich, mit denen er zunächst im Café Klonaridis gewesen war, danach in der Schenke von Kraemer und schließlich in der Taverne Aristidis, stand er auf einmal wieder in der Vasili-Straße. Als er sich von seinen Kumpanen verabschiedet hatte, war ihm lediglich der Sinn danach gestanden, am Quai noch etwas Luft zu schnappen. Von dort wollte er mit einer Droschke in seine Unterkunft in Namazgâh zurückkehren.

Kurz vor Mitternacht hatte am Quai noch die Trambahn verkehrt, und vor den Vergnügungsgaststätten waren zahllose Grüppchen junger Leute vorbeidefiliert. Avinash jedoch achtete nicht auf die Menschen, die sich an bei Straßenhändlern erstandenem Helva und Knabberzeug gütlich taten, sondern er spähte die Liebespaare aus, die sich in dunkle Ecken verzogen hatten. Der Quai, im Volksmund *Ke*, war vom Hafen bis nach Punta voller Liebender. Selbst an den im Vollmondlicht silbern glänzenden Felsen waren Matrosen, die in den Armen feuriger Meerjungfrauen ihr Leben ließen. Ein am Wasser wehender Rock, eine im Dunkel aufglühende Zigarette, ein dumpfes Lachen …

An der Anlegestelle am Ende der Bucht angelangt, wusste er nicht, was er tun sollte. Becken und Terrasse des Eden-Bades, tagsüber stets übervoll, lagen zu dieser nächtlichen Stunde verlassen da. Das Café auf der anderen Straßenseite war noch geöffnet, jedoch menschenleer. Die Boote, mit denen man sich nach Agia Triada übersetzen lassen konnte, lagen vertäut da und schwankten sanft. Dahinter hatte ein Schiff geankert, mit gestrichenen Segeln. Avinash kehrte um. Um einen Wagen zu finden, machte er sich auf den Weg zum Bahnhof, obwohl dies nicht nötig gewesen wäre.

Dass er sich in der Vasili-Straße befand, merkte er erst, als er von Weitem Ediths Haus erblickte. Still lagen die Häuser im Schein der grünlichen Gaslampen da. Seine Beine hatten ihn von selbst hierhergebracht. In Kopf und Herz verwirrt ging er weiter.

Dann stutzte er.

Aus dem Haus mit der Nummer sieben, von Nikolas Dimos bewusst ausgesucht, da es etwas weiter von der Straße entfernt lag, drang vom Balkon des Obergeschosses gelbliches Licht auf die Straße. Wie magnetisch angezogen ging Avinash darauf zu. Gleich dem Feuer eines Leuchtturms blinkte in seinem benebelten Gehirn ein einziger Gedanke immer wieder auf: Edith hatte keine Zeit verloren, um sich wieder jemanden ins Bett zu holen. Unter dem nach Harz und Lavendel duftenden seidenen Moskitonetz lag sie wohl stöhnend in den Armen eines deutschen Offiziers oder eines der armenischen Intellektuellen, mit denen sie auf Gartenpartys immer so gerne plauderte. Oder wer weiß, vielleicht hatte sie sich auch wieder einen dunkelhäutigen Staatsbürger zweiter Klasse geschnappt, oder einen jungen türkischen Burschen. Für exotische Männer hatte sie bekanntermaßen etwas übrig.

Während also er sich von seinen Zechkumpanen nicht dazu bewegen ließ, in jenes Haus mit den bewussten Mädchen mitzugehen, von denen sie ihm immer so vorschwärmten, holte Mademoiselle Lamarck beim ersten Vollmond jemanden zu sich!

Nun, wenn das so war!

In seinem wirren Zustand, den der Alkohol noch befördert hatte, war das Einzige, was er zu empfinden vermochte, blanke Wut, und so hastete er auf Ediths Haus zu, flog die Treppenstufen hinauf und hämmerte an die Haustür. Sollte ihm nicht geöffnet werden, würde er die Tür eben kurz und klein schlagen, doch bevor er noch den dritten Faustschlag tat, ging sie auch schon auf. Avinash hatte erwartet, auf eines der Dienstmädchen zu treffen, die bei Edith wohnten, auf Vasiliki oder Stavrula, die bei jedem seiner Besuche geschmunzelt hatten. Er hatte vorgehabt, das Mädchen rüde beiseitezuschieben und ins Schlafzimmer hinaufzulaufen, wo Edith mit ihrem Liebhaber im Bett lag. Als er jedoch statt des Dienstmädchens Edith selbst vor sich sah, stolperte er schier über seine eigenen Beine und wäre die Treppe beinahe wieder hinuntergepurzelt.

Trotz seiner Betrunkenheit entging ihm nicht, dass Edith unter dem Umhang, den sie rasch vom Kleiderständer hinter der Tür gerafft hatte, nichts weiter anhatte als ihr weißes Nachthemd mit den dünnen Trägern. Ihre Haare wallten bis zur Hüfte hinunter, und im Schein der Öllampe am Treppenabsatz huschten Schatten über ihr Gesicht. Sie war sehr schön. Wie eine feurige Welle stieg die Wut in ihm hoch.

Edith packte den an ihrer Schwelle schwankenden Avinash kurzerhand am Arm, zog ihn wortlos ins Haus und bis ins Wohnzimmer, setzte ihn dort auf das Sofa vor dem noch immer brennenden Kamin und wies die vom Radau erwachten Dienstmädchen an, sie sollten Tee kochen.

Als Avinash in jener Vollmondnacht in Ediths Wohnzimmer vor dem Kamin saß, begriff er in aller Deutlichkeit zweierlei.

Zum einen, dass er sein Leben lang von Edith nicht würde lassen können. Er würde tun, was immer nötig sein mochte, um sie bei sich zu behalten, und er war bereit, jenes Spiel nach ihren Regeln zu spielen. Wenn sie nicht heiraten wollte, so würden sie eben nicht heiraten, und falls sie in ein anderes Land ziehen wollte, würde er mit ihr gehen, und selbst auf die Gefahr hin, damit seiner Familie in Bombay bitteren Kummer zu bereiten, würde er sich darauf einlassen, mit ihr ein kinderloses Leben zu führen. (Es war ja sehr zu vermuten, dass eine Frau, die nicht einmal heiraten wollte, auch einer Mutterschaft nichts abgewinnen würde.) Zum anderen war ihm nun klar, dass er sich von seiner nagenden Eifersucht nicht würde befreien können, solange er Edith liebte, und dass ihre Beziehung stets mit diesem Makel behaftet bleiben würde.

In Ediths Bett lag kein anderer Mann. Und würde auch nie einer liegen. Als sie sich in jener Nacht voller Innigkeit und Sehnsucht liebten, erschloss sich Avinash, dass die Frau, die sich weigerte, seine Gemahlin zu werden, ihm ihr Leben lang treu bleiben werde. Sein hauptsächlicher Nebenbuhler war nämlich nicht ein deutscher Offizier, ein armenischer Intellektueller oder ein junger türkischer Bursche, sondern Ediths Hang zum Alleinsein.

Als er ihre Hand auf der Wange spürte, kam er wieder zu sich und fegte die Erinnerungen fort, die ihm durch den Kopf schwirrten. Es ging auf halb acht zu, keine Zeit, um die Vergangenheit aufzuarbeiten. Wenn Edith nicht mitkam, würde er eben allein zum Silvesterball der Thomas-Cooks gehen. Doch – o Wunder – Edith hatte tatsächlich schon ihre Schuhe an und wartete lächelnd auf ihn.

Hristo hielt ihnen die Haustür auf, und sie gingen in die Nacht hinaus. Das Licht der Sterne schien wie Eis auf die Erde herniederzugehen, so kalt war es. An der Uferpromenade gingen zur Feier des neuen Jahres schon die ersten Feuerwerksraketen hoch. Die Sterne der Milchstraße waren beliebig am mondlosen Himmel verteilt und zwinkerten den Menschen zu. Edith schmiegte sich in ihren Pelzmantel und hakte sich bei Avinash unter, den verhüllten Kopf leicht nach vorne geneigt. In der ganzen Stadt regte sich kein einziges Blatt, sodass eine seltsame Stille herrschte, die selbst von Feuerwerkskörpern nicht übertönt wurde. Am Himmel hingen bunte Ballons. Die Glocken der nahe gelegenen anglikanischen Kirche kündeten von der Ankunft des neuen Jahres.

Avinash und Edith legten den gepflasterten Weg von der Vasili-Straße zum Bahnhofsplatz schweigend zurück wie ein altes Ehepaar.

Der Selbstmord

Ich war es, die die an ihrem Seidengürtel baumelnde Sümbül als Erste fand. Sie hatte sich an einem Balken des Turmes erhängt. Wie auf den Fotos der gehenkten Attentäter von Izmir, die damals auf sämtlichen Titelblättern der Zeitungen prangten, hing auch ihr der blonde Kopf etwas schief auf der Brust, und der nackte weiße Körper schaukelte in der hereinwehenden Brise, sodass ihre Füße sich immer wieder berührten, als schlügen sie den Takt zu einem Lied. In den Sonnenstrahlen, die durch das vergitterte Fenster hereinschienen, tänzelten feine Stäubchen, wie um den Tod herauszufordern, der dort umging.

»Mein Gott, wo hatte sie nur den Gürtel her?«, wimmerte kurz darauf Hilmi Rahmi, umgeben von den dicken Büchern, die Sümbül mit einem Fußtritt umgestoßen hatte.

Bevor Sümbül in den Turm gesteckt worden war, hatten wir diesen ja sorgfältig von allem befreit, womit sie unter der Fuchtel des Gespenstes entweder sich selbst oder uns hätte schaden können. Kein Messer, keine Schere und keinen Strick hatten wir ihr gelassen, und nicht mal ein abgebranntes Streichholz war mehr übrig. Damit sie ihren Kopf nicht in die Behälter unter den kupfernen Wasserhähnen stecken konnte, hatte Hilmi Rahmi daran einen Holzdeckel anbringen lassen, und selbst ihre seidenen Kopftücher waren konfisziert worden, denn sie hätte sie aneinanderknoten und sich daran aufhängen können. Aus demselben Grund musste sie ohne Bettlaken schlafen. Sobald es Abend wurde, stieg ich mit einem langen Kienholz in den Turm hinauf und zündete den Docht der Öllampe an, die so hoch hing, dass Sümbül nicht heranreichen konnte. Zwar hätte sie Bücher aufeinanderstapeln und so vielleicht doch bis zur Lampe kommen können, doch im Gegensatz zum Nervenarzt war ich nicht der Meinung, die Arme wolle das Haus anzünden.

»Mein Gott, wo hatte sie nur den Gürtel her?«

Ich spitzte die Ohren, um herauszuhören, ob in seinen Worten nicht etwa ein Verdacht anklang. Dem schien aber nicht so zu sein. Wie unschuldig Männer doch im Vergleich zu Frauen manchmal sein können. Wie kommt es aber, dass die meiste Unterdrückung dennoch von Männern ausgeht? Wie können Männer für so viel Grausamkeit auf dieser Welt verantwortlich sein, obwohl sie auf von Frauen gesponnene Listen oft hereinfallen wie kleine Kinder?

»Vielleicht haben wir nicht in die Taschen ihres Morgenrocks gesehen.«

Als wir zuvor den toten Leib Sümbüls abgeschnitten und in unsere Arme geschlossen hatten, war mein Blick noch einmal auf das Restchen Gürtel am Balken gefallen. Wie hatte das winzige Ding der stattlichen Sümbül das Leben nehmen können? Ich vermochte das kaum zu glauben. Wie zerbrechlich der Mensch doch war, und wie leicht der Tod!

Natürlich war nicht jeder so reinen Herzens wie Hilmi Rahmi. Noch bevor Sümbül zu Grabe getragen wurde, kamen über mich die ersten Gerüchte in Umlauf, und die Menschen, die zum Kondolieren in die Villa strömten, ließen ihr bösartiges Gerede bis hinauf in den Turm hallen, in den ich mich zurückgezogen hatte. Aber es stimmte ja, ich schlief Nacht für Nacht mit Sümbüls Mann. Am Ende meiner Tage brauche ich nicht mehr zu verhehlen, wie sehr ich immer darauf wartete, dass er mit seinen langen Fingern wieder über meine Haut strich und seine unterdrückten Gefühle nicht nur in meinen Körper, sondern über mein Ohr auch in meine Seele eindringen ließ.

Wenn wir miteinander schliefen, vermengte unser Schweiß sich zu einer ganz eigenen Mischung aus Rosen- und Tabakduft, die gleich einer Wolke über uns schwebte, und was wir an Worten, an Stöhnen, an Schreien der Stille überantworteten, explodierte auf dem Höhepunkt wie Feuerwerkskörper. Wenn Hilmi Rahmi von der Lust übermannt wurde, konnte er nicht mehr an sich halten und flüsterte mir Liebesschwüre zu, mochten sie nun mir gelten oder Sümbül oder irgendeiner anderen Frau. Den Worten zu lauschen, die er von sich gab, wenn er seinen tabakduftenden Kopf an meinen Hals und seine rakisüßen Lippen an mein Ohr legte, war noch herrlicher als das pochende Entzücken, von dem ich bis dahin nicht geahnt hatte, dass so etwas in meinem Körper verborgen sein könnte.

Dies aber bedeutet natürlich nicht, ich hätte – wie böse Zungen behaupteten – den Tod von Sümbül, die ich wie eine Schwester geliebt hatte, mit eigenen Händen vorbereitet.

Am Morgen, bevor ich die Tote entdeckte, hatte ich einen Blick in den Spiegel geworfen und darin ein bleiches, schmales Gesicht gesehen, mit dunklen Ringen unter den übermäßig aufgerissenen, glänzenden Augen. Mein Körper war noch von den Lüsten der vergangenen Nacht durchströmt. Ich roch an meinen Haaren, die mir wie ein schwarzer Vorhang bis über die Hüften fielen. Seufzend dachte ich daran zurück, wie Hilmi Rahmi mit seinem Dreitagebart meinen Hals gekitzelt hatte. Es hielt mich kaum auf der Stelle. Durch mein Ergötzen wurden Schuld und Scham wie weggewischt. Ich empfand beunruhigendes Glück. Mochte es das sein, was man Liebe nannte?

Während ich für Sümbül auf einem Tablett Honig, Rahm und in Weinessig eingelegte Oliven zurechtstellte, fiel mir immer wieder etwas ein, was ich vergessen hatte, sodass ich vielleicht fünf oder sechs Mal in den Vorratskeller hinabstieg.

Ich fühlte mich so seltsam, dass mir bisweilen sogar erschien, an der Erregung, die ich verspürte, könne auch die kummervolle Sümbül sich erfreuen. Darüber vergaß ich, dass der Mann, in dessen Arme ich nachts heimlich schlich, ihr Gatte war. Sümbüls Mann war für mich eher der strenge, distanzierte, gut aussehende Oberst, dem ich tagsüber manchmal in der Villa begegnete. Der Mann hingegen, der mich im Morgengrauen mit seinen Fingern im Innersten berührte und mir zuflüsterte, ich sei die Einzige für ihn, sein Wertvollstes, sein Leben, war jemand ganz anderer.

Ich befand mich in einem derartigen Strudel der Widersprüche, dass mir lieb gewesen wäre, auch Sümbül würde an der herrlichen Flut der Gefühle teilhaben, die mir Körper, Herz und Seele durchdrang. Unter der Zeugenschaft eines anderen Menschen würde meine Erregung noch gemehrt, und nicht nur, wenn ich in den Armen jenes Mannes lag, sondern auch, wenn ich jemandem davon erzählte, würde meine Geschichte bekräftigt und bestätigt. Seit jener folgenreichen Septembernacht verspürte ich zum ersten Mal das dringende Bedürfnis, sprechen zu können.

Auch auf die Gefahr hin, den Tee auf dem Tablett zu verschütten, nahm ich beim Hinaufsteigen in den Turm zwei Stufen auf einmal. Im Maulbeerbaum vor dem Fenster stürzten sich Spatzen auf die reifen Früchte und zwitscherten sich aus ihren von Saft tropfenden Schnäbeln etwas zu. Jemand, im Grunde konnte es nur Hilmi Rahmi gewesen sein, hatte auf das Grammofon eine Platte aus dem Besitz der früheren Eigentümer aufgelegt. Es war ein amerikanisches Lied, das ich aus meinem früheren Leben kannte.

> Every morning, every evening
> Ain't we got fun?
> Not much money, oh, but honey
> Ain't we got fun?

In diesem späten Stadium meines fast hundertjährigen Daseins begreife ich, dass an dem Morgen, an dem wir Sümbül auffinden sollten, Hilmi Rahmi wohl deshalb ein so fröhliches Lied aufgelegt hatte, weil er ebenso überschwänglich war wie ich. Vielleicht hatte auch er das Bedürfnis zu reden, zu erzählen, im Genuss des in Worte gefassten Erlebnisses zu schwimmen. Weil ihm vor lauter Freude der Brustkasten schier zersprang, summte er womöglich den Text mit oder klopfte im Rhythmus des Liedes auf den Holztisch.

Ich starrte inzwischen auf den sanft schwankenden weißen Leib Sümbüls.

Dilber behauptete später, sie habe mich an dem Morgen laut schreien hören. Ich kann mich an nichts dergleichen erinnern, lediglich daran, dass die Musik aus dem Fenster des Esszimmers durch die Zweige des Maulbeerbaums bis ins zwei Stockwerk höher gelegene Turmzimmer drang. Und an Sümbüls ins Gesicht hängende Haare, auf die die Sonnenstrahlen unbarmherzig schöne Lichterspiele zauberten, an ihre rosa Brustspitzen, die zum Himmel emporragten, als wollten sie den Tod herausfordern, an die Härchen, die auf ihrem Bauch und ihren Armen aufrecht standen, als hätte die arme Frau sich schließlich doch vor ihrem Ende gefürchtet …

Als ich am Morgen nach der Bestattung sicher war, dass alle Trauergäste das Haus verlassen hatten, schlich ich mich aus meinem Versteck im Turm in die Küche. Es wurde allmählich hell, doch in der Villa schlief noch alles. Sümbüls Abwesenheit hatte sich überall eingenistet. Wohin ich auch blickte, sah ich ein Glasgefäß, das sie einst berührt hatte, sah einen Flecken, den sie uns zu säubern aufgetragen hatte, hörte von den Kacheln das Gelächter widerhallen, das sie nicht zu bezähmen vermochte, wenn die alte Yasemin einen ihrer anzüglichen Witze erzählte.

An der Tür zum Vorratskeller stand ich plötzlich Hilmi Rahmi gegenüber. Er trug den beigen Baumwollanzug, den er vermutlich schon am Vortag angehabt hatte, so zerknittert war er. Seine grauen Haare waren regelrecht weiß geworden, der seit Tagen nicht gestutzte Bart auf einmal ganz grau. Seine Wangen waren eingefallen, der Teint fast olivenfarben. Seinen braunen Augen, die im Dunkeln immer so blitzten, war jeglicher Glanz abhandengekommen.

Mein Gott, wie konnte man innerhalb einer Woche nur derart altern?

Ich hatte die Hände voller Kaffeebohnen, die ich mahlen wollte, und wusste nicht, was ich tun sollte. Auch er war unschlüssig. Er strich mit der Hand über seinen Bart. Armselig sah er aus. Damit ich an ihm vorbeikonnte, trat er einen Schritt zurück, blieb aber in der Küche. Es war seltsam genug, einen Herrn wie Hilmi Rahmi überhaupt in der Küche zu sehen.

Ich mahlte die Kaffeebohnen. Feuerte den Holzkohlenherd an, kochte den Kaffee, goss ihn in die Tassen. Mit einem Nicken wies Hilmi Rahmi zum Garten. An Sommermorgen war es dort zu so früher Stunde sehr angenehm, bevor die brütende Hitze begann. Er ging mir voraus zur Gartenlaube, ich folgte ihm mit dem Kaffee auf dem Tablett. Der rote Boden unter meinen Füßen war weich von Maulbeeren, die herabgefallen waren und nun von Bienen und Wespen umschwirrt wurden. Eine Brise wehte den frischen Duft des von Sümbül gepflanzten Lavendelstrauchs herüber.

Ich fegte die welken Blätter von den Sitzkissen der Stühle, und wir setzten uns einander gegenüber in die Laube. Mir schlug Salz- und Algengeruch in die Nase, und der Schmerz über all die Menschen, die ich verloren hatte, saß mir wie ein Kloß in der Kehle. Ich führte die Kaffeetasse an den Mund. Von Karşıyaka her tönte träge eine Dampfersirene. War heute Sonntag? Ich wusste es nicht, waren doch die Kirchenglocken zur selben Zeit in Schweigen verfallen wie ich. Mir kam in den Sinn, wie geschäftig einst jene Dampfer gewesen waren, voller Verlobter, voller Offiziere, voll mit Gruppen junger Leute, die damals gerne in Kordelio paradierten.

Hilmi Rahmi trank seinen Kaffee auf einen Zug aus und zündete sich eine Zigarette an. Als meine Augen feucht wurden, dachte er wohl, das käme vom Rauch, und so nahm er die Zigarette in die andere Hand und stieß den Rauch zur Seite aus. Als er zu sprechen begann, war dies kaum ein Murmeln, als redete er mit sich selbst.

»Zuerst habe ich nur ihre Hände gesehen. Auf einem Markt in Konya, auf dem sie Kartoffeln aussuchte. Als stünden aus ihrem violetten Umhang weiße Tauben heraus. So hielt ich in Begleitung des Bürgermeisters bei ihrem Vater um genau jene scheuen Hände an. Als sie ihren Umhang ablegte, kam darunter ein bleiches kleines Mädchen zum Vorschein. Ihre Augen waren so klar wie die Wasser des Sees Acıgöl. Kaum war sie mein, nahm ich sie nach Smyrna mit. Ihre Verwandten waren längst darauf aus gewesen, sie loszuwerden. An meiner Seite war sie lange furchtsam. Wie sollte es auch anders sein, kannte sie doch bisher nichts anderes als Plowdiw und den Weg nach Konya. Smyrna gefiel ihr sehr, gefiel ihr überaus … Ich nahm sie mit in die Hotels an der Uferpromenade, zum Biertrinken, da setzte sie sich verschämt in eine Ecke. Ich sollte sie verdecken, damit sie von draußen nicht gesehen wurde. Schließlich gewöhnte sie sich ein und lernte wieder zu lachen. Aber dann kamen die Kinder, kam der Krieg, die Trennung, der Brand … dann jenes Unglück … ach Gott!«

Mit Tränen in den Augen blickte er über das Rosenbeet hinweg in Richtung Meer. Ich versuchte mir vorzustellen, wie der Mann, den ich so liebte, wohl als junger Mensch aussah, als er gerade seine junge Braut nach Izmir geholt hatte.

Ich sah vor mir, wie er in İki Çeşmelik, in dem Haus in der Bülbül-Straße, bei Sonnenuntergang vor der Tür steht, eine Zigarette im Mundwinkel, und auf die lilafarbenen Wolken blickt. Die in Kreta gefertigten Faltenstiefel reichen ihm bis zum Knie seiner Reithose, im Gürtel hat er zwei Revolver stecken, auf dem Kopf einen tadellosen auberginefarbenen Fes. Ein stattlicher Anblick ... Bevor er nach Hause kam, hatte er sich beim Barbier rasieren und den braunen Schnurrbart einölen und mit Kölnisch Wasser betupfen lassen.

Da rührte sich etwas an der auf den Garten hinausgehenden Küchentür. Gülfidan war aufgestanden und holte Wasser aus dem Brunnen, dabei schielte sie zu uns herüber. Ich setzte mich aufrecht hin und deutete auf unsere Kaffeetassen, denn Gülfidan sollte begreifen, dass ich nicht einfach eine Konkubine war, sondern nunmehr, nach dem Ableben Sümbüls, die Frau des Hauses. Fünf Minuten später stand sie mit ausdrucksloser Miene vor uns und servierte uns zwei neue Tassen Kaffee.

Ohne die Spannung zu bemerken, die zwischen uns Frauen herrschte, drehte Hilmi Rahmi sich wieder eine Zigarette und steckte sie zwischen die trockenen weißen Lippen. Hinter uns stieg die Sonne empor, im Garten verbreitete sich der Duft nach trockenem Gras. Da kam es mir auf einmal so vor, als ob Sümbül, so wie sie in der Zeit vor dem Gespenst ausgesehen hatte, in die Laube trete und sich auf den dritten, noch leeren Stuhl setzte. Hilmi Rahmi schien Ähnliches empfunden zu haben, denn auf einmal öffnete er die halb geschlossenen Augen wieder, blickte auf den schweren weißen Eisenstuhl neben uns und räusperte sich. Dann stand er auf.

»Komm, zieh dich an. Ich bringe dich wohin.«

Unwillkürlich klammerte ich mich an den Stuhllehnen fest. Er beugte sich zu mir vor, fasste mit beiden Händen an mein Kinn und drehte mein Gesicht zu sich. Als blendete mich die Sonne, wandte ich mich zum Rosenbeet um.

»Du brauchst dich nicht zu fürchten. Nur ein kleiner Ausflug. *Mia volta.* Schlag mir das bitte nicht ab.«

Furchtsam sah ich ihm ins Gesicht, auf seine übergroßen Ohren. Standen da Tränen in seinen erloschenen Augen?

Zum ersten Mal, seit ich in die Villa mit dem Turm gezogen war, ging ich wieder hinaus auf die Straße. In den Häusern der Europäer ringsum wohnten wieder Menschen. Blonde Jungen saßen aufgereiht wie die Vögel auf den Villenmauern, Mädchen mit großen Schleifen in den Haaren liefen von einem Haus zum anderen. Einige Europäer, die sich nach dem Brand nach Malta oder Europa geflüchtet hatten, waren ein paar Jahre später zurückgekehrt, in leer stehende Häuser waren Offiziersfamilien wie die von Hilmi Rahmi gezogen.

Die Villa mit dem Turm war nicht weit entfernt vom Bahnhof nach Aydın, den wir früher Punta genannt hatten. In kaum fünf Minuten waren wir da. Nebeneinander hergehend überquerten wir im Schatten der riesigen Platanen den ganzen Platz. Der Brand hatte nicht bis hierher gewütet, so standen die aus grünen Quadersteinen und Marmor gefertigten Häuser rund um den Platz noch da wie eh und je. Ich atmete tief durch. Ich würde also nicht mehr mit dem gespenstischen Anblick konfrontiert werden, den die Stadt damals bot, als wir in einem offenen Automobil von der Bülbül-Straße in die Villa umgezogen waren. Damals hatte ich unterwegs so sehr geweint, dass Sümbül mir mit ihren Händen, die ihren Gatten an Tauben erinnerten, die Augen verdecken musste.

Hilmi Rahmi sah sich verwundert um, als wäre er in einer Traumwelt.

»Das ist doch ein Platz wie ein Gemälde, *den ine*, Scheherazade? Schau dir nur an, wie regelmäßig die Engländer damals diese Pflastersteine verlegt haben. Trotz all der Plünderungen und Schießereien hat es nicht einen Stein verrückt. Und wie sauber sie sind, kein Stäubchen darauf. Sobald es regnet, werden sie immer glänzend sauber gewaschen. Das sieht doch aus wie auf einer Ansichtskarte.«

An den wartenden Wagen vorbei traten wir durch das große Eingangstor in das flache Bahnhofsgebäude. Auch drinnen herrschten ebensolche Ruhe und Ordnung wie draußen. Das durch die bunten Fenster knapp unter der Decke hereinfallende blaue, rote und grüne Licht flirrte in den Spiegeln der Nussbaumkonsolen. Im Wartesaal harrten Reihen von Holzbänken in geduldiger Stille der Fahrgäste, die da kommen mochten. Hilmi Rahmi nahm dort Platz, und ich setzte mich neben ihn und faltete die Hände im Schoß. Wären nicht die großen pausbäckigen Uhren an den Wänden gewesen, hätte ich meinen können, ich befände mich in einer Kirche.

»Wie ganz anders doch alles auf einmal ist. Die Schlagader der Stadt ist durchschnitten worden. Das Land ist nun so still, so verloren. Als ich zum ersten Mal mit Sümbül hier ankam, war alles voller Leben gewesen, voller Aufregung. Schick gekleidete Damen, elegante Herren, Kinder, die mit glänzenden Augen Kreisel drehten …«

Hilmi Rahmi, die Ellbogen auf die zerknitterten Hosenbeine gestützt, das Gesicht hinter beiden Händen geborgen, sprach flüsternd, um die ehrfürchtige Stille nicht zu stören. Ich beugte mich ebenfalls vor, um ihn besser zu verstehen.

»Es gab hier einen Bahnhofsvorsteher, Yanakos Efendi. Wenn du bloß seine Uniform gesehen hättest! Diese Pracht! Er sprach immer leise, das hatte er den Engländern abgeschaut. Ein stattlicher Kerl mit einem riesigen Schnauzer und ebenso dichten schwarzen Augenbrauen. Selbst die riesigen Pranken, mit denen er einem die Tür aufhielt, waren mit langen, dicken Haaren bedeckt. Und über zwei Meter war er groß.«

Er sah zum kristallenen Lüster an der Decke und musste schmunzeln, wobei seine ebenmäßigen Zähne sichtbar wurden. Vom Bahnsteig her vermeldete ein Lokführer, der Zug nach Buca stehe zur Abfahrt bereit. Weit und breit war kein Passagier zu sehen.

»Der Mann dichtete auch. In einer Lokalzeitung war schon etwas von ihm abgedruckt worden. Als Sümbül das hörte, musste sie lachen. Sie war noch ein halbes Kind damals. Yanakos Efendi konnte es ja selbst kaum fassen, daher trug er den betreffenden Zeitungsausschnitt stets gefaltet in seiner Uniform bei sich. Den zog er also heraus, nicht weil wir das Gedicht verstehen würden, denn es war ja auf Griechisch, aber einfach so, und als Sümbül das sah, lief sie vor Scham puterrot an. In den ersten Jahren war sie oft verlegen und errötete vor allem. Nachdem sie Cengiz zur Welt gebracht hatte, legte sich das. Und dann … Ach, Herrgott, warum hast du uns das nur angetan?«

Er blickte auf den mit anmutigen Mosaiken ausgestalteten Boden. Violette und weiße Sterne, Kreise, Blumen … Hilmi Rahmis Flüstern war immer schwerer zu verstehen.

»Yanakos Efendi wurde als Kriegsgefangener festgesetzt. Damals wurden ja so viele verhaftet, eigentlich alle in der Stadt verbliebenen nicht-muslimischen Männer. Als abschreckendes Beispiel wurden sie an den Händen gefesselt durch die Stadt getrieben. Bei Değirmendağ haben unsere Soldaten sie dann füsiliert. Ich erfuhr erst zu spät, dass auch Yanakos Efendi dabei war. Der arme Kerl hatte ja nicht mal am Krieg teilgenommen, sondern lediglich als Beamter der Briten weitergearbeitet. Mit seiner prächtigen Uniform und den Gedichten in der Tasche. Aber auch ihn haben die Soldaten verschleppt. Ob ich ihn wohl hätte retten können, wenn ich rechtzeitig davon erfahren hätte? Es gingen damals so viele zugrunde. Manche flehten, sie seien keine Orthodoxen, sondern Katholiken, aber da lachten unsere Gefreiten nur, Ungläubiger sei Ungläubiger, und sie drückten ab. Ach, Scheherazade, der Krieg ist nicht so, wie du ihn dir vielleicht vorstellst, er ist ein Unheil, das Schande über die ganze Menschheit bringt. Möge Gott nicht einmal unsere Feinde damit schlagen.«

Die dunkle Schimäre der Vergangenheit hatte sich über Hilmi Rahmis Gesicht herabgesenkt wie ein Vorhang. Er bemerkte gar nicht, wie sehr ich zitterte. Aus meinen Händen, meinen Füßen war jegliches Blut gewichen. Perlend stand mir der Schweiß auf der Stirn. Ich bemühte mich, die Spange des Überwurfs zu öffnen, den ich bei der Sommerhitze überflüssigerweise angelegt hatte, doch es gelang mir nicht. Flehend streckte ich schließlich die Hand aus und legte sie in seinen Schoß. Ich versuchte aufzustehen, doch meine Beine waren wie aus Gummi, und meine Knie gehorchten mir nicht. Da begannen die Uhren um mich herum zu kreisen, und das bunte Lichterspiel in den Spiegeln vermischte sich mit den Mosaiksternen. Fast wäre ich zu Boden gestürzt, da fasste mich Hilmi Rahmi wie in einem alten Traum und hob mich hoch.

Als ich wieder erwachte, war ich in meinem Zimmer in der Villa. Jenen Tag aber ließ ich mir eine Lehre sein, und nie wieder setzte ich einen Fuß aus der Villa mit dem Turm.

Geliehene Zeit

»Weit ist es mit uns gekommen!«, murrte Müjgân, als sie neben ihrer Schwester Sümbül in der weitläufigen Küche der Thomas-Cooks stand und Teig rollte. Frauen mit bunten Kopftüchern waren emsig damit beschäftigt, Weinblätter, Teig- und Fleischstücke in die gewünschte Form zu bringen, während der italienische Küchenchef prüfend zwischen ihnen hin und her ging und in sämtlichen Sprachen, die in Smyrna gesprochen wurden, seine Anweisungen gab. Tablettweise wurden die Vorspeisen von jungen Männern zu den Gästen in den Ballsaal hinausgetragen.

»Beschwer dich nicht, Müjgân«, flüsterte Sümbül ihr zu und wischte sich mit dem Ärmel Mehl aus der Stirn. »Wo sollen wir in solchen Zeiten sonst so viel Geld verdienen? Du weißt ja, wie es um uns steht. Wir bekommen hier fünf Mal so viel wie beim Feigenverpacken.«

»Ach hör doch auf! Sind wir vielleicht Frauen, die Ausländern zu Diensten stehen sollten?«

»Wir sollen hier lediglich zwei Tage lang Böreks und Baklava backen, und die Ausländer kriegen wir nicht mal zu Gesicht«, erwiderte Sümbül, der das Thema sichtlich zusetzte. »Jetzt haben wir schon so viel Teig gerollt, wie viele Böreks sollen eigentlich daraus werden? Wir sollten lieber mal einen Blick in den Ballsaal werfen.«

»Wenn Hilmi Rahmi hier wäre, könntest du einer von den Gästen dort sein, hast du dir das schon mal überlegt? Stattdessen kochst du hier für diese Europäer.«

»Sachte, sachte, Müjgân. Hilmi Rahmi ist schließlich noch nicht General, sondern gerade Oberst geworden. Und selbst wenn er General wäre, in dieser neuen Armee von Mustafa Kemal Pascha, was würde das schon bringen? Die Ausländer erkennen die Regierung in Ankara ja nicht mal an.«

»Ja, heute noch nicht, aber bald, und dann werden sie vor uns auf die Knie gehen«, knurrte Müjgân und fuhr mit dem Nudelholz über den Teig, als würde sie ihre Wut an ihm auslassen. Sümbül war es gewohnt, dass ihre Schwester, seit Hüseyin fort war, sich derart in Patriotismus erging. Ohne etwas zu erwidern, reihte sie die Teigflächen auf das Tablett.

»Mach sie nicht so dünn, Müjgân, sonst reißen sie beim Füllen.«

»Du weißt immer alles besser.«

»Ich passe lediglich auf, damit Mustafa sich unseretwegen nicht schämen muss. Also sei mir bitte nicht böse.«

Die Arbeit in der Küche hatte ihnen Sümbüls Schwiegervater Mustafa verschafft. Zu dem Ball waren sämtliche Honoratioren von Smyrna, Bornova, Buca und Kordelio geladen. Die Vorbereitungen hatten vor Wochen begonnen, und aus Izmir waren dazu Heerscharen von Hilfsköchen, Kellnern und Dienstboten angeheuert worden.

»In dieser Küche ist fast die ganze Stadt zugange, sieh doch bloß mal.«

Sümbül warf einen Blick durch den riesigen Raum, der das gesamte Erdgeschoss des Herrschaftshauses umfasste. Ihn Küche zu nennen, war eine gehörige Untertreibung. Mit all den Vorratsräumen, den Backöfen, den nebeneinander angeordneten Arbeitsflächen, die nur zum Zwiebelschneiden oder zum Teigausrollen verwendet wurden, war das Ganze nicht einfach eine Küche, sondern ein Küchenimperium. An Nägeln in der Wand hingen Gerätschaften, die Sümbül ihr Leben lang noch nicht gesehen hatte. Einige davon waren elektrisch betrieben. Immer wieder zuckten Sümbül und Müjgân zusammen, wenn eines der Geräte losdröhnte, die nur von den Stammangestellten der Thomas-Cooks benützt werden durften. Auch unter jenen herrschte eine strenge Hierarchie. Gerade erst hatte der Küchenchef eine Frau dabei ertappt, ohne Erlaubnis mit einem elektrischen Mixer zu hantieren, womit sie sich eine gewaltige Rüge einhandelte.

»Seit Edward Bey diesen Mixer aus Amerika hat kommen lassen, hat sich schon mehr als einer damit einen Finger abgeschnitten, deshalb ist der Koch so dahinter«, erläuterte den beiden ein junges Mädchen, das neben ihnen arbeitete. »Wenn es an so einem Tag zu einem Unfall käme, wäre das eine Katastrophe.«

Das Mädchen mit dem hellblauen Kopftuch hatte ein hübsches Eichhörnchengesicht. Während sie leise mit ihren Nachbarinnen sprach, schälte sie flink Pistazien, die danach in einem Mörser zerrieben und auf die Baklavas gestreut wurden.

Müjgân warf einen missmutigen Blick auf das Mädchen. Seit Hüseyins Flucht war es noch dazu so, dass sie mit Christen nicht mehr sprach und auch nicht mehr in ihren Geschäften einkaufte.

»Der Italiener ist sowieso schon sauer, weil extra für den Ball noch zwei Küchenchefs geholt wurden.«

»Drei Küchenchefs für eine Küche?«

»Ja. Der Italiener ist der eigentliche Chef, aber nur für heute Abend hat die gnädige Frau aus Smyrna noch zwei Köche kommen lassen. Der eine ist nur für den Fisch zuständig, und was der andere macht, weiß ich gar nicht. Und da ist natürlich noch Frau Hayguhi, die sich um die Süßigkeiten kümmert. Uns hat sie das nach und nach auch schon beigebracht, bei früheren Empfängen. Profiteroles, Crème Caramel, Croquembouche …«

Während das Mädchen mit dem Eichhörnchengesicht leise vor sich hin plapperte, schaute Sümbül zu, wie die pummelige Frau, die ihr gegenübersaß, aus Teig Kugeln formte und danach mit einer Art Spritze Luft hineinblies. Ob das wohl diese Croquembouche waren?

»Die kommen erst in den Backofen, dann werden sie mit Sahne gefüllt. Und schließlich setzen wir aus lauter solchen Kugeln eine zwei Meter hohe Pyramide zusammen.«

»Zwei Meter? Wie viele Ellen sind das?«

»Puh, das weiß ich auch nicht, aber die werden höher als wir.«

Sümbül beugte sich zu dem Mädchen vor und fragte: »Warst du schon mal oben, bei den Gästen?«

Ohne von dem Pistazienberg aufzublicken, sprach das Mädchen weiter. Ihr Türkisch war ganz passabel.

»Ja, vorhin war ich oben, auf dem Treppenabsatz, um einem Kellner ein Tablett zu übergeben. Die Tische sind alle in einer Reihe aufgestellt, wie ein Eisenbahngleis, soweit das Auge reicht. Und was da alles draufsteht! Vieles davon habe ich noch nie im Leben gesehen. Weiter hinten in der Küche sind Leute, die bei den Franzosen gelernt haben, die haben das gemacht. Dann noch alles, was von unseren Köchen stammt, *haviari, kalamari, htapodi*, Fisch in Mayonnaise-Sauce … Und literweise Champagner …«

Sümbül wusste nicht, was Mayonnaise sein sollte, und Champagner hatte sie ihr Lebtag nicht gesehen. Sie schwieg lieber, um ihr Unwissen zu verbergen.

»Ich habe mein Tablett abgegeben und bin einfach etwas stehen geblieben, um die Damen zu sehen. Ach, *hanumi mu*, dieser Schmuck, diese Eleganz … Die Halsketten noch leuchtender als die Lüster im Saal. Die Frauen sehen aus wie Filmstars aus dem Pantheon-Kino. So was von schön und prunkvoll! Wallende Kleider mit Schleppen, an den Ohren und um den Hals Diamanten, Smaragde, Rubine. Einige haben sogar Brillantkrönchen auf, vermutlich Prinzessinnen. Vorstellen lässt sich das alles gar nicht, man muss es gesehen haben.«

»Habt ihr gehört«, warf die pummelige Frau ein, »sie sollen auch Stergiadis eingeladen haben.«

Sümbül verstand genug Griechisch, um mitzubekommen, was die Frau gesagt hatte.

»Meint ihr, der kommt?«

»Glaube ich nicht. Er lehnt sämtliche Einladungen ab. Ein verquerer Mann. Keiner von uns mag ihn. Manche sagen sogar, dass er die Türken bevorteilt.«

Das Mädchen mit dem Eichhörnchengesicht warf Müjgân einen spitzbübischen Blick zu, doch die rollte nur weiter ihren Teig, als ob die Griechin gar nicht existierte.

»Der Mann bemüht sich eben, gerecht zu handeln«, sagte Sümbül. Kaum hatte Stergiadis sein Amt angetreten, war er gegen die Plünderer vorgegangen, die gleich zu Beginn der Besetzung im Türkenviertel gewütet hatten. Auch bestrafte er die Freischärler, die etwa den Kaffeehauswirt Hasan getötet hatten, und ebenso die Soldaten, die dagegen nicht eingeschritten waren.

»Aber in dieser Zeit ist es ja unmöglich geworden, es allen recht zu machen. Egal, was er tut, bei niemandem kann er sich so recht einschmeicheln.«

»Was soll das schon für eine Gerechtigkeit sein, wenn diese Ungläubigen über unser Land herfallen?«, schimpfte Müjgân.

Als hätte Sümbül das gar nicht gehört, wandte sie sich dem Mädchen zu.

»Ich bin Sümbül. Du kennst vielleicht Mustafa Efendi, den Verwalter des Nachbarhauses, das ist mein Schwiegervater. Das ist meine Schwägerin Müjgân. In diesen schwierigen Zeiten steht uns Mustafa Efendi Gott sei Dank immer bei, und so hat er uns auch diese Arbeit verschafft.«

Als das Mädchen den Namen Mustafa vernahm, hellte ihr Gesicht sich auf. Müjgân indes schnappte sich einen neuen Klumpen Teig und warf ihn aufs Brett.

»Oh, das freut mich aber! *Harika poli.* Mustafa ist ein feiner Herr, den wir alle sehr achten.«

Bevor Sümbül etwas erwidern konnte, mischte Müjgân sich ein.

»Lass mich doch mal raten …« Sie ließ Teig und Nudelholz sein, stützte die bis zu den Ellbogen eingemehlten nackten Arme auf das Brett und blickte Sümbül und das Mädchen herausfordernd an.

»Als Mustafa Efendi, den ihr ach so sehr mögt, zusammengeschlagen und wie tot in einen Hauseingang geworfen wurde, da hast du doch bestimmt gerade Fähnchen geschwenkt und die Evzonen mit Blümchen begrüßt, oder täusche ich mich?«

In der gerade noch so betriebsamen Küche herrschte auf einmal Stille. Sümbül spürte, wie sie bis über die Ohren errötete.

»Müjgân, ich bitte dich. Wir sind hier in einem fremden Haus.«

Das Mädchen starrte Müjgân mit offenem Mund an. Sümbül zog ihre Schwägerin am Arm, doch die fegte ihre Hand weg wie eine lästige Fliege.

»Habe ich etwa nicht recht?«

Schweigen. Nach kurzem Innehalten hielten alle es für am Zweckmäßigsten, sich wieder an ihre Arbeit zu machen. Etwa die Hälfte war ohnehin erst vor Kurzem von der Insel Chios eingetroffen und verstand kaum, was geredet wurde, während die andere Hälfte den Vorfall geflissentlich überging. Der Küchenchef, der gerade hereinkam, wunderte sich über die ungewöhnliche Stille. Er war ein fröhlicher, freundlicher Mann, der beim Kochen immer ein Glas Wein neben sich stehen hatte. Seinen Ärger über die beiden anderen Küchenchefs ließ er sich in dem Moment nicht anmerken.

»So, weiter geht's, meine Damen, *signore*. Die Börek-Füllung steht bereit, bringen Sie jetzt die Tabletts mit dem Teig rüber.«

Draußen begann eine kalte, sternenklare Nacht. Die stattliche Villa der Thomas-Cooks in Bornova war von oben bis unten festlich beleuchtet. Edward hatte sich von den großen Hotels an der Uferpromenade inspirieren lassen und sich einen Generator zugelegt, sodass der Ballsaal in taghellem Licht erstrahlte. Wer aus dem seidigen Dunkel der Nacht die Villa betrat, wurde regelrecht geblendet, und jedermann beredete die Kronleuchter, von denen das Licht geradezu herabfloss. Selbst Gäste, die an die großen Bälle in den Hotels gewohnt waren, mussten verwundert anerkennen, dass hier ein Privathaus elektrisch beleuchtet wurde. Über jedes diesbezügliche Lob freute Edward sich wie ein Kind, als hätte er Außerordentliches geleistet.

Um den Gästen den Weg vom Gartentor bis zur Villa angenehmer zu gestalten, waren in alle Bäume rosafarbene, gelbe und violette Lampions gehängt worden. Eine Kutsche nach der anderen durchfuhr mit sorgsam gestriegelten Pferden das schwere Tor, auf dem das Monogramm HTC prangte. Oben, vor dem von Marmorsäulen flankierten Eingang, der von den Fenstern aus hell erleuchtet war, hielten die Kutschen auf dem weißen Kies, und Bedienstete öffneten den Gästen den Schlag und waren ihnen beim Aussteigen behilflich. Die Damen, in Pelz gehüllt, doch mit offenem Dekolleté, ließen sich ganz bewusst Zeit. Erst lugte aus der Kutsche nur ein hochhackiger Schuh heraus, gefolgt von einem aus Chiffon und Seide befreiten Bein, und schließlich erschien eine Hand, auf der schelmisch Brillantringe glitzerten. Erst wenn die Augen sämtlicher neben den Marmorsäulen Zigarre rauchenden

Herren auf die Kutsche gerichtet waren, entstieg dieser in ihrer ganzen Pracht die entsprechende Dame.

Sobald Edward von der Tür zum Ballsaal aus Edith und Avinash erblickte, kam er in langen Schritten auf sie zu, mit dem etwas zu breiten Lächeln, mit dem er Avinash jedes Mal begrüßte.

»Willkommen, Edith *mu*, Monsieur Pillai. Was für eine Ehre, Sie hier zu sehen!«

Er beugte sich vor und küsste Ediths beringte Hand.

»Danke, Edward. Gut siehst du aus.«

»Das lässt sich vielmehr von dir behaupten. Du wirst von Jahr zu Jahr schöner. Wie stellst du das nur an? Hast du dir bei Hexen einen Verjüngungstrank besorgt?«

Er wandte sich zu Avinash und setzte ein theatralisches Lächeln auf. Edith warf einen Blick in den Saal, der sich mit hochdekorierten Offizieren und atemberaubend duftenden Damen mit bunter Schleppe füllte. Am anderen Ende des Saals thronte Edwards Mutter Helene Thomas-Cook wie eine Königin auf einem etwas erhöht stehenden Sessel und hielt den Gästen huldvoll ihre Hand zum Küssen hin. Mit ihren Adleraugen mochte sie Edith sofort erkannt haben, doch gab sie das nicht zu erkennen. Für sie war am Unglück ihres Sohnes einzig jenes verzogene Nachbarmädchen schuld.

»Scherz beiseite. Wie findest du meinen neuen Stil? Hatte ich schon gesagt, dass ich letzten Monat aus Amerika zurückgekommen bin?«

»Die Frisur hast du wohl von dort mitgebracht.«

Edward tippte sich an die streng zurückgekämmten Haare, deren Glanz von einer nach Zitrone duftenden Pomade herrührte, dann beugte er sich zu Edith vor, als verriete er ihr ein bedeutsames Geheimnis.

»Das ist ein Valentino-Schnitt.«

»Beeindruckend.«

»Dann lass dich erst mal von dem hier beeindrucken!«

Er schnippte mit den Fingern, woraufhin ein junges Mädchen vor ihnen auftauchte, das einen kleinen Kasten mit diversen Zigarettenmarken umhängen hatte. Sie trug ein schwarzes Satinkleid, dessen Saum ihr nur bis zum Knie reichte, und schämte sich sichtlich für ihre nackten Beine. Um sie nicht noch weiter in Verlegenheit zu bringen, ließ Avinash seine Blicke über die Tanzfläche schweifen, an der eine Musikkapelle Platz genommen hatte. Edward entnahm dem Kasten ein Päckchen und bot seinen Gästen Zigaretten an, wobei er schmunzelte wie ein Junge, der auf einen Streich auch noch stolz ist.

»Na, was sagst du? Erst hat meine Mutter sich mit Händen und Füßen gegen die Idee mit den *Cigarette Girls* gewehrt. Ist aber doch nicht schlecht, oder? Ich möchte in diese morsche alte Villa ein bisschen amerikanischen Schwung bringen. Darum haben wir den Mädchen auch Kurzhaarfrisuren verpasst. Ob du es glaubst oder nicht, Edith *mu*, aber in Amerika läuft kein einziges Mädchen mehr mit langen Haaren herum.«

Das Mädchen hielt sich eine Hand an den Hals, als schämte es sich nicht nur der nackten Beine, sondern auch des Dekolletés. Überhaupt schien sie nur im Sinn zu haben, so schnell wie möglich wieder wegzukommen. Als Edward ihr mit einer Geste bedeutete, sie dürfe gehen, eilte sie zu den anderen Dienstmädchen an der Tür. Edward zündete seine Zigarette an und zeigte auf die beiden schwarzen Musiker in der Kapelle.

»Die habe ich in einem *speakeasy* in Charleston kennengelernt. Nächstes Jahr kommen noch mehr, mit Schiffen von uns aus Virginia, ist schon alles ausgehandelt. Jetzt hört euch erst mal die da an, sie spielen fantastisch, ihr werdet euren Ohren nicht trauen. Die richtige Show geht erst los, wenn meine Mutter zu Bett gegangen ist. Macht euch auf etwas gefasst!«

Edward war wieder mal in Form, wie stets auf einem Ball. Über dem weißen Hemd mit dem gestärkten Kragen trug er einen grau gestreiften Anzug und in der Jacketttasche ein auf die Krawatte abgestimmtes weinrotes Einstecktuch. Sein blonder Schnurrbart zog sich wie ein schmaler glänzender Bogen über die ebenfalls schmalen Lippen. Die sorgfältig rasierte Haut verströmte edlen Lavendel- und Zitronenduft. Seine allmählich schlaff werdenden Wangen leuchteten apfelrot, den kleinen blauen Augen sah man die Wirkung der Gin-Cocktails an, die er sich bereits genehmigt hatte.

»Du erlaubst, dass wir erst mal deine Mutter begrüßen, Edward«, sagte Avinash.

Edith und Edward blickten sich schelmisch an und verdrehten die Augen. Wäre Edith allein auf dem Ball gewesen, hätte sie sich den gesamten Abend um eine Begegnung mit Helene Thomas-Cook gedrückt, doch Avinash schätzte es nicht, wenn sie sich in dem Umfeld, in dem sie groß geworden war, wie ein verzogenes Kind benahm. Arm in Arm durchquerten die beiden den ganzen Saal, bis sie vor dem thronartigen Sitz der Hausherrin standen.

Helene Thomas-Cook galt seit bald dreißig Jahren als Oberhaupt der Familie. Ihr Ehemann war in jungen Jahren an einer Krankheit verstorben, deren Namen niemand in den Mund nehmen wollte. Geholt hatte er sich die Sache gewiss in einer der griechischen Tavernen, in denen auch Edward gerne verkehrte. Helene hatte zum Glück schon nach der Geburt ihrer kränklichen jüngsten Tochter beschlossen, das Bett nicht mehr mit ihrem Gatten zu teilen, und dadurch hatte sie ihr hohes Alter erreicht. Zwei ihrer Söhne lebten seit ihrer Heirat mit ihren Frauen in der Villa, doch war sie irgendwie noch immer nicht Großmutter geworden. Ihrem jüngsten Sohn Edward mit seinen bald fünfunddreißig Jahren stand der Sinn noch immer nur nach Vergnügungen, nach Segelrennen und nach sämtlichen Frauen der Stadt, von vornehm bis billig. Das alles hatte Helene Thomas-Cook zu einer verbitterten alten Frau gemacht.

Avinash verbeugte sich und küsste die fleckige Hand der Hausherrin. An einem kaum merklichen Zucken im Gesicht merkte Edith, dass Helene Thomas-Cook es nicht goutierte, dass sie auf einer von ihr organisierten Veranstaltung an der Seite eines Inders erschien. Es hatte sich längst herumgesprochen, dass Avinash für die britische Krone tätig war, doch in den Augen der Hausherrin war er nach wie vor nichts weiter als ein indischer Juwelenhändler. Als sie sich beobachtet fühlte, wandte sie sich Edith zu, die sich auf die Lippen beißen musste, um nicht loszulachen. Sie schickte sich gerade an, der alten Frau ihren Gruß zu entbieten, als ihr auf einmal jemand ins Ohr flüsterte: »Geh hin und bedank dich, dass du zu einem so prächtigen Ball eingeladen wurdest.«

Den nach Zimt duftenden Atem, der ihr über den Nacken strich, hätte Edith überall erkannt. Bevor sie etwas erwidern konnte, nahm Juliette Lamarck sie am Arm und zog sie wie ein zwölfjähriges Schulmädchen zu Helene Thomas-Cook, als würde sie ihre Tochter der englischen Königin präsentieren. Sie ergriff die Hand, die soeben Avinash geküsst hatte, und sagte in übertrieben prononciertem Englisch: »Lady Thomas-Cook, Sie sehen grandios aus! Was für ein überaus gelungener Ball! Sie haben sich wieder einmal selbst übertroffen. *Magnifique*! Wie Sie sehen, ist auch Edith gekommen. Dieses Jahr hat sie beschlossen, ihre Menschenscheu zu überwinden und uns mit ihrer Anwesenheit zu beehren. Und sie hat sogar versprochen, uns am Sonntag bei der Veranstaltung zugunsten des Waisenhauses von Bayraklı zu unterstützen, nicht wahr, *darling*?«

Edith warf ihrer Mutter einen grimmigen Blick zu. Jene verstand sich vortrefflich darauf, Menschen für etwas einzuspannen, ohne ihnen eine andere Wahl zu lassen. Mit einem falschen Lächeln, durch das die Perlenreihe ihrer Zähne zur Geltung kam, wandte sie sich zu ihrer Tochter und deutete auf die Hausherrin. Schließlich sagte Edith im Flüsterton: »Wie geht es Ihnen, Frau Thomas-Cook? Vielen Dank für die Einladung.«

Ihre Mutter hatte sie losgelassen, doch sie spürte noch immer ihre Fingernägel auf dem Arm. Von der Wohltätigkeitsveranstaltung für das Waisenhaus hatte sie bis dahin noch nicht einmal etwas gehört.

Sie wandte sich um und blickte zu den Räumlichkeiten, die durch einen violetten Samtvorhang vom Ballsaal abgetrennt waren. Meist hielten die levantinischen Mädchen es so, dass sie in den halb dunklen Zimmern den Schlauch einer Wasserpfeife herumgehen ließen, um ihren Gästen aus England ein echtes Orienterlebnis zu vermitteln. Sie beschloss, sich so rasch wie möglich davonzumachen und sich mit ihren Freundinnen zusammenzutun.

Die Kapelle stimmte einen Walzer an. Avinash küsste Juliette die Hand, dann fasste er Edith an der Taille und zog sie auf die von drei Kronleuchtern lichtgeflutete Tanzfläche. Sogleich wandten sich ihnen alle Köpfe zu. Obwohl Edith und Avinash sich seit Jahren miteinander zeigten, waren sie noch immer ein Paar mit hohem Klatschpotenzial.

Triumphierend lächelte Helene Thomas-Cook von ihrem Thron herunter. Juliette presste die schmalen Lippen zusammen und verabschiedete sich von der Hausherrin. Derartige Vergnügungen reizten sie nicht mehr wie früher. Ihr ältester Sohn Charles war mit seinen Kindern nach Holland gezogen, die Heimat seiner Frau. Ihre Tochter Anna hatte in rascher Folge fünf Kinder zur Welt gebracht und sich dadurch auf ein Dasein als Milchkuh reduziert. Obwohl sie in Buca in einem Herrschaftshaus residierten, bestand sie darauf, sich wie eine Bauersfrau ganz allein um ihre Kinder zu kümmern. Edith hätte, schön und elegant wie sie war, dasjenige ihrer Kinder sein können, mit dem sie bei gesellschaftlichen Anlässen hätte gemeinsam auftreten können, doch gab es mit ihr nichts als Ärger.

Auf einmal fühlte sie sich unendlich müde. Sie hielt Ausschau nach Jean-Pierre und Marie. Bei derlei Anlässen nahmen ihr jüngerer Sohn und dessen Frau sie meist unter ihre Fittiche. Als sie die beiden nicht erblickte, raffte sie ihr rotes Seidenkleid, in das sie sich ungeachtet ihres Alters gezwängt hatte, und ging zu Edward, der sich als notorischer Partygänger gewiss darauf verstand, ihr bei einem Grüppchen von Gästen Anschluss zu verschaffen.

Edward hatte seinen steifen Stehkragen gelockert und beobachtete mit funkelnden Augen Anika, die Tochter der Van Dijks, die erst vor Kurzem aus Amsterdam zurückgekehrt war, wo sie aufs Gymnasium ging. Dieser Edward führte doch einen Lebenswandel, der dem von Edith keineswegs an Liederlichkeit nachstand, dennoch hatten die Leute schon vor Jahren aufgehört, über ihn zu lästern. Dabei war er ein erwachsener Mann, der im Gegensatz zu seinen Brüdern im elterlichen Geschäft keinen Handschlag tat. In griechischen Tavernen ließ er junge Mädchen auf seinem Schoß sitzen, und sogar die bewussten Häuser in Hiotika suchte er angeblich auf. Warum regte sich darüber niemand auf? Stattdessen zog man bei jeder sich bietenden Gelegenheit über das Liebesleben von Edith her.

Seufzend straffte sie die Schultern und setzte ein Lächeln auf. Einem der Kellner, die in roter Livree mit silbernen Schulterstücken servierten, nahm sie ein Glas Champagner vom Tablett. Noch immer spürte sie den Falkenblick der Gastgeberin auf sich ruhen. Hätten die beiden doch wenigstens nun, in fortgeschrittenem Alter, jenen ewigen Wettstreit um ihre Kinder aufgeben und auf der Grundlage vierzigjähriger Nachbarschaft entspannt miteinander plaudern können!

Als sich Helene Thomas-Cook nach dem Essen von ihren Gästen verabschiedete und sich in ihre Gemächer zurückzog, gab Edward der Kapelle ein Zeichen. Edith hatte da schon einen Moment abgepasst, in dem Avinash sie nicht beachtete, und war in die abgedunkelten hinteren Räume gegangen. Kurz vor Mitternacht legte die Kapelle sich so richtig ins Zeug, und die in Paradiso lebenden jungen Amerikanerinnen vollführten einen Tanz, wie ihn bis dahin noch niemand gesehen hatte. Ohne sich um die verblüfften Umstehenden zu kümmern, schwangen sie die Beine, dass unter ihren kurzen Röcken die milchweißen Schenkel zum Vorschein kamen.

»Und das soll ein Tanz sein?«, ereiferte sich Juliette. »Denen kommt es doch bloß drauf an, wie eine Pariser Kokotte Bein zu zeigen.«

Sie stand zwischen Edward und Avinash, der auf der Suche nach Edith seinen Blick durch den Ballsaal schweifen ließ. Edward war bester Laune. Wie gut, dass er die beiden Musiker aus Amerika hatte kommen lassen! Solchen Schwung hatte sonst niemand drauf. Über diesen Ball würde man in der Smyrnaer Gesellschaft noch jahrelang reden, so viel stand fest.

»Also, ich find's schön! Sehen Sie doch, Madame Lamarck, wie unbeschwert die sich amüsieren. Wenn ich die
Tanzschritte nur ein bisschen beherrschte, würde ich sofort
mitmischen.«

Er hatte den Satz auf Englisch begonnen und auf Griechisch zu Ende gesprochen. Juliette blieb hartnäckig beim
Französischen.

»Da gibt es keine Schritte zu lernen, *mon cher* Edward«,
murrte sie. »Man braucht lediglich die Beine hochzuwer-
fen wie ein sich aufbäumendes Pferd, das ist alles. Und natürlich muss der Rock kurz genug sein. Von einem Unter-
rock haben die anscheinend auch noch nichts gehört. Was
meinen Sie dazu, Monsieur Pillai?«

Während Avinash noch um eine passende Antwort bemüht war, ging hinter der Kapelle ein violetter Vorhang
einen Spalt weit auf, und an einer Tür erschien Edith. Ihre
Perlenkette hing schief, und da ihre aufgedunsenen Augen
vom Lichtermeer der Kronleuchter geblendet wurden,
hielt sie eine Hand vors Gesicht. Sie sah aus wie ein kleines Mädchen, das sich verlaufen hat. Avinash, der allmählich genug davon hatte, dass die Menschen um ihn herum
mitten im Satz die Sprache wechselten, überquerte mit
raschen Schritten die Tanzfläche, hakte sich bei Edith ein
und führte sie zu ihrer Mutter und zu Edward.

»Edith, ist alles in Ordnung? *Kala ise*?«

Edith machte sich von Avinashs Arm los und baute sich
leicht taumelnd vor Edward auf. Juliette sah ihr besorgt
zu und wandte sich schließlich Hilfe suchend an Avinash.
Selbstverständlich hieß sie die schändliche Beziehung ihrer Tochter zu einem exotischen Spion nach wie vor nicht
gut, doch in der Not … Avinash indes hob nur bedauernd
die Arme.

»Edward«, rief Edith laut, um die Kapelle zu übertönen,

»wo hast du bloß Leute her, die so eine Musik spielen? Gratuliere!«

Edward war mittlerweile betrunken. Er fasste Edith am Arm und sah ihr in die Augen.

»Los, Edith *mu*, probieren wir es auch!« Edith strahlte vor kindlicher Freude. Sie stürzte den Champagner hinunter, den sie an Avinashs Arm von einem Tablett stibitzt hatte, und reichte dem Inder das leere Glas.

»Edith, das wie vielte ist das jetzt?«

»*Maman*, fragen Sie das doch lieber Monsieur Pillai. Ich bin mir sicher, er zählt genauso mit wie Sie. Edward *darling, shall we*?«

»Natürlich, Madame Lamarck, wir sind ja noch jung!«, rief Edward, bis über beide Ohren grinsend. »Außerdem wäre es ungehörig, diese jungen Mädchen auf der Tanzfläche allein zu lassen wie Zirkustiere. Als Gastgeber ist es meine Pflicht, dafür zu sorgen, dass sie sich wohlfühlen.«

Da lachte er auch schon ein Mädchen an, das die Haare kurz geschnitten trug wie ein Mann. Als das Mädchen Edward ungeniert auf die Tanzfläche zog, atmete Juliette auf. Avinash brachte inzwischen Edith dazu, sich auf das Samtsofa hinter ihr zu setzen. Was hatten diese Kinder nur?

Zehn Minuten später war die Tanzfläche voller junger beineschwingender Leute. Edward hob immer wieder eine der Amerikanerinnen hoch in die Luft. Um fünf vor zwölf griff er sich am Arm der Brünetten mit der Kurzhaarfrisur ein neues Glas Champagner und leerte es hastig, wobei er bewusst vermied, in Richtung der dunklen Ecke zu blicken, in der Edith, umarmt von Avinash, vor sich hin döste. Zu den Klängen einer wilden Melodie begannen die Gäste, die letzten Sekunden vor Mitternacht herunterzuzählen.

Avinash streichelte auf dem Sofa sanft Ediths Rücken und sah dabei zum anderen Ende der Tanzfläche hinüber, wo Smyrnaer Großinvestoren, britische Offiziere und vom Konsulat geladene höhere Beamte mit vom Alkohol geröteten, ernsten Gesichtern beisammenstanden und konferierten.

Die Armee, die frühere osmanische Offiziere aus anatolischen Bandenkämpfern rekrutiert hatten, bereitete sich unter dem Kommando von Oberst İsmet auf ihre erste Schlacht vor. Einige Pläne gerieten durch die Tatsache ins Wanken, dass Venizelos im Vormonat die griechischen Wahlen verloren hatte. Avinash war klar, dass ohne Venizelos, den Architekten der *Megali Idea* und einzigen Strohmann von Lloyd George, die Engländer ihre Unterstützung Griechenlands zurückfahren oder gar ganz einstellen würden.

Es ging das Gerücht um, Mustafa Kemal stehe kurz vor einer Vereinbarung mit den Bolschewiken und dürfe auf Waffenhilfe von ihnen hoffen. Die Italiener hatten nicht verwunden, dass Smyrna so ohne Weiteres den Griechen zugeschlagen worden war, und sie kühlten ihr Mütchen damit, dass sie den Türken beistanden. Die Alliierten sollten Ende des Monats in Paris zusammentreffen und ihre Pläne noch einmal überdenken. Es hieß, an der Konferenz würden auch Vertreter Griechenlands sowie der Regierungen in Ankara und Istanbul teilnehmen, und im Vergleich zum Vertrag von Sèvres sollten für die Türkei dabei einige Verbesserungen herausspringen.

Als es Mitternacht schlug, entkorkte Edward, ohne dabei das kurzhaarige Mädchen an seiner Brust loszulassen, mit einer Hand noch eine Flasche Champagner. Im ganzen Saal ertönten fröhliche Rufe, und um Edward herum drängten sich Tänzer, um sich nachschenken zu lassen. Dann wurden die eleganten Gläser hochgehoben, und alle stießen überschwänglich miteinander an. Auf die amerikanischen Mädchen regnete Champagner herab, worauf sie einander lachend und kreischend umarmten, unbekümmert gefolgt von den anderen Gästen.

Auf dem Sofa war Edith inzwischen eingeschlummert und ruhte auf Avinashs Schoß. Vom Getöse um den Jahreswechsel bekam sie nichts mehr mit. Durch die reich geschmückten Vorhänge sah man hinter den Bergen eine dünne Mondsichel. Während Avinash mit den Fingern träumerisch durch die Locken fuhr, die aus Ediths gelockertem Turban herausstanden, wurde ihm beim Gedanken an so vieles, was er wusste, das Herz schwer. Er schloss die Augen und dachte an die Soldaten jenseits der Berge, die unter demselben Himmel aufgewachsen waren und sich nun in zwei Heeren gegenüberstanden. Während sie in ihren Zelten die gleichen Träume träumten, umarmten sich im hell erleuchteten Ballsaal der Thomas-Cooks die Menschen zu den Tönen ausgelassener Musik und wünschten einander in allen Sprachen, die in den Städten des Paradieses gesprochen wurden, ein gutes neues Jahr. *Hronya Polla! Bonne année! Buon anno! Hayırlı seneler olsun! Pari gağant yev amanor! Happy New Year!*

Obwohl Avinash wusste, dass seine Stimme in dem Trubel untergehen würde, flüsterte er: »Wir leben alle von geliehener Zeit, meine Liebste. Und merken nicht, wie rasend schnell unser Ende naht. Gutes neues Jahr …«

Auf seinem Schoß schlief Edith, die anmutigen Lippen, an denen er sich nicht sattküssen konnte, leicht geöffnet, und schnarchte leise.

IV
Zufälle

Die erste Begegnung

Als Panayota an jenem Mittwochmorgen zum Quai hinunterging, war eine Heirat das Letzte, was ihr in den Sinn gekommen wäre. Hätte man ihr gesagt, sie würde sich noch vor Ablauf der Woche mit dem Leutnant Pavlo Paraskis verloben, hätte sie lediglich das Gesicht verzogen wie über einen schlechten Witz. Auf dem Weg nach Fasula war sie an der Baustelle der neuen evangelischen Schule Elpinikis Schwester Afrula begegnet, die sogleich spöttisch getönt hatte: »Mensch, dieser Pavlo hat es ernsthaft auf dich abgesehen, er behauptet, dass er dich nach Ioannina mitnimmt und dich dort wie eine Prinzessin behandelt. Na, dann alles Gute!« Panayota war mit dem Regenschirm auf das Mädchen losgegangen und dann von Agia Katerina bis Fasula hinunter fast gerannt.

Diesem Pavlo musste sie einmal über den Mund fahren! Nur weil sie in Kordelio mal ein paar Worte gewechselt hatten – und auch das nur aus purer Notwendigkeit –, bildete er sich mordsmäßig etwas ein, und als genügte es nicht schon, dass er ihr immer wieder auflauerte und sie ins Kino einladen wollte, verbreitete er nun schamlos irgendwelchen Unsinn.

Sie bog in die Poyraz-Straße ab und ging raschen Schrittes zum Meer hinunter. In jenen verwinkelten Gassen, vorbei an allerlei Lagerhäusern, packte sie ihren Schirm noch fester und reckte das Kinn vor. Sie hatte noch das Pfeifen und das freche Gelächter der Kutscher im Ohr, die an der Straßenecke auf Kunden warteten. Auch auf die Zurufe der Radaubrüder in den Kaffeehäusern musste man mit entschlossener Unnahbarkeit reagieren. So modern und höflich die Herren an der Uferpromenade sein mochten, so grob waren die Männer in den engen Gassen. Zum großen Teil waren es Saisonarbeiter von irgendwelchen Inseln und maltesische Matrosen, die auf Handelsschiffen anheuerten. Sobald sie eine junge Frau sahen, die allein unterwegs war, fühlten sie sich bemüßigt, ihr etwas hinterherzurufen, dann zwirbelten sie ihre Schnurrbärte und lachten hämisch.

»Hey, *principessa*, schau doch mal her! Deine Mutter hat dich wohl mit Honig gefüttert, *yavri mu*! Wie heißt du denn, Prinzessin? *Hello, ciao, baby*!«

Als sie am Quai angelangt war, atmete sie auf. Das Meer glänzte in der Wintersonne wie Glas, und im porzellanblauen Wasser zitterte roter, gelber und weißer Widerschein der am Ufer vertäuten Fischerboote. Die in der Nacht vom Wind aufgepeitschten Wellen hatten den Boden bis hin zum Sporting Club benässt. Ginge es doch bloß in der ganzen Stadt so sauber und ordentlich zu wie am *Ke*! Dort tippten sich die Herren an den Hut, wenn sie eine Dame grüßten, und pfiffen einem nicht schmierig hinterher.

Seit Stavros sich der Armee angeschlossen hatte, war über ein Jahr vergangen. Inzwischen war nicht nur er im Krieg, sondern so gut wie das ganze Viertel. Im Verlauf des Sommers waren alle jungen Männer eingezogen worden, im Viertel war lediglich der Fischersohn Niko übrig. Stavros war von Anfang an kein großer Briefeschreiber gewesen, doch nach der zwanzigtägigen Schlacht am Sakarya kam von ihm gar keine Nachricht mehr. Wären nicht die Briefe von Minas an Adriana gewesen, hätte Panayota nicht einmal gewusst, ob Stavros überhaupt noch am Leben war.

Durch den Eifer, den Minas dankenswerterweise an den Tag legte, war man über das Schicksal aller Jungen aus dem Viertel auf dem Laufenden. Stavros habe sich als zäher Bursche erwiesen, doch Pandelis sei an Tuberkulose erkrankt. Insgesamt hätten die Jungen viel zu erdulden. Da sie von den Versorgungslinien abgeschnitten seien, litten sie in der kargen Landschaft an Hunger und Durst, und die meisten seien schon völlig erschöpft gewesen, bevor sie noch den ersten Kampf bestritten hätten. Wegen gesprengter Eisenbahngleise und Telegrafenleitungen werde es mit der Kommunikation immer schwieriger. Minas beschwor Adriana, ihr nur ja weiter zu schreiben. *Und sag auch den anderen Mädchen, sie sollen schreiben. Wenn sie keinen Schatz haben, der bei der Armee ist, dann sollen sie an ihre Brüder schreiben. Wir sind so sehr darauf angewiesen, dass die Menschen, für die wir kämpfen, uns ermutigen, Adriana! Die Türken haben ein Ziel, für das sie kämpfen, aber wir verlieren von Tag zu Tag immer mehr unseren Glauben.*

Panayota unterdrückte die Tränen, die ihr in die Augen schossen, und kuschelte sich in den violetten Samtmantel mit dem Astrachan-Kragen, den sie über der blauen Schuluniform trug. Ihre langen Haare hatte sie unter den breitkrempigen Hut gestopft und ließ nur ein paar Locken hervorstehen, die sie heimlich auf Ohrhöhe gestutzt hatte, damit es aussah, als trüge sie eine Kurzhaarfrisur.

An der bis nach Punta reichenden Uferpromenade mit ihren Cafés, den Theatern, den Vergnügungslokalen und den stattlichen Häusern ging es an jenem Morgen verhältnismäßig still zu. Panayota ging, das Meer zu ihrer Linken, in Richtung Norden. Die Türen zu den Lokalen waren verwaist, selbst der Eingang zum Lüks, wo die Leute abends Schlange standen. Ein englischer Geschäftsmann, der sich vor dem Pantheon-Kino die Schuhe putzen ließ, führte zum Gruß die Finger an seinen Filzhut. Eine Pferdetrambahn fuhr vorbei, der Schaffner betätigte sanft die Glocke. Panayota beschleunigte ihre Schritte, um Pavlos Kinoeinladung aus dem Kopf zu bekommen.

An Sommerabenden herrschte hier ein lebhaftes, festliches Treiben, insbesondere in den letzten drei Sommern, seit die Stadt unter griechischer Verwaltung stand und ihre männliche Bevölkerung sich verdoppelt hatte. Freiheitstrunken flirteten die Smyrnaer Mädchen an jeder Straßenecke und wetteiferten in den Cafés um die vordersten Plätze. Der Wind fuhr ihnen in die Haare, hob ihre Röcke hoch, und sie warfen den vorbeikommenden Soldaten und Offizieren heiße Blicke zu und lächelten sie ungeniert an. Angesichts derartiger Schönheit und Lebhaftigkeit waren die Militärs ganz benommen und wussten gar nicht mehr, wo sie hinschauen sollten.

Den jungen Burschen im Viertel stieß es übel auf, dass die Mädchen sie nunmehr übersahen und ihre ganze Aufmerksamkeit den griechischen Soldaten schenkten. Sowohl den Soldaten als auch den Mädchen sagten sie denn auch oft genug ihre Meinung.

Elpiniki hatte sich einen Leutnant aus Athen geangelt und ihren Niko, für den sie ein Jahr lang geschwärmt hatte, auf der Stelle vergessen. In dem Lokal in Kordelio, in das sie Panayota mitgeschleppt hatte, hätte nur noch gefehlt, dass sie sich dem Leutnant auf den Schoß gesetzt hätte. Und, welch Zufall, Elpinikis Leutnant hatte Pavlo mitgebracht, sodass Panayota sich mit dem Mann unterhalten musste, der im Sommer zuvor unter ihrem Erker getanzt hatte.

Im Vergleich zu Stavros wirkte Pavlo ein wenig naiv und langweilig, doch war er ein höflicher, gebildeter junger Mann. Trotz der braunen Augen, in denen nicht gerade viel Geheimnis lag, hatte er ein insgesamt ansehnliches Gesicht und verfügte über starke Arme. Als Panayota ihn eines Abends von einem der Tische im Café de Paris aus mit ein paar Kameraden hatte vorbeidefilieren sehen, mochte sie ein wenig zu sehr gegrinst haben, doch keineswegs hatte sie zu den Mitteln manch anderer Mädchen gegriffen, die den Rock noch ein wenig höher zogen, wenn er vom Wind aufgewirbelt wurde.

Sie beschloss, sich das mit der Einladung ins Kino zu Hause zu überlegen. Im Lüks lief der französische Film *Die drei Musketiere*, im Pantheon *Die unsichtbare Hand*, beides waren Mantel-und-Degen-Filme. Wo aber wurde *Rote Liebe* gespielt, der Film, von dem Elpiniki ihr so begeistert erzählt hatte? Aus lauter Neugier ging sie bis zum Ciné de Paris. Aber würde ihr Vater ihr das überhaupt erlauben? Noch dazu wurden diese Filme nicht auf einmal gezeigt. Falls ihr der Anfang gefiele und sie den Rest sehen wollte, würde sie am nächsten Tag ihren Vater wieder anbetteln müssen.

Sie kehrte um und kaufte sich in der Konditorei Zakas unter dem Hotel D'Alexandria einen Kringel, mit dem sie sich an einen Laternenpfahl lehnte, um das Kraemer Palace zu beobachten. Am wolkenlosen Himmel breiteten Möwen die Flügel aus und bereiteten sich auf einen Sturzflug vor. Trotz des kühlen Wetters standen vor dem Café Zapyon zwei Tische im Freien, an einem davon taten zwei Europäerinnen sich an Tee und Zitronenkuchen gütlich.

Der junge Hotelportier übersah Panayota geflissentlich. Er trug eine stattliche, in Schwarz, Gelb und Rot gehaltene Livree und eine Melone, wie ein Engländer. Eine Weile bemühte sich Panayota, einen Blick von ihm zu erhaschen. Vielleicht würde er sich ja wie die Serenaden darbieten-   •

307

den Jungs aus dem Viertel von ihrer Schönheit berücken lassen und ihr Eintritt in das Hotel gewähren. Es war ein Traum von ihr, den an der exponiertesten Stelle der Promenade errichteten vierstöckigen, elektrisch beleuchteten Prunkbau einmal zu betreten, über die weichen Teppiche zu schreiten, mit dem Aufzug ins oberste Stockwerk zu fahren und von dort zum Horizont zu blicken oder gar im Café des Hotels neben teetrinkenden, betörend duftenden ausländischen Damen zu sitzen und ein Stück Torte zu bestellen.

Da blies ihr ein heftiger Windstoß die aus dem Hut herausstehenden Locken ins Gesicht, und sie blieben fatalerweise an dem Puderzucker kleben, mit dem sie beim Essen die Wange bekleckert hatte. Hastig wischte sie sich ab und schielte dabei zu den Hotelfenstern mit den blauen Jalousien hinüber, ob nicht jemand ihr Malheur bemerkt hatte. An der Stirnseite des Hotels war das Schild ausgewechselt worden, denn seit das Etablissement einen neuen, muslimischen Besitzer hatte, hieß es nicht mehr Kraemer Palace, sondern Splendid Palas. Auch das Restaurant Panellinion zur Linken des Hotels hatte den Namen gewechselt und nannte sich nunmehr İvi. Panayota mochte es nicht, wenn vertraute Orte auf einmal unter anderem Namen firmierten. Sie wusste gar nicht zu sagen, warum ihr das so widerstrebte. Während in ihr selbst sich so vieles änderte, sollte wenigstens die Außenwelt die gleiche bleiben.

Sehnsüchtig blickte sie zu den breiten Hotelbalkons empor. Was mochten darin für Ballsäle sein, mit hoch hinaufreichenden Decken! Parketts mit den Spuren von Walzer, Foxtrott und Polka tanzenden Frauen, elegante Flügel, riesige Spiegel mit vergoldeten Rahmen, mit grünem Samt bezogene Sofas, Kronleuchter aus böhmischem Kristall, direkt ins Zimmer hinauffahrende Aufzüge, weiche Betten in Suiten, wie sie eines Königs würdig wären, Vorhänge mit eingenähten Perlen und wer weiß was noch alles!

Ach, wenn sie doch dort einmal hineindürfte!

Aus dem Hotel traten zwei Offiziere in khakifarbenen Uniformen mit roten Epauletten. Sie wurden von zwei geschminkten jungen Frauen begleitet, wie Panayota sie schon mehrfach in Automobilen gesehen hatte. Ihre Röcke endeten knapp unter dem Knie, wie bei den Europäerinnen. Die Offiziere kokettierten umher und küssten den Frauen in übertriebener Manier die Hand. Die Mäntel, die den Frauen nur knapp die Schultern bedeckten, mussten aus echtem Kaninchenfell sein. Bei Xenopoulo in der Rue de Franque hatte Panayota solche Mäntel schon gesehen, aber nicht einmal gewagt, sich nach dem Preis zu erkundigen. Als der griesgrämige Ladenbesitzer mal nicht hersah, hatte sie lediglich über das weiße Fell gestrichen. Nun sah sie auf die sichtlich frierenden nackten Beine der beiden Frauen und hüllte sich noch enger in ihren Mantel.

Die Offiziere verfrachteten die Frauen in eine Droschke, dann überquerten sie lachend die Straße und kamen an Panayota vorbei. Der Größere der beiden trug einen sorgfältig gewichsten, nach oben gezwirbelten Schnurrbart und redete in einem fort, der Kleinere, der mit seinem bartlosen Gesicht eher wie ein Junge wirkte, nickte dazu nur stets. Panayota biss herzhaft in ihren Kringel, als wollte sie damit den Unfrieden in ihrem Herzen zermalmen. Vom Kauen aber schien nicht nur der Unfrieden anzuwachsen, sondern auch der Brocken in ihrem Mund. Während sie ihn trocken hinunterzuwürgen suchte, kamen ihr Tränen in die Augen.

Der große Offizier sagte mit tönender Stimme, als stünde er auf einer Bühne: »Lass dir von mir gesagt sein, Stefo, es wird rein gar nichts geschehen.«

Er deutete zu den europäischen Panzerkreuzern, die in der Bucht vor Anker lagen. »Bis Afyon und Aidin mögen sie kommen, aber bis nach Smyrna nie und nimmer. Ich rede ja nicht mal von uns, und auch nicht von den hiesigen Christen, aber denk doch mal an die vielen Europäer, die hier wohnen. Wie reich die sind! Nicht nur ihre Bankkonten sind prall gefüllt, sie haben in Fabriken investiert, in Reisebüros, in den Schiffsverkehr, die Eisenbahnen. Und da vorne liegt mächtig die Iron Duke. Die haben uns bis heute immer unterstützt, da werden sie sich nicht auf einmal zurückziehen! Und unsere eigenen Kriegsschiffe haben wir ja auch noch, damit schießen wir sie weg, sobald sie auftauchen.«

Selbstbewusst schielte er beim Reden zu Panayota hinüber. Der Kleinere nickte wieder.

»Du hast ja recht«, sagte der. »Wir sind seit Jahrhunderten Seekrieger. Wenn es doch bloß zu einer Seeschlacht käme! Dann würde das alles nicht so lang dauern. Statt nach Angira hätten wir uns nach Konstantinupoli aufmachen sollen.«

»Das kommt auch noch, *makari*. Das mit Angira war tatsächlich ein großer Fehler, das haben sie zu spät gemerkt. Wir hätten von Thrakien her eine Armee schicken sollen, dann wäre Konstantinupoli innerhalb von zwei Tagen gefallen. Unsere Bataillone warten seit Monaten westlich des Sakaryas, hungernd und frierend. Jeglicher Nachschub ist von türkischen Banden unterbunden worden. Wie sollen unsere Leute noch aushalten, so geschwächt, wie sie sind?«

Panayota lauschte mit gespitzten Ohren. Hinter ihnen kam ratternd eine Kutsche vorbei, auf der der Kutscher mit seiner Peitsche stand, als würde er von dort der ganzen Welt befehligen.

»Dem Feind geht es ja auch nicht besser. Vielleicht sogar schlechter. Was glaubst du, warum sie nicht angreifen? Seit Monaten warten sie ab.«

Der Größere verzog das Gesicht.

»Ich weiß auch nicht. Vielleicht warten die *Turkos* auf Munition von irgendwoher. Es heißt ja, sie stünden mit jedem der Alliierten einzeln in Verbindung.«

»Ja, so sieht es aus. Die Italiener haben sich ja auch schon zurückgezogen.«

»Ja, klar, die haben es eher auf uns abgesehen.«

»Natürlich, aber jemand muss sie davon überzeugt haben, dass wir uns hier nicht werden halten können.«

Panayota sah so besorgt zu den beiden hinüber, dass sie nicht einmal mehr daran dachte, sich den Puderzucker aus dem Gesicht zu wischen. Der große Soldat legte dem anderen mit entspannterer Miene die Hand auf die Schulter.

»Du brauchst nicht so schwarzzusehen, Stefo *mu*. Wir haben das mächtigste Reich der Erde auf unserer Seite. Auch wenn wir einen strategischen Fehler begangen haben, bedeutet das noch lange nicht, dass wir nach so vielen Siegen den Krieg verlieren werden. Komm, gehen wir rein. Bei dem Wind kann man ja nicht einmal anständig rauchen. Schau nur, wie hoch die Wellen auf einmal sind. Mir ist jetzt nach einem Kaffee, und einem Cognac dazu. Heute Abend soll im Griechischen Klub ein Empfang sein. Was meinst du, sollen wir dazu die zwei Frauen einladen, die da vor dem Zapyon sitzen?«

»Kennst du die denn?«

»Mit der langbeinigen Brünetten habe ich auf einer Party in Bornova mal ein paar Blicke gewechselt. Die sind aus London gekommen, bestimmt wollen sie einen europäischen Offizier zum Ehemann. Da werden sie uns ja wohl nicht abweisen?«

Sie warfen ihre Zigarettenkippen ins Meer und gingen wieder über die Straße. Die beiden Frauen vor dem Café Zapyon musterten blinzelnd die Offiziere, die sich vor ihnen verbeugten. An Panayotas Ohr drangen ein paar fremdsprachige Fetzen und ein Lachen. Sie fröstelte auf einmal und steckte die Hände in die Manteltaschen. Dabei stieß sie auf einen der Steine, den sie eine Woche zuvor im Diana-Bad aufgehoben hatte. Sie drehte sich zum Meer um, und obwohl der Stein bei den vielen Wellen bestimmt nicht hüpfen würde, warf sie in ins Wasser. Sollten doch alle zum Teufel gehen, das Kraemer Palace, die Offiziere, die eleganten Europäerinnen und die gefallenen Mädchen mit den Kaninchenfellmänteln!

Die Wellen, die wie lauter spitze kleine Zelte emporhüpften, verschluckten den Stein. Sie griff in die Tasche, holte wieder einen glatten weißen Stein hervor, legte sich ihn zurecht und holte aus. Da hörte sie hinter sich einen dumpfen Schrei.

»Au! Vorsicht, junges Fräulein, Vorsicht!«

Auf dem Trambahngleis krümmte sich wimmernd ein Herr in Mantel und Hut. Entsetzt bedeckte sich Panayota den Mund.

»Oh, Entschuldigen Sie! *Signomi!* Ich habe Sie nicht kommen sehen! Bitte verzeihen Sie mir! *Me signorite!* Alles in Ordnung, *kirye*? *Monsieur*?« In ihrer Aufregung fiel ihr das Französisch nicht mehr ein, das sie an der Promenade sonst oft sprach. Der Herr richtete sich mühsam auf.

»Schon gut, ist nicht weiter schlimm. Hoffentlich gerate ich mit Ihnen nie in Streit, Sie wissen nämlich genau, wo Sie treffen müssen. Und Sie schlagen ziemlich zu, *Mademoiselle*.«

Verlegen versteckte Panayota ihre Hand hinter dem Rücken. Beim Ausholen hatte sie den Mann anscheinend an seiner empfindlichsten Stelle getroffen. Sie lief hochrot an. Der Mann aber lächelte, wobei seine blendend weißen Zähne zum Vorschein kamen.

»Keine Sorge, ich scherze nur. Es ist wirklich nichts weiter passiert. Ich habe ja selbst nicht aufgepasst, sondern auf das herrliche Meer geblickt, auf die bunten Fischerboote, die so harmonisch schaukeln. Dem Kutter da hinten scheinen die Wellen nichts auszumachen, er schwebt dahin wie ein Schwan. Ein wunderbarer Anblick.«

Panayota sah zu dem Schiff hinüber, das auf dem Meer zu gleiten schien. Es fuhr unter britischer Flagge. Es sollte mal ein Nordwind aufkommen, dann würde man schon sehen, wie der unerfahrene Kapitän es in den Hafen schaffen würde!

»*Mademoiselle*, kann es sein, dass wir uns schon mal begegnet sind?«

Der fremde Mann – woher er wohl stammte? – musterte Panayotas Gesicht.

»Ich denke nicht, warum fragen Sie?«

»Weil Ihr Gesicht mir bekannt vorkommt.«

»Nein, wir kennen uns nicht, das weiß ich gewiss.«

Als der Mann sah, wie selbstsicher Panayota bei diesen Worten das Kinn hochreckte, musste er schmunzeln. Er sprach flüssiges Griechisch, jedoch mit einem seltsamen Akzent, wie sie ihn noch nie gehört hatte.

»Wie können Sie so sicher sein?«

»Na, wer Sie einmal sieht, vergisst Sie doch nicht wieder«, entfuhr es Panayota, und als sie merkte, was Sie da von sich gegeben hatte, errötete sie erst recht. Verschämt wandte sie den Blick ab. Mein Gott, was für eine Schande!

Der Mann lachte auf.

»Den Satz hätte viel eher ich sagen sollen.«

Panayota starrte beharrlich aufs Meer.

»Nicht aus den gleichen Gründen«, fuhr der Mann fort. »Sie wollten vermutlich darauf anspielen, dass ich Ihnen wegen meiner Kleidung, die nicht zu meiner dunklen Haut passt, und wegen der für einen Mann ungewöhnlich langen Haare im Gedächtnis geblieben wäre. Mir dagegen hätte der Satz sich wegen Ihrer außergewöhnlichen Schönheit aufgedrängt.«

Panayota wandte sich um und blickte den Mann nun mit unverhohlener Neugier an. Tatsächlich hatte sie so jemand wie ihn noch nie gesehen. Er war dunkelhäutig wie die arabischen Kriegsgefangenen, doch gekleidet wie ein ausländischer Herr. Gestreifte Hose, dazu passender Gehrock, Krawatte und Einstecktuch aus grüner Seide. Auf dem Kopf ein Filzhut. Unterhalb der Krawatte glitzerte eine dicke goldene Uhrkette. An den langen, dunklen Fingern lauter Ringe mit großen Steinen. Saphir, Smaragd, Rubin … War er etwa ein Prinz? War er Aladin? Was war er? Verwundert sah sie ihm ins Gesicht. Vielleicht stammte er aus dem Herrscherhaus. Mit seiner langen, schmalen Nase sah er ja aus wie ein Sultan.

»Sind Sie Türke?«

»Nein, aber wenn Sie wollen, können wir Türkisch sprechen«, sagte der Mann, der die Sprache ebenso fehlerfrei beherrschte wie das Griechische. »Ich bin Inder. Und heiße Avinash Pillai.«

Panayota konnte gut genug Türkisch, um die Worte des Mannes zu verstehen. Ein Inder also. Sie hatte immer gedacht, Inder kämen nur als Sklaven ins Land, um in den Häusern reicher Türken zu arbeiten. Einen europäisch gekleideten Inder hatte sie ihr Lebtag noch nicht gesehen. Während sie die Hakennase in einem knochenlosen, runden Gesicht betrachtete, merkte sie gar nicht, dass der Fremde sie am Handgelenk fasste.

»Darf ich fragen, wie Sie heißen, Mademoiselle?«

Als sie die dicken, beinahe violetten Lippen des Mannes auf ihrer Hand spürte, kam sie wieder so recht zu sich.

»Wie bitte?«

»Ihr Name?«

»Panayota. Panayota Yağcıoğlu.«

Avinash Pillai ließ sich den Namen auf der Zunge zergehen wie einen Schluck Wein.

»Panayota … ein bezaubernder Name. Der sehr gut zu ihrem engelsgleichen Gesicht passt.«

Vor lauter Verlegenheit über dieses Kompliment zog sich Panayota den Hut vom Kopf. Die von ihrem Joch befreiten Haare wallten über Schultern und Rücken, worauf Avinash einen fragenden Blick aufsetzte. Er fasste sich jedoch sogleich und sagte höflich: »*Enchanté*, Mademoiselle Yağcıoğlu. Es hat mich sehr gefreut, Ihre Bekanntschaft zu machen.«

Panayota wusste nicht, was sie darauf antworten sollte. Abgesehen von ihrer Französischlehrerin hatte sie noch nie jemand als Mademoiselle Yağcıoğlu angesprochen. Sie unterdrückte ein Schmunzeln.

»Sind Sie zu Besuch in Smyrna?«, fragte sie.

»Nein, ich lebe hier.«

»Dann sind Sie wohl Kaufmann. Wohnen Sie im Kraemer Palace?«

Avinash drehte sich um, als bemerkte er erst jetzt, dass sie vor dem Hotel standen. Panayota ließ unmerklich die Schultern sinken.

»Nein.«

»Wo dann?«

Dem Mädchen war anzusehen, dass unter seinem filigranen Erscheinungsbild ein Feuerwerk lauerte, das nur darauf wartete, entzündet zu werden. Allein an der beeindruckend tiefen Stimme merkte man das. Woher nur kam sie ihm bekannt vor? Neben dem Jasmin- und Lavendelduft, der von ihrer Haut und ihren Haaren ausging, war da noch ein Aroma, das ihn an etwas erinnerte.

»Ich bin weder Kaufmann, noch wohne ich im Kraemer Palace.«

Er lächelte triumphierend, als hätte er ihr ein schweres Rätsel aufgegeben.

»Ach so?«

Sie biss sich auf die rote Unterlippe. Zwischen ihren Schneidezähnen klaffte eine Lücke, wie er sie ganz sicher schon mal gesehen hatte.

»Wenn Sie kein Kaufmann sind, was treiben Sie dann in Smyrna?«

Nach kurzem Zögern beschloss Avinash, ihr die Wahrheit zu sagen, wenigstens fast.

»Ich arbeite beim Konsulat.«

Verblüfft sah Panayota ihn an.

»Es gibt ein indisches Konsulat?«, fragte sie und blinzelte dabei mit ihren glänzenden schwarzen Augen. Avinash musste über ihre Naivität schmunzeln. Was für eine breite, hübsche weiße Stirn sie doch hatte.

»Nein. Indien hat noch nirgends auf der Welt ein Konsulat. Aber das kommt hoffentlich noch. *Makari.*«

Er sah, dass sie ungeduldig wurde.

»Ich arbeite im britischen Konsulat. Was gibt es da zu lachen?«

»Aber Sie sehen doch überhaupt nicht wie ein Engländer aus! Ich komme jeden Tag am britischen Konsulat vorbei, und dort gehen nur lauter stockssteife, griesgrämige Männer ein und aus, mit fahler weißer Haut. Und jemanden wie Sie habe ich dort noch nie gesehen.«

Diesmal musste Avinash lachen.

»Ich bin kein Engländer, habe aber in Oxford studiert, das ist eine der renommiertesten Universitäten Großbritanniens.«

Als Panayota darauf blinzelnd den Kopf etwas zur Seite neigte, war Avinash kurz so, als wüsste er, warum sie ihm bekannt vorkam.

»Wie alt sind Sie, Panayota?«

Sie zuckte zusammen. Das klang auf einmal nicht mehr flirtend, sondern väterlich. Mit der Mademoiselle Yağcıoğlu war es anscheinend vorbei. Wie war es zu diesem plötzlichen Wandel gekommen? Hatte sie etwas Falsches gesagt? Ach, vermutlich hatte sie zu viele Fragen gestellt. Es war wieder mal die garstige Frau in ihr erwacht, die um jeden Preis die Aufmerksamkeit der Männer auf sich ziehen und dazu nötigenfalls unmoralische Dinge tun wollte. Ihr fiel wieder Stavros' verzerrtes Gesicht ein, als er auf dem warmen Sand die Bänder ihres Kleides gelöst hatte.

»Im September werde ich siebzehn«, sagte sie und blickte zu den Fenstern des Kraemer Palace hinauf.

»Wie schön! Ein herrliches Alter. Genießen Sie das.«

Sie nickte. Von älteren Frauen im Viertel hatte sie dergleichen schon so oft gehört, dass sie gar keine Antwort mehr gab. Sie wartete noch darauf, von dem Mann gefragt zu werden, was sie zu so früher Stunde hier überhaupt tat, doch Avinash Pillai schien mit den Gedanken woanders zu sein. Es tat Panayota in der Seele weh, dass sie sein Interesse verloren hatte. Sie setzte ihren Hut wieder auf und unternahm einen letzten Versuch.

»Darf ich Sie etwas fragen?«

Avinash zog eine zierliche Taschenuhr aus der Westentasche, warf einen kurzen Blick darauf und sagte: »*Malista.* Klar.«

»Ich weiß ja, wahrscheinlich ist es nicht, aber falls die

317

Türken doch bis Smyrna kommen, dann werden die Engländer uns doch beschützen, nicht wahr?«

Auf diese Frage war Avinash nicht gefasst. Obwohl Panayota sie nur gestellt hatte, um wieder auf sich aufmerksam zu machen, schossen ihr doch, kaum sprach sie den Satz, Tränen in die Augen. Avinash steckte seufzend seine Taschenuhr ein und trat näher an Panayota heran, bis seine Stirn ihre Hutkrempe berührte. Seine Haut roch nicht nur nach den Gewürzen ferner Gefilde, sondern auch nach etwas anderem.

»Panayota, sagen Sie mir doch mal, haben Sie Verwandte in Griechenland?«

Panayota reckte den Kopf wie eine lauschende Taube.

»Was sollen wir in Griechenland für Verwandte haben? Weder meine Eltern noch meine Großeltern haben je einen Fuß auf griechischen Boden gesetzt. Wir stammen von hier. Sie können das nicht wissen, Sie kommen von weit her. Das hier ist unsere Heimat. *Mikrasia*.«

»Hm. Und auf irgendeiner Insel haben Sie auch niemanden? Auf Chios oder Lesbos?«

Panayota blickte ihn an, als sei er nicht ganz richtig im Kopf.

»Nein. Wieso auch? Wir sind keine Flüchtlinge aus Chios oder sonst woher, sondern osmanische Staatsangehörige. Meine Großeltern sind von Kayseri, im Landesinneren, nach Çeşme gezogen, und als meine Eltern geheiratet haben, sind sie hierher nach Smyrna. Mein Vater hat einen Krämerladen. Er heißt Prodramakis Yağcıoğlu, aber jeder im Viertel kennt ihn als den Krämer Akis.«

Als Avinash nichts erwiderte, fuhr sie fort.

»Smyrna wird bald zu Griechenland gehören, das haben die Engländer versprochen. In London ist das vertraglich festgelegt worden, das stimmt doch, oder?«

Avinash fühlte sich dem Mädchen so nahe, als kenne er es aus einem Nacht für Nacht sich wiederholenden Traum, und er hätte es am liebsten in die Arme genommen, um es zu beschützen. Im unweiten Hafen wurden Tabakballen auf Schiffe verladen, und der aus Kordelio eintreffende Stadtdampfer lief gerade die kleine hölzerne Anlegestelle der Hamidiye-Gesellschaft an. Bald würden die Schülerinnen des Omirion-Gymnasiums eintrudeln. Als Panayota das Dampfertuten vernahm, wurde ihr Blick milder. Die Wut, die gerade noch in ihren Augen geglüht hatte, verlosch, und über ihr Gesicht fuhr der Schatten der Furcht, die sich hinter der Wut nur verborgen hatte. Fast flehentlich sah sie den Mann nun an.

Avinash nahm Panayota umstandslos den Hut vom Kopf und rückte mit den Lippen ganz nah an ihr Ohr heran. Seine Haare kitzelten Panayotas Hals, und es ging wieder jener ferne Geruch von ihm aus. Weder Stavros noch Pavlo rochen so. Es war weder Salz noch auch Harz, aber doch ein sehr herber, strenger Duft. Sobald sie ihn einsog, verspürte sie zwischen den Beinen etwas Süßes, Warmes. Verlegen wollte sie zurückweichen, dann aber horchte sie auf das, was der Mann ihr zuflüsterte, und sie erstarrte.

»Wenn du deine Familie und dich in Sicherheit bringen willst, liebe Panayota, kann ich dir nur raten, dass ihr sobald wie möglich nach Griechenland geht, bevor die Türken in Smyrna sind. Schlagt all euren Besitz los und macht euch auf den Weg. Fangt in Griechenland ein neues Leben an. Wenn ihr hierbleibt, könnt ihr nur noch zum Herrgott beten, dass er euch beschützt. Erwartet aber keine Hilfe von irgendjemand anderem.«

Der warme Atem des Mannes fuhr dem Mädchen bis in den Bauch hinunter wie ein Feuerstrom. Schließlich setzte

Avinash Panayota den Hut wieder auf wie ein Vater, der seine Tochter zur Schule schickt, und schon war er hinter dem Kraemer Palace verschwunden.

Der Rettungsplan

Nach jener Begegnung ging Panayota eine ganze Woche lang nicht zur Promenade hinunter. Morgens ging sie mit einem Strickumhang auf den Schultern nach Fasula und besorgte, was die Mutter ihr aufgetragen hatte, danach blieb sie auf der Erkerbank sitzen, bis sie zur Schule musste. Ihre Mutter vermutete, sie habe mit Pavlo gestritten und sei deshalb so lustlos. Um ihr Gelegenheit zu geben, sich mit ihm zu versöhnen, schickte sie ihre Tochter immer wieder zum Einkaufen los. »Wenn du schon in Fasula bist, dann schau doch gleich beim Metzger vorbei und kauf uns etwas Leber, in feine Streifen geschnitten«, sagte sie etwa, oder: »Warte vor der Bäckerei ab, bis sie wieder ofenfrische Baguette haben und nimm erst dann welche.«

Große Hoffnungen setzte Katina auf den Freitagabend, an dem Panayota gemeinsam mit Pavlo ins Theater ging, doch wurde sie enttäuscht. Am Morgen danach wirkte das Mädchen noch blasser und niedergeschlagener als zuvor. Wieder ließ sie sich widerspruchslos auf den Markt schicken, kam mit dem Korb voller Besorgungen zurück, und wie eine Katze, die sich vor dem Kamin einrollt, nahm sie erneut auf der Erkerbank Platz und starrte auf die Dächer gegenüber.

Ob zu Hause, in der Schule, draußen auf der Straße oder im Theater mit Pavlo – das mit dem Kino hatte der Vater ihr nicht erlaubt –, überall waren ihr die seltsamen Worte des Inders im Kopf umgegangen. Sie sollten nach Grie-

chenland gehen … Sonst könne nur Gott sie schützen …
Von niemand anderem sei Hilfe zu erwarten … Das hatte
zu bedeuten, dass die Engländer sie nicht verteidigen würden, falls Mustafa Kemals Heer bis nach Smyrna gelangte.

Konnte das tatsächlich sein?

Nein. Nie und nimmer.

Selbst die Offiziere, die mit ihren aufgetakelten Lieb-
chen aus dem Kraemer gekommen waren, hatten die Meinung vertreten, die englischen Panzerkreuzer würden die
Stadt beschützen. Falls es so weit kommt, werden wir sie
vom Meer aus beschießen, hatten sie gesagt. Wussten
wohl sie besser über das Schicksal der Stadt Bescheid oder
der Inder Pillai vom Konsulat? Wegen der Angst, die seit
Tagen an ihr nagte, fand sie kaum Schlaf, und tagsüber
horchte sie, was die Leute in den Kaffeehäusern, auf dem
Platz und beim Krämer über den Krieg so redeten.

Und was sie hörte, trug nicht gerade zu ihrer Beruhi-
gung bei.

Im März 1922, als Panayota und Avinash sich zum
ersten Mal begegneten, lagen sich die beiden feindlichen
Heere an den beiden Enden der Hochebene von Eskişehir
gegenüber und warteten ab, wie die Alliierten in ihren
weit vom Krieg entfernten europäischen Städten über ihr
Schicksal befinden würden. Nach den Italienern hatten
auch die Franzosen sich aus Anatolien zurückgezogen.
Die Engländer, die Istanbul besetzt hielten, sprachen nicht
mehr davon, dass Smyrna einmal zu Griechenland gehören sollte. Ein Teil der aus Griechenland entsandten Soldaten war entmutigt desertiert und aufs Festland geflüchtet. König Konstantin, seit Langem erkrankt, war nach der
Schlacht am Sakarya sowohl körperlich als auch seelisch
zusammengebrochen und nach Athen zurückgekehrt.
Ferner ging das Gerücht um, der für die Niederlage ver-

antwortliche Oberbefehlshaber Papoulas sei entlassen und durch General Dousmanis ersetzt worden. Was immer von der Front vermeldet wurde, war bedrückend.

Am Morgen von Panayotas und Avinashs Begegnung wurde der britische Geheimdienst durch ein aus Kairo abgesandtes Telegramm von Kolonialminister Churchill erschüttert. Darin hieß es: »Die Griechen haben sich in eine politisch-strategische Lage gebracht, in der alles andere als ein völliger Sieg für sie eine Niederlage wäre, während für die Türken alles außer einer vernichtenden Niederlage einen Sieg bedeuten würde.« Lloyd George zog daraufhin die Unterstützung zurück, die er Griechenland jahrelang gewährt hatte.

Das griechische Heer war mitten in Anatolien plötzlich ganz auf sich selbst gestellt.

Panayota gingen die herzzerreißenden Briefe von Minas nicht mehr aus dem Kopf.

Geliebte Adriana, ich begreife jetzt, dass unser Feldzug ein tödlicher ist.

»*Kori mu*«, sagte ihre Mutter zu ihr, »nimm doch die Kartoffeln da mit und schäl sie bei Tante Rozi. Die arme Frau sitzt den ganzen Tag vor ihrem Haus und langweilt sich, leiste ihr doch ein bisschen Gesellschaft.«

Panayota klemmte sich die Schüssel mit frisch gewaschenen Kartoffeln unter den Arm und schlich wie ein Gespenst auf die Straße. Achtlos ging sie an den Kindern vorbei, die am Brunnen mit Murmeln spielten, und setzte sich in ihre Jacke eingemümmelt auf die Marmorschwelle vor Tante Rozis Haus. Der Himmel war strahlend blau, der kleine Platz badete im Sonnenlicht.

Die von Kopf bis Fuß schwarz gekleidete, zahnlose Tante Rozi schälte gerade eine Orange. Mit ihren faltigen Fingern hielt sie Panayota eine Scheibe hin. Katzen leckten sich ihre sonnenbeschienenen Bäuche. Eine Weile saßen die beiden schweigend nebeneinander. Frischer Kaffeeduft wehte ihnen in die Nase. Die unter der Laube des Kaffeehauses sitzenden Männer schepperten mit den Tavla-Steinen und wurden dabei hin und wieder laut. Der Kellner kam heraus und schwenkte sein Hängetablett.

»Kaffee gefällig, die Damen?«

Der Junge war bei den sommerlichen Serenaden in der Menekşe-Straße dabei gewesen. Als er Panayota auf dem Treppenabsatz der alten Nachbarin sitzen sah, machte sich auf seinem Gesicht ein freches Lächeln breit.

»Lokum? *Lemonada*? Eisgekühlt!«

»Geh weg, wir wollen nichts. Hau ab.«

Panayota steckte wieder eine Orangenscheibe in den Mund, die Tante Rozi ihr hinhielt, und die saftige Frucht schmolz geradezu auf ihrer Zunge. Sie blickte zur Polizeiwache hinüber und biss sich dabei auf die Unterlippe, die vom vielen Nagen daran schon ganz zerfetzt war.

Macht euch nach Griechenland davon!

Ihren Eltern konnte sie von der Angst, die sie so plagte, nichts sagen. Es hatte keinen Sinn, auch noch sie zu beunruhigen, nur weil ein Inder auf der Straße ihr einen Floh ins Ohr gesetzt hatte. Die beiden würden sie nicht ernst nehmen. Sollte sie tatsächlich beim Abendessen von sich geben, was Avinash Pillai zu ihr gesagt hatte, würde ihr Vater nur erwidern, sie solle doch bitte keinen Unsinn verzapfen, und ihre Mutter würde sich grämen, weil die Tochter sich grämte.

Als einziges übrig gebliebenes Kind fühlte Panayota sich für das Glück ihrer Eltern verantwortlich. Wenn sie als Grundschülerin hinausgestellt wurde, weil sie im Unterricht ein Lied gesummt hatte, bestand für sie die eigentliche Strafe nicht darin, den Rest der Stunde allein im Korridor verbringen zu müssen, sondern darin, das betrübte Gesicht ihrer Mutter mit ansehen zu müssen, wenn diese in dem Brief der Direktorin von dem Vorfall las. Panayota war der Freudenborn der beiden und durfte nichts sagen, was sie bedrücken oder erschrecken konnte.

So schmiedete sie seit Tagen heimlich an einem Plan, wie sie im Gefahrenfall allen dreien das Leben retten konnte. Nach der Schule ging sie immer direkt nach Hause, setzte sich auf die Erkerbank, starrte auf das Dach des nahe gelegenen Waisenhauses mit dem roten Turm und dachte stundenlang nach.

Verwandte in Griechenland hatten sie nicht, und auch nicht genügend Geld, um sich im Falle eines Falles nach Griechenland einzuschiffen. Sollte sie die Ohrringe und Armreife aus ihrer Aussteuer und das Kettchen mit dem Kreuz, das sie um den Hals trug, zum Juwelier Dimitri nach Fasula bringen, würde jener das bestimmt ihrem Vater hinterbringen. Falls sie es im Armenierviertel Haynots probierte, konnte sie gut und gerne übers Ohr gehauen werden. Und würde das bisschen Schmuck überhaupt genügen, um sie zu retten? Sie hätte aus dem Schmuckkästchen ihrer Mutter nach und nach ein paar Stücke stibitzen können, die sie nie anlegte, aber nein, so etwas wagte sie nicht.

Der Inder hatte gesagt, sie sollten ihre ganze Habe losschlagen. Was genau meinte er damit? Sollten sie ihr Haus verkaufen? Das Haus und den Laden würden ihre Eltern nie und nimmer aufgeben. Und falls sie eines Tages zurückkehrten, wo sollten sie dann wohnen? Und was sollte mit ihren Sachen geschehen?

Es lag auf der Hand: Sie konnte nur eines tun.

Mit der Entschlossenheit eines Feldherrn, der in die Schlacht zieht, stand sie von der Marmorschwelle auf.

Tante Rozi suchte sich gerade aus dem Tragkorb des gebückt dahingehenden Gemüsehändlers Blumenkohl und
Lauch aus. Geduldig wartete Panayota ab, bis die alte Frau
damit fertig war und über ihrem Kopf dreimal das Kreuzzeichen schlug. Dann ging sie festen Schrittes hinter dem
Gemüsehändler her auf das südliche Ende des Platzes zu.
Die Kartoffeln blieben ungeschält bei Tante Rozi zurück.

Im hinteren Raum der zweistöckigen, nach Urin riechenden Polizeiwache saß Pavlo Paraskis an einem unauf-
geräumten Schreibtisch voller überquellender Aschenbecher und las in der Zeitung *Amaltheia*. Hinter sich hatte
er eine große Karte der unter griechischer Verwaltung
stehenden Provinz Aydın hängen. Panayota lehnte sich
an den Türrahmen und wurde von Pavlo nicht auf Anhieb
bemerkt. Das verschaffte ihr Gelegenheit, ihn in Ruhe zu
mustern. Er hatte seine Mütze auf dem Schreibtisch abgelegt, die nach hinten gekämmten Haare waren sorgfältig
pomadisiert. Beim Lesen wirkte er wie ein Junge, dem man
eine Rechenaufgabe gestellt hat. Die breite, vorspringende
Stirn glänzte in der Sonne. Warum ließ er sich keinen
Schnurrbart stehen wie jeder andere auch? Mit etwas Bart
hätte er nicht mehr so jung und unerfahren ausgesehen.
Oder wuchs ihm etwa kein Bart?

Als Pavlo aufsah und Panayota erblickte, geriet er ganz
durcheinander. Er sprang vom Stuhl hoch, und ums Haar
hätte er aus reiner Gewohnheit die Habachtstellung eingenommen. Panayota hielt sich die Hand vor den Mund,
um ein Lachen zu unterdrücken.

»Das freut mich aber, Panayota *mu*! Was für eine Ehre!
Kalos tin! Warte! Nein, warte nicht, ich meine, bleib nicht
stehen, setz dich doch. Yannis, *ela*, bring der Dame einen
Kaffee. Und einen Lokum dazu. Na los, *grigora*, lauf schon!«

Als Panayota sich in den abgewetzten braunen Sessel

setzte, den er ihr zuwies, knisterte das Stroh darin. Pavlo lief in dem kleinen Raum hin und her wie eine Ameise, die zu ihrem Haufen eifrig Futter schleppt.

»Ach, *signomi*, Panayota. Hier sieht es aus! Wenn ich gewusst hätte, dass du kommst … Wenn du willst, können wir rausgehen, bei dem schönen Wetter. Sollen wir zum *Ke*, eine *lemonada* trinken? Oder wie heißt noch mal die Brause, die ihr hier trinkt? *Cicimbira*?«

Als würde er das Durcheinander auf dem Schreibtisch zum ersten Mal wahrnehmen, blickte er entsetzt auf die wüsten Aktenhaufen und die vollen Aschenbecher.

»Lass das ruhig, Pavlo. Ich muss mit dir was besprechen.«

Dennoch stapelte Pavlo die Aschenbecher und trug sie hinaus.

»Pavlo, kannst du dich bitte hinsetzen, *se parakalo*?«

Er kehrte ins Zimmer zurück, zog den Stuhl neben der Tür heran und setzte sich Panayota gegenüber, sodass ihre Knie sich berührten. Seine kaffeebraunen Augen, die ihm einen Hundeblick verliehen, waren angstvoll geweitet.

»Dir hat das Stück gestern Abend doch gefallen, oder?«

Als Panayota keine Antwort gab, wurde er erst recht unruhig. Nachdem Panayotas Vater fürs Kino keine Erlaubnis gegeben hatte, waren sie auf Anraten Katinas ins Phoenix-Theater in Agia Katerina gegangen, wo eine Truppe aus Patras mit einer Varieté-Vorstellung gastierte, mit komischen Einlagen, Liedern und Bauchtanz. Bei der Szene, in der die ägyptische Sängerin Nilüfer mit ihrem dicken Hintern Schiffe zum Kentern brachte, hätte Pavlo am liebsten lauthals gelacht, doch als er merkte, wie ernst Panayotas hübsches Profil blieb, hatte er sich zurückgehalten.

Danach hatte er Panayota nach Hause begleitet und war

schließlich in die Tavernenstraße gegangen, wo er Niko getroffen und diesem in leichter Übertreibung geschildert hatte, was zwischen ihm und dem Mädchen so vorfiel. Der pummelige Niko jedoch hatte eine Liebesgeschichte aufgetischt, die sich angeblich zwischen ihm und einem türkischen Mädchen in Karantina abspielte, und er hatte dabei derart vom Leder gezogen und solche Details zum Besten gegeben, dass Pavlo unter dem Einfluss des Rakis nicht hintanstehen wollte und von einer langen Kussszene berichtete, bei der es auch zum Betatschen von Panayotas Brüsten gekommen sei und diese anzügliche Liebesworte geflüstert habe.

Und falls nun dieser Niko in seiner ganzen Unbedarftheit zu seiner hochanständigen Freundin gegangen und ihr womöglich frech gekommen war? Aufgeregt nahm Pavlo in dem verrauchten, stickigen Raum Panayotas schmale weiße Hände in seine eigenen harten, knochigen.

»Ich höre, Panayota *mu. Kala ise*? Was ist los?«

Panayota wusste nicht, wie sie anfangen sollte, darum sagte sie erst mal: »Du sollst überall herumerzählen, dass du mich heiratest und nach Ioannina mitnimmst, zu deinen Eltern! Wie kannst du das wagen, *yia to Theo*! Warum verbreitest du so eine Lüge?«

Pavlos Gesicht verfinsterte sich. Genau, was er befürchtet hatte! In der Flasche sah der Raki immer so harmlos aus, aber was richtete er nicht alles an! Warum bloß hatte er seine Klappe nicht gehalten! Und dieser dämliche Niko erst! Den würde er bei der erstbesten Gelegenheit Mores lehren. Bei dem Gedanken daran drückte er unwillkürlich Panayotas Hände, wie ein Riese, der sich seiner Kraft nicht bewusst ist.

»Au, du tust mir weh!«

Sie zog ihre Hände zurück und faltete sie vor der Brust.

Ein Bauer eben! Dessen Hände sich nur auf Erde, Hacke und Sense verstehen. Aber nicht darauf, eine Dame zu berühren, zu streicheln. Ihr kamen die fleischigen Lippen Avinash Pillais in den Sinn. Wie der sie am Handgelenk gefasst hatte, fast ohne dass sie es bemerkte, und ihr sanft und zugleich selbstbewusst die Lippen auf die Haut gedrückt hatte. Seine Hände waren so weich gewesen, als kämen sie gerade aus einem Butterfass. Sie wandte den Kopf ab und blickte zur Tür hinter sich.

»Das ist keine Lüge, *agapi mu*, sondern ein Traum! Du heiratest mich doch, *etsi*? Warum schaust du mich so an? Nach dem, was sich gestern zwischen uns getan hat, kannst du doch nicht behaupten, so etwas käme dir gar nicht in den Sinn?«

Um sie daran zu erinnern, wie sie sich unter dem Schirm geküsst hatten, rückte er nahe an sie heran, doch sie wandte den Blick ab.

»Was ist denn los, Yota *mu*? Habe ich dich gekränkt? Dann tut es mir leid! Schau mich doch an! Weinst du etwa?«

Sie nickte. Pavlo blickte zur offenen Tür. Niemand zu sehen. Er stand auf, schloss die Tür, stellte seinen Stuhl noch näher an den Ledersessel heran und versuchte ungelenk, Panayota zu umarmen. Sie schlug zwar die Hände vors Gesicht, überließ sich aber Pavlos Armen. Pavlo traute sich nicht, fester zuzudrücken, um sie nicht zu verschrecken, doch er war sehr aufgeregt.

»*Agapi mu*, du liebst mich doch auch, oder? Warum sonst diese Tränen? Sag es mir, scheu dich nicht, *pes mu*.«

Sie verharrte reglos in seinen Armen.

»Panayota, willst du meine Frau werden? Willst du dein Leben mit mir verbringen?«

Auf einmal ging ein Ruck durch ihren Körper, und sie

fing an zu schluchzen. Pavlo lockerte seine Umarmung, als hielte er ein gläsernes Gefäß in Händen. Was sollte er jetzt tun? Sie loslassen oder sie vielmehr enger umschlingen? Beklommen sah er auf das abgewetzte Sesselleder.

»Yota *mu*?«

Sie nickte sanft.

»Ist das ein Ja, Panayota? Schau mir doch ins Gesicht.«

Zögerlich hob sie den Kopf. Zwischen die nassen Wimpern hindurch war in den schwarzen tränengebadeten Augen ein Funkeln zu sehen. Pavlos Herz schwoll an vor lauter Freude. Dieses unglaublich hübsche Mädchen würde seine Frau werden, die Mutter seiner Kinder, die Schwiegertochter seiner Mutter!

»Panayota, *pes mu*, sagst du Ja? Sagst du *ne, agapi*?

Sachte nickte Panayota wieder. Pavlos Körper wurde von neuer Kraft durchströmt, von Stolz. Mit dieser Energie würde er nicht nur Kleinasien erobern, sondern auch Istanbul, ja die ganze Welt! Er ließ Panayota los, setzte sich aufrecht hin, dann griff er wieder zu ihren langgliedrigen weißen Händen. Wären sie nicht in der Polizeiwache gewesen, hätte er lauthals gejubelt.

»Du machst mich zum glücklichsten Mann der Welt, geliebte Panayota. Dafür werde ich dir das Leben verschaffen, das du dir wünschst, das verspreche ich dir. Du sollst bekommen, was immer du willst. Damit du nicht arbeiten musst, werde ich Personal einstellen. Du sollst nur tun, was dir gefällt, und leben wie eine Königin, wie eine Sultanin! *Sultana mu! Vasilia mu!* Sag, wann sollen wir zu deinem Vater gehen? Oder willst du erst mit deiner Mutter sprechen? Was meinst du ist günstiger? Aber das ist ja jetzt nicht so wichtig. Du liebst mich doch, Panayota *mu*, nicht wahr? Ich möchte es einmal aus deinem wunderschönen Mund vernehmen. *Se parakalo.*«

Panayota entwand ihre Hände dem festen Griff Pavlos und wischte sich die Tränen ab.

»Ich werde dich heiraten, Pavlo, aber nur unter einer Bedingung«, sagte sie. Ihre Nase klang dabei verstopft.

»Natürlich, *sultana mu*. Sag nur, was immer du willst.«

Sie richtete sich auf und sah in die braunen Augen Pavlos, der vor ihr zappelte wie ein junges Fohlen.

»Wenn die Heilige Muttergottes es zulässt und wir den Krieg gewinnen, bleiben wir in Smyrna und leben hier in meiner Heimat. Hier möchte ich meine Kinder gebären und großziehen. Du musst dann Ioannina vergessen und uns hier ein Haus kaufen.«

»Wenn du das so willst, Panayota, dann soll es so sein. Meine Heimat ist von nun an da, wo du bist. Und was du …«

»Ich bin noch nicht fertig.«

»Ach so! Bitte!«

»Falls jedoch … *Theos filaksi* …« Sie beugte sich zum Schreibtisch hinter Pavlo vor und klopfte auf die Tischplatte. »Falls Kemal nach Smyrna einmarschieren sollte …«

»Das ist völlig ausgeschlossen, Panayota *mu*. Dafür sind wir schließlich hier.«

Lächelnd stand Pavlo auf, nahm vom Schreibtisch eine Zigarette und ging selbstsicheren Schrittes zum Fenster. Er zündete die Zigarette an und wandte sich zu Panayota um. Die Brust unter seinem weißen Hemd wirkte breit und solide wie der Panzer eines Ritters.

»Du brauchst dich nicht zu fürchten, denn es kann gar nicht sein, dass wir diesen Krieg verlieren. Wir haben Flugzeuge und Tausende von Maschinengewehren, Kanonen, Munition …«

Panayota winkte ungeduldig ab.

»Das weiß ich alles. Ob im Kaffeehaus, beim Bäcker, in der Schule, überall wird herumgerechnet, was wir alles an Waffen haben. Und was ist? Seit letzten August warten wir darauf, dass wieder mal ein Sieg vermeldet wird. Und hören stattdessen nur von Rückzügen.«

Pavlo zog an seiner Zigarette, warf einen Blick zum Fenster hinaus, dann setzte er im Ton eines Kommandanten zu einer Erklärung an.

»Ein Rückzug ist ein taktisches Mittel, *yavri mu*. Wenn wir eine Stellung verlassen, streichen wir damit nicht die Fahne. Wir sprengen sämtliche Zuggleise und Brücken in der Gegend und brennen die Dörfer nieder, in denen jene Banden sich versorgen. Es ist uns ferner gelungen, sämtliche Munition westlich des Sakarya zu deponieren. Den Türken haben wir nicht mal einen Säbel zurückgelassen.«

Pavlos Stirn glänzte im Sonnenlicht kupfern. Panayota stand auf und gesellte sich zu ihm. Da er keinen Aschenbecher mehr fand, drückte er die Zigarette am Fensterrahmen aus. Er trat hinter Panayota, die zum Fenster hinaussah, und näherte die Lippen ihrem Nacken.

»Aber Panayota, lass doch das bitte jetzt. Heute ist so ein glücklicher Tag für uns! Ab heute bist du meine Verlobte! Ach, Panayota *mu*! Jetzt glaube ich wieder an meinen Glücksstern. Dank sei dir, o Herr!«

Er wollte ihr Gesicht zu sich drehen und sie küssen. Panayota wand sich und versteckte die Hände hinter dem Rücken wie ein Kind.

»Du hast recht, über den Krieg brauchen wir jetzt nicht zu reden. Ich möchte nur eines klarstellen: Gesetzt den Fall, der Krieg ist verloren und die Türken sind einmarschiert …«

Pavlo ließ sie am Fenster stehen und setzte sich an den Schreibtisch. Lächelnd lehnte er sich zurück.

»Warum lachst du? Erzähle ich vielleicht Märchen?«

»Nein, nein. Aber was du da sagst, ist derart unwahrscheinlich … Ich lache aber gar nicht darüber, sondern freue mich nur, wie schön du bist und was für ein Glück ich habe.«

Verärgert ging Panayota auf den Schreibtisch zu, verschaffte sich zwischen Ordnern und Akten Platz, stützte die Hände auf und beugte sich zu Pavlo vor. Die Ärmel ihrer blauen Jacke waren bis zu den Ellbogen hochgekrempelt. Ihre beiden dicken Zöpfe baumelten über dem Schreibtisch wie Uhrpendel. Sie blickte auf die große Landkarte, die hinter Pavlo an der Wand hing.

»Sobald wir hören, dass die Türken näher kommen …«, murmelte sie. »Sagen wir …« Sie studierte die Karte. »Sagen wir, sie kommen bis Uşak …«

»*Yavri mu*, wie sollen sie bis Uşak kommen? Das liegt innerhalb unserer Grenzen. Und die sind durch einen internationalen Vertrag gezogen worden. Westlich der Linie Eskişehir – Kütahya haben wir überall Soldaten stehen.«

Panayota ging um den Schreibtisch herum und stellte sich vor Pavlo.

»Lass das jetzt bitte. Gesetzt den Fall, die Türken kommen bis Uşak, dann möchte ich, dass du unverzüglich meine Familie und mich und all unsere Wertsachen nach Griechenland bringst. Das ist meine Bedingung. Nimmst du die an?«

Pavlo, der auf seinem Stuhl gewackelt hatte, hielt abrupt inne. In der Stille, die auf das Stuhlknarren folgte, war das Lärmen der draußen Fußball spielenden Kinder zu hören.

»Du möchtest nach Ioannina?«, fragte Pavlo mit einem ziemlich dümmlichen Lächeln. »Aber du hast doch gerade noch gesagt …«

Panayota seufzte vernehmlich. Was war der Mann aber

auch begriffsstutzig! Unwillkürlich fiel ihr ein, wie Stavros mit seinen langen, schmalen Fingern die Bänder ihres Kleides gelöst hatte. Ob sie Stavros je wiedersehen würde, falls sie aus Smyrna flüchteten? Auch musste er erst einmal heil wieder nach Hause kommen.

Ob wir wohl je wieder heimkehren, Adriana? Zu dem friedlichen Leben zurück, das wir vor dem Krieg führten? Werde ich den herrlichen Tag erleben, an dem ich an deinen Finger einen Ring stecken werde?

Ach, die Briefe von Minas … Hätte Adriana ihr die doch nie zum Lesen gegeben.

»Ich habe gesagt, falls die Türken bis Uşak kommen. Hörst du mir überhaupt zu?«

»Mein Schatz, du weißt doch, dass ich mir nichts mehr wünsche, als dich und deine Familie nach Ioannina zu bringen. Aber mach dir bitte keine Sorgen. Selbst wenn die Türken bis Uşak vorrückten, würden sie nicht nach Smyrna kommen. Das begreifst du doch? So etwas ist ganz unmöglich.«

Er stand auf und stellte sich vor Panayota. Da sie in etwa gleich groß waren, sahen sie einander direkt in die Augen. Als Erste wandte Panayota den Blick ab.

»Schwör es trotzdem, bei deiner Ehre. Falls es so weit kommt, bringst du uns sofort nach Griechenland.«

»Bei meiner Ehre und meinem Vaterland, ich schwöre es. Sobald Gefahr droht, bringe ich deine Familie und dich auf ein Schiff nach Griechenland. Alles in Ordnung? Darf ich dich jetzt umarmen?«

Er fasste Panayota an den Schultern, zog sie fest an sich und schlang die Arme um ihre Hüfte. Als er den zarten Jasminduft einsog, der vom Hals seiner Freundin (seiner Verlobten nunmehr!) aufstieg, wäre er vor Wonne fast vergangen. Mit der Selbstsicherheit eines Mannes, der seine Pflicht getan hat, nahm er das blasse Gesicht Panayotas in die Hände und küsste das Mädchen lange auf die Lippen. Panayota schloss die Augen und dachte an den Atem Avinash Pillais, der nach fernen Ländern roch, und nach anderem mehr.

»Geliebte Panayota! Ich werde dich derartig glücklich machen.«

Während er mit der Zunge ungeschickt in Panayotas Mund herumfuhrwerkte, ließ er die knochigen Hände nach unten gleiten und tastete unter der Jacke nach den Brüsten des Mädchens. Panayota schämte sich auf einmal für ihren kleinen Busen. Sie hatte keine so vollen Brüste wie ihre Mutter. Bisher hatte sie gehofft, ihr Busen würde noch wachsen, doch anscheinend hatte der Herrgott sie in dieser Hinsicht nicht so großzügig bedacht. Sie stieß Pavlo von sich.

»Was fällt dir ein? Wir sind auf der Polizeiwache, draußen steht ein Posten, hast du das etwa vergessen?«

Pavlo sah verwundert drein, als fiele ihm tatsächlich erst wieder ein, wo sie sich befanden.

»Entschuldige! Vor lauter Glück bin ich ein bisschen übergeschnappt. Du bist eben so schön!«

Panayota knöpfte sich die Jacke zu und streifte ein paar Locken hinter die Ohren, die aus ihren Zöpfen entwichen waren.

»Nun gut. Da du meine Bedingungen akzeptiert hast, kannst du morgen bei meinem Vater um meine Hand anhalten. Hoffentlich erwartest du nicht allzu viel Aussteuer, hier ist es nämlich üblich, dass die Familie des Bräutigams sich um Kauf und Ausstattung des Hauses kümmert.«

Pavlo war so glücklich, dass ihm Panayotas kühle, berechnende Art gar nicht auffiel. Lediglich der Gedanke, nicht nach Ioannina zurückzukehren, hatte ihm einen kurzen Stich versetzt, sodass er sich fast wünschte, die Türken würden in Smyrna einmarschieren, denn nur so würde er Panayota nach Hause mitnehmen können. Doch was war das für ein frevelhaftes Ansinnen! Die Liebe zu Großgriechenland war schließlich wichtiger als jede andere Liebe.

Ihm kamen wieder ihre nach Kirsche schmeckenden Lippen in den Sinn. Solange er diese Lippen küssen konnte, wann er wollte, was machte es da aus, wo auf der Welt er wohnte? Und wohlhabend werden konnte er auch in Smyrna. Wenn erst mal dieser Krieg vorbei war, würde er eine großartige Hochzeit ausrichten. Dann etwas Geld verdienen und ein Haus kaufen. Aber nicht in diesem arm-seligen, verstaubten Viertel, sondern weiter unten in Bella Vista. Eine Villa mit zwei Stockwerken und mit riesigen Magnolien im Garten ... Dann würde er seine Mutter kommen lassen, und gemeinsam würden sie es sich gut gehen lassen.

So sehr ging er seinen Träumen nach, dass er gar nicht merkte, wie Panayota die Polizeiwache verließ.

Der letzte September

Als es an der Tür klopfte, träumte die Hebamme Meline gerade wieder den gleichen Traum.

Auf einem Feldweg zwischen Granatapfelbäumen und Melonenfeldern saß sie auf einem grauen Esel. Dessen Zügel führte ein alter Bauer, der in der anderen Hand einen Stock hielt und nur mühsam vorankam. Die Sterne nützten aus, dass der Mond gerade unterging, und füllten von den Ausläufern der Berge bis zum Meer den ganzen Himmel. Auf Melines Schoß weinte ein Säugling.

»*Daha mi lar, Bzdi.* Weine nicht, Kleines. So dunkel

ist es nur, kurz bevor das erste Licht kommt. Bald graut der Morgen, dann finden wir einen Wagen, der uns in die Stadt bringt. *Daha mi lar Bzdi.*«

Unter ihrem Überwurf holte sie ihren Zeigefinger hervor und steckte ihn dem Säugling in den Mund. Der beruhigte sich zunächst, da er sich an der Mutterbrust wähnte, dann aber merkte er, wie trocken der Finger war, und weinte wieder los.

»Sollen wir halten?«, fragte der Bauer. »Dann kannst du es füttern. Es muss Hunger haben, so wie es schreit.«

»Nicht nötig. Geh weiter.«

Kopfschüttelnd wandte der Alte sich wieder um. Von Bornova bis Smyrna brauchte man auf dem Rücken eines Esels gut und gerne zwei Stunden.

Als Meline endlich das Klopfen wahrnahm und die Augen aufschlug, fuhr sie mit der Hand, die sich noch im Traum wähnte, unwillkürlich an die Brust und tastete nach dem samtenen Beutel, den sie siebzehn Jahre zuvor dort verborgen hatte. Unten hämmerte jemand wie verrückt an die Tür. Sie sprang aus dem Bett, warf sich ein Tuch um und rannte im Finstern die Treppe hinunter.

Irgendwo im Viertel musste eine schwere Geburt vonstattengehen. Die jungen Hebammen klopften bei ihr nur, wenn es unbedingt nötig war. Sie hatte jahrelang im Französischen Krankenhaus als Oberhebamme gearbeitet und sich vor zwei Jahren zur Ruhe gesetzt. Die besten Hebammen der Stadt hatten ihr Metier bei ihr gelernt. Nun ließen die jungen Frauen es an Achtung nicht fehlen und weckten sie lediglich, wenn eine Steißgeburt zu erwarten oder die Nabelschnur um den Hals des Kindes gewickelt war.

Das alles ging ihr durch den Kopf, während sie die Treppe hinunterstürzte, doch als sie unten nicht eine junge

Hebamme antraf, sondern ihre Tochter, ihren Schwiegersohn und ihre Enkel, packte sie das Entsetzen. Jeder hatte einen Koffer oder ein Bündel in der Hand. Sie schlug die Hand vor den Mund und sah einem nach dem anderen ins Gesicht. Ihr jüngster Enkel Nişan war nicht dabei. Sie tat einen Schrei.

»Was ist passiert? Wo ist Nişan?«

»Mach dir keine Sorgen, Mama, ganz ruhig. Es ist nichts Schlimmes passiert.«

»Und Nişan? Wo ist er?«

»Schrei nicht«, sagte der Schwiegersohn, »du weckst ja sämtliche Nachbarn auf. Nişan ist bei meiner Mutter. Ihm ist nichts geschehen. Wir sind gekommen, um dich zu holen.«

Die Tochter unterbrach ihren allzu ruhigen Mann.

»Weißt du, wie lange wir hier schon klopfen? Wo warst du denn? Ich habe schon Angst bekommen.«

Meline hielt die Hand auf die Brust, um ihr Herzklopfen zu bändigen.

»Ich habe bis eben geschlafen. Geht es euch allen gut? Was ist los?«

»Wie kannst du in so einer Zeit schlafen? Los, zieh dich an, wir müssen schleunigst weg. Nimm mit, was du an Wertsachen hast.«

Wie im Traum fuhr die Hand der Hebamme Meline wieder an die Brust und tastete nach dem imaginären Beutel mit den Münzen, die sie Mahmut Ağa seinerzeit eine nach der anderen in die Hand gezählt hatte. Im Geiste war sie noch immer ein bisschen an jenem Morgen auf dem Rücken des Esels. Sie hatte damals den weiten Weg allein zurückgelegt, um das mit einem Siegel versehene Papier zu erlangen, das bezeugte, dass die Spielschulden ihres unseligen Gatten vollständig beglichen waren. Der

Ağa hatte ein Auge auf Melines Töchter geworfen, und seine frechen Handlanger hatten schamlos angedeutet, die Schulden Nişans (so hieß nämlich auch ihr Mann) könnten auch dadurch getilgt werden, dass die Töchter sich ein wenig erkenntlich zeigten. Junge Mädchen waren im Harem des Ağas stets willkommen. Nun aber hatte der Ağa versprochen, jene Handlanger, die seit Monaten immer wieder vorbeischauten und lüstern auf Arpi und Seta blickten, die am Küchentisch ihre Hausaufgaben machten, würden die Mädchen nicht mehr behelligen. Zum Glück hielt er Wort. Sobald das Siegel auf jenes Papier gedrückt war, von dem Meline kein Wort verstand, hielt der Ağa seine Männer von den Mädchen fern, und als sie heranwuchsen, gingen sie beide eine segensreiche Ehe ein und gründeten eine glückliche Familie.

Meline hatte ihre Töchter vor großem Unheil bewahrt, um den Preis, dem teuflischen Plan Juliette Lamarcks in die Hand zu spielen.

»Mama, hörst du überhaupt zu? Beeil dich! Die Truppen Kemals haben Alaşehir eingenommen, und die Banden Pehlivans sind auch schon unterwegs. Wir müssen untertauchen, mach schnell! Nimm mit, was du kannst, wir kriegen Unterschlupf über der Bäckerei von Schwiegermama.«

Meline schüttelte sich, als müsste sie sich aus einem Traum lösen.

»Die Bande von Pehlivan kommt? Wohin? Hierher etwa? Aber was ist mit der griechischen Verteidigungsfr…?«

Leise erwiderte ihr höflicher Schwiegersohn Arakel: »Es sieht leider so aus, als wäre die kleinasiatische Verteidigungsfront zusammengebrochen. Die Türken haben das gesamte Menderes-Tal eingenommen. Aydın, Uşak und

Manisa brennen. Die griechischen Soldaten fackeln auf ihrem Rückzug alles nieder, darum fürchte ich, die Türken werden sich rächen wollen, wenn sie hierherkommen. Wir haben darum beschlossen, uns vorsorglich über der Bäckerei meiner Mutter einzuquartieren, denn das armenische Viertel liegt etwas außerhalb. Lassen Sie nichts zurück, was irgendwie von Wert ist. Nehmen Sie Ihr Geld und die Goldmünzen mit und legen Sie Ihren Schmuck unter der Kleidung an. Können Sie bis zum Quai zu Fuß gehen? Vielleicht finden wir schon lange vorher einen Wagen, an der Kathedrale etwa.«

Meline nickte.

Die Suyane-Straße war dunkel und menschenleer. Hätte es nicht genügt, wie die Nachbarn die Rollläden herunterzulassen und sich zu Hause zu verstecken? Die Bäckerei der Schwiegermutter ihrer Tochter war am anderen Ende der Stadt, in der Nähe des Französischen Krankenhauses. Der Fußweg bis dorthin schreckte sie nicht, dafür fühlte sie sich noch jung genug. Als Frau, die ihr Leben lang weite Strecken zurückgelegt hatte, verfügte sie auch mit siebenundfünfzig Jahren noch über starke Beine, doch im Lauf der letzten Jahre hatte sich in ihrem Inneren die Angst eingeschlichen wie eine immer dicker werdende Schlange, die sie um ihre Kraft brachte.

Auf dem Weg in die Dilber-Straße betraten sie den Hof der Kathedrale. Meline sah zur Kuppel des heiligen Stefan empor und tat ein Stoßgebet. In dem von hohen Zypressen bestandenen Hof schlichen Schatten umher, huschten in die Kathedrale und wieder heraus, trugen Dinge hinein. Als zwei Männer, die einen zugedeckten Handwagen vor sich herschoben, Meline und ihre Familie erblickten, erstarrten sie. Arakel gab den beiden ein Zeichen, worauf sie nickten und weitergingen. Meline trug unter dem Arm einen Teppich, von dem sie sich nicht trennen wollte, an der anderen Hand hielt sie ihre ältere Enkelin, die keinen Ton von sich gab. Das jüngere Mädchen schlummerte auf Arakels Arm.

Schweigend durchquerte das Grüppchen den Hof, trat auf die Imam-Straße hinaus und gelangte durch das Agia-Yorgi-Viertel hindurch zur Tavernenstraße. Überall war es stockfinster. Meline spürte, wie von der verschwitzten kleinen Hand ihrer Enkelin ein Lebensstrom in ihren Körper fuhr.

Am Hafen war es geradezu beängstigend still, während dort ansonsten zwischen Kisten und Säcken voller Feigen Lastenträger riefen und ein unbeschreibliches Durcheinander aus lauter Kamelen, Eseln, Pferden, Wagen und Händlern aus aller Herren Länder herrschte, sodass man kaum zwei Schritte tun konnte. Der Mond war hinter Wolken versteckt, keine Straßenlaterne brannte, und das schwarze Meer regte sich nervös, als spiegelte es die Unruhe wider, die sich der Stadt in jener Nacht bemächtigt hatte. Nicht ein einziger Wagen war unterwegs.

Da drückte die Enkelin Melines Hand.

»Oma, schau mal, schau!«

Alle wandten sich um und blickten in die Richtung, in die das Mädchen deutete. Etwas weiter vorne, am Pasaport, war eine Masse auszumachen, die sich langsam vorwärts bewegte. Meline kniff die Augen zusammen, um etwas zu erkennen. Arpi tat gewohnt forsch ein paar Schritte auf den Pasaport zu und identifizierte schließlich einige Formen: hier eine Truhe, da einen eingerollten Teppich, einen Tisch, Säcke, Bündel, und dazwischen ausgestreckte Menschen, gleich einem Fluss, der sein Bett gefunden hat ...

»Oma, wer sind die Leute?«, fragte die Enkelin mit zitternder Stimme.

Meline ließ die Hand des Mädchens los und bekreuzigte sich.

»Herrgott, beschütze uns!«

»Oma, was machen die da? Warum liegen die da herum?«

Arpi ergriff die Hand ihrer Tochter.

»Mama?«

»Hab keine Angst, mein Spatz. Das ist nichts Schlimmes. Das sind Leute aus Dörfern und Städten hier in der Nähe. Flüchtlinge. Sie laufen vor dem Krieg davon. Sie haben sich auf den Weg gemacht, bevor die Soldaten sie erreichen.«

»Und wo gehen sie jetzt hin?«

»Das weiß ich nicht.«

Das kleine Mädchen erlebte zum ersten Mal, wie hilflos auch Erwachsene sein können, und es fing an zu weinen. Ganz leise, um das andere Kind nicht zu wecken, das an seiner Schulter schlief, sagte der Vater zu ihr: »Aus Griechenland werden Schiffe kommen und die Leute nach Chios bringen. Du wirst sehen, morgen sind sie alle weg.«

Jedem kam eine Frage in den Sinn, die keiner auszusprechen wagte. Schließlich tat es das kleine Mädchen, mit weinerlicher Stimme.

»Und wir? Dürfen wir auch auf die Schiffe? Nimmt Griechenland auch Armenier auf?«

»Mama, bist du müde? Sollen wir eine Pause machen?«

Arpis normalerweise leuchtendes Gesicht war so blass, dass man es selbst in der Dunkelheit bemerkte. Ihr Kinn wirkte vor lauter Sorge länger als sonst. Sie bemühte sich um ein Lächeln.

»Oder sollen wir noch ein bisschen weitergehen? Beiß die Zähne zusammen, wir sind fast da.«

Meline nickte nur. Sie betete. Es würden schreckliche Dinge geschehen, ganz schreckliche Dinge.

Sie gelangten in unmittelbare Nähe der Menschen, deren Zahl zu ihrer Linken wie eine riesige Welle anzuschwellen schien. Alte Leute, Kinder, Frauen, Männer, zu Hunderten. Sie lagen dort oder saßen, weinten still oder schluchzten laut, kauten trockenen Zwieback, wiegten ihre Babys, unterhielten sich leise, während zwischen ihnen Pferde, Esel, Ziegen, Katzen und Hunde herumschlichen. Gespenstisch aneinandergeschmiegt blickten sie in einer Mischung aus Entsetzen, Kummer und Hoffnung aufs Meer hinaus.

Da geriet auf einmal Bewegung in die Menge. Aus dem Dunkel sprang ein junger Mann mit einer Mütze auf dem Kopf und an den Fersen heruntergetretenen Schuhen mitten unter die Leute.

»Das Baby! Das Baby kommt! Hilfe! Meine Frau hat ihre Wehen!«

Automatisch ließ Meline die Hand ihrer Enkelin los. Arpi und Arakel traten ihr zugleich in den Weg.

»Nein, Mama!«

Mit einem einzigen Atemzug streifte Meline ihre überdrüssige Seele ab und wurde zu der wachen Hebamme von früher.

»Geht ihr nur weiter«, sagte sie in einem Ton, der Arpi an ihre Kindheit erinnerte. »Ich komme in die Bäckerei nach.«

Festen Schrittes ging sie auf die dunkle Menschenmenge zu und hörte kaum noch, wie ihre Tochter protestierte und ihre Enkelin weinte. Zugleich stellte sie Berechnungen an. Das Französische Krankenhaus war weit entfernt, das Entbindungsheim Grace sogar noch weiter. Näher lagen das Holländische und das Österreichische Krankenhaus sowie das Ay Haralambos. Zu einem davon mussten sie gelangen. Sie fasste den Mann mit der Mütze am Arm.

»Hör zu, du besorgst jetzt so schnell wie möglich einen

Wagen. Ich bin Hebamme. Dort hinten sind Krankenhäuser, da bringen wir deine Frau hin. Los, mach schnell!«

Der junge Mann nahm die Mütze ab und senkte den Kopf.

»Ach, ich weiß nicht, wie ich hier in der Stadt einen Wagen finden soll. Aus dem Dorf habe ich unseren Esel mitgebracht, können wir sie nicht damit transportieren?«

»Was fällt dir ein! Los, geh schon, du bist doch hier in keinem fremden Land. Hol uns einen Wagen her!«

Der junge Mann verschwand in den dunklen Gassen, und Meline wurde zur Schwangeren geführt. Sie lag auf einem Teppich, den die Familie aus ihrer schlichten Dorfbehausung bis zur Uferpromenade von Smyrna geschleppt hatte. Die neben dem Teppich ausgezogenen Schuhe verliehen dem Notlager am Quai zusammen mit einer Petroleumlampe zumindest den Anschein eines Zuhauses.

Frauen benützten mit Meerwasser angefeuchtete Tücher, um der kauernden Schwangeren die Stirn abzuwischen. Als sie Meline erblickten, traten sie etwas zurück, damit sie neben der Schwangeren niederknien konnte. Es war eine bäuerlich wirkende junge Frau mit großen schwarzen Augen und dunklem Teint. Aus ihrer bis zu den Ellbogen aufgekrempelten kirschroten Bluse standen kräftige Arme heraus.

»Ganz ruhig, du bist jung und robust, du schiebst den Kleinen in einem Atemzug heraus? Wie heißt du?«

»Eleni«, stieß die Frau ungewollt laut hervor und drehte schamhaft den Kopf zur Seite.

»*Endaksi*, Eleni. Dein Mann holt einen Wagen, damit bringen wir dich ins Krankenhaus. Ist das deine erste Entbindung?«

Mit dem Kopf wies die Frau auf einen schwarzäugigen Jungen, der mit nacktem Hintern auf dem Teppichrand saß und am Daumen lutschte. Meline fasste der Frau unter das Kleid, um zu messen, wie weit der Muttermund schon geöffnet war. Und ertastete dabei den behaarten Kopf des Babys. Die Geburt hatte schon begonnen! Hastig blickte Meline auf und sah die Frauen an, die barfüßig um sie herumstanden.

»Schnell, das Baby kommt schon. Möge der Herrgott uns beistehen! Wir bringen das Kind hier auf die Welt. Schafft herbei, was ihr an Lampen und Kerzen auftreiben könnt.«

Einige Frauen in geflickten Kleidern knieten neben der Schwangeren nieder. Meline gab in gewohnter Art ihre Anweisungen.

»Fasst sie unter den Knien an und lasst sie nach hinten sinken. Ja, her mit der Lampe, aber halt sie so, dass sie nicht blendet, ja, gut so. Eleni, du musst jetzt pressen, so fest es geht. Du bist schon ganz nah dran.«

Die junge Frau stieß einen Schrei aus, woraufhin die Leute ringsum näher herantraten.

»Was ist los? Sind die Soldaten da?«

Inmitten von Tausenden armer Menschen, die ihre Häuser, ihre Dörfer und Städte verlassen hatten, drückte Meline am Ufer des dunklen Wassers auf den Bauch der Frau und fasste ihr mit der anderen Hand zwischen die Beine. Während sie aus der Gewohnheit lebenslanger Erfahrung heraus die nötigen Griffe tat, wurde in ihrem Kopf eine Erinnerung wach.

»Das Baby kommt tot auf die Welt, hast du begriffen, Meline?«

Der spitze Befehlston von Juliette Lamarck.

»Hörst du mich? Tot geboren. Begraben wird es auf dem Kirchenfriedhof. Und wir beide sehen uns nie wieder. Tu comprends?«

Aber nein. Das Baby hängt am Dasein. Es will leben. Mit seinem Köpfchen drängt es durch den Muttermund, drückt mit aller Kraft. Die Mutter selbst kann nicht drücken, ist ja selbst noch fast ein Kind, und vom Opium benebelt. Meline drückt dem Mädchen auf den Bauch, dann greift sie zwischen die Beine.

Auf dem Teppich am Quai breitet sich zwischen Elenis Beinen eine klebrige Flüssigkeit aus. Ediths weiße Laken wiederum sind blutgetränkt. Alleine kommt sie hier nicht zurecht. Die Frauen müssen helfen.

Ihr Verstand schwankt zwischen Gegenwart und Vergangenheit hin und her, die Bilder von damals vermischen sich mit der nach Salz riechenden Nacht.

Das Baby der Bauersfrau soll leben.

Das von Edith dagegen sterben …

Die Frauen am Quai, ob jung oder alt, eilen zu Hilfe. In der Dachkammer auf dem Gut der Lamarcks ist sie alleine. Die Dienstmädchen wissen nicht mal, dass Edith dort oben ist. Juliette Lamarck hat ihre Tochter dort eingesperrt. Die letzten Schwangerschaftsmonate hat Edith auf dem Rücken liegend verbracht, daher hat sie keinerlei Kraft in den Beinen.

»Mein Gott, sie sterben alle beide!«

Die Frauen schreien durcheinander.

Nein, Edith darf nicht sterben. So war es abgemacht: Das Baby soll sterben, die Mutter überleben.

»Ich will meine Tochter gesund auf den Beinen haben, hörst du, Meline? Innerhalb einer Woche soll sie wieder unter Leute gehen. Dann hat es mit dieser Schande hier ein Ende. Außer uns beiden darf niemand etwas erfahren. Ansonsten …«

Sie schüttelt den Beutel, der ihr aus der Brust heraussteht. Die Goldstücke darin klimpern.

»Ansonsten kannst du deine Töchter schon mal auf die

geilen Böcke von Mahmut Ağa vorbereiten. Hörst du, Me-line? Was siehst du mich so schafsäugig an? Krempel die Ärmel hoch und mach dich an die Arbeit. Du bist schon so lange Hebamme, da weißt du ja wohl, wie es zugeht, wenn Babys bei der Entbindung sterben. Denk dir irgendwas aus. Ich warte unten.«

Sie hebt das Baby in die Höhe. Die Frauen bekreuzigen sich und rufen alle.

»*Ena koritsi, ena koritsi*, Eleni! Du hast ein Mädchen zur Welt gebracht! Gratuliere! Ach, *Panayia mu*! Wie klein sie ist! *Mikrula ine.*«

Sie legen der Mutter das kleine Mädchen auf die nackte Brust. Eleni lächelt mühsam. Sie finden keine Schere zum Durchschneiden der Nabelschnur. Macht nichts, das kann warten. Das wie ein Herz zwischen den beiden Lebewesen schlagende Band schlängelt sich vom Bauch der Frau zu ihrer Brust hinauf. Wie sinnreich es der Herrgott doch eingerichtet hat: Die Nabelschnur ist genau lang genug, damit das Baby die Brustwarzen erreichen kann.

Der Schrei des Kindes heitert die bekümmerte Menge einen Augenblick lang auf. Die Frauen, Männer und Kinder, die erst gestern ihre fruchtbaren Dörfer und die Gebeine ihrer Ahnen zurückgelassen haben, versammeln sich um den Teppich herum und bestaunen das kleine Wesen, das sich zu ihnen gesellt hat. Alte Frauen mümmeln vor sich hin, Männer recken aus der Ferne die Hälse, um von der intimen Szene etwas mitzubekommen, dann drehen sie sich eine Zigarette und blasen den Rauch in die von fremden Düften erfüllte Luft.

Am Quai macht sich Hoffnung breit.

Morgen wird *Mana Ellas* Schiffe senden und ihre Kinder retten!

Ein junger Mann holt aus einer schwarzen Hülle seine

Mandoline heraus. Die Schreie des Babys sind verstummt, es nuckelt an der Mutterbrust. Jetzt, wo Elenis Kind auf der Welt ist, kehren die Menschen, die ihr kummervolles Schicksal teilen, zu ihren Familien zurück und schmiegen sich aneinander. Sie wissen noch nicht, dass ihre Zahl in den folgenden Tagen auf das Doppelte, Dreifache, ja Zehnfache anschwellen wird. Und sie zwischen Leben und Tod schweben werden. Sie blicken auf das dunkle Wasser des Meeres, das sie zum ersten Mal sehen, und lauschen auf die zarten Klänge der Mandoline, die den Schleier der Finsternis ein wenig lüften.

Erschöpft sinkt Meline auf den Teppich. Frauen bringen ihr eiligst Wasser. Sie schließt die Augen. Und hat sogleich Ediths Baby vor sich, mit dem violetten Gesicht.

Das Kind gibt keinen Ton von sich. Ist es etwa tot? Ediths Puls schlägt sehr schwach. Meline wickelt das Baby in eine Decke und vernäht Ediths Dammriss. Als die Nabelschnur nicht mehr pulsiert, schneidet sie sie ab. Edith liegt mit offenem Mund da, den Kopf zur Seite geneigt, die Haare kleben ihr auf der verschwitzten Brust, der milchgefüllte Busen quillt aus dem plissierten Kragen des Nachthemds. Die kleinen Lippen des Babys suchen verzweifelt nach der Brust. Es hat einen roten Mund und schwarze Lockenhaare, wie die Mutter und der Großvater aus Athen. Aus der Sünde Juliette Lamarcks ist eine neue Frucht erwachsen. O Herr, deine Wege sind unerforschlich!

Auf der Treppe die Schritte Juliette Lamarcks.

Der Beutel mit dem Gold in ihrer Hand.

Sie wirft einen Blick auf das Baby. Und begreift sofort, dass es lebt. Dabei sollte es doch tot sein. So war es abgemacht ...

Also steckt sie den Beutel wieder ein. Meline wirft sich ihr zu Füßen.

»*Madame Lamarck, ich flehe Sie an! Ich küsse Ihnen die Füße! Mein Leben lang will ich für Sie beten! Bitte haben Sie Erbarmen! Wenn ich meine Schulden nicht zahlen kann, holen die Männer des Ağas morgen früh meine Töchter. Sehen Sie doch, Ihre Tochter lebt, ich habe sie gerettet. Haben Sie doch bitte Mitleid mit meinen Kindern!*«

»*Das ist nicht, was wir vereinbart hatten.*«

Sie spürt eine Hand auf der Schulter und dreht sich um. Sie ist noch immer am Quai. Der Mann der Schwangeren ist zurück, er kniet neben ihr und knetet seine Mütze.

»Alles in Ordnung? Schau, ich habe einen Wagen besorgt, aber er ist ja gar nicht mehr nötig, du hast mein Kind schon zur Welt gebracht. Möge Jesus dir auf ewig dafür danken. Unsere Jungfrau Maria beschütze deine Enkel und Urenkel! Los, *pedya*, kommt und helft unserer Hebamme. Heben wir sie auf den Wagen.«

Harte, schwielige Hände, die sich auf das Bestellen der Erde verstehen, auf die Arbeit an Weintrauben und Feigen, hieven Meline hoch und setzen sie auf die rote Samtbank der Droschke. Der Kutscher treibt die Pferde an, die Hufschläge hallen über den Quai. Wie auffliegende Vögel gehen die Hände hinter der davonfahrenden Kutsche hoch und verabschieden die Hebamme, die sie zu einer großen Familie vereint hat.

»Die Heilige Jungfrau beschütze dich! Wir fahren morgen nach Griechenland. Pass hier gut auf dich auf. Der Herrgott sei mit dir.«

Auf der Höhe von Punta wirkt die Uferpromenade so gediegen und vornehm wie üblich. Mit Angeln und Netzen in der Hand gehen Fischer schweren Schrittes zu ihren bunten Booten.

Die Sonne geht auf.

Kleine Gruppen von Menschen, die die ganze Nacht zu

Fuß unterwegs waren, gehen im Gefolge der Fischer zum Quai hinunter. Sie stellen ihre Koffer, Truhen und Bündel ab und spähen zu den vor der Bucht ankernden europäischen Schiffen, die sie sich auf dem kräftezehrenden Weg immer vorgestellt hatten, um neuen Mut zu schöpfen.

Wir sind gerettet, dachten sie. Die Mutter Griechenland, *Mana Ellas*, wird uns Schiffe senden und uns von hier wegholen. Für eine Weile vergessen sie den entsetzlichen Anblick der niedergebrannten Dörfer, durch die sie kamen.

Wir sind gerettet!

Meline in ihrer Droschke lässt das Geschehen rings um sich vorbeiziehen wie einen Stummfilm und stellt sich immer wieder die eine Frage: Was soll aus diesen Menschen werden? Und was aus den in Smyrna lebenden Armeniern? Am Anblick der europäischen Schiffe, deren Lichter weit draußen vor der Bucht zittern, versucht sie sich aufzurichten. Es sind britische, amerikanische, französische und italienische Panzerfregatten, die bereitliegen, um den jeweiligen Staatsangehörigen beizustehen. Da jene Mächte ihnen den ganzen Schlamassel überhaupt erst eingebrockt haben, wird es ja wohl ihre Pflicht sein, die Christen der Stadt zu beschützen. Nein, ihnen wird kein Leid geschehen. Sie leben in Smyrna seit Generationen. Meline lehnt sich zurück. Die Pferde schnauben vernehmlich. Der Kutscher schnalzt mit der Zunge.

Es ist alles wie früher.

Hoffentlich kommen bald Schiffe und bringen diese armen Leute weg, dann wird es in Smyrna wieder so traulich zugehen wie eh und je. Vom Schaukeln und Knarren der hölzernen Räder eingelullt, schließt Meline die Augen.

»*Madame Lamarck, hören Sie mich bitte an, ich weiß eine Lösung, die unserer Abmachung nicht entgegensteht.*

*Sie sagen zu Edith einfach, das Baby ist tot auf die Welt ge-
kommen und Sie haben es begraben. Ich schwöre Ihnen bei
meiner Ehre und beim Leben meiner Töchter, dass ich unser
Geheimnis bis ins Grab bewahren werde. Bitte, Madame
Lamarck, lassen Sie weder mich noch sich selbst eine Sünde
begehen. Vergreifen Sie sich nicht an einem Leben, das Gott
nicht genommen hat. Ich verspreche Ihnen, Sie werden an
dieses Baby nie wieder einen Gedanken verschwenden. Vertrauen Sie mir bitte. Ich werde mich noch vor dem Morgengrauen auf den Weg machen und das Baby mitnehmen. Gestatten Sie mir das bitte. Für Sie wird das Kind tot sein.«*

Als sie damals auf dem Esel nach Smyrna hineinritt,
war der Himmel ebenfalls wie eine violette Decke über die
Stadt gebreitet. Was für eine warme, feuchte Septembernacht! So warm, dass selbst der Morgenwind schon Jasminduft aus Bornova herbeiwehte. Meline richtete sich in
der übers Pflaster wackelnden Kutsche auf und schnupperte.

Es war doch nicht etwa … Was für ein Tag war heute?
Donnerstag.

Und was für ein Datum?

Da begriff sie auf einmal, warum das Stück Vergangenheit, das ihrem Gewissen keine Ruhe ließ, sich ausgerechnet in jener Nacht wieder meldete.

Es war die Nacht vom sechsten auf den siebten September.

Falls Ediths Tochter überlebt hatte, so war das arme
Wesen nunmehr siebzehn Jahre alt.

Die Vasili-Straße

Als die Droschke, in der Meline saß, vor der Bäckerei Hayguhi ankam, sah Edith gerade aus dem Fenster ihres Schlafzimmers auf den Garten hinaus, der im ersten Morgenlicht rosa erstrahlte.

Es war wieder einmal jener Tag. Trotz des vielen Haschischs und der merkwürdigen Kräuter, die Yasemin ihr zusammenmischte, tauchte jedes Mal, wenn jener Tag sich jährte, die Szene von damals wieder auf, gleich einem Sonnenstrahl, der durch den Nebel bricht. Von der armseligen Kreatur, die sie nicht einmal in ihren Armen gehalten hatte, gab es kein Grab. Ohne getauft zu sein, war sie in einem der Massengräber auf dem Kirchhof verscharrt worden. Was auch immer ihr während der Entbindung geschehen sein mochte, die sie hinter einem Opiumschleier wahrgenommen hatte, sie hatte jedenfalls nie wieder ein Kind bekommen. Jener Verlust versetzte ihr jedes Jahr im September wieder einen Stich und erhöhte ihre Wut auf das Leben, das sie um die Mutterschaft gebracht hatte.

Sie beugte sich aus dem Fenster. Es zogen noch immer Horden von Menschen vorbei, mit Koffern, Taschen, Bündeln. Einige Frauen trugen Hosen, manche waren in bunte Decken gewickelt, andere trugen einen Tscharschaf wie die Musliminnen. Fast alle Frauen hatten mindestens zwei Kinder am Rockzipfel hängen und trugen auf den Rücken gebunden noch ein Baby.

Immer wieder entdeckten Flüchtlinge das Lager in Ediths Garten und versuchten, das schmiedeeiserne Tor zu öffnen, das Hristo am Abend mit einem Vorhängeschloss versehen hatte. Um den mit einer steinernen Umrandung eingefassten Teich herum, in dem ein paar Löwenköpfe

Wasser spien, hatten Männer, Frauen und Kinder unter den Obstbäumen und sogar auf den Blumenbeeten Decken und Teppiche ausgebreitet und schliefen dort.

Am Morgen zuvor hatte Edith aus dem Fenster gesehen und ihren Augen nicht getraut.

An ihrem Haus vorbei ergoss sich ein nicht enden wollender Strom armseliger, stummer Menschengestalten. Am meisten fielen ihren vom Schlaf noch verquollenen Augen die Soldaten auf. Mit wunden, nackten Füßen, mit blutigen Bandagen um die Köpfe, mit verrußten Händen und Gesichtern, mit zerrissenen Hemden, unter denen man die Rippen zählen konnte, wankten Tausende von griechischen Soldaten, ohne sich überhaupt noch mit Gewehren abzuschleppen, wie Schlafwandler dem Meer zu, jenen Schiffen zu, die sie weg von der Niederlage, weg von der Katastrophe, heim in ihr Vaterland bringen sollten. Ganz offensichtlich hatte die griechische Armee hinter den Bergen, in der Steppe Anatoliens, ein schreckliches Debakel erlitten, und jeder versuchte nur noch seine Haut zu retten.

Neben den Soldaten marschierten ähnlich verwahrloste griechische und armenische Zivilisten, die aus ihren Dörfern und Städten geflohen waren. Sie hatten vernommen, die heranrückende türkische Armee wolle in ihrem Rachedurst die gesamte christliche Bevölkerung Westanatoliens auslöschen, und hatten sich in Todesfurcht auf den Weg gemacht.

An ihre Mütter geklammerte Kinder mit vor Entsetzen geweiteten Augen, erwachsene Männer, die bei jedem Schritt schluchzten, alte Frauen, die ihre Söhne auf dem Rücken trugen, alte Männer, die mit glasigem Blick auf Eseln saßen, dazwischen Hunde, Ziegen mit Glöckchen um den Hals, Familien, die ihren gesamten Hausrat auf einen ramponierten Ochsenkarren geladen hatten, sie alle zogen in gespenstischer Stille an Ediths Fenster vorbei.

Wie hatte das zweihunderttausend Mann starke griechische Heer nur in so einen erbärmlichen Zustand geraten können? In Ediths Umfeld nahm niemand den Krieg so ernst, dass er sich dadurch die Reize der im Herbstlicht noch schöner werdenden Stadt verderben ließ, die täglichen Vergnügungen, die dem Leben erst Sinn verliehen. Wenn die Smyrnaer in den Cafés und Tavernen der Uferpromenade bei Sonnenuntergang schon mal über den Krieg sprachen, war nie davon die Rede, dass es zu einem solchen Fiasko kommen könnte. Selbst die Nachricht, Mustafa Kemals Truppen seien unterwegs zum Mittelmeer, wurde in den Cafés als ein haltloses Gerücht abgetan, das mit der Wirklichkeit nicht das Geringste zu tun habe.

Mehr noch, die griechischen Zeitungen standen voller hoffnungsfroher Meldungen von der Front. Der Rückzug sei lediglich taktisch bedingt. Bei Afyon sei ein großer Sieg errungen worden. Bevor die Griechen nicht Istanbul einnähmen, sei der Krieg nicht zu Ende. Niemand schien davon zu wissen, dass die nach Istanbul entsandten Soldaten längst nach Smyrna zurückgekehrt waren und nunmehr, da sie in der Stadt nicht mehr sicher waren, auf Schiffen vor der Bucht ihrer Rückkehr nach Griechenland harrten.

Zwischen dem, was man sich an der Uferpromenade bei Milchkaffee und Kuchenkrümeln zuflüsterte und sogleich wieder vergaß, und dem Anblick, der sich vor ihrem Haus bot, bestand eine derartige Kluft, dass Edith sich hastig ankleidete, ohne sich von ihrer Zofe helfen zu lassen, und in den Garten eilte. Selbst zu so früher Stunde war es schon entsetzlich heiß und feucht. Sie spannte ihren Sonnenschirm auf und ging aufs Gartentor zu. Eine Gruppe von Frauen bemerkte sie und näherte sich sogleich dem Tor.

»Wo geht ihr hin?«

»Das wissen wir nicht.

»Wo werdet ihr unterkommen?«

»Wissen wir auch nicht.«

»Was ist mit euren Dörfern geschehen?«

Sie schwiegen. Es war ein dunkles, angespanntes Schweigen voller lang zurückgehaltener Tränen, und jeden Augenblick konnte es sich in einem Schrei entladen.

Eine Frau mit einem schwarzen Kopftuch bahnte sich einen Weg durch die Menge und gelangte vors Tor.

»Gnädige Frau, seit drei Tagen und drei Nächten laufen wir uns die Sohlen ab. Ich bin mit meinen Kleinen von Prusa her zu Fuß gekommen. Bitte lassen Sie uns in Ihrem Garten ein wenig ausruhen. Und gönnen Sie uns einen Bissen Brot.«

Ihre Augen waren rot geweint. Unter den Schößen ihres zerrissenen Kleides, dem man vor lauter Staub nicht ansehen konnte, von welcher Farbe es sein mochte, hatten sich zwei Kinder versteckt, ein Junge und ein Mädchen, und bestaunten zwischen den Beinen ihrer Mutter hindurch Ediths rosa Sonnenschirm. Die Frau streckte die aufgeschwollenen, sonnenverbrannten Hände durch die Gitterstäbe und klammerte sich an Ediths Kleid.

»Wo mein Mann ist, weiß ich nicht. Meinen Bruder haben die Türken bei Afyon gefangen genommen. Und meine Eltern habe ich unterwegs zurücklassen müssen. Ihre Schuhe waren zerfallen, die Füße nur noch eine einzige Wunde. Auch haben sie den Durst nicht mehr ausgehalten. Da haben sie zu mir gesagt, geh, nimm die Kinder mit und geh. Ach, gnädige Frau …«

Edith machte das Gartentor sperrangelweit auf. Es ging

ein Ruck durch die Menge, dann strömten die Menschen auf den Garten der Vasili-Straße Nummer 7 zu. Edith lief ins Haus und instruierte Hristo und die Dienstmädchen, sie sollten die Flüchtlinge mit Wasser, Brot, Käse und Weintrauben versorgen und in einem großen Kessel Bulgur-Pilaw und Bohnen kochen. Als Hristo gewahrte, wie die Leute miteinander rangelten, um in den Garten zu gelangen, sagte er auf die Gefahr hin, Edith zu verärgern: »Mademoiselle Lamarck, wir müssen das Tor wieder schließen. Mehr Leute können wir nicht aufnehmen. Ich möchte Ihnen nicht dreinreden, aber zu unserem eigenen Schutz und dem der Leute, die schon herinnen sind, müssen wir das Tor jetzt zusperren.«

Er hatte recht. Innerhalb von zehn Minuten war der Garten so voll, dass man nicht einmal mehr einen Stuhl hätte hinausstellen können.

»Gut, dann sperr das Tor zu, aber wenn danach noch jemand um Essen bittet, bekommt er trotzdem etwas. Haben wir uns verstanden? Zoi, du gehst los und kaufst Mehl, Weizen, Roggen, Linsen und getrocknete Erbsen. Lass alles hierhertransportieren und komm gleich zurück, dann fangt ihr sofort zu kochen an. Wenn der Kessel nicht reicht, soll Hristo noch einen besorgen. Wenn nötig, machen wir im Garten ein Feuer. Ich hole inzwischen einen Arzt, der sich um die vielen Wunden kümmert. Und sagt im Französischen Krankenhaus Bescheid, die sollen uns eine Hebamme schicken. Mir scheint, es sind einige Hochschwangere unter den Frauen. Wenn ich zurück bin, helfe ich euch. Also los, wir haben viel zu tun.«

Nun blickte sie zurück auf den Vortag, an dem sie sich in der feuchten Hitze um die vielen auf den ganzen Garten verteilten Menschen gekümmert hatte, und sie fühlte sich erschöpft, aber zugleich so glücklich, wie sie es ihr Leben lang noch nicht gewesen war. Am Teich stand ein Mann und wusch sich das Gesicht. Sie mussten irgendwo im hinteren Teil des Gartens einen provisorischen Abort errichten, vielleicht neben dem Holz- und Kohlenschuppen. Darum würde Hristo sich kümmern. Wie lang würden die Menschen wohl bleiben? Wer sollte die Ärmsten retten, und wie? Sie war dankbar dafür, dass das Leben ihr die Mittel in die Hand gegeben hatte, jenen Leuten beizustehen. Es war, als hätte sie jahrelang keinen Hunger verspürt, und auf einmal hätte jemand einen Teller Essen vor sie hingestellt, und erst da hätte sie gemerkt, was es bedeutete, hungrig zu sein und satt zu werden. Von solch einer tiefen Befriedigung war sie erfüllt. So ähnlich musste eine Mutter empfinden. Eine aus Müdigkeit herrührende Genugtuung. Zum ersten Mal ärgerte sie sich nicht darüber, dass ihr Gedächtnis sie Jahr für Jahr mit uhrengleicher Präzision daran erinnerte, was für ein besonderes Datum anstand.

Hätte die Kleine überlebt, wäre sie nunmehr siebzehn Jahre alt.

Als sie aus dem Haus ging und in den Aliotti-Boulevard einbog, merkte sie, dass nicht nur ihr eigener Garten voller Menschen war, sondern auch Kirchen- und Krankenhaushöfe, Märkte, Herbergen, Hotels, Bahnhöfe. Die Unglückseligen strömten aus allen Richtungen herbei, und wer irgendwo ein Eckchen fand, in dem er sich niederlassen konnte, der blieb dort. Manche Ausländer hatten ihre Villen zugesperrt und die Stadt verlassen, doch gab es auch Familien, die gleich Edith ihre Gärten für Flüchtlinge geöffnet hatten.

Die wohlhabenden Anwohner des Boulevards hatten an ihren Villen britische, französische, italienische und amerikanische Flaggen aufgehängt. Sie selbst musste umgehend Hristo um eine französische Fahne schicken. Oder Zoi konnte das schnell erledigen. Von sich aus wäre es Edith nicht in den Sinn gekommen, solcherlei Patriotismus an den Tag zu legen, doch auf ihrem Gelände standen mindestens hundert Menschen unter ihrem Schutz, und auf ein Anwesen, das von französischen Staatsangehörigen bewohnt war, würden Plünderer sich nicht wagen.

Inschallah!

Sie verließ das Haus. Als sie vor dem Französischen Krankenhaus anlangte, sah sie einen halb nackten Soldaten, der sich einen taumelnden Kameraden auf den Rücken lud. Sie bekreuzigte sich, obwohl das sonst nicht ihre Art war.

Unten am Quai konnte sie gar nicht glauben, was sie sah. Wo man an gewöhnlichen Tagen vor lauter Kisten, Ballen und Kamelen mit schäumendem Maul nicht vorwärtskam, war nunmehr alles voller Menschen. Zwischen verwundeten, mit leerem Blick vor sich hinstarrenden Soldaten, denen manchmal ein Bein oder ein Arm fehlte, saßen und lagen Tausende von Menschen, wiegten ihre lautlos weinenden Babys und sahen alle aufs Meer hinaus. An der hölzernen Anlegestelle in Punta legte ein griechisches Schiff ab, und sofort fuhr ein neues heran. Sie dienten allerdings nur dem Abtransport von Soldaten, und wer von den Zivilisten auch seine ganze, mühsam bis nach Smyrna geschleppte Habe anbot, den Schmuck seiner Frau oder gar seinen goldenen Zahnüberzug, wurde ausnahmslos abgewiesen. Manche schlichen sich dennoch auf ein Schiff und versteckten sich im Maschinenraum, doch Kapitän und Besatzung prügelten sie wieder heraus, und wer sich wehrte, dem drohte, ins Meer geworfen zu werden. Erst musste das Heer evakuiert werden. Für die Zivilisten würden andere Schiffe kommen. Manche Fischer witterten Morgenluft, sie fuhren mit ihren Booten an das Ufer, an dem die Flüchtlinge kampierten, und begannen mit ihnen zu feilschen.

Weiter unten herrschte am *Ke* jedoch die übliche leichtlebige Betriebsamkeit. Damen ließen beim Spaziergang die bunten Sonnenschirme kreisen, aus den Cafés erscholl Musik, an vor Bars aufgestellten Tischen saßen amerikanische Matrosen, deren Anwesenheit sich niemand so recht erklären konnte, und sahen bewundernd den jungen Mädchen nach.

Für den Abend war geplant, dass sie mit Avinash in den neuen Film gehen sollte, der im Théâtre de Smyrne lief. Der Schlange vor dem Schalter nach zu schließen, war keine Programmänderung vorgesehen. Aus dem Verantwortungsgefühl heraus, das ihr so guttat, hatte Edith jedoch nicht vor, die in ihren Garten geflüchteten Menschen im Stich zu lassen, um ins Kino zu gehen. Wieder ging ihr das Herz über.

Sie trafen sich im Café Ivi und setzten sich an einen der runden Tische draußen. Avinash wirkte mitgenommen. Edith vermutete, er habe eine schlaflose Nacht verbracht. In der Geheimetage, die im Konsulat den Spionen der Alliierten vorbehalten war, gab es bestimmt viel zu tun. Während Avinash lustlos den Kartoffelsalat kaute, der zum Bier serviert wurde, sprach er kaum und machte zwischen zwei Bissen lange Pausen. Edith sah wohl, dass es schwer war, seine Aufmerksamkeit zu erlangen, doch konnte sie nicht umhin, von den Geschehnissen des Vortages zu erzählen, die sie so aufwühlten, von dem Lager, das in ihrem Garten aufgeschlagen worden war, von ihren Gesprächen mit den Flüchtlingen. Sie war so in ihren Bericht vertieft, dass sie die Sardinen vor sich mitsamt Kopf und Gräten aß.

»Ich hatte so viele Babys auf dem Arm wie noch nie in

meinem ganzen Leben. Wenn mir das jemand vorausgesagt hätte! Zoi und ich haben Wasser aus dem Brunnen gepumpt und die Kinder damit gewaschen. Aber damit nicht genug! Ein Mann hatte sich mit einem verrosteten Stück Eisen ins Bein geschnitten, da habe ich dem Arzt beim Verbinden geholfen. Und weißt du, was Doktor Arnott danach zu mir gesagt hat? ›Sie können jetzt alleine weitermachen, Mademoiselle Lamarck.‹ So habe ich bei ein paar Frauen und bei einem Jungen die Wunde gesäubert und verbunden. Wie du siehst, *mon cher*, bin ich eine richtiggehende Krankenschwester!«

Avinash blickte mit einem müden Lächeln in die schwarzen Augen seiner Geliebten, die wieder so glänzten wie in ihren Jugendjahren, und auf die Lockenpracht, die ihre rosa Wangen einrahmte. Ganz leise, als wollte er nicht die Laune verderben, sagte er dann: »Edith, die Lage ist sehr ernst.«

»Nun, das ist ganz offensichtlich.« Sie deutete auf die barfüßigen Soldaten, die auf ihr Schiff zu hinkten.

»Was wir hier sehen, ist nur die Spitze des Eisbergs … Edith, uns steht vielleicht eine schreckliche Katastrophe bevor. Was mir aus Inneranatolien berichtet wird, verheißt überhaupt nichts Gutes. Der frühere amerikanische Botschafter in Istanbul meint, die Türken würden zur Feier ihres Sieges in Smyrna ein Massaker veranstalten wollen. In einem Telegramm ans Konsulat schreibt er, die britischen Generäle müssten schleunigst etwas unternehmen, um die Christen der Stadt zu beschützen.«

»Und, was meinen deine Leute dazu? Zum Beispiel dein Chef Maximilian Lloyd, dieser Säufer?«

Avinash nickte betrübt. Edith hatte also nicht vergessen, wie der Chef des Secret Service sie vor Jahren bei einem Empfang Juliettes belästigt hatte.

»Nun, es sieht nicht so aus, als würden sie auf Morgen-thau hören.«

Edith stutzte.

»Aber die Konsulate haben doch ganz offiziell ver-kündet, die Christen in Smyrna seien in Sicherheit. Einer von euren Admirälen, mit irgendeinem hochtrabenden Namen, hat über einen englischen Prediger in sämtlichen Zeitungen so etwas verlauten lassen. Nur der amerikani-sche Konsul hat nichts dergleichen versprochen, wenn ich mich recht erinnere. Wie hieß noch mal dieser Admiral?«

Avinash seufzte.

»Du erinnerst dich recht. Und die Erklärung stammte von Sir Osmond de Beauvoir Brock. Aber weißt du …«

»Hahaha, so ein gestelzter Name, und dann soll man nicht mal glauben, was er sagt! Aber gräme dich nicht, Liebling. Heute Morgen habe ich in der Zeitung gelesen, Mustafa Kemal hat verfügt, wer den Zivilisten in Smyrna auch nur ein Haar krümme, werde standrechtlich erschos-sen. Wenn du schon Brock nicht glaubst, dann wenigstens Kemal Pascha. Es wird uns nichts geschehen. Schau doch mal.«

Sie deutete mit ihrer Gabel zum Meer hin.

»Ich habe vorhin gezählt, genau neunzehn Kriegsschiffe liegen draußen vor Anker. Samt und sonders von den Alli-ierten. Schau, da kommt sogar noch eins. Wo ist das wohl her?«

Avinash kniff die Augen zusammen und sah zu dem Schiff hinüber, das gerade in die Bucht einlief.

»Das ist wahrscheinlich die USS Litchfield. Ob da wohl Admiral Bristol an Bord ist?«

Nach kurzem Schweigen wandte er sich wieder Edith zu.

»Nachdem die Lage so ist, würde ich sagen …«

Edith wusste, was er sagen wollte. Sie nickte nur mit vollem Mund. Der Küchenchef Pavli von Kraemer hatte wieder einmal Wundertaten vollbracht. Die Sardinen schmolzen geradezu im Mund. Nachdem sie den Fisch samt Gräten, Kopf und Schwanz hinuntergeschluckt hatte, sagte sie: »Ich gehe nirgendwohin, Avinash. Bemüh dich erst gar nicht. Und vor allem jetzt, wo ich den Garten voller Menschen habe, bringt mich nichts von hier weg.«

Avinash wischte sich mit der leinenen Serviette den Mund ab. Dass mit Edith nicht zu diskutieren war, wusste er nur zu gut.

»Ich sage gar nicht, dass du wegsollst. Bleib ruhig hier, einverstanden. Ich bin ja auch hier. Nicht an dich denke ich, sondern an deine Mutter.«

Über ihr großes Bierglas hinweg sah Edith ihn misstrauisch an. Auf ihren roten Lippen lag ein schaumiger Bierbart.

»Und was denkst du über meine Mutter?«

»Weißt du eigentlich, dass alle Engländer in Bournabat ihre Häuser verlassen haben? Die einen haben sich auf die Thalia zurückgezogen, das ist ein britisches Schiff, halb Zufluchtsort, halb Lazarett. Und die anderen sind in ihren Villen in Smyrna, in denen sie sonst nur den Winter verbringen.«

Edith wusste schon, worauf Avinash hinauswollte, aber sie ließ ihn erst mal weiterreden.

»Bournabat ist mittlerweile so gut wie ausgestorben. Wenn Jean-Pierre nicht da ist, kann eine Frau im Alter deiner Mutter sich dort nicht mehr sicher fühlen.«

»Was heißt hier ausgestorben? Sind tatsächlich alle weg? Was ist mit den Thomas-Cooks? Du wirst doch nicht behaupten, Edward ist abgehauen, weil er etwas auf solche Gerüchte gibt?«

Sie legte geräuschvoll ihre Gabel ab und sah Avinash herausfordernd ins Gesicht. Der zupfte an seinem Schnurrbart und sah zwei jungen Mädchen nach, die genießerisch an ihrem Eis schleckten. Als würde ihm plötzlich etwas einfallen, erhob er sich, setzte sich aber sogleich wieder. Edith wandte sich neugierig um. Was mochte ihren Geliebten auf einmal so interessiert haben? Sie blinzelte zum Hafen hinüber.

»Was ist los?«, fragte sie spöttisch. »Kennst du die Mädchen etwa? Jung und hübsch, wie sie sind? Rosa Kleidchen, blaues Kleidchen … Die gefallen dir wohl?«

Seufzend zog Avinash seine silberne Tabaksdose aus der Westentasche.

»Nein. Kenn ich nicht.« Versonnen drehte er sich eine Zigarette und leckte am Papier. »Bournabat ist nicht ganz leer«, fuhr er fort, »aber das bedeutet noch lange nicht, dass deine Mutter in Sicherheit ist. Stimmt, Edward ist noch dort. Seine Mutter und seine Brüder sind längst in ihr Stadthaus gezogen, aber er harrt noch aus. Darum muss ich auch zu ihm fahren und persönlich mit ihm reden. Anweisung von Henry Lamb. Wir stellen allen britischen Staatsangehörigen einen Passierschein aus, mit dem sie gegebenenfalls das Land verlassen können. Und Edward hat noch keinen. Wenn er nicht beweisen kann, dass er Engländer ist, kann es sein, dass er hier festsitzt.«

Edith lachte auf.

»Was soll an Edward schon englisch sein, außer seinem Namen? Ach so, ja, sein neuestes Auto vielleicht …« Ihr fiel auf, dass ihr der Gedanke an Edwards Autos zum ersten Mal seit Jahren keinen Stich versetzte.

»Gestern haben wir die ganze Nacht durch Pässe gedruckt, Edith! Du kannst dir gar nicht vorstellen, wie viele Leute wie Edward es in Smyrna gibt. Britische Staatsangehörige, die ihr Leben lang keinen Fuß nach England gesetzt haben. Und Edward war noch nicht einmal bei uns im Konsulat. Darum muss jetzt ich zu ihm hin.«

»Vom französischen Konsulat haben wir keinen solchen Hinweis bekommen. Und es hat auch nicht geheißen, wir sollten Bournabat verlassen. Ich denke, euer Konsul übertreibt es ein wenig. Ich habe nur von Admiral Dumesnil gehört, es würde eingegriffen, sollten griechische Soldaten sich daranmachen, die Stadt zu plündern und niederzubrennen. In solch einem Fall würden die griechischen Schiffe voller Soldaten so lange nicht aus dem Hafen gelassen, bis die Türken einträfen. Das hat er wohl zum Trotz verkündet, damit es heldenhafter klingt als euer Verhalten.«

Unwillkürlich sagte sie daraufhin: »Aber lassen wir das. Ich wollte heute zum Abendtee meiner Mutter nach Bournabat, fahren wir doch gemeinsam hin. Wo dir Sir Henry doch ein Auto zur Verfügung gestellt hat. Unterwegs könnten wir picknicken, was meinst du?«

Als sie sah, wie Avinashs Gesicht sich verfinsterte, schämte sie sich für ihre frivolen Worte. Sowieso hatte sie sich um die Menschen in ihrem Garten zu kümmern. Sie hatten eine Frau neu aufgenommen, die gerade erst entbunden hatte. Trotz der Schwarzseherei ihres Geliebten und des erbärmlichen Anblicks, den die weiter herbeiströmenden Gestalten boten, fühlte sie sich so stark und zufrieden wie nie zuvor. War es etwa so einfach mit dem Glück?

Da wurde es vom Hafen her auf einmal laut. Es wurde geklatscht und gepfiffen.

»Was ist da los?«

Avinash stand auf, zog ein Opernglas heraus und spähte zum Hafen hinüber.

»Stergiadis. Stergiadis verlässt die Stadt. Und die Leute buhen ihn aus. Sogar von hier aus ist ihm anzusehen, wie ihn die letzten zwei Tage mitgenommen haben. Er scheint um zehn Jahre gealtert zu sein.«

Als er das Opernglas sinken ließ und sich wieder setzte, war seine Miene noch düsterer als zuvor.

»Schade, wirklich jammerschade!«, sagte er seufzend. »Ein integrer, gerechter Mann, der Smyrna noch große Dienste hätte leisten können. Ein Mann mit Visionen. Du weißt ja, er war dabei, eine große Universität einzurichten, die Frauen und Männern aus aller Herren Länder offenstehen sollte. In einem Monat sollte der Unterricht aufgenommen werden. Wirklich schade!«

Er sah aus, als würde er gleich losweinen. Edith wusste, wie sehr ihm das Universitätsprojekt am Herzen lag. Im Winter hatte er mit Stergiadis Verhandlungen geführt, um Stipendiaten aus Indien an die Universität zu holen. Wäre alles glattgegangen, hätte im Wintersemester 1923 der erste indische Student an der Ionischen Universität sein Studium begonnen. Nun waren all jene Pläne auf die lange Bank geschoben und die für alle Menschen offene Universität ebenso ihrem Schicksal überlassen wie die christlichen Flüchtlinge nach dem Rückzug der griechischen Verwaltung.

Edith ergriff Avinashs Hand.

»Entschuldige bitte, ich habe vorhin leichtfertig gescherzt, das war dem Ernst der Lage nicht angemessen. Verzeih mir.«

Avinash musste sich erst besinnen, worüber sie gesprochen hatten, bevor Stergiadis aufgetaucht war. Ach ja, das Auto, und das Picknick.

»Wie hattest du denn vor, nach Bournabat zu fahren?«

»Mit dem Zug natürlich. Warum?«

»Edith, hast du denn gar keine Ahnung? Weißt du, dass das griechische Heer nun von einem gewissen Hatzianestis befehligt wird, den sie den Verrückten nennen? Die Züge transportieren seit Wochen nur Verwundete und Soldaten. Was meinst du, warum die bedauernswerten Leute hier so weite Wege in Ochsenkarren, auf Eseln oder zu Fuß zurückgelegt haben? Sämtliche Fahrzeuge werden dafür verwendet, die griechische Armee zu evakuieren, bevor die Türken nach Smyrna kommen. In einen Zug kommst weder du noch die armen Tröpfe in deinem Garten. Mach endlich mal die Augen auf!«

Edith wollte gerade etwas erwidern, als ihr eine Szene auffiel, die sich unweit von ihr abspielte. Zwischen den heruntergekommenen Soldaten stand ein Offizier, der mit seiner tadellos gebügelten Uniform, den gewichsten Stiefeln und dem pomadisierten braunen Haar aus der Masse herausstach. Er verabschiedete sich von seiner schwarz gelockten jungen Smyrnaer Geliebten, die Edith bei genauerem Hinsehen als eines der beiden Mädchen ausmachte, die zuvor Eis essend an ihnen vorbeispaziert waren. Ihr Gesicht sah sie nicht, doch die an der Spitze abgewetzten rosafarbenen Satinschuhe waren ihr aufgefallen. Das Gesicht des jungen Offiziers war schweißgebadet. Er hielt die Hände des Mädchens und sprach sehr hastig, als wäre jemand hinter ihm her, vermutlich, weil er in sehr knapper Zeit so vieles loswerden musste, und tatsächlich drehte er sich immer wieder um und sah nach Punta, denn das Schiff, das ihn in die Heimat brachte, durfte er auf keinen Fall verpassen.

Edith konnte den Blick gar nicht abwenden von dem berührenden und zugleich irgendwie seltsamen Schauspiel, das sich ihr darbot. Avinash ging indessen hinein, um jemanden vom Konsulat zu begrüßen.

Der Leutnant fasste die junge Frau an den Schulten, zog sie an sich heran und barg sein Gesicht in ihren Haaren. Er war nicht nur herausgeputzt, er wirkte auch kräftig und gesund. Er musste einer der Offiziere sein, die das Glück gehabt hatten, nicht nach Anatolien geschickt zu werden, sondern in der Stadt eingesetzt zu werden. Als die beiden sich schließlich voneinander trennten, wischte er sich Tränen von den Wangen, deren er sich nicht zu schämen schien.

Edith verspürte den dringenden Wunsch, das Gesicht der jungen Frau zu sehen. Sie wartete ab, bis eine Pferdetram vorbeifuhr, dann stand sie auf und nahm den Sonnenschirm von der Rückenlehne ihres Stuhls. Als sie den ersten Schritt auf das Paar zu tat, regte sich etwas an der Uferpromenade.

Es legte wieder ein Schiff ab. Abgerissene Soldaten, die gerade erst angekommen waren, warfen ihre Gewehre von sich und liefen mit der letzten Faser ihres Herzens zwischen Kamelen, Lastenträgern und eleganten Damen in Richtung Punta. Der Offizier ließ die Hände der jungen Frau los, blickte hilflos auf das Gewirr um ihn herum, flüsterte seiner Geliebten noch schnell etwas ins Ohr und mischte sich in den Strom der hastenden Soldaten. Nach einer Weile drehte er sich ein letztes Mal um, deutete auf irgendetwas im Meer, warf seine Mütze in die Luft und war verschwunden.

Als Avinash zu Edith zurückkam, wirkte sein rundes Gesicht sorgenzerfurcht.

»Edith *mu*, Banden aus den Bergen sollen angefangen haben, in Bournabat zu plündern. Ich weiß es aus sicherer Quelle. Ich muss sofort los, um deine Mutter zu holen. Geh du bitte nach Hause und rühr dich nicht von dort weg.«

»Aber ...« Ihr kam etwas in den Sinn, nur wusste sie

nicht genau was, und als sie sich zu erinnern versuchte, fiel ihr nicht einmal ein, worum es ungefähr ging. Seltsam, sehr seltsam, was konnte das bloß sein?

»Hör zu, Edith, die griechischen Soldaten haben auf dem Weg von Afyon bis hierher sämtliche Dörfer niedergebrannt, haben geplündert und vergewaltigt. In manchen Dörfern haben sie die Männer in die Moschee eingesperrt und diese dann angezündet, und sie haben kleine Mädchen auf dem Dorfplatz an Bäumen ans Kreuz geschlagen. Da Kleinasien nicht ihnen gehören wird, sind sie wild entschlossen, davon nichts weiter übrig zu lassen als ein Gespenst. Ich erzähle dir das nicht, um dich zu quälen, aber du musst einfach begreifen, wie nah die Gefahr ist. Geh jetzt bitte auf der Stelle ins Konsulat und lass dir für deine Mutter und dich selbst einen Pass ausstellen. Und danach geh heim und sperr dich ein. Und lass niemand mehr in den Garten. Ich bringe deine Mutter zu dir. Schick auch ein Telegramm an Jean-Pierre, er soll mit seiner Familie so schnell wie möglich aus dem Sommerhaus in Foça zurückkehren. Und setz dich mit deiner Schwester in Verbindung, es ist wohl vernünftig, wenn sie aus Buca auch hierher kommt.«

So befehlerisch hatte sie Avinash noch nicht erlebt. Sie machte sich denn sofort auf den Weg zum französischen Konsulat, ohne auch nur ihren Sonnenschirm aufzuspannen. Die Sonne ließ aller Unruhe auf der Welt zum Trotz die Uferpromenade und die blauen Wellen golden aufglänzen, während der kecke Wind ihr immer wieder unters Kleid fuhr und es aufblähte. Mit ihrer freien Hand hielt sie den Hut fest, damit er nicht davonflog. Ihr mit Pavlis Sardinen gefüllter Magen begann in der Mangel des engen Korsetts allmählich zu rebellieren. Mädchen in bunten langen Gewändern kamen mit entrückten Blicken an ihr vorbei. Es lag Unrast in der Luft. Unter einem Mauervorsprung standen ein abgerissener, bärtiger junger Soldat und eine blond gelockte Frau eng umklammert da und weinten lautlos.

Vor dem französischen Konsulat in der Limanaki-Straße drängten sich schubsend und stoßend Flüchtlinge und riefen in gebrochenem Französisch aus, sie seien französische Staatsangehörige. Edith zwängte sich zwischen Müttern hindurch, die versuchten, ihr Baby der eleganten Frau in den Arm zu legen. Als sie an der Tür ankam, öffnete der uniformierte Wächter diese nur einen Spalt, damit sie hineinschlüpfen konnte, und schlug sie vor der schreienden, weinenden, kollabierenden Menge wieder zu. In der kühlen Eingangshalle, in der von der hohen Decke böhmisches Kristall hing, blieb Edith erst einmal blinzelnd stehen. Was sie draußen miterlebt hatte, hallte in ihrer Seele nach.

Im Konsulat ging es überraschend still zu. Als sie, vom Wächter angewiesen, mit auf dem Steinboden hallenden Schritten zu dem Raum zuging, in dem die Passierscheine ausgestellt wurden, fiel ihr plötzlich ein, was sie an der Abschiedsszene am Quai irritiert hatte. Es war nicht gewesen, dass der Offizier auf offener Straße geweint hatte, und auch nicht, dass die junge Frau keine zehn Minuten vor dem herzzerreißenden Abschied mit ihrer Freundin noch lachend Eis gegessen hatte. Da war noch etwas anderes gewesen, das sie zunächst nicht richtig wahrgenommen hatte, da genau in dem Moment Avinash wieder zu ihr gestoßen war. Doch Edith hatte sich nicht versehen: Sobald der Offizier in der Menge verschwunden war, hatte die junge Frau hinter ihrem Rücken ihren Verlobungsring abgestreift und in die Tasche gesteckt.

Mein Gott, was waren das doch für Zeiten!

Die gute Nachricht

Adriana lief quer über den ganzen Bäcker-Platz. Sie hatte ihr rosa gestreiftes Kleid gerafft und war ganz außer Atem. Die Männer unter der Laube des Kaffeehauses hielten beim Würfeln inne und ließen Zeitung Zeitung sein, um einen Blick auf Adrianas stramme weiße Waden zu erhaschen. Ihr Busen, von dem das Dekolleté ein wenig freigab, hob und senkte sich rasch, die dicken schwarzen Zöpfe hüpften ihr aufbäumend hinterdrein.

Ohne sich um die Blicke zu scheren, eilte sie an der Bäckerei, am Kaffeehaus, am Brunnen und an der im Schatten der Platane sitzenden Tante Rozi vorbei und bog in die Menekşe-Straße ein. Vor der blauen Holztür von Krämer Akis blieb sie stehen und rief, so laut sie konnte.

»Yota! Mach auf! Schnell! Na los, *ela, ela*! Was bekomme ich für eine gute Nachricht?«

Panayota stand mit ihrer Mutter in der Küche. Für die Geburtstagsfeier am Abend, bei der im Hof ein Lamm gebraten werden sollte, bereiteten sie Käsepasteten, Vorspeisen und Safranreis zu. Zur feuchten Hitze von draußen kam der Dampf der auf dem Herd brodelnden Kessel hinzu, sodass es in der kleinen Küche kaum auszuhalten war. Katina hatte ihre Tochter für die Vorbereitungen ganze zwei Tage in Beschlag genommen und sie nicht einmal abends auf den Platz gelassen. Da Pavlo zum ersten Mal als offizieller Verlobter an einem Festessen teilnehmen sollte, war Katina noch mehr als sonst darauf bedacht, dass alles perfekt sein sollte, und ließ Panayota eine Arbeit nach der anderen verrichten, als würden sie nicht ihren, sondern Pavlos Geburtstag feiern.

Als draußen auf der Straße Adrianas Ruf ertönte, blickte sie allerdings nicht einmal von dem gefüllten Weinblatt auf, das sie noch einmal neu rollte, da es beim ersten Mal nicht dünn genug gewesen war, und nickte nur kurz zur Tür. Die meiste Arbeit war getan, die Pasteten waren gefüllt, das Lamm mit Salz und Gewürzen eingerieben und in Olivenöl eingelegt worden, die Vorspeisen kühlten ab. Sie konnte ihre Tochter nunmehr entlassen.

Sobald Panayota die winzige Kopfbewegung ihrer Mutter wahrnahm, hängte sie flugs ihre blaue Schürze an den Haken und hastete aus der höllenheißen Küche ins Treppenhaus. Mit ihren Holzschuhen veranstaltete sie beim Hinuntertrampeln mehr Lärm als die draußen an die Haustür hämmernde Adriana. Akis' Lehrling stürzte aus dem Laden, er wähnte sich bei einem Erdbeben.

Als Panayota an der Tür auftauchte, warf Adriana sich ihr tränenüberströmt in die Arme. Sie lachte und weinte zugleich. Panayota hatte vermutet, die Freundin sei gekommen, um ihr zum Geburtstag zu gratulieren, doch ihr Zustand ließ darauf schließen, dass sie etwas sehr Wichtiges zu berichten hatte. Auf einmal pochte ihr Herz. War etwa, während sie selbst mit ihrer Mutter in fieberhaftes Kochen verfallen war, draußen etwas geschehen?

War etwa …?

»Adriana *mu*, was ist denn los? *Ela*, komm doch rein, gehen wir rauf.«

Doch Adriana hatte keine Geduld, jetzt auch noch die Treppe hinaufzusteigen. Wie ein zu lange bewahrtes Geheimnis platzte es aus ihr heraus.

»Er ist heimgekommen, Panayota! Er ist wieder da! *Irthe o Minas mu!* Mein Minas ist zurück!«

Damit ihre Freundin die wunderbare Nachricht verdauen konnte, ließ Adriana ihre Schultern los, trat ein paar Schritte zurück und strahlte die verdutzt an der Tür stehende Panayota an. Vor lauter Aufregung und Gerenne waren ihre roten Wangen tränenfeucht, und an der Stirn perlten Schweißtropfen.

In ihrem Überschwang drehte sie sich mitten auf der Straße einmal um sich und ließ dabei ihr Kleid kreisen und die langen Zöpfe wie Vögel auffliegen.

Panayota sah Adriana an, als hätte sie gar nicht verstanden, was diese gesagt hatte. Dann setzten sich die Teile allmählich zusammen. Minas war zurückgekehrt. Sie schickten die Soldaten nach Hause. Die Soldaten kamen heim. Minas? Der Krieg? War der Krieg zu Ende?

Vor lauter Geburtstagsvorbereitungen hatte Panayota von den in die Stadt strömenden Flüchtlingen und den mit abgehalfterten Schiffen evakuierten Soldaten nichts mitbekommen. Nicht einmal davon hatten Mutter und Tochter gehört, dass die Türken längst über Uşak hinaus waren.

Lediglich Akis wusste durch Kaffeehausgespräche um die nahende Gefahr Bescheid. So hatte er auch schon die Goldstücke, die Katina im Kopfkissen aufbewahrt hatte, das angesparte Bargeld und die Schuldscheine in eine Biskuitdose gesteckt und diese im Lager hinter seinem Laden in einem Gerstensack versteckt.

Einige seiner Kaffeehausbekanntschaften schickten ihre Familien für ein paar Wochen zu Verwandten außerhalb der Stadt. Akis selbst hatte für den Fall, dass die Lage sich zuspitzen sollte, bereits einen Kutscher ausgemacht, der Panayota und Katina zu seiner Schwester nach Çeşme bringen sollte, doch um die Frauen nicht umsonst zu beunruhigen und ihnen den Geburtstag nicht zu verderben, hatte er das für sich behalten.

Aller Wahrscheinlichkeit nach würde alles gut ausgehen, die Engländer würden die Verwaltung übernehmen und es nicht zulassen, dass die Türken in die Stadt einmarschierten, geschweige denn dort ein Massaker veranstalteten. Dies war zumindest der Tenor der meisten Gespräche. Akis war sich zudem sicher, dass die einstigen Herren des Landes der Bevölkerung von Smyrna kein Leid antun würden. Sobald die öffentliche Ordnung wiederhergestellt war, würde man zum alten, unter den Osmanen fünfhundert Jahre lang währenden System zurückkehren, in dem jede Religionsgemeinschaft ihren angestammten Platz hatte, und jedermann würde wieder ruhig seiner Beschäftigung nachgehen können.

Adriana lief auf Panayota zu und umschlang sie so heftig, dass die beiden unter Kichern fast zu Boden gekullert wären.

»Moment, *katse vre matia mu*, ich bin ja mit Holzpantinen auf die Straße. Warte mal kurz.«

Panayota verschwand im Haus und zog rasch ihre alten rosafarbenen Satinschuhe an.

Adriana war ein hochgewachsenes, kräftiges Mädchen mit groben Knochen. Sie entstammte einer großen, fröhlichen Familie, die im vorigen Jahrhundert von Chios nach Smyrna gezogen war. Nun fasste sie Panayota um die Hüfte, fing mit ihr mitten auf der Menekşe-Straße einen Walzer an und sang dazu.

»Sie kommen, Yota *mu*, hörst du mich? Sogar mein Minas kommt. Sie kommen alle, alle wieder heim. In unserem Smyrna wird es wieder so lustig zugehen wir früher! Herrlich! *Erhonde, erhonde, erhonde! Trap tap tap, trap tap tap*.«

Schwer atmend tanzten sie auf den Platz hinaus. Panayota dämmerte jetzt erst, was Adriana wirklich meinte. Sie löste sich aus den Armen ihrer Freundin, nahm sie an der Hand und führte sie auf die Holzbank gegenüber des Kaffeehauses.

»Was sagst du da, Adriana? *Ti les*? Los, erzähl mir alles.

Wann ist er gekommen? Und wie? Wo ist er jetzt? Was ist mit dem Krieg? Was ist in den letzten zwei Tagen passiert?«

»Schön langsam, ich erzähle dir alles. Minas ist jetzt bei sich zu Hause und schläft sich aus. Er ist heute ganz früh am Morgen gekommen, als ich noch schlief. Es dämmerte gerade erst, da hörte ich auf einmal kleine Kiesel ans Fenster fliegen. So hat er mich früher immer geweckt, du weißt schon, wenn wir uns in der Nacht irgendwo trafen. Ich riss sofort die Augen auf und fragte mich, ob das wahr sein konnte. Ich hatte doch so viel zur Muttergottes gebetet, hatte sie jeden Tag weinend angefleht … Ganz leise bin ich aufgestanden und habe durch die Gardine zum Fenster hinausgesehen.«

»Ach! *Ti romantiko*! Und dein Minas stand da? In seiner schicken Uniform?«

Adriana schüttelte den Kopf.

»Ganz so war es nicht.« Es fuhr zum ersten Mal ein Schatten über ihr Gesicht.

»Wie? Was war nicht so? Hatte etwa nicht Minas die Kiesel geworfen?«

Wie jemand, der sich dazu zwingt, nur das Gute an einer Sache zu sehen, versuchte Adriana sich an einem Scherz.

»Er war es schon, und zugleich nicht.«

Panayota wurde ungeduldig. Sie verscheuchte einen jungen Wasserverkäufer, der mit seiner Korbflasche auf dem Rücken vor ihnen stand. Tief in ihr drin wurden Gefühle wach, von denen sie gedacht hatte, sie wären längst abgestorben, und wie ein Waldbrand hinter den Bergen fraßen sie sich vor bis zu ihrem Herzen. Wenn Minas gekommen war, musste auch Stavros unterwegs sein!

»Mach mich nicht wahnsinnig, erzähl endlich!«

»Ich weiß nicht, wie, *vre* Yota!«

Panayota sah, wie die grünen Augen ihrer Freundin sich mit Tränen füllten. Wortlos beugte sie sich vor und umfasste ihre Hände.

»Ich bin also zum Fenster und habe hinuntergesehen. Und wie befürchtet, erwartete mich eine Enttäuschung. Da unten war niemand anders als diese Flüchtlinge, die an unserem Haus vorbeiziehen wie Gespenster.«

Panayota begriff nicht, warum in der Kâtipzade-Straße in aller Frühe reihenweise Flüchtlinge vorbeiziehen sollten, doch wollte sie ihre Freundin nicht unterbrechen.

»Da klirrte wieder ein Kiesel ans Fenster. Ich sah hinunter, und da stand ein Bettler. Der warf die Kiesel. Ein abgerissener, barfüßiger Kerl. Noch dazu ein *Turkos*, dachte ich, denn er trug so eine graue Jacke wie die türkischen Soldaten.«

Ganz leise, als wollte sie Adriana nicht kränken, fragte Panayota: »Und war das Minas?«

Adriana nickte. Von ihren Augen perlten Tränen auf ihr Kleid, auf die verschränkten Hände der beiden Mädchen. Panayota wurde klar, dass ihre Freundin mit dem Freudentanz von zuvor über ihren Kummer hinwegtäuschen wollte, wie das ihre Art war, und sie drückte ihr die Hände noch fester.

»Ich habe ihn nicht erkannt, Panayota! Ich habe meinen Minas nicht erkannt! Er ließ die Schultern fallen und mischte sich unter die Flüchtlinge. Ich war völlig durcheinander. Ich stand auf, bereitete das Frühstück zu, weckte meine Geschwister und sorgte dafür, dass sie sich wuschen und anzogen. Als würde es nicht schon reichen, dass wir acht hungrige Mäuler zu stopfen haben, hat meine Mutter auch noch zwei Frauen aufgenommen, die mit ihren Kindern aus Manisa geflohen sind. Ich habe vor jeden ein Schüsselchen Suppe hingestellt und so weiter. Aber innerlich ganz unruhig. Dann bin ich aus dem Haus und wollte zu dir. Ach, ich habe dir ja noch gar nicht gratuliert! *Hronya polla,* Panayota *mu*! Alles Gute zum Geburtstag! Und … oje! *Signomi*! Dein Geschenk habe ich zu Hause vergessen. Na ja, bring ich es eben heute Abend.«

Durch die Tränen hindurch lächelte sie ihre Freundin an. Der Geburtstag war das Letzte, wonach Panayota jetzt der Sinn stand. Stavros würde zurückkommen! Sie würde Stavros … Jetzt, in diesem Augenblick, in dem sie mit Adriana auf der Bank unter der Platane saß, konnte Stavros um die Ecke biegen, auf seinem klapprigen Fahrrad, wie damals, als sie sich in nach gegrilltem Fisch duftenden Sommernächten an der Mauer des Englischen Krankenhauses küssten. Hätte es ein schöneres Geschenk für sie geben können? Ihr wollte das Herz zerspringen.

»Hör doch damit auf, Adriana!«, sagte sie aufgeregt. »Erzähl von Minas! Was macht es schon aus, dass du ihn nicht auf Anhieb erkannt hast? Vermutlich sind sein Bart und die Haare wild gewachsen. Ab mit ihm in den Hamam, zum Friseur und in neue Kleider, dann steht wieder der alte Minas vor dir!«

Nachdenklich schüttelte Adriana den Kopf.

»Das hat er ja alles schon gemacht. Zwei Stunden später stand er blitzsauber vor unserer Tür. Ich hängte gerade im Hof Wäsche auf. Er war inzwischen tatsächlich im Hamam und beim Friseur gewesen, hatte die türkische Jacke ausgezogen und sich zu Hause frische Kleider geholt. Mich traf der Schlag, als ich ihn so sah. Der Landstreicher von früh am Morgen war also niemand anderer als er gewesen! Ich schämte mich so, ihn nicht erkannt zu haben, und entschuldigte mich immer wieder. Aber … ach, Panayota …«

Hilflos blickte sie auf den Platz, als fände sie dort die geeigneten Worte, um die Geschichte zu Ende zu erzählen.

Vor der Bäckerei pickten Turteltauben heruntergefallene Sesamkörner auf. Die Katzen hatten sich in der Mittagshitze in schattige Eckchen zurückgezogen und zischten Muhtar an, der mit wedelndem Schwanz auf der Suche nach einer kühlenden Marmorstufe war. In der Platane über ihnen regte sich kein Blatt. Die Hitze lag bleischwer in der Luft. Vor der Bäckerei kickten Adrianas Brüder mit einem zusammengeknüllten Papierball gegen rotznasige Flüchtlingskinder, neben denen sie sich wie kleine Prinzen ausnahmen, sodass Adriana unwillkürlich schmunzeln musste.

»Aber was, Adriana?«, drängte Panayota sie. »Was ist los?« Zugleich fragte sie sich, woher all die fremden Kinder auf dem Platz kamen. Hatte ihr Herz zuvor noch zerspringen wollen, verspürte sie nun eine Beklemmung. Warum rückte Adriana nicht endlich mit der Sprache heraus? Hatte es etwa mit Stavros zu tun?

»Es ist auf einmal alles anders, Yota *mu*. Minas ist nicht mehr der Alte. Er starrt alles völlig verwundert an. Mich, die Frauen auf der Straße, die Wäsche an der Leine, die brodelnden Kessel bei uns in der Küche, die Hüte auf dem Garderobenständer, alles. Als würde er in einer Traumwelt leben. Oder alles, was er sieht, für eine Halluzination halten. Und er sagt nichts. Und dann … dann habe ich begriffen, warum ich ihn am Morgen nicht erkannt hatte. Nicht wegen der Haare, des Barts, der *Turko*-Jacke … Meinen Minas hätte ich in jedem Gewand erkannt. Aber dieser Mann … dieser Mann, Panayota, hat das Lachen verlernt. Kannst du dir einen Minas vorstellen, der nicht lacht? Ich weiß nicht, was mit ihm passiert ist, Panayota! Als hätte ihn eine Kugel ins Herz getroffen und durch das Loch wäre seine Seele entschlüpft, und übrig wäre nur noch eine leere Hülle.«

Sie entzog ihre Hände Panayotas Griff, schlug sie vors

Gesicht und begann zu schluchzen. Offensichtlich hatte sie zum ersten Mal ausgesprochen, was sie sich bisher nicht hatte eingestehen wollen. Panayota bekam feuchte Augen bei dem Gedanken, Minas könne seine Fröhlichkeit abhandengekommen sein. Minas, der mit einer einzigen Berührung eine Mandoline, eine Gitarre, ein Akkordeon zum Leben erweckte, der die lustigsten Geschichten erzählte und dabei verschmitzt mit den olivgrünen Augen zwinkerte. Schon als Kind war er der Liebling des ganzen Viertels gewesen, ein Springinsfeld und Quell der Fröhlichkeit. Ihn sich nun mit mürrischer Miene und erloschenen Augen vorzustellen, war ganz und gar unmöglich.

»Adriana *mu*, das geht vorbei. Wer weiß, was er alles gesehen und durchgemacht hat. Lass ihm Zeit zum Erholen, dann wird er bestimmt wieder der Alte. Hauptsache, er ist zurück! Ihr seid wieder zusammen! Etwas Wichtigeres gibt es doch gar nicht. Minas lebt. Bald werdet ihr heiraten. Ein schönes Haus haben, einen Haufen Kinder. Und abends spielt er dir auf der Mandoline vor. Und du wäschst ihm die Füße.«

Hinter den vorgehaltenen Händen musste Adriana ein wenig lachen.

»Na siehst du! Ist jetzt etwa Zeit, um zu weinen, *filenada*? Wir sollten vielmehr feiern! Los, steh auf, gehen wir zum *Ke* hinunter. Meine Mutter hat mir endlich wieder mal freigegeben. Ich spendiere dir ein Eis, heute ist schließlich mein Geburtstag!«

Adriana ließ die Hände auf den Schoß sinken und lächelte Panayota dankbar an.

»Das wird sich wieder einrenken, nicht wahr, Yota *mu*? Minas wird wieder der alte Lausbub, wie wir ihn kennen. Von Afyon bis hierher ist er zu Fuß gegangen, ohne zu schlafen. Er erzählt ja nichts, aber bestimmt hat er Schlimmes erlebt. Unsere Soldaten brennen angeblich die türkischen Dörfer nieder. Minas ist doch so feinfühlig, rohe Gewalt erträgt er nicht. Sie werden ihn doch nicht gezwungen haben, selbst so etwas zu tun?«

»Adriana *mu*, sag doch mal, hat Minas von den anderen etwas berichtet? Kommen sie alle heim? Ist der Krieg vorbei?«

»Ach, *Thee mu*! Panayota! Ich denke bloß an mich, und dich habe ich ganz vergessen. Verzeih mir bitte. Ich habe dir gar nichts von Stavros erzählt. Ja, Stavros soll auch unterwegs sein. Minas hat ihn zuletzt in Afyon gesehen, als er versuchte, in einen Zug zu steigen. Er soll gesund sein, kerngesund, überhaupt nicht verwundet. Bald ist er auch hier. Ach, *Panayiya*, dir sei Dank. Unsere Freunde kommen alle wieder nach Hause.«

Panayota blickte unruhig in Richtung Polizeiwache und gab Adriana zu verstehen, sie solle leiser reden. Sie war ja nunmehr die Verlobte eines anderen. Und ihre Mutter kam seit einer Woche nicht aus der Küche heraus, um den zukünftigen Schwiegersohn gehörig zu beeindrucken.

Aber was soll's? Verheiratet war sie schließlich nicht! Sollte Stavros jetzt um die Ecke kommen, würde sie ihren Verlobungsring sofort abstreifen und wegwerfen. Die verblasste Erinnerung an ihre alte Liebe flammte neu auf und erfüllte ihren ganzen Körper mit Sehnsucht. Es würde alles gut ausgehen! Selbst wenn sie von den Türken beherrscht würden. Als sie das zwei Jahre zuvor am Strand von Agia Triada zu Stavros gesagt hatte, war er in Rage geraten. Doch jetzt würde sie ihn nicht mehr erzürnen! Sie würde um ihn herumscharwenzeln und seine sanfte, liebe Ehefrau werden. Sie zog den dünnen Ring vom Finger, in den ihr Name neben dem von Pavlo eingraviert war, dann steckte sie ihn wieder an.

Adriana hatte vor lauter Eifer ganz vergessen, dass ihre Freundin mit einem anderen verlobt war. Als sie sah, wie Panayota mit dem Ring herumspielte, schlug sie die Hand vor den Mund, als wollte sie ihre Worte zurücknehmen.

»Ist nicht schlimm, Adriana *mu*. Du bist meine beste Freundin, meine Schwester. Wir haben voreinander nichts zu verbergen.«

Adriana sah, wie das Gesicht ihrer Freundin aufleuchtete und die Grübchen an ihren Mundwinkeln hervortraten. Die schwarzen Augen waren geweitet, und das Feuer der Liebe brachte sie zum Glühen. Die Tage des Kummers waren vorbei. Stavros würde zurückkehren, und sie mit Minas viele Kinder bekommen. Sie stand auf und streckte die Hand aus.

»*Glassada*, Mademoiselle?«

Panayota klimperte mit den dichten Wimpern, wie sie das bei den leichtlebigen Frauen vor dem Hotel Kraemer gesehen hatte.

»*Avec plaisir!*«

Unter den Blicken der Männer, die im Kaffeehaus an ihren Wasserpfeifen nuckelten, überquerten die Mädchen Arm in Arm lachend den Platz und schlugen den Weg zum Quai hinunter ein.

Der Austausch

In dem engen Bett in der Wohnung über der Bäckerei Berberyan schreckte Meline aus dem Schlaf. Erst wusste sie gar nicht, wo sie war. Blinzelnd sah sie sich um. Außer ihr war niemand in der kleinen Kammer. Es war kaum mehr als eine größere Schuhschachtel, die Decke niedrig, das Fenster winzig. An der Wand eine cremefarbene Tapete mit Blumenmuster. Auf dem runden blauen Teppich sah sie das rote Holzpferd ihres Enkels Nişan. Natürlich, sie war bei Hayguhi, der Schwiegermutter ihrer Tochter. In dem Holzhaus war es so warm wie in einem Hamam. Aus den Wänden schienen Flammen zu züngeln.

Draußen war ein ziemliches Gebrüll zu hören, wie oft am Hafen, wenn Matrosen und Lastenträger miteinander stritten. Wie spät mochte es sein? Nachdem sie am Quai das kleine Mädchen zur Welt gebracht hatte, war sie im Morgengrauen eingeschlafen und nun erst aufgewacht. Wo waren ihre Tochter, der Schwiegersohn, die Enkel?

Sie schloss die Augen und horchte auf den vom Quai herüberdringenden Lärm. Als sie das vertraute Knattern von Fischerbooten und Kinderlachen vernahm, war sie beruhigt. Solange Kinder noch lachen konnten, ging das Leben weiter. Aus der Taverne neben der Bäckerei scholl ein fröhliches Lied. Eine tönende Stimme wies Soldaten an, sich zu beeilen. Vermutlich sollte wieder ein Schiff auslaufen.

Stöhnend versank sie im Bett. Sich eine Nacht um die Ohren zu schlagen, war anscheinend nichts mehr für sie. Sie fühlte sich ausgelaugt und unwillig, aufzustehen und wieder am Leben teilzunehmen. Zudem hatte sie wieder den gleichen Traum gehabt. In der Hoffnung, mit der Vergangenheit endlich einmal abzuschließen, ließ sie sich nochmals durch den Kopf gehen, was sich damals vor siebzehn Jahren genau zugetragen hatte.

Auf dem Esel, der von einem alten Bauern geführt wurde, war sie mit Ediths Baby auf dem Arm noch vor Tagesanbruch in Smyrna angekommen. In der Gegend des Gaswerks war sie vom Esel abgestiegen und hatte dem Mann ein bisschen Geld in die Hand gedrückt. Raschen Schrittes ging sie am griechischen Friedhof in Darağacı vorbei und gelangte an der Bahnhofsmauer entlang zum Entbindungsheim Grace. Sie hätte das Baby dort ablegen, an der Tür klingeln und sich unbemerkt aus dem Staub machen können. Grace war eine patente, engelsgleiche Frau und hätte für die Kleine bestimmt ein gutes Heim gefunden. Oder war vielleicht der Hof der anglikanischen Kirche gleich nebenan ein geeigneterer Platz?

Nein, es war besser, sich von Orten fernzuhalten, die einen Bezug zur levantinischen Gesellschaft hatten. Auf keinen Fall durfte das Kind irgendwie mit den Lamarcks in Verbindung gebracht werden. Da war das griechische Waisenhaus in Hacı Frangu schon eine bessere Wahl. Dadurch war so gut wie ausgeschlossen, dass das Baby in eine gute Familie kommen würde. Meline durfte kein Risiko für ihre eigenen Töchter eingehen.

Als sie an der Yani-Kirche links abbog, spürte sie, wie vom Meer her Salz auf ihre Haut wehte. Die Luft war etwas weniger feucht. Das Baby unter dem Umhang schrie sich die Seele aus dem Leib. Verzweifelt steckte Meline ihr den Daumen in den Mund.

»O Herr, hab Mitleid mit diesem unglückseligen Menschenkind. Heilige Muttergottes, ich flehe dich an, mach, dass die Kleine so bald wie möglich gefunden wird und zu einer Amme kommt. Zeig mir bitte den richtigen Weg und halte deine schützende Hand über uns!«

Sie schob das Eisentor des Waisenhauses auf und schlich sich wie eine Diebin in den dunklen Hof. Bald würde der Tag grauen. Die Spatzen waren schon wach und saßen auf den Wäscheleinen, an denen abgewetzte Bettlaken aufgehängt waren. Neben einem ramponierten Dreirad lauerten zwei Katzen einer Maus auf. Alle drei Tiere warteten wie erstarrt auf eine erste Bewegung. Unter einem Kastanienbaum war der Boden ziemlich weich, dort konnte sie die Kleine ablegen, direkt gegenüber vom Eingang. Irgendjemand würde schon aufwachen und das Schreien hören. Doch würde das Baby so lange überleben? Sie legte die gelbe Decke auf den Boden und schlug über dem schwarzhaarigen Kopf des Babys drei Kreuzzeichen.

»Herr, vergib deiner armen Dienerin. Ich bin eine Mutter, die ihre eigenen Kinder schützen will. Vergib mir meine Sünden. Hab Mitleid mit diesem kleinen Wurm. Wir liegen alle in deiner Hand. Amen.«

Hastig bekreuzigte sie sich noch drei Mal, dann lief sie hinaus auf die Straße. Von der warmen Frauenbrust weggerissen, brüllte das Baby unter dem Kastanienbaum noch mehr. Meline hielt inne, zog sich den Überwurf über den Kopf und blickte sich um. Nein, niemand hatte sie gesehen. Sie bog um die Ecke. In der leeren Straße hallte das Geschrei wider wie Schellengeläut. Wie kräftig das kleine Wesen doch war! Und wie sehr es am Leben hing! Bald würde im Waisenhaus jemand wach werden und es hereinholen. Der Herrgott beschützt die Unschuldigen. Er wird der Kleinen nicht das Leben nehmen.

Als sie am Französischen Krankenhaus vorbeikam, in dem sie arbeitete, zog sie den Umhang noch etwas tiefer. Hinter der Festung hoch oben brach schon violettes Licht durchs Dunkel, dennoch wollte sie zu so früher Stunde nicht durch die verwinkelten Gassen von Agia Katerina und Agia Dimitri gehen, sondern entschied sich stattdessen für den breiten Trassa-Boulevard. Vielleicht würde sie dort auf einen Kutscher stoßen, der um die Zeit schon unterwegs war, und somit nach Hause kommen, bevor es ganz hell war. Dann würde sie einen Kaffee trinken, ihre Töchter wecken und ihnen das Frühstück zubereiten, als würde ihr Tag soeben erst beginnen.

An der hohen Krankenhausmauer entlang beschleunigte sie ihre Schritte. Es war kein Laut zu hören. Sobald sie um die Ecke war, würde sie das Krankenhaus hinter sich haben. Da stand ihr auf einmal an genau jener Ecke die junge Hebamme Marika gegenüber und stieß einen Schrei aus. Zu so früher, dunkler Stunde konnte jene nicht ahnen, dass sie Meline vor sich hatte. Diese wiederum hatte schon vor, an ihrer einstigen Schülerin einfach vorüberzugehen, ohne den Kopf zu heben. Wie hätte sie ihr sonst erklären sollen, was sie um diese Zeit dort zu suchen hatte? Sie murmelte etwas auf Türkisch und versuchte davonzukommen, da tat Marika wieder einen Schrei.

»Ach, Meline! Meline! Ein Glück, dass Sie gekommen sind! Panayia mu, dir sei Dank! Schnell, schnell! Wir sind in größter Not, es steht ganz schlecht!«

Bevor Meline noch wusste, wie ihr geschah, stand sie auch schon im Erdgeschoss in der Entbindungsstation des Krankenhauses. Soweit sie im schwachen Licht sehen konnte, lag auf dem mittleren Gebärstuhl mit gespreizten Beinen eine ohnmächtige – tote? – Schwangere. Neben ihr stand die Hebamme Liz, legte ihr an Handgelenken und Knöcheln Essigwickel an und bewegte dabei die schmalen Lippen, vermutlich zum Gebet. Marika musste in einem Moment, in dem sie für Mutter und Kind die Hoffnung aufgab, die Station verlassen haben, sei es, um sich auszuweinen, sei es auch, um einen Plan auszuhecken, mit dem sich ihr Scheitern vertuschen ließ. Womöglich hatte sie davonlaufen wollen und nie wieder ins Krankenhaus zurückkehren. Zu anderen Zeiten hätte Meline ihre junge Kollegin hart dafür bestraft, eine Gebärende, deren Herz noch schlug, in der Entbindungsstation im Stich zu lassen, doch zu Marikas Glück hatte Meline an jenem Morgen für andere keinen Gedanken übrig.

Sie eilte zur Schwangeren und fasste sie am Handgelenk. Der Puls war kaum mehr zu erfühlen.

»Liz, zünd schnell alle Lampen an und bringe eine hierher und häng sie an den Haken dort oben. Marika, stell du die Sauerstoffflasche her. Los, schnell! Sag mir, was ihr bisher gemacht habt.«

Marika begann zu weinen.

»Ich bin zu einer Hausgeburt, zu einer Frau bei uns im Viertel. Sie hatte schon Zwillinge, da dachte ich, das wird einfach. Aber der Muttermund ging einfach nicht auf, stundenlang nicht. Ach, hätte ich sie doch von vornherein hierhergebracht, Meline! Ich hätte sofort Sie rufen sollen! Was habe ich bloß angefangen!«

Meline tastete den Bauch der Frau ab und prüfte, wie weit der Muttermund geöffnet war. Liz zündete sämtliche Lampen an und hängte über Meline eine Karbidlampe auf. Marika setzte der Schwangeren eine Sauerstoffmaske auf.

»Was meinst du mit stundenlang? Der Muttermund ist neun Zentimeter geöffnet. Wann hat die Geburt begonnen? Zu Hause oder erst hier? Wie weit war der Muttermund auf, als sie hier ankam?«

Marika murmelte etwas, doch Meline hörte ihr gar nicht mehr richtig zu.

In ihrem Kopf begann das Schicksal seine Fäden zu spinnen.

Sollte sie etwa?

War das möglich?

Wenn Gott es will, ist alles möglich.

Sie wandte sich den beiden Hebammen zu.

»Das reicht, Marika. Du hast getan, was du konntest. Geh jetzt hoch und ruh dich aus. Du auch, Liz. Niemand soll mich stören. Sag den anderen Hebammen, sie sollen nicht in die Entbindungsstation kommen. Und nicht einmal ins Erdgeschoss. Wenn ich nur Schritte oder ein Flüstern höre, sorge ich dafür, dass ihr allesamt entlassen werdet. Ihr habt schon *genug Unfug angefangen. Ich mache hier allein weiter und versuche, wenigstens ein Leben zu retten.«*

Die jungen Hebammen waren es gewohnt, von ihrer Chefin Befehle zu empfangen. Somit war es insbesondere leicht, Marika loszuwerden, die sich ihres Fehlverhaltens nur zu bewusst war. Meline horchte, bis die Schritte der beiden im Gang verklangen, dann krempelte sie die Ärmel hoch.

Wie sie schon vermutet hatte, war das Baby an Sauerstoffmangel verstorben. Geschickt zog sie den toten Leib zwischen den Beinen der bewusstlosen Mutter heraus. Aus der Gebärmutter floss Blut. Meline hob das Baby hoch und besah es sich. Es war ein Mädchen mit winziger Nase und roten Haaren. Mit dem violett angelaufenen Gesicht und den geballten Fäusten schien es der Unbarmherzigkeit der Welt zu grollen, jenem Leben, das, kaum begonnen, schon zu Ende war. Der blutverschmierte Körper war noch warm, und die Nabelschnur pulsierte ein wenig. Meline schnitt sie durch, klopfte dem Baby in allerletzter Hoffnung auf den Rücken. Doch spürte sie, wie der kleine Leib allmählich erkaltete. Sie legte ihn auf den Tisch neben sich und nähte routiniert die bei der Mutter entstandenen Rissverletzungen zu. Der Sauerstoff aus der Flasche hatte zwar das Kind nicht retten können, aber immerhin die Mutter. Der Blutfluss aus der Gebärmutter war versiegt, der Puls der Frau schlug wieder kräftiger.

Als Meline sicher war, dass die Gebärende überleben würde, wusch sie das Baby, dessen Gesicht dunkel anlief. Sie wickelte es in eine saubere Decke und lief damit aus der Entbindungsstation. War es nicht eine Gnade Gottes, dass an jenem Morgen dort keine andere Entbindung stattfand? Und ferner ein Zeichen des Herrn, dass sie ihren Plan umsetzen sollte?

Falls sie ein Leben retten sollte, dann nun.

Sie eilte durch den Hinterausgang aus dem Krankenhaus und lief mit dem toten Baby im Arm zurück zum Waisenhaus. Falls Ediths Tochter noch dort und auch noch am Leben war, so bedeutete dies, dass der Herrgott ihr Tun guthieß.

Sie hastete auf den Kastanienbaum zu. Ja, das Kind lag noch genauso da. Anscheinend hatte niemand sein Schreien vernommen. Sie kniete nieder, hob das Baby auf und schüttelte die Erde von der Decke. Das Kind gab keinen Ton von sich.

Mein Gott, sollte es etwa tot sein?

Waren der Hunger und die Kälte den Lungen des kleinen Wesens fatal geworden? Das Gesichtchen war ganz violett. Sie klopfte dem Baby auf den Rücken, und siehe da, mit letzter Kraft brachte es ein Wimmern hervor.

Ach! Gepriesen seien der Herr und die Jungfrau Maria! Gott sei Dank, es lebt!

Nun war keine Zeit zu verlieren. In den Hof fiel bereits rötliches Licht. Sie nahm Ediths Baby in den Arm und legte das tote Kind auf die gelbe Decke unter die Kastanie, wobei sie immer wieder zu den Fenstern des Waisenhauses schielte. In die Krankenhausdecke wickelte sie nun Ediths Baby und lief damit auf die Straße.

Auf einem Gelände zwischen dem Waisenhaus und dem Krankenhaus hatte sich eine Gruppe Romnja niedergelassen. Sie saßen im Schneidersitz auf einer Decke, ließen eine Haschischpfeife umhergehen und lasen aus vor sich ausgelegten Karten jemandes Zukunft. Die aus dem Hof des Waisenhauses schlüpfende Meline bemerkten sie allerdings nicht.

Mit dem Baby auf dem Arm, dessen Mutter nie erfahren würde, dass es noch lebte, eilte Meline wieder in die Entbindungsstation. Sie knöpfte der immer noch bewusstlos daliegenden Frau das Nachthemd auf und hielt die geöffneten Lippen des Babys an eine Brustwarze an. Das Baby begann, daran zu saugen. Der erste Schluck Milch rann ihm die Kehle hinunter, es öffnete die Fäuste und berührte mit den Spitzen seiner roten Fingerchen die nackte Haut seiner neuen Mutter.

Als Liz und Marika oben im Wartezimmer das Klingeln der Glocke hörten und die Treppe hinunterstürzten, fanden sie in der Entbindungsstation ihre mit dem Baby auf dem Arm dasitzende Chefin und daneben die zwar noch immer bewusstlose, doch regelmäßig atmende und gesünder wirkende Mutter vor. Marika kniete vor dem Baby nieder und schlug ein Kreuzzeichen, Liz stieß einen Schrei aus. Melina hob lächelnd den Kopf. Sie war zerschlagen, bereute aber kein bisschen, was sie getan hatte. Der Herrgott hatte es so gewollt.

Sie hatte ein Leben gerettet.

Und nichts auf der Welt hatte mehr Bedeutung.

Während die Frauen sich umarmten und Meline beglückwünschten, fing das kleine Mädchen zu weinen an.

»Liz«, sagte Meline mit müder, konzilianter Stimme, »richtet oben für Kirya Katina ein Zimmer her. Für die Kleine besorgt ihr eine Amme, und sobald die Mutter wieder bei Bewusstsein ist, soll sie ihr Kind gleich bekommen.«

Liz befestigte am Handgelenk des Babys ein Armband mit Geburtstag und Geburtsstunde. Meline ging zur Tür.

»Ich muss jetzt nach Hause und meinen Töchtern Frühstück machen. Marika, ihr übernehmt jetzt wieder. Ihr habt gute Arbeit geleistet! Kalimera sas.«

Der Abschied

Panayota staunte über die vielen Menschen am Quai. Adriana, an deren Haus ja schon so viele von ihnen vorbeigezogen waren, musste über die Naivität ihrer Freundin lachen.

»Ach, Panayota *mu*, in was für einer Welt lebst du? In den zwei Tagen, in denen du nichts als *Spanakopita*-Teig gemacht hast, ist die ganze Welt umgekrempelt worden. *Ela*, bitte schön, darf ich dich mit deinen neuen Nachbarn bekannt machen? Das sind die neuen Bewohner unserer Stadt. Und das da drüben ist ein Schiff von uns. Proppenvoll. Es war ausgelaufen, um Konstantinupoli einzunehmen, aber jetzt ist es wieder da. Die Soldaten darauf weigern sich standhaft, an Land zu gehen, sie wollen sofort nach Griechenland. Habe ich zumindest gehört.«

Panayota blinzelte zu den vielen Leuten hin, die am Meeresufer ihre Lager aufgeschlagen hatten. Sie war verblüfft und machte sich dennoch nicht allzu viele Gedanken. Selbstverständlich boten die zwischen Säcken und Kamelen eingezwängten Menschen, die halb nackten Kinder, die in schwarze Tücher gehüllten jungen Frauen einen herzzerreißenden Anblick, aber sie waren doch ihren bedrohten Dörfern entkommen und in die Stadt gelangt, und somit in Sicherheit. Sobald der Krieg vorbei war und die Unruhe sich gelegt hatte, würden sie in ihre Häuser zurückkehren. Das Wetter war gut, und Smyrna eine wohlhabende Stadt. Wer wollte, konnte eines der Schiffe besteigen, die bald kommen würden, und nach Griechenland fahren. *Mana Ellas* würde ihre Kinder retten. Bis dahin würden sie in Kirchen, Schulen und bei hilfsbereiten Familien wie der von Adriana untergebracht und versorgt.

Die Liebe war wie der Geist in Aladins Lampe aus ihrem Versteck geschlüpft und hatte Panayotas ganzes Wesen erfasst. Sie sah nur Schönes, sah nur Gutes. Sie sah die griechischen Soldaten, die an den Quai strömten, und auch bei denen nahm sie nicht die leichenhaft abgemagerten Körper, die zerrissenen Hemden, die in zerlöcherten Schuhen steckenden blutigen Füße, die lahmen Beine, die erloschenen Augen und die verlausten Haare und Bärte wahr, sondern nur jeweils das, was sie an Stavros erinnerte.

Ganze drei Mal geschah es ihr, dass sie auf einen groß gewachsenen Soldaten mit grünen Augen zustürzen wollte und Adriana sie am Handgelenk packen und zurückhalten musste.

»Panayota *mu*, was sollte Stavros denn hier verloren haben? Warum sollte er unter den Soldaten sein, die evakuiert werden? Er ist doch hier zu Hause. Sobald er in Smyrna ankommt, geht er so wie Minas heim zu seiner Mutter.«

Damit hatte sie recht, doch ein vages Gefühl in Panayota sagte ihr, dass der Junge sie verlassen würde, und hätte sie mehr darüber nachgedacht, wäre sie darauf gekommen, dass sie diese Art von Gefühl seit jeher im Herzen trug. Als Stavros sich freiwillig zur Armee gemeldet hatte, war sie am Boden zerstört gewesen, aber der Verdacht, der schon immer an ihr nagte, hatte sich damit nur wieder einmal bestätigt: Es war ihr Schicksal, verlassen zu werden.

Sie wusste nicht, dass ihr Grundgefühl auf Ereignisse zurückging, die sich Jahre vor ihrer Geburt zugetragen hatten. Vielmehr dachte sie – so wie ein Mensch sich manchmal sein Leben lang in eine bestimmte Logik einschließt –, jenes Schicksal rühre einzig und allein von ihren Mängeln und Charakterfehlern her. Sie verdiente es, verlassen zu werden, weil sie nicht gut genug war, nicht intelligent oder schön genug, oder was immer sonst es sein mochte.

Während sie nun zwischen den Soldaten, die auf die vor Anker liegenden Schiffe zuwankten, ihren Stavros suchte, flüsterte ihr tief im Unterbewusstsein eine Stimme zu, sie würde auch diesmal wieder verlassen werden. Sie holte ein Taschentuch heraus, wischte sich den Schweiß von der Stirn und hakte sich bei ihrer Freundin unter. Sie ließen den Trubel an der Anlegestelle hinter sich und gingen aufs Café de Paris zu. An der Uferpromenade spazierten Damen entlang und wiegten dabei die Hüften, die unter der vom Korsett eingeschnürten Taille besonders zur Geltung kamen. Ihre breitkrempigen Hüte waren unter dem Kinn mit Satinschleifen von der Farbe ihres Sonnenschirms festgebunden.

Adriana und Panayota hatten weder einen Hut auf noch Sonnenschirme dabei, die sie hätten kreisen lassen können. Unter normalen Umständen wäre Panayota nie in solch einem Aufzug zur Promenade gegangen, aber an jenem Tag war sie einfach ihrer Freundin nachgelaufen und hatte keine Zeit gehabt, sich umzuziehen. Sie trug das bis zu den Knöcheln reichende blaue Kleid, das sie immer anzog, wenn sie ihrer Mutter in der Küche half. Ihre Hände rochen noch immer nach Zwiebeln. Auf ihren Schuhen wölbte sich über dem großen Zeh ein Knubbel empor, der auch nicht mehr wegging, wenn sie die Schuhe auszog. Er hatte sich fest eingenistet.

»Setzen wir uns aber nicht ins Café de Paris«, murrte sie. »Das Eis können wir im Gehen essen.«

»Wie du willst, Panayota *mu*, heute ist ja dein Tag«, erwiderte Adriana zwinkernd.

Adriana war wieder guter Laune. Die Uferpromenade war ein Heilmittel gegen so manches. Dankbar blickte

Panayota auf das in der Sonne glänzende Meer. Die Hügel am Horizont wirkten wie träge schwimmende Wale. Auf dem tänzelnden Blau ein paar Segler, weiter vorne bunte Fischerboote, von fern das vertraute Tuckern der Kutter. Die wie ein Feuerball aufs Meer herabsinkende Sonne färbte alles, was sie berührte, in zartes Gold. Panayota fasste wieder Hoffnung.

Wie herrlich Smyrna doch war!

Diese fantastische Stadt, die den Menschen selbst in trübsten Momenten daran erinnerte, wie schön die Welt sein konnte! Am liebsten hätte sie Adriana umarmt. Minas war zurück, Stavros unterwegs. Alles würde sich zum Besten fügen!

Mit ihrem Eis in der Hand kamen sie Arm in Arm leichten Schrittes am Théâtre de Smyrne vorbei, über dessen gewölbtem Eingang in dicken schwarzen Lettern der Titel des Films prangte, der gerade lief: *El Tango de la Muerte*. Adriana leckte am Kirscheis und stieß ihre Freundin an.

»Hat Pavlo dich schon mal ins Kino mitgenommen?«

Panayota versuchte ihr Lächeln zu verbergen und fuhr mit der kirschgeröteten Zunge um die Waffel.

»Ha, schau einer an! Wie du gleich rot wirst! Natürlich warst du im Kino mit ihm! Du ausgefuchstes Ding! Ach, wer weiß, was die Sessel dort alles zu sehen bekommen haben!«

»Adriana!«

»Ach komm, *ela, filenada*, mir brauchst du doch nichts zu verheimlichen. Na, sag schon, wie weit hast du ihn gehen lassen? Schließlich seid ihr doch verlobt, oder? Wart ihr abends mal in einem Tanzlokal?«

»Adriana!«

Doch wenn Adriana mal losgelegt hatte, war sie nicht zu bremsen.

»Bestimmt habt ihr schon mal eine Kutschenfahrt gemacht. In einer geschlossenen Kutsche natürlich, habe ich recht? Warte mal, sag nichts, lass mich raten. Ihr seid in der geschlossenen Kutsche von hier nach Kokaryalı gefahren. Dann vielleicht eine kleine Landpartie? Du bist ja eine echte *Smirnia*, da ist es deine Pflicht, dem Gast aus Ioannina unsere Ausflugsstätten zu zeigen. Ihr werdet gewiss auch mal ausgestiegen und in der guten Luft spazieren gegangen sein, *vevea*. Hügel mit Olivenhainen und Feigenbäumen, da und dort ein Haus, ein verlassener Stall … Im Stall vielleicht ein Strohbett? Na?«

»Soso, und woher weißt du das alles so genau?«

Panayota sagte den als Gegenangriff gedachten Satz in einem solchen Ton, dass ihrer Freundin sogleich klar war, wie recht sie mit ihren Vermutungen hatte. Sie mussten beide lachen. Adriana leckte das letzte Eis aus ihrer Waffel und dachte sich dabei ein Lied aus, in dem es um Liebe im Stroh ging, und sie trällerte sogleich los. Panayota schlug die Hände vors Gesicht.

»Adriana!«

Sie gingen auf den Hafen zu und waren fast vor dem Hotel Kraemer angelangt.

»*Aman aman*, die Liebe im Stroh, *aman aman*, die liebe ich so …«

»Adriana!«

»*Aman aman*, was bin ich da froh …«

Auf einmal packte Panayota ihre Freundin am Arm. Adriana wollte schon protestieren, da merkte sie, wie Panayota ganz weiß wurde. Sie hielt mit ihrem Lied inne und sah in die gleiche Richtung, in die Panayota starrte.

Aus der Menge der am Quai versammelten Soldaten trat in geschniegelter khakifarbener Uniform Pavlo hervor und eilte auf die beiden zu. Um die linke Schulter hatte er eine große, ebenfalls khakifarbene Leinentasche hängen, in der rechten Hand trug er ein graues Bündel, auf das seine Initialen gestickt waren. Seine Stirn perlte vor Schweiß.

»Panayota! Wo steckst du denn, *yia to Theo*? Seit Stunden suche ich dich.«

Sie hatte ihn noch nie so aufgeregt gesehen, doch ärgerte sie, dass er vor ihrer Freundin mit ihr schimpfte. Was hatte sie denn verbrochen? Durfte sie nicht mit Adriana ein Eis essen gehen? Wo ihre Mutter sie endlich mal in Ruhe ließ, fing da jetzt etwa Pavlo an? Noch nicht mal ihren Geburtstag hatte sie gefeiert. Sie reckte das Kinn hoch, als wollte sie die Luft prüfen, und blickte aufs Meer. Adriana ließ die beiden lieber alleine und gesellte sich zu einem Verwandten, der am Quai angelte.

»Wie du siehst, bin ich hier. Was ist los? *Ti ine*?«

»Panayota *mu*, hör mir jetzt gut zu, ja. Tust du das bitte? *Akus*?«

Mit seinen Pranken fasste er Panayota so fest an den Schultern, dass sie das Gesicht verzog, doch kümmerte ihn das nicht.

»Ich habe für euch ein Fischerboot organisiert, das bringt euch nach Chios. Heute um Mitternacht, vom kleinen äußeren Hafen aus. Der Fischer heißt Panayotis und kennt deinen Vater. Seid also Punkt Mitternacht am Hafen. Am Boot werden vorne drei Kerzen brennen, daran erkennt ihr es. In Ordnung? *Endaksi*? Hörst du mir zu?«

Panayota nickte versonnen.

»Also los, meine Schöne, *omorfula mu*, lauf jetzt nach Hause. Nehmt eure Wertsachen mit, aber nur das, was leicht zu tragen ist, Schmuck, Bargeld und das versteckte Gold. Teppiche, Lampen und Waffen müsst ihr zu Hause lassen. Sperrt danach alle Türen fest zu, schließt die Fensterläden und bringt innen Schlösser an. Dein Vater soll

393

die Rollläden herunterlassen und in seinem Laden nichts Wertvolles lassen, auch hinten im Lager nicht. Verstehst du? *Katalaves?* Panayota? Hörst du mir zu? Yota, *agapi mu*, das ist alles ganz wichtig, hörst du? Es geht um Leben und Tod.«

Panayota nickte wieder. Ihr dröhnten die Ohren, sodass sie Pavlos Worte nur zur Hälfte mitbekam. Der junge Mann stellte seine Tasche ab, nahm Panayotas Hände in die seinen und blickte mit seinen braunen Hundeaugen der Verlobten ins Gesicht.

»*Agapi mu*, wie du siehst, werden wir evakuiert. Wir fahren alle fort. Wenn wir bleiben, werden wir Kriegsgefangene. Ab heute Abend wird es in ganz Smyrna keine griechische Polizei, keine Gendarmerie und keinen Zivilschutz mehr geben. Kannst du dir vorstellen, was das für eine Gefahr bedeutet? Ihr könnt keine Nacht länger hierbleiben. Es kann zu einer Katastrophe kommen. Hör zu, wenn ihr in Chios ankommt, dann haltet euch nicht lange dort auf. Fahrt mit dem erstbesten Schiff weiter nach Piräus. Hast du verstanden? Ich warte in Piräus auf euch. Für alle Fälle habe ich dir hier meine Adresse in Ioannina aufgeschrieben. Auch wenn ich es nicht rechtzeitig nach Piräus schaffe, werdet ihr in Ioannina von meiner Familie erwartet. Verlier nur ja diesen Zettel nicht, Yota *mu*! Schatz, ist alles in Ordnung? Dein Gesicht ist ganz …«

Da brach am Hafen ein Tumult los. Die Menschen, die bis dahin lethargisch zwischen ihrem mitgeschleppten Hausrat gelagert hatten, standen plötzlich auf, schüttelten die Fäuste und überzogen jemanden mit Flüchen. Adriana und ihr Verwandter unterbrachen ihre Unterhaltung und blickten zu dem Schiff, das von Pasaport aus in See stechen sollte. Auch Pavlo wandte sich um.

Die geschwungenen Fäuste, die Buhrufe und Flüche, die

wütenden Schreie galten Aristidis Stergiadis, dem Hochkommissar der Besatzungstruppen, der in seiner üblichen
würdevollen Art durch die Menge auf das Boot zuging, das
ihn zum draußen vor Anker liegenden britischen Schiff
bringen sollte.

Selbstvergessen legte Pavlo die Hand um Panayotas
Taille, das Mädchen aber machte sich sofort von ihm los.
Und wenn nun Stavros plötzlich auftauchte? Und sie in
den Armen eines anderen vorfand? Sie spielte mit dem
Ring an ihrem Finger. Die Buhrufe wurden immer lauter.
Auch die vor dem Café Ivi sitzenden Europäer standen auf,
um besser zu sehen.

Pavlo starrte auf das manövrierende Boot Stergiadis'
und merkte gar nicht, wie Panayota sich ihm entzog. Zusammen mit Stergiadis verließ der Großteil der mit dem
Schutz von Leib und Leben der verbleibenden Smyrnaer
betrauten Polizei- und Zivilkräfte die Stadt. Lediglich die
großen Firmen, die Konsulate und die Waisenhäuser sollten noch weiter bewacht werden, während die alliierten
Soldaten, wie Pavlo von seinen Vorgesetzten vernommen
hatte, nur noch für die Unversehrtheit ihrer jeweiligen
Landsleute zuständig waren. Die amerikanischen Matrosen mochten vor den Frauen und Mädchen der Stadt weiter paradieren, doch sobald wirklich Gefahr drohte, würden sie die Armen im Stich lassen und sich davonmachen.
Verzagt besah sich Panayota die am Quai versammelte
Menge. Die Leute, die soeben noch dem Boot hinterher-
gebrüllt hatten, auf dem der drei Jahre lang mit mürrischer
Miene über die Stadt herrschende Mann seinem Schiff
entgegenfuhr, verfielen auf einmal in tiefes Schweigen
und blickten einander furchtsam an.

Was sollte nun geschehen? Wer sollte sie vor den Türken beschützen?

Da gellte von Punta her eine Schiffssirene durch die Stille. Pavlo ergriff Panayotas Hände, doch nein, die Hände waren nicht genug, er zog die junge Frau an sich, vergrub sein Gesicht an ihrem Hals, in ihren Haaren und sog den Duft ihrer Haut ein. Als er sie wieder losließ, liefen ihm Tränen über die Wangen.

»Yota *mu*, Geliebte, möge Gott euch beschützen.«

Die auf das immer wieder tutende Schiff zustrebende Soldatenmenge trieb den jungen Leutnant in seiner tadellosen Uniform mit sich, weg von Panayota. Aus der Masse der verlausten Köpfe stach Pavlo mit seinen akkurat geschnittenen, nach hinten gekämmten Haaren heraus, als er sich noch einmal umdrehte und hochhüpfend erst auf eine imaginäre Uhr an seinem Handgelenk und dann auf den äußeren Hafen deutete. In seinem sorgfältig rasierten Gesicht, seinen kaffeebraunen Augen leuchtete argloseste Liebe auf.

Panayota schämte sich, für den lauteren jungen Mann nichts empfinden zu können, und unwillkürlich führte sie die Fingerspitzen zum Mund und sandte ihm einen Kuss nach. Pavlo setzte sich mit Schwung die Mütze auf und strahlte. Kurz darauf wurde er von der Menge verschluckt.

Vor der tief stehenden Sonne tänzelte der schwarze Rauch der auslaufenden Schiffe. Panayota hob die Hände und besah im vom Wasser reflektierten Lichtschein ihre Finger. Der Vorhang, der sie von den anderen Menschen getrennt hatte, war gelüftet, und ihre Finger waren auf einmal so durchsichtig wie das Licht, wie die Wärme, wie die Töne und zitterten wellenartig in der Luft. In der Welt herrschte eine einmalige Ordnung vor, in der jeder Mensch seinen ureigenen Platz hatte. Sie würde nie und nimmer aus ihrem Smyrna weggehen. Ohne den Schleier, der ihren Blick getrübt hatte, standen ihr Vergangenheit und Zukunft glasklar vor Augen. Die Tore zum Paradies würden bald zugehen, und während alle anderen draußen blieben, würde sie drinnen in einem dahinschwindenden Land zurückbleiben. So sah es die Geschichte vor, die ihr zugedacht war. Ihr Schicksal war bereits geflochten.

Ihre Augen wurden feucht.

Als sie den dünnen Goldring, in den ihrer beider Namen eingraviert waren, vom Finger auf die Handfläche gleiten ließ, tropften auf ihre rosa Satinschuhe zwei dicke Tränen herab.

Die letzte Begegnung

Eines Morgens wurde Avinash Pillai in seinem Haus in Tilkilik tot aufgefunden. Sein Vermieter, der seit fast dreißig Jahren gewöhnt war, am Ersten jedes Monats sein Geld bar auf die Hand zu bekommen, hatte Verdacht geschöpft, als am fünften August Avinash noch immer nicht bei ihm geklingelt hatte. Mit seinem Zweitschlüssel hatte er die Wohnung betreten und den alten Inder vor dem Kamin im Schneidersitz angetroffen, der Leib verschrumpelt wie eine vertrocknete Pflaume. Er trug lediglich eine bis zu den Knien reichende Pluderhose ohne Gürtel, der Oberkörper war frei, der Kopf unbedeckt.

Auf den ersten Blick war nicht einmal ersichtlich, dass er tot war. Er saß da, als meditierte er. Auch war nichts an ihm verwest, nichts roch. Erst nach einer Weile wurde klar, dass er nicht atmete und sein Körper erkaltet war.

All das berichtete mir in einem Atemzug eine Stimme aus dem Telefonhörer, den mir in der Villa mit dem Turm jemand in die Hand gedrückt hatte. Auf Avinashs Schreibtisch habe sich inmitten eines Durcheinanders aus

Notizzetteln, alten Zeitungen, aus Brandstätten geretteten Ladenschildern, vergilbten Fotos und übersetzten Spitzelberichten nur eine einzige Telefonnummer gefunden: die unserer Villa mit dem Turm.

Ich schrieb etwas auf einen Zettel und hielt ihn dem Jungen neben mir hin. Wir waren allein zu Hause. Er sprach den Satz in den Telefonhörer.

»Wenden Sie sich bitte ans britische Konsulat.«

Sollte etwa ich für Avinash Pillais Bestattung aufkommen? Ein fast hundertjähriger Narr, der noch immer auf der Straße nach irgendwelchem Zeug suchte, das ihn an seine frühere Geliebte erinnerte. Er hatte einmal behauptet, er habe eigentlich immer nach mir gesucht. Oder Moment, wie hatte er sich ausgedrückt? Er habe nie aufgegeben, mich zu suchen. Und hätte er mich rechtzeitig gefunden, so hätte er mich zu Edith nach Paris gebracht.

Nein danke.

Ich habe durchlebt, was mir an Tod und Leben zufiel, und sehe keinen Anlass, mir über die Schimäre eines anderen Lebens den Kopf zu zerbrechen.

Und was wäre geschehen, wenn er mich tatsächlich zu Edith gebracht hätte? Ich wäre in Paris ums Leben gekommen. Edith lebte dort nämlich in einem Haus, das 1944 bei einem Bombenangriff zerstört wurde, und das nicht einmal von Hitlers Flugzeugen, sondern von britischen. Noch dazu stand das Haus in einem eher ärmlichen Viertel.

Was Edith dort verloren hatte, weiß ich nicht, und ich habe auch nicht nachgefragt.

Vermutlich war es Philippe Canterbury irgendwann doch gelungen, seine Schwägerin aus der Firma zu drängen. Allerdings sollte er selbst beim großen Brand seine Büros und all seine Aktienpapiere verlieren, seine Häuser wurden konfisziert. Er sollte nie wieder nach Smyrna zurückkehren. Edith wiederum habe in jener Nacht – auch dass es der 21. April gewesen sei, betonte er immer wieder – allein in ihrer Wohnung in der Nähe der Porte de la Chapelle geschlafen. Selbst in fortgeschrittenem Alter habe die widerspenstige Frau sich nicht darauf eingelassen, mit Avinash unter einem Dach zu leben. Wenn Avinash das viele Jahre später erzählte, war ihm seine Betrübnis darüber noch immer anzumerken. Bleibt ein Menschenherz einmal an einem Kratzer hängen, kommt es wie eine gesprungene Schallplatte nicht mehr vom Fleck.

Es war natürlich Salz auf Avinashs Wunde, dass Edith ausgerechnet in einem von britischen Flugzeugen bombardierten Haus ums Leben kommen musste. An jener Stelle seiner Geschichte ließ er immer den Kopf hängen, als sei er am Bombenabwurf der Engländer selbst schuld gewesen.

Wäre Sümbül noch am Leben gewesen, hätte sie der Geschichte von Ediths durch englische Bomben zerfetzten Leib voller Hingabe gelauscht und viele Tränen darüber vergossen. Aber es war nun mal so, dass inzwischen eine ganz andere Zeit angebrochen war, denn seit Sümbül sich in unserem Turm erhängt hatte, war ein halbes Jahrhundert vergangen.

Nach dem Tod Ediths setzte Avinash sich in den Kopf, mich zu finden. Er glaubte, ich sei Ediths Tochter, aber was heißt schon glauben, als hochintelligenter Spion hatte er daran nicht den mindesten Zweifel. Wenn ich nur ein wenig Geduld aufbrächte, würde ich selbst erfahren, wieso.

Also ließ ich ihn erzählen.

Was blieb mir schon übrig? Hätte ich den weißbärtigen Alten etwa die Treppe hinunterwerfen sollen?

So saßen wir uns im Turm gegenüber. Er in einem Korbschaukelstuhl, ich auf Sümbüls altem Bett, von dem längst die rosa Farbe abblätterte. Zwischen uns drehte sich ein elektrischer Ventilator, der allerdings gegen die mörderische Hitze im Turm kein bisschen ankam. Aus dem vergitterten Fensterchen hinter mir vernahm ich Möwengeschrei, das Tuckern von Fischerbooten, das Tuten der nach Karşıyaka abfahrenden Stadtdampfer und das Rauschen der nach Zypern gesandten Düsenjäger. Aus dem Fernseher unten ertönte fortwährend Marschmusik.

Nach dem Tod Ediths sei Avinash nach Izmir gekommen und habe sich in einem Hotelzimmer eingemietet. Es war das Jahr, in dem die Amerikaner Japan niedergewalzt hatten, wieder in einem September. An das genaue Datum erinnerte er sich nicht, doch sei es eine mondlose, dunkle Nacht gewesen. Durch das viele Leid des Zweiten Weltkriegs sei der Erste in Vergessenheit geraten. Sogar an den großen Brand erinnerten die Leute sich nicht. In Cafés versuchte er, mit älteren Menschen ins Gespräch zu kommen, doch sobald er vom Brand oder von den Griechen anfing, standen sie auf und wechselten den Tisch. Avinash war verdutzt. In der ganzen Stadt sahen die Leute ihn mit leeren Blicken an, als hätten sie einen kollektiven Gedächtnisschwund erlitten. Als hätte es das alte Smyrna überhaupt nicht gegeben, als sei es nicht einem Großbrand zum Opfer gefallen und habe nicht die Hälfte seiner Bevölkerung verloren. Die meisten Kirchen waren zerstört, in den Schulen wurde nur noch Türkisch gesprochen, die alten Register und Grundbücher waren allesamt verbrannt.

Avinash begriff, dass die Vergangenheit sich in der Stadt zu einem Tabu entwickelt hatte. So versuchte er sein Glück in Griechenland und fragte dort in den Barackensiedlungen nach mir, in denen sich Flüchtlinge aus Smyrna, Aydın und ganz Kleinasien angesiedelt hatten.

»Zum Glück kannte ich deinen Namen und wusste, in welchem Viertel du in Smyrna gelebt hattest«, sagte er und spielte damit auf unsere damalige Begegnung am Quai an. »Ich tappte also nicht im Dunkeln. Schon bald fand ich jemanden, der sich an dich und deinen Vater erinnern konnte.«

Die Flüchtlingssiedlungen um Athen, Piräus, Faliro und Kastella herum waren beträchtlich angewachsen. Die Leute errichteten aus Ziegeln, Blechfässern und Obstkisten primitive Hütten, strichen sie weiß an und dichteten die Dächer mit geteerter Pappe ab. Das Kloakenwasser floss manchmal offen durch die Siedlungen hindurch. In Nea Smirni, wie der Ort getauft wurde, Neues Smyrna, hatten die Menschen statt einer Tür oft nur einen Vorhang, doch wo es nur ging, pflanzten sie in Kanistern kleine Bäumchen, daneben stellten sie Töpfe mit Basilikum oder Nelken. Vom Wasser, das sie aus dem Brunnen schöpften, zweigten sie immer etwas ab, um damit die Pflänzchen zu gießen, die sie an die fruchtbaren Böden Smyrnas erinnerten.

Von den Bewohnern Nea Smirnis wurde Avinash überall herzlich empfangen.

Ganz im Gegensatz zu den Menschen in Izmir behielten die Vertriebenen die süßesten Erinnerungen an das alte Smyrna im Herzen. Wo immer Avinash auftauchte, ließen die Männer im Kaffeehaus ihr Tavla-Spiel ruhen, und die Frauen, ob jung oder alt, stellten sogleich einen Hocker auf den nach Abort riechenden Hof hinaus und setzten dem einstigen Spion vor, was die Küche nur hergab.

Obwohl seit der Großen Katastrophe – so nämlich nannten sie, was Smyrna damals widerfahren war – zwanzig Jahre vergangen waren, fragten manche ihn, wann sie endlich in ihre Häuser zurückdürften. Einige erkundigten sich flüsternd, welche Partei sie wählen sollten, um wieder in die Heimat geschickt zu werden. Anscheinend hatte niemand sich damit abgefunden, von seiner nach Rosen und Jasmin duftenden Stadt auf immer getrennt zu sein und stattdessen sein Leben in stinkenden Baracken fristen zu müssen.

Als Avinash auf einmal innehielt, spürte ich, dass er etwas Bestimmtes über mich wusste. Nicht eines seiner üblichen Hirngespinste, sondern etwas Wahres, das mit meinem früheren Leben zu tun hatte. Ich setzte mich aufrecht hin und öffnete die Augen. Es fiel plötzlich ein anderes Licht ins Halbdunkel des Turms. Endlich begann Avinash zu sprechen.

»Ich habe in Nea Smirni deinen Vater gefunden«, flüsterte er.

Meinen Vater? Wen meinte er damit? Ali aus Çeşme, der Edward Thomas-Cooks Autos reparierte und Edith bei ihren Fahrstunden verführt hatte, oder aber den Krämer Akis, den ich stets für meinen Vater hielt? Laut einer Behauptung des senilen Spions, auf die ich nicht sonderlich viel gab, war mein leiblicher Vater Ali auf Veranlassung Juliette Lamarcks hin vom Bandenchef Çakırcalı liquidiert worden. Also musste es um Akis gehen. Meine Lippen begannen zu zittern.

»Ihn selbst habe ich nicht getroffen, denn Prodramakis Bey war kurz zuvor verstorben. Ich habe aber mit seinen Nachbarn gesprochen. Nach seiner Ankunft in Griechenland hatte er sich zuerst in Faliro niedergelassen und war später nach Nea Smirni gezogen. Dort hat er bis zu seinem Tod gelebt.«

Das Zittern ging von meinen Lippen auf den ganzen Körper über. Um nicht vom Bett zu kippen, hielt ich mich am Eisengitter fest. Zum ersten Mal seit fünfzig Jahren berichtete mir jemand aus dem Leben, das ich auf dem Friedhof von Darağacı begraben hatte. Mein Vater hatte also überlebt, war nach Griechenland gelangt und hatte bis zu seinem Tod allein in einem armseligen Viertel gelebt. Und meine Mutter? Wo war sie die ganze Zeit über gewesen? Avinash musste mir diese Frage ansehen, denn er senkte den Kopf. Er wippte auf dem Schaukelstuhl leicht vor und zurück. Da sein Körper geschrumpft war, reichten seine Füße nicht bis zum Boden.

Ich stand vom Bett auf, trat an ihn heran, fasste ihn an seinem faltigen Kinn und hob sein Gesicht zu meinem hoch. Das Schaukeln hörte abrupt auf. Sein herabhängendes Doppelkinn verlieh Avinash das Aussehen eines Froschs. Mit dem exotischen Schönling, dem ich ein halbes Jahrhundert zuvor beim Hotel Kraemer in die Weichteile gestoßen hatte, hatte er nur noch den würzigen Geruch ferner Länder gemeinsam.

Ich sah ihm direkt in die braunen starren Augen, die tief in den Höhlen lagen. Wenn er schon gekommen war, um mir die Wahrheit zu sagen, dann musste er auch berichten, was mit meiner Mutter geschehen war, nicht mit Edith Lamarck, sondern mit Katina Yağcıoğlu, die mich für ihre Tochter hielt, mich liebte und mich aufzog.

»Die Nachbarn, mit denen ich in Nea Smirni gesprochen habe, mussten über Katina, also über deine Mutter, leider ...« Um meinem Blick auszuweichen, versuchte er den Kopf zur Tür zu drehen. Ich hielt sein Kinn jedoch fest und wandte sein faltiges Gesicht wieder zurück. Seine Augen waren vom Schleier des Todes verhangen.

»Sie haben gesagt, dass deine Mutter ... dass sie aus dem Feuer nicht gerettet werden konnte.«

Ich ließ sein Kinn los, und der Stuhl schaukelte zurück. Avinash hielt sich furchtsam an den Armlehnen fest. Ich streifte meine Pantoffeln ab und streckte mich auf dem Bett aus. Am Deckenbalken hing noch immer ein Rest von Sümbüls Seidenschal. Es rauschte wieder ein Düsenjäger über uns hinweg. Ich schloss die Augen und dachte an den bis zum Tode trauernden Akis, an die von den Flammen verzehrte Katina, an ihre vom Krieg vernichteten Träume, ihr Leben, an meine Jugend. Ich weiß nicht warum, aber mehr als meine Mutter, die doch den grauenhaftesten aller Tode gestorben war, beweinte ich meinen Vater, der im Exil vegetiert und alle geliebten Menschen verloren hatte.

Als Avinash wieder zu sprechen begann, wehte der Meereswind herein, und mein Turm wurde von der Abendröte erfüllt. Die Nachbarn in Nea Smirni hätten übereinstimmend erklärt, die Tochter des Krämers Akis sei ebenso in Smyrna ums Leben gekommen wie seine Frau. Als sie gerade ins Meer springen wollte, habe ein türkischer Offizier sie gepackt und sie auf den Rücken seines Pferdes gehievt. Wie viele andere Mädchen auch habe man sie hinter dem Zollgebäude vergewaltigt und ihr danach die Kehle durchgeschnitten.

So war es Avinash berichtet worden.

Eine Frau, die von zahllosen Soldaten vergewaltigt worden war und es doch geschafft hatte, am Leben zu bleiben, behauptete gar, sie sei neben mir gewesen, als mir die Kehle aufgeschlitzt worden sei. Beim Gedanken, dass mein Vater mutterseelenallein dort gelebt hatte und ihm immer wieder jene Bilder durch den Kopf gegangen waren, weinte ich wieder los.

Mein Gott, wer sollte so viel Schmerz verdient haben?

Avinash war daraufhin nach Izmir zurückgekehrt und hatte das alte Haus in Tilkilik gemietet, vor dessen Kamin er Jahre später tot aufgefunden wurde. Er hatte in der Stadt sterben wollen, in der er seine einzige Liebe kennengelernt und seine schönsten Jahre verbracht hatte. Doch der Tod hatte nicht nur mich vergessen, sondern auch ihn.

Es sollte noch einmal ein Vierteljahrhundert vergehen, und Avinash war noch immer nicht tot.

Er sagte, der Herr habe ihm das Leben nicht genommen, da das Universum erst den Zufall ins Werk setzen musste, der ihn zu mir führen sollte. Am Morgen nach seinem vierundneunzigsten Geburtstag ging Avinash Pillai aus seinem Haus in Tilkilik und traf auf dem Weg zum Kaffeehaus an der Hatuniye-Moschee in einer Gasse auf die Romni Yasemin. Jene schien sich nicht zu wundern, ihn zu sehen, sondern machte eher den Eindruck, als hätte sie in der menschenleeren Passage auf ihn gewartet.

»Da bist du ja endlich, Avinash Efendi«, sagte sie. »Los, komm mit.«

Wie gesagt, Avinash war ein Mann, der langsam auf die hundert zuging. Seine Wirbelsäule war krumm wie der Griff eines Gehstocks. Seine Haare trug er noch immer lang, doch waren sie nicht mehr schwarz und lockig, sondern hingen ihm den Rücken hinunter wie ein silberner Rattenschwanz. Der Bart indessen reichte ihm bis zum Bauch. Und mager war er, unendlich mager. Man konnte bei ihm durchs Hemd hindurch die Rippen zählen. Im Viertel galt er wohl als der verrückte Alte mit dem weißen Bart. Falls man ihm Glauben schenken darf, war er Yasemin den ganzen Weg bis hierher zu Fuß gefolgt. Yasemin war auch nicht jünger als er, sodass ich mir wirklich kaum vorstellen kann, wie sie es aus Tilkilik so weit geschafft hatten.

Hätte Avinash mich in meinem abgelegenen Turm nicht aufgespürt, würde ich den Unfug mit der Alten ja gar nicht glauben, aber ich weiß eben auch keine andere Erklärung dafür, wie jemand, der dreißig Jahre lang suchend durch die Straßen streift, in Vororten von Piräus und Athen alte Smyrnaer ausfragt und in Kirchen- und Gemeinderegistern nach mir stöbert, ohne meine Adresse zu finden, eines Tages doch, schwupps, vor meiner Tür steht.

Als die Hebamme Meline in jener Nacht vor Sonnenaufgang mit dem Baby auf dem Arm vom Herrenhaus der Lamarcks nach Smyrna zurückgekehrt war und zwischen dem Waisenhaus in Hacı Frangu und dem Französischen Krankenhaus hin und her eilte, war unter den Romnja, die an der Ecke der Çan-Straße wahrsagten, auch Yasemin gewesen. Avinash war voller Bewunderung dafür, wie die alte Frau den Zusammenhängen auf die Spur gekommen war, sie jedoch beschied ihm schroff: »Ich habe lediglich zwei und zwei zusammengezählt, was gibt es da zu bewundern, Avinash Efendi?« Aufgrund einer letzten Laune Juliette Lamarcks – einer Laune, die sie das Leben kosten sollte –, hatte der Inder auf jeden Fall vermutet, in der Geschichte müsse ein Waisenhaus vorkommen. Yasemin wiederum hatte die Leerstellen ausgefüllt, und auf einmal passte alles zusammen.

Die in einem Tresor lagernden Tagebücher Juliette Lamarcks hatten überlebt, weil Edith sie bei der Flucht vor dem Brand in ihren Koffer gestopft hatte, und Avinash brachte sie mir ebenso in den Turm wie die später in Paris geschossenen Fotos und Ediths eigene Tagebücher, in denen sie als ältere Frau so manches eingestand.

Nach Ediths Tod nahm Avinash Kontakt mit Feride auf, Ediths bester Freundin auf dem Gymnasium, ja er besuchte die Frau sogar in Istanbul. Feride wusste Bescheid, dass Edith 1904, als sie wegen der Erkrankung ihres Vaters die Weihnachtsferien auf zwei Monate ausdehnte, mit dem Automechaniker Ali aus Bornova eine heimliche Beziehung führte, und auch darüber, dass sie schwanger in die Schule zurückkehrte. Als sich im Mai 1905 Ediths Zustand auch unter dem weit geschnittenen Schulkittel nicht mehr verbergen ließ, steckten die Nonnen sie in einen Dampfer, der von Marseille aus nach Smyrna ablegte, und Feride war mit von der Partie. In späteren Jahren sahen und schrieben die beiden Freundinnen sich weiter. Feride war sich sicher, dass Ediths Kind bei der Geburt gestorben war. Davon ließ Avinash sich nicht beirren.

Im Grunde hätte es der vielen Briefe und Hefte, die Avinash mir anschleppte, gar nicht bedurft. Ein einziges Foto aus seiner Ledertasche war schon genug, um seine Geschichte zu bestätigen. Die Aufnahme war in einem Fotostudio gemacht worden, vor einem Hintergrund mit einem Baum und einem Reh, und die junge Frau darauf war ich. Beim ersten Blick dachte ich sogar noch, hoppla, an das weiße Kleid kann ich mich gar nicht erinnern. Erst als ich das Foto umdrehte, um nachzusehen, wann und wo genau es aufgenommen worden war, wurde mir bei der Jahreszahl 1903 klar, dass es sich bei der jungen Frau auf dem vergilbten Karton mit dem gezackten Rand um Edith Lamarck handelte.

Auf den Fotos aus den Pariser Jahren meiner Mutter war die Ähnlichkeit nicht weniger verblüffend. Insbesondere eine Aufnahme während des Kriegs in einem Café zeigte ein Gesicht, bei dem alle Züge, alle Schatten ungeheuer dem glichen, was ich in dem Spiegel sah, den Avinash mir hinhielt. Auf einem anderen Foto lachte Edith so breit, dass sämtliche Zähne zu sehen waren. Zwischen den Schneidezähnen wies sie genau die Lücke auf, wegen der ich mich meine Jugend über immer so geschämt hatte, dass ich die Lippen möglichst geschlossen hielt.

Danke, *Maman*.

Also gut. Dann weiß ich es eben. Und was soll jetzt werden? Seit der Nacht, in der Sümbül mich in ihrem Garten gefunden hat, ist ein halbes Jahrhundert vergangen. Seit damals lebe ich in einem türkischen Haus als stumme Scheherazade. Nun bin ich neunundsechzig. Sümbül ist längst tot, und auch Hilmi Rahmi, der ihren Tod nicht verwand, erlag bald darauf einer fiebrigen Erkrankung. Wenn ich nach all der Zeit auf einmal eine neue Vergangenheit, eine neue Identität, neue Eltern bekomme, was macht das schon?

In jener Nacht, in der ich alles verlor, war ich ohnehin schon einmal gestorben und neu geboren.

Was bringt es mir also, wenn du, Avinash Efendi, meiner Vergangenheit noch einmal eine Geburt und einen Tod hinzufügst?

Ich bin Scheherazade, die stumme Odaliske Hilmi Rahmis, der mich erst rettete und mich dann in die Einsamkeit entließ, und mit Blick auf die Stadt, die ihr Gedächtnis verlassen hat, werde ich in meinem Turm weiter in aller Ruhe meinen Tod erwarten.

Abgesehen von dem einen Mal, als ich Hilmi Rahmi auf seinem Sterbebett meinen Namen ins Ohr flüsterte, habe ich seit zweiundfünfzig Jahren kein Wort gesprochen, da werde ich auch jetzt nicht den Mund aufmachen und Avinash sagen, was mir durch den Kopf geht. Verschmitzt nickte er, als hätte er meine Gedanken gelesen. Er hatte seine Pflicht erfüllt. Nun konnte der Tod ihn aufsuchen, und er in Frieden auf ihn warten. Aus seiner Tasche holte er das dicke, in Leder gebundene Heft, in das ich nun diese Zeilen schreibe. Daneben legte er einen vergoldeten Füllfederhalter und eine Schachtel, die Hunderte von Tintenkapseln enthielt. Dann richtete er sich mühsam auf und ging um das Bett herum zum kleinen Fenster des Turms. Damals standen davor noch die alten Steingebäude und nicht die jetzigen Hochhäuser, sodass man aus dem Fenster noch aufs Meer sah. Ohne den Blick von den im Sonnenuntergang schillernden Wassern zu wenden, sagte er: »Nicht umsonst haben die Menschen, die dich gerettet und unter ihre Fittiche genommen haben, dir den Namen Scheherazade verliehen. Bevor du nämlich diese Geschichte nicht erzählt hast, wird der Tod nicht in deinen Turm kommen.«

Seit ich am Morgen sein Gesicht erblickt hatte, musste ich zum ersten Mal lachen. Hätte ich reden können, so hätte ich gesagt: »Avinash Bey, da liegt ein Missverständnis vor. Scheherazade erzählte Geschichten, um am Leben zu bleiben, nicht aber, um ewig zu leben.« Doch bedurfte es meiner Worte nicht. Avinash verstand sich ebenso wie Sümbül darauf, in den Köpfen anderer Menschen zu lesen. So spürte er auch, dass ich mich schämte, als Überlebende den Toten als Sprecherin zu dienen. Dennoch überließ er mir die Schreibutensilien und nahm seinen Hut vom Bettgestell.

Als er wie ein halbes Jahrhundert zuvor am Quai mit seinen fleischigen Lippen meine Hand berührte, murmelte er: »Es wird der Tag kommen, an dem du dich in dieser dunklen Ewigkeit, in der du nichts anderes vernimmst als deine innere Stimme, derart langweilen wirst, Panayota, dass du den Tod ebenso sehr ersehnen wirst wie Scheherazade einst das Leben. Dann ist der Moment gekommen, an dem du einer eigenen Geschichte eine Stimme geben wirst.«

V

Die Vertreibung
aus dem Paradies

Die Kirchenglocken verstummen

Als Hilmi Rahmi in jenem September wieder nach Hause kam, war selbst die trauernde Müjgân trunken vor Freude. Seit der Oberst in seiner schneidigen Uniform seinen Rappen in die Bülbül-Straße gelenkt hatte, wechselte Lachen sich mit Tränen ab, und Tränen mit Gebeten.

Freudenfeiern gab es im ganzen türkischen Viertel. Vom Konak-Platz bis zur Kervan-Brücke waren Haustüren, Geschäfte, Balkons und Straßenlaternen mit roten Fahnen geschmückt, und selbst die Kutschenpferde trugen rote Girlanden um den Hals. Kinder im Sonntagsstaat sangen und tanzten auf der Straße, Frauen hoben die Hände zum Gebet und dankten Allah dafür, Mustafa Kemal Pascha erschaffen zu haben, dann herzten und küssten sie einander. In den labyrinthartigen Gassen um den Friedhof trommelten und tröteten Straßenmusiker, aus den Wohnzimmern Wohlhabender tönten auf dem Grammofon fröhliche Weisen, und an der Regierungsstraße standen junge Mädchen mit Körben, aus denen sie vorbeiziehende Soldaten mit Rosen bewarfen.

Drei Jahre griechischer Besatzung waren vorbei, Izmir gehörte wieder ihnen!

Sümbül holte aus einer Truhe ihr fliederfarbenes Seidenkleid. Zum ersten Mal seit Jahren war sie wieder in den Armen ihres Mannes erwacht. Hilmi Rahmi hatte sehr abgenommen und war auch ein wenig gealtert, aber noch immer gesund, und was für ein kräftiger Mann er war, hatte er dadurch bewiesen, dass er trotz all seiner Müdigkeit mehrmals mit seiner Frau geschlafen hatte.

Um Müjgân, deren Hüseyin gefallen war, nicht noch mehr zu betrüben, bemühte Sümbül sich, ihr Glück nicht zur Schau zu stellen, doch als sie am Morgen mit wehendem blonden Haar die Küche betrat, wussten von Dilber bis zu Tante Makbule alle Frauen im Haus auf den ersten Blick, dass sie eine freudenvolle Nacht verbracht hatte. Ihre Wangen waren so rot, als käme sie direkt aus dem Hamam, und die grünen Augen verströmten den Glanz tiefer Befriedigung. Immer wenn sie an Hilmi Rahmi in seiner prächtigen dunkelgrünen Uniform dachte, klangen die Genüsse der vergangenen Nacht in ihr nach, und unwillkürlich strahlte sie wie eine junge Braut.

Während sie ihm beim Ausziehen behilflich gewesen war, hatte er ihr erzählt, sie hätten die neuen Uniformen erst am Morgen davor erhalten, als Geschenk der Bolschewiken an Mustafa Kemal Pascha. Eine levantinische Familie in Bornova habe das Nähen übernommen und die fertigen Offiziersuniformen an die Front geschickt. Die kniehohen Stiefel waren schwarz wie der Fes, die seidene Krawatte vom gleichen Rot wie der auf den Fes gestickte Halbmond und der Stern. Die Jackennähte waren tadellos, und nirgends fehlte auch nur ein Knopf. Schwärmerisch ließ Hilmi Rahmi sich darüber aus, was sie von den Italienern für edle, kräftige Pferde bekommen hatten. Wie ein Kind, das nach einer schweren Prüfung den Lohn dafür einheimst, vergaß er die Entbehrungen der Kriegsjahre und erzählte Sümbül lediglich, wie imposant der Einmarsch nach Izmir verlaufen sei.

»Wie wir auf diesen herrlichen Pferden auf die Promenade geritten sind, vorneweg Hauptmann Şerafettin, das hättest du miterleben sollen. Wir haben der Welt gezeigt, was für eine disziplinierte Armee wir haben. Nicht zur geringsten Ausschreitung ist es gekommen. Immer wieder sind Christen vor unseren Pferden davongelaufen, aber wir haben ihnen zugerufen, sie brauchten sich nicht zu fürchten. Wenn erst Mustafa Pascha selbst nach Izmir kommt, wirst du selbst sehen, wie er die Soldaten dressiert hat, wie er aus Bergbauern ein Heer geformt und die Ungläubigen damit besiegt hat. Sümbül, wir werden ein neues Land erschaffen. Mustafa Kemal hat Großes vor. Wie in Europa soll es bei uns zugehen. Dich werde ich zum Tanzen ausführen, bei Kraemer oder in Kordelio. Dann brauchst du dich zum Biertrinken nicht mehr zu verstecken. Du wirst dein schönes Dekolleté zeigen und mit mir tanzen. Was schaust du so verschämt zu Boden? Meinst du, ich weiß nicht, dass du dich genauso wie die Europäerinnen schmücken und ausgehen willst? Komm, ich zeige dir, wie wir tanzen werden! Los, steh auf!«

Sümbül summte in der Küche den *Tango du rêve*, der in jenem Jahr aus allen Cafés-chantants erklang, dann ging sie zu den *Pappeln von Izmir* über. Sie lupfte die Deckel der auf dem Herd brodelnden Kessel und begutachtete, was zur Feier von Hilmi Rahmis Rückkehr und der Rettung Izmirs gekocht wurde. Auch ihr Schwiegervater Mustafa würde an dem Essen teilnehmen. Durchs Fenster hörte sie ihre Söhne Cengiz und Doğan, die in Pluderhose und Stiefeln am Hoftor warteten. Sie legte ihren Überwurf an und ging zu ihnen hinaus. Als die beiden ihre Mutter sahen, schrien sie freudig auf.

»Du kommst also auch mit, Mama? Du willst ihn auch sehen?«

Sümbül bückte sich und rückte beim Jüngeren der beiden den breiten roten Gürtel zurecht. Unter den Fes hatte er sich eine Blumenkrone gesteckt.

»Wer hat dir die denn aufgesetzt?«, fragte sie überrascht.

Cengiz kam dem kleinen Doğan zuvor.

»Ziver, der hat sie für ihn gemacht. Ich wollte keine. Ein Mann trägt doch keine Blumen.«

Um Zustimmung heischend sah er seine Mutter an. Die löste sich von Doğan, der an ihr hing, und musterte ihren Großen. Der weinfarbene Fes war für seinen kahl geschorenen Kopf etwas zu groß und ging ihm bis über die Segelohren. Im Gegensatz zu seinem Vater war Cengiz eher klein und pummelig und schaute aus grünen runden Augen versonnen in die Welt. Liebevoll sah sie die beiden an und wollte sie dicht bei sich haben, wie damals, als sie noch ganz klein waren.

»Lasst euch umarmen, ihr zwei. Heute ist unser glücklichster Tag!«

»Ja, weil Papa wieder da ist!«, sagte Doğan wie auswendig gelernt. Sümbül sah ihrem Kleinen nach, dass sein Ausruf nicht besonders herzlich klang, schließlich kannte der Junge seinen Vater kaum. Seit dem Jahr, in dem Doğan geboren wurde, war Hilmi Rahmi von einer Front zur nächsten unterwegs gewesen und der Junge bis zum neunten Lebensjahr so gut wie vaterlos aufgewachsen. Cengiz wies seinen Bruder zurecht.

»Nicht deswegen, du Dummkopf. Heute kommt Mustafa Pascha in die Stadt. Wir feiern unsere Unabhängigkeit, das meint Mama. Nicht wahr?«

Doğan zupfte die Mutter am Umhang und fragte: »Du kommst doch auch mit, oder?«

»Natürlich komme ich mit, mein Schatz. Ich will ihn ja auch sehen. Wir gehen alle zusammen hin, Müjgân, ihre Töchter, Papa, Ziver, Dilber … Vielleicht sogar Tante Makbule. Wir warten bloß noch, bis Papa und Opa ihren Kaffee fertig getrunken haben. Schaust du mal schnell, ob sie schon so weit sind?«

Doğan wollte gerade mit einem Zungenschnalzer sein Kommen ankündigen, da wurde es auf der Straße laut. Frauen riefen durcheinander, Trommeln wurden geschlagen, Kinder liefen neben den Trommlern her und riefen fortwährend: »Er kommt, er kommt!«

Cengiz lief zur Hoftür.

»Mama, los, gehen wir raus, er kommt!«

Da ging die Haustür auf, und die beiden Männer kamen heraus, erst Mustafa, auf einen Stock gestützt, dann Hilmi Rahmi, aufrecht in seiner Uniform. Als Sümbül ihn mit dem umgeschnallten Koppel und dem Säbel daran sah, konnte sie sich wieder ein Grinsen nicht verkneifen. Mit ihren fünfunddreißig Jahren kam sie sich vor wie eine Fünfzehnjährige.

Aus der Küchentür kamen Müjgâns Töchter und Dilber herausgestürzt. Müjgân selbst hatte es sich im letzten Augenblick anders überlegt und beschlossen, bei Tante Makbule zu bleiben. So wie es in ihr zuging, würde sie einen derartigen Freudenausbruch nicht ertragen. Damit die Frauen nicht allein zu Hause waren, wurde angeordnet, Ziver solle bei ihnen bleiben. Als der kleine Abessinier das hörte, verfinsterte sich sein dunkles Gesicht. Während Hilmi Rahmi das im Hof angebundene Pferd bestieg, versprach er dem Jungen, ihn später zum Konak-Platz mitzunehmen, wo er Mustafa Pascha sehen würde.

Mustafa, die Frauen und die Kinder mischten sich unter die Menge, die unter fröhlichem Trommeln von der İki-Çeşmelik-Straße zum Konak-Platz hinunterströmte. Hilmi Rahmi trieb sein Pferd an, um zu der Kavallerie-Einheit zu gelangen, die zu beiden Seiten der Kervan-Brücke Mustafa Kemal Pascha und seinem Gefolge sicheres Geleit geben sollte.

Alle zur Regierungsstraße hinunterführenden Gassen

waren voller Menschen. Mustafa gab durch ein Zeichen zu verstehen, dass er nicht weitergehen würde, und ließ sich vor einem rot beflaggten Laden des Kemeraltı-Marktes auf einen Hocker sinken. Seit dem Tod Sıdıkas war er jäh gealtert. Sümbül wies ihre Kinder an, stehen zu bleiben. Es schickte sich nicht, wenn sie ohne ihren Großvater hinuntergingen. Cengiz murrte. Wären sie doch wenigstens auf die andere Straßenseite gegangen, wo die Männer standen. Von da, wo sie nun waren, sah man die Uferpromenade nicht einmal.

Schulmädchen in schwarzen Kitteln defilierten fähnchenschwingend an ihnen vorbei. Ihre in schwarze Umhänge gehüllten Lehrerinnen schubsten immer wieder einzelne Mädchen, damit sie in Reih und Glied gingen. Als Cengiz in der Menge seine Klassenkameraden sah, die wie er Jacke, Pluderhose und einen weinroten Fes trugen, schlüpfte er, ohne seiner Mutter etwas zu sagen, zwischen den Schulmädchen hindurch und gesellte sich zu den anderen Jungen.

Sümbül merkte sofort, wie ihr Sohn sich davonmachte, und arbeitete sich an eine Stelle vor, von der aus sie ihn im Auge hatte. Doğan klammerte sich an sie. Der Trommellärm und die vielen Leute ängstigten ihn. Müjgâns mit Körben bewehrte Töchter drängten sich nach vorne, um Blumen zu werfen.

Als der aus fünf Automobilen bestehende Konvoi Mustafa Kemals endlich am Ende des Boulevards zu sehen war, stießen die Menschen Freudenschreie aus. Cengiz und seine Schulkameraden hatten die beste Aussicht. Doğan jammerte und wollte auf den Arm der Mutter. Wo die mit Olivenzweigen geschmückten schwarzen Autos vorbeikamen, regnete es Rosen vom Himmel, und die Menschen riefen: »Hoch lebe Mustafa Kemal!«

Von ihrem Platz aus konnte Sümbül kaum einen Blick auf das letzte Automobil erhaschen, einen offenen Wagen, in dessen Fond Mustafa Kemal saß, flankiert von Reitern mit blitzenden Säbeln. Dennoch war sie ungeheuer aufgeregt. Ihr Herz war voller Stolz und Hoffnung. Auf ein riesiges Pappschild hatten Schulmädchen mit Wasserfarben ein Bild Mustafa Kemals gemalt und seinen stechenden Blick aus den blauen Augen gut getroffen. Was für ein schöner Mann! Frauen, die das Glück hatten, weiter vorne zu stehen, flüsterten sich zu: »Er hat abgenommen, die Wangen sind eingefallen, aber dennoch sieht er blendend aus. Seit einem Monat trinkt er keinen Tropfen Alkohol, und seinen Soldaten hat er es auch verboten.« Immer wieder hoben Menschen die Arme und beteten für die Gesundheit und das Heil Mustafa Kemals und dankten Gott, ihnen die Unabhängigkeit geschenkt zu haben.

Da Doğan von seiner Mutter nicht rechtzeitig hochgehoben wurde, verpasste er alles und ärgerte sich, dass sein Bruder gegenüber viel mehr sah. Er fing an zu weinen. Mustafa saß noch immer zwischen lauter Frauen vor dem geschlossenen Geschäft auf seinem Hocker und stützte sich auf seinen Stock. Sümbül fürchtete, bei all dem Lärm, der Hitze und den vielen Leuten mochte er einen Schwächeanfall erlitten haben. Während der Konvoi mit den schwarzen Autos zum Meer hinunterfuhr, wies Sümbül Dilber an, sie solle Cengiz und die Mädchen zusammenholen, dann half sie ihrem Schwiegervater auf. Auf dem Weg von der Regierungsstraße zur İki-Çeşmelik-Straße zog Cengiz immer wieder missmutig am Umhang seiner Mutter. Er wollte dem Konvoi hinterher, bis zum Quai hinunter. Sümbül suchte zwischen den vielen Reitern ringsum hilflos nach Hilmi Rahmi. Schließlich machte sie sich von dem an ihr zerrenden Cengiz frei und sagte:

»Junge, dein Opa fühlt sich nicht gut, wir bringen ihn jetzt nach Hause. Du kannst später mit Ziver wieder raus, zum Quai hinunter, ja?«

Als einzige Antwort kickte Cengiz einen Kiesel davon.

Durch die siegestrunkene Menge hindurch bahnten sie sich einen Weg nach Hause, wo sie Hilmi Rahmi mit verdrossener Miene an der Hoftür antrafen. Er drückte Ziver die Zügel seines Pferdes in die Hand und ging aufs Haus zu. Cengiz hatte sich den ganzen Weg über vorgestellt, wie er seinem Vater erzählen würde, dass er und Mustafa Kemal sich angesehen hatten, doch sank ihm der Mut, als er den Vater so dreinschauen sah. Dennoch fasste er sich ein Herz und ging zum ihm.

»Papa, ich habe Mustafa Kemal gesehen, und er mich auch! Er hat mir sogar direkt in die Augen geschaut. Seine Augen sind ganz blau, wie das Meer. Ganz streng hat er geschaut, wie die Lehrer in der Schule, ganz ernst.«

Obwohl der Junge ihn so flehentlich ansah, aus Augen, die ebenso grün und glänzend waren wie die seiner Mutter, schob Hilmi Rahmi ihn beiseite und trat ins Haus. Bestürzt flüchtete Cengiz sich zu seiner Mutter, der der plötzliche Stimmungswandel ihres Mannes schon aufgefallen war. Sie umarmte ihren Sohn.

»Weißt du, Papa denkt an deinen Onkel Hüseyin, weil der das nicht erleben durfte. Er soll sich erst ein bisschen ausruhen, dann kannst du ihm alles erzählen. Sag jetzt Ziver Bescheid, er soll dich zum Quai hinunterbringen. Die Mädchen wollen bestimmt auch mit. Hör gut zu, wenn du zurückkommst, erzählst du mir alles haarklein, ja? Und vergiss deine Flagge nicht.«

Als Sümbül die Kinder im Gefolge von Ziver zum Tor hinaustreten sah, atmete sie auf. Ihr dröhnten die Ohren, womöglich hatte sie sich einen Sonnenstich zugezogen.

Sie ging ins Obergeschoss, zog im Wohnzimmer Umhang und Schuhe aus und legte sich auf die Sitzbank.

»Mama, wird Papa auch Onkel Kostaki erschießen?«

Sie fuhr zusammen. Den kleinen Doğan, der in einer Ecke seinen Holzsäbel gegen imaginäre Feinde schwang, hatte sie ganz vergessen.

»Was sagst du da?«, fragte sie besorgt. »Wie kommst du auf so was?«

Selbst von der Bank aus sah sie, wie seine braunen Augen sich mit Tränen füllten. Sie stutzte. Hatte etwa der bucklige Straßenverkäufer Kostaki, der jeden Tag mit bunten Lutschern an der Moschee vorbeikam, ihrem Sohn etwas angetan?«

»Komm mal her, mein Junge. Hat Onkel Kostaki dich geärgert?«

Barfuß kam Doğan herbeigelaufen. Ihm lief die Nase, und Sümbül zog ein Taschentuch heraus und putzte sie ihm. Sie hob den Arm, damit der Junge sich an sie schmiegen konnte.

»Jetzt pass mal auf, Doğan, warum meinst du, dass Papa Onkel Kostaki erschießt?«

Unter dem Arm seiner Mutter fühlte der Junge sich in Sicherheit.

»Cengiz hat gesagt, dass Papa alle Ungläubigen erschießt«, murmelte er. »Da habe ich ihn gefragt, ob er auch Onkel Kostaki erschießt, und er hat gesagt: Ja.«

Er richtete sich auf und sah seiner Mutter flehend in die Augen.

»Bitte, Mama, sag Papa, er soll Onkel Kostaki nicht erschießen. Ich kriege doch immer Lutscher von ihm.«

Dann barg er den Kopf wieder unter den Arm seiner Mutter und begann zu weinen. Sümbül beschloss, Cengiz eine Tracht Prügel zu verabreichen, sobald er nach Hause kam. Dann besann sie sich darauf, dass dem Jungen der Satz in seiner Begeisterung über den Sieg nur so herausgerutscht war.

»Das war nur ein Scherz von deinem Bruder. Papa hat auf Feinde geschossen, aber er würde nicht auf Leute schießen, die keine Soldaten sind. Zum Glück haben wir den Krieg gewonnen. Wir haben die Feinde, die unser Land besetzt hatten, davongejagt, und jetzt leben wir wieder so wie früher. So lange Gott Onkel Kostaki am Leben lässt, so lange wird er auch unser Nachbar bleiben und dir Lutscher geben.«

»Mama, ist Onkel Kostaki ein Ungläubiger?«

Da beugte Sümbül sich vor und steckte ihre Nase in die braunen Haare ihres Sohnes. Seine vom Fes zerdrückten Locken hatten noch den Duft des Kopfkissenbezugs an sich, Harz und Lavendel. Sie drückte den kleinen Kinderleib, bis der Junge zu ächzen begann, und bedeckte seinen Kopf mit Küssen.

Draußen war Geschirrscheppern zu hören. Dilber und Müjgân deckten den schattigen Tisch unter der Kastanie. Sümbül lehnte sich zurück und schloss die Augen. Was machte Hilmi Rahmi unten nur so alleine? Selbst an diesem glücklichen Tag fand ihr Herz keine Ruhe. Warum nur? War sie etwa so veranlagt, dass ihr nichts genügen konnte? Nein, so war es nicht. Insbesondere seit der in den Armen ihres Gatten verbrachten Liebesnacht fühlte sie sich wie eine satte Katze. Izmir war wieder in den Händen der Türken, und das Land würde von einem fortschrittlich und europäisch gesinnten Mann regiert werden, das erfüllte ihr Herz mit Stolz, Freude und Aufregung. Hilmi Rahmi hatte sogar gesagt, sie beide würden wie die europäischen Paare zu Bällen gehen und dort miteinander tanzen. Zwar glaubte Sümbül nicht daran, dass sie so etwas je erleben würde, doch gefiel ihr, dass ihr Mann sich so etwas überhaupt vorstellte. Sie dachte an ihre Eltern zurück, die im Salon ihrer Villa in Plowdiw zusammen Walzer tanzten. Doğan ließ inzwischen auf dem Bauch seiner Mutter mit den Fingern Soldaten aufmarschieren.

»Ich habe Hunger«, murmelte er. »Wenn von dem Quittendessert genug da ist, kriege ich dann zwei Portionen?«

Dass es beim Abendessen, das sie nach dem Gebetsruf immer gemeinsam unter der Kastanie einnahmen, so still zuging, tat Müjgân gut. Durch die Feststimmung im Viertel wurde ihr erst recht wieder bewusst, dass ihr Mann nicht einmal im Kampf gegen die Ungläubigen gefallen war, sondern als Soldat des Heeres, das der Sultan gegen die Freiheitskämpfer aufgestellt hatte, und anstatt ihren Schmerz zu lindern, fügten all die Freuden- und Siegesschreie ihrem Herzen noch mehr Leid zu. In Abwesenheit ihres Gatten war ihr das vaterländische Getue während des Unabhängigkeitskriegs immer mehr zur leeren Schale verkommen, und die sogenannte Nation vermochte die große Leere in ihr nicht im Mindesten zu füllen. Da war sie also um das Wertvollste in ihrem Leben gebracht worden, um sich irgendwelchen unbekannten Dummköpfen verbunden zu fühlen und mit ihnen eine Einheit zu bilden? Während draußen das Getöse andauerte, wuchsen in Müjgân Trauer und Wut.

Im Abendrot reicherte der Wind die Tafel mit Rosenduft an. Dilber zündete die an einem Ast hängende Petroleumlampe an. Das Trommeln und Tröten von draußen setzte sich fort, unterfüttert von Märschen, Liedern und sogar Tango- und Operettenmelodien aus Grammofonen. Hin und wieder hörte man von İki Çeşmelik her junge Kerle plärrend durch die Straßen ziehen.

Die beiden Jungen Sümbüls wetteiferten, wer schneller mit dem Essen fertig war, um so schnell wie möglich zu dem Treiben auf der Straße hinauszugelangen. Doğan hatte sogar vergessen, eine zweite Portion Dessert zu fordern. Als Dilber den Kaffee servierte, wollte Sümbül wie jeden Abend die Jungen unter der Aufsicht Zivers auf die Straße lassen, doch Hilmi Rahmi erlaubte es nicht. Enttäuscht und doch auch irgendwie hoffnungsvoll blickten die Jungen ihre Mutter an, während Hilmi Rahmi und Mustafa sich zum Kaffeetrinken ins Haus zurückzogen.

Sümbül spürte, dass die Stille bei Tisch nicht so sehr der Andacht an Hüseyin zu verdanken war, sondern vielmehr auf irgendetwas zurückging, das sich in der Stadt getan haben musste. Auf das Drängen ihrer Söhne ging sie nicht weiter ein.

»Ihr habt es ja selbst gehört, Papa erlaubt es nicht, was soll ich da machen?«

Nach dem Kaffee ging sie in ihr Schlafzimmer hoch. Hilmi Rahmi hatte seine langen schwarzen Stiefel angezogen und schnallte sich das Koppel um. Wohin wollte er so spät noch? Sümbül klopfte das Herz. Hilmi Rahmi machte einen missmutigen Eindruck. Vor dem Spiegel rückte er seine Krawatte zurecht und zwirbelte seinen Schnurrbart. Sümbül nahm die Lampe, die am Kopfende des Betts brannte, und stellte sie auf den Hocker neben dem Spiegel.

»Ich habe meinen Vater davon abgehalten, ins Europäerviertel zurückzukehren. Der Tochter von Madame Lamarck habe ich auch Bescheid sagen lassen. Sie hat anscheinend ihr ganzes Personal gehen lassen, nur meinen Vater nicht. Was bildet sie sich eigentlich ein? Ist der alte Mann etwa ihr Laufbursche? Erst wollte mein Vater nicht auf mich hören, aber schließlich hat er nachgegeben.«

»Gut so. Er soll ein bisschen bei uns bleiben und sich ausruhen. Das hat ihn heute ziemlich angestrengt. Und warum ist Madame Lamarck in die Stadt? Ist es ihr in Bornova zu unsicher? Was ist im Europäerviertel los?«

Hilmi Rahmi zog einen Schildpattkamm aus der Tasche und kämmte seine hellbraunen Haare zurück. Sümbül nahm den Fes von der Truhe und hielt ihn ihrem Gatten hin. Hilmi Rahmi setzte ihn auf und warf einen Blick auf seine Taschenuhr.

»Weißt du, momentan geht alles drunter und drüber. In Bornova soll es gestern zu Zusammenstößen gekommen sein, aber nicht mit unseren Leuten, sondern zwischen griechischen Soldaten. Die haben die Sache mit Venizelos und dem König noch immer nicht überwunden. Aber das geht uns nichts mehr an. Ich habe vorhin mit meinen Vorgesetzten konferiert. Ein paar Tage lang habe ich noch Dienst. Pass du inzwischen auf meinen Vater auf. Verlasst ja nicht das Viertel, bevor ich wieder zurück bin. Und schick Ziver auf den Markt, er soll für eine Woche Lebensmittel kaufen. Geht mir ansonsten nicht aus dem Haus.«

»Aber …« Sümbül wusste, dass es unmöglich sein würde, die Kinder im Haus zu halten, wenn draußen auf der Straße überall gefeiert wurde. Außerdem war die Stadt doch in türkischer Hand, sie waren befreit. Wozu nun diese Vorsicht? Und jetzt sollte sie wieder allein bleiben, obwohl sie an ihrem Mann noch lange nicht genug hatte. Ihr schossen Tränen in die Augen.

»Sind Waffen im Haus?«

Sümbül schniefte. Da hatte sie jahrelang nicht eine Träne vergossen, hatte sich geduldet, und nun, in Gegenwart ihres Gatten, war auf einmal zutage getreten, wie mitgenommen sie eigentlich war. Beschämt wandte sie den Kopf ab.

»Im Brunnen ist noch die Doppelflinte, und die alte griechische Mauser. Als wir Frauen so ganz allein zu Hause waren, hat uns dein Vater noch die Nagant gebracht, die haben wir auch versteckt. Mehr ist nicht da. Den Rest hat Hüseyin mitgenommen.«

»Und Munition?«

»Haben wir einigermaßen. Was um Himmels willen ist los, Hilmi Rahmi? Sind wir nicht in Sicherheit? Werden etwa die Griechen unsere Häuser plündern? Die Soldaten sind doch alle fortgeschafft worden, nicht wahr? Oder sind noch welche in der Stadt? Wollen sie auch hier alles abfackeln, bevor sie abziehen?«

Liebevoll blickte Hilmi Rahmi seine Frau an, wie sie da in fliederfarbener Seide an der Tür stand. Mit ihren über die Schultern wallenden Locken und den furchtsam aufgerissenen grünen Augen erschien sie ihm im fahlen Lampenlicht wie eine Fee. Sie war noch schöner, als er sie in Erinnerung gehabt hatte. Es versetzte ihm einen Stich, dass er in jener Nacht nicht an ihrer Seite schlafen würde. Doch straffte er sich und dachte an seine Pflicht. In erster Linie war er Soldat und damit beauftragt, in der Stadt für Sicherheit zu sorgen. Mit einer wedelnden Geste versuchte er, die Gedanken an die Eventualitäten zu verscheuchen, wegen derer Nureddin Pascha seine Offiziere vermutlich wieder in die Pflicht genommen hatte. Er legte seinen Ledergürtel an und umarmte Sümbül.

»Solange wir hier in der Stadt sind, seid ihr in Sicherheit. Niemand wird unsere herrliche Stadt niederbrennen, und niemand unsere Häuser plündern. Es werden alle an ihre Arbeit zurückkehren.«

Gemeinsam gingen sie in den Hof hinunter. Auf den Straßen war es endlich still, die Nacht verhüllte die Stadt. Hinter der Kadife-Festung ragte in aller Pracht der Vollmond hervor und schickte sich an, die Bucht mit seinem Silberschein zu waschen. Der ganze Hof war vom betörenden Duft des Geißblatts erfüllt, das sich den ganzen

Tag über mit Sonne vollgesogen hatte. Sümbül fuhr mit den Fingern über die honigsüßen Blüten, die eine ganze Wand bedeckten. Hilmi Rahmi hielt bereits die Zügel seines Pferdes in der Hand und ließ seinen Blick über den dunklen Hof gleiten.

»Schieb zur Vorsicht hinter mir den Riegel vor, ich bekomme die Tür auch von außen auf. Hol aus dem Brunnen die Doppelflinte und auch die Nagant meines Vaters. Und falls sich jemand zu uns flüchten will, lass ihn nicht herein, selbst wenn es Nachbarn sind.«

Verwundert sah Sümbül ihn an.

»Auch keine Frauen oder Kinder?«

Als Hilmi Rahmi darauf keine Antwort gab, kam Sümbül ein Verdacht.

»Befürchtest du etwa, dass vielmehr unsere Soldaten sich über die Stadt hermachen? Hat Mustafa Kemal nicht verkündet, wer sich an den Christen oder ihrer Habe vergreift, wird standrechtlich erschossen? Wer sollte es da wagen, in der Stadt zu plündern?«

Verdrossen tätschelte Hilmi Rahmi das glänzende Fell seines Rappen. Er hatte seiner Frau nicht verraten, dass am Nachmittag der hochangesehene Erzbischof Chrysostomos auf dem Konak-Platz gelyncht worden war. Man hatte ihm mit einer Schere Nase und Ohren abgeschnitten und ihm die Augen ausgestochen und den halb toten alten Mann danach zur Abschreckung durch die Straßen getrieben und seinen Leichnam außerhalb der Stadt liegen gelassen.

Er schaute zum Mond empor, der wie ein Juwel am Himmel glänzte. Seine Frau sollte auch nicht erfahren, wie den an der Front frierenden und hungernden Soldaten eingeimpft worden war, als Lohn für ihre Qual dürften sie die Häuser der reichen Ungläubigen plündern. Voller Grauen erinnerte er sich daran, wie manche Offiziere in einsamen Nächten den anatolischen Bauernjungen, die sich ums Feuer versammelt die Hände rieben, von der Schönheit und der Leichtlebigkeit der Izmirer Christinnen vorschwärmten und ihnen versicherten, falls der Krieg gewonnen werde, dürften sie mit jenen Frauen machen, was immer sie wollten.

Das Pferd tat mit leisem Wiehern kund, dass es des Wartens überdrüssig war und loswollte. Am Sternenhimmel wurden vereinzelte Wolken aufs Meer zugetrieben.

»Niemanden, verstanden?«

»Aber …«

»Sümbül, zum Schutz unserer eigenen Kinder musst du dich strikt an das halten, was ich dir gesagt habe. Bitte hör auf mich und stell auch keine weiteren Fragen.«

Sümbül senkte den Kopf und sah auf die langen Schatten, die der Vollmond im Garten warf. Hilmi Rahmi trat durchs hölzerne Gartentor, schwang sich aufs Pferd, lenkte es in Richtung des jüdischen Viertels, und ohne sich noch einmal umzudrehen, verschwand er hinter dem Friedhof.

Beim Verriegeln des Gartentors überkam Sümbül das Gefühl, nichts mehr werde von nun an so sein wie früher. Auf einmal wusste sie auch, warum sie den ganzen Tag über solch ein Unbehagen verspürt hatte. Es war Sonntag, doch zum ersten Mal, seit sie als junge Braut nach Smyrna gekommen war, hatten keine Kirchenglocken geläutet.

Die Kupferwolke

Adrianas Mutter, die Wäscherin Sofia, nahm kopfschüttelnd ihre Laken von der Leine. Es regnete nämlich Ruß vom Himmel.

»Adriana, *kori mu*, das musst du morgen alles noch einmal waschen, *endaksi*? Es ist alles voller Ruß, und ich verstehe nicht, warum.«

Adriana saß auf einem Stuhl neben dem Grünkohlbeet und nickte nur. Sofia wollte ihrer Tochter an dem Abend nicht noch mehr aufhalsen, sie war betrübt genug. Am frühen Morgen hatte ihr Minas sich als blinder Passagier auf ein amerikanisches Schiff geschlichen, das Tabak nach Alexandria transportierte. Eingefädelt hatte das ein protestantischer Missionar, der ihm öfter Comichefte und andere Bücher zum Lesen gegeben hatte.

Am Vortag war das Gerücht umgegangen, die Türken würden sämtliche in der Stadt verbliebenen Griechen zwischen achtzehn und fünfundvierzig Jahren als Kriegsgefangene nehmen und hätten bereits damit begonnen, junge Kerle aufzuspüren, die sich auf dem Dachboden ihrer Eltern versteckt hatten.

Minas hatte keine Zeit, um zu überprüfen, ob daran wirklich etwas war. Er suchte unverzüglich das Kino auf, in dem die amerikanischen Missionare ihr Lager aufgeschlagen hatten, und fand dort auch deren Leiter, an dessen Versammlungen er ab und zu teilgenommen hatte. Der hochgewachsene Mann mit dem roten Schnurrbart hatte ihm versprochen, ihn auf eine Universität nach Amerika zu schicken, falls er sich zum Protestantismus bekehren würde. Nun zögerte der Missionar auch keine Sekunde, brachte Minas zum Hafen, ließ den Kapitän des Schiffes wecken und überredete ihn dazu, Minas im Schiffsbauch zwischen Tabakkisten zu verstecken.

Der Junge hatte nicht einmal Zeit gehabt, sich von Adriana zu verabschieden. Es gelang ihm lediglich, einem jungen Matrosen einen Zettel zuzustecken, den jener, während noch mehr Tabak zugeladen wurde, zu der Adresse brachte, die Minas ihm beschrieben hatte.

Panayota saß nun mit Adriana beim Grünkohlbeet. Sie hatte aufgehört, um Stavros' Rückkehr zu beten. Das letzte Schiff, das griechische Soldaten fortbrachte, war schon ausgelaufen, also würde Stavros, sollte er heimkommen, verhaftet werden. Wer weiß, wohin man ihn dann bringen würde und welche Qualen er würde ausstehen müssen. Da wäre es ihr fast lieber gewesen, er wäre als Held im Krieg gefallen. Ihr Herz war von Furcht und Reue geplagt und schnürte sich immer mehr zu. Sie hätte fünf Tage zuvor mit dem von Pavlo organisierten Fischerboot nach Chios fliehen und damit sich selbst und ihrer Familie das Leben retten sollen. Nun war ungewiss, ob sie den Einmarsch der Türken überleben würden. Vom Quai her klang es, als würde ein wildes Tier verenden.

»Panayota *mu*, es ist spät, geh doch nach Hause jetzt, deine Eltern machen sich bestimmt Sorgen«, sagte Sofia an der Wäscheleine. Als in der Ferne ein Maschinenge- wehr ratterte, schlug sie drei Kreuze. Es hieß, dem Metro- politen Chrysostomos sei bei lebendigem Leib die Haut abgezogen worden. Bei dem Gedanken daran zitterten Sofias Hände, in denen sie die Wäscheklammern hielt.

»Ich warte lieber auf meinen Vater, Tante Sofia. Er will nicht, dass ich alleine auf der Straße unterwegs bin. Er ist zu Onkel Petro gegangen, und auf dem Rückweg holt er mich ab.«

Sofia sah zum dämmernden Himmel hinauf. Von Bas- mane zog eine kupferfarbene Wolke heran.

Der Krämer Akis saß mit ein paar Nachbarn in der Nähe von Adrianas Haus im Garten des Scheunenbesit- zers Petro zusammen und beratschlagte, was nun zu tun sei. Auch sie sahen die rötliche Wolke über der Stadt.

»Am Quai ist es so voll, dass nicht mal eine Nadel zu Boden fallen könnte«, sagte Petro. »Und auf den Kähnen direkt davor sitzen sie auch zu Tausenden. Alte Frauen und Männer müssen mitten auf der Straße schlafen. Die vielen Leute, die obdachlos ausharren, warten noch immer auf Dampfer aus Griechenland. Es sind ja welche gekommen, doch wen haben sie mitgenommen? Die Mitarbeiter der Besatzungsverwaltung und der griechischen Zentralbank, und das Geld aus den Tresoren ... Im Wasser treiben schon Leichen, und gleich daneben werden Kinder geboren. Noch dazu sind Cholera und Typhus ausgebrochen. In solchen schlimmen Zeiten dürfen wir nicht nur an uns selbst denken. Jeder von uns sollte eine Familie zu sich holen und sie beherbergen.«

»Meine Frau füttert seit einer Woche bei uns im Garten zwei Familien durch«, sagte Adrianas Vater. »Sie sind von Manisa bis hierher barfuß gelaufen, auch Kinder und alte Frauen. Wir teilen jetzt unser Brot mit ihnen.«

»Bravo, Mimiko, dich sollten wir uns zum Vorbild nehmen! Und *Kirya* Sofia genauso.«

Alle wandten sich mit anerkennenden Blicken Mimiko zu, der beschämt zu Boden sah. Mit seinem kleinen Kopf und der flachen Nase sah er aus wie eine Taube. Er war der Ärmste von ihnen und hatte noch dazu acht Kinder durchzubringen. Mit einem neu aufgekommenen Instrument namens Busuki spielte er in Tavernen, während seine Frau Sofia sich als Wäscherin verdingte. Dennoch war keinem außer ihm bisher eingefallen, eine der notleidenden Familien bei sich aufzunehmen.

»Es gibt ja welche, die vor den Augen der armen Leute Fleisch und Bohnen kochen und dann Geld dafür verlangen«, entrüstete sich der Schmied Andrulis. »Wie kann man so ein Unmensch sein! Ich habe es heute Morgen mit eigenen Augen gesehen. Es haben auch Friseure dort Stühle aufgestellt und rasieren die Leute auf offener Straße.«

Bei der Vorstellung jener öffentlichen Rasuren mussten die Männer unwillkürlich an den Metropoliten Chrysostomos denken, dem man vor dem Regierungsgebäude einen Friseurumhang umgebunden und ihm den Bart ausgerupft und die Augen ausgestochen hatte. Akis war schwer ums Herz.

»Armenier sind aus ihren Häusern gezerrt und erstochen worden, und ihre Frauen und Töchter wurden vergewaltigt.«

Adrianas Vater erbleichte, schließlich hatte er fünf Töchter. Als Akis sah, wie er zitterte, legte er ihm die Hand auf die Schulter.

»Uns werden sie nichts tun, Mimiko Efendi«, sagte er in einem Ton, der nicht einmal ihn selbst überzeugte. »Die Armenier haben von der Stefanskirche aus auf die Soldaten geschossen, das müssen sie jetzt büßen. Wir dagegen hocken brav zu Hause. Die Gefahr dürfte vorbei sein. Wir brauchen nur vernünftig zu sein und keinem Abenteurer wie Venizelos mehr hinterherzulaufen, dann leben wir unter der neuen türkischen Verwaltung unversehrt weiter, das steht ja auch in den französischen Zeitungen«, sagte er und sah sich in Petros Garten nach einer solchen Zeitung um, als ob unter ihnen jemand wäre, der Französisch lesen könnte. Als er merkte, dass er keinen so recht zu überzeugen vermochte, stand er auf.

»Gehen wir lieber nach Hause, damit unsere Frauen und Töchter nicht länger allein sind. Morgen früh können wir uns wieder treffen und die Lage besprechen.«

Sie erhoben sich und traten schweigend auf die Straße. Akis und Mimiko gingen dicht an den Hauswänden entlang, bis sie auf den Platz gelangten, der von violettem Dämmerlicht beschienen war. Im Westen blitzte der Polarstern auf. Wo ansonsten zu jener Abendstunde reger Betrieb herrschte, war nun alles still und leer. Aus den

Bäckereien duftete es noch nach Brot, doch das Kaffeehaus war geschlossen, die Stühle unter den Lauben standen umgedreht auf den Tischen.

Mimiko besorgte fünf große Laibe Brot für seine um die Flüchtlinge angewachsene Familie. Von einem brach er ein Stück ab und hielt es Akis hin. Aus dem weichen weißen Teig stieg feiner Dampf auf. Akis sah kauend zum Abendhimmel empor und hatte auf einmal das Gefühl, es könne sich irgendwie alles wieder zum Guten wenden. Die rötliche Wolke über Basmane war noch weiter herangeschwebt.

»*Kirye* Akis«, sagte Mimiko leise, als fürchtete er sich ein wenig vor dem allseits geachteten Krämer, der für seinen mächtigen Leib und sein aufbrausendes Wesen bekannt war, »du weißt sicher am besten, was zu tun ist, doch mir scheint, wir sollten unsere Töchter verstecken, bevor Banden in unser Viertel einfallen. Damit es uns nicht ergeht wie den Armeniern. Bei denen wurden nachts die Haustüren aufgebrochen.«

Akis strich sich über den schwarzen Bart. Seit vier Tagen hatte er sich nicht rasiert. Am nächsten Tag musste er nach Fasula und das nachholen, falls er einen offenen Friseurladen fand.

»Schwebt dir etwas Genaues vor?«

Mimiko senkte den Kopf, der auf dem langen Körper geradezu winzig wirkte. Er war genauso groß wie Akis, kam aber nur auf ein Viertel von dessen Fülle.

»Ich habe von den Flüchtlingen gehört, dass sie ihre Töchter in einem Grab im Darağacı-Friedhof versteckt haben. Auf griechische Friedhöfe trauen sich wohl weder Soldaten noch Banditen.«

»Wir sollen die Mädchen in Gräber stecken?«, fragte Akis verdutzt. »*Ti les vre*, Mimiko? Was sagst du da? Ach,

Thee mu, was sind das bloß für Zeiten? Im Krieg wird der Mensch zum Ungeheuer.«

Als sie bei Mimikos Haus in der Kâtipzade-Straße eintrafen, hörten sie aus der Ferne Schüsse. Sie traten durchs Gartentor und dachten dabei das Gleiche, sodass sie einander nicht ins Gesicht zu sehen wagten. Wenn die Schüsse so weit weg sind, gehen sie nicht uns etwas an, sondern eine andere Familie. Gott sei Dank.

Adriana, Panayota und die anderen Kinder saßen unter dem Maulbeerbaum und aßen Knurrhahn und Oliven. Die barfüßigen Flüchtlingskinder hatten sich innerhalb einer Woche an ihr neues Zuhause gewöhnt, eines war sogar auf Adrianas Schoß gekrochen. Im Schein der vom Baum hängenden Lampe sah Mimiko, dass seine Tochter rot geweinte Augen hatte. Die Jungs wirkten bleich. Auch sie hatten mitbekommen, dass männliche Griechen als Kriegsgefangene festgesetzt werden sollten. Den Türken galten sie nunmehr alle als Verräter, denn sie hatten gegen ihr Vaterland die Waffen ergriffen.

Meine Söhne sind nicht in den Krieg gezogen, dachte Mimiko trübselig, nicht mal ein Gewehr haben sie in die Hand genommen. Möge Gott geben, dass das alles nur Gerüchte sind.

Der jüngere Sohn war im Sommer fünfzehn geworden, der größere, Aristo, war einundzwanzig. An Ostern hatten sie ihn mit einem Mädchen aus Agia Vukla verlobt, da hatte er noch Hoffnungen auf eine Zukunft. Sogar in den europäischen Zeitungen stand, es drohe keine Gefahr mehr. Zugleich warnten sie davor, sich auf die Gelüste unverantwortlicher Politiker einzulassen. Kommt gar nicht infrage, dachte Mimiko. Leuten von außerhalb glauben wir nichts mehr. Sie haben sich allesamt davongemacht, und wir stehen als Feinde des Vaterlands da.

An den Metropoliten durfte er gar nicht denken, sonst hätte er vor den Kindern losgeheult. Trotz aller Warnungen der Europäer hatte jener nicht das Weite gesucht, sondern war geblieben, um seine Schäflein zu beschützen.

»Morgen früh komme ich wieder«, sagte Panayota beim Abschied zu ihrer Freundin. »Das darf ich doch, nicht wahr, Papa? Du begleitest mich wieder, ja?«

Akis nickte. Ihm war es nur recht, wenn sich Panayota und Katina in diesen düsteren Zeiten bei großen Familien aufhielten. Anstatt sie alleine in der Menekşe-Straße zu lassen, brachte er sie lieber ins Haus von Freunden.

Gemeinsam holten sie Katina ab, die wie einige andere Frauen des Viertels nach Tante Rozi gesehen hatte. Zu Hause deckten Panayota und Katina den Tisch. Sie aßen ein Bohnengericht, in das sie Stücke des von Akis gekauften Brotes tauchten. Keiner von ihnen hatte Appetit, und nach Reden war ihnen auch nicht.

»Über Basmane habe ich heute eine rote Wolke gesehen«, sagte Katina schließlich und sah dabei auf ihre Stickarbeit, die von der Erkerbank herunterhing.

»Die habe ich auch gesehen«, erwiderte Panayota. »Und Tante Sofia hat gesagt, auf ihre Wäsche regnet es die ganze Zeit Ruß herab.«

Beide Frauen wandten sich Akis zu, ob der vielleicht für die Wolke und den Rußregen eine Erklärung zu liefern hatte. Akis fiel wieder ein, was Mimiko vorgeschlagen hatte. Da versteckten also die Leute ihre Töchter auf dem Friedhof? Das musste er Katina erzählen. Oder würde er ihr damit nur ganz umsonst einen Schrecken einjagen?

Da sie nicht wussten, was sie sonst anfangen sollten, legten sie sich zeitig zur Ruhe. Vielleicht würde ja der Schlaf ein wenig den Druck lösen, den die Furcht auf ihre armen Herzen ausübte.

Der Brand

In der Nevres-Straße fing als Erstes das Haus der Hebamme Meline Feuer. Zum Glück war niemand zu Hause, als die Flammen in die von Soldaten aufgebrochene Tür loderten und sich gierig die Treppe hinauffraßen. In den Straßen um die Stefanskirche brannte es kurz darauf überall los, als würden an vielen Stellen zugleich Feuerwerkskörper explodieren. Menschen, die sich in Dachböden und Kellern versteckt hatten, flohen schreiend auf die Straße. Manchen wurde unmittelbar danach die Kehle durchschnitten, andere schafften es, sich unter die von ausländischen Matrosen beschützten Gruppen von Europäern zu mischen, die zum Quai hinunterströmten, wieder andere kamen im Gedränge unterwegs ums Leben.

In der Geheimetage des britischen Konsulats, die den Spionen Ihrer Majestät zu Verfügung stand, öffnete Avinash auf einem Sofa die Augen. An richtigen Schlaf war bei dem Lärm, den Tausende Verzweifelter draußen veranstalteten, nicht zu denken gewesen, doch ein paar Minuten musste er eingenickt sein. Er spitzte die Ohren, um zu erahnen, was sich hinter den geschlossenen Fensterläden abspielen mochte. Jemand rief »Feuer«. Da ging Avinash zum Fenster und öffnete einen Laden. Das Getöse draußen wurde noch lauter. Der Wind hatte gedreht und wehte nunmehr in heftigen Böen von den Bergen her aufs Meer zu. Falls der Brand die oberen Viertel erreichte, würde es keine Viertelstunde dauern, bis die Flammen die Abertausenden von Menschen am Quai erreicht hatte. Avinash hob den Kopf und bemerkte Konsulatsmitarbeiter, die vom Dach des Nebengebäudes aus den Brand beobachteten.

Unter dem Fenster drehte sich ein Mädchen zu seiner

Familie um und schrie: »Die verbrennen uns bei lebendigem Leib! Wir werden alle sterben!«

Avinash stürzte hinaus. Er zwängte sich zwischen Leuten hindurch, die weinend und brüllend das schmiedeeiserne Tor des Konsulats zu überwinden suchten. Die am Hafen kampierende Menge sah entsetzt zu den Hügeln hinauf, doch sowohl das nördliche als auch das südliche Ende des Quais waren von türkischen Kavalleristen besetzt, die keine Flüchtenden durchließen. Avinash kehrte um, überquerte im Laufschritt die Sarı- und die Maden-Straße und kam auf dem Weg zum Fasula-Boulevard am italienischen Mädchengymnasium vorbei, dessen Hof voller Menschen mit schreckgeweiteten Augen war.

Die Apotheke Yakumis war geplündert worden. Als Avinash das zersplitterte Schaufenster sah, versetzte es ihm einen Stich. Erschüttert blieb er stehen. Überall lagen Phiolen, Schläuche, Spritzen und Döschen herum. Es kam Avinash in den Sinn, durch die zerhackte Tür in die Apotheke zu steigen und sich ein Fläschchen des Rosenöls zu sichern, das Yakumi immer hütete wie seinen Augapfel, doch zum einen drängte die Zeit, und zum anderen zeigte ihm seine empfindliche Nase an, dass die Behältnisse mit dem kostbaren Öl längst zerschlagen waren. Er tat einen tiefen Atemzug und setzte seinen eiligen Lauf fort.

Gleich einem gurgelnden Fluss wälzte sich die Feuersbrunst aufs Meer zu. Es war Avinash, als hörte er irgendwo eine Kirchenglocke läuten, kurz darauf sackte mit großem Getöse etwas Massives in sich zusammen. Mit aller Macht trieb der Wind die Flammen aufs Meer zu, auf die griechischen und levantinischen Viertel. Einige der schicken Geschäfte in Fasula waren ausgeraubt worden. Auf den mit Scherben übersäten Gehsteigen lagen Waren verstreut, mit denen die Plünderer nichts hatten anfangen können, blutverschmierte Stoffballen, Teppiche, Spielsachen, Kleider und Bücher. Ohne hinzuschauen, ohne etwas zu denken oder zu fühlen, lief Avinash weiter.

Das Schreien und Lärmen am Quai schien mit dem Tosen der Flammen zu wetteifern.

»*Kegomaste! Kegomaste!* Wir verbrennen!«

Avinash war schweißgebadet. Die Stadt hatte sich in einen riesigen Backofen verwandelt. Zum einen die leeren Straßen, in deren Häusern die Bewohner sich verbarrikadiert hatten, zum anderen die Schul- und Kirchhöfe voller Flüchtlinge. Es kamen ihm junge Leute entgegen, die ihre Großeltern auf dem Rücken trugen, ein Mädchen mit einem Lederkoffer unter dem Arm, eine Frau, die zwar kaum mehr am Leib hatte als ein dünnes Nachthemd, doch mehrere Federhüte auf dem Kopf trug. Dies waren keine armseligen Flüchtlinge, die sich barfuß aus ihren Dörfern nach Smyrna gerettet hatten, es waren Bewohner der Stadt, die aus ihren brennenden Häusern gestürzt waren. Auf Plätzen häuften sich allerhand Gegenstände an, ob Tische, Stühle, Mandolinen, Siebe, Kaffeemühlen, Töpfe und wer weiß was noch alles.

Als er in der Vasili-Straße ankam, war er so nass, als wäre er gerade dem Meer entstiegen. Edith fand er im Garten vor. Sie hatte sich Zöpfe geflochten und um ihren Kopf gewunden. Auf einer Bettdecke lagerte ein junges Mädchen, auf dessen Stirn Edith eine Essigkompresse auflegte. Der gesamte Garten – und selbst der Teich – war voller weinender, wimmernder Menschen. Dabei wussten sie noch nicht einmal um den Brand Bescheid. Neben Edith stand ein hochgewachsener Mann in Pluderhose – vermutlich der Vater des Mädchens – und hielt eine Petroleumlampe. Als Edith den Kopf hob, war sie zunächst geblendet und erkannte Avinash nicht. (Oder zumindest legte er sich diese Erklärung zurecht.)

»Was willst du?«, fragte sie nämlich schroff. Ihre dunklen Augenringe ließen vermuten, dass sie nächtelang nicht geschlafen hatte.

Zum Diskutieren war keine Zeit. Avinash packte Edith am Arm, zog sie hoch und zerrte sie zum Haus.

»Los, hol sofort deine Wertsachen zusammen, wir müssen fort! Die Stadt brennt!«

Edith blickte ihren Geliebten sprachlos an. In seinem Gesicht sah sie irgendetwas, was sie plötzlich dazu bewog, sich umzudrehen und aufs Haus zuzulaufen. Avinash eilte ihr hinterdrein. Während sie in einen Koffer Schmuck und Kleidung stopfte, warf Avinash einen raschen Blick auf die Bücherregale, auf denen wertvolle, in Leder gebundene Werke mit goldenem Schriftzug standen, russische und französische Klassiker, auch amerikanische Literatur. Er nahm ein paar davon in die Hand und stellte sie sogleich wieder zurück. Sie konnten sich schließlich nicht mit Büchern abschleppen!

Da fiel aus einem der Bücher ein Jugendfoto von Edith heraus, aus einer Zeit, in der er sie noch nicht gekannt hatte. In einem weißen Kleid lächelte sie darauf vor einem Hintergrund mit Bäumen und einem Reh. Sei es aus einem Geheimdienstreflex, sei es aus zärtlicher Zuneigung steckte er das Foto in seine nass geschwitzte Westentasche. Edith lief indes wieder in den Garten hinaus.

»Lasst alles stehen und liegen und lauft zum Quai!«, rief sie mit ihrer tiefen Stimme. »Es brennt in der Stadt, macht schnell! Los, zögert nicht lang, lauft zum Meer hinunter, jetzt sofort, alle miteinander! *Tora!*«

Der Hausverwalter Hristo und die Dienstmädchen hatten sich längst zu ihren Familien aufgemacht. Juliette,

Jean-Pierre und seine Familie hatten sich drei Tage zuvor ins französische Konsulat geflüchtet, doch Edith hatte sich nicht überreden lassen, die Schutzsuchenden in ihrem Garten allein zu lassen.

An der Uferpromenade konnten sie kaum glauben, was sie sahen. Seit sie zuletzt dort gewesen waren, hatte sich die Zahl der Menschen dort verzehnfacht. In der dicht gedrängten Menge hoben viele flehend die Arme empor, und wenn sie einen Reiter herannahen sahen, beugten sie sich schützend über ihre Töchter. Zahllose Menschen versuchten, es in die Boote am Ufer zu schaffen, von denen manche auf der Stelle kenterten. In den anderen legten die Ruderer sich ins Zeug, um zu den vor Anker liegenden europäischen Schiffen zu gelangen. Auf der Meeresoberfläche trieben dicht an dicht Leichen dahin. Junge Burschen aus den muslimischen Vierteln sprangen mit Messern ins Wasser und schnitten den Toten Ringe und Ketten vom Leib, ungehindert von den Soldaten, die an beiden Enden des Quais Wache hielten.

Avinash brachte Edith in ein gut ausgestattetes britisches Boot, das jenseits einer Militärsperre auf sie gewartet hatte. Sofort warf der Kapitän den Motor an und nahm Kurs aufs offene Meer. Menschen, die sich bis dahin in Restaurants an der Promenade versteckt gehalten hatten, stürmten auf das Motorengeräusch hin heraus, ohne sich um die Barrikade, die berittenen Soldaten und das Maschinengewehrfeuer zu kümmern. Da stieß Edith einen Schrei aus, stürzte aufs Steuerrad zu und schlug dem Kapitän auf die Hände. Als hätte es ihr die Sprache verschlagen, gestikulierte sie wild in Richtung der Menschen am Ufer. Der Kapitän, dessen weißer Uniformkragen sogar noch im Nachtdunkel glänzte, beschied ihr allerdings kühl, es tue ihm leid.

»Miss Lamarck, ich habe von meinen Vorgesetzten die klare Anweisung bekommen, dass ich nur Konsulatsmitarbeiter, britische Staatsbürger und deren Angehörige an Bord nehmen darf.«

»Verfluchter Kerl, komm mir nicht mit deinen verdammten Vorgesetzten!«

Wie ein wild gewordener Tiger stürzte sie sich auf den Kapitän und stieß dabei wilde Flüche aus. Sie wollte ihn ins leichenübersäte Wasser werfen und statt seiner verzweifelte Menschen an Bord nehmen. Mit ihrem Ringen brachten sie das Boot ins Schwanken. Edith klangen die Hilfeschreie ins Ohr, das Weinen der Kinder. Da packte Avinash sie mit seinen starken Armen und hielt sie fest, bis sie sich nicht mehr rühren konnte. Der Kapitän stellte sich knurrend wieder ans Steuerrad. Er rückte den Kragen zurecht, der bei der Rangelei verrutscht war, und steckte sich eine Zigarette an.

Edith wand sich schreiend in Avinashs Armen.

»Der Teufel soll dich holen, Avinash, *que Dieu te maudisse*! Der Teufel soll euch alle holen! Wie könnt ihr nur diese Leute hier zurücklassen? Die verbrennen doch alle, siehst du das nicht? Lass mich los, ich will nicht weg von hier. *Merde*! Bring mich nicht auf so ein Schiff von diesen hinterhältigen Engländern! Ich will zurück nach Smyrna! *Ramène-moi à Smyrne*!«

Avinash lockerte seinen Griff nicht. Das Boot hielt auf die dunklen Wasser zu und entfernte sich rasch von den am Ufer schreienden Menschen. Als Edith ihr Repertoire an Flüchen in allen damals in Smyrna gesprochenen Sprachen erschöpft hatte, sank sie schluchzend in den Armen ihres Geliebten zusammen.

»Avinash, bring mich bitte nicht fort von hier! Lass mich hier, ich will mit diesen Menschen zusammen verbrennen! Ich gehöre hierher, diese Stadt ist meine Heimat. Ich will nicht das hier mit ansehen und danach fortleben wie ein davongekommenes Gespenst!«

Auf einmal hörte sie zu weinen auf, ihrer Kehle entrang sich ein dumpfer Schrei, und sie schlug beide Hände vor den Mund. Das Boot war nun weit genug vom Ufer entfernt, dass sie den Anblick in seiner ganzen Entsetzlichkeit vor sich hatten.

Edith richtete sich in ihrer Umklammerung auf und starrte auf das Stück Festland, das sie hinter sich gelassen hatten. Die Flammen gebärdeten sich wie eine Meute tollwütiger Hunde, die von allen Seiten her über die Stadt herfielen. Avinash wollte Ediths Kopf an seiner Brust bergen, um sie zu schonen, sie aber stieß seine Hand weg und wandte sich wieder der Stadt zu. Im vom Meer widergespiegelten rötlichen Licht wirkten ihre Züge weicher, und sie glich mehr dem jungen Mädchen, dessen Foto er in der Jackentasche trug. Ohne die Hände vom Mund zu nehmen, schloss sie die Augen, schluckte schwer, dann kullerten ihr zwei Tränen von den Wangen.

Auf den Hügeln der Stadt schwoll der Brand an wie eine rote Ozeanwelle und schickte sich an, das schöne Smyrna und seine Kinder in einem Zug zu verschlucken.

Sie waren nun nahe an der Iron Duke, auf die gerade ein überfülltes Boot zuruderte. Die Menschen hatten die Strickleiter erblickt, die von dem britischen Kreuzer herabhing, und schrien fuchtelnd Unverständliches.

Als Edith vom Motorboot aus mit letzter Kraft die Strickleiter packte und noch einmal zurückblickte, sah sie, wie ihr ein etwa zweijähriges Kleinkind zugeworfen wurde. »Nehmen Sie es bitte an sich, Madame, retten Sie es, *se parakalo*!«, schrie die verzweifelte Mutter, so laut sie nur konnte. Im Flug löste sich die Decke, in die das

Baby gehüllt war, und sein schmutziger Leib kam zum Vorschein. Glückselig sah sein Gesichtchen aus, vielleicht erinnerte es sich daran, wie sein Vater es in fröhlicheren Zeiten manchmal in die Luft geworfen hatte. Auf Ediths Höhe riss es den Mund auf, als würde es gleich loslachen. Edith löste eine Hand von der Strickleiter, verlor aber dabei das Gleichgewicht und wäre fast ins Wasser gefallen. Das Baby stürzte in die Tiefe, aus dem Lachen wurde ein Weinen, da schlug es mit dem Kopf an den Rand des Ruderboots und plumpste ins Wasser. Mit einem Schrei stürzte die Mutter hinterdrein, holte das blutverschmierte Gesicht des Babys noch einmal hervor, küsste es, dann versanken beide.

Jener Szene, die Edith von der Strickleiter aus verfolgte, schenkten die Menschen im Boot nicht die geringste Aufmerksamkeit. Es drängte sie einzig und allein, selbst auf die Strickleiter und damit an Bord der Iron Duke zu gelangen, wobei sie einander schubsten und stießen. Der Kapitän des Motorboots, mit dem Edith zuvor gerungen hatte, holte unter dem Steuerrad eine Eisenstange hervor und schlug damit die Menschen von der Strickleiter, sodass sie ins Meer fielen. Als Edith das mitbekam, blieb sie mitten auf dem Tritt wie angewurzelt stehen. Diesmal würde sie den Kapitän ganz einfach erwürgen. Sie wollte wieder hinabsteigen, rutschte dabei aus und wurde von Avinash aufgefangen, der noch ganz unten stand.

»Wenn du dich jetzt nicht beeilst, werden wegen der Hoffnung, die diese Leiter hier weckt, noch viel mehr Menschen ums Leben kommen.«

Kaum waren die beiden an Deck, wurde die leere Strickleiter auch schon hochgezogen, und damit die Menschen von der Iron Duke abließen, überschüttete man sie eimerweise mit heißem Wasser.

Außer Atem schleppte sich Edith zum Bug und klammerte sich an die Reling. Sie ertrug nicht mehr, was sie mit ansehen musste. Ob sie wohl gleich tot wäre, wenn sie sich von dort hinunterstürzte? Sogar aus der Ferne war die Hitze der Flammen noch zu spüren, und Edith standen Schweißperlen auf der Stirn. Die Menschen am Quai mussten brennen wie in einem Ofen. Zu Dutzenden stürzten sie sich ins Meer. Manche griffen zu den Eisenringen, an denen die Fischer ihre Boote festmachten, und hielten sich so über Wasser. Doch gingen türkische Soldaten vom Ufer her auf sie zu und schlugen ihnen, wie zuvor der englische Kapitän, mit Eisenstangen auf die Hände. Wer losließ, dessen Hände schaukelten noch eine Weile auf den Wellen, als winkten sie der Menge zum Abschied zu, dann verschwanden sie in den dunklen Fluten.

Avinash trat von hinten an Edith heran und fasste sie um die Taille. Seine Tränen tropften auf Ediths Hals herab. Die am Ufer ausgestoßenen Schreie drangen bis zu ihnen und konnten weder von Schiffssirenen übertönt werden noch vom Glockenläuten brennender Kirchen. Weder Avinash noch Edith hatten je ein solches Ausmaß an Kummer und Verzweiflung erlebt. Sie hielten sich aneinander fest, um nicht zu fallen. Im Ballsaal der Iron Duke stimmte eine Militärkapelle eine Polka an. In ihrer unersättlichen Gier machten sich die Flammen über das herrlich ziselierte Théâtre de Smyrne her, über das Café de Paris, und von dort sprangen sie auf das Kraemer Palace über. Als das Dach des Hotels mit gewaltigem Krachen einstürzte, war es um das stattliche Gebäude auf immer und ewig geschehen.

Der Bäckerplatz

Panayota wurde von Hundegebell wach. Vom Platz her ertönte lautes Rufen. War etwa ein Brand ausgebrochen? Sie sprang aus dem Bett und lief zum Erker.

Tatsächlich, es brannte! Mein Gott! Der Brand hatte das ganze armenische Viertel erfasst und kam auf sie zu.

Vom Wind angetrieben, leckten die Flammen wie ein vielzüngiges Ungeheuer an Dächern und Kirchenkuppeln, schlängelten sich in die Häuser, kamen als roter Rauch aus den Fenstern wieder heraus und stiegen als kupferfarbene Wolke zum Himmel empor.

Unter dem Fenster kam mit aufgerichtetem Stummelschwanz Muhtar vorbei. Hochwichtig reckte er die Schnauze zum rötlichen Himmel und lief bellend auf den Platz, bald gefolgt von fünf anderen gelben Hunden. Die Vögel hielten den Feuerschein für Tageslicht und fingen auf dem Zitronenbaum vor dem Erker zu zwitschern an. Die Katzen wiederum verließen scharenweise die Dächer.

Panayota lief barfuß ins Schlafzimmer ihrer Eltern. Katina sprang aus dem Bett, Akis griff zum Revolver auf seinem Nachttisch.

»Was ist los? Ist alles in Ordnung, *kori mu*? Ist jemand an der Tür? Sind es Plünderer? *Kala ise*, Panayota? Haben sie dir etwas getan?«

Ohne den Revolver aus der Hand zu legen, zog Akis über den Schlafanzug eine Hose an. Katina riss die Kopfkissen auf, um die Goldmünzen herauszuholen, denn sie wusste nicht, dass Akis diese längst in einem Gerstenkrug verborgen hatte. Draußen wurde geschrien.

»Papa, Mama, es brennt! Schnell, wir müssen raus, sonst verbrennen wir!«

Akis hielt beim Zuknöpfen seiner Hose inne. Ein Brand?

Beinahe freute er sich darüber. Also standen noch keine Plünderer vor dem Haus. Sie eilten zum Erker. Der halbe Himmel war orangefarben. Die Häuser gegenüber und das Agia-Katerina-Viertel leuchteten, als wäre die Sonne aufgegangen. Akis überschlug die Gefahr, die ihnen drohte.

»Das Feuer ist wohl von Basmane nach Agia Dimitri hinüber. Zum Teufel, jetzt hat der Wind gedreht und weht auf uns zu. Ein bisschen Zeit haben wir aber noch.«

Er stieg von der Erkerbank und sah, wie Panayota in ihrem dünnen Nachthemdchen zitterte. Im dem rötlichen Licht stand das Mädchen mit den auf die Brust herabwallenden schwarzen Locken und dem schmalen weißen Körper da wie eine chinesische Porzellanfigur. In unruhigem Schlaf musste sie geschwitzt haben, auf Stirn und Hals klebten ihr Haare. Wie zierlich und hübsch sie doch war, und wie zerbrechlich!

»*Kori mu*, zieh dich schnell an, etwas Warmes, und hüll dich in einen Überwurf, der dir den Kopf bedeckt, und am besten auch das Gesicht.«

Panayota klapperte mit den Zähnen. Akis zog sie an sich und drückte ihren zarten Körper, als wollte er sie auspressen.

»Dir geschieht nichts, mein Mädchen, ich bin ja bei dir. Also los jetzt, *ela*, zieh dich schnell an. Ich schaue, wo Mama hin ist.«

Lange stand Panayota vor dem Schrank, hielt Kleider vor sich hin, verschmähte sie und warf sie aufs Bett. Wer die besonderen Umstände jener Nacht nicht kannte, hätte sie für ein junges Mädchen halten können, das nicht recht wusste, wie es sich für einen Spaziergang an der Uferpromenade kleiden sollte. Schließlich entschied sie sich für ein altes graues, bis zu den Knöcheln reichendes Kleid und ein wollenes Umschlagtuch. Bei manchen der am

Quai lagernden Frauen hatte sie gesehen, dass sie Hosen trugen, und das leuchtete ihr nun ein. Weil es schwerer war, jemandem eine Hose vom Leib zu reißen, wären Soldaten oder Banditen eher geneigt, von ihr abzulassen und sich leichteren Zielen zuzuwenden. Sie erschauerte. Nein, an so etwas durfte sie jetzt gar nicht denken. Ihr Vater, der starke Akis, würde sie beschützen. Und niemand würde sie auch nur anrühren.

Bald war das ganze Viertel auf dem Platz versammelt. Adriana, ihre Geschwister, ihre Eltern, der Fischer Yorgo mit seiner Frau Eleni und seinem Sohn Niko, der alte Hristo, der Schmied Petro, die Kaffeehausfreunde von Akis, die Frauen, mit denen Katina immer vor der Haustür schwätzte … Sie blickten zum roten Himmel hinauf, deuteten hierhin und dahin, schleppten aus ihren Häusern Teppiche, Radios, Bilder, Fotoalben und Säcke voller Mehl herbei. Mimiko versuchte vor dem Kaffeehaus Akis etwas zu sagen, doch im herannahenden Prasseln der Flammen gingen seine Worte unter.

Panayota hatte bis dahin nicht gewusst, dass ein Feuer sich anhören konnte wie ein rauschender Fluss. Der Brand übertönte das Weinen und Rufen der Menschen, das Krachen der einstürzenden Häuser, das Bellen der Hunde und das Zwitschern der Vögel. Nur in der Ferne war eine unaufhörlich läutende Kirchenglocke zu hören, vermutlich von Agia Katerina her. Sie klang eindringlicher als die Feuerwehrsirenen, so flehend, dass den Menschen das Blut in den Adern gefror. Doch irgendwann reichten die Flammen auch dorthin, und mit einem Schrillen, wie man es bis dahin noch nie vernommen hatte, tat die riesige Glocke einen letzten Schlag, dann verstummte sie, und der Kirchturm war aller Wahrscheinlichkeit nach eingestürzt.

»Ich höre Sirenen«, sagte Katina.

Panayota und sie umarmten einander innig. Die Hitze war kaum mehr auszuhalten. Von Stirn und Nacken rann den beiden Frauen der Schweiß über die Brust. Katina hatte sich die Taschen mit Goldmünzen vollgestopft und all ihren Schmuck, auch den aus Panayotas Aussteuer, unter ihrer Kleidung verborgen. Selbst das kleine Kreuz, das Panayota an einem dünnen Kettchen um den Hals trug, nahm sie ihr ab und hängte es sich selbst um. Frauen mit Schmuck am Körper wurden auf offener Straße angehalten und gezwungen, sich auszuziehen. Sie hätte es nicht ertragen, wenn jemand Hand an ihre Tochter gelegt hätte. Ihr fiel wieder ein, was Akis am Vorabend über den Friedhof in Darağacı gesagt hatte.

Jemand rief: »Zum Quai, zum Quai! Alle runter zum Quai, so schnell wie möglich!«

»Wo ist Tante Rozi? Hat jemand Tante Rozi gesehen? Sie kann womöglich aus ihrem Haus nicht mehr heraus. Jemand muss sie retten!«

Da füllten sich die Straßen mit noch mehr Menschen. Sie kamen gebückt daher, die Augen standen ihnen aus den Höhlen. Es waren die Menschen, die sich aus ihren Dörfern in die Kirchhöfe von Agia Katerina und Agia Dimitri gerettet hatten und nun vor den Flammen noch weiter davonlaufen mussten. Sie schleppten sich mit Bündeln ab, zerrten ihre Alten mit. Keiner gab einen Ton von sich. Sie flohen vor der Hölle.

Bei ihrem Anblick musste Katina daran denken, was sie geträumt hatte, als sie bei Panayotas Geburt dachte, sie sei gestorben. In den paar Stunden, in denen sie zwischen Leben und Tod schwebte, war sie an einen Ort geraten, an dem Menschen und Tiere von den Flammen verzehrt wurden. Damals hatte sie sich in der Hölle gewähnt, nun aber begriff sie, dass sie damals nichts anderes gesehen hatte als jene Nacht, die sie nun erlebte …

Plötzlich fühlte sie sich dem Tod sehr nahe. Eine von ihnen beiden würde noch in dieser Nacht sterben.

Sie flehte die Heilige Jungfrau an, ihr eigenes Leben zu nehmen und das von Panayota zu verschonen. Da kam am Französischen Krankenhaus ein junger Priester vorbei, gefolgt von einer Gruppe von Menschen. Ohne Panayotas Hand loszulassen, steuerte Katina auf den Priester zu. Akis packte sie am Handgelenk.

»Was ist denn in dich gefahren, *vre*? An so einem Tag willst du einem Priester hinterher? Du bringst uns noch alle um!«

Sie waren mittlerweile vor der Bäckerei angelangt. Dem geschlossenen Laden entströmte noch immer herrlicher Brotduft. Panayota konnte kaum glauben, dass sie noch vor wenigen Stunden mit ihrem Vater dort zwei Laib Brot gekauft und danach in ihrem Wohnzimmer Stücke davon in die Bohnen getunkt hatte. Das schien in einem anderen Leben geschehen zu sein.

Das Mädchen war nicht sie selbst gewesen, sondern eine dumme Pute, die von einer Zukunft träumen durfte und nicht zu schätzen wusste, was sie besaß. Sie hob den Kopf und sah zur Menekşe-Straße am anderen Ende des Platzes, zu dem Haus, in dem sie ihre Kindheit, ihr ganzes Leben verbracht hatte, zum Laden ihres Vaters. Alles hätte sie nunmehr dafür gegeben, für immer zu jenem Augenblick vor drei Stunden zurückzukehren, als sie mit Akis und Katina am Tisch gesessen hatte und sie alle im Herzen noch den unerschütterlichen Glauben trugen, ihr gewohntes Leben werde genauso weitergehen. Sollte auch ein Tag aufs Haar dem anderen gleichen, würde sie sich dennoch nie wieder langweilen. Kummervoll erkannte sie, dass sie das Wertvollste verloren hatte, denn jenes Leben ging nun zu Ende … Wie immer diese Nacht auch vergehen mochte, würden sie doch nie wieder in ihrem Haus mit der blauen Tür Brotstücke in ihre Bohnen tunken.

Die Flammen prasselten noch lauter, der Brand drohte auch sie zu vertilgen. Da wurde von Agia Trifon her Hufgetrappel laut. Die Menschen riefen: »Die Türken kommen!« und stoben davon. Angstvoll sah Panayota ihren Vater an. Der tauschte mit Mimiko einen vielsagenden Blick. Die beiden Männer, deren Gesichter kirschrot angelaufen waren, packten gleichzeitig ihre Frauen und Töchter beim Arm und liefen mit ihnen durch Staub und Rauch in die entgegengesetzte Richtung des Quais, aufs Englische Krankenhaus zu. Adriana trug ihre weinende Schwester Irini, Aristo hatte Tante Rozi auf dem Rücken.

Beim Überqueren der Bahngleise blieb Panayota mit ihrem Gewand an einem Nagel hängen und schlug der Länge nach hin. Katina stieß einen Schrei aus. Panayota versuchte sich sofort wieder hochzurappeln. Ihr drehte sich der Kopf.

»Nichts passiert, *manula*. Los, weiter.«

Von ihrer Schläfe rann warmes Blut herab. Katina betupfte die Stelle mit einem Rockzipfel, dann ließ sie den Rock auf einmal los und umarmte Panayota schluchzend. Mutter und Tochter verharrten mitten auf dem Gleis, das sich unter der roten Himmelskuppel schlängelte. Katina wusste, dass sie gerade ihre Tochter zum letzten Mal umschlang. Als sie voneinander ließen, zog Katina den Saphirring vom Finger, den sie von ihrer eigenen Mutter hatte, und steckte ihn an Panayotas schlanke weiße Hand. Ihre Mutter hatte immer gesagt, der Ring sei ein Glücksbringer.

Die anderen warteten neben dem Panionios-Stadion, das sie noch vom griechischen Friedhof trennte. Der Zaun um das Stadion war an vielen Stellen durchlöchert, und sowohl auf den Tribünen als auch auf dem Spielfeld hatten sich auf ihrer Flucht Menschen niedergelassen. Unmittelbar dahinter lag ernst und still der von mächtigen Zypressen umstandene Friedhof. Gemeinsam schlichen sie an dem Stadion vorbei, in dem Minas einst seine Kunststücke am Ball vollführt hatte, und tauchten ab in die Dunkelheit des Todes.

Der Albtraum

Obwohl Hilmi Rahmi mehr als die Hälfte seines Erwachsenenlebens an diversen Fronten verbracht hatte, war ihm noch nicht untergekommen, dass die Menschheit derart aus den Fugen geraten war. Schwer zu sagen, was ihn am meisten erschütterte, vielleicht die Macht von Feuer und Wasser, die der Gewalt noch zusätzlich Vorschub leistete, vielleicht die Tatsache, dass sich die Tragödie ausgerechnet in Smyrna abspielte, wo er als Kind auf der Straße gespielt und wohin er seine junge Braut geholt hatte, oder aber die schiere Masse von Menschen, die auf dem schmalen Band zwischen Flammen und Meer eingepfercht waren und sich in völlig unzureichende Boote stürzten. Es hieß, zusammen mit den Bewohnern der von den Flammen völlig zerstörten christlichen Viertel sei die Zahl der am Quai ausharrenden Menschen auf eine halbe Million angestiegen.

Wie dem auch sein mochte, den Anblick, der sich Hilmi Rahmi in der Nacht des 13. September am Quai von Izmir bot, sollte er sein Leben lang nicht vergessen. Die Frauenschreie, die er damals vernahm, gellten ihm auch in seinen Albträumen noch im Ohr. Jeden Abend, wenn er in Schlaf versank, sah er wieder vor sich, wie ertrinkende

Menschen, kurz bevor sie endgültig untergingen, noch einen Augenblick lang einen Ausdruck von Hoffnung und Verzweiflung im Gesicht trugen. Schließlich sollte sein eigener Tod von dem Fieber herrühren, das die Scham aus seinem Unterbewusstsein auf den Körper und die inneren Organe ausstrahlen ließ.

Die Hitze am Quai war unerträglich. In den sengenden Dunst, den der Wind von den Hügeln heruntertrieb, mischte sich der von Land und Meer aufsteigende Leichengeruch, sodass sich viele, ob Zivilisten oder Militärs, übergeben mussten. Gleich zahlreichen anderen Soldaten hielt auch Hilmi Rahmi sich ein nasses Tuch vor Mund und Nase. Alles lag voller Toter, die Gassen und Plätze, selbst die Pausenhöfe der Schulen. Tote Frauen, tote Männer, tote Kinder, tote Katzen, tote Hunde … Auf den Quai knallten Tauben und Möwen herab, weil sie an der Hitze eingegangen waren oder ihre Flügel Feuer gefangen hatten.

Hilmi Rahmis Pferd wurde unruhig und hätte seinen Reiter am liebsten abgeworfen, um sich an einen ruhigen, kühlen Ort zu flüchten. Mühsam zügelte Hilmi Rahmi das Tier und beobachtete die Menschen, die einen Platz in einem Boot zu ergattern suchten. Eingezwängt zwischen der Glut und dem dunklen Wasser, in dem zahllose Leichen trieben, bemühten sich oft zwanzig oder dreißig Menschen zugleich, in ein Boot zu steigen. Wer Glück hatte, den fuhr ein solches Boot danach an ein europäisches Kriegsschiff heran, wo er dann ganz und gar auf die Gnade des Kapitäns angewiesen war. Wegen Überfüllung kenterten nicht wenige Boote, bevor noch der erste Ruderschlag getan war.

Die türkischen Soldaten hatten den Befehl, alle Männer zwischen achtzehn und fünfundvierzig zu fassen, die zu flüchten versuchten.

»Die Kerle sollen gefälligst hierbleiben und die Dörfer

und Städte wiederaufbauen, die sie niedergebrannt haben, und die gesprengten Eisenbahnlinien reparieren. So billig sollen sie nicht davonkommen. Ihr schnappt sie euch und führt sie mir vor. Wer sich nicht ergibt, wird erschossen. Die Schufte haben es nicht anders verdient!«

Wer aus einem Bergdorf oder dem Inneren Anatoliens gekommen war, für den brauchte kein Schuss vergeudet zu werden. Jene Menschen konnten nicht schwimmen, und wenn sie ins Wasser sprangen, sog sich binnen Minuten ihre Kleidung so voll, dass sie ertranken. Wer jedoch von der Küste stammte und schwimmen gelernt hatte, wurde erschossen, sobald er auf eines der Schiffe zuhielt.

Dass die Schiffsbesatzungen mit den Herannahenden gnädiger verfahren wären als die Soldaten am Ufer, ließ sich nicht gerade behaupten. Hilmi Rahmi musste mit ansehen, wie die um Aufnahme flehenden Passagiere einiger Boote von zwei unter ausländischer Flagge fahrenden Kreuzern zurückgewiesen und besonders hartnäckige Flüchtige von oben mit Wasser überschüttet wurden. In den seltensten Fällen ließ man eine Strickleiter hinab und hievte Frauen und Kinder an Deck.

Neben den plündernden Zivilisten waren auch die einfachen Soldaten, die Korporäle und Feldwebel von Mustafa Kemals Armee zu zügellosen Marodeuren geworden. Die noch eine Woche zuvor so tadellos agierenden Militärs hatten die beim Einmarsch nach Izmir an den Tag gelegte Disziplin und Moral auf einen Schlag vergessen. Unter der Führung früherer Bandenchefs suchten sie nunmehr Läden und Häuser heim, töteten wahllos auf der Straße, und unter den Augen der europäischen Generäle, die sie von Deck aus mit dem Fernrohr beobachteten, vergewaltigten sie ohne Erbarmen.

Izmir war reicher, üppiger und größer, als sie sich das

hatten vorstellen können. In der kurzen Zeitspanne, in der es weder Polizei noch Gerichtsbarkeit gab, die Schuldige hätten bestrafen können, hatten sie eine einzigartige Gelegenheit, ihre schmutzigen Fantasien zu verwirklichen. Während des Krieges hatten sie ungeheure Strapazen zu erleiden gehabt und danach auf ihrem Vormarsch den Anblick der von den griechischen Soldaten niedergebrannten Dörfer, der zerstückelten Frauen und Kinder ertragen müssen, sodass sie nun in ihrer Rachegier kein Gewissen und keinen Anstand mehr kannten und ihren angestauten Groll an unschuldigen Zivilisten ausließen. Ihre Generäle wiederum kümmerten sich nicht weiter um das Schicksal Izmirs und versammelten sich in Villen in Bornova und Karşıyaka, um darüber zu beratschlagen, wie sie Istanbul erobern konnten.

Hilmi Rahmi wischte sich Stirn und Nacken ab. Sein Taschentuch war ebenso nass wie das Tuch, das er sich vors Gesicht hielt, um den Leichengeruch abzuwehren. Kurz zuvor hatte der neben ihm reitende Korporal Mehmet wegen der Hitze einen Schwächeanfall erlitten und war vom Pferd gefallen. Die Menschen danebenmeinten schon, er sei abgestiegen, um sich eines ihrer Mädchen zu schnappen, und warfen sich schreiend auf ihre Kinder.

Man musste Mehmet einen Eimer Wasser über den Kopf schütten, damit er wieder zu sich kam. Noch am Boden sitzend murmelte er: »Ach, was hilft es, wenn man einen oder zwei rettet … Am besten, man mischt sich gar nicht ein.« Während Hilmi Rahmi ihm aufhalf, ritt ohne Jacke noch Mütze der Brigadegeneral Sadullah heran, ohne sich darum zu scheren, dass er dabei hilflose Menschen auseinandersprengte, und mit dem Bajonett deutete er auf ein junges Mädchen, das sich hinter seinem Großvater zu verstecken suchte.

»Die Mollige da will ich«, schrie er. »Hol sie mir! Ich bin hinter dem Zoll. Und such dir auch eine aus! Solche Zeiten kommen nie wieder!« Schon galoppierte er auf den Hafen los, sodass Leute, um nicht niedergeritten zu werden, sich ins Meer retten mussten. Augenblicklich klatschte Maschinengewehrfeuer ins Wasser.

Hilmi Rahmi wurde übel, als er sein Pferd wieder bestieg. Am liebsten wäre er in Ohnmacht gefallen wie Korporal Mehmet.

Er sah auf das Mädchen, das hinter seinem Großvater stand. Es trug eine blutbeschmierte Bluse, die Haare standen wild vom Kopf ab, die Arme waren von Schnitten übersät. Wie konnte man beim Anblick eines solchen Geschöpfes Wollust empfinden?

Das Mädchen senkte hilflos den Kopf. Falls sie gefügig war, würde man vielleicht hinterher von ihr lassen. Am Quai hatte Hilmi Rahmi mit einer Frau aus Aydın gesprochen. Zwölf Soldaten hatten sie in einen Garten gezerrt und sie nacheinander vergewaltigt. Einer hatte ihr ins Gesicht gespuckt und gesagt: »Das ist nichts im Vergleich zu dem, was eure Leute angerichtet haben.« Dennoch wäre sie den Männern danach beinahe hinterhergelaufen, um sich zu bedanken, dass sie ihr das Leben gelassen hatten.

Das Unheil, das Hilmi Rahmi um sich herum sah, musste eine Inkarnation des Teufels sein. Wenn der Mensch um Glaube und Gewissen kam, wenn er sich von sich selbst und von Gott löste, musste er in einen solchen Zustand geraten, sich in ein entfesseltes Ungeheuer verwandeln, einen Sklaven seiner Begierden, seiner niedrigsten Instinkte.

Noch vor einer Woche hatte Hilmi Rahmi miterlebt, wie Brigadegeneral Sadullah, der nun danach lechzte, jenem Mädchen Gewalt anzutun, in einem Dorf, in dem

griechische Soldaten alle Männer in die Moschee ge-
pfercht und diese angezündet hatten, schluchzend vor der
Leiche eines etwa zehn- bis zwölfjährigen Mädchens ge-
kniet hatte. Zwischen den Beinen des Mädchens war ein
Schwall Blut herausgeflossen und danach getrocknet. Wer
weiß, von wie vielen Soldaten es vergewaltigt worden
war. Wie konnte ein Mensch, der angesichts eines solchen
Gräuels seine Tränen nicht zurückzuhalten vermochte,
eine Woche später ein anderes Geschöpf Gottes quälen
wollen?

In den Bullaugen der in der Bucht vor Anker liegenden
Kriegsschiffe spiegelte sich der Schein der Flammen, die
die Stadt verzehrten. Hilmi Rahmi wandte sorgenvoll den
Blick zu dem Hügel, an dem sein Haus stand. Auf das Türkenviertel war das Feuer noch nicht übergesprungen. Als
bestünde zwischen den Stadtteilen eine unsichtbare Bar-
riere, brannte zwar das Armenierviertel lichterloh, doch
vor dem jüdischen Viertel war das Feuer wie abgeschnitten. Auf das türkische Viertel war kein einziger Funke ge-
flogen. Dir sei Dank, großer Gott!

Dann aber schämte er sich, an seine eigene Familie zu
denken, während vor seinen Augen Hunderttausende um
ihr Leben kämpften.

Endlich konnten amerikanische Helfer Nureddin Pascha und ihre eigenen Vorgesetzten dazu überreden, ein
Rettungsschiff am Quai anlegen zu lassen. Auf die Anlegestelle erfolgte ein wilder Ansturm einander wegdrän-
gelnder Menschen, und die amerikanischen Matrosen
droschen mit Stöcken auf Schultern, Rücken und Köpfe
der Leute ein, um Ordnung herzustellen, doch der schie-
ren Masse der um ihr Leben ringenden Menschen wurden
sie nicht Herr.

»Nur Frauen und Kinder! Nur Frauen und Kinder!«

Ganz unmöglich konnten alle sich auf das Schiff retten. Hilmi Rahmi war froh, als er sah, dass das Mädchen, das Sadullah begehrt hatte, nicht mehr dastand. Ob sie wohl aufs Schiff gekommen war? Die Menschenmenge um ihn herum war zu einer einzigen Masse verschmolzen, in der kaum noch einzelne Individuen zu unterscheiden waren. Manche wirkten schlafend, waren indes längst tot.

Jener Anblick war eine Schande für die ganze Menschheit. Wenn er aus der Menge heraus doch nur ein einziges Leben retten könnte … ein Leben. Für die Welt mochte es keinen Unterschied ausmachen, wenn er aus Hunderttausenden heraus einen Menschen rettete, doch für diesen einen Menschen bedeutete es die ganze Welt. Da lief von der Paralelli-Straße her eine Familie mit zwei Kindern auf das Schiff zu. Die Frau trug ihr Baby auf dem Arm, der Mann zerrte ein kleines Mädchen mit verbrannten Beinen hinter sich her. Als Hilmi Rahmi auf sie zureiten wollte, hörte er auf einmal, wie zwischen den Flammen und den Schreien hindurch einer der Bewacher der südlichen Hafenseite den Mann anrief: »Sofort stehen bleiben!«

Entweder der Mann hörte den Ruf nicht, oder er ignorierte ihn. Ein paar Schritte von ihm entfernt war das Leben, war das amerikanische Schiff. Als er mit seiner Tochter im Schlepptau auf dieses Leben zulief, traf ihn eine Kugel ins Herz. Gleich darauf stürzte seine Frau zu Boden, von einem zweiten Schuss getroffen. Das Mädchen sah entsetzt auf die vor ihm liegenden Eltern, dann hob es sein Geschwisterchen auf und rettete sich aufs Schiff. Hilmi Rahmi zügelte sein Pferd. Sein Herz wurde ihm so schwer, als sackte es in die Magengegend. Er musste sich wohl übergeben.

Was er da vor sich sah, durfte er Sümbül, Cengiz und Doğan niemals erzählen. Er musste alles tun, was in sei-

ner Macht stand, damit sie an dieser Schande nicht mit-
zutragen hatten, musste jene Tage aus seiner Vergangenheit streichen und musste, wenn nötig, alles abstreiten.
Sollte aber der neue Staat, den er von ganzem Herzen
herbeisehnte, auf einer Lüge aufgebaut werden, auf der
Annahme, jenes Blutbad sei nie geschehen? Sollte so die
Zukunft aussehen?

Als ihm Tränen über das ohnehin schweißnasse Gesicht
rannen, merkte niemand, dass der Oberst, dessen Auftrag
es war, Christen in den Brutofen zwischen Flammen und
Meer zu treiben, eigentlich darüber weinte, dass er seine
Stadt verloren hatte und seine Träume in Asche aufgegangen waren.

Das Geständnis

Edith auf dem Deck der Iron Duke weinte indes nicht mehr.
Sie konnte nicht mehr weinen. Innerlich war sie erstarrt,
als hätte das Feuer einen Teil ihrer Seele weggebrannt. Im
Ballsaal spielte die Militärkapelle noch immer Polkas und
Walzer, um die Schreie am Ufer zu übertönen, doch die
Gesichter der Menschen an den weiß gedeckten Tischen
waren so grau wie an einem grässlichen Wintertag.

Inzwischen hatte sich die Unruhe in den Herzen zumindest ein wenig gelegt, da es hieß, das Schiff werde nun
doch näher an den Hafen heranfahren, um Flüchtlinge aufzunehmen, aber Edith sah genau, dass jene Aktion nur für
einen winzigen Anteil der unendlich groß erscheinenden
Menschenmasse die Rettung bedeuten würde, während
für die anderen das quälende Warten zwischen den Flammen, dem dunklen Wasser und dem Maschinengewehrfeuer fortdauern würde. Immer wieder sah sie das Lodern

aufflammender Holzhäuser in den Himmel emporsteigen wie Feuerwerkskörper.

»Ich habe einmal ein Baby bekommen, Avinash«, sagte sie plötzlich mit tonloser Stimme.

Der Körper, an den sie gelehnt war, erstarrte. Dröhnend blies ihnen der Wind in die Ohren.

»Ein paar Jahre, bevor ich dich kennenlernte. Es ist gleich nach der Geburt gestorben, mein Kind. Ich habe nicht einmal sein Gesicht gesehen. Vorher habe ich das Bewusstsein verloren. Meine Mutter hat es auf dem Friedhof der katholischen Kirche von Bornova bestatten lassen, aber ein richtiges Grab gibt es dort nicht, zu dem ich mal Blumen bringen könnte, und nicht einmal einen Namen hat es, es wurde ja nicht getauft.«

Sie drehte sich zu Avinash um, der sie bestürzt ansah. Früher hatte er sich wie besessen darum bemüht, herauszufinden, wie und wo sie die Jahre verbracht hatte, bevor sie sich kennenlernten. Warum bloß war er nie auf eine Schwangerschaft gekommen? Und wie hatte Edith entbinden können, ohne dass jemand davon erfuhr? Die Leute hatten von ihrem Pariser Boheme-Leben fantasiert, von ihrem Dasein als Geliebte eines Malers, von ihrer Liebe zu Frauen, doch von einer Schwangerschaft war nie die Rede gewesen. Er fühlte sich verraten. Nicht weil Edith vor ihm mit einem anderen Mann geschlafen hatte, sondern weil ganz Bornova ihm in schöner Eintracht das Baby verschwiegen hatte.

»Niemand weiß davon«, sagte Edith, als hätte sie seine Gedanken erraten. »Nur ich, meine Mutter und die Hebamme, die mich entbunden hat.«

Das wollte Avinash nicht einleuchten.

»Als man mir meine Schwangerschaft ansah«, erläuterte sie, »wurde ich von den Nonnen in Paris sofort nach

Smyrna geschickt. Meine Mutter bekam ein Telegramm von ihnen und holte mich am Hafen ab. Sie steckte mich in eine geschlossene Kutsche mit zugezogenen Vorhängen, und so fuhren wir wie die türkischen Damen in unsere Villa im abgelegenen Bornova. Meine Mutter hatte alles gründlich vorbereitet und sperrte mich in ein Dachboden-zimmer, ohne dass auch nur der Hausverwalter es mit-bekam.«

Sie wandte sich wieder ihrem geliebten Smyrna zu, das wie eine gewaltige Orange zu ihnen herüberglänzte. Avi-nash wurde übel.

»Wie lang bist du dort geblieben?«

»Bis zur Entbindung. Genau drei Monate, eine Woche und fünf Tage. In der Nacht vom sechsten auf den siebten September ist mein kleines Mädchen geboren und gleich am Morgen gestorben. Heute wäre sie siebzehn Jahre alt.«

Avinash konnte es nicht fassen und fragte nach, ob er nicht doch etwas falsch verstanden hatte.

»Deine Mutter hat dich also drei Monate lang im Dach-boden eingesperrt?«

Edith nickte.

»Wie grausam!«

Auf diese Worte hin hörten sie ein Maschinengewehr rattern, gefolgt von Entsetzensschreien, und da kam den beiden das Gleiche in den Sinn, nämlich dass sie nicht das Recht hatten, von Grausamkeit zu sprechen. Avinash drehte Ediths Gesicht zu seinem hin.

»Das tut mir furchtbar leid für dich. Was du da alles durchgemacht hast! Und ich hatte keine Ahnung davon. Der Verlust muss dich schrecklich getroffen haben.«

Edith hatte vermeint, sie habe sich leer geweint, doch nun rannen ihr wieder Tränen herab. Ihrer Schulkamera-din Feride in Paris hatte sie damals kurz geschrieben, dass ihr Kind tot geboren war, doch verschwiegen hatte sie, wie sie die Sommermonate durchlitten hatte, und ebenso den quälenden Verdacht, dass ihre Mutter jenen Ali durch den Bandenchef Çakırcalı hatte umbringen lassen.

Avinash nahm sie in die Arme und drückte sie. Edith lehnte den Kopf an seine Schulter und schloss die Augen. Was sie im Leben alles verloren hatte, lag ihr wie ein Knäuel im Magen. Während die gierigen Flammen ihre Heimatstadt vor ihren Augen zu Asche werden ließen, ließ sie sich gehen und weinte hemmungslos.

Am französischen Konsulat in der Limanaki-Straße ging inzwischen die Tür auf, und eine kleine Gruppe, zu der auch Juliette Lamarck, Jean-Pierre, seine Frau Marie und ihre Kinder Daphne und Louis zählten, trat in Zweierreihen auf die Straße und machte sich auf den Weg zu einem Motorboot, das schon auf sie wartete. Angeführt wurden sie von einem Marineoffizier mit einer französischen Flagge in der Hand, und flankiert von französischen Soldaten, die für freie Bahn sorgten. So bewegten sie sich in Richtung Pasaport.

Ganz hinten ging Marie in einem cremefarbenen Kostüm und hielt ihre Kinder an den Händen. Juliette direkt vor ihr schien mit ihrem riesigen Strohhut auf dem Kopf nicht vor einem Brand zu flüchten, sondern eher zum Baden in Kordelio unterwegs zu sein. Sie hatte sich bei Jean-Pierre untergehakt. Da Louis seine Katze nicht in Bornova lassen wollte, hatten sie diese in einem Vogelkäfig mitgenommen. Er wurde von seiner Mutter geschimpft, weil er betont langsam ging, um die Katze nicht durchzurütteln, doch hatte er auch noch Zeit, den mit seiner Schwester angefangenen Streit fortzuführen.

Später sollten sie Mühe haben zu rekonstruieren, was damals genau der Reihe nach geschah, als sie beim Motorboot ankamen. Als sie sich einen Monat nach dem Brand in einem Pariser Hotelzimmer wiedertrafen, versuchte Jean-Pierre Edith die Ereignisse jener Nacht zu schildern, doch stand er noch so sehr unter dem Schock des Erlebten, dass er ins Stammeln geriet und manches durcheinanderbrachte. Dennoch gelang es Edith und Avinash, die Bruchstücke zusammenzusetzen und das Wesentliche zu begreifen.

Als Juliette schon im Begriff war, das Boot zu betreten, auf dem die französische Flagge wehte, machte sie sich plötzlich von der Hand ihres Sohnes los und lief vom Hafen wieder auf die Flammen zu. »Meine Enkelin«, rief sie, »ich muss meine Enkelin retten!« Dann fragte sie wahllos Menschen nach dem Weg zum Waisenhaus. Mit ihrem Strohhut und den hochhackigen Schuhen gab sie einen so denkwürdigen Anblick ab, dass einige türkische Soldaten um sie herum stutzten.

Schließlich trat aus der armseligen Menschenmasse eine Frau heraus und deutete, misstrauisch die Soldaten beäugend, in Richtung Nordosten. Augenblicklich lief Juliette los, wobei ihr der Strohhut vom Kopf flog. Jean-Pierre wollte ihr hinterher, doch Marie hielt ihn zurück. Das Boot, das sie zur Pierre Loti bringen sollte, würde gleich ablegen, und der Kapitän sagte eindringlich, falls sie es verpassten, könne er ihnen eine Abreise nicht mehr garantieren. Von seiner Frau und seinen Kindern wurde Jean-Pierre daraufhin ins Boot bugsiert.

Während sie durch das dunkle Wasser voller treibender Leichen hinausfuhren, erhaschten sie einen letzten Blick auf Juliette, wie sie auf Punta zurannte. Sie kam am eingestürzten Hotel Kraemer vorbei, am Théâtre de Smyrne, bei dem der Dachstuhl brannte, am hochlodernden amerikanischen Konsulat, hastete über krank oder ohnmächtig am

Boden liegende Menschen hinweg, bis sie schließlich bei Bella Vista in eine der Gassen abbog, die von der Feuersbrunst bald verschlungen werden sollten.

Woher hatte Juliette damals erfahren, dass Meline das Baby in jenes Waisenhaus gebracht hatte? War sie vom Gewissen gepackt worden und hatte die Hebamme nachträglich ausgequetscht? Oder war ihr zu Ohren gekommen, was der Bauer verbreitete, der Meline am Morgen mit seinem Esel nach Smyrna gebracht hatte? Die Antwort auf jene Fragen wurde gemeinsam mit Juliette Lamarck von den Flammen verschluckt.

Eine Woche später kehrte Jean-Pierre in die Stadt zurück, die der Brand derart verwüstet hatte, dass sie nicht mehr wiederzuerkennen war. Er fand weder das Waisenhaus noch überhaupt das Viertel, in dem es gestanden hatte. Die Menschenmenge am Quai war verschwunden, zurück blieben lediglich Blutlachen und im Wasser dümpelnde Leichen ohne Finger, ohne Hand, ohne Kopf.

Über Juliette Lamarck wusste niemand Bescheid.

Während Avinash mit Edith im unseligen roten Feuerschein auf dem Deck der Iron Duke stand und tröstend über das Haar seiner schluchzenden Geliebten strich, zog er mit der anderen Hand diskret Ediths Jugendfoto aus der Tasche, auf das er kurz zuvor in der Bibliothek gestoßen war. Ihr Kind hatte überlebt, und in der dahinscheidenden Stadt, die immer heller leuchtete, je weiter sie sich vom Ufer entfernten, musste es irgendwo zwischen Leben und Tod gefangen sein.

Darağacı

Der griechische Friedhof von Darağacı war brechend voll. Überall stemmten Familien die Marmordeckel von Gräbern hoch, hievten die Särge heraus, ließen in den so entstandenen Hohlraum ihre Töchter hinab und schoben über den weinenden Mädchen die Deckel wieder vor.

Katina stapfte mit Panayota an der Hand Akis hinterher.

Akis wiederum überließ Mimiko das Kommando, denn jener hatte augenscheinlich seinen Plan schon lange gefasst.

Mimiko ging ihnen entschlossenen Schrittes voran und bahnte ihnen einen Weg durch die Menge. Vor der kleinen Kirche kamen sie an einer Frau mit einem schwarzen Kopftuch vorbei, die weinend vor dem Grab ihres Mannes stand.

»Steh uns doch bei, deine Tochter ist von einer ganzen Armee geschändet worden, völlig zerschunden ist sie. Wo bist du nur, wo wir dich so sehr brauchen?« Dabei trommelte die Frau an den weißen Marmorstein, der ihren Schmerz geduldig hinnahm. Panayota versuchte ihre Mutter aufzuhalten. Ihr kam es so vor, als sei jene Frau die Mutter Elpinikis.

»Bleib stehen, Mama, ist das nicht *Kirya* Rea?«

Katina ging unbeirrt weiter.

»Lass das, *kori mu*, komm.«

Die schmale, kleine Katina hatte sich in einen wilden Stier verwandelt. Mir vorgerecktem Kinn drang sie immer weiter in den Friedhof vor und zerrte Panayota mit übermenschlicher Kraft hinter sich her.

Elpiniki war mit ihrem Geliebten, einem griechischen Offizier, nach Athen geflüchtet. Lange vor der ganzen Katastrophe, nämlich als sich herausstellte, dass sie schwanger war, hatte der Mann sie mit dem erstbesten Dampfer nach Griechenland gebracht, während ihre Mutter mit der kleinen Afrula wie eine Ausruferin durch die Straßen rund um den Platz gezogen war, um lauthals zu verkünden, sie habe ihre Tochter verstoßen. Jedermann wusste, dass *Kirya* Rea, sobald das Kind mal auf der Welt wäre, Elpiniki wieder verzeihen würde, doch taten die Frauen an den Fensterbrettern so, als würden sie der Mutter recht geben und sich ebenfalls entrüsten.

Da Elpiniki in Athen war, musste es sich bei *Kirya* Reas von Soldaten vergewaltigter Tochter um Afrula handeln, die noch keine vierzehn war. Panayota beschleunigt ihre Schritte.

Als sie an der Stelle anlangten, von der sich die Paralı-Köprü-Straße überblicken ließ, blieben sie stehen. Zu ihrer Linken brachte auf einem Familiengrab eine Hochschwangere ihr Kind zur Welt, während andere Frauen mit Knochen ein Feuer in Gang brachten, um Wasser zu kochen. Zu Wucherpreisen verkauften Kinder von türkischen Kreta-Flüchtlingen Wasser und Öl. Manche boten auf Tabletts auch Fotos von Mustafa Kemal und kleine türkische Flaggen feil, die man sich an die Jacke stecken konnte. »Wer das dran hat, dem passiert nichts, der kann sein Leben retten«, riefen die Jungen, während sie zwischen Marmorgräbern, Denkmälern und Holzkreuzen umherzogen.

Zur besseren Orientierung besah sich Mimiko Grabinschriften, Zypressen und Steine, dann zählte er die Gräber zu seiner Rechten ab und kniete vor dem dritten nieder. Adrianas Zwillingsschwestern taumelten wie Aufziehpuppen ihrem Vater hinterher. Als der sich wieder erhob, hatte er ein siegesgewisses Lächeln auf den Lippen. Er hob zwei Schaufeln in die Höhe und zeigte sie Akis.

»Sind immer noch da, wo ich sie versteckt hatte! Gott sei Dank!«

Die Zwillinge umfassten die langen Beine ihres Vaters.

»Hier verstecken wir die Kleinen. Die Großen kommen in das *kinotafio* da hinten, wo lauter Knochen vergraben sind. Dort zu suchen, würde keinem einfallen. Los, Kinder, helft mit, dass wir den Stein wegkriegen.«

Panayota und Adriana sahen einander furchtsam an. Adrianas Brüder machten sich eifrig daran, die beiden Männer bei der schweren Arbeit zu unterstützen.

»Es wird sich doch bestimmt noch ein anderes leeres Grab finden«, flüsterte Katina Akis ins Ohr. »Wir können unser Kind doch nicht lebendig begraben? Mit lauter Knochen rund herum. Komm, schauen wir weiter.«

»Wir sind doch nicht auf dem Markt beim Auswählen von Gemüse!«, fuhr Akis sie an. »Siehst du etwa nicht, wie viele Familie sich hier um ein einziges Kreuz drängen?«

Tatsächlich gerieten sich auf dem gesamten Friedhof Menschen in die Haare. Manche stellten fest, dass ihr Familiengrab von fremden Leuten besetzt war, da holten sie deren Töchter aus dem Grab wieder heraus und steckten ihre eigenen hinein. Eine verstorbene Frau hatte ganze neunzehn Enkelinnen, unter jenen es am Grab zu handfesten Auseinandersetzungen kam. Mimiko wischte sich mit einem Hemdzipfel den Schweiß von der Stirn.

»*Kirya* Katina, hinter dem Busch dort ist eine Stelle, die als *kinotafio* dient. Glauben Sie mir, das ist der sicherste Ort. Selbst wenn sie sich auf den Friedhof wagen sollten, werden sie nicht auf die Idee kommen, dort nachzusehen.«

Nachdem sie das Grab mit den kleinen Mädchen darin wieder zugedeckt hatten, machten Mimiko und Akis sich ans Schaufeln. Die Frauen suchten inzwischen nach Lorbeerblättern und Gräsern, mit denen sie die Luftlöcher der

Mädchen kaschierten. Katina ließ dabei Panayotas Hand nicht los. Als beim Graben Säckchen mit Knochen darin zum Vorschein kamen, begann Adriana mit den Zähnen zu klappern und griff hastig nach Panayotas freier Hand, die eiskalt war.

»Stell dir einfach vor, wir graben uns am Strand im Sand ein«, flüsterte Panayota ihrer Freundin zu. »So wie wir es im Diana-Bad schon gemacht haben.«

Als das Loch groß genug für die beiden Mädchen war, half man den beiden hinunter.

»Dreht euch am besten das Gesicht zu«, befahl Mimiko. »Und haltet die Hände unters Kinn, damit ihr euch im Notfall selbst freigraben könnt.«

Wie Zwillings-Embryos legten sich die beiden Mädchen ins Grab. Sie zogen die Knie an und falteten wie von Mimiko empfohlen die Hände unterm Kinn, als würden sie beten. Die Männer füllten den Freiraum mit Erde, die Frauen knieten nieder und legten den Mädchen je ein Taschentuch aufs Gesicht, über dem sie drei Kreuze schlugen. Katina musste sich auf die Lippen beißen, um nicht loszuweinen. Panayota spürte tief in sich den Kummer ihrer Mutter, und wie immer bemühte sie sich, die eigene Furcht zu unterdrücken, um sie zu beruhigen.

»Mama, mach dir keine Sorgen«, sagte sie unter ihrem Taschentuch hervor. »Hier findet uns kein Mensch. Und wir sind ja auch nicht allein. Wenn uns langweilig ist, unterhalten wir uns eben.«

Katina tat einen tiefen Seufzer und flehte zu Gott, er möge ihr gutherziges Kind verschonen. Der Wind wehte den Geruch von verbranntem Holz, geschmolzenem Metall und verschmortem Fleisch herbei, und die Zypressen schienen sich im Dunkel zu verneigen, als wollten sie jenen Ausdünstungen einen Sinn verleihen. Von der Straße her waren Frauenschreie zu hören. Rasch machten sie das Loch ganz zu und sorgten mit Gestrüpp und Lorbeerblättern wieder dafür, dass die Mädchen Luft bekamen. Die ausgegrabenen Knochen waren über den Boden verstreut.

»Bleiben wir nicht hier, sonst fallen wir auf«, sagte Mimiko. »Gehen wir lieber wieder zu den anderen.«

»Ich rühre mich nicht von hier weg!«

»*Kirya* Katina, um unsere Töchter zu retten, müssen wir uns unter die Menge mischen!«

»Nein! *Ohi*! Auf keinen Fall! Geht ihr zu den anderen, ich bleibe hier und halte bei meiner Tochter Wache.

»Katina *mu*, wenn die Banditen dich hier Wache halten sehen, meinst du nicht, dass sie dann erst recht neugierig werden? *Ade, ela*. Gehen wir weg von dem Busch. Wir können ihn aus der Ferne beobachten. Los, komm.«

Mit sanfter Gewalt brachten sie Katina in die Mitte des Friedhofs, wo sie auf ein Grab sackte und hemmungslos weinte. Sofia mit der kleinen İrini auf dem Arm setzte sich neben sie und hielt ihr die Hand. Unter den vielen wimmernden und weinenden Frauen um sie herum fielen sie niemandem auf. Jeder betete zu Gott, zur Mutter Maria und zu den Schutzengeln, die eigenen Töchter mögen unversehrt bleiben.

Da ertönte vom Eingang her Geschrei.

»Der Brand hat das Gaswerk erreicht! Es hat schon Feuer gefangen, jeden Augenblick kann es explodieren! Wir verbrennen hier bei lebendigem Leib!«

Panayota in ihrer dunklen Abgeschiedenheit zuckte zusammen. Die Zweige und Blätter auf ihrem Kopf juckten wie verrückt. Hinter dem nach Harz duftenden weißen Taschentuch ihrer Mutter versuchte sie Adriana zu sehen. Die Schreie wurden immer schriller, ob von gebärenden oder flüchtenden Frauen. Familien rückten erneut die schweren Grabsteine weg, holten die Mädchen, die sie gerade erst versteckt hatten, wieder heraus und machten sich von dem Friedhof davon.

Das Gaswerk war eine Straße weiter unten. Panayota scharrte ein wenig und versuchte ihre Beine zu bewegen. Die Erde lastete auf ihr wie eine schwere Bettdecke. Sie geriet in Panik. Wie sollten sie hier wieder herauskommen? Wenn das Gaswerk in die Luft flog und der Brand auf den Friedhof übergriff, würden sie in der Erde ersticken. Sie zog sich das Taschentuch vom Gesicht und fing an zu rufen.

»Adriana, wir müssen hier raus! *Ade*, beweg mal deine Hände und Füße, ob sich was rührt. Adriana, *m'akus*? Hörst du mich?«

In dem bisschen Raum, der ihnen unter der Zweigbedeckung zur Verfügung stand, begannen sich die beiden Freundinnen zu winden wie die Regenwürmer. Auf der Stirn und dem verschwitzten Hals klebten ihnen Gräser, Staub und Erde. Die Welt drückte wie ein Albtraum auf sie herab und machte ihnen jede Bewegung unmöglich. Sie vergaßen, dass sie eigentlich versteckt waren, stöhnten unter der Anstrengung, weinten, heulten schließlich wie wilde Tiere, doch in dem allgemeinen Geschrei nahm niemand sie wahr.

Mimiko bemühte sich inzwischen, die in Panik geratene Katina zu beruhigen.

»*Kirya* Katina, der Brand ist weit weg, und selbst wenn er hier in unsere Nähe käme, würde er durch die Bahnstrecke aufgehalten. Schauen Sie doch, der Schornstein des Gaswerks ist von hier zu sehen, dort brennt nichts. Die Leute schreien nur so, weil sie Angst haben. Glauben Sie mir, wir sind nirgends sicherer als hier, und das gilt auch für unsere Töchter.«

Katina war allerdings nicht mehr in der Lage, auf irgendetwas zu hören. Sie schnappte sich eine von Mimikos Schaufeln, und als Akis auf sie zuging, drohte sie ihm damit.

»Wenn ihr mir näher kommt, richte ich euch übler zu als diese stinkenden Leichen hier, verstanden? *Katalavenete?*«

So hatte Akis seine Frau noch nie erlebt. Er lief ihr in den Busch hinterher.

»Feuer, Feuer! Wir verbrennen hier alle! *Kegomaste*!«

Katina schaufelte die Mädchen frei, und taumelnd kamen sie aus ihrem Loch heraus. Da lief auch schon eine Flut von Menschen an ihnen vorbei auf das Stadion zu.

»Lauf, Panayota! Lauf, *kori mu*!«

Panayota drehte sich um und suchte nach ihren Eltern. Katina war klein, doch der mächtige Körper ihres Vaters stach aus einer Menge stets heraus. Als sie stehen blieb, rissen die Leute hinter ihr sie um, und sie stieß an eine Mauer. Ihr Kleid war zerrissen, und sie blutete am Knie. Sie versuchte aufzustehen. Rechts und links rannten Menschen an ihr vorbei, manche stolperten über sie und fielen hin, andere traten auf sie.

Schließlich schaffte sie es, sich an der Mauer wieder aufzurichten, und sie vernahm, immer schwächer, die Stimme ihrer Mutter.

»Lauf, Panayota *mu*, lauf, *yavri mu*! Lauf zum Quai!«

Vor dem Bahnhof geriet die schlingernde Menschenmasse ins Zögern. Auf die Gassen und Häuser vor ihnen war eine schwarze Wolke herabgesunken, man sah kaum noch die Hand vor den Augen. Wohin nun? Panayota entschied sich für den Bournabat-Boulevard gegenüber. Aus der Ferne war das Fauchen des Brandes zu vernehmen. In den Straßen, die den Boulevard kreuzten, stürzten Häuser, stürzten Kirchen ein, versprühten Glut. Eine Gruppe kam an Panayota vorbei und bog in die Vasili-Straße ein, in ihr Viertel. Sie fand weder Adriana noch ihre Eltern und konnte nur hoffen, am Quai würden sie sich wiedertreffen.

Vorne schrie ein junger Mann: »Über die Paralelli nach Punta, nach Punta! Dorthin kommt das Feuer nicht!«

Immer wieder brachen Alte oder Kinder unterwegs zusammen, doch wer liegen blieb, um den kümmerte sich niemand. Eine größere Gruppe lief den Boulevard hinunter. Einer der Schuhe Panayotas blieb in einer Trambahnschiene hängen, so musste sie halb barfuß weiter. Der Rauch, der sich auf die Straßen senkte, ließ die Nacht noch dunkler werden, sodass man ganz und gar die Orientierung verlor. Ein dicker Mann, der allen vorauslief, blieb auf einmal stehen. Sie mussten an der Ecke zur Paralelli-Straße sein. Ein paar Menschen rannten in den Mann hinein, auch Panayota kam ins Stolpern und stürzte. Am Bordstein schlug sie sich den Kopf auf. Vor Schmerz schrie sie. Von ihrer Schläfe troff lauwarmes Blut.

Während die Vorderen schon übereinanderlagen, waren die Menschen dahinter dem Maschinengewehrfeuer ausgesetzt, mit dem die Soldaten – Banditen? – an der Ecke sie niedermähten. Im Nu spritzte es um Panayota herum vor Blut. Sie traute sich nur zu blinzeln, sah aber, wie Männer herannahten, um den Toten die Taschen zu leeren. Sie klapperte mit den Zähnen, zitterte am ganzen Leib. Gleich würde einer merken, dass sie noch lebte. Sie zog ihren nackten Fuß unter dem Körper des dicken Mannes hervor, der nun tot dalag. Die Banditen waren mit ihrer Beute beschäftigt und durchsuchten die Frauenkleider nach verstecktem Schmuck.

Sie musste schnell handeln.

So passte sie einen Moment ab, in dem sich alle Männer

um sie herum über ihre Opfer beugten, dann biss sie die Zähne zusammen, sprang vom Gehsteig auf und huschte in den schwarz vernebelten Mesutiyet-Boulevard. »Haltet die Nutte auf und bestraft sie!«, hörte sie noch jemanden hinter sich schreien, doch als sie in der Kosma-Straße ankamen, die Panayota wie ein rauchender Schlund in sich aufnahm, traute niemand sich, ihr durchs Feuer hinterherzusetzen.

Panayota lief auf das Herz des Brandes zu, und lief und lief.

Erst noch schwerfällig. Ihr war schlecht, vor lauter Rauch konnte sie kaum atmen, immer wieder musste sie hustend innehalten. In ihre nackte Ferse bohrten sich Scherben und Nägel. Irgendwann aber befreite sich ihre Lunge, sie wurde schneller und schneller, wurde eins mit dem Licht, mit allen Lauten, mit dem Wind. Ihre Beine, soeben noch bleischwer unter der dicken Erddecke, wurden federleicht und ließen sie dahinfliegen. Die Straßen zu ihrer Linken und Rechten waren von orangefarbenem Licht erhellt, der Himmel indes wölbte sich wie eine kupferne Schale. In der Tercüman-Straße fing auf einmal ihr Kleid Feuer. Ihre Beine wurden angesengt. Doch das nahm sie nicht mehr wahr. Weder den Gestank noch die Schreie, die Hitze und das Entsetzen … Nichts mehr verspürte sie. Sie würde sterben. Ach, Muttergottes, wie leicht es doch war, den Tod zu empfangen! Hätte sie das nur früher gewusst! Auf der rechten Seite des Boulevards schien in ein paar von Lagerhallen bestandene Seitenstraßen die spitze Zunge des Feuers noch nicht hingereicht zu haben, doch kam es ihr nicht einmal in den Sinn, sich dorthin zu retten. An ein Stehenbleiben war nicht zu denken. Sie war zu Wind geworden, zum nach Rosen, Salz und Tang duftenden verschmitzten Wind von Smyrna, der ihr Herz stets zu trösten vermochte.

Wie heimelig einem bei dem Gedanken an den Tod doch wurde, verglichen mit all dem Grauen. Hätte sie nur genügend Zeit, um der angstvoll am Quai ausharrenden Menge zu verkünden, sie sollte sich getrost dem Tod überlassen. Im Tod lag die Freiheit!

Zu Panayotas Linken stürzte krachend ein Gebäude ein. Aus dem Augenwinkel schielte sie auf das Ladenschild. Es war eine jener schicken Boutiquen gewesen. Adieu Kaninchenfelle, Muffs, Spitzenunterwäsche und Hüte aus Paris! Mochten die Waren, die einem ein glücklicheres Leben versprachen, doch in dieser Hölle verbrennen! Es gab nur ein einziges glückliches Leben, und das steckte in einem kleinen Haus in der Menekşe-Straße, in einem Topf mit Bohnen, in den man Brotstücke tunkte … Auf dem Schoß von Katina steckte es, die auf der Erkerbank saß, in den gewürzduftenden Händen von Akis, der ihr Kinn streichelte, in der flüchtigen Berührung von Stavros' Knie unterm Tisch. Und da dieses Leben unwiederbringlich dahin war, sollten die Hüte, die Korsetts, die Muffs, die Cafés-chantants, die Ballsäle und die Hotels verschmoren und zu Asche werden.

Und überhaupt alles, was ihr ein falsches Glück vorgegaukelt hatte.

Da schoss aus einer Seitenstraße ein schwarzes Pferd hervor. Mit seinen feurigen Beinen glich es einem mythischen Wesen. Wie Panayota lief auch dieses Pferd auf das Herz des Brandes zu. Beim Anblick der jungen Frau bäumte es sich wiehernd auf. Gemeinsam eilten sie den Bella-Vista-Boulevard hinunter, der sich in eine Feuerpassage verwandelt hatte. Panayota vermochte so schnell zu laufen wie das Pferd! Unglaublich! Aber natürlich, *vevea*, sie war ja die Königin Smyrna, die Amazone, die vor viertausend Jahren die Stadt gegründet hatte. Und das

Pferd war ihres, das sie ohne Sattel ritt. Nach Tausenden von Jahren waren sie wieder vereint. Ohne innezuhalten, lächelte sie dem Pferd zu. Das Pferd wieherte. Sie waren eins geworden, vervollständigten einander.

Sie lachte auf.

Das Geschöpf, das halb Pferd und halb Flamme war, und die Königin mit dem angesengten Kleid erreichten zur gleichen Zeit den Quai in Bella Vista. Ihre Gesichter waren kirschfarben, ihre Köpfe von einem hellen Schein umgeben. Kreischend schmiegten die Menschen sich aneinander, fliehen konnten sie nicht.

Als das feurige Duo in der Mitte des Quais anlangte, blieb es stehen, beide blickten ins dunkle Wasser und wandten sich dann einander zu.

Das Mädchen lächelte.

Das Pferd wieherte.

Der Entschluss war gefasst. Beide schickten sich an, ins Wasser zu springen.

Hilmi Rahmi zügelte das Pferd, das sich wiehernd wehrte, doch der Offizier gab nicht nach. Wie verzaubert betrachtete er das legendäre Paar. Sein Leben lang hatte er noch nichts so Schönes gesehen.

Es war kaum zu glauben, doch seit dem Erscheinen des Feuerpferds und des Mädchens mit dem flammenden Kleid lag nicht mehr beißender Leichengeruch in der Luft, sondern der Jasminduft von Bornova. So konnte also selbst aus dem feurigen Ungeheuer, das seine geliebte Stadt verschlang, so etwas wie Schönheit und Hoffnung hervorgehen. Gott sei Dank! Ja, gedankt sei dem Herrn! Hilmi Rahmis Seele erfüllte sich mit Dankbarkeit, und sein Herz mit Liebe. Sollte Gott ihm alles nehmen, doch ihm dafür gewähren, ein Leben lang diesen Anblick zu genießen, so würde er ohne Murren einwilligen.

Das Feuerpferd und das Flammenmädchen mussten einer anderen Welt entsprungen sein. Vielleicht waren sie wie Phönix ihrer eigenen Asche entstiegen. Vielleicht waren sie Engel, die Gott entsandt hatte, damit sie dem fürchterlichen Gemetzel Einhalt geboten. Weder im Gesicht des einen noch des anderen war nämlich ein Anzeichen von Furcht oder Schmerz auszumachen. Das Mädchen, das eine Krone aus Funken trug, war noch schöner als ein Engel, und zweifellos lächelte es dem Pferd zu.

Jener Augenblick, der eine Sekunde gewährt haben mochte, oder vielleicht auch weniger, erschien Hilmi Rahmi so uralt wie jegliche Geschichte und so endlos wie die Ewigkeit.

Dann tat das Pferd feuerspeiend einen Schritt aufs Meer zu. Die am Quai versammelten Menschen hoben die Arme und schrien wie aus einem Mund. Die junge Frau lief dem Pferd hinterher. Die Flammen waren von ihrem Kleid auf ihre Hände, ihre Arme übergesprungen, doch das kümmerte sie nicht. Nun leckte das Feuer fröhlich an ihren Haaren, ihrem Umhängetuch.

Hilmi Rahmi gab seinem Pferd die Sporen.

Alle Köpfe wandten sich dem Kavalleristen zu, der an das Mädchen heranritt.

Das Mädchen flog über einen am Boden liegenden alten Mann geradezu hinweg und raffte mit den versengten Händen die brennenden Rockschöße zusammen. Ihre Beine waren eine einzige Wunde. Die Augen des Soldaten leuchteten wie elektrisiert. Das Mädchen hob den verwundeten nackten Fuß, um dem geliebten Pferd in die dunklen Fluten zu folgen und wieder mit ihm vereint zu sein.

Da aber sahen die Menschen, wie über dem nach Tod riechenden Wasser das junge Mädchen in der Luft schweben blieb wie ein Feuervogel.

Dann schnellte aus der Dunkelheit ein Arm hervor und packte den Feuervogel in der Luft. Obwohl Hilmi Rahmi sich sogleich verbrannte, sobald er Panayota um die Taille fasste, schwang er das Mädchen auf den Rücken seines Pferds. Wiehernd versuchte das Tier, das feurige Geschöpf wieder abzuwerfen. Panayota schrie aus Leibeskräften.

»*Ohi*! Nein!«

Die Menschen kniffen die Augen zu.

»Hab keine Angst! *Min fovate*! *Kala ise*. Du bist in Sicherheit!«

Als sie davonritten, teilte sich die Menge vor ihnen wie das Rote Meer unter den Moses' Füßen. Alle Mütter und Väter dachten nur das eine: Wenn der Soldat sich die Tochter eines anderen geschnappt hat, hat unsere vorläufig nichts zu befürchten. Beschämt über diesen Gedanken, starrten sie dem in den Fluten versinkenden Pferd nach.

Hilmi Rahmi trieb sein Pferd an. Die Iron Duke hatte ihre Menschenfracht aufgenommen und zog sich aus dem Hafen zurück. Klagend ertönte die Schiffssirene. Panayota klammerte sich nun fest an den Reiter. Als Hilmi Rahmi ihren heißen Körper hinter sich spürte, wurde ihm das Herz so weit, dass er auflachte. Ihm schwindelte fast vor Freude. Die Menge machte dem verrückten Offizier bereitwillig noch mehr Platz.

Am liebsten hätte er sich umgedreht, um den Engel hinter sich zu umarmen, ihn zu küssen, zu umschlingen, ihm zu sagen, dass er ihn bis an sein Lebensende beschützen und lieben werde. Er hatte ein Leben gerettet! Der Korporal Mehmet hatte gefragt, was es denn bedeuten könne, inmitten der Tragödie Hunderttausender von Menschen ein einziges Leben zu retten. Das Vernünftigste sei es doch, sich ins Schicksal der armen Geschöpfe erst gar nicht einzumischen.

Als Hilmi Rahmi mit der halb ohnmächtigen Panayota hinter sich in die labyrinthartigen Gassen des ganz und gar vom Feuer verschonten türkischen Viertels einritt, lachte er noch immer, schüttelte den Kopf und wiederholte laut immer wieder die gleichen Worte.

»Du irrst dich, Korporal Mehmet, du irrst dich! Für den Menschen, der es führen wird, bedeutet dieses Leben die Welt!«

Die Engelsfinger

Ich lag in einem dunklen Garten auf feuchter, weicher Erde und spürte auf meinem Gesicht seidige Finger. Ich musste ins Paradies geraten sein. Das Paradies duftete nach Geißfuß und süßlichen Maulbeeren, so wie meine geliebte Heimatstadt. Durch dichtes Blätterwerk sah ich am kupfernen Himmel die Sterne.

Ich lächelte ihnen zu und schloss die Augen wieder.

In zitternden Wellen verbreitete ich mich auf der Erde und wurde eins mit allem, was ich berührte. Meine Seele löste sich nicht, wie im heiligen Buch beschrieben, zum Himmel empor, sondern wurde immer weiter, wie die Ringe im Wasser, in das ein Kiesel fällt. Gräser, Blumen, die Würmer und Maden, die unter meinen verwundeten, das Leben aufgebenden Leib krochen, die Spatzen auf den Bäumen, die mir den Himmel verdeckten, die tief in die Erde reichenden Wurzeln … Meine Seele zog Kreise und wurde von allen Wesen um mich herum mit ähnlichem Zittern empfangen und in sich aufgenommen.

Als ich klein war, warfen meine großen Brüder mich gern in die Luft. Zum einen fürchtete ich mich, zum anderen wollte ich, dass sie weitermachten. Als meine Seele aus meinem Körper trat, war das ein bisschen so, wie in die Luft geworfen zu werden. Ich hatte zwar Angst zu fallen und klammerte mich mit letzter Kraft ans Leben, zugleich wurde mir leicht ums Herz und ich hatte volles Vertrauen in die Hände, die mich auffingen.

Die weichen Engelsfinger streichelten mein Gesicht. Ich fühlte mich dabei, als zerginge in meinem Mund warmes Helva. Vielleicht bestand das Paradies aus einem Feld voller Geißblatt, denn die Engelsfinger rochen stark nach jenen honigsüßen Blumen.

Zärtliche Lippen berührten meine Ohrläppchen, und ich musste kichern.

»Prinzessin ... Prinzessin, mach die Augen auf ... Prinzessin Scheherazade, wach auf. Wach auf und erzähl mir ein Märchen!«

Ich versuchte die Augen zu öffnen. Prinzessin hatten mich immer meine Brüder genannt. *Prinkipisa, prinkipisa.* So nahmen also sie mich in Empfang. Was für ein Glück ich doch hatte, dass mir so ein schöner Tod beschieden war! Ich hätte gern meiner Mutter gesagt, dass man über einen Tod nicht zu trauern braucht. Leg die Trauerkleidung ab, Mama, meine Brüder holen mich aus dem Paradies ab. Ich hob die Arme.

Da schlug irgendwo im Paradies eine Tür.

Von den Armen her stach mir ein Schmerz ins Gehirn. Ich versuchte aufzustehen.

»Doğan! Doğan!«

In der Ferne rief eine Frau. Ich wollte ihr sagen, dass es nichts zu fürchten gab. Das Leben war ein Traum, eine kurze Pause von der Wirklichkeit. Die einzig echte Wirklichkeit dagegen war der Tod.

»Doğan, komm sofort her!«

Die zärtlichen Lippen, die mir ins Ohr flüsterten, zogen

sich zurück. Dabei hätte ich gern ein Märchen erzählt, das Märchen von der Königin Smyrna und ihrem Pferd ... An die Stelle der Engelsfinger trat ein Klappern. Der kupferne Himmel war mir nicht mehr von Blättern verdeckt, sondern von etwas anderem. Ich versuchte, den Kopf zu bewegen.

»Doğan, geh ins Haus! Und bleib dort!«, rief wieder die Frau, aus viel größerer Nähe diesmal. Meine Seele zitterte, breitete sich zu der Frau aus, und wie zwei sich vereinigende Flüsse vermengten sich unsere Wellen. Obwohl ich die Frau noch nicht kannte, mochte ich sie schon. Wenn nur das, was ich vor dem Gesicht hatte, endlich weggewesen wäre, damit ich sie hätte sehen können. Da hörte ich, wie ein Gewehr geladen wurde.

Als ich wieder erwachte, war ich nicht mehr im Paradies. Ich lag auf einer Bank. Beine, Arme, Hals, alles brannte entsetzlich, und mein Herz schmerzte noch mehr als mein Körper. Das also empfand der Mensch, wenn er auf die Welt kam. Kein Wunder, dass wir als Erstes weinen mussten. Ich wimmerte. »Schon gut«, sagte jemand. Ein blonder Engel, der meine Arme mit einer Salbe bestrich.

Das Leben war etwas sehr Heißes und Schmerzhaftes.

Ich wollte wieder zurück in den Garten gebracht werden. Und so rasch wie möglich sterben. Meine Brüder warteten doch auf mich. Auf den Wangen spürte ich noch immer die kleinen Engelsfinger. Vielleicht war das Paradies gar nicht so fern.

Geflüster.

»Mama, das ist doch Scheherazade? Aus den Märchen aus *Tausendundeiner Nacht*, die uns Dilber erzählt? Die Schwester von Dünyazade? Sie hat doch die gleichen Haare, die gleichen Augen und Wimpern? Was meinst du, erzählt sie mir ein Märchen?«

»Doğan, Scheherazade schläft jetzt, sie muss sich ausruhen.«

»Aber wenn sie wach wird, erzählt sie mir eins, ja? Mama, hat sich Scheherazade verbrannt? Warum sind ihre Hände und Beine so rot wie Fleisch?«

»Pst!«

Auf jener Bank soll ich ganze vierzig Tage und vierzig Nächte geschlafen haben. Sümbül wachte neben mir und bestrich meine Brandwunden mit einer Salbe. Morgen für Morgen ging sie zum Quai hinunter und fragte unter den Leuten, ob nicht jemand meine Eltern kannte. Sie erntete lediglich die leeren Blicke von Menschen, denen die Hoffnungslosigkeit ihre Seelen geraubt hatte.

Während ich schlief, brannte die Stadt, die so schön wie eine Stickerei gewesen war, zum großen Teil nieder. Matrosen, die auf hoher See vorbeifuhren, hielten die Rauchschwaden für einen riesigen Berg. Journalisten aus fernen Ländern brachten Meldungen über die Asche der Stadt und ließen ihre gespenstischen Ruinen auf den Titelseiten prangen.

Als das Feuer erlosch, war der Quai noch immer voller Menschen. Wer kaum eine Woche zuvor noch Mitleid mit den obdachlosen Flüchtlingen gehabt und sie bei sich beherbergt hatte, stand nun selbst ohne Dach über dem Kopf da. Es war ein gewaltiger Verlust entstanden, an Vermögen, an aufgewandter Mühe, an Schönheit, an Menschenleben. Allmählich trafen Schiffe ein und evakuierten Frauen und Kinder. Die Männer wurden ins Landesinnere geschafft, viele von ihnen in den Bergen erschossen. Übrig blieben das dunkle Wasser voller Leichen und eine verwüstete Stadt.

Während jener vierzig Tage und Nächte kam Hilmi Rahmi nicht ein einziges Mal nach Hause in die Bülbül-Straße.

Der kleine Doğan schlich sich nachts aus dem Bett und schlief neben mir. Wenn er morgens wach wurde, lief er barfuß zu seiner Mutter in die Küche und erzählte ihr, was er in meinen Armen geträumt hatte.

»Mama, Scheherazade weiß ganz tolle Märchen, die musst du dir mal anhören. Eine Königin kommt darin vor, ein Pferd, Götter, eine Wolke. Und das Pferd kann lachen und die Wolke sprechen.«

Man machte sich schnell daran, die Stadt wiederaufzubauen. Agia Katerina, Agia Dimitri, Agia Triofonas, unser Viertel und die fröhliche Welt an der Uferpromenade waren vernichtet. Die Überreste unserer Häuser und Läden wurden plattgemacht, und stattdessen legte man breite Straßen und Boulevards an. Den Namen Smyrna benutzte für die Stadt niemand mehr. Hunderttausende von Menschen, deren Familien seit Jahrhunderten dort gelebt hatten, waren in einer Nacht in ein Nichts verschwunden. Vierzig Tage und vierzig Nächte später erinnerte sich niemand mehr an sie. Die Kirchenglocken waren auf immer verstummt. Nur vereinzelte Gestalten, die wie Gespenster zwischen den Trümmern umherirrten, gedachten noch dessen, was gewesen war …

Und ich.

Mir wurde gesagt, als Hilmi Rahmi vierzig Tage und vierzig Nächte später eines Morgens nach Hause zurückgekehrt sei und mich ohnmächtig auf der Bank liegend vorgefunden habe, sei er auf den Teppich gesackt und habe geweint wie ein Kind. Sümbül habe ihn in die Arme genommen und ihn tröstend gewiegt. Da öffnete ich zum ersten Mal die Augen, sah die beiden umarmt auf dem Boden sitzen, und ich lächelte.

Die beiden sollten nie darüber sprechen, wie es mir in jener verfluchten Nacht gelungen war, durch das verriegelte Tor in den Garten zu gelangen. Bis zu seinem Lebensende bewahrte Hilmi Rahmi dieses Geheimnis für sich. Sie kümmerten sich weder um meine Vergangenheit noch um meine Sprachlosigkeit, sondern schlossen mich einfach in ihr Herz.

An jenem Tag wurde ich neu geboren.

Und sie nannten mich Scheherazade.

Epilog

Heute Morgen bin ich seit Jahren zum ersten Mal aus meinem Turm hinuntergestiegen und durch den nach warmem Holz riechenden Korridor in mein früheres Zimmer gegangen.

Dort wohnt nun İpek, Sümbüls Ururenkelin. Eines Tages ist sie mit einem Riesenrucksack aufgekreuzt und hat sich in der Villa niedergelassen, deren Erben sich untereinander nicht einigen können und wohl einfach darauf warten, dass sie zerfällt. İpek hat die Turkmenin fortgeschickt, die ihr Großvater als Betreuerin für mich eingestellt hatte, und es seither übernommen, für mich zu kochen und meine pergamentene Haut mit einem Schwamm zu waschen und mit Pflanzenöl einzureiben. Mein Schweigen, das andere Leute so befremdet, sieht sie nicht als ein Gebrechen an, sondern als Anzeichen meiner Trauer. Daher versteht sie sich wie Sümbül darauf, in meinem Geist zu lesen. Ohnehin ist sie mit ihrem blonden Lockenkopf, den vollen rosafarbenen Wangen und den grünen Augen reinweg ein Abbild Sümbüls, was sie aber nicht weiß, denn außer mir kann sich niemand mehr erinnern, wie Sümbül aussah, und auf den Gedanken, Sümbül einmal in ein Fotostudio mitzunehmen, war damals niemand gekommen.

Schon eine ganze Weile leben İpek und ich somit alleine unter dem Dach der baufälligen Villa mit dem Turm.

Das Mädchen schlief noch im Licht der zarten Septembersonne, die durch die geschlossenen Läden ins Zimmer drang. Ihre Goldlocken waren über das Kopfkissen gebreitet, und aus ihren leicht geöffneten Lippen drang leises Schnarchen. Wer weiß, welchem süßen Traum sie gerade nachhing. Mit meinem dicken ledergebundenen Heft setzte ich mich zu ihr ans Bett. Die Walnusskommode am Kopfende des Betts war noch immer dieselbe wie schon bei den früheren Besitzern des Hauses. Weder Sümbül und Hilmi Rahmis Enkeln noch deren Kindern war es je in den Sinn gekommen, das Mobiliar zu erneuern. So standen in İpeks Schlafzimmer noch immer das massive Eichenbett, der Schrank und die Kommode, durch deren Geruch man in die Vergangenheit versetzt wurde, sobald man das Zimmer betrat. Wer wollte da behaupten, Gegenstände könnten nicht atmen?

Als İpek die grünen Augen aufschlug und mich am Bettrand sitzen sah, lächelte sie mich an, ohne den Kopf zu heben, so als käme ich jeden Tag aus dem Turm herunter, um sie zu wecken.

»Guten Morgen, Tante Scheherazade!«

So nennen mich seit Doğan nun mal sämtliche Kinder des Hauses.

»Was hast du da für ein Heft, Tante Scheherazade?«

Sie streckte die Hand danach aus.

Ich reichte ihr das Heft, das so viel Tinte verschluckt hatte, und stand auf. Seit Avinash Pillais letztem Besuch schreibe ich ohne Unterlass. Doch was heißt schreiben, ich lasse einfach die Worte aufs Papier gleiten, die wie von selbst meiner tiefen Stille entschlüpfen. Seit vierzig Jahren geht dies nun so. So manchem mag das vorkommen wie ein ganzes Leben, mir aber, die ich ein ganzes Jahrhundert auf dem Buckel habe, schien es eine Kurzgeschichte zu sein, die sich in einem Atemzug weglesen lässt.

Erst blätterte İpek aufs Geratewohl in den Seiten, dann sprangen ihre Finger auf einmal mit sichtlicher Neugier hin und her. Sie richtete sich auf, stützte den Ellbogen aufs Kopfkissen, arbeitete sich raschelnd durch die Seiten. Sie bemühte sich, die in drei verschiedenen Sprachen und vier verschiedenen Alphabeten geschriebenen Texte zu lesen, kam ins Stolpern, blickte mich verwundert an. Das Heft ist durch vierzigjährige Benutzung zerfleddert, hoffentlich wird es unter ihren derben Fingern nicht ganz zuschanden.

»Was ist denn das, Tante Scheherazade? Wo hast du gelernt, Arabisch zu schreiben? Und das da, ist das Griechisch? Ich habe eine griechische Freundin, die jetzt hier wohnt, darf ich ihr das bringen, damit sie es mir übersetzt? Und da hast du sogar auf Französisch geschrieben! Du?«

Das Mädchen mit dem Gesicht von Sümbül schlug die Decke zurück, setzte sich in den Schneidersitz und streckte sich ausgiebig. Auf einmal hörte sie mit dem Gezappel abrupt auf. Irgendwas war geschehen. Sie hielt ihr Näschen in die Luft und schnupperte. Im Zimmer schien eine dritte, ganz unerwartete Person zu sein. İpek fuhr sich mit der Hand vors Gesicht, als versuchte sie einen Lichtstrahl zu erhaschen.

»Tante Scheherazade?«

»Was, *yavri mu*?«

Sie riss die Augen auf, so wie Sümbül es immer getan hatte, wenn sie den Geschichten über Edith Lamarck lauschte, und als versuchte sie, eine ferne Stimme zu vernehmen, drehte sie den Kopf zur Seite.

»Tante Scheherazade!«

Ich fuhr zusammen. İpek hatte regelrecht geschrien. Verängstigt wandte ich mich um und sah zum Gang hinaus. Da war nichts. Wir waren so allein in der endlos großen Villa wie eh und je. War das Mädchen etwa auch von Sümbüls Gespenst befallen worden? Da sei Gott vor! Wie verzaubert sah sie mich an.

Was sie gehört hatte, war nicht die Stimme des Gespensts gewesen.

»Du kannst ja reden, Tante Scheherazade! Du hast geredet! Ich meine … mit deiner echten Stimme. Das ist ja unglaublich! Un-glaub-lich! Hast du jetzt wirklich was gesagt, oder war das ein Traum? Ich habe es doch gehört, oder? Komm, sag noch mal was!«

Ich beugte mich zu meinem Bauch hinunter, als hätte İpek gerade gesagt: »Du, da wachsen dir Hörner heraus!« Dann fuhr ich mit der Hand zum Mund. Meine Stimme? War das wirklich meine Stimme gewesen?

»Was steht da drin in dem Heft?«, wiederholte İpek, als habe sie es mit ihrer Frage vermocht, den Knoten zu lösen, der seit fast einem Jahrhundert meine Stimme in der Kehle einsperrte.

Ich überlegte mir die Antwort im Kopf, doch meine Stimme schnappte sich den Satz und entließ ihn ins Zimmer.

»Das, İpeki *mu*, ist das Märchen von einem Mädchen, das drei Mal geboren wurde, noch bevor es achtzehn Jahre alt war. Und es gehört jetzt dir!«

Meine Hand war noch immer an meiner Kehle. Aufgeregt drehte ich mich zum Korridor um. Mein Herz pochte, und ich meinte schon, es würde bald aussetzen. Der Tod sollte mich in meinem abblätternden Bett ereilen, dort droben in meinem Turm. Die Voraussage Avinashs schien sich zu bewahrheiten.

»Nicht umsonst haben die Menschen, die dich gerettet und unter ihre Fittiche genommen haben, dir den Namen Scheherazade verliehen. Bevor du nämlich diese Geschichte nicht erzählt hast, wird der Tod nicht in deinen Turm kommen.«

Ich wandte mich zu dem Griff an der Geheimtür in der mit der Rosentapete beklebten Wand.

Unglaublicherweise hatte meine Stimme sich überhaupt nicht verändert! Vielleicht, weil sie sich nicht abgenützt hatte, war sie noch genauso jung und tief wie damals, als ich siebzehn war. İpek machte noch größere Augen. Sie drückte das Heft an die Brust und sprang in ihrem Schlafanzug mit den Schwänen darauf aus dem Bett. Als ich gerade auf die erste Stufe zu meinem Turm hinauf trat, packte sie mich bei der Hand.

Durch die Schatten, dir ihr aufs Gesicht fielen, war İpek Sümbüls Ebenbild. Und sprach auch im gleichen entschlossenen, mütterlichen Ton.

»Nein, du kannst jetzt noch nicht sterben! Nein, nein und nein. Noch nicht. Wo jetzt gerade erst deine Stimme laut geworden ist! Und sich so viel in dir angesammelt hat, das du erzählen musst. Weißt du was, ich bringe dich runter zur Hafenpromenade, da setzen wir uns ans Meer und frühstücken gemeinsam. Du erzählst, und ich höre dir zu. Ich bin sowieso hungrig, du auch? Nein, nein, kommt nicht infrage, du gehst da nicht wieder rauf. Warte, ich bin in zwei Minuten fertig. Mit dem Turm ist Schluss. Warte hier auf mich, in meinem Zimmer.«

Sie zog mich in den Korridor zurück und machte die Geheimtür wieder zu. Das Vorhängeschloss, das Hilmi Rahmi damals angebracht hatte, nachdem er Sümbül hinaufgetragen hatte, blickte sie an, als würde sie es zum ersten Mal sehen, dann griff sie energisch danach, ließ das Schloss zuschnappen und versiegelte damit den Turm für immer. Danach eilte sie durch den Korridor ins Bad.

So legte ich mich in mein enges früheres Bett mit dem Walnusskopfteil, in dem ich, wenn ich morgens aus Hilmi Rahmis Schlafzimmer zurückkehrte, mir noch mal in allen Einzelheiten vorstellte, wie wir miteinander geschlafen hatten. Ich drückte die Nase ins Kopfkissen. İpeks Haut roch genauso wie die von Sümbül nach Geißblatt und Zimt.

Obwohl ich noch immer den Schlüssel um den Hals trug, den Hilmi Rahmi mir damals umgehängt hatte, wusste ich, dass ich nicht mehr in den Turm hinaufsteigen würde. Mochte die stumme Scheherazade sich zum Sterben hinlegen, doch ich, die ich meine Sprache wiedergefunden hatte, wollte ins Leben zurück.

Sobald ich an İpeks Hand den ersten Schritt aus dem Garten der Villa auf die Straße tat, wurde mir denn auch das Leben sogleich wie eine Spritze in die blaue Vene unter meiner dünnen, faltigen Haut zuteil. Der Himmel war unendlich, und war blau. Vom Dach der Villa flogen kreischend Möwen auf und flatterten in Richtung Meer, als wollten sie uns den Weg weisen. Einige Katzen schienen ihnen zu folgen. Aus Seitenstraßen ertönte Gelächter und Musik. Arm in Arm gingen wir in winzig kleinen Schritten auf die Promenade zu. Ein gelber Hund mit Stummelschwanz trottete uns ergeben nach.

»Ich will alles erfahren, von Anfang an!«, rief İpek, sobald wir an einem Tisch saßen. Ich versuchte mich zu orientieren. Der freundliche Kellner, der uns Tomaten, Oliven und verschiedene Käsesorten brachte, erläuterte uns, hier sei früher das Tayyare-Kino gewesen, das später in Sinema Pallas umgetauft wurde. 1923 sei dort zum ersten Mal eine Muslimin auf einer Bühne aufgetreten, darum habe man ihr zu Ehren eine Tafel aufgehängt, und die Straße sei auch nach ihr benannt worden.

Furchtsam blickte ich zum Meer hinüber. Trotz der vielen Menschenleben, die darin verschlungen wurden, hatte es nichts von seiner Farbe eingebüßt, es war noch immer von schillerndem Blau. Die Sonne erschien mir etwas unbarmherziger, beinahe nervös. In der Luft lag leichter

Kohlengeruch. Zwei untergehakte Mädchen kamen lachend an uns vorbei, mit je einem Eis in der Hand. Die Röcke gingen ihnen bis übers Knie, ihre Zöpfe ließen sie herabhängen. Irgendwo wurde ein fröhliches Lied gespielt.

İpek hatte dem Kellner gar nicht zugehört, sie beobachtete, wie ich mir alles anschaute.

»Eine schöne Stadt, nicht wahr? Ihre Luft, ihr Wind haben etwas an sich, das einen auf einen Schlag alle Sorgen vergessen lässt und daran erinnert, wie schön die Welt doch sein kann. Weißt du, was ich mir denke? Dass man die Seele dieser Stadt gar nicht umbringen kann. Man kann die Stadt niederbrennen, kann sie abreißen, kann ihre Bevölkerung davonjagen und durch eine andere ersetzen, aber dieser freie, frohe Geist kommt trotzdem über einen. Meinst du nicht auch?«

Mir kamen Tränen in die Augen.

»Tantchen, am besten, du liest mir jetzt dieses Tagebuch von Anfang an vor. Was auf Griechisch oder Französisch drinsteht, übersetzt du mir einfach. Dabei kommt deine Stimme bestimmt ins Schwingen.«

Wenn man also ein Ohr fand, das einem zuhören wollte, fand die Stimme aus einem heraus! Ich blätterte die erste Heftseite auf und wandte mich über den Tisch hinweg İpek zu. Die Brille, dich ich an einer Kette umhängen hatte, setzte ich auf, räusperte mich und legte den Zeigefinger unter den ersten Satz.

Da tat sich auf einmal etwas. Wie ein treuer Hund, der auf den Pfiff seines Herrchens wartet, kam der Wind, sobald er meine Stimme vernahm, von da, wo er sich versteckt haben mochte, plötzlich heraus, fuhr über den Tisch, und wie ein Riese, der sich seiner Kraft nicht bewusst ist, verblätterte er die Seiten meines Tagebuchs. Bei den Eis essenden Mädchen wurden die Röcke hochgeweht, die

Männer im Café nebenan blickten über ihre Teegläser hinweg zu den Beinen der Mädchen, die Kellner rannten los, damit es ihnen die Sonnenschirme nicht ins Meer blies.

İpek hielt mit einer Hand ihren breiten Strohhut fest und blickte sorgenvoll auf das Heft. Da hatte der spitzbübische Wind doch tatsächlich ein paar der vergilbten, lädierten Seiten herausgerissen und davongeweht.

Ich machte nur eine abwinkende Geste, nahm meine Brille wieder ab und ließ sie an der Kette hängen. Versonnen schloss ich die Augen und sog die nach Jod und Tang duftende Luft ein. Meine alte, gewohnte, von Edith Lamarck überkommene tiefe Stimme stieg unabhängig von mir empor und berührte die schöne Haut von İpeks Gesicht.

Meine Geburt fiel auf den warmen, orangeglühenden Abend, an dem Avinash Pillai in Izmir ankam.

Nach dem gregorianischen Kalender schrieb man das Jahr 1905.

Es war September.

Während der Wind meine Geschichte gleich den davongewehten Seiten zu den Ohren trug, die in Ost und West, in fernen Ecken dieser Welt darauf warten mochten, saß ich am gewohnten Ufer meiner verlorenen Stadt, und wie der Phoenix wurde ich erneut geboren.

Die Smyrnaer

Die Lamarcks:
Edith
Juliette und Charles (†)
Jean-Pierre, seine Frau Marie und ihre Kinder
Anna, ihr Mann Philippe Canterbury
Charles Jr., seine Frau Gertrude

Das griechische Viertel:
Panayota Yağcıoğlu
Prodramakis (Krämer Akis) und Katina Yağcıoğlu
Mimikos und Sofia, Adriana und ihre Geschwister
Elpiniki und ihre kleine Schwester Afrula
Die Nachbarsjungen Stavros, Minas, Niko, Pandelis
Yakumi Bey, der Apotheker

Die Bewohner der Bülbül-Straße
Mustafa und Sıdıka, Gutsverwalter und Wäscherin der
Lamarcks
Sümbül und Hilmi Rahmi, ihre Kinder Doğan und
Cengiz
Müjgân und Hüseyin, ihre Kinder Münevver und
Neriman
Tante Makbule
Dilber, die Kinderfrau
Ziver, der Pferdejunge

Die Armenier:
Hebamme Meline
Ihre Töchter Arpi und Seta

Außerdem:
Avinash Pillai, der indische Spion
Leutnant Pavlo Paraskis
Edward Thomas-Cook und seine Mutter Helene
Zoi und İrini, die Zofen
Nikolas Dimos (†)
Dimitrios Mitakakis, sein Anwalt
Romni Yasemin
Hristo, Ediths Verwalter
Kosta, Verwalter der Thomas-Cooks
Hebamme Marika
Schwester Liz

historische Figuren:
Eleftherios Venizelos, Premierminister Griechenlands
von 1910 bis 1920
David Lloyd George, Premierminister Großbritanniens
von 1916 bis 1922
Mustafa Kemal Pascha (Atatürk), Staatsgründer und
erster Präsident der Republik Türkei

Glossar der Fremdwörter, die im Buch verwendet werden

agapi (mou)	gr	(meine) Liebe
Akus?	gr	Hörst du?
amanedes	gr	melancholisches Lied
Angira	gr	Ankara
avec plaisir	fr	mit Vergnügen
bey	tr	Herr, Sir
bonjour	fr	guten Morgen, guten Tag
bien sûr	fr	natürlich
daha mi lar bzdi	ar	Weine nicht, mein Kind
efendi	tr	Herr, Meister
ela	gr	Komm schon!
ela grigora	gr	Komm schnell!
Emmène-moi a Smyrne!	fr	Bring mich nach Smyrna!
ena koritsi	gr	ein Mädchen
Enchanté!	fr	Hocherfreut!
endaksi	gr	okay
erhonde	gr	Sie kommen
Evzonen	gr	griechische Soldaten
filenada	gr	Freundin, Geliebte
Fustanella	gr	weißer Männerrock der griechischen Soldaten

gia to theo	gr	um Himmels willen
grigora	gr	schnell
hanim	tr	Frau
harika poli	gr	angenehm, erfreut
Hronia polla!	gr	Alles Gute zum Geburtstag!
Kala ise?	gr	Ist alles in Ordnung?
kalimera	gr	guten Morgen
kalispera	gr	guten Abend
Ke	gr	Quai
Kita na dis!	gr	Schau und staune!
kyr / kyrie	gr	Herr
Kyra	gr	Frau / Fräulein
kori (mou)	gr	(meine) Tochter
krima	gr	schade
mademoiselle	fr	Fräulein
makari	gr	hoffentlich
malaka	gr	Idiot, Dummkopf
malista	gr	natürlich
Mana Ellas	gr	Mutter Griechenland
manoula	gr	liebste Mutter
mari	gr	hey
me singorite	gr	Verzeihung
megali idea	gr	die große Idee (gemeint ist Großgriechenland)
merci	fr	danke
mia volta	gr	Spaziergang
monsieur	fr	Herr
mon amour	fr	meine Liebe
mon Dieu	fr	mein Gott

ne	gr	ja
n'est-ce pas?	fr	Nicht wahr?
ohi	gr	nein
oriste	gr	bitte schön
palikarya	gr	Jungs
panagia	gr	Heilige Maria
pedya	gr	Kinder
poli orea	gr	wunderbar
se / sas parakalo	gr	bitte
signomi	gr	Entschuldigung
sultana mou	gr	meine Königin
thee mou	gr	mein Gott
Ti ine?	gr	Was ist los?
Ti les?	gr	Was sagst du dazu?
très bien	fr	sehr gut
turkos	gr	Türken
vevea	gr	natürlich
voilà	fr	also, bitte schön
vre	gr	hey du!
yasas	gr	hallo, guten Tag
yavri (mou)	gr	(mein) Kind
yia to Theo	gr	Heiliger Gott
Zito o Venizelos!	gr	Lang lebe Venizelos!